路遥的时间

见证路遥最后的日子

航宇 著

人民文学出版社

图书在版编目(CIP)数据

路遥的时间:见证路遥最后的日子/航宇著. —北京:人民文学出版社,2019,
(2019.12 重印)
ISBN 978-7-02-015189-9

Ⅰ. ①路… Ⅱ. ①航… Ⅲ. ①传记文学—中国—当代 Ⅳ. ①I25

中国版本图书馆 CIP 数据核字(2019)第 079770 号

责任编辑　脚　印　张梦瑶
装帧设计　黄云香
责任印制　徐　冉

出版发行　人民文学出版社
社　　址　北京市朝内大街 166 号
邮政编码　100705
网　　址　http://www.rw-cn.com

印　　刷　三河市中晟雅豪印务有限公司
经　　销　全国新华书店等

字　　数　418 千字
开　　本　680 毫米×960 毫米　1/16
印　　张　29.5　插页 6
印　　数　10001—14000
版　　次　2019 年 7 月北京第 1 版
印　　次　2019 年 12 月第 2 次印刷

书　　号　978-7-02-015189-9
定　　价　53.00 元

如有印装质量问题,请与本社图书销售中心调换。电话:010-65233595

路遥　惠怀杰摄

他是逐日的夸父,倒在干渴的路上……

引 子

"一座长安城,半部文明史。"
这说的就是华夏文明发祥地之一的陕西。

"西岳峥嵘何壮哉!黄河如丝天际来"。
在陕西,这里的秦岭架起了她的骨骼,这里的黄河流淌着她的血液;秦砖汉瓦,钟鼓雁塔,汉唐风韵,灞柳长歌,是她永远的符号。
山的绵延与河的环绕,造就了陕北的黄土高原、关中的八百里秦川和陕南的秀色山川;一段信天游唱出了陕北人对生命与热情的歌颂,一声秦腔吼出了关中人对美好生活的向往,有着五千多年辉煌灿烂文化的这块热土,曾先后有十三个王朝在这里建都,文化底蕴极为深厚,《平凡的世界》《白鹿原》《秦腔》震撼过多少人的心灵,路遥、陈忠实、贾平凹为陕西赢得"中国文学重镇"的殊荣,被称为陕西及至中国文坛顶天立地的三棵大树。

此时已是冬天,往年在这个时候,陕西大地上应该是一片银装素裹了,可今年跟往年有所不同,没有雪花的飘落,唯有足劲的西北风在八百里秦川肆无忌惮地喧嚣着。

这样的冬天似乎也没必要大惊小怪，可是这个冬天却跟一个人有关，那就是路遥。

1992年8月，陕西文学三棵大树之一的著名作家路遥，在刚刚获得第三届茅盾文学奖，还没来得及重整旗鼓，实现他更宏伟的文学梦想，就猝不及防地倒下了。

那时他身不由己地去了延安，已经觉察到自己的身体出了很大问题，几乎从火车上走不下来，脸色乌黑乌黑的，失去了光泽；他不停地喘着粗气，每吸一口气和每走一步路，都需要调动全身的力量，因此他不得不住进延安地区人民医院。经过二十多天的治疗，病情丝毫没有好转，反而更加危重，只好从延安转往西安治疗。然而，令人不寒而栗的是，他住进西京医院的当天晚上，医院就给他下了病危通知，人们紧紧为他捏了一把汗，不知这个陕北硬汉还能不能渡过这个难关。

在路遥患病住院的这些日子里，我亲眼见证了这位在文学艺术创作道路上不断取得辉煌成就的作家在病床上的一喜一怒，一哀一乐；也见证了这位陕北硬汉同疾病顽强搏斗的一幕幕真实情景。

那是怎样一场惊心动魄的生死搏斗呢？

1992年11月17日上午7时30分，关中大地灰蒙蒙一片，太阳刚露了一下它红扑扑的笑脸，就迅速藏进云里，再丝毫不见它的踪影。

此时，我骑着一辆破旧的自行车从陕西作协院子里往外走时，突然在大门口碰见单位开车的张忠社。他惊慌地给我说，路遥不行了？

我不太喜欢他这种大惊小怪的样子，急忙从自行车上跳下来，看着他，不知他说这话是什么意思，难道是……

我真不敢想那个"难道"背后隐藏的可怕字眼。

张忠社一字一句地给我说，路遥确实不行了，正在医院抢救，医院刚给单位打来电话，他正等单位领导去医院。

怎会是这样？昨天晚上他还好好的，叮嘱我给他买一个没有奶油的蛋糕，我正准备去省文化厅找霍绍亮厅长，让他给西安古都大酒店打招呼，路遥想吃的没有奶油的蛋糕只有那家酒店的最好，如果他给酒店的经理说句话，问题就迎刃而解了，怎么突然就不行了呢？因此我一把将自行车扔到院子里，挡了一辆出租车，便朝西京医院飞奔而去。

我上气不接下气地跑进传染科路遥的病房，看见他像往常一样，平静地躺在病床上，像是睡着了，紫青的嘴唇微微翘着，面部表情平静如水。唯有陪他的弟弟，静静地坐在他身边，头深深地埋在胸前，一只手紧紧握着他的手，什么话也不说。

我不相信路遥的生命就这样结束了！

难道一个人的生命是这样的脆弱，说不行就不行了吗？他还有更加宏伟的美好梦想没有实现，应该说他只是感觉到累了，想一个人静静地躺一会儿，以前不是也有过类似的情况发生吗？他只是让人们虚惊一场……

然而，事情并不像我想的那样，他没来得及跟他的亲人和朋友说声告别的话，就急匆匆地离开了，生命永远定格在1992年11月17日8时20分……

就这样，路遥走了！

一

路遥说，当我听到《平凡的世界》获得茅盾文学奖的消息，心情激动得就想跑到一个没人的地方，痛痛快快地哭一场……

时间可以追溯到1991年的年初。

这一年，对于每一位从事文学创作的中国实力派作家来说，是十分振奋人心的一年。由中国作家协会主办的中国最高文学奖——茅盾文学奖，已经推迟了两年的评选工作，在这一年的年初启动了。

应该说，这是中国文学迎来的又一个姹紫嫣红的春天，也是众多作家共同关注的一个焦点和议题。每一位符合评选条件的中国作家，都希望自己的长篇小说在这次评选中能够占有一席之地。

当然，路遥也是中国文坛当之无愧的一位实力派作家，他创作了不少轰动全国的中篇小说，像《在困难的日子里》《惊心动魄的一幕》和《人生》等优秀文学作品，并用六年时间创作完成了第一部长篇小说《平凡的世界》。《平凡的世界》是路遥生命中非常重要的一本书，也是影响了中国千千万万有志青年不懈奋斗的一部教科书，因此他非常渴望自己创作的这部小说能够得到评委专家和广大读者的一致认可，也极其希望能够再次听到文学界的同行为他发出一次真诚而热烈的掌声。

按照茅盾文学奖的评奖条例规定，他那全景式地展示普通人在大时代历史进程中所走过的艰难曲折道路的百万字长篇小说《平凡的世界》，荣幸地由中国文联出版公司选送到中国作协茅盾文学奖评奖办公室。

茅盾文学奖初评工作开始后，这位刚强的陕北汉子，看似平静如水，甚至表现出无所谓的样子，而实际上他的内心却如翻江倒海一般。那时候尽管他的《平凡的世界》是初评时保留下来的十七部长篇小说之一，可最终只能有五部小说获奖。也就是说，在这十七部长篇小说中，将有十二部小说毫不客气地被淘汰，可想而知竞争是多么的激烈。

在这段时间里，路遥的心情非常复杂，他哪里也不想去，什么事也不想干，怀着忐忑不安的焦虑心情，等待着北京能够传来他期盼的好消息。

的确，等待是一件非常折磨人的事情。

作家路遥就是在这样的期盼和急切的等待中艰难地度过的，渐渐他感到有些力不从心了。他的情绪变得起伏不定，有时候会非常糟糕，不怎么愿意跟人交流，看见任何人都觉得不顺眼，一个人在院子里默默地低着头，一支接一支地抽烟，漫不经心地走来走去，也不跟任何人打招呼。在文人扎堆的陕西作协院子里，他甚至给人留下一种"不合群"的高傲印象。即便到了中午，上班的人都回了家，他仍然一个人在院子里心事重重地腾云驾雾，实在有些累了，便一屁股坐在院子里蜡梅树下放着的一把破旧藤椅上，眯缝着眼睛，不知不觉就睡得鼾声如雷。

作协院子里好多人都了解路遥那种霸气十足的男人脾气，即便有人看见他如此随意地歪躺在藤椅上，也没多少人愿意走到他跟前，或者主动跟他聊天，而是悄悄看上一眼，便从他身边匆匆离开了。

唯有郑文华的捣蛋儿子茗柳，没有大人那么多的想法和顾虑，他简直就是一个天不怕地不怕的孩子。不管路遥是多么著名的一个作家，取得了多么辉煌的成就，在孩子的眼里，他就是一个普通人，所以在他跟前，孩子想说什么就说什么，想做什么就做什么。

此时，他看见路遥在破藤椅上躺着酣睡的样子，觉得特别好玩，便蹑手蹑脚地溜过去，悄悄站在他的背后，用小手偷偷抓一下他的耳朵，或在院子里拣根树枝，随心所欲地挑逗似睡非睡的路遥。

敢在路遥跟前这么吵吵嚷嚷，甚至敢在他跟前这样"胡作非为"的还有张艳茜的女儿陶陶和其他同事家的孩子。只有这些天真的孩子们，才敢对他这么大胆和放肆，想怎么"欺负"就怎么"欺负"，而他对这些孩子一点办法也没有。

其实，也不是路遥对这些孩子们没办法，他只要生起气来，孩子们都害怕，可他不这样，在孩子们的面前，他显得和蔼可亲多了。

有时孩子们看见他在院子里一个人沉默，便纷纷围在他的身边，让他哪里也去不了，一个个把细嫩的小胳膊递到他跟前让他去咬，而且让他咬了左胳膊还不行，还要让他再咬右胳膊。此时此刻，他在沉闷中突然找到孩子般的乐趣，心情就会忽然明亮起来，甚至他还会当一个"孩子王"，跟这些捣蛋的孩子们在院子里你追我赶地打逗一番。

一天又一天就这样过去了，眼看第三届茅盾文学奖最终的评选结果就要尘埃落定，路遥更是心急火燎。

这个茅盾文学奖对他来说实在太重要了，这不简单的是他的小说能不能获奖的问题，关键在于他精心创作的小说《平凡的世界》能不能得到专家和学者的一致认可。

路遥想用他的作品再一次证明自己。

那个时候，不仅路遥一个人在焦急地等待着第三届茅盾文学奖的评选结果，还有一个人也在急切地等待着。这个人就是他的小说《平凡的世界》的责任编辑李金玉。为出版《平凡的世界》，李金玉不仅倾注了大量心血，而且承担了一般编辑不能承担的风险。因此第三届茅盾文学奖评选工作一结束，她在第一时间便得知评选结果：路遥的小说不仅榜上有名，而且还是排名第一。她的内心有一种说不出的激动，简直不像是她的作者获此殊荣，而是她自己，所以她迫不及待地给西安的路遥打了一个长途电话，第一时间报告了这一喜讯。

然而，李金玉把电话打通，并没有直接告诉他小说获奖，而是故意跟他开了一个玩笑。她装作一本正经地说，告诉你一个非常不幸的消息，你的小说在这次评奖中没能获奖。

李金玉之所以要跟路遥开这样的玩笑，是想看看一个作家到底有多大的承受力，或者说她想看她的作者会有什么反应？

那时，路遥并不知道李金玉是跟他开玩笑，以为那是千真万确的事。因此，他那一颗热腾腾的心，顿时凉得像块冰一样，甚至感觉到有人在他头上狠狠敲了一棒子,瞬间天旋地转一般。然而他仍然表现出一个男子汉的坚强,装成无所谓的样子,漫不经心地对李金玉说,没获奖就算了。

李金玉是聪明人,她听到路遥的话锋有些不对,甚至能感觉到他说话的声调都变了,意识到自己随便的一句玩笑,竟深深地刺激了路遥。因此李金玉急忙笑着对他说,我是跟你开玩笑,恭喜你啊,你的《平凡的世界》不仅获奖了,还排名第一。

这消息对于路遥来说,简直像坐过山车,反差实在太大了。所以当他听到自己小说获奖,激动得差点在作协办公室大喊大叫起来。

六年呀,整整六年时间,他以生命为代价创作完成的这部长篇小说,终于收获了应有的硕果。他用颤抖的手慢慢放下电话,突然觉得一下失去了一个正常人的思维能力,不知道该到哪里去。

在此之前,对于长篇小说《平凡的世界》能不能获得茅盾文学奖,他确实一点把握也没有,而且种种迹象表明,他的小说在这次茅盾文学奖评选中会遇到一定麻烦。首先是一些评论家对这部长篇小说一直不是很看好,甚至表现出冷漠的态度;再就是有关他的负面消息传得到处都是,尤其在北京,传得最多的是他被抓起来了。

这样的传说,可以从著名导演潘欣欣同路遥的通信中看出端倪。

那是1988年,中国电视剧制作中心正紧锣密鼓地拍摄路遥小说同名电视连续剧《平凡的世界》,执导这部电视连续剧的是中央电视台著名导演潘欣欣。在拍摄《平凡的世界》的整个过程中,可谓多灾多难,经历了一次又一次的严格审查,有好多非常精彩的故事情节,被毫不客气地删掉了。因此对于这部电视连续剧,不仅路遥不满意,觉得没能够表达出小说应有的意境和高度,就是导演潘欣欣,也觉得留下了许多遗憾。

可是不管怎样,《平凡的世界》电视连续剧还是在1989年9月底拍摄完成了。对于小说作者和电视剧导演来说,虽然有些意犹未尽,然而只要能完成,还是值得庆贺的。

这年10月上旬,潘欣欣怀着喜悦的心情,给路遥写了一封信,告诉他

《平凡的世界》电视连续剧拍摄完成的消息。可信发出后就石沉大海了。潘导演感到事情有些不妙，怀疑他是不是真的出事了？因为他在给《平凡的世界》电视剧配音的时候，就听剧组一位演员说，"路遥在西安被抓起来了"。

潘导演心里非常紧张，心想《平凡的世界》的作者也被抓起来了，那么这个电视连续剧能否按计划在电视台正常播出，恐怕就是一个未知数了。

那时，潘导演很想给路遥打一个电话，看事情到底是怎么回事。可他又一想，若真如此，不去证实而装糊涂会更有利于电视剧的播出。那么路遥到底是不是在西安被抓起来了？他无法做出正确的判断，因为电视连续剧《平凡的世界》里饰演侯玉英的女演员，就因上街演讲，被毫不客气地抓进公安局，好久没她一点消息……路遥当然有被抓进去的可能。

那些日子，对于潘导演来说，简直度日如年。

1990年1月7日，潘导演在无比焦急中，终于盼来了路遥的回信，路遥并不像传说那样因在西安闹事而被抓起来。因此潘导演急忙给路遥回了信，告诉了自己的担心。同时他还告诉路遥,《平凡的世界》再不担什么"政治风险"了，对电视剧三番五次的审查已经结束,《平凡的世界》是面向"改革"、面向"工农"、面向"老少边"类型的正能量作品。遗憾的是，他不得不砍掉剧中许多非常好的所谓"杂戏"，使有些非孙少安和孙少平线索的戏，不得已变成现在这样。

潘导演还在信中说，咱们曾多次讨论过编剧与导演的行业之不同，我觉得导演的一部作品出笼带着的遗憾更多，有些是自己的艺术水平所致，有些则是来自那些没完没了的审查，为了通过审查而不得不"革命"。终于快完成了，前天刚刚录完电视剧的音乐，由毛阿敏、范琳琳和孙国庆唱的主题歌和插曲，我非常满意，音乐带一出棚，就有不少音乐出版社的人来订盒带，据电视剧的作曲者和不少行家说，主题歌肯定能唱"火"。

十四集电视连续剧《平凡的世界》的主题歌《就恋这把土》的歌词是这样：

　　就是这一溜溜沟沟，
　　就是这一道道坎坎，

就是这一片片黄土，
就是这一座座秃山；
就是这一星星绿，
就是这一滴滴泉。
就是这一眼眼风沙，
就是这一声声嘶喊；
哦……这一声声嘶喊……
攥住我的心，
扯着我的肝，
记着我的忧虑，
壮着我的胆。
……
就恋这一排排窑洞，
就恋这一缕缕炊烟；
就恋这一把把黄土，
就盼有一汪汪泉；
盼不到满眼的风沙，
听不到这震天的呼喊。

潘导演还告诉路遥，《文艺报》刊登说《平凡的世界》电视连续剧新年前后播出的消息有误，关键是把新年和春节搞混了。准确地说，整个电视剧大概可以在1月17或者18日全部制作完成，春节后的初五至十五这段黄金时间播出。而事实上，根据路遥小说改编的十四集电视连续剧《平凡的世界》，在1990年3月份才开始在中央电视台的一二套节目中播出。

中国电视剧制作中心拍摄的路遥小说同名电视剧《平凡的世界》经历了一波三折，甚至三番五次地被反复审查，那么竞争第三届茅盾文学奖，结果最终会如何呢？

因此李金玉在电话里跟他开的这个玩笑，他就信以为真了。

此时路遥满含着喜忧参半的泪水，急急忙忙从作协办公室出来，对身边的人视而不见，几乎是一路小跑地回到家，就想痛痛快快哭一场。

是啊，整整六年时间，他以生命为代价创作完成的长篇小说，能够有如此理想的一个结果，那真是大快人心，可喜可贺。

刚回到家的路遥，心情非常激动，内心像燃烧起一团火，心神不安。他在家里待不住，又身不由己地从家里出来，走到作协的门房，很想跟人分享一下他的喜悦。然而他一时半会儿又找不到跟他分享喜悦的人。过了一会儿，他稍微冷静了一些，觉得现在还不是告诉别人的时候，尽管李金玉告诉他小说获奖的消息十分可靠，但消息不是来自官方，如果最后获奖的不是《平凡的世界》，那岂不是闹下天大的笑话。

路遥心里明白，不是没有这种可能，什么叫乐极生悲？他不能太冲动和盲目，只能把喜悦藏在心里，像什么事也没发生一样。站在作协门房口，他突然看见门房的木槛信插里有一封电报十分耀眼。

意外的发现，同样能够给他惊喜，他突然觉得这电报一定跟自己有关。因此他顺手把电报从木槛信插里拿出来，小心翼翼地打开一看，电报果然是给他发来的，发电报的人是著名评论家白烨。

电报的内容是这样："大作获奖，已成定局，朱蔡雷白同贺"。

这里需要说明的是，电报中的"朱蔡雷白"，别人可能看千遍万遍也不明白是什么意思，而路遥一看心里就明白了，那是朱寨、蔡葵、雷达和白烨的姓氏，也是他北京的朋友，在他文学创作路上不可或缺的人。他们一直默默关注并支持他创作，就是在北京召开的《平凡的世界》第一部座谈会上，能够给予他作品客观和中肯评价的，也只有他们几个。那么这封电报足可以证明，《平凡的世界》获得第三届茅盾文学奖，那是千真万确的。

尽管路遥对他小说获奖的事守口如瓶，可消息不经意间还是在陕西作协大院像风一样传开了，有人对他表示祝贺，也有人表现出沉默。

那天，我刚好不在作协，也就不知道路遥的《平凡的世界》获奖。晚上8点多，我回到办公室，路遥从门里进来，满脸的兴奋，激动地说，你去哪里了,这下狗日的做日塌了。

我不知道发生了什么事,惊慌地问他,怎么了?

路遥说,发生这么大的事你都不知道?

我看着路遥说,不知道,发生什么事了?

路遥一改过去的高傲严肃,热情地给我递了一支烟说,我的《平凡的世界》获茅盾文学奖了,还是排名第一,李金玉给我打来电话,咱老乡白烨也发来电报。

我说,那太好了,好好祝贺一下。

路遥却说,你看你,一满是个二杆子,不冷静也不成熟,不要遇事就大呼小叫,还得等官方正式公布。

我问他,不是结果出来了,怎还没公布?

路遥说,还要报中宣部审批。

我说,一个茅盾文学奖,怎就这么复杂。

路遥说,茅盾文学奖评选程序就是这样,首先通过评委投票,按票数从高到低评选出五部获奖长篇小说,最后上报中央宣传部审批确定。

然而,不管最后结果怎样,显然他对这样的评选结果非常满意,也能看出他的激动心情。因此他仍然像往常一样,躺在我的干木板床上,一支接一支地抽烟,眯缝着眼睛微笑着说,嘀嘀,这下狗日的做日塌了,有些人一满看见我不顺眼,这下怕再张狂不起来了……

我不明白他说的是什么意思,但我知道他以生命为代价,耗费六年心血创作完成的《平凡的世界》,经历了怎样不堪回首的"不公正"对待。《平凡的世界》第一部创作完成时,他寄希望在中国权威杂志《当代》上发表,他视《当代》为展示他文学创作水平的一块"风水宝地"。因为在这之前,他曾有两个非常重要的中篇小说《惊心动魄的一幕》和《在困难的日子里》,都是在《当代》上发表,奠定了他在中国文坛的地位。然而让他万万没有想到的是,《当代》杂志一位编辑看了他的《平凡的世界》第一部书稿,觉得他的这部小说跟过去那些作品相比,显得有些平淡,节奏感不强,且人物众多而庞大,情节也不是很感人,很难让人有继续读下去的欲望和兴趣。

的确，一部文学作品要想广泛传播，首先要能打动编辑，这一点至关重要。显然路遥的《平凡的世界》第一部，对这位编辑来说，没有达到他想要的深度和高度，甚至觉得这篇小说并不是一部成功的作品，那么想要在《当代》杂志发表，也就不可能了。

就这样，《平凡的世界》第一部被《当代》杂志的编辑毫不客气地退回来，这对刚刚涉足长篇小说创作的青年作家路遥来说，无疑是当头一棒。他满腔激情、雄心勃勃创作完成的《平凡的世界》第一部，一开始就遭到这样的挫折和困难，接下来的第二部和第三部又如何能够心平气静地顺利完成呢？

然而，这样的打击似乎还远远不够，迎接他的将是更加猛烈的疾风骤雨。但他绝对是一条汉子，轻易不会向命运低头，也不可能就此罢休。路遥想，《当代》杂志不刊用他的作品，并不意味着他的作品就没有一点文学价值，中国这么大，杂志社和出版社那么多，《当代》杂志拒绝发表他的作品，难道别的杂志社也一样不愿意发表吗？

就在这个时候，路遥意外得到消息，作家出版社一位编辑来西安组稿，凭自己的感觉和判断，他的小说出版应该不存在问题，这正是出版他作品的好机会。因此他辗转托人将凝聚自己心血和汗水的长篇小说《平凡的世界》第一部，恭恭敬敬地送到来陕组稿的这位编辑手里，怀着惴惴不安的心情，等待着这位编辑对他小说的最终评判。

路遥非常渴望自己创作的长篇小说《平凡的世界》第一部能够尽快发表或出版，并能在读者中产生共鸣。只有这样，才能形成强大的动力和精神支持并推动他顺利完成《平凡的世界》的第二部和第三部的创作。

然而，梦想很美好，现实很残酷。

继《平凡的世界》第一部遭遇了《当代》杂志不予发表的惨痛命运后，作家出版社来陕组稿的这位编辑看了他的小说，也有《当代》杂志那位编辑同样的感受，觉得他的小说表现手法陈旧，题材一般，也不符合当时的时代潮流，因此这位编辑仅看了小说的一小部分，就把它放在一边了。

路遥并不知道，作家出版社的这位编辑来西安组稿，是有备而来的，她感兴趣的是贾平凹正在创作的长篇小说《浮躁》。那时的贾平凹，在陕西文学界是坐第一把交椅的人,相对来说,创作实力雄厚的路遥和陈忠实,在作品的出版和发表上,就没有贾平凹那么得心应手。因此作家出版社这位组稿编辑,就要想尽一切办法把贾平凹的《浮躁》拿到手,这对出版社和编辑都是有面子的事,所以她非常婉转地将《平凡的世界》书稿退给路遥。

《平凡的世界》第一部的出版和发表命运,再次亮起了"红灯"。为此,争强好胜的路遥不得不深刻反思这样一个问题,难道自己以生命为代价创作的小说,真的没有一点发表或出版的价值和意义吗?他感到无限沮丧和难堪。而在这之前,他创作了具有非常重要意义的中篇小说《人生》,并在广大读者中产生强烈反响。特别是《人生》电影的上映,不仅给他带来意想不到的惊喜,他的名字也随着电影《人生》而家喻户晓。

小说《人生》的巨大成功,带给他的是经久不息的掌声,但新的文学潮流也把他推到风口浪尖上,他所创作的表现现实主义的长篇小说《平凡的世界》第一部,就受到了一些编辑和评论家的毫不留情的冷落。

面对如此不堪的遭遇,路遥有些心灰意冷了,但他不得不接受这样残酷的现实。唯一可以安慰他心灵的是他通过著名评论家、《小说评论》杂志主编王愚的热情介绍和强力推荐,联系到广州《花城》杂志社副主编谢望新。

谢望新是王愚多年的好朋友,两人交情很深,都是搞文学评论的大家,在全国享有盛名。王愚非常认真地告诉他,青年作家路遥创作完成的长篇小说《平凡的世界》第一部,是当今长篇小说中一部有深度有高度甚至是近年来不可多得的优秀文学作品。

谢望新知道,有文学作品能够让王愚看得过眼并且给予这么高的评价,那一定非同一般。因此谢望新立即从广州飞到西安,用不一样的目光和思维,对路遥的《平凡的世界》第一部进行了非常细致的阅读和审视。他觉得这部小说主题鲜明,气势恢宏,立意深刻,耐人寻味,确实是近年来长篇小说中难得的好作品,于是决定在《花城》杂志上发表;并同《小说评论》杂志社约定,作品发表后,联合在北京召开座谈会,向读者隆重推出。

这是路遥创作完成长篇小说《平凡的世界》第一部后听到的最振奋人心的一个喜讯，也是他文学艺术创作上一个非常重要的转折点。

事情往往就是这么离奇古怪，路遥突然感觉到自己从黑暗中看到了一缕黎明的曙光。与此同时，另一位可以改变他命运的人正不声不响地缓缓向他走来。

这个人就是中国文联出版公司的李金玉。

她的突然出现，从根本上扭转了路遥长篇小说《平凡的世界》创作上的尴尬和被动局面，也极大地鼓舞了他继续完成长篇小说《平凡的世界》第二部和第三部的信心和勇气。

事实上，那时的李金玉跟路遥并不是很熟，她大学毕业后分配到中国文联出版公司，成为出版公司一位年轻的小说编辑，分管西北片作家的稿子。她这次来西安也不是因为路遥的《平凡的世界》，甚至还不知道路遥已经创作完成了《平凡的世界》第一部，同样是为作家贾平凹签订出版长篇小说《浮躁》的合同。然而让她想不到的是，贾平凹的长篇小说《浮躁》已经让作家出版社的编辑拿走了。

就在这时，她意外得到路遥创作完成了长篇小说《平凡的世界》第一部的消息，而当时这部小说也不叫《平凡的世界》，而是叫《普通人的道路》。同时，她也知道了路遥的小说遇到一些不该有的悲惨遭遇。如果是这样，她可不可以去组他的稿子呢？然而她又一想，这个恐怕不行，在她去西安前，领导就给她明确交代，绝对不要向路遥组稿，他的稿子一般由中国青年出版社出版，原因是他曾产生轰动的小说《人生》就是由中国青年出版社出版的，那是一个不成文的约定。

可李金玉不想就这样一无所获地离开，否则显得自己太无能了，以后还怎么在出版社继续干下去。这样一想，她也不管领导给她的约法三章，主动联系到路遥，让他打消别的出版社和杂志社不愿出版和发表小说《普通人的道路》第一部的顾虑，相信自己，绝对不会让他失望，她会在最短时间给他一个满意的答复。

此时的路遥并不想把自己以生命为代价创作的小说的命运交给这样一位年轻编辑,而关键是中国文联出版公司并不是他看好的出版社。也许是李金玉的执着和热情打动了他,他便将信将疑地把他的长篇小说《普通人的道路》第一部书稿,交给了这位年轻编辑。

李金玉拿到路遥的《普通人的道路》第一部,用独到的眼光审视了这部小说,觉得这是一部让她眼睛一亮的好作品,故事情节和场景渐渐吸引了她,她觉得《普通人的道路》是一部真实反映社会底层奋斗者悲欢离合和心灵世界的现实主义力作。她给路遥庄严承诺,《普通人的道路》不仅在中国文联出版公司出版,而且用精装和平装两种版本出版。

应该说,这样的承诺,路遥还是比较满意的。

李金玉也算没白来西安一趟,带着路遥的《普通人的道路》第一部书稿,旗开得胜回到北京,向社领导做了详细的汇报。然而出版社领导感到非常遗憾,觉得她丢了西瓜拣到芝麻,特别是得知《当代》和作家出版社都不愿发表和出版路遥的小说,而中国文联出版公司用如此高规格出版这部小说,显然是冒着巨大的风险。

李金玉旗帜鲜明地阐述了自己的观点,并认真撰写了《普通人的道路》选题审读报告:"《普》是路遥继《人生》之后集中精力撰写的一部长篇小说,全书共三部,在这部规模宏大的作品中,作者力图全景式地表现当今社会生活,在近十年的广阔背景上,通过复杂的矛盾纠葛,刻画社会各阶层众多普通人的形象,把普通人的劳动与爱情,挫折与追求,痛苦与欢乐,日常生活与巨大的社会冲突纷繁地交织在一起,从而深刻地展示普通人在大时代历史过程中所走过的艰难曲折的道路。这是作者的第一部长篇,写这部长篇是作者写作生活中的一个最重要最宏伟的计划。从1982年开始准备到1986年6月第一部脱稿,前后用了四年时间。《普》的第二部将于1987年5月完稿,《普》的第三部1988年交稿。"李金玉的这个审读报告,截至现在仍然具有一定的权威性,它全面准确地概括了路遥这部小说的精髓。

1986年6月25日,署名为李今遇的责任编辑在中国文联出版公司审稿签字单上，正式向领导签了她的审读意见，而书名也由原来《普通人的道路》改为《平凡的世界》。她的审读意见是这样的：这是路遥第一部长篇小说，它规模宏大，思想内涵丰富深刻，艺术质量较高。建议发稿。详细意见见审读报告。1986年7月16日，二审顾志成同意责任编辑意见，可以发稿。同日三审宋文郁也在稿签上签发了他的意见，"作为快件发。请总编室送经理审批。可发。"就这样，路遥的《平凡的世界》第一部在1986年12月，几乎跟《花城》杂志同步，在中国文联出版公司出版发行了……

路遥的《平凡的世界》经历了一些意想不到的挫折和难以言语的遭遇，然而无论如何能有现在这样一个结局，那也是一件值得庆贺的事情，对他的心灵也是一个极大的安慰。

1987年1月7日，由《花城》和《小说评论》编辑部共同举办的路遥长篇小说《平凡的世界》第一部座谈会在人民文学出版社隆重举行。座谈会由《花城》杂志副主编谢望新和《小说评论》主编王愚以及副主编李星三位同志共同主持，鲍昌、朱寨、冯立三、何西来、陈丹晨、何镇邦、雷达、蔡葵、李炳银、白烨、周明、李国平等中国当代文学艺术界重量级的学者和评论家悉数到场，规模之大，规格之高，恐怕是多年来中国文坛少有的文学盛况。

作为《平凡的世界》的作者路遥，理所当然地也应邀参加了座谈会，当面聆听了各位学者和评论家对他小说提出的不同意见。

实事求是地讲，在这次座谈会上，大部分评论家对小说《平凡的世界》第一部并不看好。大家普遍认为，如此宏大的一部作品，人物那么多，一个青年作家能不能驾驭得了、会不会出现虎头蛇尾的情况？毕竟他是第一次创作长篇小说，他能把握住吗？好多评论家对他产生怀疑，只有陕西和北京的一部分评论家，对他的作品给予较为肯定的评价。那么路遥的小说《平凡的世界》到底怎样？学者和评论家们意见不一致，争议很大，甚至出现严重的两极分化。有一些学者和评论家态度非常明确，对他这部小说表现出一种冷漠的态度，认为跟他过去的小说相比，没有根本性突破，创作手法老套陈旧，没有创新，在表现手法上也没有超过他的小说《人生》，并不是一部顺应时代潮流且有深度的文学作品。

这样的评论结果给年轻的作家路遥思想上带来不小的打击，在精神上也有很大的压力。这是路遥不愿看到的情景，但他也预料到会出现这样的难堪场面。尽管如此，小说《平凡的世界》第一部能够出版，也是件令人欣慰的事情。

如果没有李金玉的全力坚持，或者没有中国文联出版公司出版《平凡的世界》第一部，那么他还能不能继续完成他魂牵梦绕的三卷本长篇小说《平凡的世界》，是一件值得怀疑的事情。

怀着怏怏不乐的心情，路遥回到西安，对他精心设计构建的这座宏伟的艺术大厦，进行了一次全方位的认真而细致的审视，不断吸收和采纳座谈会上各位学者和评论家提出的意见，详尽梳理，坚信只要一如既往地坚持下去，就一定会取得全面胜利。不管创作的道路上遇到多大困难，心灵经受多么沉重的打击，他仍然不会就此停下《平凡的世界》第二部和第三部创作的脚步。为此，他带着"受伤"的心灵，背起行囊，一个人消失在都市茫茫人海中，再一次和西安这个城市挥手告别了。

路遥放弃了城市舒适的生活，孤身一人来到自然条件十分恶劣的陕北，不断辗转在陕北的延安和榆林一些偏僻的地方，残酷地把自己关起了"禁闭"。他曾不止一次告诫自己，一定要忘掉自己曾是创作过轰动一时的小说《人生》的作家，就当自己什么也不是，只是一个普通劳动者，一切从零开始，脚踏实地从事自己的辛勤劳动，用事实证明，自己有这样的能力和勇气，一定能够战胜困难和挫折，完成自己制定的伟大工程。因此在那些日子里，他远离城市的喧嚣，耐住寂寞，苟延残喘地和小说里的男女老少生活在一起，一下就在这个城市里消失得无踪无影了。

经过几年苦行僧般生活的作家路遥，在1988年1月27日修改完成《平凡的世界》第二部，同时他的第三部作品也进入收尾阶段，再用不了多长时间就可以大功告成。因此他背着沉甸甸的手稿，从陕北回到帝王气息非

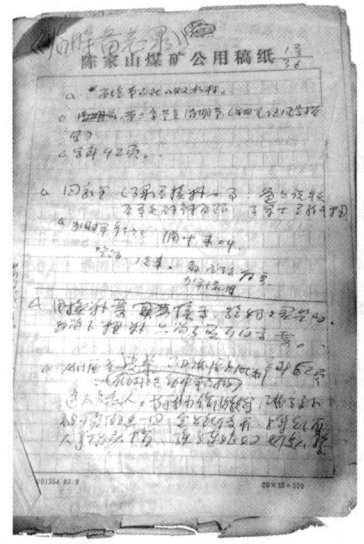 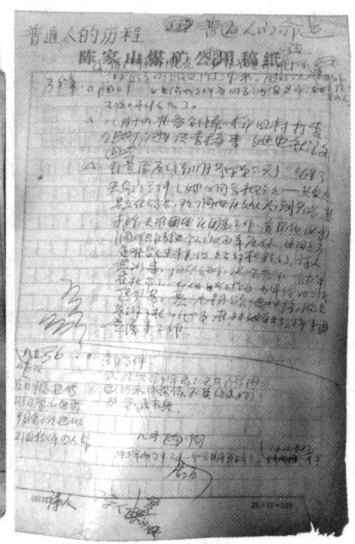

路遥创作《平凡的世界》大纲手迹

路遥和《平凡的世界》责任编辑李金玉

　　李金玉拿到路遥的《普通人的道路》第一部，用独到的眼光审视了这部小说，觉得这是一部让她眼睛一亮的好作品，故事情节和场景渐渐吸引了她。

常浓厚的西安,终于可以跟家人过一个传统的团圆年了。

路遥呕心沥血创作完成了长篇小说《平凡的世界》第二部,他寄希望发表《平凡的世界》第一部的《花城》杂志,还能够继续发表《平凡的世界》第二部。可事情远远没有他想象的那么简单和美好,《花城》杂志无法再发表《平凡的世界》第二部了,其间还阴差阳错地产生了一些不必要的误会。

《花城》杂志刊登不了路遥的《平凡的世界》第二部,约他稿子的人不得不把小说交给《花城长篇小说》杂志去处理,中间发生怎样的事情,还有什么不为人知的故事,个中缘由我就不得而知了。

这里有《花城长篇小说》小说室的廖文同志在1988年4月15日写给路遥的一封信,从中可以看出《花城》杂志刊发不了《平凡的世界》第二部的一些真实原因。

廖文同志给路遥的信原文如下:

路遥先生:

大作《平凡的世界》第二部,原先是由《花城》杂志组来的稿,个中详情对于小说室是不甚了了的。我们小说室办个《花城长篇小说》,这个刊物只刊登由小说室出书(单行本)的长篇小说中的较好作品,一年编两三期不等,系不定期刊物,每期容量最多五十万字,一般是发一部完整的长篇,一部长篇的部分篇幅,一部长篇的若干章节(五万字左右),鉴于此,大作《平凡的世界》第二部交由小说室处理就成了一大难题。实话实说,如《花城长篇小说》刊用,则违背当初创刊的编辑方针,且一开先例,诚恐一发不可收拾;不刊用,则李士非同志失信于人,这就逼得小说室进退维谷了。现经小说室研究,想采取一个变通的办法,即发表《平》稿第二部的部分篇幅,最多发二十万字,即把原稿的前十万字砍掉。李士非同志嘱敝室与你协商,希望你让一步,我们小说室也让一步,把这事善始善终了结掉,所以说你让一步是由于小说室没有理由发全稿,爱莫能助,只好请你多加体谅;所说我们小说室也让一步,是因为单行本不是小说室出的书,也有理由只字不刊用,但敝室愿承担发二十万字的责任（我们实行责任制，《花城长篇小说》每期亏损一万三千元左右，则此项亏损就从《花城》编辑室转嫁到小说室身上了）。这是小说室所可做出的让步的极限了。我极希望宁人息事，所以才提出折中方案，这方案于各方均无多大损害，虽说它给小说室增加了额外负担。

我再次希望你接受这个折中方案，使此事顺利了结。如果你接受不了这个方案，则小说室被逼入绝境，那就爱莫能助，只好不得不作为悬案处理了，万一事情到了这一步，小说室不再介入此事，因为它本与小说室毫无瓜葛。

发稿在即，同意与否，盼即函告或电告。

颂

撰安

廖文
1988 年 4 月 15 日

也许，这就是路遥当时创作完成的长篇小说《平凡的世界》第二部没能够在《花城》杂志上发表的一些情况和主要原因。那么，路遥当时是什么态度，我一直没有听他讲过此事，在这里就不敢随便妄加议论了。

此外，《平凡的世界》第二部没能够在任何一家杂志上发表，还有一个非常重要的原因，那就是《平凡的世界》第一部小说不被一些学者和评论家所看好。因此，对于《平凡的世界》第二部能不能在杂志上发表，对路遥来说已经不是很重要了，更重要的是他要不受任何干扰地全身心投入，潜心创作完成《平凡的世界》第三部。他不愿意让自己最尊敬的导师柳青的悲剧在他身上重演，一定要不遗余力地去完成这一伟大工程，哪怕完成得不好，也要有一个圆满的结局。

《平凡的世界》第二部就这样没能够发表地"胎死腹中"，只有山西《黄河》杂志主编珊泉，没有考虑那么多的因素，同意在他主编的杂志上刊登路遥的长篇小说《平凡的世界》第三部。因此小说《平凡的世界》进入尾声的时候，路遥再次来到他视为创作"风水宝地"的陕北甘泉县招待所，仍然住在他创作非常重要的小说《人生》的那个房间，再次投入光荣的战斗中。他不分昼夜，开足马力，夜以继日地潜心创作，终于在那个牢狱般的房间里，庄严地为他的小说《平凡的世界》第三部画上了句号。

时间是1988年5月25日深夜。

这部整整耗费了路遥六年心血和汗水创作的长篇小说《平凡的世界》，就在这天夜晚的陕北甘泉县招待所小小的房间里尘埃落定了。

在他有限的生命里，他永远忘不了这个日子。

虽然小说《平凡的世界》第二部没有在任何一家杂志上公开发表有一些遗憾，但让他感到欣慰的是，当时还没有全部创作完成的长篇小说《平凡的世界》第三部已经由资深编辑叶咏梅策划、著名演播家李野墨演播，从3月27日开始在中央人民广播电台长篇小说连播节目中，如火如荼地播出了。

他心里非常明白，无论如何必须完成，绝对不能因为自己的原因而中断《平凡的世界》在中央人民广播电台的播出；也绝对不能因为自己原因而让《黄河》杂志一而再、再而三地推迟发稿，那样他就无法面对关心支持他的这些朋友，甚至会闹出天大的笑话。因此《平凡的世界》第三部创作一完成，他还没来得及休整一下，便马不停蹄地从陕北甘泉县出发，跨过黄河，首先赶到山西太原，把复印好的一份《平凡的世界》第三部小说稿交给他的好朋友、《黄河》杂志主编珊泉，然后又急匆匆地乘火车赶到首都北京。

中央人民广播电台每天中午播出半小时的长篇小说连播栏目，是全国亿万听众最喜爱的栏目之一。路遥的长篇小说《平凡的世界》通过红色电波，很快深入到千家万户。

这是中央人民广播电台呈献给全国亿万听众的一道香甜可口的最美好的文化大餐，也是一场不可缺少的精神盛宴。那时正在甘泉县招待所创作《平凡的世界》第三部的作家路遥，也像千千万万热心听众一样，再忙再累，也要在每天中午12点准时收听由著名演播家李野墨播出他的长篇小说《平凡的世界》。

听着自己用生命创作的长篇小说，路遥常常会激动得泪流满面。只有在这个时候，才是他最开心最快乐也是他最幸福的时刻。

与此同时，全国各地的热心听众，在听了路遥的长篇小说《平凡的世界》后，按捺不住激动的心情，不断来信。众多的信件像雪片一样，纷纷扬扬地向中央人民广播电台飘来的同时，也不断飘到路遥身边。

路遥感到有些应接不暇了。

随着中央人民广播电台对路遥长篇小说《平凡的世界》的热播，人们争相阅读小说《平凡的世界》的热潮，很快席卷了祖国的大江南北。曾经不被一些学者和评论家看好的长篇小说《平凡的世界》，很快出现了逆转。

路遥在沉重的阴霾中终于看到希望的曙光。

一沓又一沓的读者来信、一封又一封的约稿函纷至沓来，曾经冷落他的人，也亲自登门拜访，毕恭毕敬地邀请他去做报告，约请他给写文章，他一时有些力不从心了。

这一切看似红火热闹，实际暗波涌流。

路遥对他的长篇小说《平凡的世界》到底能不能获得第三届茅盾文学奖，仍心存疑惑，有一些评论家仍然对他的长篇小说产生质疑，认为小说《人生》是他无法逾越的一个高度，《平凡的世界》能够超过《人生》的可能性不是很大。

难道真的会是这样吗？

1991年3月10日，也就是《平凡的世界》在中央人民广播电台播出接近三周年的日子，路遥终于等到盼望已久的特大喜讯，《人民日报》发表了第三届茅盾文学奖的获奖作品消息：

被誉为当今全国最高文学大奖的第三届茅盾文学奖评奖结果今天

在北京揭晓。六位作家的五部作品获奖：路遥的《平凡的世界》，凌力的《少年天子》，孙力、余小惠的《都市风流》，刘白羽的《第二个太阳》，霍达的《穆斯林的葬礼》。另有老将军萧克的《浴血罗霄》和已去世的徐兴业教授的《金瓯缺》获荣誉奖……

这是官方正式对外发布第三届茅盾文学奖获奖的权威消息。

在此之前，路遥虽然不断得到朋友们告诉他小说获奖的消息并向他表示祝贺，但官方却一直没有正式发布这样的消息。他心里明白，茅盾文学奖的评选结果最终由中央宣传部审定。那么，《平凡的世界》能不能最后获奖，他的把握性不是很大，也不排除他的小说被取消获奖资格的可能。

现在有了官方发布的消息，路遥心里的一块石头终于落地了。时间不久，他就收到中国作家协会邀请他去北京领取第三届茅盾文学奖的通知，而且还要代表获奖作家在颁奖仪式上致辞。

3月23日晚上，路遥兴致勃勃地来到我房间，用从来没有过的商量口气，喜笑颜开地对我说，你明天能不能不要睡懒觉了，起早一点行不行，到火车站给我买一张去北京的软卧火车票，我要去北京领奖。

我看着路遥兴奋的样子，笑着问他，中国作协是不是已经给你来通知了？

路遥高兴地说，就是，已经来通知了。

我问他，那我给你买哪天的火车票？

路遥说，你看能不能买到25号的，我听说到北京的火车票非常难买，如果实在买不到25号，你就给我买26号的火车票，而且要软卧，最好是一张下铺，上铺我一满爬不上去。

我说，这个你就不要操心了，你去北京领茅盾文学奖，那是天大的事情，哪怕我一晚上不睡觉，也要第一个排在售票窗口，我就不信买不到一张卧铺票。

路遥笑着说，你说的这个我相信，这是你的优点，这个事儿交给你去办，我放心，等我从北京领奖回来，请你和远村在饭馆里美美吃一顿。

此时此刻，我看到路遥的心情就像一朵盛开的山丹丹花那样灿烂，说话的口气也非常委婉，彻底放下了他平常那种高傲严肃的架势，脸上荡漾着一种溢于言表的微笑。因此他把买火车票的事给我一交代，没有像往常那样躺在我床上，而是从手里拿着的那一盒红塔山香烟里抽出一支递给我，就笑着从门里出去了。

路遥心里无比激动，我能看出他激动的样子。因此他这时候在我屋子里也待不住，便急急忙忙出去到远村的屋子里去了。

我知道他要把这个好消息分享给远村。

路遥从我屋子里一走，我就赶紧去睡觉，害怕耽误了给他买火车票的时间，如果我买不到火车票，问题恐怕就严重了。可是不知怎么回事，我本来想早早睡觉，却躺在床上翻来覆去怎么也睡不着，是自己有思想负担怕买不上票误了路遥去北京领奖？还是我害怕牛皮让自己给吹破了没办法给路遥交代？因此到了凌晨三点，我没有打搅看大门的老解，偷偷从作协的黑色铁大门里翻过去，一路步行到了西安火车站。

然而，我去得实在是太早了，西安火车站售票大厅里空空荡荡，没几个人，非常冷清，只有在大厅的几排椅子上，躺着几个衣衫褴褛的农民工样子的人，正一声长一声短地打着呼噜。

其实，去北京的软卧票和硬卧票并不在同一个地方售票，一楼大厅里只售硬卧票，二楼才售软卧票，要去二楼需要经过一楼大厅，可是现在通往二楼的门紧锁着，我上不去。

事实上，这样的事不需要路遥叮嘱我也明白，去北京的硬卧火车票确实很紧张，而软卧票一般情况下还是可以买到的。因为那时买软卧火车票的都是一些有钱或者有身份的人，所以买软卧票的人不是很多，售票时间相对要晚一些。

我已经答应了路遥，就要做到万无一失，哪怕再晚一些开始售票，我也不能就这样两手空空地回到建国路。尽管建国路距火车站不是很远，步行也用不了半小时，可我到火车站干什么来了？又不是跑这里来看风景，这样来回折腾，还不如在火车站的售票大厅里等着。直到上午8点，在我急切的等待中，火车站二楼售票大厅的门终于开了，我第一个跑到售票窗口，顺利地买到了25号西安到北京的软卧火车票。

我不知道路遥去北京领茅盾文学奖和他听到获奖时的心情是否一样，反正我看见他这几天心情特别好，有种春风得意的神态，就连走路也感觉到跟过去有些不一样了。

晚上，路遥来到我的房间，从我手里接过给他买的火车票，没跟我说几句话，就让我跟他一块去了远村的办公室。

路遥刚进门，就开心地给远村说，中国作协给我来通知了，让我去北京领茅盾文学奖。

远村看着路遥，问他，你准备什么时候去？

路遥说，航宇已经给我买了25号的火车票。

我急忙对远村说，到时咱俩一块送路遥老师。

远村笑着说，那没一点问题。

1991年3月25日，这是作家路遥去北京领取第三届茅盾文学奖的日子，我和远村答应送他去火车站，因此这一天我俩哪里也没去。

晚上8点一过，路遥看完中央电视台新闻联播，就挎着他的那个黄帆布挎包，早早来到我的房间，在我床上躺了一会儿，突然坐起来，让我看远村在干什么，要不现在就去火车站。

我说，现在是不是有点早了。

当然，我之所以这样说是有根据的，那时从西安到北京只有两趟火车，都是在晚上10点以后发车，第二天早上才能到北京，整整要走一个晚上。

路遥说，差不多了，待在房子里也没事，到了火车站你还要排队买站台票，需要一些时间。

我说，你再抽上两支烟，我去看远村在干什么，如果他没什么事，那你说走咱就走。

路遥说，那你赶紧看去，我在床上躺一会儿。

就这样，我从门里出去，走进远村的办公室。我给他说，路遥到我屋子里了，他想现在就走。

远村说，现在走太早了。

我说，路遥心急，他在屋子里待不住。

远村笑着，也再没说什么，就跟我一块走到我的房间里，看见路遥还在我的床上躺着，一只手里拿着烟，另一只手里提着他的眼镜，而房子里已经是烟雾缭绕，呛得人几乎走不进去。

我对躺在床上的路遥说，远村来了，那咱走？

远村看见路遥放在我办公桌上的挎包，笑着说，路遥老师去北京领茅盾文学奖，就这么一点行李？

路遥很快从我的干木板床上爬起来，把手里的烟扔在地上，笑了笑说，再没有拿上的。这时我才注意到他的行李是那么简单，仅仅一个帆布挎包，可能就装几件换洗衣服，而他穿的也非常朴素，就是他平时穿的那些随身衣服，一点也不讲究，根本不像去北京领茅盾文学奖，就像是一个乡下农民去赶集的样子，特别是他的那个帆布挎包，我感觉像是远村经常背的那个。

我很想问远村这个问题，路遥去北京是不是借你的帆布挎包？然而，我又觉得这样的话不能随便问，害怕让他听见了不高兴。

看着路遥坐在我的床上，我觉得一个能够获得茅盾文学奖的著名作家，穿戴如此简单去那么隆重的地方领奖，实在跟想象的大作家形象有些不匹配。可是，他好像已经习惯了这样的简单，不愿把自己束缚在别人的眼光里，去迎合他人的喜好，那样实在太累，也不是他的性格。

是啊，一个伟大而有成就的作家，绝对不能只用穿戴来衡量。比如著名作家柳青，无论从哪个方面来看，他都是一个地地道道的农民形象，甚至你会觉得如此普通的一个老头，怎么可能是《创业史》的作者，几乎跟舞文弄墨的作家一点关系也没有。

柳青和路遥就是这样实实在在的普通劳动者，并且这种普通劳动者的本色，在他俩的身上体现得淋漓尽致。

时间不慌不忙地过了有半个小时，我和路遥还有远村一块离开了建国路的陕西作协，在大门口乘了一辆出租车，说说笑笑地到了西安火车站广场。

路遥和远村在火车站的进站口等着我，我拿着路遥的软卧车票，在窗口买到两张站台票，我们在广场上无所事事地溜达了老半天，然后一同走上站台。

路遥就要上车的时候，跟我和远村分别握了手，然后给我俩说了一句，回来见，便走进了火车车厢。

我和远村跟他挥手告别，祝他一路顺风，胜利归来。

路遥走进火车的软卧车厢，把他的挎包放在卧铺上，然后又从卧铺车厢里走出来，坐在走道窗口跟前的一个凳子上，微笑地看着我俩，一个劲儿地给我和远村招手，让我俩赶紧回去。

尽管路遥这样吩咐，我和远村一直没有离开，静静地站在站台上，看着开往北京的火车载着获得第三届茅盾文学奖的著名作家路遥缓缓地驶出西安火车站，我俩才回到建国路的陕西作协。

1991年3月30日，第三届茅盾文学奖颁奖仪式在北京国际饭店隆重举行。

出席颁奖仪式的有全国人大常委会副委员长赛福鼎·艾则孜，全国政协副主席杨静仁，艾青、冯牧、林默涵、陈荒煤、李瑛等著名作家，老作家刘白羽、魏巍，以及当年曾叱咤风云的老将军王震、杨成武、萧克等，这届颁奖仪式可以说规模宏大，盛况空前。

路遥在第三届茅盾文学奖颁奖仪式上，代表获奖作者们致答谢词。可是，不知是什么原因，他在西安精心准备的答谢词《生活的大树万古长青》，却换成了另外一篇不足五百字的稿子。

他在致辞中豪情满怀地说："人民是我们的母亲，生活是艺术的源泉。人民的大树万古长青，我们栖息于它的枝头就会情不自禁地为此而歌唱。只有不丧失普通劳动者的感觉，我们才有可能把握社会历史进程的主流，才有可能创造出真正有价值的艺术品。"最后，路遥还在致辞中讲道："今天的这个地方就不应该是终点，而应该是新的起点。"

路遥的长篇小说《平凡的世界》获得第三届茅盾文学奖，不仅给他带来了至高无上的荣誉和经久不息的掌声，也为陕西文学事业的发展奠定了坚实的基础。

然而，谁也没有想到，路遥在第三届茅盾文学奖颁奖仪式上的这个致辞，竟然成为他文学艺术生涯中最后一次在北京公开的精彩绝唱。

就在路遥去北京参加第三届茅盾文学奖颁奖仪式离开西安后，我也匆匆忙忙去了陕北榆林。有一天，我突然接到远村的一个电话，他告诉我，路遥领奖回来了，他要请一些朋友一块聚一下，让我一定想办法通知到你。

我说，我在榆林回不去，你转告他一声，代我向他表示热烈祝贺。

1991年4月15日，陕西省委宣传部、陕西省文联、陕西省作协在西安联合召开"路遥长篇小说《平凡的世界》获茅盾文学奖表彰大会"。

据说陕西召开的这个表彰会十分隆重，省委副书记牟玲生、副省长孙达人、省委常委宣传部部长王巨才以及宣传、文学、文化、新闻等单位领导鱼迅、胡采、王汶石、李若冰和社会各界人士悉数出席。省委宣传部副部长郜尚贤宣读了《陕西省关于表彰〈平凡的世界〉作者路遥的决定》，省作协主席胡采在表彰会上发表了热情洋溢的致词。著名老作家杜鹏程，由于身体原因，不能亲临会场，但他得知自己的晚辈、也是同一个战壕的战友获得如此巨大荣誉，心里非常高兴，便委托举办单位宣读了他发来的贺信。

作为西北地区获此殊荣的第一人，路遥在这次表彰会上，理所当然地致了满腔热忱的答谢词。

如此隆重而热烈的表彰会议，我没能参加，感到十分遗憾。4月底，我从陕北腰身一闪回到西安，见到仍然沉浸在获奖喜悦中的路遥，他高兴地告诉了我在北京和西安给他颁奖的盛大热烈场面……

二

  清涧县委书记尤北海对我说，路遥获得了茅盾文学奖，那是家乡人民的光荣和骄傲，请你代表我，邀请路遥回家乡看一看

  路遥获得了第三届茅盾文学奖，这是西北地区获此奖项的第一人。毋庸置疑，在他的面前是一条铺满了鲜花和红地毯的路。

  1991年5月的一天下午，我去省作协旁的省委招待所看望一个朋友，在招待所的大厅，突然见到来西安开会的陕西省清涧县委书记尤北海。他对我说，路遥是清涧籍的一位作家，在全国获得这么高的荣誉，这是家乡人民的光荣和骄傲，你跟他一块工作，能经常见到他，你能不能以我的名义，邀请他回一趟清涧。

  我说，这个应该没问题，就是不知道他有没有时间。但我会把你的意思转告他，看他是什么意见。

  尤北海说，这件事我拜托给你了，如果路遥同意回清涧，你尽快告诉我，我负责安排接待。

  我说，没问题，有消息我会尽快告诉你。

  说实在的，尤书记委托我办的这个事，我不能有一丝一毫的马虎，必须认真地去完成。实事求是地讲，在我认识的县级领导中，尤北海勤奋认真，作风正派，平易近人，是相当有水平的一位领导干部。由于那时他是县委的一位副书记，而我只是文化局一个普普通通的小干事，即便是两个人见面，我也不主动跟他打招呼，甚至见了他，也会远远地躲开。

  那时我在想，我是一个农民的儿子，自己知道自己是什么人，心里总是有一些顾虑，觉得那些领导的眼睛都是朝天上长着的，完全是一副高高在上的样子，因此我一般不愿意主动接近一些领导。然而，尤北海绝对不是这样。他给我的印象是没有一点官架子，我不知他从什么渠道知道我是一个文学爱好者，有一次在县委食堂吃饭的时候，他突然把我叫到他跟前，

用一种关心的口气问我最近在写什么？我听他这样问，心里非常激动，觉得一位县委书记能主动跟我这样一个小干事打招呼，还知道我爱好文学，简直有些受宠若惊，突然自己说话也不那么流利，甚至有些结结巴巴。从那次交谈以后，我就和尤书记熟悉了，慢慢便成为没有级别差距的朋友。

这次，是我离开清涧后第一次见到尤书记，感到格外的亲切。于是，我带着尤书记的重托，急忙去了路遥的家里，把尤书记邀请他回清涧的事如实告诉了他，希望他能回家乡走一走看一看。

路遥听我这么一说，显得非常高兴，而他也很想回一次清涧，毕竟那是自己的家乡。因此他非常认真地对我说，这个没问题，咱们可以选一个合适的时间。

路遥想回清涧，其实还有一个非常重要的原因，那就是他一直放心不下他最小的弟弟九娃的工作问题。这小子整天在家不好好劳动，常常惹是生非，一天不是东奔就是西跑，谁也把他没办法，家里人不知为他操了多少心，父母不断托人写信或捎话，让他无论想什么办法，得给九娃找一个稳定工作，如果再不给他找工作干，他这个弟弟恐怕就成二流子了。

事实上，路遥不想给他这个不争气的弟弟找什么工作，觉得他就不是一盏省油的灯，要文文不了，要武武不下，真不知道他能干什么？然而，父母不这样认为，觉得他这个当哥哥的没尽到责任，而且父母听人说，他已经把世事闹大了，没他办不了的事，关键是他不愿意办。因此父母义正词严地告诉他，他弟弟的这个工作，那就是办也得办，不办也得办，甚至给他下了最后的"通牒"。

有一次，我正准备去陕北，突然让路遥知道了，他马上来到我的房间给我说，听说你在榆林认识不少企业领导，你无论如何给我想一下办法，看哪家企业能把九娃安排进去，必要的时候，你可以打着我的旗号。

我说，你在陕北认识那么多的领导，只要你给他们说一声，让他们出面给你解决，应该不是什么问题。而我打你的旗号，怕人家不相信。

路遥说，榆林和延安地区的领导，都是我的一些好朋友，我不好意思开口，害怕给人家添麻烦。再说，自己的弟弟自己清楚，什么本事也没有，笨手笨脚，基本上干不了什么事，我让人家领导给他安排工作，某种程度上是丢我的脸。你先不要考虑人家相信不相信，也不要在我跟前找那么多理由，你先给我打探一下，看那些效益比较好点的企业有没有这个可能，干什么都行，哪怕是开车，如果有这种可能，我们可以专门去拜访一趟。

我说，如果你出面，情况就大不一样，事情绝对好办得多。在陕北谁不知道路遥，你的名字就是一张响亮的名片，只要你提出的要求，就是有困难，人家也会给你想办法。

路遥听我这么一说，有些不高兴了，生气地把我狠狠看了两眼，动声二气地说我，让你给我打探点儿事，那是我信任你，可你油嘴滑舌，推推拖拖，真是不识一点抬举。接着他仍然愤愤不平地对我说，让你给我在陕北打探一下情况难道就不行了？你看你刚才的态度，一满就不像是朋友。

我看见他生气了，感到有些害怕，急忙堆了一脸好看的微笑对他说，路遥老师你不要生气，我没有别的意思，你的话，我绝对当圣旨一样，只是……

路遥看着我问，只是什么？

我说，只是我觉得这事比较重大，自己知道自己的能耐，害怕把事情给你搞砸了。

路遥说，我是让你去给我打探一下消息，又没让你去给我办，你紧张什么？以为你就是地委书记？我非让你给我解决这个问题不可？

我说，不是这样。不过，我现在听你说的意思，突然明白了。

你的反应也是太迟钝了。路遥笑了笑说，可我总是觉得你这人有些狡猾。

路遥的一句话，说得我把嘴咧了几咧，再什么话也说不出来了。

就这样，路遥有心无心地把我挖苦了这么几句，我也不敢在他面前争辩什么，就当什么事也没有发生，静静地看着他，有些尴尬。过了一会儿，他突然又像想起了什么事，看着我说，我跟你商量一件事，你这次回陕北能不能选择效益好一点的企业，咱也想办法编一本能够赚钱的报告文学集，不能光看人家热火朝天地赚钱，到时我给写序，你看怎样？

哈哈。我笑着说，当然好，赚钱的事谁不愿意，只要你能跟我一块儿搞这事，肯定一点问题也没有。

路遥说，我也是人，又不是跟钱有仇。

我说，如果是这样，咱一言为定，到时候你一定要写序，我去陕北组织一些效益比较好的企业，足足劲劲编一本报告文学集，如果你再能把这个报告文学的主编一当，事情就一满弄圆满了。

路遥说，只要能够圆满，我当主编就当主编，有什么规定路遥就不能当这个主编了，别人能干的事情，我怎么就不能干。

我说，那实在太好了。

就这样，在我那一间非常简陋的房间里，我和路遥基本上达成了共识，由我回一次陕北，想办法联系几家企业，给每家写一篇报告文学，让他们出一些钱，然后在出版社买一个书号，把报告文学集一出，节省下来的钱就是我们自己的了。

那时候，也不是路遥破例要搞这样的事情，在二十世纪八十年代末和九十年代初，好大一部分作家已经基本上"不务正业"了，人心都开始有些浮躁，能够真正平心静气地坐下来搞创作的没几个，因此在那个年代就不可能出现好的文学作品。在那时，像陕西作协主办的两个公开刊物《延河》和《小说评论》，曾在社会上有相当高的知名度，全国一大批知名作家和评论家相继在《延河》和《小说评论》杂志上登台亮相，发表过非常重要的文艺作品，在全国产生很大影响。比如柳青的小说《创业史》、杜鹏程的《保卫延安》以及胡采、路遥、陈忠实、贾平凹、茹志鹃、王汶石、魏钢焰、邹志安、京夫、王愚、李星……这些作家和评论家，都曾在这里的舞台上大展文采。可是在市场经济大潮的冲击下，这么重要的两个文学刊物，读者群已经渐渐流失得差不多了，关键是看不到读者喜欢的文学作品，征订刊物的读者也就寥寥无几，甚至出现恶性循环的不良局面。

那时候不仅仅是陕西，全国各地的纯文学刊物都是如此，没有充足的办刊经费，编辑人员又人浮于事，导致刊物没有一定的发行量，办刊经费全部依靠财政拨款，只能苟延残喘地维持半死不活的现状，甚至到了办不下去或停刊的地步。

既然纯文学刊物是这样一种状况，那么那些编辑和作家自然而然也就一个个捉襟见肘了。

没有办法就得想办法。此时此刻，陕西作家协会迫切需要解决作家的生活问题。据我所知，不知从什么时候开始，作协把为提供文学创作平台而修建的"创作之家"，也改变了用途，一部分房间租赁给一些公司作为办公之用，而剩下一部分房间办成了招待所。就连作协的几部小车，也租给别的公司或个人，以弥补单位经费不足的困难。

这时候，一些自称有能耐的文人，钻头觅缝地想办法搞起了所谓的有偿报告文学。

这事简直就像一股妖风一样，在文学圈子里刮得昏天黑地。也不管那些企业经营状况怎样，更不管人家企业想不想搞这样的事情，所谓的那些作家文人们，一个个不择手段，死皮赖脸，用花言巧语把那些意志不坚定的企业领导，哄得如云里雾里一般。因此好多文人就是通过这种办法，摇身一变成万元户了。

路遥对我说，咱不能光坐着看人家赚钱，也要想一些赚钱的办法，要不恐怕就是这个城市里最贫穷的一个穷光蛋了。

我说，别的事就不要你操心了，你给咱在这里坐镇指挥，其他一切由我去办。就凭你的名气和社会影响，我还不相信赚不到钱。而且在陕北，你的名字还是很有号召力的。

路遥听我在他跟前这样胡说八道，没有再发表自己的意见，显得有些沉默，他不知道前景是不是真的像我说的这样美好。

我看见路遥如此躺在我床上一个劲儿地抽烟，不知他心里在想什么？

是不是仍在想用什么办法去赚钱？或者要改变自己的那些想法？还是……我不知道。

不管他在想什么，虽然他不留情面地批评挖苦了我一顿，但我知道他对我并不是那么讨厌和反感，也不会把一些不高兴的事放在心上，我了解他，知道他就是这样的性格。因此我借这个机会，急忙给他说，路遥老师，清涧县委书记尤北海到西安开会来了，就住在旁边的省委招待所，你想不想见他？这个人相当不错，而且非常有水平，也没一点官架子，别看他在清涧县是一位县委书记，在那个地方可以呼风唤雨，但我看出他对你非常崇拜。

路遥说，这次就不见了，回清涧再见。

我说，那也行，咱说好了，到时你一定要回去，如果你不回清涧，我就不好给尤书记交代了，而且尤书记还等我的消息，我得告诉他一声。

路遥说，那你告诉他，今年我一定回去，具体是什么时候，现在还不能确定。清涧是我的家乡，可我还一直没正儿八经回去过一次。

就这样，路遥在我房间的床上又躺了一会儿，觉得这样躺着也没什么意思，便到远村的房间里去了。

路遥一离开我房间，我赶紧去了作协旁边的省委招待所，找到县委书记尤北海，如实告诉他，路遥已经答应回清涧了，只是时间没有确定。

尤北海说，时间没确定没关系，一旦他把时间确定下来，你赶紧告诉我。

其实，我知道路遥现在不回陕北的主要原因，他有两件非常重要的工作要做。一个是他的朋友陈泽顺给他出了一个主意，让他编辑出版一套自己的文集，他正跟陈泽顺紧锣密鼓地筹划这件事，现在已经进入实质性的实施阶段。再一个就是他想尽快把自己的房子重新装修一下。不知什么原因，他对装修自己房子的事非常上心，不顾劳累，到处找人咨询，托人询问，甚至一个人跑到建材市场，把装修的材料都看过了。无论是出版文集，还是装修房子，这两件事都是费时费力的事情，而且还要花不少的钱。在这个时候，他确实顾不上回一趟陕北。

路遥虽然是一位响当当的著名作家，获得了中国最高文学奖，可是说实话，他和大部分作家一样，在外边风光无限，其实手头没几个钱，基本上也是一个穷光蛋。因此在经济大潮的冲击下，作家们的观念也在不断改变，都在不停地想办法，都在追赶超越，争取挣一些钱，让家里人过上一种亮亮堂堂的体面生活。

我很能理解路遥当时的那种心情，他确实已经是捉襟见肘了。据他给我讲，他获得茅盾文学奖，中国作协和陕西省政府一共奖给他一万元，他一分也没敢花，把这些钱全存在女儿远远名下，手头再没几个钱了。

没钱就得想办法去赚钱，他是一个男人，是家里的顶梁柱，他有这样的责任。可是，没钱是没钱，别人怎么搞，那是别人的事，他有些清高，放不下架子，从来不搞那些所谓的报告文学，而我也只是把他在我房间里说的那些话当成是玩笑，觉得怎么可能呢。

然而又过了两天，我在院子里见到路遥，他一本正经地问我，你还没去陕北？

我说，过两天我就去。

路遥说，有些事能抓紧还得抓紧，过了这个村就没这个店了，机不可失时不再来，这个道理你应该懂。

我笑着说，你真的愿意搞那样的报告文学？

路遥说，我怎不愿意，不是已经跟你说好了。

我说，我还以为你跟我开玩笑。

路遥说，我没事干了，跟你开这些玩笑。如果你不想去搞这样的事情，别人也会去搞的，好多文化人把企业家当一块肥肉，都想美美吃一口，不吃白不吃，你自己掂量。如果想搞，可要抓紧时间，不要光说不行动。

我说，我知道了，这也是对陕北的一种宣传嘛。

我和路遥对陕北确实都有一种非常特殊的情感，虽然陕北那地方自然环境十分恶劣，山又大沟又深，但我们仍然热爱这块土地。因此一说回陕北，我就有种说不出的激动，甚至有种立马就回的迫切心情。那时，我是一个二十多岁的单身小伙子，不需要有什么准备，一个人说走就走了，自由自在。

就这样，有了路遥的参与，我很快离开西安去了陕北榆林。那地方我熟人比较多，事情相对好办一些。因此我一到榆林，就跑到地区行政公署，找了几位说话管用的朋友，让他们帮我介绍几家想搞宣传的企业，由我们组织一些有名的作家，给他们一家写一篇报告文学，主要是为企业做宣传。而且我特别给他们强调，给企业家出版报告文学集，不是我一个人在这里胡说八道，有一位重量级的人物要参与其中，那就是著名作家路遥。

有路遥参与和没路遥参与，情况是完全不一样的。我还一再告诉那些朋友，企业跟我合作，在某种意义上就是跟路遥合作，将来要正式出版一本《塞上雄风》的报告文学集，书名也是他起的，他不仅担任报告文学集的主编，还要作序。

说实在的，在这之前，路遥非常讨厌别人搞这样的有偿报告文学，觉得有些作家不像作家的样子了，一个个沦落成文化"骗子"，没一点公德心和社会责任感，眼睛只盯着钱看，不管那些企业是一种什么状况，只要能给钱，就能杜撰出所谓的报告文学，为一些企业或企业领导歌功颂德，树碑立传，说句很不好听的话，这样岂不是把别人口袋里的钱，变着花样变成自己的，这跟小偷有什么区别？

然而，我一直不明白，他为什么突然改变了过去的这种看法和认识，自己也开始想办法搞这样的事情，到底是出于一种什么原因和目的呢？

这件事像谜一样，我一直不得其解。

我在榆林神出鬼没地跑了有半个多月的时间，联系采访了十多家企业。这些企业都还不错，起码职工的工资能按时发放，因此我就拉到了两万多元的宣传赞助费。

客观地说，我这次去陕北的收获真不小，一次搞到两万多元的宣传赞助费，收效相当可观。这跟路遥的直接参与有很大关系，人家看的是路遥的名，这一点我心里很清楚。

当然，我在陕北搞这样的报告文学，还有一个人比较清楚，那就是陕北青年作家毕华勇。

毕华勇是陕北米脂人，在陕北也算是一位重量级的作家。他的小说和散文，在陕北那些作家中，也是数一数二的，这是大家一致公认的事实。

因此我到了榆林，就邀请他参与其中，然后让他跟我一块到神木、府谷、定边跑了一圈。

采访了榆林的一些企业，由毕华勇不辞辛苦地撰写了几篇关于企业家的报告文学。而我明确告诉他，你写的这些报告文学的稿费问题，我说了不算，得征求路遥的意见，看他能给你多少，到时我再交给你，但肯定不会多，就等于你在义务服务。

华勇笑着说，这没关系，路遥老兄的事情，我尽一点义务也是应该的。

我说，路遥是这个报告文学集的主编，而这个事又是他倡议的，他让我在陕北组织编辑出版一本名为《塞上雄风》的报告文学集，一切他说了算。

华勇说，你告诉老兄，我写的那些报告文学一分钱的稿费也不要，你把我的那些稿费给老兄买条烟，烟对他来说比什么都重要。

我说，那是你和路遥之间的事，我不管，到时候你自己去处理，这样会更好一些。

就这样，我离开了魂牵梦绕的陕北榆林，满怀收获的喜悦心情，带着一种无比自豪的荣誉感，一路欢歌地回到了古城西安。

回到西安的当天，我不知道路遥在不在家，正想着晚上直接去他家里找他，详细向他汇报我去陕北的那些情况。然而，我去门房看是否有我的信件时，突然在院子里碰见了路遥。

路遥笑着问我，你回来了？

我说，回来了，我还准备晚上去你家给你汇报。

你去陕北的情况怎样？路遥站在作协院子里，抽着烟问我。

我说，总的来说，还算不错。

此时，我和路遥站着的地方，曾经是高桂滋公馆的一个院子，院子不是很大，有一个水池，水池里早就没有水了，纯粹是一种摆设，但它也称得上是作协院子里的一道风景。

我知道，路遥问我"怎样"是什么意思，我甚至知道他最关心的是什么问题。因此我如实告诉他，榆林这几年的变化相当大，有钱的人也比较多，开始注意宣传自己了，有一些企业听说你担任报告文学集主编，还要亲自作序,都想让我们去宣传。

呵呵。路遥笑了笑说,只要这些人有这样的认识和想法,事情就好办了。这样,咱在这里说话不方便,我晚上到你的房间里,你再给我详细说一下。

我说,好,晚上我在房间里等你。

一天的时间就这样过去了,几乎是眨眼的工夫,太阳不知不觉从西边落下去了,天色渐渐暗淡下来。

这时候,作协院子里就不那么热闹了,大家都从单位回自己家里,吃着晚饭,收看中央电视台的新闻联播,所以显得特别冷清和安静。

这是陕西作家协会一些作家的生活习惯。

当然,路遥也不例外,他像其他作家一样,等着老婆下班回家做好饭,差不多就是中央电视台的新闻联播了。新闻联播一结束,他在家里也不做什么营生,就像一只夜猫子一样,漫不经心地从家属楼里下来,无所事事地在院子里转悠一阵。

这时,该从家属楼里下来的作家评论家,一个个纷纷喜笑颜开地出现在作协院子里,如果没有什么特殊原因,他们可以一直聊到很晚才回家。

路遥恐怕是这些作家中回家最晚的一个,而且他从家里下来的时候,就已经做好很晚回家的准备,手里仅仅拿着两样东西,一盒或两盒香烟,再就是一盒火柴。香烟是固定的红塔山,这样牌子的香烟绝大部分是别人送他的,他一般不买这么贵的烟。如果自己去买,基本上是买红山茶或红梅一类,价格稍微便宜一些。

此时路遥像往常一样,不在家里陪老婆孩子,一个人从楼里下来,站在作协后院的那一棵枝繁叶茂的蜡梅树下,默默地抽一会儿烟。如果此时有比较能够跟他说到一块儿的人,他就会跟这些人随心所欲地交流一阵。事实上,在作协能够跟他说到一块儿的人并不是很多,唯有李星、晓雷、李国平、徐志昕、王观胜……这些人跟他经常在一起,只要他们几个在一起,就可以毫无顾忌地敞开心扉谈天说地。

因为我和路遥有言在先,他让我晚上哪里也不要去,就在房间里等他,把我去陕北的那些事再给他详细说一下,因此不到八点钟,他就来了。

他没有在我房间里的藤椅上去坐，仍然大大方方地躺在我的木板床上。

我看见他躺在我的干木板床上，就把藤椅拉到他跟前坐下，一五一十地向他汇报这次去陕北的情况。我说，这次去榆林，因有一些领导推荐，事情办得比较顺利，还把米脂的毕华勇也请到这个团队，他写了好几篇报告文学，质量没一点问题，绝对不是敷衍了事，我想等这些企业的赞助款到了，再跟你商量给他多少稿费，他这次确实帮了大忙。

好一阵儿，路遥躺在我的床上不言不语地就是一个劲儿抽烟，对我给他说的这些事没有赞同，也没有提出不同的意见。我实在有些不明白，不知他是什么想法，是我没把事情给他说清楚，还是去榆林自作主张地叫了一个人，让别人知道他也搞这样的有偿报告文学，自己的脸面就不怎么光彩了。可我也不管他是什么态度，既然已经说到这个份上，说一半留一半，自己也感到难受，因此我也就不考虑那么多了，继续给他说。其实，我这次一到榆林，最大的收获就是找了地区乡镇企业局的一位朋友，让他给石油公司经理打了一个电话，然后我从榆林坐车到了绥德汽车站，很快就见到了经理李春富。

李春富是一位典型的陕北大汉，黑红的脸膛，高大的个头，看上去一脸的和善，说话虽然不紧不慢，可他说的每句话，都有板有眼，我觉得这人老实可靠，不像是那种见人说人话、见鬼说鬼话，甚至是逢场作戏那种人。由于有地区乡镇企业局的朋友给他打了招呼，而且他也愿意搞这样的宣传，因此我走进他的办公室后，也没有跟他套近乎，开门见山对他说，我想给你写一篇比较像样的报告文学。

这个我知道。李春富坐在办公室的椅子上，探着身子跟我握了一下手，一本正经地说，有人已经给我打了电话，我一直在等你。

我说，那我是不是可以采访你了？

李春富说，现在不忙，先安排你住下，就在我们公司的客房，条件不是很好，但是方便，你觉得怎样？

我说，没问题，哪里都可以。

李春富说，那我先带你去公司的客房。

我说，不着急，我先把事情给你说清楚。

李春富问我，什么事？到客房里也可以讲。

我看着李春富说，我给你写的这个报告文学，完全是免费，一分钱也不要，这是其一；其二，公司要出一定的版面费，这个你现在就想好，免得到时发生一些不愉快的事，那就不好了。这次，我不是只给你一个写这样的报告文学，还要在榆林地区选几家比较有影响的企业一块儿搞，然后出一个报告文学集。我特别需要给你说明的是，这个报告文学集的主编是路遥。

李春富一直看着我，什么也没有说。

我仍然在那里认真地给他说，路遥不仅担任这个报告文学集的主编，他还要亲自作序，我不知道你是什么意见？

也许，李春富让那些搞有偿报告文学的人给搞害怕了，因此他有些怀疑地问我，路遥真的是这个报告文学集的主编，还要亲自作序吗？

我说，这个我不能哄你，我是清涧人，如果你不相信，可以把电话打到陕西作协，直接去问一下路遥，看是不是这么一回事。

李春富说，也没这个必要，如果路遥是主编，而且他还要作序，那这个报告文学集的分量就不轻了，我当然愿意，那我可以问你一个问题吗？

我说，当然可以。

你说是免费，其实也还是要钱，需要一定的版面费就不能说是免费了，那么版面费到底是多少？李春富看着我的眼睛问我。

我让李春富这么一问，突然觉得有些不好意思了，只好厚颜无耻地对他说，两千或三千都可以，你根据你的实际情况，自己决定。

李春富说，那我给你三千，你看怎样？

我说，一看你就是爽快人，有你这样的态度，那我一定想办法把你的文章给写好。

李春富知道陕北人就是这样的性格，直来直往。因此他笑着站起来，在我的肩膀上拍了拍，严肃而又玩笑地说，钱少你就不给我往好写了？

我赶紧说，钱多钱少，都要给你写好。

就这样正经一阵儿玩笑一阵儿地说着，李春富就领我从石油公司办公楼旁边的一个小楼里上去，让服务员给开了一间客房，他没有进房间，而是站在客房门口对我说，条件确实不怎样，就委屈你一下。

我说，挺好的。那我在哪里采访你？

李春富说，你不要这么着急，一会儿我让办公室的同志先给你送一些材料，你先在房间里看一看，下午我还有一个会，晚上我来找你。

我说，那也行。

就这样，李春富晚上一有空闲的时间，就会来到我住的那个客房，给我讲他那些不为人知的故事，我坐在他旁边的沙发上洗耳恭听；而在白天，他公司里有好多事要处理，就没什么时间了，我只能在房子里看一些工作总结、简报，了解公司的大致情况。

在这样的客房里，我住了三天，基本上把榆林地区石油公司的情况了解得差不多了。而事实上，我已经开始着手写这个报告文学了。

其实，写这样的报告文学也没什么技巧，不就是说好话吗？关键是要说经理的好话。好话谁不会说，把那些高帽子都给他戴的，戴了一顶又一顶，让他感觉到如云里雾里一般的飘飘然。因此我只用了三个晚上，就给李春富写了一篇五千多字的报告文学。李经理认真地看了一遍，觉得还不错，比较满意。我趁他高兴的机会，把路遥弟弟的工作问题向他提出来。我明确告诉他，这是路遥的一块心病，请他想办法帮忙解决。

榆林地区石油公司，那是再好不过的一家国有企业，不知有多少有头有脸的人，都想通过自己的一些关系，把他们的儿女或亲戚安排到这家企业，而能安排进去的也寥寥无几。因此我写好了这个报告文学，目的只达到一半，而另一半就是想把路遥弟弟工作的事落实一下。

应该说，李春富那时肯定没有想到，我不仅给他写报告文学赚钱，还要他给我安排一个人。

我看出李经理对我提出的这个问题有些为难。因此他低着头沉默了一会儿，然后给我说，你提的这个问题确实是一个问题，我只能这样给你说，既然是路遥的亲弟弟,那我只能给他安排一个临时性工作,你知道公司没有人事权,其他的我给解决不了,你一定要理解我。

我说,路遥也没有说要给他弟弟安排一个正式的工作,我觉得临时工也不错,只要你答应,他一定会非常感激你……这是我去榆林的一个核心任务,其实也是路遥的意思,至于那个报告文学能搞成就搞,搞不成就拉倒。

在路遥面前,我实事求是地把这些事情从头到尾给他做了一个全面详细的汇报,看他究竟是什么意见。

事实上,路遥对我给他汇报关于报告文学的事并不怎么感兴趣,可是当他听到我给李经理提出安排他弟弟工作的问题,一下就来了兴趣,有些激动地从床上坐起来,把快抽完的烟把子一把扔在我房间的脚地上,微笑着问我,那是不是人家已经答应你了?

我说,李经理态度明确,只要是你弟弟,他会想办法考虑的,但要解决一个正式工作,恐怕有些困难,关键是他没这个人事权。

路遥说,我那弟弟你又不是不了解,有一个临时工干就不错了,如果李经理有这样的态度,那咱们抓紧时间去一趟陕北,亲自见一见这个人。

我说,李经理也希望你能到公司指导他的工作。我觉得如果你能亲自出面见他,结果可能大不一样,九娃的工作也会落实得顺利一些,我说的人家不一定那么重视,甚至会敷衍了事,而对你就不一样。

路遥说,看来这事还得抓紧。

我说,能抓紧见一下当然好,更何况清涧县的尤书记一直在等你回去的消息。

路遥说,我回清涧不同于到陕北其他地方,还得慎重考虑一下,不能就这样糊里糊涂回去。

我问路遥,你是清涧人,回家乡还搞得那么复杂?

路遥没有回答我,躺在床上抽了一会儿烟,便从床上爬起来,拿着他的眼镜和烟,到院子里散步去了。

我一直不明白，路遥为什么对回清涧那么慎重，显得有些小心翼翼，这里面到底有什么秘密？

我看见他对回清涧那么谨小慎微的样子，也不再在他跟前提什么时候回陕北的事情了，感觉他好像已经不考虑回清涧去了，具体是什么原因？他一直在我跟前守口如瓶，我也不能随便去问，就当没这一回事一样。可是，两天后的一个下午，他在陕西作协办公室给在陕西日报驻铜川记者站的弟弟王天乐打了一个电话，让他尽快来西安一趟，有事要跟他商量。

王天乐接到他哥哥的电话，很快来到西安。

路遥见到王天乐，对他说，清涧县委的尤书记邀请我回去，我也想回清涧一趟，关键是想把九娃的工作问题尽快有个了结，现在这事有了一点眉目，是航宇去陕北想办法联系的，单位不错，是榆林地区的石油公司。我听航宇说，人家同意给九娃安排一个工作，如果是这样，那还是尽快回去当面见一下这位经理。

王天乐问路遥，那需要我干什么？

路遥说，我想让你跟我一块回去。

王天乐说，没问题，我尽快向单位领导请假。

应该说，这样的事儿兄弟俩在电话里完全可以沟通确定。可路遥不这样，他非要让他弟弟来西安不可。当然，他现在给天乐安排的事，虽然不能说是圣旨，也是一言九鼎。而更重要的是，天乐之所以能成为陕西日报的一位记者，路遥起到非常关键的作用。他要想在陕西日报站住脚，不依靠他哥是绝对不行的。因此路遥让他去陕北，他绝对没有不去的道理。

在某种程度上，王天乐像我一样，能够跟路遥一块去陕北，那是求之不得的好事。因为路遥不仅是全国著名作家，而且刚获得茅盾文学奖，正是他大红大紫的时候，跟他在一起，那当然是风光无限。

王天乐就这样领到了路遥的旨意，当天下午就离开西安回铜川去了。

太阳快要落山的时候，我在院子里见到路遥，他对我说，我今天把天乐叫到西安，把咱去陕北的事跟他商量了一下，他同意跟咱一块去，在延安的所有活动都由他来安排，咱什么也不用管，在清涧就依靠你了，我和天乐都不是很熟悉。

我说，清涧不会有什么问题，尤书记热情邀请你回去，他会安排得非常周到，这个你放心。

路遥笑着说，我不认识尤书记，只认识你。

我说，你不认识可比我认识管用一百倍。

路遥把回清涧的事定下来了，对清涧来说，那可是一件天大的事，上上下下都对他荣归故里非常重视。

其实，那时候尤书记并不知道，路遥之所以接受他的邀请回清涧，有一个非常重要的原因，就是想尽快把他最小的弟弟九娃的工作问题能有一个解决，这样他给父母也有个交代。当然，他想正儿八经地回清涧，也是事实。

下午的时候，我在作协院子里再次见到路遥，他给我说，你尽快告诉李经理，就说我最近去拜访他。

我说，我马上告诉他。

晚上8点左右，我急急忙忙走到大差市，坐公交车去了钟楼邮局，打长途电话分别告诉了清涧县委书记尤北海和榆林地区石油公司经理李春富，路遥确定最近就要回陕北了。

毫无疑问，路遥是陕北清涧人民的一位优秀儿子，他获得第三届茅盾文学奖，那是家乡人民至高无上的光荣。因此，县委县政府对他回家乡十分重视，县委书记亲自主持召开专题会议，落实责任，同时研究制定了具体接待方案。

那时，我把能够掌握到路遥回陕北的相关信息以及县委县政府如此高度重视、专门成立了接待班子等情况，及时向他进行了全面细致的汇报和反馈。路遥听了这一切以后，笑着对我说，清涧一满把我当大人物看待了。

我说，你在家乡人们的心中就是一位任何人都无法替代的大人物，家乡用最高的规格接待你，足以说明你在家乡人民心目中的地位。同时，我还跟他开玩笑说，哎呀，社会就是这样的社会，不能怪别人，只能怪自己无能，真是应了那句老话，人比人不能活，我跟你比，就差十万八千里了。

哪能像你，回一趟家乡，县委书记会像接待中央首长一样，多次主持召开专题会议，研究接待方案，我真羡慕县上领导如此器重你，什么时候我也能像你这样，让清涧县的领导把我抬举一下，那我就是死了也不后悔。

路遥笑着说，你现在可不能死，在清涧我就认识你和朱合作，可朱合作不像你，他没在清涧工作，相对认识的人没你多，关键是他不认识县委书记，你如果这么一死，那我恐怕就去不成清涧了。这是一个玩笑，但有一点你要记住，只要你一心一意把自己做强大了，别怕没人抬举。

时间的脚步不慌不忙地朝前迈进着。

这天，路遥再次把王天乐从铜川召唤到西安。

他听我说清涧如此重视他回家乡，还成立了一个接待班子，突然有了一些心理负担，实在不喜欢官场上这种迎来送往，觉得诚惶诚恐。

路遥就是这样一个古怪的人，有时候害怕别人不在乎他的存在或者别人对他的疏远，而有时候又害怕别人过于在乎他而使他心神不安，他甚至接受不了别人对他这样的在乎，心理压力很大。因此他让天乐来西安认真地参谋一下，看这事究竟怎样办比较好。

王天乐就不像路遥了，他对这些根本没有一点精神负担，觉得把事情闹得越大越好，越风光越美，甚至想让清涧人都知道，特别是要让曾经把他父亲关进监狱的那些人清楚这样一件事，王家外边确实有吃钢咬铁的人，不能谁想怎么欺负就怎么欺负。

要知道路遥的弟弟王天乐之所以有这样的想法，并不是他一时心血来潮，而是有客观原因的。他父亲王玉宽，在清涧石嘴驿公社王家堡村担任一个生产队的小队长，有次他带村里一些人，把公路边的树给砍了，这事很快让人反映到县政府。本来也不是什么大不了的事情，砍树固然是他的不对，但也没达到抓人的地步。可是不知怎么回事，这个事有人直接反映给县政府分管的副县长。这位副县长一听，立即火冒三丈，觉得一个生产队的小队长，简直是无法无天，自己偷砍一棵树也就罢了，居然胆大地带着村里的人去砍树，那就不是一般的小问题，性质非常恶劣。因此他下令把砍树的人抓起来，全部关进清涧倒吊柳的监牢里。

路遥的父亲就这样被毫不客气地关进去了。

事情发生在1981年，那时路遥的名气还不像现在这么大，而他弟弟也不是什么大报记者，还是一个地地道道的揽工汉，因此在清涧也就没人知道兄弟俩有多少能耐，更没人知道砍树的王玉宽是创作轰动全国的小说《人生》的作家路遥的父亲。

有一次，路遥在我房间里不知说什么事时，突然提起他父亲在清涧曾发生过的这件事。他说，你可不要小看我那不争气的父亲，虽说他没甚文化，大字不识两升，可他是一个非常高傲的人。就说他带村里人把公路边的树给砍了，让人家毫不客气地拉到清涧关起来，可他根本不害怕，知道关进去两天还得把他放出来。

路遥说，那时候我父亲不害怕并不等于家里人不害怕，家里人看见我父亲被关进了监牢，觉得就像天塌下来一样，急得到处找我和天乐，不管想什么办法找什么关系，一定要把父亲从监牢里捞出来。

那时，我不在西安的单位，正在陕北甘泉修改我的一个小说，家里人也不知我去了哪里，根本找不上，他们只能找到我的弟弟王天乐。

可是，天乐对这样的事也没一点办法，觉得父亲这下把乱子给弄大了，不然怎么会让人家关进监牢呢？他一个揽工汉，能有什么关系。然而，他毕竟是有文化的高中生，费了九牛二虎的力气找到我所在的甘泉县招待所，给我打了一个电话，第一句话就是，你赶紧想一下办法，家里出大事了，咱那不争气的父亲被公安局给关进了监牢。

路遥说，我一听父亲被关进监牢，毫无疑问那是犯了大事，但我搞不清是什么问题。因此我就不能四平八稳地修改我的小说，得想办法先让父亲不要坐牢。

我问天乐，那你说怎办？

王天乐说，咱俩一块到延安会合，尽快找一些可靠的关系，想尽一切办法把父亲捞出来。

就这样，我和天乐急急忙忙赶到延安，可盲目跑到那里不知道找什么人，也不知道谁有这样的本事能把我父亲从监牢里放出来。那时,对于我俩来说,几乎是束手无策,但又是迫切需要解决的一个问题。

可我那父亲被关进去了,他却还什么也不怕。路遥笑着说,他在监牢里非常高傲和张狂,不断给跟他一块被关进去的人说,你们要害怕哩,可是我不怕,我有我们家的路遥哩。

事实上,父亲根本不懂什么是文学,可他知道自己的儿子在省城工作,那一定是一个了不起的人物,没有他办不到的事情。

那时候父亲一定是这样想的。

这就是我的父亲,相当傲慢。路遥说,你看他这个人,关进监牢了还不给人家老老实实,争取宽大处理,还在人家跟前说这样的话。可是不管怎样,那是我的父亲呀,我不能不管,心里非常着急。我俩在延安找了不少朋友,都说不认识清涧县的领导,那意思十分明确,就是办不了这个事。最后,这件事不知怎么让我的一个好朋友贾炳申给知道了,他是陕西人民广播电台驻延安记者站的记者,他那时候的活动量比我大多了,十分有把握地告诉我,你不要管这个事了,不就是砍了几棵树,有什么了不起,也不至于把人关进去,我给你去处理。就这样,他去了清涧,不知用了什么办法,我父亲就从监牢里放出来了。

路遥说,这件事给我留下很深的印象,我也很感激我的这个朋友。要不是贾炳申出面想办法,我那父亲不知要关到什么时候。

那时我觉得,路遥虽然把这个事当笑话一样给我讲了一遍,但让我感觉到在清涧曾发生在他父亲身上的这样一件事,或多或少对他产生了一些影响,甚至影响到他对家乡清涧的一些看法。

路遥能够如此痛快地答应我回清涧,仅仅是因为县委书记的邀请,或者是他想找一些关系解决他弟弟的工作,还是有别的什么意图?这些,我确实不清楚。但我在他的弟弟王天乐的一些言语中,或多或少地感觉到他这次回清涧,主要是要扳回过去的一些脸面。

因此,路遥让他的弟弟王天乐跟我一块回清涧,王天乐的态度明显跟路遥有些不同,表现出一种得意的神态,甚至在他的言语中,自然而然地流露出这样一种成分。

　　这天晚上,王天乐再次来到西安,他从路遥家的楼里一下来,就走进我的房间,他进门就对我说,路遥已经跟我商量好了,决定九月份去陕北,大致路线是这样的,头天到黄陵的车村煤矿,矿长是我非常要好的一个朋友,他多次邀请路遥去他的煤矿参观,这次正好是机会,一举两得。我们在煤矿住一晚,由煤矿的车把我们直接送到延安,这些事你不要插手,都由我安排。到了延安以后,你直接去清涧,把路遥在清涧的所有活动安排好,那里的情况我和路遥都不熟悉,就全部托付给你一个人了。关键是你要把地区石油公司的那个事协调好,你心里也清楚,路遥这次去陕北的主要目的,是解决九娃的工作。

　　我对王天乐说,如果是这样,那我是不是先给他们打一声招呼,让人家有个思想准备。

　　王天乐说,你先不要着急打招呼,关键是你心里要有数,等定好哪天去陕北,你再去通知他们。

　　我说,那也行,我等你的消息。

　　就这样,王天乐给我把这个事一交代,就离开西安回铜川去了。可我心里一直在嘀咕,我这次陪同路遥去陕北清涧到底好不好?会不会我们之间发生一些不愉快的事情,那么以后朋友关系还能继续维持下去吗?

　　那几天我的思想斗争很复杂,就好像半路上捡到一个猪蹄子,吃不是,扔不是,搞得我坐卧不安,甚至是夜夜失眠。

　　也许应了那句老话"开弓没有回头箭",仅仅过去了几天时间,路遥和王天乐就把去陕北的时间定下来了,9月18日从西安出发,先到黄陵车村煤矿,然后再去延安,在延安活动一两天,就回家乡清涧。

　　路遥回陕北,中途要绕道去车村煤矿,我不知他是出于什么考虑。不管怎样,这是天乐安排的一条路线,路遥也没提出不同意见,我当然不能说什么。至于车辆,根本不需要我去操心,天乐会搞一辆好车。就像他给我说的,路遥这次回陕北,要排排场场。

　　眼看时间一天天临近了,我哪里也没敢去,一直在作协等王天乐的消息，害怕万一有什么变化，我可以第一时间报告尤书记，不要影响他的工作，我别帮不了忙，反倒给人家添乱。

可是，自从天乐那天从我房间里离开，我再没看到他的人影，不知到时他是来西安一块坐车去陕北，还是我和路遥到铜川再去接他，反正去延安要经过那里。

那时候的通讯还没有现在这么发达，而我要给铜川的王天乐打电话，还得跑到钟楼邮局，像我这样的人是不能随便用单位的电话打长途，可不打又搞不清楚情况，也不好去问路遥，只能在作协傻等。

过了两天，我在作协门房里无所事事地看报，忽然看见天乐挎着一个黄挎包从大门里进来了。我赶紧从门房走出去，问他，你来了？

王天乐给我点了点头问，我哥在家里吗？

我说，你哥在家里。

王天乐说，你准备一下，明天去黄陵。

我问，在什么地方坐车？

王天乐说，你明天在作协院子里等着，到时会有一辆黑色奥迪车来接我们，你让司机把车停在院子，然后把他领到我哥家，我在我哥家等他。

王天乐一边给我说，一边往路遥家里走，他走着还回头给我叮咛，你留心一点，只要车村煤矿的奥迪车一来，我们就出发。

我说，我知道了。

三

路遥说，我一踏上陕北这块土地，心情就会非常激动，看到陕北的山，陕北的水，常常会泪流满面

1991年9月18日，这是一个阳光灿烂的日子。

一辆黑色的奥迪小轿车不知不觉开进位于西安建国路的陕西省作协院

子里。

谁都知道，作协是一个比较清贫的单位，平时很少有这么高级的小轿车开进来。因此有高级小轿车出现在这样破烂的院子，那一定是来大人物了。

看门的老解，是一位相当负责的老汉，他看见高级小轿车从大门里开进来，招呼也不给他打一声，实在有些生气。因此他迈着碎步，一直追到高桂滋公馆门跟前，见小车停在那里，也不管来的是什么人，非常严厉地追过去问司机，你是干什么的？怎不打一声招呼就进来了？

司机急忙笑着说，不好意思，我来找路遥。

老解一听司机来找路遥，他的火气立马就烟消云散了，语气也不像刚才那么生硬，十分客气地问，那你知道路遥家在哪个楼住吗？

司机仍然笑着说，路遥的弟弟已经告诉我了。

老解说，那你去，路遥正在家里。

司机把车在院子里一停，便按天乐事先告诉他的楼号，走进作协后院，非常顺利地找到路遥家。然而事情就是这样的阴差阳错，前后相差不到十分钟，我去前院看的时候，连一个车的影子也没看见，可我刚回到房间，车村煤矿的奥迪车就到了作协。

知道奥迪车来到作协还是天乐在院子里喊我。

我看见他有些不高兴，板着脸埋怨我说，你看你能干什么，让你看着车来了把司机领上楼，可司机到我哥家都不见你的影子。

我急忙给他说，哎呀，实在不好意思，我在院子里看了几次没看见，刚回到房间，司机就到了。

王天乐说，别说那么多，赶紧走。

我转身回到我的房间，把包一拿，锁上门，跟着王天乐就从作协的后院里往出走，看见路遥和司机已经到了前院，正站在水池边抽烟。

路遥的行李非常简单，就一个黄帆布挎包，里边也没有什么东西，而他穿的衣服也相当普通，仍然是平时穿的那些，上身是一件土黄色夹克衫，这件衣服不知他已经穿了多少年，里边是一件土布衬衫，看上去好长时间没有洗似的有些陈旧，一条皱巴巴的牛仔裤，基本上分不清是什么颜色，那一双穿了多年的真皮凉鞋，也是黑不溜秋。

在陕西作协，他是穿戴最不讲究的一个人，如果是不认识他的人，看见他这样的穿戴，会以为他是一个蹬三轮车的。而他还有一个最大特点就是夏天从不穿袜子，他有脚汗，一天洗一次袜子太麻烦，这样可以随便在自来水管上一洗，省了不少事儿。

当然，他这样的穿戴，别人根本认不出他就是创作出轰动全国的小说《人生》和《平凡的世界》的那位当代著名作家。

那时，西安到黄陵还不像现在这样顺畅，没有高速公路，只能走213国道，而这一段路的路况非常差，破破烂烂的，拉煤的车又特别多，交通事故频发，就是再好的车在这样的路上也跑不起来。

在奥迪小轿车里，我和王天乐坐在小车的后排，路遥坐在副驾驶的位置上。我是头一次坐这么高级的小轿车，突然觉得自己就像是一位非常了不起的大干部，风光无限。

那时的基层领导干部生活比较朴素，就是县委书记，也没什么特权，即便外出开会需要坐车，县委办公室派一辆就行了，大部分是帆布篷小吉普，密封不好，性能又差，夏天热得像蒸笼，冬天冻得瑟瑟发抖。然而就是这样的车，一般人也没有资格享受，只有县委书记或县长才有资格在出去开会或下乡时坐一坐，显得比别人优越一些。

奥迪牌小轿车驶出西安市建国路，经过大差市，到钟楼朝北一拐，顺利地驶出北关，经过草滩，跨过了渭河大桥，沿着西延公路驶向陕北。

不知不觉中，奥迪小轿车驶出了西安，城市就这样被远远地甩在身后，眼前是一架又一架起伏连绵的黄土山。此时，王天乐特意把路遥坐的前排座椅稍微放平了一些，想让他躺在座椅上休息一会儿。

可是，路遥把身体往直坐了坐说，我不想躺，这样公路两边的美丽风景一点也跑不了。唉，我也不知道是什么原因，虽然经常回陕北，也经常走这条路，可当我坐着车从渭河大桥上过去，就说不出来的兴奋和激动，看到什么东西都感到非常亲切。

我说，那是你太爱陕北了。虽然陕北现在还有些贫瘠，发展得比较缓慢，可那是生养我们的地方，别的地方再好，仍然觉得不管怎样都没有陕北黄土高原这么厚重，这么震撼，这么让人揪心扯肺。我不知道说得对不对，陕北，就像是一个顶天立地的男子汉一样，让人无限敬仰。

路遥扭头看了我一眼说，我还没看出来，你对陕北有这么深刻的认识。

我说，也许是我胡说八道。

其实，在很多时候，我跟他有同样的感受，陕北是这个世界上最好的一个地方，哪个地方也没有陕北这么美好，就跟"儿不嫌母丑，狗不嫌家穷"是一个道理，无论你走得多远，都永远不可能忘掉曾牵着你的手、扶着你学走路的那个人。

此时，坐在小轿车副驾驶位置上的路遥不再说什么话了，也不去睡觉，眼睛不停地看着车窗外的景色，仿佛他从来没见过一样，每一处都能吸引住他的目光。

看见路遥如此痴迷的样子，我和王天乐就不再打扰他了，坐在小车后排悄悄说一些无关紧要的话。天乐一再给我强调，路遥这次回陕北，他下了非常大的功夫，调动了他好多关系，才联系到这么一辆象征身份的豪华小轿车。他说，你可能还不理解，我可以这样告诉你，路遥这次回陕北该风光一定得风光，这个不能含糊。也不能像原来那样，起码要让他坐一辆好车，不能随随便便给他安排一辆小车就行了，绝对不能这样。这样人家就会小看路遥，笑话他这样一位著名作家，却坐这么一辆烂车，咱的脸上也十分不光彩。你觉得我给安排的车村煤矿的奥迪车怎样？那是人家矿长的专车，平时不管是谁，动都不能随便动一下，可我一个电话，矿长就让司机把车开来了。

我扭头看了看天乐，不知他给我说这些话是什么意思？因此我也就顺势夸了他几句，你确实了不起，非常佩服你的办事能力。

王天乐有些得意地给我说，要知道矿长是我多年的好朋友，非常够意思，一般关系想用他的奥迪车，恐怕门儿都没有。

我说，我能看出你们的关系非同一般，不然他不可能让这么好的奥迪车开到西安来接人。

王天乐说，那当然。

我和王天乐的对话，不知路遥听见了没有，反正他一本正经地坐在副驾驶的位子上，什么话也不说，一会儿眯缝着眼睛，一会儿望着窗外，仿佛陕北黄土高原那些错落有致的景色，他从来没有看到过一样。

王天乐探着头看了一眼路遥，然后继续给我说，路遥在延安的活动，坐的也是这种高档车，我都给他安排好了，不需要你操心。咱们到了延安，我让矿长的奥迪车回煤矿，有延安地区政协主席的白色奥迪车再为他服务，一直到把他送到清涧。

我立即意识到王天乐给我说这些话是什么意思，那就是让我在清涧也给路遥搞一辆好车，这件事我可办不到。清涧的情况我了解，没有什么工业，财政收入是榆林地区倒数第一，可以说穷到骨头上了，干部职工经常发不出工资，全县也没一辆奥迪，都是那种帆布篷小车，在清涧恐怕就要委屈他了。

王天乐看见我不言不语，他也不管我怎么想，仍然给我说，你去了清涧，把路遥在延安的情况如实告诉给县委书记，他不是你的朋友吗？你让他安排一辆好车。

我说，这个可能有些为难，关键清涧没好车。

王天乐说，这个我已经告诉了你，到了清涧那就是你的事，看你有没有这个能耐，反正我已经给足了你面子。路遥到了清涧，你可以一直陪他，让你也在清涧风光一回，我当然无所谓了，清涧也没我认识的人，可你就不一样，你在清涧工作过，认识那么多的人，还有不少朋友，恐怕你离不开那里。

我听着王天乐喋喋不休地给我讲的这些，心里觉得很不舒服。当然，他能办到的事，我不一定能办到，他是陕西日报的记者，好多领导对记者是毕恭毕敬，关键是害怕记者曝光他们不光彩的事情，一旦自己那些不光彩的事让记者给抖搂出去，那就大事不好了。所以对那些记者，领导一般不敢得罪，得罪了记者就等于自己离身败名裂不远了，甚至前途也会受到影响。

事实就是如此，王天乐是正儿八经陕西日报社记者，他在延安要一辆好车，那当然是轻而易举的事情，而我就没他这样的能耐。

有一辆好车，固然是好，可是还需要有一条平展展的好路，像西安到黄陵，坑坑洼洼，到处是拉煤的大卡车，一辆接一辆，慢得像一只蜗牛，再好的车在这样的公路上也跑不起来。我们乘坐的这辆黑色奥迪小轿车，中午从西安出发到现在，差不多在西延公路上跑了大半天，在天快黑的时候，才勉强到了延安地区的黄陵县境内。

小轿车还没从黄陵的山上下去，路遥扭头问他的弟弟王天乐，晚上在什么地方吃饭？

王天乐说，在车村煤矿，矿长已经安排好了。

我感觉路遥可能已经饿了，是不是离开西安时，他没有吃饭？我不是很清楚。可黄陵到车村煤矿还有一段距离，奥迪车从黄陵山上下来，没有进县城，而是从一条拐沟里进去了。

我是头一次到这个地方，感觉到这条黄土沟深不可测，其实山倒不是太大，可沟非常狭窄，时而像被挤在了一起，时而又突然劈开了一条缝，小轿车就在这样的夹缝里像一只蜗牛一般慢悠悠地爬行。

很快，天就渐渐黑了下来，在这样的深山沟里，几乎看不到有什么村子，也没有什么人，越走越让人感到毛骨悚然。

这是要到什么地方？我感觉走进了另一个世界。

小轿车走得几乎再没路可走了，黑压压的大山毫不客气地挡在面前，看来是到了深沟的尽头，最后才在有几层楼的院子里停下来。

这就是车村煤矿。

据说，这里曾是陕北关押犯人的一个地方，是不是这样，我没有做过考证。但我借着微微的月光，看到这里确实是一个荒无人烟的地方，听不到一声鸡鸣狗叫，看不见一缕淡淡的炊烟升腾，也没有闪烁的灯光。而在煤矿的附近，也没有其他地方那么高大威猛的山脉，一切显得那么矮小，却又那么秀丽。站在车村煤矿院子里望去，山坡上到处被绿油油的草和树遮掩着，基本上保持了原始状态，景色还是不错。

矿长是一位非常热心的人，他拉着路遥的手，嘘寒问暖地寒暄了一阵，就带着我们去食堂吃饭，准备的是陕北的特色饭菜，路遥吃得满头大汗。

　　晚饭一结束，矿长就领我们到办公楼上的客房里休息，一人一间，非常高的待遇。我进得门就一头扎在床上，感觉到车村煤矿的夜跟城市有很大不同，天空亮得就像水洗过一般，蓝格瓦瓦的，布满天空的星星，像小米稀饭一样，一颗挨着一颗。

　　我虽然在床上躺着，可透过窗户也能看到天空中的景色，感觉那一轮明月，仿佛是为看美妙夜景而专门安的一盏探照灯。

　　夜晚的车村煤矿非常宁静，偶尔也会听到有猫头鹰拉长声调的嚎叫，一声又一声，让人毛骨悚然。

　　我不知道路遥拐到这里干什么来了？在这里他不召开所谓的文学座谈会，也没有做什么文学讲座，胆战心惊般在如此陌生的地方住一晚，仅仅为吃一顿饭吗？

　　天麻麻亮的时候，我就醒了，在房间里待不住，就从楼里下去，站在煤矿的院子里欣赏风景。

　　早上八点，路遥也从楼里下来，跟在他身后的是他弟弟王天乐和矿长，看见我站在院子里，路遥笑着问我，这里景色怎样？

　　我说，山清水秀，风光无限。

　　路遥说，这地方好，非常清静，没有干扰，想睡到什么时候就睡到什么时候，老了我就住这里。

　　矿长说，你再写小说，就在这里写。

　　路遥说，这个可以考虑。

　　就这样在车村煤矿院子里转了一会儿，矿长便带我们去食堂里吃早饭。早饭很丰盛，虽然不是什么山珍海味，都是陕北的一些家常便饭，但非常可口，用路遥的话说，一满吃得人认不得人了。

　　早饭一吃，就没什么事了，矿长非要带我们下一次矿井。我一听，就有些害怕，那么一个黑窟窿，什么也看不见，下去干什么。我不知道路遥是什么想法，反正我不想去，害怕下去上不来怎么办？可路遥不好拒绝矿长，到这里来不能吃两顿饭就离开,太不够意思了,所以说什么也得跟矿长下一次井。

车村煤矿跟别的矿有些不同,是一种斜井,非常宽敞,不需要带矿灯,两边还有电灯照明,就是大卡车也可以从井巷开进开出。可以说,车村煤矿在同行业中,条件比较优越。

就这样,路遥跟着矿长和负责安全的副矿长从灯火通明的斜井里走进去,我和王天乐紧紧跟在后边。矿长一边走,一边给路遥介绍煤矿的情况。

我不懂煤矿那些事,听得云里雾里的。

那时候,我不知道矿长要把我们带到什么地方。斜井越走越陡,越走越深,阴森森的,巷道回声很大,嗡嗡直响,我觉得像朝地狱走的阵势,走得心惊胆寒。走了半个小时,我感觉走到了一个无底洞,心里难受。无奈矿长热血沸腾,滔滔不绝地给路遥介绍煤矿里有趣的事情,具体讲了什么,我一句也没听清。

我实在不想往下走了,感觉有一股阴风直蹿,像妖魔鬼怪一样,而走了这么长时间,还没看到一点儿煤的影子,我不知道这个煤矿到底有多深。

路遥也不想再进去了,又害怕矿长扫兴,走得勉勉强强,甚至无精打采。然而矿长仍兴致勃勃,又跟着矿长走了一会儿,他突然站住,对矿长说,不进去了。

矿长看了看路遥,笑着说,那好。

从矿井里出来,阳光温柔地照在脸上,仿佛刚从地狱里走了一趟回来,无法形容的恐怖仍在心头环绕,我真不敢想象煤矿工人是怎样在如此恐怖的环境里工作?

车村煤矿的行程就这样匆匆结束了,我们离开风景秀丽的车村,乘着矿长的奥迪车前往革命圣地延安。

延安是路遥魂牵梦绕的地方。

1973年,他经过层层选拔推荐,幸运地走进延安大学。在这里,他度过美好而富有激情的大学时光,也从这里走上了文学创作的康庄大道。因此,延安对于他来说,有一种特殊的意义。

当然,从这个红色摇篮走出去的作家路遥,经过多年的不懈努力,取得了文学艺术上的辉煌成就,刚刚摘取了第三届茅盾文学奖的桂冠,那是家乡人民至高无上的光荣和自豪。戴着如此耀眼的光环,路遥回到了延安母亲的怀抱,理所当然要在这里逗留两天。而我就不能陪他在延安活动了,得赶紧去清涧同尤北海书记见面,了解路遥在清涧的活动安排情况。这是路遥第一次回清涧,又是我牵线搭桥,必须心中有数,绝不能出一点偏差。因此在延安宾馆的院子里,我跟他分手了。

其实路遥不知道,我在离开车村煤矿时,就给子长县石油钻采公司的马士斌经理打了电话,让他派车到延安宾馆来接我,然后送我到清涧。

老马是一个非常守信的人,奥迪车刚到延安宾馆的院子里,他便带着公司的小车提前在那里等我了。

老马是清涧人,跟我是地地道道的老乡,只有四十多岁。他虽然生在清涧,但一直在延安的子长工作,非常能干,人也厚道。我之所以跟他成为朋友,是因为我给他写过一篇报告文学,由此建立了友谊。

在延安宾馆的院子里,我对正要从宾馆大门往里走的路遥说,我就不进去了,现在就去清涧。

路遥站在宾馆大门口问我,有车送你吗?

我说,有子长石油钻采公司的车。

路遥说,延安到清涧不远,路上小心一点。

我说,没事,回清涧就是回家。

这样就算是告别了,我转身走到宾馆院子,坐着老马的车离开延安,沿着西包公路,朝着清涧的方向飞奔而去。路上,我给接我的老马说,不好意思,忘记把路遥介绍给你认识。

老马笑了笑说,呵呵,路遥那么大一个作家,我一个钻石油的人,身上油叽叽的,跟人家根本搭不上话,没介绍就没介绍,真让你介绍给我,我还不知说什么。

我说,路遥平易近人,没一点架子。

老马说,不管有架子没架子,也是著名作家,他把《人生》写得那么足劲,我看一次哭一次,有一点我就搞不明白,他为什么把巧珍写得那么悲惨？巧珍那么好的一个娃娃，怎就不能跟高加林在一起，如果这样就美满了，可结果就不是这样。

我说，如果结局像你想的那样，那你还会哭吗？

老马摇了摇头说，作家这些事我弄不懂。

我说，让你搞明白，那他就不是作家了。

老马说，你说路遥那么有名，可我看他穿得实在不怎样，跟老百姓穿的差不多，一点也不牛气。

我说，路遥时刻保持着一名普通劳动者的本色，到哪里都是这么朴素，不爱打扮自己。

老马说，我以为他威风凛凛，穿得牛湛湛的，看他穿的衣服还不如你。

我说，路遥这叫深藏不露。

老马笑着说，有本事的人都比较深奥。

这样说着，我突然有一个想法，就是路遥从延安到清涧，要经过子长，让路遥中午在老马的公司吃顿饭，不知行不行？

老马笑着说，吃顿饭能有什么问题，关键是我不知给他吃什么，子长就这么一个小县城，也没什么高档饭馆，只能吃一些家常便饭。

我说，吃家常便饭最好了，路遥最喜欢吃的就是陕北饭，你公司灶上的饭我吃了不少，觉得非常有特色，像洋芋擦擦、杂面抿节，都相当地道。

老马说，路遥是陕北人，不稀罕这些，我怎敢用家常便饭招待他，那不是开玩笑。

我笑着说，那是你不了解他，他的饮食习惯我比你清楚。但这事只能咱俩说一说，不知他同意不同意。这样，你等我到了清涧，我给他打一个电话，征求一下他的意见，如果他同意，我再告诉你。

老马看了我一眼问，那我给县上领导说一声？

我说，不要惊动县上领导，也不要告诉任何人，我还没征求路遥的意见，要是在子长耽误一些时间，到清涧就晚了，我怕清涧的领导着急。

老马说，那你说了算，我听你的安排。

老式皇冠车从延安出发，到子长是吃晚饭的时间。我在老马的食堂吃了晚饭,就让司机把我送到清涧。

清涧和子长是相邻的两个县,开车只需一个小时,在我走的时候,老马非要陪我过去,我没有同意。都是一些熟人,何必这么客气,而我又不是路遥。

老马笑了笑说,那我就不客气了。

我去了清涧见到尤北海书记,把路遥到了延安的情况报告给他,然后问他,路遥哪天来清涧比较合适?

尤书记说,这事儿让路遥决定,什么时候来都行,县里把所有工作都安排妥当了。

我说,路遥告诉了我一件事,不知有困难没有?

什么事?尤书记问我。

我说,您告诉我,路遥到清涧当晚,让文工团演一场"清涧道情"。我把情况告诉了路遥,他的意思是能不能不看演出,看一场《人生》电影。

哎呀,这是一个新情况,我对这个事一点思想准备也没有,不知县里有没有这个片子。尤书记马上表示,这样,你跟我到县委去一趟,我让文化局去落实。

我说,文化局说不清楚,这事要找电影公司。如果有,什么问题都解决了。如果没有,怎办?我觉得路遥提出这个要求,一定有他的道理,小说《人生》是他的成名作,他跟家乡人民一道看《人生》,意义非同一般。

尤书记说,路遥提出的要求,尽量满足。

这样说着,我和尤书记很快走进县委办公室。他问我,你再想一想,看还有什么事,路遥回清涧一次不容易,不要给他留下遗憾。

我说,别的再没什么,只是他弟弟让我在清涧想办法搞一袋白面,路遥到清涧肯定要回家看父母,可家里要给路遥吃一顿白面揪片子,却没有白面,这事儿我办不到,还得你帮忙。

尤书记不理解地看着我,笑着说,路遥这么大一个作家,我不相信家里还没一袋白面?

我说，你是县委书记，有些情况不了解，买一袋白面那不是件容易的事情，就是有钱也买不到。

尤书记说，这事儿简单，还有什么？他一边问我，一边在笔记本上记着，害怕忘了这些事情。

我说，目前就这些，暂时没有了。

尤书记说，如果再没什么，你去招待所休息，我让接待办给你安排，有什么事随时找我，我现在召集开个会，把这些事再落实一下。

离开清涧县委，我走在红巷口的石板街道上，非常感慨。在这个贫穷的县城里，我整整工作了五个年头，有欢乐也有泪水，但我仍然对这里的每条街、每道巷、每座楼房充满着难舍难分的感情，而且感到很亲切。不知不觉，我来到了县政府干部招待所。从招待所大门里走进去，看见接待办的刘主任正在院子里，他老远就热情地问我，你小子什么时候回来的？

我笑着给他说，刚回来一会儿。

不是说路遥回来，怎你一个人？刘主任问。

我说，路遥明天就回清涧。

刘主任说，你小子混得不错，跟那么大一个作家在一块，庙大了神神就大，真是了不起。

我说，没什么了不起，还不就那么回事。

刘主任说，哎，这样谦虚就不对了，你现在也是一个不能小看的人物，刚才县委办公室给我打了电话，说是尤书记特别交代，把你当贵宾接待，房间已经安排好了，我送你上去。

我说，你跟我还客气，我自己上去。

在清涧县干部招待所住下，我赶紧躺在床上抽了一支烟，觉得现在还不能睡觉，要把清涧这些事尽快告诉给路遥。因此我急忙从楼里下去，看见刘主任仍然跟一些人在院子里闲聊。

我走到他跟前，对他说，刘主任，能不能让我给延安打一个长途电话，路遥在延安，我给他汇报点儿事。

刘主任说，我办公室打不了长途，你去建平办公室打，他那里可以打长途电话。

我听刘主任这么一说，就从对面的二楼上去，走进县政府接待办，给惠建平说路遥在延安宾馆，让我给他打一个电话，汇报一下清涧接待的情况。

惠建平说，你随便打。

我很快拨通延安宾馆路遥住的房间电话，跟他确定了去清涧的时间，顺便我征求他的意见，中午饭安排在子长，你看怎样？

路遥问我，你在子长有熟人？

我说，有熟人，还是咱清涧老乡。

路遥说，没问题，但不要太复杂，越简单越好。

我说，就是陕北饭。

路遥说，那我没意见。

在清涧接待办给路遥打完电话，我紧接着又给子长县石油钻采公司的马士斌打了一个，告诉他，我已征求过路遥意见，他同意在你公司吃中午饭。

老马非常高兴，问我喝不喝酒？

我说，酒就不要准备了，路遥不喝酒。

老马说，喝不喝，那是路遥的事，我得准备一瓶好酒，还得准备两个硬菜，让公司的人到中山水库打两条鱼，请这么大一个作家吃饭，总要差不多。

我说，路遥说越简单越好，不喜欢铺张浪费。

老马说，那我给他杀一只羊。

我看老马在电话里没完没了，便说，那你杀吧。

离开县政府接待办，刚走到招待所院子，我便看见电影公司的任海生，一晃一晃从大门进来了。

任海生把我挡在院子里说，我正要找你。

我问，有什么事？路遥明天来清涧，我赶紧去给尤书记汇报一下。

任海生焦急地说，我刚从县委开完会，找你就是放映电影《人生》的事，公司现在没《人生》的片子，你看怎么解决？

我说，县委给你落实的任务，你跑来问我，我怎给你回答。

任海生说，如果要放电影《人生》，只能去地区电影公司调片子。

我说，如果有困难，你跟我去给尤书记汇报。

任海生笑着说，你这不是让我去找死。

我说，我知道你有办法，而这事儿是路遥提出的，尤书记也同意，你不调片子怕不行。

任海生说，尤书记在会上说是你提的要求，我找你就是看能不能放别的电影。

我说，电影《人生》是路遥根据自己小说改编的，他这次回清涧，想看的是自己改编的电影《人生》，看别的电影在哪里不能看，这个你还不明白？

任海生笑着说，看来跟你商量不成，那我明天让人去榆林把片子调回来，你可别在尤书记跟前告我。

我笑着给任海生说，你看我是那种人？

我对任海生还是比较了解的，他确实是一个实在人，跟我在一个系统共事多年，他从不装腔作势，也不隐瞒自己观点，是什么就是什么。因此他听我这么一说，也不再提调片子困难的事，跟我一块从招待所大门出去，他回了电影公司，我去了尤书记家。在尤书记家里，我把情况给他做了汇报，然后我给他说，明天我去子长接路遥，中午饭安排在了子长，你给我派辆车。

尤书记说，这事儿我给安排。

其实，清涧到子长的路很近，可县委办公室给我安排的一辆吉普车走得相当吃力，平常一个多小时就到了，可那天差不多走了三个小时。开车的老惠说他好长时间不开车了，突然给他派了这个任务，没来得及把车修一下，稍跑快一点车就开锅。

就这样慢腾腾到了子长，我还没来得及跟老马说几句话，路遥坐的白色奥迪车就到了子长县石油钻采公司的院子里。随同路遥回清涧的不仅有他弟弟王天乐，还有延安报社的李志强。

当白色奥迪车在石油钻采公司院子刚停稳，憨厚的马经理看着车里下来的路遥，有些胆怯地不敢靠近，只在那里微笑，经我一介绍，他才象征性地跟路遥握了握手，然后就悄悄站在院子的一边了。

我给路遥说，老马虽是公司总经理，可他不会花言巧语，默默无闻地把公司经营得风生水起，清涧人在子长落了个好人的名声。

路遥微笑着说，我能看出他是一个实在人。

老马一直微笑着，站在路遥的不远处，像检讨一样地说，我给你准备了点儿陕北的家常饭，就是不晓得你爱不爱吃。

路遥说，家常饭好，谢谢你的招待。

在子长县石油钻采公司的职工食堂里吃完饭，也不能耽误太久，我知道尤书记带着县委县政府一班人已经在清涧县和子长县的交界处等候了。

在那个年代，免不了这样的迎来送往，对于路遥回家乡清涧，县委县政府领导当然也要有这样高规格的迎接仪式，这样才显得对他礼貌和尊重。

就这样，一行人在钻采公司职工食堂里前呼后拥地走到院子，路遥头顶着暖融融的阳光，呼吸着陕北的清新空气，他突然在院子里站住，提出要跟老马和公司其他人合影留念。

路遥的这个提议，让老马受宠若惊，从小到大还没一个人这样抬举过他，他激动得泪花花直闪。

告别了子长县，也就意味着离开了延安。

在阳光明媚的中午，路遥乘坐着延安地区政协的一辆白色奥迪车，浩浩荡荡地驶向革命老区清涧。

四

路遥说，清涧是我魂牵梦绕的一个地方，也是一块产生英雄和史诗的土地，毛主席在这里写下了气吞山河的壮丽诗篇《沁园春·雪》……

清涧是革命老区，也是一块红色的土地。早在1927年10月12日，共产党员唐澍、李象九、谢子长、白明善等人领导的清涧起义，打响了西北地区武装反抗国民党统治的第一枪。1936年2月7日，毛主席带领红军转

路遥回陕北，在子长县同石油钻采公司经理马士斌合影留念（右二为马士斌）

路遥头顶着暖融融的阳光，呼吸着陕北的清新空气，他突然在院子里站住，提出要跟老马和公司其他人合影留念。路遥的这个提议，让老马受宠若惊，从小到大还没一个人这样抬举过他，他激动得泪花花直闪。

战陕北，来到清涧县袁家沟，挥毫写下气吞山河的壮丽诗篇《沁园春·雪》。

清涧虽然贫穷，但是一个名副其实的美丽地方。清涧城西边是笔架山，曲径深幽，青松翠柏，碑宇阁牌，左涧右隘，纵贯南北，是清涧县城的一道绿色天然屏障。

巍巍笔架山，潺潺秀延河。

这天，对于清涧来说是一个大喜的日子，家乡人民的优秀儿子路遥，在获得了第三届茅盾文学奖后，带着至高无上的荣誉，回归故里。

很快，路遥乘坐的白色奥迪车拐过子长县马家砭的拐峁，眼前就是清涧辖区的折家坪镇了。在马家砭和折家坪的交叉地带，是延安和榆林地区的分界线，也是两地政府迎来送往的地方。

清涧县委书记尤北海，今天特意穿了一件崭新的中山装，把自己的胡子刮得干干净净，还特别给迎接作家路遥的其他县上领导交代，今天迎接的人跟其他人不一样，不管穿新穿旧，一定要穿得精精神神，让路遥看到家乡人的精神风貌，看到清涧的发展希望。

白色奥迪车缓缓驶进清涧地界，老远就看见靠近折家坪公路边上停着不少车，也在两旁站了不少人。我知道，这是清涧县委县政府领导在这里迎接路遥。

可是，不知为什么，路遥乘坐的那辆白色奥迪车跑着跑着突然停了下来。我不清楚是怎么回事，便让司机把车开到奥迪车跟前，摇下车窗，问司机怎么了？

司机说，路遥让你的车走前边，他看见有那么多的人站在公路边，不知是什么阵势，有些吓人。

我笑着说，那是清涧领导迎接作家回家。

这时，路遥也把车窗摇下来，笑着给我说，这阵势也太大了，那么多的车那么多人，一满就像是迎接中央首长。这样，你在前面引路，我在后边跟着你。

当然，也不能怪路遥大惊小怪，我在这之前没有给他说清楚清涧还有这么一个环节，眼前突然出现这样隆重的场面，他心里有些接受不了。而更重要的是，他只是小时候路过清涧一次，以后就再没正儿八经走进过清涧县城。因此，他对这里还是有些陌生。

可我不一样，简直就是一个二杆子，什么也不怕，又是回清涧，根本不像路遥那么谨慎，关键是我在这里工作了多年，县里几乎没有我不认识的人，那么路遥让我坐的车走在前面，我就毫不客气地在前边兴高采烈地开路了。

快到延安和榆林的交界处，我看见县委书记尤北海带着县上有关领导，静静地站在公路边等候迎接路遥。

我让司机把车停在尤书记跟前，急忙下车拉开路遥乘坐的车门，把尤书记介绍给路遥，两个人的手紧紧地握在一起，客气地问候了几句，便坐上车朝县城方向驶去。

车队到了清涧县干部招待所，院子里早已围得水泄不通。那时路遥回清涧的消息，就像长了翅膀一样，传遍了清涧的大街小巷，人们争先恐后，想尽早目睹著名作家的风采。

家乡人不知道写《人生》和《平凡的世界》的作家路遥是怎样一个人，跟别的人到底在哪些地方不同。当乡亲们看见从车里走下来的路遥，居然是这么普通的一个人，他身上穿的衣服，跟赶集的农民没什么区别，上衣是一件有点褪色的土黄色夹克，下身穿一条灰不拉叽的休闲裤，脚上穿的是没有光泽的皮凉鞋，这样的穿戴跟获得茅盾文学奖的著名作家头衔是多么的不协调呀！

路遥就是这样普通，普通得让人不可思议。

下午七时，在清涧的石板街道上，往常是那么的冷冷清清，现在却突然人山人海。人们都知道曾经轰动清涧县城的电影《人生》的作者路遥回来了，晚上在南坪礼堂里要跟家乡人民一道观看他的《人生》电影，乡亲们早早站在街道两侧，翘首以盼地等待着路遥的出现。

下午七时半，著名作家路遥和县委书记尤北海一同出现在县城红巷口的石板街道上，缓步向清涧南坪礼堂走去，而街道两边早已经黑压压地站满了热情的父老乡亲，一双双眼睛直直地看着从身边走过的作家。

人们用审视和怀疑的目光看着路遥，还不住地在街道两边窃窃私语。

上河里的鸭子下河里鹅，
一对对毛眼眼照哥哥……

《人生》电影主题歌《叫一声哥哥你快回来》的优美旋律，通过架设在南坪礼堂楼顶上的高音喇叭，在县城上空高亢而嘹亮地激荡着。

三十多年前，只有八岁的路遥，跟着他的父亲，一身单薄地行走在清涧石板街道上，满怀忧伤地前往延川。三十三年后的今天，四十一岁的路遥，带着自己沉甸甸的丰硕成果荣归故里，在家乡清涧的大礼堂，重温自己的经典电影《人生》。

此时，路遥走进礼堂，父老乡亲们自发地站起来，向优秀的儿子、著名作家致以雷鸣般最热烈最长久的鼓掌。

实事求是地讲，路遥对这部作品爱不释手，他究竟看了多少遍，自己也说不清楚。现在，坐在家乡大礼堂中心位置的路遥，再次陶醉在电影主题歌优美的旋律中。忽然间，《人生》中的高加林、巧珍、德顺爷爷、黄亚萍还有李向南……这些跟他同甘共苦的小说人物，又一次鲜活地出现在他面前……

像当年一样，清涧南坪礼堂里再一次掀起观看电影《人生》的热潮。而不同的是，这部影响了无数年轻人奋斗不息的经典作品的创作者路遥，现在就端坐在他们中间。

这是不是一种巧合呢？同样是在秋天，1984年电影《人生》刚刚在全国上映，就在这个礼堂里，观看电影《人生》的人群蜂拥不断，常常是一场刚结束，下一场又紧张地开始，一场接一场，场场爆满。

现在是1991年，同样是在当年的大礼堂，虽然相隔七年之久，然而火爆的场面丝毫不减。

在清涧县城的大街小巷，这几天人们听到最多的一句话就是，晓得吗？写小说《人生》的路遥回来了。

路遥回清涧（右一为清涧县委书记尤北海，左二为航宇，左三路遥）

清涧县委书记尤北海，今天特意穿了一件崭新的中山装，把自己的胡子刮得干干净净，还特别给迎接作家路遥的其他县上领导交代，今天迎接的人跟其他人不一样，不管穿新穿旧，一定要穿得精精神神，让路遥看到家乡人的精神风貌，看到清涧的发展希望。

在这之前，清涧很多人不知道路遥是干什么的，也不清楚他到底是哪里人？可是，一提起电影《人生》，对主人公高加林和刘巧珍，那绝对是刻骨铭心。

在乡亲们的眼里，高加林毫无疑问地被贴上了"卖良心"的标签，遭到人们的谩骂和诅咒；而对于刘巧珍，人们的评价就完全不同了，对她抱有极大的同情心，觉得她是一个纯朴善良、模样俊俏、心灵手巧、一片痴情的好姑娘。然而这样的好姑娘，却好心没好报，让人看了十分心痛。

路遥根本不知道，乡亲们看了他的《人生》电影，对那个卖良心的高加林不知骂了多少回，甚至在骂得他狗血淋头的同时，也没少骂写这个爱情故事的作家路遥，骂他的心绝对是让狗吃了，怎么就没有一点儿人情味，把巧珍这么好的姑娘写得那么可怜。作家怎么就这样坏呢，到底会不会编故事？怎不叫那个卖良心的高加林吃一包老鼠药死了算尿了呢？为甚不让两个人相亲相爱好好在一起呢？你个狼心狗肺的东西，怎么安排了这样一个让人心里那么难受的结局，听一听陕北民歌里是怎么深情表达的：

　　一对对鸳鸯水上漂，
　　人家都说咱们两个好，
　　你要是有那心事咱就慢慢交，
　　你没有那心事就拉倒。

　　你说拉倒就拉倒，
　　世上好人有那多少，
　　你要是有那良心咱就一辈辈好，
　　你卖了那良心叫鸦雀雀掏。

　　你对我好来我知道，
　　就像那老羊疼羊羔，
　　墙头上跑马还嫌低，

我忘了那娘老子也忘不了你。

想你想成泪人人，
抽签算卦问神神，
山在水在人常在，
咱两人啥时候把天地拜。

在陕北这块古老的土地上，老百姓对那些卖良心的人绝对是深恶痛绝，谁敢卖了良心，那一定是要遭人骂的。不管是谁，不管是干什么的，不仅这个人会遭到众人的鄙视，就连家里所有的人都会让人看不起。

当然，路遥并不知道他的《人生》在普通老百姓中所产生的影响，要知道陕北老百姓在看了他的《人生》电影不断诅咒高加林的同时，也毫不例外地要把他也美美骂上一顿。

我曾在陕西作协那间屋子里，开玩笑地给他说，你的名气很大，可以说是家喻户晓，然而恐怕你以后再不敢回陕北了，你知道是因为什么吗？

路遥惊讶地看着我问，是什么原因？

我笑着给他说，你只知道埋头写你的小说，当然不知道这些！其实，有好多耿直的陕北人已经对你非常不满了。我可以这样告诉你，不是因为你这个人怎么了，主要是看了你的《人生》电影，他们心里对你产生了很大的看法。有好多陕北老百姓为巧珍鸣不平，也不知替她哭了多少鼻子。当然，别的地方有没有这样的情况，我不敢给你瞎说，可在陕北有好多人看了《人生》，不断地议论你的长长短短，这些我确实知道一些，他们把《人生》中巧珍的爱情悲剧，全归到了你一个人身上，说是你硬把刘巧珍和高加林的婚姻给日弄成这样。

路遥笑着问我，真有这样的事情？

我说，当然是真的，我又不敢哄你，你根本听不到这些，你是著名作家，名气越来越大，就是有人听到也不敢在你面前说，害怕你不高兴。而我一直在基层工作，接触的都是普通老百姓，那时我也不认识你，跟你扯不上一点关系，所以能听到一些真实情况。其实，他们也不是真心实意要骂你，是骂那个卖良心的高加林。当然，也有老百姓说写这个故事的人就不是什么好鸟，比高加林还喜新厌旧，不然怎么能知道高加林这么坏，肯定自己有这样的亲身感受。

那时候，路遥还不知道我说的是不是事实，可他听我这么一说，把牙龇了几龇，微微笑了一下，并没有发表自己的看法。

事实上，自己的作品能够让普通老百姓关注，那也是一件非常自豪的事情。

我继续给他说，你根本听不到这些。那时我在清涧县店则沟乡政府工作，距县城有五十公里的路程，虽然文化落后，交通闭塞，可是县城里的人在乡政府工作的不少，经常可以得到县城里一些信息。

有天下午，乡政府的干部们正在院子里吃晚饭的时候，武装干部惠小平坐着顺风车从县城回到乡政府，他从城里带回一个消息，说清涧大礼堂里正放一部名为《人生》的电影，那场面异常火爆，一票难求。据说电影里好多镜头取自陕北的榆林、绥德、米脂、清涧一带，在下二十里铺老沟里的小桥上，就有高加林和刘巧珍谈恋爱的几个镜头，场面亲切而震撼。在礼堂的售票窗口根本买不到一张电影票，想要看《人生》，必须一个乡一个乡地预订，这个电影《人生》绝对值得一看，不看会后悔一辈子。

惠小平这么一说，一下就把乡政府院子里正吃饭的人的情绪给调动起来了，特别是那些年轻人，一个个热血沸腾，晚饭也不想吃，眼巴巴地看着站在院子里的惠小平，觉得人家是见过世面的城里人，知道的事情比我们多，说不定他已经在城里把电影《人生》看过了。

说实在的，我和其他年轻人，都早已经坐不住了。

那时城里也没什么娱乐活动，乡政府的娱乐活动就更少了。我工作的那个乡政府，一个月能看一场电影已经算比较奢侈的事情，看的还是不知放过多少遍的老电影，好一点的电影根本轮不到。因此乡政府里的年轻人一听县城礼堂放电影《人生》，还打听到别的乡政府已经组织干部们观看了，就缠着乡政府领导也组织大家去看一场。据说，乡政府为预订电影《人生》，还是费了一番周折，通过一些关系，才预订到晚上十一点的放映。尽管时间有些晚，但人人都很兴奋，一吃完晚饭，就坐着乡政府唯一的一辆大卡车，跑了上百里的路，赶到了县城。因为前一场电影还没结束，后一场的观众进不去，全部在礼堂外边排队等候。等到看完电影，已经是半夜了。

尽管夜很深，但大家仍然处于激动和兴奋状态。就在我们坐着大卡车回乡政府的路上，我听见有人在车上骂你，说《人生》这个电影是一个叫路遥的清涧人写的，写的是绝对好着哩，就是没把刘巧珍姑娘写好。这个人一定有问题，你看把人家巧珍可怜的，闪得我哭了一鼻子又一鼻子，你说作家怎就坏成这样，不能把事情弄好一点，让人看了心里顺畅一些，我不光想骂那个卖良心的高加林，还想骂那个作家路遥……

路遥听我说这些，他什么话也没说，只是笑。

我说，现在我还要告诉你一件事，就是清涧县文化局的局长白生川，他曾是我的顶头上司，有次我回清涧见到了他，他专门请我和文管所的贺阿龙在他家吃了一顿饭。在饭桌上，我不知他是跟我开玩笑还是发自内心地对我说，你跟路遥在一起，见面的机会多，你给他捎一句话，就说是我说的，让他再别那样糟蹋我了，我把他的小说《平凡的世界》认真地看了几遍，小说确实是一部好小说，就是有一点实在不好，让我好几个晚上睡不着觉。

路遥笑了笑问我，我的小说跟他有什么关系？

我说，你问的这个问题，我也问过白生川，他说你在《平凡的世界》里写的石圪节公社书记白明川，其实写的就是他。

路遥突然来了兴致，急切地问我，他怎么能说我写的白明川就是他，而不是别人呢？他有什么根据？

我说，这个问题，我也这样问他了。白生川说他说的这些绝对不是胡言乱语，有事实根据。你在《平凡的世界》里描写的那些事情，时间和时代背景，完全跟他在石嘴驿公社当书记时一模一样，因此《平凡的世界》小说里那个白明川，生活原型就是他白生川。

白生川还给我说，石嘴驿公社是你的家乡，他认为你对石嘴驿公社的事比较了解，所以你就把那些事有些夸张地写到《平凡的世界》里了。

路遥一听，一阵哈哈大笑。

那么，白生川到底是不是路遥小说《平凡的世界》里石圪节公社书记白明川的生活原型，我搞不清楚，恐怕只有他俩心里明白。

说到这里，我不想再说下去了，想转换一个话题。然而路遥对这个话题非常感兴趣。他笑了一阵又问我，白生川还给你说什么了？

我说，白生川有些埋怨地告诉我，你看路遥，实在有些不像话，都是一个县的人，怎能这样？基本上连名字都没有变一下，让谁看都认为他描写的白明川就是我白生川，只一字之差。其实，我在石嘴驿公社当书记的时候，虽然当得不是很好，也不像他写得那么糟糕。

路遥笑着说，看来白生川对号入座了？

我说，绝对是这样。他还给我说，别人看《平凡的世界》是欢欣鼓舞，而我看《平凡的世界》，连头也抬不起来，好多人说我就是小说《平凡的世界》里的那个白明川。唉，我是一满没法活人了。

路遥说，哎呀，白生川是误会我了，我对他确实不了解。今天你不给我说这些，我还不知道有这样的事。

我给路遥说，其实，白生川说是这样说，可我感觉到他心里还是美滋滋的，能让你把他写进小说，那是多么光荣的一件事，哪怕是你小说里的一个反面人物。他绝对不会因为这个找你麻烦。他只是在我面前说一说，意思是想让你注意一下他这个人。

现在，路遥回到了清涧，不仅要跟家乡的父老乡亲一起观看由他改编的电影《人生》，还要为家乡的文学爱好者做一场报告，曾担任县文化局局长的白生川，当然也在其中。

事实上，说是路遥给清涧的文学爱好者做报告，清涧县的文学爱好者却寥寥无几，在这样的小县城里，爱好文学的人并不是很多。因此在大礼堂里，听路遥报告的人里面倒是机关干部占了相当大的比重，尽管好多人不知道文学是啥玩意儿，但他们都想凑这样的热闹，目的是想亲眼目睹著名作家路遥的风采。

说是清涧大礼堂，实际最多也就容纳二三百人的样子。可是这个报告与往常完全不同。以往领导坐在主席台上口若悬河地念别人替他写的稿子，好多人不爱听，有时听着听着就睡着了。而路遥的这个报告，是以作家的角度谈他的创作体会，讲他的人生故事，因此场面就大不一样了。

路遥优美动听的语言，真挚可感的心境，苦难的人生经历，创作的无比艰辛，一下就把家乡人民的心紧紧地抓在一起。乡亲们知道，一个成功的作家，不仅有他光鲜亮丽的一面，同时也有不堪回首的往事。因此无论是机关干部，还是普通百姓，都想去听他的报告。

清涧县城人并不多，然而这样的小县城，谁还不认识谁？考虑到秩序和安全，在路遥做报告前，就已经给有关单位发了票。有票的人，可以理直气壮地走进大礼堂，那么没票的人怎么办？他们也要进去，一下就把清涧大礼堂围得严严实实，维持秩序的公安人员使出浑身解数，也无济于事。

面对这样有些混乱的场面，县委和县政府办公室的领导沟通商量了一下，觉得大家听一次作家的报告也不容易，干脆把大礼堂的门全部打开，让礼堂所有的走道都站满人，尽量满足群众的愿望。虽然这样做存在一定的安全风险，但是现在也只能这样了。

路遥这次回清涧，一共做了两场精彩的报告。一场在清涧大礼堂，另一场在清涧中学，绝对是场场爆满，人山人海，盛况空前。

路遥在清涧县大礼堂做的这场报告，我陪着尤书记坐在礼堂第一排的位置。而在第一排前，也挤满了听路遥报告的群众。这些群众也不管是不是把县委书记的视线给挡住了，统统拥挤在主席台下边的走道，眼睛眨也不眨地瞅着主席台上的路遥。显然，他们顾不得考虑这样做文明不文明。

我在礼堂第一排，只能看到密密麻麻的人，而在主席台上做报告的路遥，基本上一点也看不见，让走道里的人整个给挡住了。

这时候，县委书记也被拥挤的在前排坐不住了，尽管公安人员竭尽全力维持着礼堂的秩序，但实在是无能为力。我有些受不了，也害怕尤书记感觉到这样混乱的场面不好意思，就想尽快从这里离开。

我是地道的清涧人，对礼堂出现的这种场面习以为常，所以见怪不怪。然而我得顾忌尤书记的脸面，自己觉得在这里帮不了什么忙，也不给他添乱，所以我给尤书记打了招呼，从礼堂里挤出来，朝县城红巷口走去。

可是，当我刚走到县城东沟桥头，突然听见有人在我的身后喊我。

我扭头一看，是王天乐和李志强从县城的红巷口往招待所的方向走。于是，我站在县城的街道上，等着天乐和志强走到我跟前，然后一起不紧不慢地朝县城的十字街往前走。

天乐一边走一边给我说，礼堂里怎么有那么多的人。

我说，清涧就是这样，好不容易路遥回来了，家乡人觉得好奇，都想去听他的报告。

清涧人没一点规矩，那些公安人员连个秩序都维持不了。天乐有些不高兴了。

李志强也不管天乐说什么，只是一个劲儿地笑，但什么话也不说。

我说，清涧就这么大点儿县城，都是熟面孔，一个看一个的样，公安人员也没办法，对谁都下不了手，只要不出事，拥挤一点就拥挤一点。

王天乐听我这么一说，他也不再说什么，跟我到了招待所门口，突然站住问我，你知道县里给路遥准备劳务费了没有？

我说，哎呀，这个我还不清楚。

王天乐眉头皱了皱说，这事你都没考虑就把路遥领到这里来了，你看礼堂里拥了那么多人，就不怕出事？你简直太不成熟了。

天乐毫不客气地在大街上把我批评了一顿。

我说，这些跟成熟不成熟没什么关系。其实，你也不要着急，的确是我的疏忽，我根本没想这个事，不知道还有劳务费，我中午问一下尤书记。

王天乐又问我，这个事我没给你交代清楚是我有责任，那我给你说的那个白面粉，你落实得怎样？

我说，这个没问题，我给尤书记交代过了，而且尤书记害怕忘了，还记在一个笔记本上，我觉得他已经安排过了，应该不会有什么问题。

那个年代买一袋白面粉，确实是件非常困难的事情，一个国家干部每月三十斤粮,而且是粗细粮搭配。我有这样的体会,因在政府食堂吃饭,每月得给灶上交三十斤白面,常常为交不上而犯愁,否则吃饭都成问题了。那时能买到白面的人,相当有能耐。然而也有一些有门路的人,把粮本上的粮换成粮票,再通过关系买成白面。县政府的通信员,就是一个令我羡慕的人。他经常给县长和副县长买粮,渐渐跟粮站的人熟悉了,隔三岔五就能搞到一张白面的条子,得意地在我跟前显摆。我知道这小子是什么意思,他是故意刺激我,让我巴结他。因为我是文化局文书,电影院和剧团都属于文化局管,经常有外地剧团在礼堂演出,他想让我给政府领导送票时,给他也搞一张。或者有什么好的电影上映,文化局取票送领导时,也能有他的一份。

那时候就这么贫穷,我在没到省城的时候,都不知道大米是什么样子,以为比小米大一点的东西就叫大米。我去西安开会,第一次看见饭桌上那一脸盆白花花的东西,才知道这玩意是大米。因此我能理解天乐的心情,害怕没一袋白面拿回家,路遥回去连一顿白面都吃不上,那一家人的脸面就不好看了。

王天乐绝对不能让他哥回家看到这样尴尬的场面。因此他给我说,吃了中午饭,让我哥在房间里休息,我和志强回趟老家,你看白面在哪里,我要送回去。

我说,中午吃饭时,我问问政府办公室主任,可能尤书记交代给他了,肯定让你回家时拿上一袋白面粉。当然我之所以如此扛硬地在天乐跟前说这样的话,是因为有县委的尤书记,他不可能这个事都解决不了,不就是一袋白面,没什么大不了的。

中午十二点半,路遥在大礼堂的报告结束了。

尤书记陪着路遥从招待所的大门里进来,直接去了招待所的食堂。我赶紧抓住这个机会,把政府办公室主任刘树滋叫到一边,微笑着问他,尤书记答应给路遥一袋白面,不知他给你交代这事了没有?

刘主任说,我已经让人把白面放在招待所了,一共两袋,尤书记特别交代的事,你看什么时候要,我让人给你去拿。

太好了,你快让人把白面拿到奥迪车跟前,我去食堂叫司机,过一会儿路遥弟弟要送回石嘴驿老家。

刘主任说，我给你找人，你去叫司机。

我赶快走进包间，悄悄对天乐说，尤书记把白面已经准备好了，是两袋，你让司机跟我把面装在车上。

王天乐说，太好了。说着，他和我一同从包间里出去，走到食堂的大厅，向延安政协的司机要了小车的钥匙，跟我到招待所的院子，把两袋白面装在小车上，他转身给我说，这事你不要告诉我哥。

我说，你放心，我告诉他有什么意义。

在招待所的包间里吃完中午饭，我从饭堂大门往出走的时候，悄悄把县政府办公室主任刘树滋又叫到一边，对他说，刘主任，我还想问你一件事？

刘树滋笑着看我说，你小子还有什么事？

我说，路遥做报告，给不给劳务费？

刘主任说，我们研究了，决定给他五百块。

哎呀，我说刘主任你也太小气了，一个县政府，五百块怎能拿得出手，人家路遥可是全国著名作家，给五百块钱是不是太掉价了？我觉得这样不太合适。我半开玩笑半认真地说，给他那么一点，我感到尴尬，甚至不好意思，你不觉得？

刘主任说，路遥是清涧人，清涧就这个情况，你又不是不了解。我觉得给五百块不少了，而且还有两袋白面，要知道县里这次开支也不小，你不要在这个问题上为难我，这不是我一个人决定的事，你理解一下。

我问刘主任，尤书记知道不知道？

刘主任说，尤书记不管这些具体的。

我无话可说了，心里很不是滋味，觉得这个事我不好给路遥和王天乐交代，哪怕县里一分不给也没关系，路遥绝对不会计较，就等于义务给家乡做一场报告。问题是要给报酬就要能拿得出手，这是身份的象征。然而刘主任这么说了，我还能说什么呢？因此我让刘主任直接把钱交给路遥的弟弟王天乐，不要沾我的手，免得我面对他们难堪。

刘主任说，没问题，我直接把钱给路遥，都是清涧人，他还能不理解。

下午，清涧中学的一位领导来到招待所，他走进我的房间给我说，学校想邀请路遥给师生们做一场报告，问我行不行？

我说，只要路遥愿意，在清涧任何一个地方做报告都没问题。不过，这个事你最好跟路遥或他弟弟商量。路遥在你们清中做报告，我就不去了，我好长时间没有回清涧，想借这个机会，去宣传部看看邓世荣。我在文化局工作的时候，他是我领导，给了我不少帮助，他还是我小学时的老师，是我特别尊敬的一个人。虽然清涧有一些说法，说他非常有水平也非常高傲，一般人他看不起，但我觉得一个人不可能尽善尽美，有优点就会有缺点，要看这个人的品德。不管别人怎么看他，有一点那是有目共睹，他的人品相当好，可以说在清涧有他这样水平的人不多。

清中那位领导赞同我的看法，他也认为邓世荣是清涧难得的人才。可惜呀，是人才在清涧也就这样白白地给浪费了。

我说，我好久没见他了，不知他现在怎样，想单独跟他聊聊。

清中那位领导问我，那你决定不去学校了？

我说，不去了。我在文化局工作时经常去清中，相当熟悉，因此我就不凑这个热闹了。

事实上，我说这些，完全是给自己找理由。

路遥在清涧礼堂做报告，县政府给他五百块的报酬，给我的思想压力很大，我不知道清中能比县政府高多少？而我知道他在西安做一场报告，人家起码给他一千块，突然到清涧降了这么多，实在有些说不过去。当然路遥绝对没有考虑给家乡人民做报告要什么报酬，关键的问题还有他弟弟，王天乐会如何看待这个事情。因此我害怕再出现这样的场面，所以就不想去了。

我把我不去的理由给清中的这位领导一讲，他不勉强我，而且也能理解。随后，他从我住的房间离开，到路遥的屋子里商量去了。

不一会儿，清中的这位领导就从路遥住的屋子里兴高采烈地出来了。他一脸兴奋地走到我的房间，大呼小叫地对我说，这下弄美了，路遥愿意到清中做报告，我得赶紧回去，把这个事弄隆重一些。

我给他点了点头，把他从门里送出去，一直看着他下了招待所的楼，才回到房间。

是啊，不仅是清中这位领导兴奋，就是我也没有想到路遥会这么愉快地接受清中领导的邀请，好在中午两点钟的时候，天乐从石嘴驿老家回到了招待所。

王天乐回来得正是时候。

我走进路遥的房间，对他说，清中我就不去了，有尤书记和天乐陪你。

路遥看了看我问，你还有其他事？

我说，我在这里工作了五年，有一定的感情，看到县城那些熟悉的楼房，熟悉的石板街道，以及一个个熟悉的面孔，感到很亲切，有些恋恋不舍。明天就要离开清涧，我突然觉得心里空荡荡的，就像要跟自己的恋人分手一样，心里很不好受。因此在走之前，我想去看几个曾经帮助过我的朋友。

路遥站在套间的客厅里，不动声色地看着我。

不管路遥怎么看我，我仍然情不自禁地给他这样说着，说得有些动情，眼眶里含满泪水。

路遥看着我说，还有什么需要我出面解决的事，你告诉我一声。

我说，再没什么事，就看几个朋友。

两点的时候，县委书记尤北海准时来到招待所。

我赶紧从房间走到楼下的院子里，看着路遥和天乐坐车从招待所门里出去，李志强走到我跟前，拍了拍我的肩膀说，这几天把你累坏了，好好睡一觉。

我给李志强说，身体不累，主要是心累。

李志强一边走一边说，我去清中听路遥的报告，以前没这样的机会，这次我要把握好，路遥的报告一结束，我就回延安，先跟你打声招呼。

我说，你忙什么，不在这里吃晚饭？

李志强说，晚饭不在这里吃了，我和司机一会儿就到子长，顺便回一趟老家。

我说，那好，路上小心一点，以后到西安联系我。

李志强边从招待所门里往出走，边给我挥手告别。

这天下午，路遥从清中做完报告，还不能安安静静地休息，院子里有不少文学爱好者等着见他。这些热心的文学爱好者，从他回到清涧那天起，基本上一直围绕着他。礼堂里路遥的报告，少不了他们的身影；在清涧中学的报告，他们也会追过去。路遥是大师级人物，对于清涧文学爱好者来说，是文学教父，能在清涧听他做报告，那是难得的学习机会。

事实上，仅仅听路遥的两场报告，仍不能满足他们近距离接触著名作家的欲望，他们还想跟路遥合影，这机会千载难逢，绝不能留下一点遗憾。

这时，邓世荣走进我房间给我说，县里一些文学爱好者想跟路遥一块照相，你觉得有没有可能？

我说，应该没问题，路遥绝对不像你们想的那样高高在上，他非常平易近人。

邓世荣说，你跟他熟悉，把情况给他说一下，看他是什么意见。

我说，领导安排的任务，我想办法去完成。你看这样行不行？你稍微等一下，刚才看见县广播站的岳静和几个人到他房间里去了，好像是采访他，半路上让我插进去，他们会不高兴。再说，路遥一会儿要跟尤书记照相，我之前征求过他的意见，他同意跟尤书记合影，等岳静采访一结束，我就把他叫到楼下跟尤书记照相，你们顺便也就跟他一块拍照吧。

邓世荣笑着说，这也是一个办法。

清涧县广播站采访路遥没用多长时间，一行人就从他房间里离开了。我走进他房间，对他说，这一天你一定累得不行了。

路遥笑着说，累是有点累，可是心里高兴，这是回到自己的家了，累一点没关系。

我说，过一会儿就吃饭了，尤书记在一楼的房间里等着陪你，你是不是瞅这个机会，在招待所门口跟尤书记合个影？

路遥问我，尤书记还在招待所没走？

我说，没走，他要一直陪你离开清涧。

路遥说，那咱赶紧下楼，别让尤书记等得时间太长。

就这样，我和路遥从招待所的二楼下来，尤书记也从一楼的房间里走到东楼大厅，在招待所大厅门外的台阶上，路遥和尤书记合了影。接着，清涧文学爱好者们围在路遥跟前，留下了一个美好而难忘的画面。

路遥在院子里跟清涧一些领导和文学爱好者照相一结束，就跟着尤书记往招待所食堂走。我走到他跟前悄悄说，刚才跟你照相的这些人中，就有文化局的白生川，戴着一副眼镜，瘦高个子。

路遥转身看了一眼，就从食堂走进去了。

路遥在清涧的活动就要告一段落了。

这是路遥第一次，也是最后一次以清涧人民优秀儿子的身份，名正言顺地回家乡。清涧县委和县政府领导对路遥回家乡高度重视，总体上来说，把他在清涧的一些活动安排得井然有序，县委书记尤北海自始至终陪着他，使他非常感动。

晚上，尤书记陪路遥在房间里说了一会儿话，也算是简短的告别。

离开路遥的房间，尤书记到我房间给我说，以前不认识路遥，以为他这样一位著名作家，一般人不容易接近，觉得名人都有些高傲。可是这次跟他接触，没想到他这么平易近人，没一点儿名人架子，给我留下非常深刻的印象。

我说，路遥一贯是这样，劳动人民本色一点没变，他现在穿的这些衣服，在西安也是这样，去北京领茅盾文学奖也是这样，回到家乡清涧还是这样。从西安走的时候我还建议他买一套新衣服，他的那些衣服也该换一换了。可你听他怎给我说的，他说他的衣服颜色深，耐脏，就是再穿几年也没问题，别人也看不出他穿的是旧衣裳，现在商店里卖的那些衣服好看不好穿，他根本不喜欢。

尤书记笑着说，路遥是一位非常有个性的人。

我说，路遥是劳动人民的典型代表。

尤书记说，明天你们就要离开清涧，不知道你和路遥还有什么事？

我说，再没什么事了，你给他两袋白面，解决了大问题，而且你一直陪着他，非常感谢你的盛情款待。

尤书记说，路遥能回清涧，那是清涧人民的荣幸，也是给我面子。幸亏你，

路遥和清涧文学爱好者合影留念(路遥左边为县委书记尤北海,路遥前边为邓世荣)

路遥在家乡延川县的文学讲座现场

我和路遥从招待所的二楼里下来,尤书记也从一楼的房间里走到东楼大厅,在招待所大厅门外的台阶上,路遥和尤书记合了影。接着,清涧文学爱好者围在路遥跟前,留下了一个美好而难忘的画面。

要不然请不回来他。走时要不要带点红枣，给路遥拿一些，清涧再没什么，就红枣还有点名气。

我说，什么也不要，清涧人不缺这些。路遥明天一早回石嘴驿看他的父母，你就别操心了。

尤书记说，我让邓世荣把你们送到绥德，明天早上我来招待所陪他吃早饭，上午还有一个会议。

我说，如果你太忙，就别到招待所来了，我们一吃完早饭就走。

尤书记说，早饭我还是陪一下。

我问尤书记，不知明天谁的车送路遥？

尤书记说，县政府的刘振前，考虑到你们几个人，让政府办公室安排一辆大一点的车就可以了。

我说，我和路遥商量过了，明天把他送到石嘴驿的王家堡，听说他父母几天前就准备上了，又是炸油糕，又是做豆腐，路遥回家，家里一样隆重。到时把他送到家，我跟车回县里，多给他留一些时间，让一家人一起好好说会儿话，他回次家也不容易。下午再把他从家里接上，送到绥德。

尤书记说，那尊重路遥的意见。

那夜，我睡得非常香甜，一觉就睡到太阳很红，才漫不经心地爬起来，坐在窗前，有鸟在窗前飞来飞去，一缕阳光带着小城的细细清风，透过那层玻璃窗，不经意飘洒在我疲惫的身上，我有种羽化的感觉。

五

路遥回到王家堡，在家里住了一天一夜，然后去了榆林地区石油公司，为解决他弟弟的工作，专门拜见了李春富经理，然而……

秋天，是陕北最美好最迷人的一个季节。

高大陡峭的黄土高原，已经不再是黄茫茫光秃秃的了，展现在眼前的是层次分明美丽迷人的绿色世界。虽然在陕北还远没有形成一片连着一片接天连地的茂密树林，甚至也很难看到一片片像模像样的树，但一到这个季节，那漫山遍野的山花野草和零星的小树混杂在一起，还是显得一片姹紫嫣红。那些棱角分明的黄土高原，只有在陕北才显得那么巍峨高大，那么雄奇挺拔。行走在黄绿相间的山路上，耳边不时传来几声悠扬的信天游，你会欣赏到不一样的迷人景观。

此时此刻，陕北的天空格外晴朗，空气新鲜得水灵灵的，有一种甜滋滋的味道。一溜清清的二毛毛风，在山坡沟洼情不自禁地刮来刮去，给人一种温馨和惬意。在农家的小院里，枣树、梨树、桃树、苹果树的枝头上，争先恐后地挂满沉甸甸的果实，吸引着蝴蝶、蜜蜂还有小鸟在枝头上你追我赶，也引来了人们贪婪的目光。

陕北的秋天，是如此让人垂涎欲滴。

一辆白色面包车穿过清涧县城石板街道，沿着潺潺流淌的秀延河，经过乐堂堡，翻过韩信埋母的九里山，就到了清涧县的石嘴驿镇。

作家路遥就出生在离石嘴驿镇不远的王家堡村。

历史上的石嘴驿，曾是一个驿站，也是重要的交通要道。行走在古驿站的马路上，仿佛能听到当年走西口的驼铃声和悠扬的信天游。

路遥家在离驿站不远的王家堡村头公路的上边，是一院普通的三孔土接口窑洞。院里栽了枣树和槐树，枣树上已挂满了红艳艳的大枣，像红玛瑙一般。然而这个窑洞并不是路遥出生的地方，他出生的窑洞离这里不远，在村子中间位置，早已破烂得无法住人。

清涧县政府的面包车在西包公路上只用了半个小时就到了王家堡，在他家窑洞下的公路边一停，我跟着路遥从坡里上去，看见他父母早早在硷畔上站着迎他。

路遥是王姓家最有出息的人了，经常在全国各地抛头露面，给这个贫穷的家带来了非同一般的荣耀。只要有人在老两口面前提起路遥的名字，两位老人的脸上总是荡漾出一种发自内心的微笑。

眼看自己两个在省城工作的儿子高高兴兴地从坡里上来了，两位老人激动得几乎连两句平平常常的问候话也说不出来，只是一个劲儿地笑。

路遥的父亲是一位不善言语的老实农民，他的脸上沟壑纵横，棱角分明，头上戴着一顶白瓜壳帽子，帽子破旧得不成样子，几乎分不清是白色还是灰色，脖子上搭的一杆旱烟锅，却非常显眼。路遥父亲的这个形象，简直就是路遥创作的小说《人生》中刘立本的翻版。

我们从他家坡里的一条小路爬上去，老人家静静站在硷畔上，面无表情，背抄着双手，一句话没有说，只用眼角扫视了一下从院子里走进去的路遥。

路遥也没跟父母打招呼，直端端走进边窑里。

父亲没跟路遥进去，仍然在院子里站着。

其实，家里人早就知道路遥回来，几天前就把窑里打扫得干干净净。窑里也没什么摆设，他装修房子时淘汰了一些家具，用一辆大车从西安拉回来，准备给他弟弟结婚时用，除此家里基本没什么值钱的东西。

此时此刻，路遥的母亲显得比父亲活跃一些，从我们走进院子，母亲一直跟在路遥身后，喋喋不休地在儿子跟前说什么。

我站在院子里，问他父亲，您老身体怎样？

一般。路遥父亲说，头仍然这样低着，有些心不在焉的样子，慢腾腾装起一锅旱烟准备抽，我忙掏出一盒红塔山香烟，给老人家递了一支。

老人家抬起头，漫不经心地说，我就抽这个，有劲。

我说，您老抽一支好烟。

路遥父亲接住我给他的那支红塔山烟，把烟夹在耳朵上，仍然把他的旱烟点着抽起来。

现在，院子里不仅有我和路遥父亲，还站着路遥最小的弟弟九娃。路遥和天乐回到了家，他在家里就没什么优势了，也不敢往他那两个哥哥跟前靠近。特别是路遥，兄弟俩相差近二十岁，在一块生活没多少日子。从某种意义上，他看见路遥还有点陌生。

九娃站在我跟前，掏出一盒"大雁塔"牌的香烟，递给我一支说，你回窑里去。

航宇和路遥的父亲

路遥的父亲是一位不善言语的老实农民，他的脸上沟壑纵横，棱角分明，头上戴着一项白瓜壳帽子，帽子破旧得不成样子，几乎分不清是白色还是灰色，脖子上搭的一杆旱烟锅，却非常显眼。

我说，院子里风景好。

路遥父亲这才慢条斯理地说，哎，什么风景不风景的，就栽了几棵枣树，也没什么，枣树长得还算凑合，你想吃自己摘，我家的枣脆。

九娃也说，你想吃哪颗自己摘。

陕北人不会花言巧语，直来直往，却本分厚道。只要是门里进来的人，都是客人，没必要那么客气。当然到了路遥家，就像回到自己家一样。关键是我嘴馋，经不住院子里那些挂满枝头的红艳艳的红枣诱惑，伸手就在枣树上摘了几颗红枣，那红枣吃起来确实又甜又脆。

这时候，路遥和天乐从窑里走出来，他母亲害怕儿子跑了一样，几乎一步也不离地跟在身后，还不停地用手擦眼泪。

我不知道发生了什么事，但路遥把我叫到一边，悄悄对我说，你别让司机等，今天走不成了，你看我妈那样子，知道我下午要走，就在我跟前哭成了一缝水。因此我得在家里住一晚，明天一早你来接我。

我说，那你就住一晚，我到清涧给石油公司李经理打个电话，就说你明天去他公司。

路遥说，你给人家解释一下，明天在他公司吃顿中午饭，看他是什么意思。

我说，没问题，这事我给处理好。

离开王家堡，我坐着县政府的面包车回到清涧县城，对一同送路遥到王家堡的县委宣传部部长邓世荣说，路遥母亲死活不让路遥走，非让他住一天，明天送他去绥德。

邓世荣说，那明天八点从招待所出发。

路遥只要离开西安，作息时间就跟正常人一样了，再不是早晨从中午开始。

第二天上午九点，清涧县政府的面包车到了王家堡，仍然停在路遥家坡底的公路上，我急急忙忙从路遥家院子进去，看见他家边窑的门开着，没有看见路遥，只看见他母亲站在门口。但老人家不认得我了，见我从院子里进来，便对家里人说，咱家来了一个人，不晓得是谁？

路遥知道一定是我，急忙从窑里走出来，对他母亲说，妈，你认不得他了，昨天到咱家来过一次，他是跟我一块的。

路遥的母亲有些不好意思地说，哎哟，你看我的眼睛，连个人也认不得，一满没记性，咋赶紧到窑里客①。

我走进他家窑里，老人家热情地问长问短，还非让我吃饭不可，早上给路遥炸的油糕还热着哩。

老人家忙到锅台上端油糕，一边走还一边自言自语地说，不晓得菜热着不？

我赶紧走到老人家跟前说，大娘，您别忙了，我在城里吃过饭了，现在接路遥去绥德。

路遥的母亲再不像昨天那样哭哭啼啼，只要儿子在家里住一晚，她就心满意足了。老人家心里明白，儿子是干大事的人，尽管这次回家时间不长，但她把该吃的都让吃了。对母亲来说，始终觉得对路遥有些亏欠，从小把他给了人，那是她一辈子的遗憾。因此他这次回家，家里就像过年一样，让他好吃好喝，然后看着他离开。

王天乐从窑里出来，自始至终没跟他的父母说一句话，直端端走到九娃的跟前，不知给他说了句什么，先从坡里的小路下去了。

那时，我很想让九娃一块去绥德，趁这个机会见一下李经理，如果没什么问题，他就要给李经理服务，也就是石油公司的人了，早认识一下有好处。可是不知为什么，路遥和天乐坚决不同意。

他俩不同意，我也没办法。

此时，一家人都站在硷畔上送路遥和王天乐。

兄弟俩走得非常从容，头也没回一下看看站在他家硷畔上的父母，很快上了面包车。眼看就要离开王家堡了，年迈的父母亲还一直在硷畔上静静地站着。

我不明白，路遥走的时候为什么不给他父母打声招呼，却默默地坐在

---

① 去的意思。

面包车靠窗的位置，两只眼睛直直地看着前方，直到所有的人都上了车，司机在关车门的那一瞬间，他才扭头看了一眼站在硷畔上的父母，眼里顿时涌满了泪水。

路上，路遥始终不说一句话，气氛有些压抑。我看见他这样，也不好说什么，静静地坐在面包车里，风驰电掣地经过田庄，绥德就在眼前了。

绥德，过去曾是地委的所在地，也是重要的交通枢纽，被称为陕北的旱码头。这里南来北往，商家云集，店铺林立，在陕北是非常重要的贸易集散地。虽然地委后来搬迁到榆林，仍然有地区的许多单位留在这里，榆林地区石油公司就是其中一家。著名的《三十里铺》故事就发生在这里。

榆林地区石油公司在绥德城南的一个山坡上，坡下是潺潺流淌的无定河。面包车在地区石油公司办公楼前停下，李经理拉开车门，热情地握着路遥的手说，欢迎您来公司指导工作。

路遥微笑着说，给你添麻烦了。

您这样的大作家能来我们公司，那是公司的无上光荣，怎么是麻烦。李经理一直拉着路遥的手，就往办公楼的二楼走，却把送他的人遗忘在院子里。我紧走两步，急忙给路遥说，路遥老师，您给邓部长打声招呼，好让他们回清涧。

路遥急忙转过身，微笑着跟清涧县送他的那些人一一握了手，并不停地说，谢谢你们。

清涧送路遥的人一走，李经理就领着路遥去了公司二楼的会议室，像接待上级领导那样，滔滔不绝地介绍公司的发展和经营情况。然而，李经理并不知道，这根本不是路遥和王天乐感兴趣的话题，兄弟俩风尘仆仆来这里，只有一个目的，就是解决他弟弟的工作问题。但李经理可能把我给他写报告文学时说的这事忘了，仍然口若悬河地构筑公司的宏伟蓝图。

我实在有些着急，又无法给李经理暗示。

王天乐明显表现出不耐烦的神态。

我觉得不能再这样了，急忙走到李经理跟前说，路遥老师这两天在清

路遥的父亲、航宇、何志敏、路遥的妹妹和路遥的母亲（从左到右）

路遥的父亲和他最小的妹妹（右一）

对母亲来说，始终觉得对路遥有些亏欠，从小把他给了人，那是她一辈子的遗憾。因此他这次回家，家里就像过年一样，让他好吃好喝，然后看着他离开。

涧搞了很多活动，实在累了，不如先去吃饭。当然，我这么说有我的用意，想让李经理尽快转入正题，把路遥弟弟的工作问题给兄弟俩有一个明确的态度。可他就是理解不了我的意思，甚至有些不高兴地把我看了一眼，觉得我不懂规矩，好不容易路遥到了他公司，他一定要把公司的辉煌成就展现给路遥，而我如此不礼貌地打断他，那就是故意在捣乱。

我不管李经理怎么想，我不能让路遥和王天乐反感。因此我给他说，你公司那些事，我已经给路遥老师汇报得非常清楚了，咱抓紧时间，路遥老师一会儿还要去榆林。

其实，我说的"抓紧"，他应该明白，可他就是不理解，而且表现出不高兴的神态。虽然我不是一个迷信的人，但我感觉一开始就出现这样的情况，事情不会一帆风顺，我有这样的预感。

在我这样接二连三的故意"捣乱"后，李经理实在有些无可奈何了，他也失去了再给路遥介绍公司情况的兴趣，于是带着路遥离开会议室，到一楼就餐。

李经理实在是用心良苦，饭菜准备得非常丰盛。

吃饭的时候，天乐把我叫到门外对我说，你回避一下，我和路遥跟他直接谈九娃的事。

我说，没问题。

王天乐又说，既然路遥已经走上他的门了，那么要价就要高一点。

我不明白是什么意思，但心里有想法，觉得求人帮忙办事，不应该像做买卖一样。那么，既然你让我回避一下，那我也就不操这个心了。怎么谈，结果如何，那就没我的事了。

我看着天乐从石油公司的餐厅门进去，便站在公司大门口，望着公司下边的无定河，心情像滚滚流淌的河水一样。然而，就在我站在大门口台阶上不一会儿，突然听见开门的声响，我扭头一看，是路遥和天乐从餐厅出来了。

路遥手里翘着一支烟，紧紧地皱着眉，脸上一点儿笑影也没有。而王天乐的眉头皱得更紧，他急匆匆走到我跟前，愤愤地说，你让李经理安排辆去榆林的车。

我给他点了点头,感觉到气氛有点不对。

当然,不需要我问什么,就知道事情有了麻烦。因此我走到李经理跟前说,李经理,你安排一辆车,送路遥去榆林。

李经理说,我马上去安排。

看见李经理到二楼办公室去了,我给站在一边愁眉苦脸的王天乐说,你和你哥去榆林,我就不去了,想回去看一下我的父母。

王天乐说,你去跟路遥商量。

我看出王天乐有一些情绪,而他的这种情绪在此时此刻表现得尤为明显。然而,他越是这样,我越感觉到事情有问题,到底是什么情况,我不便去问,否则会适得其反。因此我直接走到路遥跟前说,路遥老师,这里离我家非常近,父母上了年纪,想回家看看,榆林我就不去了,您看怎样?

路遥看着我问,绥德到你们家不远?

我说,不远,比清涧到我们家还近。

路遥说,那你让李经理安排车把你送回去。

我说,先送您和天乐。

此时,天乐仍然站在大门口,一个劲儿愁眉苦脸地抽烟。我走到他跟前说,我跟你哥说好了,你俩去榆林。

王天乐没有表示他的态度,只是摇着头说,李经理这人非常狡猾,根本不给帮忙。

现在我也不想问李经理为什么说好的事突然反悔,觉得没这个必要,他不帮忙一定有他的道理,或者说他根本无法满足兄弟俩提出的要求。事情到底怎样,我还不能做出准确判断。但有一点可以肯定,他弟弟的工作有了问题。我正这样想的时候,李经理从办公室下来,手里提着两瓶茅台酒站在路遥跟前说了一阵客气话,看见公司的皇冠车到了院子,他急忙给路遥拉开车门。

看着路遥和王天乐坐的皇冠车驶出了大门,我跟着李经理走到他办公室,问他,你说好帮忙安排路遥弟弟的工作,怎么突然变卦了?

李经理说，嘿嘿，你看你这话说的，怎能说是我变卦了，关键是路遥弟弟提出的要求太高，我满足不了。

我问李经理，他给你提什么要求了？

李经理说，路遥倒没说什么，关键他弟弟，一副盛气凌人的样子，不仅要我安排在公司工作，还要解决成为公司的正式人员，你说我能解决了吗？我确实没这个权力，实在不敢答应，随便答应就是哄人。我还给他建议，先让他在清涧石油公司上班，这个事我给他慢慢操作，这样盯的人会少一些，然后再瞅机会想办法解决，可他弟弟不同意。

我说，李经理你是不是搞错了，路遥想让你帮忙安排工作的不是他这个弟弟，是家里最小的那个，现在这个弟弟是陕西日报记者。

哎哟，我说怎回事？李经理惊讶地说，我以为就是这个弟弟，没工作还那么大的口气，一点商量的余地都没有。

唉，我长长叹了一口气，不知道该说什么。

六

路遥从陕北回到西安，仍然对陕北充满着一往情深的深厚感情，他想有机会，再去一次陕北

很快到了10月，我从陕北回到西安。

在陕西作协院子里，没有看见路遥像往常一样散步，不知他是不是从陕北回来了。正想着，突然看见《延河》杂志的诗歌编辑远村骑一辆破旧的自行车进了院子，他把自行车往院子里一停，就回办公室去了。

远村根本不知道我已经从陕北回到西安。

我走到远村的办公室，微笑着问他，你最近没到哪里去？在忙什么？

远村说，哪里也没去，你什么时候回来的？

我说，今天刚回来，你知道路遥回来了没有？

远村说，我这几天没看见他。你不是跟他一块去的陕北，怎么你一个人回来了？

我说，他和天乐去榆林了，我回了老家。

看来路遥还在陕北。他一回到陕北，心情就特别愉快，这次他把觉得该去的地方都走了一遍。应该说这次去的意义跟过去截然不同，小说《平凡的世界》获得第三届茅盾文学奖，无论对陕北还是对他，都是一件非常重大的事情。

当然，我还不能确定路遥去了榆林，还会去什么地方，去鄂尔多斯，还是……他只要出去，行程就有很大不确定性。但有一点，在返回西安时，他会去延川的郭家沟，他在那里生活了近二十年，养母仍然在那里生活，他平时忙得回不去，这次顺便看望一下自己养母。

毫不夸张地说，路遥的养母是这个世界上最伟大的一位母亲，老人家虽然一字不识，也不知道什么是文学，但在那样艰苦的环境里，培养了一位获得茅盾文学奖的作家，那确实了不起。

那时我一个人在想，路遥从榆林直接去了延川，这是他成长的地方，那里有他的喜悦，也有他的泪水。这次他带着获得茅盾文学奖的巨大荣誉，看望养母，让养母知道，他不仅没有忘记老人家养育之恩，还要让养母过上人人羡慕的幸福生活……

此时又是晚上八点左右，新闻联播一结束，路遥就来到了家属院的楼下，习惯地在院子里散一会步，便走进我的房间。

我看见路遥进来，惊讶地笑着对他说，昨天我还问远村看见你回来了没有，他说没看见，今天你就突然站在我面前了。

路遥说，我在院子里散步，看见你房间里亮着灯，估计你从陕北回来了，为什么不在家里多住一段？

我说，哎呀，人这个东西有时候特别怪，回不去时想回去，一旦回去待上两天，就待不住了想走。

路遥说，我这次去陕北心情非常愉快，没有什么任务，也没有什么顾虑，想见什么人就见什么人,是我去陕北最舒畅的一次。

我说,就是可能有些累,做了好几场报告。

路遥笑着说,那些都是轻车熟路,就像跟朋友们一起随便拉话一样,已经习惯了,又不需要精心准备,不像有些领导讲话,还得准备好几天稿子,还要把稿子改了一遍又一遍,甚至在这里的报纸上抄一段,在那里的文件里抄一些,胡编乱造,把那些没用的废话在稿子里用了一大堆,你根本不知道他表达的是哪个人的意思。而我的报告,有血有肉,有感而发,同时跟大家不断互动,气氛热烈。

路遥非常有感慨地说了这么几句,就躺在我的床上。我站在他跟前,有些检讨地对他说,这次去陕北,愉快是愉快,就是有件事没给办好,心里一直感到愧疚。

路遥看了我一眼说,你是说九娃的事?

我说,实在没想到事情会是这样。

路遥在我床上坐起来说,这事不怪你,人家不愿意帮忙,那是人家的权利。

我说,其实这里有些误会,我以为你只想给九娃找一个临时性工作,当时我也是这样给李经理讲的,突然要解决一个正式工作,事情就有些复杂,关键是他解决不了。首先没有招工指标,再就是九娃是农村户口,即便有招工指标,他也不一定能办了,有些困难是我们想不到的。他一个经理,不一定什么事都能够一个人说了算,因此就不敢轻易答应。那天你和天乐离开,我和他进行了深入交流,感觉他对我有一些看法,突然给他提这样的要求,让他几乎下不了台。

路遥说,这事天乐有责任,他不跟我商量,就把这事提出来了,让你受委屈了。

我说,委屈谈不上,只是没把事办成。

路遥说,再不说这个了,事情我清楚。

尽管路遥一直掩饰着说没关系,也表现出无所谓的样子,但我知道,他还是有些看法。

事情确实不怪我，他当时就没跟我说要解决一个正式工作，而我又不是地委书记或行署专员，怎么有能力解决一个人的正式工作？他只是在我去陕北时交代，看能不能找一个好点的企业，想办法把九娃安排进去，不能让他再这样混了，不然会出问题。

当然，我现在也不想过多解释这个事，明白人都知道，要解决一个人的正式工作，那绝对不是我力所能及的事。

路遥也确实不想这个事了，可能他也了解到一些具体情况，便躺在我床上，从口袋里掏出一盒红塔山，自己抽了一支，然后把烟递给我说，哎呀，我确实感觉到陕北变化很大，不像过去穷得那个屄样子，要什么没什么，人们的思想观念也在不断转变，将来一定会让人们刮目相看。

我说，陕北永远是我们魂牵梦绕的地方，就是死也离不开。

路遥说，别以为陕北只有贫穷，它有美丽动人的一面，要不然毛主席对陕北恋恋不舍，我不知道你知不知道这段历史，毛主席在要离开陕北时，豪迈地站在黄土高原上，目视着陕北的山山水水，意味深长地说了一句"陕北是个好地方"。

我说，陕北当然是好地方，在抗日战争和解放战争时期，这里是中共中央所在地，也是中国人民解放斗争的总后方，从1936年到1948年，党中央和毛主席在延安整整生活战斗了十三个春秋，用小米加步枪，打败了国民党反动派的围追堵截，取得了革命的最后胜利。可以这样说，毛主席在延安十三年，同陕北人民情同手足，血肉相连，谱写了一曲雄壮的凯歌。

就在我们这样高谈阔论的时候，路遥突然从床上坐起来，看着我问，你过年再回去不回去了？

我说，当然回去，我一条光棍，不回去干啥。

路遥说，也是，城里过年没意思，死气沉沉的，哪像陕北红火热闹。唉，我很想回陕北过年，还可以尽情地看几天秧歌。

是啊，他一说到陕北，就会激动得热血沸腾，忘记了是躺在我床上，随手把烟把子扔到屋子的脚地上，像小孩子一样激动地说，特别是到了正月初二，农民也没什么营生，彻底给自己放假了，唯一忙的就是闹秧歌，这是农村最好的一种娱乐方式。只要那惊天动地的锣鼓声一响,人的魂都让勾走了。

我笑着说,正月里不光看秧歌,也是年轻人谈情说爱的好机会。

路遥说,那你也在农村找一个媳妇。

我笑着说,真有这样的事,只要我回去,家里就把我个人问题提到一个新的高度,亲戚朋友纷纷走上门,对象给我介绍了一个又一个。特别是我那舅舅,不仅动员他所有关系,四处给我找对象,还时不时咬牙切齿地教训我一顿。你听我舅是怎教训我的,他说你这孩子也是老大不小了,不晓得怎日鬼的,家里的找不下媳妇那是因为穷,城里工作的也找不下,恐怕就有问题了,人家以为你有什么毛病。我实话告诉你,好娃娃哩,眼睛不要长在脑门上,差不多就行了,不看自己家里是什么条件,还日能的挑来挑去,不操心就要打一辈子光棍。不要光看人家姑娘是不是漂亮,漂亮又不能当饭吃,能过光景就行了,跟你同年等岁的女娃娃,现在也不多了。

看到我舅舅着急的样子,我就开玩笑说,舅舅,你不要操心,这茬女娃娃没多少,还有下一茬女娃娃。

然而,我的这个玩笑实在开得不是时候,我舅舅一听火冒三丈,觉得是对他的不尊重,这样的话能在他跟前说,简直日能的就要翻天。

呵呵,就是我随意的一句话,我那舅舅差点没让我给气死。他生气地把我看了几眼,也不再说什么,赌气地从我家离开了……

路遥听着我说的这些,呵呵地笑着,觉得非常有意思,甚至可以作为一个小说素材,因此他好奇地问,那后来怎样了?

我说,还能怎样,我舅舅给气走,这下我母亲不愿意了,觉得我是不孝的孩子,怎能这样对待我舅舅。可她还不好怎么批评我,只在我跟前说,你看把你舅舅气成什么了,是不是出去也是这样?你舅舅是为你好,可你这么不识好歹。

看着母亲,我笑了笑说,你就不要埋怨我了,一会儿我把我舅舅请回来,他又没走远,请回来他让我干什么我就干什么。因此这一个正月,可把我忙日塌了,好多人跑到我家给我介绍对象,一拨走了又来一拨,用踢塌门槛来形容一点不过分。而且你要知道，那些说亲的人到我家，我对谁都不敢怠慢，笑脸相迎，热情招待，我的那些好烟好酒，都让这些人享用了。

你是心疼你那些好烟吧？路遥笑着问我。

我说，心疼有什么用。只要这些人来，就在我跟前口若悬河地夸那些女娃娃，谁家那女娃娃能做一手好针线活儿，好像我要找个裁缝；谁家女娃娃聪明伶俐，心灵手巧，能做一手好茶饭。我听了介绍，死的心都有了。

路遥有些讥笑我说，我也觉得是好女娃娃。

我说，你就别笑话我了，这怎可能？

路遥说，怎就不可能了？

我说，如果这样，那我不是害人家？怎在一块生活？可是，真还有女娃娃不怕，也不考虑后果，觉得我是吃公家饭的人，愿意嫁给我。你说她愿意我能愿意？哎呀，我的妈呀，我就是这样熬过来的，真能要了我的命。

路遥听得神魂颠倒，觉得非常有意思，逗得他笑得躺我床上爬不起来，说我是给他编故事，快把他笑死了。

我说，这不是编故事，完全是事实。

路遥笑着说，你这是一个好素材。

我说，你可不能把这些写到小说里。

路遥不管这些，没有给我承诺，究竟在他的小说里会不会有这样一个情节，那就不一定了。但他比较认真地给我说，我觉得你找一个陕北女娃挺好。

我说，为什么？你能找一个有文化又漂亮的北京女知青，我就不能找一个城里的姑娘？

路遥说，这个你不明白，农村女娃娃纯朴善良，只要跟了你，就会死心塌地，哪怕寻吃拉棍也不变心。其实，人在年轻谈恋爱时，脑子都一满不怎么精明，有些糊里糊涂，光看人家漂亮不漂亮，不漂亮就不行。真正到了一块，漂亮不漂亮就不是很重要了，考虑的是柴米油盐，讲的是儿女情长。

我对他说，我不想跟你讨论这个问题，也不给你说我的那些事了，害怕到时候我也像清涧县文化局的白生川一样，让你把我写在小说里，那我就惨了。

其实，我之所以这样给他说，是不想把话题扯得太远。然而，他对这个事非常感兴趣，一再问我，你还有什么逗人的故事？再讲给我听一听。

我说，什么也没有了。

你不想给我讲拉倒，我也不稀罕。路遥笑着说，其实我根本不想听你那些哄女娃娃的故事，没意思。在陕北农村，越是穷的地方，越隐藏着好多好的故事，就是没人去挖掘，像老辈人留传下来的信天游，那绝对是世界上绝无仅有的非物质文化遗产。还有榆林小曲、清涧道情、米脂剪纸、神木二人台、绥德汉画像石、延川布堆画……这些东西只有在陕北这块神奇的土地上才具有它强大的生命力，只要离开这块土地，基本上就什么也不是了。因此我有时候在想，如果对这些优秀的民间艺术再不进行抢救性的搜集整理，这些东西有一天就要在这块土地上彻底消失了。

路遥无比感慨地说，那些非物质文化遗产对陕北有传承意义，我曾给霍绍亮[①]建议，应该把像尚爱仁[②]这些热心陕北民间艺术的人组织起来，专门给他们拨一笔经费，扎扎实实把陕北优秀民间艺术传播到世界，这不仅对陕北是一大贡献，而且对全人类的贡献也非常大。现在那些干部，不要一天到晚除了开会还是开会，开会能开出什么玩意，要干就要干一些有意义的事，不要搞那些花拳绣腿，没意思。

路遥说起这些，就有些激动，甚至豪情满怀。他说，我去一次陕北，就有不一样的感受；去一次陕北，就会有不一样的收获，陕北确实是一个取之不尽、用之不竭的民间艺术宝库。

[①] 霍绍亮，1938年8月出生，陕西吴堡人。1961年7月毕业于西北大学。曾任西北大学校团委书记、学生处处长，共青团陕西省委副书记、常务副书记，中共陕西省委宣传部副部长。1985年12月就任陕西省文化厅厅长、党组书记。

[②] 尚爱仁，1929年10月出生，陕西省佳县人。曾任榆林地区艺校校长，陕西省文联副主席、党组副书记，剧协副主席，曲协主席，陕西省歌舞剧院院长，中国文联第六次全国代表大会代表。

在我小小的房间里，听路遥给我讲这些，不禁感慨，他对陕北民间文化艺术如此情有独钟，几乎是发出了一声惊天动地的呐喊。那么，他所提出的那些发展理念以及弘扬传承陕北文化艺术的美好建议，能够落地生根吗？

路遥对陕北这块土地和人民有着无比深厚的感情，并竭尽全力地讴歌这块土地和人民，做出了卓有成效的贡献。在我那个房间里，他不止一次地阐释过他对弘扬和传承陕北民间文化艺术的一些想法和看法，而且说起陕北的民间文化艺术，他就会情不自禁，有时会激动得泪流满面……

夜已经很深了，而路遥仍然在我的房间里兴奋地说着陕北的那些事。我能看出来，他对陕北的那种爱，用三言两语是无法说清楚的。

东拉西扯聊了好长时间，两个人除了抽烟，水也没喝一口，嗓子也快着火了。然而他不回去，我就得死心塌地一直这样陪着他。

事实上，我还很害怕他到我房间来，他一来就不知什么时候能走，我不仅什么事也干不成，第二天起来还会萎靡不振，怕让人家误解一晚上干什么去了。

当然，他不管这些。

他在我的床上躺得实在累得不行了，便从床上下来，在房间里转悠了一会儿，突然问我，你这里有没有什么吃的东西？

我说，什么也没有，你是不是饿了？

路遥说，饿倒不是饿，就是想吃了。

我说，想吃了不就是饿了，可我房间里确实什么吃的东西也没有。这样，我明天给咱买一箱方便面，你什么时候饿了，什么时候煮着吃。

路遥说，我从不吃方便面，如果在这时候能喝上一碗陕北的豆钱钱饭，实在是太好了。

我说，小米我倒是有，就是没有黄豆钱钱。

有小米也可以，总比没有好。路遥说，这样，你给咱熬一锅小米稀饭，吃完好睡觉，不然晚上睡不着。

我说，实在熬不了，我这里没有碗筷，不知远村在不在，他有这些，我去找一下他，看怎样。

路遥说，哎呀，那今晚怕吃不成了，远村到外地去了，过几天才能回来。

唉。我说，真是命苦，想吃一碗小米稀饭还这么困难，如果在陕北就不存在这样的问题了。

唉，狗日的，可怜人遇到一块了，小米饭也吃不上一口。路遥唉声叹气地坐在我床上。

我看见他失望地又躺在床上，觉得有些心酸，像路遥这样一个为中国文学事业做出突出贡献的作家，居然生活得这么可怜，不要说吃什么好东西了，连想喝一碗小米稀饭这么简单的事也办不到。

此时，躺在我床上微微闭着眼睛的路遥，一只手里拿着眼镜，另一条胳膊搭在床沿上，看他这样，我不知道该对他说什么。

夜很深了，院子里相当安静，听不到一点声响，只有我房间里的灯仍然亮着。我不知路遥是瞌睡了，还是到了他的工作时间，他有一个非常不好的习惯，就是别人睡觉的时候，他在工作，而别人工作的时候，他又在睡觉。就像他说的，他的早晨从中午开始。因此他又在我的床上默默躺了一会儿，才漫不经心地回家去了。

就这样平平淡淡地过了一天又一天，我已经好几天没看见路遥了，不知他去了什么地方。而跟我同病相怜的诗人远村，也去外地好些日子没回来，我感受到从未有过的孤独和难熬。

三天后的一个上午，我临时接受了一个任务，领导安排我去咸阳采访一家想出名的企业。这家企业是主动找上门来的，跟领导达成了一个口头协议，领导让我只管采访和写报告文学，其他事不要我管。

我愉快地接受了领导安排的任务。

就在我准备去的时候，领导特意告诉我，这家企业非常重视宣传，会专门派车到西安来接你，你去了要认真采访，一定拿出一篇高质量的报告文学。

我点头答应，但心里却在想，什么是高质量的报告文学？凡是近几年在报纸杂志上刊登的那些所谓写企业的报告文学，有多少是叫得响的报告文学作品？由于受金钱的诱惑，那些不是作家的作家，就这样把"作家"两个字糟蹋得体无完肤，哪还有一点文学艺术的价值和味道？

这应该是那个年代文学艺术的悲哀。

任务来得有些突然，所以在我走之前，没来得及告诉路遥一声，就坐着那家企业的车走了。

往返十几天时间，我完成了使命回到西安。

回来两天时间没看到路遥，我也没看到远村，不知他们在忙什么。现在，距离过年没多少时间，我在想早点回家过年的事，因为我从老家走时，父母明确告诉我，过年必须回去。我答应了父母，就不能食言，想着赶紧把手头的事处理完，就回陕北老家。

到了下午，我正准备到西安城墙根的夜市吃晚饭的时候，路遥突然推门进来了。我问他，你最近去哪里了？我好几天没见你的面。

路遥说，我一直在西安，可你去哪里了？神出鬼没的，突然就人影子也不见了，走时也不说一声。

我说，不好意思，突然接到一个任务，就走了。

哎呀，这两天把我忙日塌了。路遥说着，习惯性地又躺在我的床上，仍然连鞋也没脱，也不管床上干净不干净，显得十分随便自然。

我也不能说什么，自己的床，路遥不嫌弃，我也没关系，你想怎么躺就怎么躺，反正我的床单早已经脏得不像样了了。

躺在床上的路遥，仍然习惯性地抽着烟，而且眯缝着眼睛，一副劳累的神态。因此我问他，看你现在的状态，没回陕北时那么精神，是不是不舒服？

路遥长长唉叹了一声说，老毛病，就是感觉到特别累，没一点精神，不知怎么了。

我说，那你去医院看一看，好好检查一下看是什么问题，不要藏下什么病就麻烦了。

路遥怅然若失地说，其实也没什么大毛病，就是从写《平凡的世界》开始，我的身体就一满不行了，感觉到五脏六腑都出了问题，所有的内脏都不在状态中，身体一下就垮了。因此我一直在想办法调理。这次到榆林，本来想找老中医张鹏举再给我看一看，可是到了榆林就身不由己了，朋友们都知道我到了榆林，一个接着一个地来看我，忙得我什么也没顾上。

我说，你怎把自己的身体不当一回事，就是再忙，病一定要看的，那是你革命的本钱。

路遥说，我已经想好了，争取这段时间把手头那些事忙完，约上几个好朋友再去一次陕北。我这次去了以后，什么事也不干，在陕北尽情地游山玩水。

我说，就怕你到时候又有变化。

不会的。路遥说，明年的时间，我要牢牢掌握在自己手里，这个你放心，你最好在陕北找几个能唱陕北民歌的人，不管男的女的，老的还是小的，要能唱那种非常地道的信天游。你不知道，我在陕北一看见有那么一两个农民，站在山坡上，一边在山上吆着牛耕地，一边自由自在地唱陕北民歌，就觉得那画面很震撼，甚至激动得我腿也迈不开一步。每当这个时候，我就有一种说不出的兴奋。毫不客气地说，陕北这块土地虽然贫瘠，但它是一个非常丰厚的精神富矿。陕北民歌的歌词实在太优美了，非常形象逼真，你比如那首耳熟能详的陕北民歌《走西口》的歌词，写得多么生动、优美，意境是多么的深远：

走头头的那个骡子哟，三盏盏的那个灯，
赶牲灵的那个哥哥哟回来了，

你若是我的哥哥哟招一招那个手，
你不是我的哥哥哟走你的那个路……

路遥说，你看这是多么好的语言，现在那些作家能写出来这样的东西吗？我是没有这本事，只有生活在这块土地上的人，有真实的生活体验，才能写出这么精彩的句子。我一听到这样扎心窝的民歌,就很容易激发创作灵感,把所有的烦恼忘得一干二净。

我说,榆林民间艺术团有个唱民歌的高手,叫王向荣,我不知你认识不认识,他唱的陕北民歌非常有味道,声音与众不同,独具特色。用他的腔调把陕北民歌唱出来,能听得让人心肝肝动弹。

路遥说,你听过王向荣唱的陕北民歌?

我说,当然听过,我原来是文化系统的一个干部。如果你去了榆林,想听地地道道的陕北民歌,就去找地区文化局的领导,让王向荣跟你玩上几天,想让他唱什么他就唱什么,没一点问题。

路遥说,要不这样,到时候我让尚爱仁跟我一块去陕北,他是我非常要好的朋友,在榆林地区文化局当过几年局长,他是搞陕北文化的一把刷子。

我说,只要老尚出面,什么问题都解决了。

说到这里,路遥又一次问我,那你过年回去,什么时候来西安?

我说,我想在三月份,来早了也没什么事。

你还是早一点来。路遥说,你如果不尽快离开老家,家里又给你介绍一群女娃娃,你看麻烦不麻烦,我就不信你会找一个农村媳妇,再别日闪人家了。我还不知道你,就像陕北人说的:蚂蚁扛把切面刀,这山看见那山高。

我笑着说,你觉得我是这样的人吗?你要理解我,我也是没办法,不然家里老人说我不听话,往死里气他们哩。唉,我能说什么,父母不理解也不了解我,只有你对我还了解一些,不像我家里人,好像我不在农村找一个,就要打一辈子的光棍。因此,过年这一段,我是世界上最忙的一个人,就是美国总统也没我忙乱。我也不怕你笑话,我们附近那些村子里比较像样的女娃娃,我差不多都看过,而这些女娃娃唯一看上我的就是我是吃公家饭的人,还在大城市工作,感觉找了我这样的人脸上有那么一点光彩,至于以后能不能生活在一块,她们考虑的就不是那么多了。

路遥笑着说,你看我说对了没?你在我跟前还装模作样不承认,要不然你为什么跑到西安?事情不是明摆着。其实,我还真羡慕你有这样丰富的生活经历。

我说，你还羡慕我呢？我有什么可羡慕的，你不知道那段时间快把我给折腾死了，折腾得我想哭也哭不出来，一满就没法活了。

路遥说，那你今年别回去，就在西安过年。

我说，这怎能行，回还得老老实实回去，不回去问题就大了，我已经给父母说过回家过年，如果我突然不回去，他们还以为我出什么事了，说不定就会跑到西安来找我。

路遥说，如果这样那你回去吧，早点来。

七

路遥再一次投入他庄严的劳动，竭尽全力地创作着散文随笔《早晨从中午开始》，在快完成这个随笔的时候，他又要筹划出版自己的一套文集

那是1992年3月。

虽然已经是春天了，但陕北大地依然没有解冻，只有河湾里的柳树，经过几个月的冬眠以后，慢慢吐出一点毛茸茸的嫩芽；而黄土高原上的山桃树，几乎在一夜间，便盛开出一树的白色或粉红色的鲜艳花朵。

我在陕北老家住了差不多一个月，就急匆匆回到西安，一心一意整理那些报告文学，计划让路遥尽早写一个序。

我想尽快联系一家出版社，争取在短时间内把这个报告文学集印出来，如果拖得时间太长，就不好给人家交代了，甚至会让人家以为我说话不算数。

然而，我无意间听到一个消息，路遥这些日子忙得焦头烂额，甚至再一次把自己"软禁"起来，正全身心投入搞一件对他来说非常重要的事情。

我知道他在干什么，不就是写他的《平凡的世界》创作随笔《早晨从中午开始》。这件事他告诉过我，最近他要拒绝一切应酬，专心致志写他的随笔。

路遥说他开始创作的这个随笔，融入了他一生的情感，甚至动用了他的全部精力，一丝不苟，认真细致，精益求精，尽可能做到尽善尽美。

我知道他创作这个散文随笔已经有些时间了，觉得他差不多也该完成了。然而，我在作协突然听到有人说，路遥不仅创作他的散文随笔，还在紧锣密鼓地编辑整理他的文集。

那时，我不断听到有人议论，议论的焦点是：路遥年纪轻轻的，刚四十来岁，又是西北地区获得茅盾文学奖的第一人，收获了那么多鲜花和掌声，完全可以趁这个大好时光，再创作一两部长篇小说，绝对是名利双收，可他非要在这时候出自己的文集？

很多人觉得不可思议。

我还听到一些说法，路遥是不是江郎才尽了？或者说《平凡的世界》是他文学创作道路上一个再也无法逾越的高度，不可能创作出比《平凡的世界》更有影响力的优秀文学作品。

当然，路遥也十分清楚，在陕西文学史上，恐怕还没有一位作家像他这样，四十来岁就出版自己文集的先例，难道他要为自己的文学生涯画一个句号吗？

我不明白路遥的这个举动是什么意思，虽然我听到这样的议论，但还不敢把这些告诉他，我觉得他能够做出这样的决定，一定有他的道理。

那么，路遥到底想要干什么呢？

对于一些同志和朋友的疑问，路遥或多或少听到一些，他采取了一种不解释、不回答、不反驳的"三不"政策。甚至对朋友的一些好言相劝，全当清风过耳，仍然按照自己的设想，废寝忘食地整理自己的作品。

就这样，路遥初步确定了自己文集的基本框架，一共五卷，其中前三卷是他长篇小说《平凡的世界》。相对来说，前三卷整理起来比较容易，不需要花多大工夫。关键是四、五两卷，工程量非常大，涉及方方面面，包括他的一些重要书信、作品序言、评论文章、创作访谈和发表过的中、短篇小说，以及一些人物特写等。搜集、整理这些东西相对麻烦一些，有的已经找不上了，还要跑到别的地方去查找。其中有的作品还需要补充、修改和进一步完善。这样,他一天要工作好几个小时,常常累得东倒西歪。

经过一段时间的艰苦劳动,路遥的这些工作基本上可以告一段落了。他把自己觉得比较重要的文学作品,大致搜集到一块,然后进行归类排序。事实上,他现在实在有些精疲力竭,但这些工作只能依靠自己去完成,别的人一点忙也帮不上。

这是1992年6月3日的夜里。

路遥突然气喘吁吁地走进我房间,他一边抽烟,一边有些埋怨地对我说,你去陕北回来,为什么不告诉我一声,是不是对我有意见?

我笑着说,不好意思,去陕北关键是还有两家企业也想搞宣传,我想把他们的报告文学也加到这个书里,再把去年在陕北搞的那些报告文学重新整理一下,然后再去找你,好让你赶紧写一个序。

路遥问我,那你现在整理得怎样?

我说,已经差不多了。

路遥说,那把整理好的报告文学让我拿回去,先让我看一看,我好给写序,咱说话要算数,不能白拿人家的钱,那样就真成骗子了。

我说,那太好了,我还害怕你没时间,顾不上写这个序,只要你把序写好,其他事就都好办。

路遥说,本来我实在忙得顾不上,可是钱那东西太折磨人了,一个人只要把钱和情交织在一起,基本上神仙也没办法了。因此写企业报告文学集的序,我必须认认真真,再说那是家乡的事情,不能敷衍了事,不然会影响咱声誉,甚至会挨骂。

我说,你说得非常正确,把这个序一写,基本成功了一半,我心里也踏实了。要知道,榆林有些人一直怀疑这件事,认为是我打着你的幌子在赚钱,你参与的可信度非常小,跟你的身份不相符。因此你只要把序写了,报告文学集一出,质疑的声音也就随风而去了。

路遥认真地说,别挣不到几个钱,挨一顿骂就划不来了。说话间,他突然跟我开玩笑说,其实这一切我倒无所谓,在榆林绝对没人敢这样质疑我的长长短短，我是什么人，榆林人心知肚明，而且我的名气比你大。关键是你，把自己的名声在榆林地区搞坏了，不仅你再不敢回榆林，恐怕媳妇也找不下。

我说，你愿意看我沦落到这样的下场吗？

路遥嘿嘿地笑了一阵，仍然开玩笑说，其实我觉得也不会，你在榆林也有些名气，谁不知道清涧有路遥这样的作家，还有一个航宇，而航宇那名字比路遥的名字还厉害。我是在路上默默一步一步地走，可你要在浩瀚的宇宙里自由自在地航行，简直是不可一世，多么有气势。可我不知道你是怎想起给自己搞了这么一个足劲儿的笔名？不能说不好，就是觉得你有点傲。不过，笑话归笑话，说正经的，家乡的事，还是要想办法给弄好。

就这样，我把取名《塞上雄风》的报告文学集的稿子，用一个塑料袋装好，放在门跟前的桌子上，等路遥回家时，让他拿回去。

出乎意料的是，仅仅隔了两天的6月6日中午，路遥提着我给他的塑料袋走进我房间，把塑料袋往办公桌上一放说，序已经给你写好了，你看怎样？

我打开塑料袋，把路遥给《塞上雄风》的报告文学集写的序言拿出来，一共是三页，一笔一画，非常工整，看得出他是花了不少精力。

太好了。我说，你写的这个序言是歌颂陕北的一篇非常优美的散文，我想办法让《榆林日报》给发一下。

路遥说，先不要在《榆林日报》上发，等报告文学集出版了，想在哪里发就在哪里发。

我说，在《榆林日报》上发这个序言有意义，让榆林人看见是你写的序，起码说明我不是哄人。

路遥说，你是怕榆林的朋友说你是骗子？

我说，当然，我要证明自己说的是实话，办的是实在事，绝对不是打着你的幌子。

路遥说，你别怕，我可以给你做证。

我说，问题是榆林能见到你的人没几个，他们以为我就是打着你的旗号在搞这些事。

路遥说，嘴巴长在别人头上，你能挡住？

我说，我是挡不住别人的嘴巴，但我听到一些人对我产生的怀疑，不相信你会搞这样的事。

路遥说，没事，有我哩。唉，我觉得一个人还是普普通通的好，再别想出什么名，出了名简直什么事情也不能干了。

我说，你如果不是考虑自己的名声，亲自去陕北搞这样的报告文学，那绝对是另一种情形，恐怕你说多少钱人家就给多少，不会有人跟你讨价还价。

路遥说，这个我相信。不过，我拿钱也要拿得心安理得。因此对于这个报告文学集的序言，我还是花了一些工夫，不然就有些说不过去。

我说，序言确实写得深刻，非常到位，淋漓尽致地反映出你对陕北的深厚感情。

路遥说，笑话，自己的家乡还能没感情？你不知道，这个序我写了好几遍，昨晚才写好，然后又改了一遍。哎呀，这钱不好挣，以后再不干这样的事了。

我说，你确实是一位非常认真的作家，我以为你随便应付一下，没想到会这么认真。

路遥说，别给我戴高帽子，你想不到的事多着哩。

我说，我说的是事实。

路遥说，序言给你写了，不知你最近忙不忙？如果不忙的话，麻烦你帮我一个忙，去张学良公馆门口的复印部，帮我复印一些东西，费用你不要管，记在作协账上，我已经跟办公室说好了。

没问题。我问路遥，你要复印的东西在哪里？

路遥说，在我的书房里，我都整理好了。

我在想，路遥让我帮他复印的一定是文集的一部分，尽管他没有直截了当告诉我，我想应该是这样。

时间就这样在说笑中过去了。

第二天中午，我去了路遥家，看见他住的房间里到处堆放的是稿子，密密麻麻，乱七八糟，连他的单人床上也堆放了好多，基本快没睡人的地方了。

此时，路遥正站在他书房里，见我从门里进来，便仔细交代需要复印的东西。哪些先复印，复印多少，复印回来放在什么地方，交代得非常仔细。

我按路遥的吩咐，开始给他复印稿子了。

早上，我把他那些稿子交给张学良公馆门口的复印部，让复印部的郭建华去复印，下午我再取回来送到路遥家里。前前后后，复印来复印去，仅这一项工作，我差不多用了半个月时间。

一切准备得差不多了，路遥要把这些东西从头到尾再梳理编排一遍，然后交给陕西人民出版社的陈泽顺。

应该说，搞这样的事情，需要有一个比较安静的环境，而路遥没有这样的条件，想安静也安静不了。

谁都知道，路遥已经是闻名全国的著名作家，经常会有文学爱好者慕名而来。也不看他有没有时间，也不管他愿意不愿意，不择手段地找到他，要他给写序，或者要他给一些报纸杂志写推荐信，发表作品。如达不到目的，就不会从他家离开。

面对这些无奈的事情，常常搞得他哭笑不得，而他对这些人又一点脾气也没有。

事实上，不仅是那些文学青年纠缠不休，还有一些出版社、杂志社以及报社记者也赶来凑热闹，接二连三地向他约稿、做访谈。有的拿着红艳艳的请柬，恭恭敬敬地放在他面前，邀请他参加会议或研讨会，看他怎办。

路遥有些招架不住了，可他还必须面带微笑，耐心解释，稍有不慎，就会引来各种非议。说他成了名人而耍大牌，甚至在他背后骂他的也大有人在。

真是好话不出门，坏话传千里。

这些风言风语很快传到路遥耳朵里，他真是有苦难言。因此他特别想找一个安静的地方躲几天，一心一意地把他那些事做个了结。

然而，什么地方能够让他安安静静地干他想干的那些事情呢？路遥开始有些着急，这么大一个西安，想找一个安静的地方谈何容易。

一天天就这样无所事事地过去了，路遥基本上什么事也干不成，一个人漫不经心地在作协院子里散步，一边低头抽烟，一边心里想着这个问题，而这个问题已经把他折磨得苦不堪言。

那时，我并不知道他在院子里，从门里出去倒水的时候，看见他一个人低着头，静静地在院子里心不在焉地散步。我便问他，路遥老师，你吃饭了吗？

路遥抬起头，看见我在院子问他，便走到我跟前说，已经吃过了。

我说，你现在没什么事了？

路遥说，没什么事。这样说着，他跟我一起走进我的房间问我，你在西安有没有熟人？能不能给我找一个地方，我想住十来天，把我的文集编好。

我说，我在西安没熟人。

路遥愁眉苦脸地说，在家里什么事也弄不成，一会儿来一个人，不是这事就是那事，把人烦得快疯了。

我说，那怎办？要不去招待所登记一个房间，一方面可以整理文集，一方面还能休息，你看多好。

路遥问我，你在省委招待所有熟人？

我说，没熟人。

路遥问我，人家不要钱，让你白住？

我笑了笑说，怎可能，当然要钱了。

路遥说，那你给我出的什么主意，我还不知道住在招待所舒服，关键是人家要钱，怕少一分也不行，我哪有钱住招待所搞这些事。

我说，如果是这样，那我实在没办法。

路遥说话间躺在我床上，一边抽烟一边说，哎呀，狗日的钱这东西，虽不是万能的，但没有是万万不能的。都以为我不知有多少钱，我不是在你跟前哭穷，就茅盾文学奖那点奖金，我在北京请几个朋友吃饭，一顿饭就吃得没几个了。你不知道，我的稿费也没挣到多少，前前后后折腾了六年时间的《平凡的世界》，稿费也就三万来块，这些都能算出来。当然，我也不是一分钱都没有，仅有的一点钱，还要装修房子，现在一分也不敢乱花。

我说，你如果没钱，就不要装修房子，我觉得你的房子不装修也挺好。

路遥说，这个我已经计划好了，别的可以不干，房子一定得装修。

就这样，路遥在我的房间里谈论了一阵，也没谈论出个所以然。停了一会儿，他突然从床上下来说，你刚才的建议一下把我提醒了，在招待所住几天我看还是可以考虑。

我惊奇地问，你怎么突然有钱了？

路遥说，我想到一个人，这个人说不定可以帮我解决问题。

我见他不愿意在我跟前说清楚这人是谁，也就不问了，每个人都有每个人的秘密，他也一样。因此我顺口说，那你明天就找这人，如果他愿意帮你，什么问题都解决了。

路遥说，我不能直接找，你去找好一些。万一我说出来，人家不愿意又不好当着我的面拒绝，就不好了。

我说，如果是你朋友，我觉得没什么不好，行就行，不行拉倒。

路遥说，还是你去比较好，给我留有余地，实在不行，我自己掏钱也没关系。

我说，不行在陕北找一个朋友帮忙，陕北人都比较厚道，我觉得陕北那些朋友对你都比较忠诚。

路遥说，现在不管那些，你明天就去招待所给我登记一个房间，账先挂在你名下，咱又跑不了。必要时你去找一下省委办公厅的人，你不是在省委办公厅有一个朋友，让他给招待所领导打声招呼，最后给结账。但有一点你把握好，登记房间时不要留我名字，以你的名字登记，这样就不会有干扰。

我说，你让我登记房间没问题，关键你那朋友可靠不可靠，到时人家不帮忙怎办？

路遥说，你怕什么，天塌下来我顶着。

我笑了笑给路遥说，不是我害怕，你说你的朋友一定会帮你忙，我觉得现在的朋友，在某种程度上需要你时是朋友，花言巧语，就想让你给他办事；而当你需要他时，怕连人影子也见不到了。

路遥看了看我，有些不高兴地说，我觉得高玉涛不是这样的人，到时你拿上发票找他,就说是我的事,我估计他不会有问题,说不定还给你两箱酸溜溜饮料。

我一听他提的高玉涛,就什么都明白了。

高玉涛是靖边人,陕北老乡,我跟他并不熟悉,只在作协见过面,不知具体是干什么的,因此没给我留下太多印象。记得有回,他从作协大门进来,没给看门老解打招呼,被老解毫不客气地挡住了。

老解问他,你找谁?

高玉涛说,找路遥老师。

那时,我正坐在门房椅子上看报,听见那个人说话的口音,知道是老乡,我便从门房走出来,看是不是我认识的人。但我出去一看,并不认识,可感情上有些亲近。因此我笑着问他,是陕北老乡?

高玉涛给我点着头,一脸的微笑。

老解看见我给高玉涛打招呼,找的又是路遥,也不再说什么了。就这样我和高玉涛算认识了,也知道他在西安办了一个厂子,规模不小,他让我有时间跟路遥一块到厂里去。我给他点着头,心想,是不是让路遥给他说一声,让我给写一篇报告文学,把他的钱赚上一些。

在这以后,路遥也在我跟前提到这个人,说陕北人都是一群灰汉,什么事都能干出来,高玉涛就是典型的一个。他放下团县委书记不当,带着一帮子年轻人,一会儿跑到北京,一会儿又跑到西安,这里办一个厂,那里开一家公司,他佩服陕北人敢冒风险。

路遥在我面前说了一阵陕北这些不可一世的人,突然停下来,猛吸了两口烟,然后说,陕北确实有这样一些人什么也不怕,敢把自己的饭碗丢掉,一般人没这样的勇气和胆量。

路遥说的这些,我不感兴趣,我关心的是他在招待所那些费用找谁报销。可他不管我心里在想什么,给我交代了这些事,就扬长而去了。

路遥一走,我有些难受,觉得他不理解人,让我办这么复杂的事。不办嘛,他给我交代了;办嘛,确实有些为难。关键是他不愿意给高玉涛说怎么办?而我跟他又不熟悉,凭什么让人家报销。

哎呀，我怎就这么苦的命呢。

那天晚上，因为路遥给我交代的这个事，搞得我一夜难眠，想了很多自己不该想的问题。

第二天起来，我没有急着去洗脸，先数了数自己有多少钱，知道走到这一步，基本没什么退路了。手头还有几千块钱，看来问题不是很严重。

这下，我心里稍微踏实了一些，赶紧到院子里的水管下把脸一洗，就去作协旁边的省委招待所，按路遥昨天晚上的吩咐，在总台办了入住手续，是九楼临街的一个单人房间，价格不是很贵，一天几十块钱，一般人都可以承受。

手续一办完，我回到作协，一看时间还早，不到上午9点，估计路遥还没起床，他一般起床在11点以后，也就是中午了。他的这种生活方式，作协人都知道，早晨从中午开始。可今天跟往常不一样，路遥有了正常人的生活规律，我刚回到房间，他就抽着烟从门里进来了。

我惊奇地问路遥，你这么早就起来了？

路遥说，看你给我把房间登记好了没有。

我说，你交代的事，我不敢打半点折扣，已经把房间登记好了。

路遥说，这样想麻烦我的那些人，都不知道我去了哪里，不然一天到晚把我快烦死了。

我说，人就是这样，有时爱热闹，有时爱清静。

路遥说，那也要看什么时候。

我说，你现在就需要有一个清静的环境。

路遥说，这个你说对了，有些人不看别人忙不忙，先要求为他干这干那，一点眼色也没有。唉，现在就是这个社会，不给别人留一点自由的空间。

我问路遥，你准备什么时候去招待所？

路遥说，一会儿就去，别人问你我去了哪里，你一概说不知道。

我说，我知道。那你的东西收拾好了？

路遥说，昨晚上就收拾好了，在我房间的桌子跟前放着，你一会儿上去把我的东西拿上，从作协后门里出去，走金家巷过来，这样就不会碰到熟人，我在招待所的大厅里等你。

我给路遥说，你别在招待所大厅等我，直接去我登记好的房间。说着，我把房间钥匙掏出来递给他。可他不知为什么没拿钥匙，让我拿着。

我说，你不是怕碰见熟人，万一真的在招待所大厅碰见了，人家问你在这里干什么，你怎回答？

路遥说，我不知道房间在什么位置，去了老半天找不上，在楼道里窜来窜去，人家以为我是小偷，保安跑上来问我老半天，你看多难堪。

我说，那你先过去，我马上去拿你的东西。

路遥把他家的钥匙给了我，就从门里出去，到省委招待所去了。我赶紧去了他家，在房子里拿上他收拾好的东西，沿着金家巷来到省委招待所。

一走进省委招待所大厅，就看见他站在大厅的一个角落里低着头抽烟。我急忙走到他跟前说，你的东西我拿来了，咱赶紧上楼。

路遥跟着我进了招待所大楼的电梯，他站在电梯里问我，你碰上作协的人没有？

我说，一个人也没碰见，上班的都上班了，上学的去上学了，那些爱睡懒觉的还在睡觉，作协的院子里这时候哪有人。

路遥说，哎呀，我在门口碰见老解，这个死老汉的话怎就那么多，不知要给我说什么，把我挡在门口没完没了。他不知道我哪有闲工夫跟他闲聊，时间对我来说太宝贵了。

我说，其实老解是个好老汉，非常热情。

路遥说，谁不知道他是作协的"基辛格"，还是一个合格的"外交部长"，只要看见我从大门里往出走或者从大门进来，不管我忙不忙，有没有事，他穷追不舍地问我去哪里？干什么去？问得非常详细，好像我就是恐怖分子，他老汉，以为自己是公安人员。他接着说，老解是好人，是大家一致公认的事实，就是有一点儿烦。尽管这样，我对老汉一点脾气也没有。说话间，我和他就到了招待所九楼，走进登记好的房间，他看了看说，哎呀不错，挺美的，你晚上过来洗澡。

我说，先不说洗澡，我把一些事给你交代一下。

路遥问我，还有什么事？

我说，你吃饭的问题，我已经跟前台沟通好了，就在招待所用餐，费用记在房间，我最后一块结算。

此时的路遥，突然变得像个孩子，坐上席梦思床，摇晃了几下，笑着说，你办这些事相当有水平，想得也非常仔细，完全可以给省上领导当秘书，你有这方面的特长，领导绝对喜欢。

我笑着说，你的意思我给你当秘书不行？

路遥说，我还没这个资格。

我说，建议你想办法给自己配一个秘书，不仅可以给你跑前跑后，还可以料理你的日常生活。

我随便的一句话，没想到他会跟我开一个关于秘书的玩笑。他说，你的意思是让我找一个相好？你觉得这个可能？是不是听别人在背后议论我什么了？

我说，你问的这些都没有。我可以很负责任地告诉你，截至目前，还没听到一个人说你在男女方面的长长短短，只是我自己的一些想法。再说，我说给你配一个秘书，是为工作方便，现在的领导不是都配秘书嘛，男领导配男秘书，女领导配女秘书，很正常。

路遥说，我觉得你的话另有所指，是不是你看见经常有一个女大学生来找我，就觉得有什么问题了？作家这些人，想象力比较丰富，我听到别人在我背后的一些议论，但我实话告诉你，那是一个朋友介绍过来的大学生让我给找工作，我根本不想管这事，实在没办法了就给霍绍亮写了一封信，让他去帮忙。事情就是这样，这有问题吗？

嘿嘿。我说，我没那样想，你把话题扯远了。我的意思是你看省政协或省人大那些领导，都配有秘书，你是著名作家，还获得茅盾文学奖，该有这样的待遇。像陕西民间文艺家协会的叶锦玉，他当年不就是韩起祥[①]

---

① 韩起祥，1915年出生，陕西横山人。中国陕北说书演员。三岁失明，十三岁学艺，三十岁能说唱几十部书，会弹五十多种民歌小调，是陕甘宁边区的盲演员。他自编自演了五百多个新段子，热情讴歌新人新事新风尚。代表作有《刘巧团圆》《翻身记》《宜川大胜利》《我给毛主席去说书》等。1989年8月6日在延安病逝。

的秘书。

呵呵，韩起祥名气那么大，我怎能跟他比。路遥笑着说，唉，不说那些事情，不管怎样，我又可以在这里享几天福了。

我看见路遥有些得意，便说，那你一个人在这里好好享受，我就不打扰你了。

天已经黑了，一天过得很快。

那时，我怕别人知道路遥住在招待所，便一个人悄悄去了他房间，看他还需要我干什么。当我走进他住的房间一看，我的神呀，哪像是房间，好像刚让土匪打劫过一样，整个屋子乱七八糟，床上地板上，到处是他的稿子，几乎连脚踩的地方都没有。

当然，我之所以去他住的房间，并不是去洗澡，而是看他吃饭了没有。因他的生活一直没有规律，如果他到现在还没吃饭，我得给他想办法。

看得出，路遥已经完全进入工作状态，见我从他住的房间进来，便坐在沙发上，微笑着说，这里确实是一个好地方，真安静。我中午和晚上都在饭堂里吃的饭，没一个人认出我，一桌坐十来个人，一个个像饿狼一般。

我笑着说，这些人跟你这么大一位作家坐在一块吃饭，居然没人认出你，看来一满没文化。

路遥说，没认出来好，如果让他们认出我是路遥，我就不好意思跟他们坐在一块吃饭了。不过，我住在这里少了在家里那些烦恼和干扰，工作效率非常高，照这样下去，有十来天时间就可以把这些事搞完。如果我住在家里，基本什么事也搞不成，一拨人走了又一拨，把你整得能哭下。特别是老解，他像是我的仇人，有时认真起来，认真得让人哭笑不得，差怕别人不知道我住在哪里，哪怕来一个要饭的找我，他都可以把人家领到我的门上，唉，简直没办法。

我开玩笑说，老解是咱的一个好情报员。

路遥说，何止是情报员。

在房间里跟路遥说了一会儿无关紧要的话,我看见他那么高兴,便给他说,现在有件事想征求你的意见?

路遥问,什么事?

我说,米脂县文化局的毕华勇来西安了,刚在省文化厅开完一个会,下午我在院子里碰见他,他问你去了哪里,想见你一面。

路遥问,你没问他找我有什么事?

我说,我没问,估计没什么事,就是来西安开会。

路遥说,华勇小伙不错,你晚上带他来。但你告诉他,不要给别人说我住在省委招待所。

我说,这点你放心,华勇不会告诉。

路遥说,那晚上我等你俩。

我离开省委招待所,走到毕华勇住的作协招待所房间里,把路遥的意见告诉他。他给我说,其实,我什么事也没有,但到西安不看一下朋友不够意思,我不知老兄住招待所干什么?

我说,他干的都是大事,在招待所整理稿子,准备出自己的文集。再就是修改他的《平凡的世界》创作随笔《早晨从中午开始》。

哎呀,老兄现在出什么文集,年轻轻的,给人感觉像以后不搞这事了,给自己做总结。华勇有些不理解。

我说,他有他的想法,你在他跟前不要说,作协有些人知道他要出文集,跟你的看法一样,可他听到以后非常反感。

毕华勇说,我知道,在他跟前什么也不说,就去看一看他。你说去时给他带点什么东西?

我看着毕华勇说,你去看他还带礼物?

毕华勇说,我总不能两手空空,这样不礼貌。

我说,那你想带什么自己定。

毕华勇说,老兄抽烟厉害,我给他买两条烟,不知行不行?我不抽烟,不知买什么烟好。

我说,你给他买烟就不要买太好的了,买两条"红山茶"或"红梅",

他有时候没烟抽，在大门外的小卖部就买这种牌子的烟。

毕华勇说，一条"红山茶"多少钱？

我说，不贵，三四十块的样子。

毕华勇笑着说，我怕这拿不出手，两条烟还不到一百块钱，我觉得有点不好意思。

我说，无所谓，礼轻情意重，红塔山烟太贵，一条就一百块，基本是咱半月的工资，咱不打肿脸充胖子，实际一点。

毕华勇到作协不只看路遥，作协好多人他都认识，因他也是作家，虽然不是大名鼎鼎，但在榆林地区小有名气。关键他为人厚道，待人热情，跟作协不少人建立起深厚感情。所以他到西安，自然就会到作协来，把这里当自己家一样，就想跟作家协会的这些作家坐一坐，毕竟是同行当的人，又不在一个城市，见一面不容易。当然，路遥是不能不见的，俩人都是陕北人，有共同语言，因此他听我说路遥答应见他，便高兴得心花怒放。

其实，路遥在整理他的文集时，对自己约法三章，专心致志搞自己的事，不见人，华勇是一个例外。

见面说好在晚上，华勇在西安又没别的事，不能一直待在招待所。因此他上午去了雍村干休所，看望了老作家李若冰和贺抒玉。下午，我和毕华勇还有另外两位米脂文学青年，一块在建国路吃了饭，顺便买了两条"红山茶"，就跟我一块去了省委招待所。

我俩从省委招待所大楼上去，在路遥住的房间门上敲了敲，路遥很快拉开门，我看见他一头乱发，面容憔悴，而房子里烟雾缭绕。

哎呀，看你把烟抽成什么了！我和毕华勇走进烟雾缭绕的房间。

路遥握着华勇的手，热情地让他坐在单人沙发上，微笑着问他，什么时候来的西安？

毕华勇说，有几天了，在文化厅开了一个会，顺便来看老兄又干什么大事。

路遥说，没什么大事，就是把自己那些东西归纳在一起，也是我四十岁的一个总结。

毕华勇笑着说，你搞这些事情，还不如回陕北，住在米脂杨家沟，毛主席都在那里住过，要山有山要水有水，是休闲度假的好地方。你去那里搞这些不需要花一分钱，由我负责，再给你找一个米脂姑娘端茶倒水。

路遥说，杨家沟当然好，不然毛主席怎会在那里住那么长时间。可我现在不行，手头还有好多事要处理，关键有些远不方便，以后有时间再去。

毕华勇说，你夏天来米脂最好，非常凉爽，到时候跟航宇一块来，由我安排，米脂好多地方你没去过。

路遥说，到夏天再看，现在不行。

在路遥住的房间里，我和华勇坐了有半个小时，时间也不短了，我害怕影响他工作，一个劲儿催华勇走，不要耽误他时间。

路遥说，没关系，见华勇一回不容易。

就在我和毕华勇要走的时候，路遥突然说，我正好有件事想让你帮忙。

毕华勇问，你有什么事？只要我能办到，一定全力以赴，如果我办不了，还可以找领导帮忙。

领导就不要麻烦了。路遥说，也不是什么急事，就是你回米脂给我留心一下，看有没有合适的保姆，最好会做饭，而且一定要干净。

你要找保姆？毕华勇有些不解地问路遥。

路遥说，不是我要，是我的一个朋友，他让我给他在陕北找一个保姆。

其实，路遥在我和华勇面前说的不是实话，他给朋友找保姆，怎可能呢？他根本不会给别人操这份心，这一点我清楚。我觉得他不想让华勇知道那么详细，因此就没有对他说实情。

此时，我看见华勇在路遥房里还没有走的意思，那我就不能让他再待下去了。让路遥尽快把他的事搞完，迟一天就是一天的费用，我要算这笔账，招待所那些费用能少就少。因此我对华勇说，路遥老师忙得厉害，手头还有一大堆事，就不打扰他了。

毕华勇很会察言观色，知道是让他走，因此他从沙发边站起，给路遥打了招呼，然后跟我一块离开省委招待所。

在电梯里，华勇急不可待地问我，路遥给谁找保姆？

我说，可能是他朋友，人家都知道他是陕北人，而米脂又是出美女的地方，所以就想让他给找一个。

毕华勇逗我说，那我也给你在杨家沟找一个？

我说，你不怕我把人家饿死？

毕华勇说，现在保姆不好找，一般不愿出去，觉得当保姆没发展前途，黄河浪让我给他找一个，到现在都没给找到。

我说，咱那地方的人还比较传统，谁说当保姆没发展，如果给路遥当保姆，可以发展她当作家。

毕华勇朝我笑了笑说，呵呵，路遥老师给我布置的这个任务不好完成。

我说，完成完不成那是你的事。

那时，我还在想，路遥为什么要让毕华勇给他找一个保姆，他以前从没说过，应该说他家里不需要，就远远一个人，还有林达照顾。

一晃几天过去了，路遥在省委招待所的工作进展得比较顺利，效率也出奇地高，该归类的归了类，有一部分稿子让我在复印部给他复印好。特别是他刚完成的创作随笔《早晨从中午开始》，我按照他的吩咐，复印好六份，一份让我通过邮局，尽快寄给了中国文联出版公司的李金玉。

李金玉是一位非常负责的编辑。

路遥多次在我跟前提到，金玉是他生命中的一个恩人，给了他很大帮助。特别是出版《平凡的世界》，在没有一家出版社愿意出版的前提下，她冒着很大风险，才使《平凡的世界》顺利跟读者见面。就是他的创作随笔《早晨从中午开始》，也是她争取由中国文联出版公司出一个单行本，而且还是在她的争取下，出版社同意提前给他支付一部分稿费。

路遥有些动情地说，金玉知道我现在急需要钱，所以竭尽全力地想办法帮我，我非常感激。

就这样，路遥让我把他的《早晨从中午开始》创作随笔复印稿，除了寄给李金玉，再给《女友》杂志社送一份。《女友》杂志主编王维军是陕北老乡，也是他最大的支持者，答应在《女友》杂志连载他的这篇创作随笔，而且给他最高的稿费。

还有一份复印稿，他准备编在文集里。

我跟路遥开玩笑说，你的创作随笔一稿多投，违反出版规定，小心人家告你违法乱纪。

路遥笑着说，我顾不得那些，抓紧时间挣钱，我现在用钱的地方实在太多。

我说，那你复印的稿子还有三份，怎么处理？是不是寄给汉中文联王蓬一份，他一个同学好像在广西的一个出版社当社长，不是已经向你约过稿吗？

路遥说，这个不符合人家要求。

我说，你的这个创作随笔《早晨从中午开始》，我觉得非常有意义，从中可以看出你是怎样以自己的生命为代价，竭尽全力创作《平凡的世界》的。而且我还要告诉你的是，复印你稿子的郭建华，她一边给你复印稿子，一边站在那里哭，还说作家写一本书受了那么多的罪，就是死也不要当作家，把自己的命也搭进去了，实在不划算。

我的随笔把她感动了？路遥惊讶地问我。

我说，确实把她给感动日塌了。我去复印部取你那些复印稿时，看见她哭得稀里哗啦，我不知道她怎了，是不是谁把她欺负了。后来才知道，不是谁欺负她，而是她复印《早晨从中午开始》的时候，自己偷偷把你的创作随笔看了。因此我就跟她开玩笑说，你这么一位漂亮的年轻媳妇，不敢在这里乱哭，一哭就不漂亮了。而且我还说她，真没一点出息，一个创作随笔就把你看得激动成这样。

她擦了一把眼泪说，我就是没出息，你看人家路遥写得多感人。

哎哟，我的上帝！路遥听了我说的这些，心里非常高兴，只要能感动复印稿子的人，说明这个东西有可读性，觉得自己的工夫没白费。所以抽完一支烟，他一下躺在席梦思床上，感到一种意想不到的舒服和惬意。

路遥已经在招待所住了十多天。

这天下午，我正要去大差市邮局给路遥寄《早晨从中午开始》的复印稿，突然在作协院子碰见西安电视台的美女主持兼制片毛安秦。她看见我从院子里往出走，焦急地把我挡住，急切地问我，路遥去哪里了？

我说，路遥去哪里我怎知道，我又不是他领导，他去哪里也不给我请假。

哎，我不跟你开玩笑，真的有急事找他。毛安秦说，我以为他去了铜川，可到铜川问王天乐，他也不知道他哥去了哪里，让我回来问你，他说你知道。

我说，我真的不知道。

当然，我这样跟毛安秦说，只是跟她开玩笑，她现在这么着急找路遥，一定有什么要紧事。因此玩笑归玩笑，我还必须告诉她，因为她和西安电影制片厂导演何志铭，在路遥获得茅盾文学奖后，第一时间拍摄了一个非常有深度的专题片《路遥，一个普通劳动者》。

在拍摄短片过程中，毛安秦虽是一位女同志，可她能吃苦，工作一丝不苟，尽职尽责。因此在毛安秦和何志铭的共同努力下，这个专题片拍得非常成功，不仅路遥非常满意，作家陈忠实看了也是赞不绝口，称赞这个片子是大手笔，拍摄出有血有肉的路遥。那么毛安秦急着找路遥，而我不告诉她，就有些说不过去了。所以我告诉了路遥在省委招待所住的房间，让她直接去找，我要到大差市帮路遥寄稿子。而我一再叮咛，见了路遥不要给他说是我告诉你的，也不能告诉其他人。然而毛安秦有些威胁我说，你如果不想让我告诉人，只有一个办法，就是你老老实实带我去见路遥。

我看着毛安秦说，你怎是这样的人，转身就把我出卖了，如果知道你这样，我绝对不会告诉你路遥在哪里。

毛安秦笑着说，那你陪我见他一下，我又不是老虎。

我说，女人就是老虎。

毛安秦说，带我去见他一下，也耽误不了你多长时间，不就是寄一个稿子。

我求饶似的说，你就别让我去了，这样他就不知道是我告诉你的，再说你不怕给路遥说的事让我知道？

毛安秦说，你哄人都不会哄，我一去，路遥肯定知道是你告诉的，不然我怎能知道。再说我说的事也不害怕你知道，我就是想告诉他，拍他的专题片获奖了，社会反响非常好。

路遥《早晨从中午开始》手稿

　　一晃几天过去了，路遥在省委招待所的工作进展得比较顺利，效率也出奇地高，该归类的归了类。有一部分稿子让我在复印部给他复印好。特别是他刚完成的创作随笔《早晨从中午开始》，我按照他的吩咐，复印好六份，一份让我通过邮局，尽快寄给了中国文联出版公司的李金玉。

十几天就这样过去了，路遥在省委招待所完成了他文集的全部编辑和整理工作，就要离开了。他现在也不怕别人怎么打扰他，他有时间应付这一切。可他在招待所的费用，非常现实地摆在我面前，算下来差不多有两千多块钱。虽然现在看起来两千多块算不了什么，可在那时也不是小数字，差不多是我几个月的工资。

很快收拾好了他的东西，我和路遥一块儿从招待所楼里下来，走到招待所大厅，让他先回去，我去结算。

路遥站在大厅问我，你有那么多的钱？

我说，差不多，你就不用管这些了。

路遥便从招待所的大厅里出去，一个人漫不经心地回家去了。我在服务台结清了他的费用，拿着开好的发票走到他家给他说，招待所的账已经结完了，你不是想让你朋友给报销吗？那你给我写一个条子，我拿上你的条子去找他，不然人家不相信。

路遥坐在床上，一个劲儿地抽烟，也不回答我行不行，好像在深思熟虑这个问题。

我感觉到他有些为难，那我也就不勉强了，谁知他心里有什么想法。我在他面前不再提那些费用的事，觉得没那个必要。现在有两条路摆在我面前，一条是自己掏腰包，谁都不用找，也不需要看别人眉高眼低；再一条就是直接去找他的朋友，没必要所有的事向他汇报得那么清楚。可那时毕竟穷，两千块钱对我来说很重要，我确实有些捉襟见肘。

就这样，我去找了他的朋友高玉涛。

去找高玉涛那天天气不是很好，灰蒙蒙一片。上午9点，我从建国路出发，在大差市坐公交车到钟楼，再从钟楼换乘公交车，摇摇晃晃到了未央区。在未央区下车，看见街道两边"酸溜溜、甜滋滋"的广告铺天盖地一般，让人看得眼花缭乱。

看见这些广告，我就会想到从陕北跑到这个城市的那一群灰汉，不知把事情干得怎样，却故意制造这样一种声势。事实上，我现在关心的不是这些，是路遥那些费用能不能顺利报销，这对我来说比什么都重要。

我从西安汉城饮料厂大门进去，在办公楼一楼打听到高玉涛的办公室，敲门往里一走，看见几个人围在一起，不知干什么。高玉涛并没有看进来的人是谁，就这样把我冷淡在一边，我心里很不是滋味。

等高玉涛忙完他的事，突然抬起头看见了我，一下从办公桌跟前站起来，握着我的手微笑着说，哎呀，是你来了，实在不好意思，快请坐。

我开玩笑说，你是不是把我当成你的工人了？

高玉涛微笑着说，不是，你是贵客。说着，他让公司人给我倒了一杯水，放在沙发跟前，他坐在旁边的沙发上问我，这么老远来，你一定有什么事？

我说，事情有一点，但我向你声明，不是我的事。

高玉涛微笑着说，你的也没关系，什么事？

我说，路遥在省委招待所整理文集，然后把他的创作随笔《早晨从中午开始》又改了一遍，产生了一些费用。你知道作家都是穷光蛋，路遥也没钱，但他又很爱面子，不好意思向你开口，不知你能不能给他处理。我看着高玉涛，一边说，一边从口袋里掏出发票，颤抖着双手递给他，感觉到就像做贼一般。

高玉涛把发票拿到手里说，路遥老师的事就是我的事，这不存在问题。高玉涛是一个痛快人，他看也没看发票，转身走到办公桌前，把字一签，让我等他一会，就拿着发票出去了。

不一会儿，他回到办公室，把报销的钱给我，然后问路遥老师在忙什么？你给他捎个话，看他不忙的时候，欢迎他来公司指导工作。

我说，我一定把你的意思转告给他。

事情已经办完，就在我要告辞时，他急忙从沙发边站起来，让我稍等一下，他吩咐办公室工作人员，把公司饮料给我提来两箱，明确交代，一箱给我，另一箱交给路遥。

离开有些荒凉的北郊，我虽然提着两箱沉甸甸的酸溜溜饮料，还要倒几次公交车，但我像打了胜仗的战士一样，心里还挺激动。因此我从巷子里往出一走，也不害怕别人笑话我是不是突然疯了，身不由己地放开声唱了几句陕北信天游：

这么长的辫子哟探呀探不上天，
这么好的妹子哟见呀见不上面。
这么大的锅来哟下不了两颗米
这么旺的那个火来哟烧不热你。

八

路遥刚把手头的工作忙完，再一次找到我，他对我说，我要装修自己的房子，需要你和远村帮忙。林达要从北京回来了，到了西安就和他办离婚手续，他有些力不从心了……

几乎是一眨眼的工夫，就已经到了七月。

西安热得火烧火燎，简直喘口气都能冒烟的光景。

在这样闷热的天气里，我以为路遥把文集编好，就会找一个凉快的地方，舒舒服服地过一个夏天。然而不知为什么，他不顾自己患病的身体，却在这个时候忙得焦头烂额。

路遥的爱人林达和心爱的女儿路远已经去北京有一段时间了，过不久就要回来，他要赶在爱人和女儿回来之前，把自己那个已经不像样的家，收拾得像模像样。路遥之所以这样，并不是自己贪图享受，而是为了他心爱的女儿路远。在某种程度上，也是为了林达。

林达是北京知青，跟她一样在陕北插队的知青有很大一部分人已经回到北京，对于她来说，能够回到北京工作，那是梦寐以求的事情。因此她利用暑假，带着女儿路远去了北京看望她的父母。据可靠消息，她已经在北京联系好了工作单位，用不了多长时间，她就要跟西安说再见了。

对于路遥来说，这是一个比较残酷的现实。

按理说，作为北京知青的林达回京，路遥是可以随她一块去的，类似这样的例子不少，也符合国家的政策要求。但路遥根本没有这样的考虑和打算，他的态度非常明确，林达想回北京那是她的自由选择，他不支持不反对也不过多干涉。而事实上，路遥心里并不是很乐意，甚至有些生气，因此他毫不客气地向林达提出一个比较苛刻的条件：你回北京那是你的权利，但不能把女儿带走。他要把远远留在自己身边。

林达同意了路遥提出的这个条件。

那时，在陕西作协还没一个人知道路遥和林达的婚姻已经亮起红灯，也没人知道他们之间有什么不可调和的矛盾。在平时，谁也看不出俩人有什么问题，夫妻间不冷不热不吵不闹，显得风平浪静，怎么突然就过不到一块了，甚至走到离婚这一步？

我不相信这样的事会在路遥身上发生。

这天晚上，路遥不知不觉来到我房间。我看他情绪非常低落，根本不像他在省委招待所整理稿子时那么开心，像有什么心事，一副愁眉苦脸。看到他这样，我想问又不敢问，也不敢跟他开玩笑，甚至话也不敢在他跟前说了。

路遥在房间里站了一会儿，突然像想起什么事似的对我说，你和远村最近别到哪里去了，给我帮忙一段。

我问，你有什么事吗？

路遥说，我就不瞒你了，家里出了点问题，我和林达过不下去了，她从北京回来就跟我离婚，远远跟我在一起。

这是路遥心里隐藏的一个秘密，他突然把这个秘密告诉我，把我美美吓出一身冷汗。怎么会是这样？这段时间，他把自己的文集刚整理得差不多，又开始忙着装修房子，在别人看来，他这样折腾，简直是胡闹。那么他现在所干的这一切，是不是跟他说的那个事有关。

其实，我对他装修房子也不理解，觉得他这是怎么了，这么热的天干什么不好，非要装房子，你不嫌热，我还热得受不了哪，本打算回陕北凉快一段，分明已经去不成了。

现在，我终于理解了他的良苦用心。一个家庭就这样轻而易举地要"土崩瓦解"了，那么唯一能支撑他愉快生活的恐怕只有他的宝贝女儿，因此他要不惜一切，给女儿创造一个温馨而幸福的生活环境。

路遥深深地爱着自己的女儿，不愿让女儿受到一点儿委屈，他没有其他更好的办法，只能用这样的方式来弥补家庭给女儿带来的伤害。

其实那时候，他已经病得不轻了，在如此炎热的天气里，别的人热得汗流浃背，他却时不时冷得浑身打战，甚至出现发高烧的症状。而更难受的是，他吃饭成了一个很大的问题，有时一天只吃一顿饭，忙的时候一顿饭也吃不上，实在饿得不行了，就在单位门口的街上随便凑合吃一点。可不知什么原因，他吃一点东西，就会觉得腹胀难忍，甚至腹泻不止……

看上去这是一个不要命的病，却实在把他折腾得要死要活，叫苦连天。这位被著名编剧张子良称为"陕北硬汉"的作家，实在有些撑架不住了。然而，撑住撑不住，他都得这样硬撑着。路遥心里明白，在这时候绝对不能倒下，时间对他来说太关键了，他要干的事还很多。

因此一些朋友看见他抱病仍然那么拼命，都劝他不敢把自己不当一回事，否则后果不堪设想。朋友们的善意提醒，路遥全当秋风过耳，他简直就是一个拼命三郎。

就在他开始着手装修房子的时候，身体频频出现了问题，整天有气无力，两眼发黑，稍微一动弹，就气喘吁吁，可他仍然没把自己当一回事。

此时，早晨从中午开始的路遥，彻底改变了过去那种晚睡晚起的毛病，突然变得像正常人一样，一早带着给他装修房子的工人，急急忙忙到建材市场看装修房子需要的那些材料。而他刚从建材市场回来，还顾不得休息，就又跑到百货商店，精心选购家里需要的盆盆碗碗。

路遥说过，干什么就要像干什么的样子，绝不能马马虎虎。装修房子也要这样，不装修就不装修，要装修就要装得漂漂亮亮，把家里的旧东西全部换成新的，过去的东西一件都不要，到时把他淘汰下来的那些东西让他弟弟拉回清涧老家结婚用。这些天，他为装修房子，常常累得满头大汗，走路也有些东倒西歪了。

夜很深了，我心不在焉地躺在床上翻一本书，忽然听见有人敲门。我不知道谁还不睡觉来骚扰我，敲门的人没一点礼貌，根本不是用手敲，而是用脚在门上狠狠地踢。

我听到这样的敲门声，火冒三丈，便亮开嗓门质问，是谁？

瞬间，一点声音也没有了，也没人回答我。稍微安静了一会儿，敲门人不仅没有离开，还生气地在我门上狠狠踢了几下。

哎呀，我突然意识到有些不对，说不定踢门的人是路遥。这样一想，吓得我站也不敢往起站，万一真的是他怎么办？因此我再不敢怠慢，急忙到门跟前拉开门一看，啊，我的天老子呀，敲门的果然是他。

此时的路遥恼汹汹地站在门跟前，也不看我，一个劲儿抽烟。显然，他气得脸也变颜色了。

我不知道该给他说什么，但我不能什么也不说，尽量给他献上一副笑脸，不停地给他解释，对不起，确实不知道是你，如果我知道是你敲门，给我一百个胆，我也不敢不开门。

路遥仍然不说话，也不看我，手里捏着一支烟，慢腾腾地走进房间里，大口大口地吸着，我感觉到他气得想打我一顿。

此时此刻，我心里非常紧张。

路遥走进房间后，稍微平静了一些，这才抬头看了我一眼说，明明看见你在屋子里，就是不给我开门，我不知你是什么意思？

我忙解释说，绝对是误会，真的不知道是你。

路遥也知道我不是故意不给他开门，也没有不让他进我房间的用意，关键是我不敢。因此他稍微停了一会儿才露出一点微笑对我说，我还以为你把谁家漂亮女娃娃藏在屋子里了，不敢给我开门。

我笑着给他说，我哪会有这样的好事。

那不一定。路遥坐在我房间的椅子上这样说着，刚才的不愉快很快烟消云散了。接着他把手里的烟捏灭，扔在脚地上，看着我说，有一个事想跟你商量，你这几天没什么事，就不要出去了。

你有什么事吗？我问。

路遥说，我把装修房子的材料看得差不多了，这几天就开始装修，想让你给我帮忙。

我说，我已经答应你了，没一点问题。

路遥又说，这事就托付给你和远村，我的身体一满不行，这几天跑得快没命了，根本顾不了装修。

我说，你放心，装修的事就交给我和远村，绝对给你搞得漂漂亮亮。

路遥满意地点了点头，便从裤子口袋掏出一盒红塔山烟，递给我一支，自己把一支叼在嘴里，不知为什么没点，而是把他的手伸出来，仔细地看着。

我不明白他为什么这样，觉得有些奇怪，自己的手需要这么看吗？而就在这时，我无意间看见他的手掌红红的一片，跟别人的手有些不一样。因此我问他，你的手掌为什么那么红？

路遥看了看我，没有马上回答，仍然把他的目光停在自己的手上，翻过来翻过去地看着，看了一会儿，他才淡淡地对我说，不为什么。

我说，不为什么怎么你的手掌红？

路遥漫不经心地说，我的手就是这样，恐怕你不明白，我的手是朱砂掌。

对于他说的朱砂掌，我确实搞不明白，也没听人说过。因此我有些好奇地问，你讲一下什么是朱砂掌？

路遥说，朱砂掌象征特别有福气，一般人不可能有，像延安地委书记，他的手跟我的一模一样，也是朱砂掌。

噢，按他的解释就是有福气的人才是朱砂掌，那么像毛泽东这样的伟人，当之无愧是朱砂掌了。有关朱砂掌的话题，就这样在说笑中轻描淡写过去了。尽管他把话题转移到了别的话题上，可他仍然在看自己那血红的手掌。

又过了一会儿，他突然把目光从手掌上移开，看了我一眼说，你把你的手伸开，让我看一看。

我给路遥伸开了手，他看了一下，然后笑着说，你的手不好，不是朱砂掌。

我笑了笑说，我的手怎能跟你的比，你是全国著名作家，我是干什么的，当然不顶你的，这个自己清楚。

路遥笑了笑，笑得很勉强。

这时，路遥感觉到在椅子上坐的时间长了，便走到床跟前，毫不客气地躺在铺盖上，仍然不停地抽烟。

可以说，路遥实在不是一个讲究人，也不看我把房间打扫得这么干净，他把抽完了的烟把子扔得我屋子里到处都是。这是他非常不好的一种生活习惯，从不顾及别人的感受，也不注意这些生活细节。就这样在我床上躺了一会儿，他突然从床上爬起来，走到我的桌子前，坐在破藤椅上，让我给他拿一支笔，他要算一下装修房子需要花多少钱。

我给他拿去纸和笔，他便一笔一笔地算开了。

房间里得买一个转角沙发，估计得一千四。还需要买一个录像机，远远爱看录像，这个不能少，我已经看了一下，好一点的需要三千八百多块钱。我还要在远远房间里给她做一个低柜，我问了一下，差不多得一千二百块。再给远远房间里做一个大衣柜，女娃娃衣服比较多，小了不行，我看最少也得一千大几。同时得把饭桌换一换，现在那饭桌基本烂得不能用了，买一个新的像样的，也得六百多块。我考虑了，已经花了这么多钱，总他娘不顶事，把大钱都花了，花了我再去赚。因此我计划在卫生间安一个电淋浴器，买一个质量最好的，不能有问题，也得一千多块。还有那些煤气灶、脸盆、抽油烟机……这些零碎东西也不少，光买这些东西，就要花我一万多块钱……路遥一边算，一边这样给我说。

这一算，一下就把他给算得喜笑颜开了。他憨厚地张开嘴巴，笑吟吟地说，哎呀，他妈的，装修一个房子，狗日的得花这么多的钱？

嘿嘿。我站在他跟前笑着说，这点钱对你来说简直是九牛一毛，根本算不了什么。

唉，你也这么不了解我。路遥说，其实没一个人能了解我，都以为我早就是万元户了，钱多得没地方放。呵呵，我也不怕你笑话，不仅别人以为我是一个有钱人，我妈也认为我钱多得花不了。你不知道，我听老家来人告诉我，说我妈经常在村里给人家夸我，说我是一个非常了不起的人物，吃饭用的是银碗，桌子也是银的，红格艳艳的红地毯从楼上直铺到楼下，你们想见我家路遥一面，可难哩，楼下有两个站岗的，都拿着红的耀眼的红缨枪……呵呵。路遥笑着说，你看我妈一满老憨了，夸人都不会夸，不看现在是什么社会，哪里还有红缨枪，怎给人家说这样的话，一满不怕人家笑话。

其实，也不能怪老人家说得不符合事实，她老人家没见过外面的世界，仍然停留在过去那个年代，以为现在的社会仍然是过去那样，因此就在别人面前如此炫耀。事实上，那是老人家发自内心的一种自豪感。

我不知道他给我说他母亲的这些事，是不是别人告诉他的真实情况，或者说别人告诉他时，有没有加工和演绎的成分？但我觉得他在很大程度上有一种无比的幸福感。是啊，母亲如此炫耀儿子，不就是觉得儿子有出息嘛，不然还能有什么呢？尽管老人家说的有些滑稽甚至幼稚，也不符合事实，可她对儿子一往情深是真的。如果他是农民，或者在农村连媳妇也娶不到，母亲还能在别人面前这样炫耀吗？

那时，我听路遥当传奇笑话一样讲他母亲的事，确实能让人笑得人仰马翻，但我内心却一点想笑的意思也没有，不像他那样，一边说一边笑得直揩眼泪，而且揩着眼泪还说，你看我妈，哪有这样夸儿子的。

我说，我能理解，只要儿子取得一点成绩，作为母亲的心情就大不一样，甚至想让全世界人都知道她儿子多么有出息。比如我母亲，她一字不识，也弄不明白书是什么玩意，更不知道什么是作家。但当我把出版的两本书拿回去，老人家当宝贝一样，用一块红布紧紧包着，不允许任何人随便乱翻。只要家里来了人，她就会拿出来让人看，但绝不让别人轻易拿走，关键是她害怕别人把书给弄脏。我觉得，这是母亲在表达着对你的爱。在这个世界上，恐怕再没有一个人像母亲对你如此真诚了。

此时路遥又递给我一支烟，继续说，其实好多人都不了解我，也对我不理解，我怎可能有那么多钱？我来钱的地方都能一笔一笔算出来。

我说，没钱你就别装房子了。

路遥不假任何思索地说，绝对不行，你可能还不知道，林达已经在北京联系好了工作单位，她这次从北京回来就要和我办离婚手续。到时候孩子连娘也没有了，而我又是一个不会管家的人，我得给孩子创造一个舒适的环境，起码让她心里平衡一些。

我惊讶地说，怎会是这样，你们难道就不能不走这一步路吗？此时此刻，我听他给我说的这些，感到非常震惊。因此，我唉叹了一声说，也没见你们吵也没见你们闹，怎么就过不到一块了，问题究竟出在什么地方呢？……

唉，没办法。路遥说，也给你说不清，十几年不就是这么过来的，虽然过得不是很快乐，但也不是一满就过不下去。关键是林达早就有想回北京的想法，而且现在也有这样的政策，她看见跟她一起插队的知青，一个个回了北京，她就一满心神不安了。如果我们一个在北京，一个在西安，相隔万水千山，一直分居在两地，也不是个办法。你不知道，事实上我们这个家早就名存实亡了，这样苟延残喘地维持着，还有什么意义。一开始，我也给林达说过这个问题，咱都四十来岁了，一辈子很快就会过去，关键还有孩子，我害怕远远受到伤害。可人家林达不这样想，非要回北京。

如果是这样，也没什么大不了的，世上离婚的人一堆，又不是你一个人，说不定你离了婚还能找一个更漂亮的姑娘。我之所以在他跟前说这样的话，是怕他思想有负担，因此也没考虑什么，就这样不负责任地说出去了。

可是，路遥有些生气地对我说，你说的是屁话，我老婆都要没了还给我说这些？你以为再去找一个就那么容易，人家能跟我和孩子生活在一块吗？你想过这个问题没有，如果人家对孩子不好怎么办？我再去离婚？

我没想到随便的一句话，会让他这么生气，看来事情并不是我想的那么简单。在家庭问题上，很难说得清谁对谁错，恐怕这是一个世界性的难题。

路遥就这样在我房间里待了好几个小时，仍然不回去，一会儿躺在我的铺盖上，一会儿又下到地上，十分忧郁地在房间里走来走去。

他一边走一边问我，现在几点了？

我看了一下表对他说，快十二点了。

哎呀，他妈的，一天过得这么快。路遥紧紧地皱了几皱眉头。

我看了看路遥问他，你是不是又饿了？

路遥笑了笑说，饿了也没什么好吃的。

我说，如果你饿了我可以做小米稀饭。

真的，那实在是太好了。路遥笑着说，你不知道，我的胃从小给惯下了一些毛病，对那些山珍海味有些排斥，一吃进去就不舒服，感觉到相当难受，只有陕北的小米稀饭，非常适合我的胃口，多时不吃还有些想。

别的事我不敢在他跟前胡说八道，可做小米稀饭简直就是手到擒来。因此我给路遥说，你稍微等一会儿，用不了半小时，我就让你吃上热气腾腾的小米饭。

路遥说，那你在房间里给咱熬小米稀饭，我到院子里转一会儿，稀饭熬好你叫我。

我说，你去吧，饭好了我叫你。

路遥从门里出去，我便在房间里翻搅开了小米、钱钱、豆子之类的东西。但是光有这些原料绝对不行，还必须要有锅、碗、勺、筷子这些必备的厨具，而这些东西我都没有，我得去找远村，他有这些。可以说，我俩是绝配。

我急忙到旁边远村的房间里，正好他在看诗歌稿子没有睡，我对他说，路遥可能一天没吃饭了，现在他想吃陕北的小米稀饭，而我没有锅、勺、碗、筷子，你有没有这些东西？

远村笑着说，我有，想吃这些还不容易。

就这样，我和远村手忙脚乱地在夜深人静的十二点左右，在我房间的水泥地板上，用一个电炉子开始做小米稀饭了。

此时，院子里很静，再没有别人走动的声响。

在这时候，只有路遥一个人孤零零地在东面破落的庭院里不停地来回走动着。我不知他是逍遥地在院子里散步，还是想着什么？谁也不知道。

当我和远村费尽马趴把小米稀饭熬好，急忙推门走出去，却不知路遥在什么地方，只有在月光下的院子里有两个长长的黑色影子。

此时，我很难分清那是树还是人。走近仔细一看，见院子里的蜡梅树下，路遥呆呆地站着，只有手中的烟头，闪着忽明忽暗的一星半点火光。

路遥老师，小米稀饭已经熬好了。我对着黑色的影子，轻轻地喊了一声。

路遥好像没听见一样，不知思考着什么问题，我这样喊他，他没有一点反应。

路遥老师，小米稀饭已经熬好了。我又重复了刚才那一句话。

路遥仿佛一下子从梦中惊醒一样，答应了一声，一把丢掉他手中拿着的那支即将熄灭的烟头,同我一齐走进我的房间。

桌子上已经放着远村舀在碗里的小米稀饭,热气直冒。路遥看见小米稀饭,高兴地说,你俩这么快就把稀饭熬好了。

远村笑着说,做这些比较容易。

而事实上,做这样一顿小米稀饭,前前后后我们花了将近一个小时的时间,而路遥却感觉到时间是那么的短暂。

路遥趴在我的办公桌上,开始吃小米稀饭。他吃饭的姿势和其他的人没什么两样,唯有不同的是,吃饭的速度非常惊人,我和远村还没反应过来是怎回事,他就把一碗小米稀饭吃完了。

看样子,他像是几天没吃饭的一个饿汉,我站在他跟前又给他盛了一碗,他的目光死死地盯着碗,大口大口地吃着,眨眼的工夫,又一碗小米稀饭吃光了。

路遥吃得非常舒服也非常开心。

我看着路遥狼吞虎咽的样子,想笑却又不敢笑。

路遥将碗底最后一粒米塞进嘴巴里,这才慢慢抬起头,伸展了一下他疲惫的身子,笑着说,哎呀,狗日的吃美了,这一天他妈的又算过去了。说着,他顺势又抽出一支烟,点着抽了起来。

我和远村站在他旁边,相视而笑。

当然,我俩笑的并不是路遥吃饭那种狼吞虎咽的样子,而是我俩忙忙碌碌折腾了一个多小时,现在小铝锅里再剩不到半勺稀饭了……

九

路遥把爱和希望,全部倾注在房子的装修上,因此他不顾一切地亲自上阵,亲自指挥,像完成一项神圣使命一样,要做到尽善尽美

这些日子,西安城里热得人像狗一样。

就在这样一个无比炎热的天气里，人们想方设法地找一些比较凉爽的地方避暑，唯有作家路遥，却要在这个时候装修自己的房子。

路遥住的家属楼，距离张学良公馆非常近，几乎是一前一后，是老式结构那种，坐南向北，简易却南北通透。路遥的房子在一单元三楼的东边，一共是四间，没有客厅，其中有三间是他妻子和女儿的，剩下一间大的带有一个阳台，是他的书房兼卧室。

应该说，他在西安有这么大一套房子，是相当不错的待遇。尽管房子结构有些不合理，但这样的大房子也是单位对他的照顾，就是隔壁作协党组书记李若冰的房子也没有他的那么宽敞。

人们都知道作协是一个穷单位，要想再分一套比较理想的房子，绝对是不太可能，也不知要等到猴年马月，因此路遥就得想办法把自己现有的这套房子装修得像样一点。

这天夜里，路遥再次来到我的房间，他进门就对我说，我已经给远村交代过了，你俩明天叫上一些人，把我房子里的那些东西，全部搬到对门的李若冰家。我已经跟他说好了，然后把我的房子全部腾空，这样装修起来就方便一些。

我问路遥，那你住哪里？

路遥说，就住老李家的房子里，你看哪里合适随便给我支一张床，能睡下我一个人就行了。

那也只能这样。我说，我知道再没有地方可住。

第二天一早，远村就出去了，不知从什么地方找来他的几位同学，我们几个人整整用了一天的时间，把路遥房子里的一半东西，基本上搬到了李若冰的家里。

可是，现在有一个问题，路遥房子里的东西实在太多，仅仅搬了一半，就把他借李若冰家的那套房间塞得满满的，再要往里放东西，恐怕就有些困难了。

我赶紧找路遥，对他说，哎呀，实在是不行，你房子里的东西那么多，老李家根本放不下。

路遥说，你再想一下办法，放下放不下都得放，不放怎么装修，遇到问题就要想怎么去解决。

我说，那你的床也没地方放了！

路遥说，那是你的事，这样的事就不要问我了，你总不能让我睡在作协的院子里，我不信一张床能占多大地方，只要我能睡觉就行了。

唉，我还能再说什么呢？就这样，我们几个年轻小伙子，把路遥房间里的那些东西全部搬出去，乱七八糟地堆放在老李家。

然而还没有正式开始装修房子，路遥就病了。我见他病得不轻，整天躺在堆满东西的房间里的那一张狭窄的床上，浑身没有一点力气。尽管如此，他仍然没有推迟装修房子。

这天，我老半天没看见路遥，就从他现在住的那个房子里走进去，看见他一个人静静地躺在那个闷热的小床上。我问他，你是不是很难受？如果还能够爬起来，你挣扎着到楼下的院子里转一转，老一个人躺在床上，怕好人也会躺下毛病。

唉，一满不行了。路遥唉声叹气地说，我浑身一点劲儿也没有。

我说，不行就去医院看一下。

唉，你说看又能顶什么用。路遥说，也许过两天就会好一些。

我说，这么热的天，你闷在这个房间里，空气也不好，不如到院子里的树底下凉快一会儿。

唉，你不知道，我一点也不感觉到热，已经好几个夏天都是这样，我身上一点火气也没有了。路遥无限悲伤地说。

我听路遥这么一说，觉得有些奇怪，这几天凡是我见到的人没一个不感到天气闷热得难受，而唯有他感受不到。

那几天，可能是因为天气热的缘故，或是他的生活不规律，在外边吃了什么不干净的东西，一直在拉肚子，而且拉得非常厉害。那时单位没食堂，吃饭的问题全靠自己去解决，所以不仅路遥，就是单位其他人的生活也没一点规律。

晚上，我在建国门城墙底下的自由市场吃了一碗面回来，到路遥住的房间里去看他，他依然一个人躺在塞满东西的房间里，灯也不开，屋子里黑乎乎的。

他看见我走进来，扭头对我说，你快给我想一下办法，厕所里一滴水也没有，快把人整死了。

我问他，你是不是把厕所里的水关死了？

路遥说，我不知道，可能是什么地方关死了。

我赶紧走进厕所，把所有管道上的阀门拧了一遍，仍然没有水。于是我走出厕所，对他说，厕所没水我也没办法，我去找一下单位干活的民工，看他们有什么办法没有。

你去叫一下海龙，他有办法。路遥说。

我赶紧从楼里下去，找到了单位干活的海龙，对他说，路遥房子里的厕所不知哪个开关给关死了，一滴水也没有，他现在不能上厕所。

海龙什么话也没说，拿着扳手来到路遥住的那个房间，在厕所里看了一下，然后他走到厨房，拧了厨房里的一个阀门，厕所里的水就哗啦啦流起来了。

哎呀，就这么简单的事情，我和路遥谁也没办法，真是隔行如隔山呀。此时，路遥听见厕所里哗哗的流水声，觉得这一下把他的大问题给解决了，因此他躺在床上问我，是不是厕所里有水了？

我说，就是。我怎么也找不到开关，人家海龙一下就找到了，他在这方面，本事就是比我大。

路遥说，这下好了，不然厕所里一滴水也没有，可把我给整日塌了。你不知道，我晚上着急地上一回厕所，忙得不行，一只手提着裤子，一只手拿着钥匙，从这个房子里跑过去，急急忙忙把我那个房间的门打开，赶紧跑进厕所，而这一系列动作，我不能有一点疏忽，稍微慢上一点，就会闹出哭笑不得的笑话。

我说，慢一点是不是就拉到裤子里了？

路遥说，不是没有这个可能。现在厕所有了水，我就不再遭这个罪了。

天说黑就黑了，外面没有风，很热。西安这座城市仍然像蒸笼一般，几乎闷热的没一个凉爽的地方,人们只能汗流浃背地忍受着。

那几天,我和远村就像从非洲跑到这个城市的两个难民一样,有住的地方却没地方吃饭。关键是天气那么热,房子里不仅没有空调,连一个风扇也没有,就是什么也不干,也会热得汗水直流。

其实,远村的办公室稍微要比我的好一点,有一个破旧的电风扇。可这个电风扇也起不了多大作用,声音就像拖拉机开过去一样,轰隆隆直响。而且时间不长,吹出来的就全是热风了。所以在这样闷热的天气里,我和远村忙着招呼装修工人,根本顾不上去照顾路遥。

那一段时间,路遥和我俩都像是逃难的难民,好长时间没有正儿八经吃饭了,甚至在那些小吃摊上也没正儿八经吃过一顿。

此时,不知是路遥饿了,还是他一天躺在床上累得不行,在天黑的时候,他拖着一副病恹恹的身子,疲惫不堪地从门里走出来。

我正准备问他去哪里,他却拿着钥匙对我说,我去政协马治权家喝一碗稀饭,你看装修工人干完活,就把门锁上,我回来找你。

我接住他递给我的钥匙说,那你去,出去活动一下对你身体也有好处。

路遥慢腾腾地扶着楼梯的木栏杆下了三楼,一个人朝作协大门外走去。

那天晚上,装修房子的工人一个个都走了,可路遥还没回来。我在房子里等了他一阵没等上,就跑到城墙根的夜市吃饭去了。然而,当我在城墙根吃完饭。漫不经心地回到作协的院子里无所事事地溜达的时候,作协办公室的人看见了我,急切地对我说,你跑哪里去了,路遥在院子里到处找你。

哎呀,麻烦了,路遥房子的钥匙还在我这里,他回来进不了门,而我没想到他去政协会回来得这么早。因此我赶快跑到作协后院去找他,见他坐在靠墙根的一把破旧藤椅上,睡得正甜正香。

我走到他跟前,轻轻地喊了声:路遥老师。

路遥慢慢抬起头,看见是我,便问,工人走了?

我说,走了。实在对不起,我在你房子里等了你一阵没等上,就到城墙根下的夜市吃饭去了,可我没想到你回来得这么早。看着坐在藤椅上低迷瞪睡的路遥，我继续给他说，那你赶快上房间里去，不敢在这里睡，你怎就在这儿睡着了。

其实，路遥并没有睡着，只是感到自己一点力气也没有了。因此他从藤椅边艰难地站起来，漫不经心地同我一起上了三楼。开了他房子的门走进去，把他正装修的房子左右审视了一番，然后高兴地说，房子装得确实不错，而且速度也不慢，就不知我定的那些家具什么时候能做好，明天我再问一下。

他这样说着，便仰躺在一个沙发上，又是一阵唉声叹气，哎呀，我实在是不行了，为喝他娘的一碗小米稀饭，险些把人给累死，光去政协的路上，我就歇了三歇。

这么近的路你要歇三歇？我惊讶地看着路遥。

这绝对不是我在这里大惊小怪，要知道省政协到省作协的距离不过几百米，而他还是一个四十来岁的人，在路上歇了三歇，可想而知他的精神状态到了怎样一种程度？此时此刻，我仿佛感觉到了我面前的这个人，并不是在中国文坛上叱咤风云的著名作家，而是一个病入膏肓的老人。

唉，我算是彻底完了。路遥无限伤感地这样唉叹着说，他娘的，我实在不行了。

我就想，看上去身体如此壮实的路遥，怎么一下子就变成现在这个样子？因此我从沙发边站起来，看着他说，你光为吃一碗小米稀饭，就别再跑那些路了，我把煤气灶搬到阳台上，这样既可以烧水，还可以做饭。

哎呀，你说的这是一个好办法。路遥说，如果是这样，你和我还有远村，都不需要跑到外边吃饭了，外边多不卫生，把人都吃成病人了，你要是把煤气灶搬在阳台，那就解决了大问题。

我说，那咱就这样办，这是小事。

路遥赞成把他家里那个旧煤气灶搬到阳台上，我就把远村也叫到他家里，两个人开始动手拆煤气灶，然后在他家的阳台上安装好，作为他装修房子时的一个临时厨房。

那时候，看上去还结结实实的路遥，实际上身体已经非常虚弱了，走路无精打采,脸上也没有一点光泽,精神状况显然不如以前。

一个刚刚四十来岁的人,又获得了第三届茅盾文学奖,正是春风得意的时候,没想到变成现在这样。

十

路遥刚开始装修自己的房子,就病得不行了,发烧高达39度,可他仍然不愿到医院住院治疗,一直就这样硬撑着

这天早上,天一直阴沉沉的,不一会儿便下起了毛毛细雨。在这个院子里的那些知名或不知名的作家还有诗人,从来就不在乎天气是否好坏,他们有比一般人更加优越的工作条件,时间一直掌握在自己的手里。

那时,在作协上班的人,都不需要在单位吃饭,而事实上单位不知从什么时候开始,就已经没有食堂了。到了吃饭的时间,职工们一个个都赤手空拳地回家去了,只有那些家不在西安的或者单身汉们,纷纷跑到大门外的小饭馆里解决问题。

中午,我在大门外的小饭馆吃了一碗扯面,便漫不经心地走到作协传达室看报纸,顺便跟看大门的老解胡说八道地开几句玩笑。

这样无聊地在传达室停了一会儿,我心不在焉地走出传达室,突然看见路遥旁若无人地站在传达室不远处的一棵树下,他的一只手里拿着一张废旧的报纸,报纸里裹着一个烧饼,另一只手拿着一根绿皮黄瓜还有一根剥了皮的葱,正站在那棵树下吃得津津有味。

他此时吃得比较专注,因此没有看见我在单位传达室的门口静静地这样看他。

我是第一次见他这样吃饭,他的头一直低着,好像还在思考什么问题,他一口干饼,一口黄瓜,再吃一口葱,毫不在意旁边有没有人看他,也不管从他身边走过的人是不是跟他打了招呼,他根本没有考虑这些事情。

那时候，作协院子里进进出出的人很多，不仅是本单位的人，还有租赁创作之家房子办公的不少人。那时单位领导觉得作家们生活得比较清贫，便想办法解决作家们的生活问题，因此就在创作之家搞了一个对外营业的招待所，一方面解决作家们老婆孩子的就业问题，再一个就是还能增加一些职工的收入。所以，这个院子里会有出出进进的人不断从他的身边走过。当然，有的人认识他，看见他站在树下这样吃东西，也不觉得奇怪，他这样一种生活方式，人们已经习以为常了。而不认识他的人看见他这样，就很难理解了，这个院子里的人，不是著名作家就是著名诗人，一个人这样一种吃相，看上去就是这里的一个民工。

路遥不管人们是不是对他有这样的看法，头顶着蒙蒙细雨，静静地站在树下，一如既往地吃着他的干饼，别人怎么看怎么想，那是别人的事情。

此时此刻，我不敢走到他跟前，一直在传达室的门口默默地注视着这位赫赫有名，甚至是中国文坛上叱咤风云的当代著名作家。

我对他如此的生活深感悲哀。

蒙蒙细雨仍然在不停地下着，细细的雨丝渐渐淋湿了他的头发，他的头上也渐渐有了一些水珠，甚至不缓不慢地一滴一滴地往下滴。可他全然不顾，仍然置身在他丰盛宴席的迷宫里，吃得如痴如醉。

当路遥把一个烧饼和一根黄瓜吃完，用废报纸揩他嘴巴的时候，他忽然看见站在传达室门口的我，便有几分不好意思地朝我笑了笑，然后问我，你吃了吗？

我说，吃了。回答他的时候，我分明感觉到自己的声音在发颤，不争气地差点流出了眼泪。那时我一个人还在想，路遥是一位全国非常有影响的著名作家，凭他在社会上的知名度，他的生活质量和生活水平可以比一般人更高一筹。可他为什么还要过着这样一种简单的生活呢？他为什么不好好珍惜自己的身体，去吃一顿他喜欢的饭菜呢？

对于一个在文学艺术事业上取得如此丰硕成果的作家，他这样的生活给人们留下更多的是痛苦的回忆，让人回想起来，感到无限悲痛……

时间不会因任何事而停止脚步,这些日子,路遥的病没有因装修自己的房子好转,反而渐渐严重起来。

　　他整天躺在床上,绻缩成一团,病魔时时刻刻在威胁着他的生命,他深深感到自己已经力不从心了。

　　这天中午,远村因有其他事离开了作协,那么帮路遥装房子的事,只能由我一个人承担。看上去装修房子的主力是工人,可琐碎的事相当多,一会儿缺东西了,工人就来找我,我得赶紧跑出去,把需要的东西买回来。一会儿工人没水喝了,我得赶紧在阳台上把水给烧好。这些事虽不是什么技术活,但也得有人去干,搞得人常常是手忙脚乱。

　　整整一个上午,我没看见路遥从他住的房间里出来,以为他出去办事了。然而当我开了房门,要在房间里取东西时,突然看见他躺在床上,不断地呻吟。

　　我不知他怎么了,急忙走到他跟前问,你是不是身体不舒服?

　　路遥慢慢从床上转过身,有气无力地说,有一点,但不是很严重,你别担心我,赶紧让工人们装房子,一满没时间了。

　　我说,房子装修得不慢,这个你就不要再操心了,我觉得你病得不轻,要不去医院看一下,千万不敢耽误。

　　路遥愁眉苦脸地说,唉,医院也没什么好办法,我躺一会儿就好了,自己的病自己清楚。

　　我说,你这样躺在床上也不是办法,还不如到院子里走一走,整天躺在床上,把好人也躺病了。

　　路遥说,那我去院子里坐一会儿。说着,他从床上坐起来,穿上凉鞋,慢悠悠地从门里出去,到楼下的院子里散步去了。

　　看着路遥从楼里下去,我走到他装修的房子里,要求那些工人们尽量装修得快一点,时间越长,事情就越麻烦,不仅路遥受不了,我和远村也耗不起。

　　然而,装修工人嫌我唠叨,不想让我在房子里待了,借口让我出去给买两盒烟。我就是干这些营生的人,他们要我去买烟,我就不能不去。

我从楼里下去，忽然看见路遥孤零零躺在靠墙的那把破藤椅上，我感觉到他已经没有精力在院子里散步了。

晚上八点，装修房子的工人走了。

此时，我还没有吃饭，就把他的房门一锁，到建国门城墙根底下的夜市吃饭去了。往常，远村在单位的时候，我俩结伴而去，觉得这里的夜市是我俩最理想的一个吃饭的地方，卖什么的都有，手擀面、猫耳朵、砂锅……应有尽有，价格也不是很贵，关键一点是非常适合我俩的口味。可今晚远村不在，只能我一个人去了。

我就这样漫不经心地到了建国门口的夜市，要了一碗烩"猫耳朵"，一吃完饭就回到作协我的房间，刚准备在床上躺一会儿，突然想到患病的路遥，不知他吃饭了没有？在我走的时候，看见他房间里的灯不亮，心想可能他也吃饭去了。那么我还不能这样四平八稳地休息，得给他烧几壶开水。这样想着，我就走到了他家的楼下，抬头看他的房间，仍没看见灯光。

于是，我从楼里上去，开门拉亮了房间的灯，却突然看见路遥在床上躺着，心想他是不是病得不行？我急忙走到他跟前问，你晚上吃饭了没？

还没有。路遥有气无力地说。

我说，那你想吃什么，我给你去买。

什么也不想吃。路遥说,你摸一下我的头,看我的头烧的是不是很厉害？

我伸手摸了一下他的头，哎呀，这是怎回事？你的头烧得特别厉害。

路遥长叹了一声说，唉，我不光发烧，就是头也疼得非常厉害，一满不行了，感觉到特别难受。

那怎办呀？我有些焦急地问。

你去叫一下徐志昕。路遥说，说不定他有办法。

我转身跑上五楼，敲开徐志昕家的门，对他说，徐老师，路遥头疼得非常厉害，他让你去给他看一下，看你有没有什么办法。

你不要着急，我去给他看一看是什么问题。徐志昕说着，就跟我一块从楼上下来，走进路遥的房间。

路遥看起来痛苦不堪，脸色也很难看。

徐志昕站在他的床头跟前，开始给他头上按摩。他一边按摩，一边对我说，老兄确实烧得厉害，我手上感觉到像着火了一样，滚烫滚烫的。

我说，有什么办法能尽快让他退烧？

徐志昕说，急不得，让我给他按摩一会儿看怎样。

此时，我觉得徐志昕就像一位医生，按摩得非常专业。经他这一按摩，路遥说他头疼得再不像刚才那么厉害，就是发烧的问题仍没有解决。

徐志昕说，老兄不能着急，什么都有一个过程，不可能一下就好得那么利索，那我不就成神医了。他这样一半认真一半玩笑地说着，让我去卫生间拿一块洗脸的毛巾，在水管上淋湿，然后把毛巾放在路遥额头上，用这种传统的降温方式给他退烧。

我在农村听过一些大人给发烧的小孩子用这样的土办法降温的事情，曾经出过事。因此我一看徐志昕用这种方法给他降温，便说，这样怕不行，会不会有事？

路遥说，不要紧，这样我感到舒服一些。

我说，你如果感觉到不是很难受，那让徐老师回去，他待在房间里也没意义。再说，发烧又不是一时半会儿就能好，等也不是办法。

路遥也对徐志昕说，那你先回去，需要的时候我让航宇叫你，你晚上又不到哪里去。

徐志昕在房间里站了一会儿，就回去了。

过了好一阵，路遥的体温还是降不下来，甚至比刚才烧得更厉害。我有些着急，又没什么好办法，想了一阵，看他口干舌燥，觉得是不是给他买一颗西瓜，吃了说不定能好一些。因此我对他说，你别关房间里的灯，我去买个西瓜，看吃了西瓜能不能把你的体温降下来。

路遥勉强笑了笑说，那好，我正口渴得厉害。

我说，那我去了，一会儿就回来。

我用最快的速度跑到建国路和大差市之间的一个拐巷口，把卖西瓜的叫起来，买了一颗西瓜回到路遥的房间，把西瓜切成两半，拿起半个放到他床跟前，让他拿勺子挖着吃，看能不能缓解一下他的病情。然而，他侧转身子看着我说，你把切开的另一半西瓜也拿过来，咱俩一人一半。

我说，你不要管我，快吃了西瓜看能不能缓解一点。

你不吃那一半，我也不吃。路遥这样说着，赌气地又躺在了床上。

你看他这个人，现在成了这样，还在我跟前耍小孩子脾气。当然，我能理解他的心情，他觉得我忙前忙后帮他装房子，可他又不争气地病成这样，心里有些过意不去，就想让我也吃半个西瓜。我看到他这样，觉得不吃那一半西瓜他是不会吃另一半的，所以我把一半西瓜放在他面前，自己拿起了另一半西瓜。

路遥看了看我，这才转过身，吃了那一半西瓜。

已经是夜里12点了，他感到难受得不是很厉害，就让我回去休息。就在我准备离开的时候，顺便又摸了一下他的头，他的头烧得比刚才还厉害，就像着了火一样，甚至感觉到有些烫手。哎呀，这恐怕不行。我对他说，你自己摸一下你的头，看烧成什么了？

路遥伸手摸了一下，也感觉烧得厉害，因此他着急地对我说，你赶紧去李国平家里要一点退烧药。

你吃退烧药能顶事吗？我问路遥。

路遥说，应该没问题，麻烦你去要一点。

这时候让我敲国平家的门，实在有些为难，可我不去也不行。于是我急忙从楼里下去，准备到国平家要药时，看见李国平和徐志昕都还在院子里，好像正说他发烧的事。因此我对他俩说，路遥还是烧得厉害，他让我向国平要点退烧的药。

李国平说，我家里没大人吃的退烧药。

我焦急地说，哎呀，他烧成这样，那怎办？我也没办法，就这样没精打采地上楼走进他住的房间。

这时，李国平和徐志昕也不放心地走进房间。看见躺在床上疲惫不堪的路遥，李国平说，你要的退烧药不能吃，那是给小孩用的，你吃了没一点作用。

我说，不知有没有开门的药店？

李国平说，什么时候了，哪有开门的药店。

没就算了。路遥说，你们快去睡觉，我不要紧，说不定睡一觉就好了。

李国平走到路遥跟前，摸了下他的头，哎呀，他头烧得很厉害，这样烧下去，恐怕要出大问题。

我听了李国平的话，有些紧张。因此我用征求意见的口气问路遥，是不是赶紧去医院？路遥也被李国平的话说害怕了，一下从床上坐起来，看着房子里的人，却拿不定主意去不去医院。

我说，再不敢耽误了，赶紧去医院，现在还有李国平和徐志昕，如果他俩一走，我一个人也没办法把你送到医院。

那就去医院看一下。路遥说着，很快穿好衣服，显然他没有一点力气，走路也有些困难。徐志昕看见他走路东倒西歪的样子，便让李国平下楼去推自行车，我俩扶着路遥从楼里往下走。刚走到楼梯口，李国平就把自行车推到了楼洞口，我们把路遥扶坐在自行车后座上，李国平推着自行车，我和徐志昕一边一个扶着路遥，穿过建国路，去了西安商业职工医院。

幸好，西安商业职工医院距作协很近。

然而，当我们急急忙忙赶到西安商业职工医院，医院早已黑灯瞎火，门诊也早关了门，只好把他扶进急诊室。急诊室的值班医生知道，这么晚来的病人，哪一个不是很严重。因此值班医生简单问了一些情况，就给他量体温。刚刚过了几分钟，医生一看，天呀，他的体温都到了39.7度，几乎是一个正常人的极限。

值班医生感到问题严重，如果再不把这个人的体温降下来，恐怕他就要昏迷了。因此他首先给路遥注射了一支柴胡的退烧针，等他的体温降下来，再看他到底是什么问题，然后对症下药。

在急诊室里，值班医生建议路遥先住院，然后做进一步检查。可路遥坚决不同意，说自己只是感冒了，其他没什么大问题，甚至强词夺理地认为医生是胡说，就知道让病人住院，再没有其他的治疗办法。

看到路遥这么执着，值班医生无可奈何，便警告他说，那出了问题自己负责。

路遥生气地说，我的问题你承担得了吗？

医生对这样的病人也没一点办法，人家不住院，那是人家的自由，反正医生把话说得非常清楚了。可是路遥也不管医生说什么，他有他的想法。就这样，在西安商业职工医院买了一些感冒药，便回去了。

一直折腾到凌晨三点，路遥的烧才慢慢降下来。

路遥在西安出现的这个情况，我后来在延安地区人民医院，把这个事告诉了他的主治大夫马安柱，他给我推断，那时路遥就已经是肝硬化腹水了。

十一

路遥对我说，天乐到安康开会去了，你想办法给他打一个电话，就说我病得非常严重，看他能不能尽快从安康回来……

事实上，路遥在完成了长篇小说《平凡的世界》后，身体就出现了严重问题。然而，他一直隐瞒着自己的真实病情，就是他的亲人他也没有告诉。他不在任何人面前讲自己有病，把自己包裹得严严实实，总是把肝区疼痛说成是胃痛。其实，他对自己病情的严重程度比任何一个人都清楚，觉得自己患了不治之症，索性不去医院治疗，甚至悲观地预感到他的生命没有多长时间。因此他就要在有限的时间里，竭尽全力地给女儿创造一个优雅而幸福的环境，唯有女儿生活得幸福，才是他最大的安慰。

路遥爱他女儿，胜过爱世上的一切。他的创作随笔《早晨从中午开始》中，对女儿有这样一段真实的告白：

是的，孩子，我深深地爱你，这肯定胜过爱我自己。我之所以如此拼命，在很大程度上也是为了你。我要让你为自己的父亲而自豪。我分不出更多的时间和你在一起。即使我在家里，也很少有机会和你交谈或做游戏。你醒着的时候,我睡着了。不过,你也许并不知道,在深夜里,我会久久立在你的床前,借窗外的月光,看你的小脸,并无数次轻轻地吻过你的脚丫子。现在①,对你来说是无比欢欣的节日里,我却远离你,感到非常伤心。不过,你长大了或许会明白爸爸为什么要这样。没有办法,爸爸不得不担起某种不能逃避的责任,这也的确是为了给你更深沉的爱……

夜里,路遥忍着肝区剧烈疼痛和失眠的双重折磨,在临时借用的作协党组书记李若冰的房子里,一个人苟延残喘地跟疾病进行一次又一次顽强的搏斗。

在如此难熬的夜里,他孤独地躺在床上,想了许许多多他应该或不应该想的事情。他想到自己那支离破碎的家庭,想到自己可爱的孩子,想到自己能不能痊愈的病情,甚至他想到自己一旦有一天不在这个人世了,那么他的孩子怎么办?而孩子那时候又能去依靠谁呢?

对于孩子,恐怕是他最放心不下的一件事情。因此他越这样想,越感觉不是滋味,越想越让他难以入眠,甚至一个人不由得流下痛苦的眼泪。

好几个夜晚,他就是这样,心如明镜一般。而夜夜的失眠折磨,使他显得疲惫不堪,脸色无比难看,他感觉到自己一下就变成了一个小老头。

天慢慢开始亮了,窗外有鸟儿不停地欢唱。

我在这时候就不能再睡觉了,不知道路遥是什么情况,便脸也没顾上洗一下,就赶紧去了他的房间。

当我推开他的房门,见他仍然像昨晚上一样,一个人孤独地躺在床上,一副垂头丧气的样子。此时,也许是我的开门声惊动了他,他忙扭过头,看见是我从门外进来了,强挤出一点微笑说,你这么早就起来了,装修工人还没有来,要不你再睡一会儿。

我说,有些担心你的病,你是不是感觉好一些了?

---

① 指1988年元旦。

路遥说，比昨晚稍微好一些，可是还不行，关键身上没一点力气，浑身软绵绵的。

那怎办？我说，要不你还是住几天院，把身体彻底检查一下，不然自己也受罪。

你不要操心我，我的病我知道，也不是什么要命的病。路遥说，你把煤气灶打开，做一锅小米稀饭，不然装修工人来了又没有时间了。

我按照他的吩咐，很快做了一锅小米稀饭，给他端了一碗，放在他跟前。他趴在床上吃着稀饭还说，我全凭这小米稀饭，不然早就没命了。

现在，对装修房子，路遥没有一开始时那种激情了，甚至干脆把装修的事完全交给我，我确实有些受宠若惊。因为我明白，路遥把他的爱和希望全倾注在房子的装修上，他把装修房子看得非常重要，也投入了很大的精力。那么现在突然要把这么一项重要的事情委托给我，我实在有些承担不起。说实在的，我有些左右为难，觉得给他跑一跑腿，甚至做一些重体力活，那一点问题也没有，可让我负责他房子的装修，恐怕就不是一般问题了。然而我推托不了，他认为我还是比较值得信任的一个人，更重要的是，我俩一个县，他的老乡观念比较重。就这样，他赤手空拳地同疾病进行着顽强搏斗，我指挥着装修工人紧锣密鼓地装修房子。

有天晚上，他突然给我交代说，天乐到安康开会去了，你给他打一个电话，问会议什么时候结束，就说我病得非常严重，看他能不能早一点回来。

那时，通讯不像现在这样发达，就是路遥这样的著名作家，家里也没装一部电话。在陕西作协，可以打长途电话的有两个地方，一个是作协办公室，再就是《延河》编辑部。而那时电话管理得非常严格，不允许个人用单位电话打长途。当然，路遥还是可以破例。

现在这么晚，去哪里打长途电话？唯一的办法就是找许汝珍，他是《延河》编辑部办公室的人，有办公室门上的钥匙。但是我去找许汝珍，恐怕有些不合适，因为我不是他单位领导，也不是一个部门的人，人家凭什么让我打这个长途电话。

路遥是聪明人，他看出我有些为难，也知道我是一个爱面子的人，因此他给我说，你去找小许，给他说是我让你打的电话。

当然，有他这句话，或者说有他这张招牌，我就什么也不怕了。于是我从楼里下去，走到许汝珍门前，敲门进去对他说，小许，路遥说他弟弟王天乐在安康开会，他让我给他弟弟打一个长途电话。

小许一听路遥让我给天乐打电话，就不好意思拒绝我了，什么话也没说就从门里出来，很快给我开了编辑部办公室的门，至于我给谁打电话，他就不管了。

我走进《延河》编辑部办公室，急忙给安康打了这个长途电话。可是那时长途电话实在不好打，电话通过邮局转来转去，也不知转到什么地方，只能听到一阵又一阵的忙音。好不容易邮局给我接通了安康，我突然想到还没搞清天乐在哪家宾馆开会。

我猜安康地委宣传部应该知道，只好把电话打到安康地委宣传部值班室，问到开会的宾馆和房间号。结果我把电话打过去，接电话的不是王天乐，而是跟他在一个记者站的记者高敬毅。

高敬毅是路遥的朋友，我比较熟悉。他对我打的这个电话比较好奇，问我怎么知道他和天乐住的房间，有什么事吗？

我说，天乐在不在？路遥让我给他打电话。

高敬毅说，天乐跟别人上街去了。

我说，他回来你告诉他一声，让他哪里也别去，我一会儿再给他打电话。

高敬毅说，没问题，天乐一回来我告诉他。

就这样，我挂了长途电话，漫不经心地从作协家属楼里上去，走到路遥的房间，还没等我给他汇报打电话的情况，他就问我，你给天乐把电话打了？

我说，打了，天乐不在，我让高敬毅转告他。

路遥沉思了一会儿说，你一会儿再给天乐打电话时告诉他，如果报社组织去三峡，让他不要急着回来，去一次三峡不容易，这是机会。

我说，那我就没必要再打电话了，他也不知道你让他回来，我没告诉高敬毅。

路遥看了看我说，电话还要打，你明确告诉他，我病得很严重。

路遥的这些话，一下把我给搞糊涂了，我不知他是想让天乐回来还是不想让他回来？一会儿让天乐去三峡，一会又说自己病得很严重，我究竟告诉天乐哪一个情况呢？

路遥才不管我糊涂不糊涂，他做出这样的决定，我就得服从。但事实上，我确实不想再去找小许，害怕一次又一次找他，让人家觉得我讨厌。然而，路遥很快看出我的想法，也不再说什么，让我跟他一块下楼。

到了作协的院子里，路遥让我去叫小许，他站在一边抽烟。小许听见我在他家门口又一次叫他，很快从门里出来，看见路遥也在院子里，赶紧开了办公室的门，让他去打长途电话。那时，我以为他下了楼，要亲自给天乐打电话，可小许把门开了，他却没打电话的一点意思，站在院子里跟小许聊天。

我不知道他是什么意思，走到他跟前说，你给天乐打电话还是我打？

路遥说，你去打，看他是什么意思。

我再次走进《延河》编辑部，给安康地区挂了长途电话。此时王天乐就在房子里，我把路遥的意思在电话里如实告诉了他。他一听，非常着急地说，告诉我哥，他病得那么严重，我马上回来，哪里也不去。

我说，你能回来就好了，你哥病得实在不轻。

通话很快结束了，我急急忙忙走出《延河》编辑部办公室，看见路遥和小许仍然在院子里聊天，我走到他跟前，把刚才跟天乐通话的内容一五一十地告诉了他。

路遥只说了一句，他回来就好，就怕他不回来。

我听得一头雾水，不知是怎回事。而事实上，我也是多此一举，天乐在电话里说了什么，他听得一清二楚，因为他就站在不远处，而我的声音又大，根本没必要给他重复。可我一直不明白，他为什么不亲自给天乐打这个电话，而非要我去给打，兄弟俩到底怎么了？我觉得这里肯定有问题，但我不敢胡言乱语。

路遥一直认为天乐是他强大的精神支柱，离开天乐，他几乎什么事情也不会干了。无论是他创作较早的小说《人生》，还是百万字小说《平凡的世界》，天乐所付出的劳动，一般人是难以想象的。

路遥的创作随笔《早晨从中午开始》的标题下，有一个副标题："献给我的弟弟王天乐"。在这篇创作随笔中，他第一次毫不保留地把他弟弟推向公众的视野，也是第一次全面而详细地记录了他创作《平凡的世界》的种种心态以及他对人生的感悟，其中有这样一段回味无穷的文字，详细介绍了他和他弟弟鲜为人知的故事：

> 我的精神疲惫不堪，以致达到失常的程度，智力似乎像几岁的孩子，连过马路都得思考半天，才能决定怎样过。全凭天乐帮助我度过了这些严重阶段。的确，书写完后很长一段时间，我离开他几乎不能独立生活，经常像个白痴或没经世面的小孩一样紧紧跟在他后面。我看见，这个世界上所有的人都比我聪明。我常常暗自噙着泪水，一再问自己，你为什么要这样，你怎么搞成这个样子？

从这段文字中，不难看出，他和王天乐虽然是兄弟关系，但更多的是朋友。两人之间这种难舍难分的真实情感，在他创作随笔里叙说得淋漓尽致。然而，就在他把最大的希望寄托在他弟弟身上的时候，一种始料不及的失望毫不客气地向他奔涌而来。瞬间，那种多年建立起来的情感坝堤，突然间土崩瓦解了。

那几天，他天天盼着他弟弟从安康回来。然而，天公不作美，安康出现罕见的极端天气，几天几夜的暴雨，致使山体滑坡，部分道路中断，从安康开往西安的火车停运。那么天乐还能像电话里说的那样，尽快回到西安和他哥哥团聚吗？

路遥是一个非常固执的人，他不考虑客观原因还是主观原因，对答应他的事绝对说一不二，更不能用其他理由来搪塞现实中存在的问题。因此他两天时间没见天乐回来，便有些不高兴地问我，你不是给我说天乐马上就回来吗？

我说，是这样给你说过，可你看这几天安康是什么天气，我在电视上看到安康暴雨成灾，基本从秦岭山上翻不过来，连火车也不通了，他就是有再大的本事恐怕也回不到西安。再说，你不是让我告诉他，如果报社组织了去三峡，你让他一块去，恐怕以后就看不到现在这样的三峡了，怎么你现在突然又让他回来？

路遥说，他不是说马上回来，三峡他不去了，难道这不是他说的？我就要看看他对我是不是忠诚。

我笑了笑，不知怎么回答他。

我觉得路遥越来越有些敏感，甚至还胡搅蛮缠，他就不应该有这样的想法。天乐对你忠诚不忠诚，你心里比谁都清楚，他从安康回不来就对你不忠诚了吗？而你更不应该用这种方式考验你弟弟，这样的考验有意义吗？因此我耐心给他解释，你要理解天乐，他回不来是有原因的，一是确实道路不通，二是报社组织记者去三峡，这是集体活动。我听说三峡大坝修起来，很多景点就淹没了，而你又没特别要紧的事，跑腿的事有我和远村，他回不回来也没关系。可路遥不这样认为，也不听我解释，在我跟前美美大发雷霆了一阵。他说，我就知道他不会回来，他是什么人我还不清楚，我现在把该给他办的事都办了，再没什么用了。如果不是我，恐怕他还是一个揽工汉，当什么记者？你不要在我跟前为他辩护。

我当然再不能说什么话了，觉得有些冤枉，怎么是我在他跟前为天乐辩护？我只是分析了一下原因，他有这个必要吗？不管怎样，你们是亲兄弟，为这一点小事闹不愉快，对俩人都没好处。然而，我知道路遥的脾气，再不能在他跟前多嘴多舌，否则他要跟我翻脸。

已经有半个月时间，我再没看见天乐出现在陕西作协的路遥家里，不知是他开会没回来，还是去了铜川，而路遥也不再提天乐的长长短短。

我以为他把他弟弟没从安康回来看他的事忘了，可是他不仅没有忘，而且记得非常清楚，甚至知道陕西日报在安康的会议什么时候结束，记者们在什么时候回到西安，他对这一切了如指掌。

其实，也不是路遥专门要打探这些事，因为陕西日报就在省作协不远的建国门外，无论是那些文字记者还是摄影记者，经常会到省作协来。这里有许多全国著名的作家和评论家，时不时就会搞出一两部惊天动地的文学作品。因此那些记者经常来这里搜集新闻素材，见到报社的人也多，他了解报社的情况就不足为奇了。

这天下午，陕西日报摄影记者胡武功，骑一辆破旧的自行车，长枪短炮地来到作协院子里。他不知从什么地方得到消息，著名作家陈忠实创作了一部长篇小说《白鹿原》，据说这部小说反响很大，有可能在全国获奖。出于记者的敏感，胡武功就要抢先一步，想给陈忠实拍几张照片在报纸上刊发。可是，他刚走进院子，还没把破自行车停稳，就不巧在院子里碰见了路遥。胡武功跟路遥也是熟人了，见面得客客气气地打声招呼。但事实上，他在作协最怕见到的就是路遥，因为他听一些人说，陈忠实和路遥的关系有些微妙，如果是这样，他就要格外小心，避免一些不必要的麻烦。关键一点，省作协正准备换届，据可靠消息，路遥是下届作协主席。那么不管是路遥还是陈忠实，两个人他都不能得罪，所以他看见路遥，急忙摆开架势，非要给他拍几张照片不可。

路遥有些不愿意，不是因为胡武功是专门去给陈忠实照相，心里不舒服，关键是他今天没有这方面的情绪。因此他再三给胡武功解释，你就不要给我拍照了，过几天我给你打电话，你再给我照几张，今天就算了。

胡武功说，那我跟你说好，到时让航宇通知我。

路遥说，没问题，到时我直接去找你。

可能是胡武功约好了陈忠实，路遥不愿意让他照相，他也不勉强，害怕陈忠实等得心急，刚准备离开时，路遥突然问胡武功，你没去安康开会？

胡武功说，去了，会早就结束了。胡武功不经意的一句话，一下让路遥的情绪跌入低谷。他现在什么都明白了，天乐从安康回到西安也没来看他，所以他再没跟胡武功说什么，便低着头匆匆回家去了。

我看见路遥这样，也不敢在他跟前说什么，跟着他刚走到他家的楼下，就听见身后有人喊他。我俩同时扭过头，看见是自称艺术摄影第一人的陕北老乡惠怀杰。对于惠怀杰这个人，我那时并不是很熟悉，交往也不是很多，但我早有耳闻，都说他神通广大，是陕西的一个人物，也是难得的怪才。

他的摄影水平确实非同一般，曾经给中央领导拍摄过不少照片。尽管他不是职业摄影家，可他拍摄的摄影作品绝无仅有，堪称一流。路遥长篇小说《平凡的世界》第一版里那个标志性的照片就出自他手。而最关键的是，你不知道他有多大的能量，上至高层领导，下至普通百姓，交往的朋友非常广泛，三教九流，无所不有。他还有一个很大的优点，待人热情，办事利索，好多人心甘情愿为他出力流汗。

惠怀杰的拿手本事就是摄影。而摄影这门手艺，确实给他带来前所未有的声誉，也给他提供了更大的发展空间。因此路遥听见惠怀杰在身后喊他，微笑着站在院子里等他走到跟前，还没问有什么事，他就亮开嗓门说，你看我给你拿什么好吃的东西来了？

我给路遥说，惠怀杰这个家伙，说不定一不留神就会给你搞一个惊喜。

路遥说，陕北这地方出英雄，也出土匪。

我不知他说的是什么意思，觉得好奇，也不明白惠怀杰究竟属于他说的哪一类。而惠怀杰也不管我俩说什么，举着手里的东西，跑一样走到路遥跟前。

我看着惠怀杰手里的东西，笑着说，让我看一下？

惠怀杰头一扭，调侃地对我说，你小子快滚到一边去，我又不是给你小子拿的。

我笑着说，是不是给我拿的，这个我心里明白，可我看一下也不能看？

当然不能。惠怀杰仍然跟我开玩笑说，我这是刚从酒店里给路遥拿的好吃的东西，怕生下来也没见过，你小子绝对吃不成。

惠怀杰就是这么具体的一个人，从来没大没小，见面就要跟人开一阵玩笑，真真假假，假假真真，你一时半会儿分不清他的话哪一句是真哪一句是假。不管是真是假，他对路遥绝对真诚。

就这样有正经没正经地说笑着从作协家属楼里上去，走进房间。我实在有些急不可待，想看惠怀杰到底给路遥带来什么好吃的东西。

对于路遥来说，惠怀杰是一个聪明人，常常会给他带来意想不到的惊喜，不仅送来物质享受，而且在这样无所顾忌的调侃中，会让他十分开心。

惠怀杰拍摄的路遥

路遥和惠怀杰

惠怀杰的摄影水平非同一般，曾经给中央领导拍摄过不少照片。尽管他不是职业摄影家，可他拍摄的摄影作品绝无仅有，堪称一流。路遥长篇小说《平凡的世界》第一版里那个标志性照片就出自他手。

我当然是惠怀杰调侃的主要对象。事实上，不仅仅是我，惠怀杰对其他人也是这样一种处事风格。你别看他对路遥毕恭毕敬，有时候也会开他几句玩笑，甚至在路遥跟前直言不讳地要在歌舞团给他找一个漂亮的女娃娃。路遥只是呵呵地笑，根本挡不住惠怀杰那张嘴。

此时我看着惠怀杰手里提的东西，确实有些嘴馋，可他就是不让我动，让我去阳台熬小米稀饭，并且说这种营生最适合我这种人干。其实，惠怀杰是刀子嘴豆腐心，他说的和心里想的完全不是一回事。如果不熟悉他的人，可能会觉得他这个人怎是这样，而对他熟悉了，就会觉得他是一位可以设身处地为你奉献的人。

惠怀杰走进路遥的书房，对我说，你像死人一样站下做什么哩，一满没一点眼色，还不赶紧拿碗筷，用手抓着吃呀。

我赶紧到阳台上拿来碗筷，把惠怀杰给路遥拿的那些好吃的放在书房的茶几上，然后我把它倒在两个碗里，一人一碗。

惠怀杰搞的这些玩意，确实是一些好东西，但我不知道是什么菜，就是挺好吃的。而他坐在床上，笑着看我俩吃得狼吞虎咽的样子，还不失时机调侃我两句。

看你小子，不能吃慢一点，又没人跟你抢。你看你小子这些日子把路遥照顾成什么了，再让你照顾几天，怕就没路遥了，到时候恐怕要追究你小子的刑事责任。

我抬起头，看了惠怀杰一眼说，有这么严重？

惠怀杰说，你小子以为？路遥是什么人你又不是不知道，那是获得茅盾文学奖的伟大作家，中国能有几个获得茅盾文学奖的？他现在比熊猫还珍贵。

这些我知道。我笑着对惠怀杰说，你能不能一天给路遥送一次这样好吃的东西，他现在正装修房子，也没一个吃饭的地方，这个困难就落实给你，你看怎样？

惠怀杰说，把你小子美得，你这个人就是这样，不够朋友，只顾自己，不考虑别人。打着路遥的幌子让我送好吃的，那些好吃的东西都让你一个人吃了，把路遥饿得路也走不动了。

我笑着说，不是我美的，你不是口口声声说路遥是你最好的朋友，那你总不能给他送一次就不送了，你这不是吊人的胃口，朋友怎能是这样。

惠怀杰说，这事跟你小子没关系，我再给路遥送好吃的时，绝对不能让你小子看见。

路遥看我跟惠怀杰磨牙斗嘴，站在一旁光是笑。

那几天，惠怀杰绝对够朋友，说一不二。不管是迟是早，我总能看见他提着一个塑料袋，匆匆地来到路遥家里，给他带着稀奇的好吃的，从根本上解决了他装房子时的吃饭问题。

然而，我明显感觉到，路遥已经不怎么爱吃酒店里的这些东西了，他说这些东西太油腻，吃了有些不舒服，因此就吃很少一点。可是，惠怀杰不管你吃多吃少，那是他的一份情意，因此过一两天，他就要给路遥送一些吃的东西过来。这样的事持续了好长一段时间，我也跟着沾了不少光。

路遥看见惠怀杰为他吃饭的事情，大热天的跑了一次又一次，很是有些过意不去。他非常感慨地说，这个人最大的特点就是江湖义气，我比较喜欢这种心直口快的人，有什么说什么，自己喜欢就喜欢，从不装腔作势。可现在有好多人都在装，本来你对这个人不喜欢，还要做出喜欢的样子，把人难受死了。可怀杰不是这样，他给人的印象是非常真诚，在我需要帮助的时候，他帮我解决了不少困难，我非常感激。

是啊，路遥在无限风光的时候，惠怀杰视路遥为他的好朋友。在路遥去世三周年时，作为朋友的惠怀杰仍然重情重义，自己拿出几万块钱，聘请陕西美术学院著名的雕像家，在上海专门制作了一尊路遥铜像，捐献给延安大学路遥纪念馆。作为一位朋友，他尽到了自己应尽的责任。然而，无比遗憾的是，惠怀杰捐献给延安路遥纪念馆的那尊铜像，没多长时间，却不翼而飞了。到底是小偷给偷走了，还是什么人故意搞了破坏？说法很多。尽管公安人员对现场进行了勘查，也在延安进行了拉网式的搜查，可案件直到现在仍然没有一点线索，似乎成了一个悬案……

几天后的一个下午。

王天乐和高敬毅匆匆忙忙地从作协大门进来，他们来看望路遥，一同来的还有高敬毅的爱人。

那时候，路遥一直盼着他的弟弟来西安，我不知道他有什么事那么着急，仅仅因为这一段病情有些严重，或者还有什么重要事，我不得而知。也不知道路遥给他弟说没说他病得非常严重，而从某些迹象上看，他并没给天乐说，要不然天乐也不会这么匆忙就离开。

路遥虽然经历着病痛的折磨，但疾病并没有把他打倒在地，反而他的病情渐渐好起来了。然而他根本没有想到，他病情的好转，纯属是一种假象。

这些日子，人们经常看到他蹒跚走动的身影，谁都不敢想象，出现在大家面前这位年仅四十二岁的著名作家，居然变得如此苍老，仿佛是六七十岁的老人。

路遥确实有些苍老，面部暗淡无光，行动也有些迟缓，显得疲惫不堪，两只眼睛失去了往日的神采，灰暗而干涩。对于他的这些变化，作协大部分人都看出来了，只是没有一个人告诉他。当然，他并不是没有感觉到自己的变化，就连他亲爱的女儿也感到她爸爸一下苍老了许多。

路远不知在电视上还是报纸上，看到一则黄瓜营养洗面奶的广告有减缓人体苍老、美容抗皱的功效，非要他爸爸试一试。女儿的话在他跟前还是有一定权威。他非常乐意地接受了女儿的建议，买了一瓶黄瓜洗面奶，果然效果不错，面部渐渐有了光泽。

不错，确实不错。路遥高兴地对他女儿说，洗面奶有一股黄瓜的清香。

就是从这天开始，路遥一直使用这种黄瓜洗面奶洗脸，那是他亲爱的女儿推荐给他的产品，他不能辜负了女儿对他的关爱。直至他离别人世那一天，在他的病房里，仍然放着一瓶还没用完的黄瓜洗面奶。

路遥不想让自己过快地苍老，为了自己也为他心爱的女儿，他仍在竭尽全力地努力着，梦想有一天，他又像一个年轻小伙子一样，投入到他庄严的劳动。

十二

路遥说，林达和远远马上就从北京回来，装修房子的进度一定要快，而且把家里的那些旧东西全部换成新的，让她俩回来就认不得这个家了。

一晃一个月就这样匆匆忙忙地过去了。

此时的路遥虽然身患疾病，可他并没有把自己的病当一回事，显得更加忙碌。因为他的女儿路远和爱人林达过几天就要从北京回来，他要在爱人和女儿回来之前，把房子装修得焕然一新。用他的话说，等他女儿和爱人回到家，在家里基本什么东西也找不上，也认不出这就是她们的那个家。

早上8点一过，路遥就来到我房间说，房子装修得差不多了，你跟我到竹芭市去买家具。

我说，没问题，随时听你召唤。

此时此刻，西安仍然处在高温之中。然而他真是应了那一句"人逢喜事精神爽"，在如此闷热的天气里，人们都觉得热得受不了，只有他感觉不到热，精神状态显得格外愉悦。是啊，他觉得这一段工夫没有白费，辛苦一点非常值得，已经看到满意的结果了。因此他不顾自己有病的身体，亲自上街购买所需的物品。

我和路遥从大差市乘公交车到钟楼，然后步行到竹芭市街上。刚从竹芭市巷口走进去，路遥就在一个杂货铺花了不到五块钱，买了一根擀面杖拄在手里，活脱脱就像是一位步履蹒跚的老人了。看到他这样，我真有些想笑，这哪像是获得茅盾文学奖的作家，看他现在的样子，跟著名作家的身份一点也不相称。因此我对他说，你把擀面杖给我，让熟人看见会笑话你。

有什么好笑话的。路遥笑着说，我拄上擀面杖等于多了一条腿，脚底下走路稳当多了。此时他的身体确实有些问题，每走到一个地方，他就要在别人的椅子上坐一会儿。当我俩走到一家卖花格铁椅子的店铺跟前,他突然停住,坐在椅子上,同售货的姑娘讨价还价起来。

我知道,他并不是真心实意要买这样的花格椅子,在他的设想中,他的那些家具都要换成中高档的,这些东西并不在他考虑范围。

他不就是想坐人家的椅子歇一歇吗?

那位售货姑娘意识到我俩并不买他的椅子,说什么也不让路遥在椅子上坐。

路遥才不管这些,他根本没有要离开的意思。然而卖椅子的姑娘也不是省油的灯,她看见路遥仍然坐着不走,生气地拿起一把扫帚,故意在路遥旁边不停地扫地,顿时街道上尘土飞扬。无奈,路遥只好拄着那根擀面杖站起来,有些不高兴地对那姑娘说,你这样的态度,怎能卖了你的那些椅子,对待顾客要热情有礼貌,否则生意怎能做下去。

看你也不是买东西的人。那姑娘也非等闲之辈,她看见路遥这样批评她,也不管他是干什么的,毫不客气地这样说。

你怎知道我不买?路遥生气地说,我开了一家歌舞厅,准备买一百把这样的椅子,你个小姑娘,嘴巴这么厉害,你是不想跟我做这买卖。说着,他转身就朝前边的街道走了。

看见路遥离开了卖椅子的地方,我对那姑娘说,坐一下你的椅子都不让,你好好看一下那人是谁?

我管他是谁?不买我的椅子还想坐,都像他这样那我的生意做不做了?那位姑娘愤愤不平地说。

哎呀,看把你日能的,你连那个人都不认识,还卖什么椅子?我实话告诉你,他是著名作家路遥,你知道不?

再别哄人了,说的就像真的一样,他怎么可能是路遥,你以为我什么也不知道,我好歹也是读过几年书的人。那位姑娘得意地说。

我说,如果你觉得他不是路遥,那我为什么不给你说他是贾平凹,或者是陈忠实呢?

啊,那你说他真的是路遥吗?是不是写《人生》电影的那个作家?那姑娘睁大了眼睛看着我。

我说，你再睁大眼睛看一看，看他到底是不是。

你别哄我了，我看他不像。那位姑娘仍然不相信地对我说，他怎可能是路遥，你这样哄我有什么意思，路遥能像他这样？尽管我没见过路遥，可我想能写出《人生》这样电影的人，长得一定高大英俊，你看他像一个老头儿。

我一看那姑娘这样胡言乱语，害怕让路遥听见不高兴，吓得我赶紧对她说，你快不敢再胡说八道了，他就是《人生》电影的编剧路遥。

他真的是路遥？那位姑娘十分好奇地问。

我说，我哄你我就是地上爬的。

哎呀，你看你这个人，为什么不早说，如果知道他是路遥，别说他坐一下椅子了，就是拿一个也行。

现在后悔了？恐怕迟了。我说着，看见路遥一个人拄着那根擀面杖已经走远了，急忙朝他追去。然而，当我再回头看那姑娘时，她仍呆呆地站在那里，并不时地朝我们去的方向张望。我感觉她确实有些后悔了，如果她知道坐她椅子的人是作家路遥，别说是让他在椅子上坐了，恐怕要缠着给她签名呢。然而，人往往就是这样，不管是谁，当你错过一个机会再要等到这个机会降临到你头上时，就不知是什么时候了，甚至一辈子也等不到。

那时候，我不知道路遥为什么要这样，应该说这不是他的风格，也许是他感到这些日子太压抑了，才跟那姑娘开了这样一个玩笑。此时，他在竹芭市那条南北向的小巷里，十分认真地一家挨一家往过看，看得相当仔细，但没有一家的东西他能看得上。

我跟在他身后，看他漫不经心的样子，便问他，你刚才跟人家姑娘拌嘴图个什么？

故意逗得让她不高兴，想看这娃娃到底能不能沉住气。路遥笑着给我说。

我说，我告诉了她，你是写《人生》的作家。

路遥说，这些娃娃光知道卖椅子，不知道路遥是干什么的，一看就是没文化。

我说，你说得不对，人家娃娃知道你，她说她看过《人生》电影，可是确实不相信你是路遥。而我给她说了以后，她还埋怨我不早告诉她，要不然她可能还给你送一把椅子。

路遥站在竹芭市街道上笑着说，你是不是看上人家姑娘了，说不定她很有钱，如果你真的看上了，我给你们当媒人。

我说，你看你说到哪里了。

路遥说，我看见你对卖椅子的姑娘有意思，她那样对待我，连椅子也不让我坐一下，你一句话也不说，光站在一边笑。

我笑着说，你在那里故意逗人家姑娘，我总不能再去跟人家姑娘吵架。

就这样，我和路遥一边在竹芭市的小巷里走，一边胡说八道。眼看时间不早了，差不多到了中午，可他还没买到一样东西，也没有回去的意思，而我实在累得快走不动了。可他的兴致很高，累也觉得是快乐的，就这样又在竹芭市的那些店铺看了一会儿，我俩走到一个十字路口，他突然问我，你饿了没？

我说，到吃饭时候了，怎能不饿。

路遥说，我也饿了，昨天忙得一整天没吃饭。

那你想吃什么？我问他，咱俩先把饭一吃，这样就有精力给你看要买的家具了。

路遥笑着说，咱到狗娃子饭馆吃一顿。

哎呀，我看算了，到人家饭馆吃饭多不好意思，还是别去了，就在街上随便吃一点，去了还给人家添麻烦。我这样给他说。

没事。路遥说，去了狗娃子一定欢迎。

我说，那你一个人去，我在街上买着吃。

你为什么不去？路遥有些不高兴地看着问我，你又不是不认识狗娃子，他绝对不是那种小家子气的人，吃他一顿饭也无所谓。如果我没有说错，你不想去，是不是你俩有什么矛盾？

我说，我跟他井水不犯河水，能有什么矛盾？关键是我觉得这样平白无故去人家饭馆里吃饭算怎回事？当然，你去不一样，人家狗娃子绝对会热情接待你，不说你是获得茅盾文学奖的作家，起码你是作协的副主席，怎么说你也是他的领导，你去吃一顿也没什么，而我就有些厚颜无耻，因此我实在不想去。

你跟着我走就行了，想那么多干什么。路遥不高兴地说，简单的一点事，一下就说得那么复杂，他跟我是朋友，我就不能吃他一顿饭了？他就是这么一个直性子人，说生气就生气了。对这样的事，我早习以为常了。因此他甩给我这一句，也不管我愿不愿意，他一个劲儿地往前走了。当然，我说是这样说，还不能不去，不去会让他产生看法，所以我跟着他在竹芭市拐了一个弯，老远就看见曾在作协开车的余国柱，昂首挺胸地站在一个装潢新颖的饭馆门前。

我一看余国柱的派头，就像一个大领导的架势。

狗娃子。路遥看见余国柱，老远就喊了他一声。

哎呀，是路遥老师。余国柱一听有人喊他，转身看见是路遥，满面笑容地迎上来，握着他的手说，什么风把你给刮到我这儿来了。

路遥一边走一边对余国柱说，今天是不请自来，想在你这里吃顿饭，没什么问题吧？

没麻达。余国柱学着路遥的陕北话，把我和路遥领到他的办公室，给我俩一人泡了一杯茶，然后把饭馆的领班叫到他办公室，让搞几个拿手好菜。显然，余国柱把路遥看作是一位非常重要的客人，不能随随便便对待，也不需要到餐厅里用餐，就安排在他的办公室。此时，路遥和余国柱并排坐在沙发上，大腿跷在二腿上，感觉是好久没见面的兄弟，侃侃而谈，笑声不断。

我不知他俩在谈论什么，静静地坐在一边，什么话也不说，像个哑巴，心里一直觉得白吃人家饭总不是一种滋味。可路遥就没有我这样的感觉，我看见他到了余国柱办公室，就像走进自己家一样。余国柱饭馆开业的时候，他曾来过一次，这是第二次了，中间再去没去，我就不知道了。而且我知道，他俩年龄相仿，性格相投，又能说到一块，平时路遥习惯叫他狗娃子，在作协没几个人敢这么叫他，恐怕只有路遥。事实上，路遥这样叫余国柱，余国柱看作是对他的抬举。

在余国柱的饭馆里吃完饭，路遥就急急忙忙和我去了西木头市软木家具厂的门市。在这里，他要选几件新家具。关键是他要为他女儿路远买一个好一点的席梦思床，别的地方的他看不上，觉得这里的东西质量没问题。因此在卖家具的大楼里，他直接走上二楼，可他在二楼刚转了一会儿，就又匆匆下楼了。

我问他，二楼没你合适的席梦思床吗？

路遥说，都是一些高档家具，价格非常贵，一套将近两万块，我现在还不能买，等远远长大出嫁时，我再给她买一套。其实一楼大厅里摆放的那些席梦思床，虽然没二楼那么豪华，也相当不错了。可他没这样想，不管有钱没钱，要买就要买喜欢的，一点都不能马虎。

在一楼大厅里，他用了好一阵工夫，才选好了自己感觉不错的席梦思床，在收银台付了款，让我把他在其他地方选好的家具一块拉过来，然后同这个席梦思床一起拉到建国路。

我说，那你在家具市场门口等着，我一会儿就把你买的那些东西拉过来。

路遥说，你慢一点，不要着急。

我在西木头市的家具店门口雇了一辆三轮车，就到其他家具店拉东西去了。当我把别的地方买好的东西拉到软木家具店门口，却哪里也找不见路遥。

我不知他哪儿去了，问售货员见没见刚才买家具那个人，他们谁都说不知道。

此时，拉货的三轮车师傅有些不愿意，觉得在街上等的时间太长，害怕市场管理人员一来，搞不好就把他的三轮车没收了，因此他不高兴地问我，到底走不走？我还要在街上等多久？

我说，你不要着急，这里还有一个人。

三轮车师傅说，你说得倒轻松，让市管人员把我的三轮车收走，谁负责？

我说，师傅，你让我把买家具的人找到就走，耽误不了你几分钟，我再多给你几块钱,行不?

三轮车师傅说,那你快一点。

安抚好蹬三轮车的师傅,我急忙从卖席梦思床的一楼里走进去,在大厅里转了一圈,突然看见在大厅的一个拐角处,路遥躺在那里睡着了。哎呀,路遥老师!我这样喊了他一声。路遥听见我喊他,一下从一个席梦思床边坐起来,笑着给我说,这么快就把东西拉过来了。

我说,拉过来了。哎呀,你怎跑到人家卖席梦思床的角落里睡着了,是不是身体不舒服?

不是。路遥说,昨晚上狗日的又失眠了。

我说,你买的那些东西,我都装在三轮车上了,看你这大半天劳累成什么样子了,咱赶快回去。就这样,我俩一块从卖席梦思床的大厅里走出去,吩咐三轮车师傅,把家具安全拉到建国路的省作协,然后在院子里等我俩。

看着三轮车师傅走了,我和路遥走到竹芭市口,准备挡一辆出租车回去。此时正好从西大街开过来一辆出租车,我急忙把出租车挡在路边,问她去不去建国路。

开出租车的是位姑娘,她热情地开了车门,让我赶快上车,这里不让停,交警看见就要罚款。我正要从出租车上去,却怎么也不见路遥的人影。

路遥又跑哪里去了?他这个人怎这样?我有些埋怨他没有时间观念时,看见他走进街道一个门市部,一点走的意思也没有。

我说,赶紧走呀,我把出租车挡好了。

路遥不说话,也不去坐出租车。

出租车司机看见是这样的两个人,生气地说,真是两个神经病。便一踩油门,朝钟楼方向走了。

路遥这才拄着那根擀面杖从门市里出来,走到我跟前说,再不敢挡女人开的出租车。

我说,怎么了?人家那么热情,哪里惹你了?

你不知道,女人的交道实在不好打,你别看她对你这么热情,说翻脸就翻脸。路遥说，有回我在火车站坐了辆女人开的出租车，看她长得俊模俊样，可她把出租车开到作协门口，就要了十块钱，而且连票也不给。

我说，那是人家不知道你是路遥，就知道这里的人有钱，写一本书可以赚几万块。

知道我是路遥能怎样？路遥漫不经心地说。

我说，知道你是路遥就不要钱了，又不像我，对你这样的名人，人家可以免费。

那不一定。路遥说，生意人，看钱都比较重。

我说，我看人家姑娘挺好，态度那么热情，绝对不是你想象的那样，可能你碰到的那位出租车司机，是个例外。

你是不是又看上人家了。路遥开玩笑问我。

我说，我看上人家，人家不一定看上我。

就这样开了一阵玩笑，我俩坐出租车到了建国路的陕西作协，走进院子，三轮车师傅也气喘吁吁地把东西拉到作协的大门口，却让老解毫不客气地挡住了。

路遥走到老解跟前说，这是给我拉的东西。

老解站在门口看了看，就回他的门房去了。

我说，老解可是个好老汉，作协有这么一个人看大门，一个小偷也进不来。

路遥说，那不一定，说不定他哪天就把小偷领到我家里来了。

我说，小偷也会给老解说他要找路遥？

路遥说，呵呵，小偷当然不知道，可老解就是这么一个人，工作认真是认真，有时候认真得让人害怕。只要有人找我，他差怕人家不知道我住在哪里，也不问人家找我什么事，就把人直接给我领来了。

嘿嘿。我说，老解工作踏实。

很快，三轮车师傅跟着我和路遥把东西拉到他家的楼下，一块把他的那些东西搬到他的家里，太阳就已经渐渐西斜了。古城西安的气温依然没有降下来，感觉空气中弥漫着一股焦煳的味道。

十三

> 路遥说，林达和远远明天回来，你去火车站接一下她俩。我说我去接没一点问题，可你不去接恐怕就不合适了

这些日子，路遥的早晨再不是从中午开始。

看来人的习惯并不是不能改变，路遥就是一个很好的例子。这不，他已经彻底改变了早晨从中午开始的生活习惯，再不像往常那样，到中午还在家里睡大觉，真正过上一种正常人的生活。

对于路遥的这些变化，那是有原因的，亲爱的女儿路远马上就要从北京回来，因此他顾不得休息，也不感觉到累，忙得不亦乐乎。

现在，他连吃惯了的干烧饼也没时间吃了，不是催着让装修工人装修得再快一点，就是冒着酷暑上街采买必需的物品。常常刚把东西采买回来，又匆匆忙忙跑下家属楼，趴在电话机前，一个又一个地打电话询问他定的那些家具什么时候可以送来。过度的疲劳和不良的营养，使这位刚强的汉子上楼时，腿脚不住地打战。

这天夜里，有人又在敲我的门，我听见这样的敲门声就知道一定是路遥。他这个动作我太熟悉了，而且只有他，才这么理直气壮地使劲敲我的门。有了上次的教训，我就不敢怠慢，急忙把门拉开。

路遥从门外进来，微笑着说，不知你一个人鬼鬼祟祟在房子里做什么，这么一阵都不给我开门。

呵呵。我笑着说，我不是急忙给你开门了。

路遥说，告诉你一件事，远远后天就回来，林达已经给我发来了电报。他说这话的时候，一种幸福和快乐毫不掩饰地流露出来。

那时，我并不理解他的这种心情，觉得女儿回来就回来，那是再正常不过的事了，也没必要为女儿回来那么激动。可是如果你有了孩子，而孩

子好长时间又没在你的身边,你的激动和期待心情也会像他一样。

路遥知道女儿要从北京回来,确实激动得有些不能自已,甚至有些失去了常态,他告诉我他女儿要回来的同时,还把林达给他的电报,也从裤子口袋里掏出来,非让我看不可。

我觉得他没这个必要,不就是女儿回来吗?我甚至怀疑作家到了一定时候,智力是不是开始有些下降了?连起码的理智也丧失了一些。

当然,路遥让我看他的电报,并不是让我辨别电报的真伪,而是要我跟他一起分享喜悦。眼看自己的女儿马上就要回到他身边,对于爱女如命的路遥来说简直就是他人生中最高兴的一件事情,虽然他没给我这样说他怎么想念自己的女儿,但我感觉到他就是这样。

我拿着他递给我的那封电报,感觉到一点意义也没有,电报上还能有什么,无非就是林达和远远什么时候从北京回来,坐的是哪次火车哪个车厢,再多一个字也没有。

林达是有文化的高级知识分子,文字多和少也没什么意义,关键多一个字,就得多掏一个字的钱。她知道怎么合理利用资源,电报上的字能省略就省略,所以电报上大部分内容,她基本上都是用数字代替。可是林达这么一省略,路遥可能十分清楚,而我看得云里雾里一般,电报上的那些语句怎么也连贯不到一起,只明白了大致意思。因此我把看过的电报递给他,笑着说,哎哟,你俩像是特务组织,电报上用的全是暗语,我一点儿也看不明白。

路遥说,你简直太没文化了,我不相信你连这个也看不明白。林达在上面不是写得清清楚楚。

我说,不怕你笑话,我确实看不懂。

路遥把电报拿在他手里,十分认真地给我破解着电报上的那些秘密。他说,你仔细看一看,我给你教一招电报上的奥秘,一般电报上的数字邮局不收费,那上面的四十二,代表的是四十二次列车,八代表的是八车厢,这下你该明白里面的奥妙了吧?嘿嘿,路遥笑着说,你确实有点笨,根本没我聪明,我像你这个年龄,中篇小说都在全国获奖了,正构思创作轰动一时的《人生》。还是人家陈忠实评价你评价得比较准确，他说你的小说跟我的比差得太远了。

我笑着问，陈忠实真的在你跟前这样评价过我？

路遥说，真的假的你去问一下老陈，他会给你一个满意的答复。

嘿嘿，我知道他这是跟我开玩笑，陈忠实怎么可能在他跟前这样评价我？完全是无稽之谈，他没有这样的时间和工夫，而且他也不会这么干。再说，老陈是我非常尊重的著名作家，跟路遥一样是省作协的副主席，路遥之所以这样说，完全是拿我开涮。

事实上，路遥是一个性情中人，他有时候也会跟人开这样的玩笑，或者在他非常高兴的时候，他还会情不自禁地亮开嗓门唱几声优美的陕北信天游……

一个在那山上哟一个在那个沟，
咱们拉不上话儿招一招那个手。

瞭见那村村瞭不见那个人，
泪蛋蛋跑进那个沙蒿蒿林……

此时，我见他如此高兴的样子，笑着说，林达真是一个会过日子的人，给你发的这个电报，如果你我看起码给你节省了一碗羊肉泡馍的钱。

路遥笑着说，玩笑是玩笑，说真的，你如果真的想吃写作这碗饭，那就应该什么都掌握一些。

我说，我跟你确实能学不少东西，而这些东西一般在书本上学不到，关键是一个了解熟悉的过程。我觉得还是你俩相互了解，要不然她给你发的这个电报，如果你像我一样看不明白，那不等于白发了。

呵呵。路遥躺在我床上笑了一笑，突然爬起来，把眼镜提在他的手里说，唉，她俩现在回来真不是时候，如果能再迟回来几天，就什么问题也不存在了，房子也不会这么乱，我会把房子收拾得干干净净。

我说，你不要着急，还有几天时间，也能来得及。

路遥说，现在是这样，咱俩分一下工，你主要出去给我买东西，到时我给你列上一个单子，你照我的单子去采购，家里的事有我和远村。

我说，没问题，就按你说的办。

就在这两天，路遥把自己的疾病和劳累全忘了，整天守在房子里，督促装修工人加班加点，而且他再不像一位大名鼎鼎的著名作家，亲自给装修工人烧开水，送茶递烟，承担起了一个服务员的职责。然而就在他沉浸在无比美好的喜悦中的时候，林达又一封电报悄然从北京发到了西安，一下就把他美好的心情破坏得一干二净。

时间是第三天中午，传达室老解签收到北京发给路遥的一封电报，他拿着电报正准备送给路遥，刚走到创作之家大楼的门口，正好看见我和路遥从作协的后院里走出来了。

老解站在创作之家大楼的门口，看着路遥说，你上哪里去？这里有你的一封电报。

路遥不知电报是从哪来的，赶紧走到老解跟前，把电报拿到手里一看，就有些忍不住了，火气在他头上一冒一冒的，突然就像激怒了的一头雄狮，拍着电报在院子里大呼小叫开了，真他妈的不知是干什么，去一个北京，把心操在哪里了……

我看见他一拿到老解给他的电报，突然就生这么大的气，急忙问他，又出什么事了？

路遥没给我说什么事，而是把林达发给他的电报递给了我，他仍然在院子里不干不净地骂着。

我拿着电报一看，电报里大致写着这样的文字，火车票和钱在北京让贼娃子给偷走了，她让路遥给她汇一千四百块钱，具体什么时候回西安，另告。那么也就是说，林达在北京已经没有钱了，母女俩也不可能按时回到西安。

这回，我可算彻底领教了路遥生气的样子，简直可以用暴跳如雷来形容，一点也不过分。其实，他并不是生气林达把钱丢了，气的是出门在外，怎就不小心一点，幸亏是丢了钱，万一孩子有个三长两短，那可怎办？

我说，事情已经发生了，你现在生那么大的气也没有意义，林达也不想让小偷偷她，眼下最要紧的是你赶紧给她们寄钱。

稍微过了一会儿，路遥不像刚才那么火冒三丈，也不说什么，抽了一支烟，在院子里转了一会儿，有些不放心地走到作协办公室，不知他给北京的林达还是谁打了一个电话，然后就回家去了。

李秀娥看见路遥在作协办公室怒气冲冲打电话的样子，也不敢问路遥怎么了，而是从办公室走出来问我，路遥是怎了？

我说，小偷把林达的钱偷了，林达给他发来一封电报，让他给寄一些钱，所以可能把他给惹躁了。

李秀娥说，小偷也是，这么缺德。

我说，这个小偷也是，北京那么多有钱的人，为什么不偷他们，偏偏偷一个女人，狗日的真不是东西。

这个节外生枝的小插曲，把路遥的兴致搞得荡然无存了。我看见他不高兴地回了家，就跟着他走到他家里，也不敢在他跟前说什么。过了一会，他唉声叹气地说，唉！女人家就是这样，什么也依靠不上。

事情往往就是这样，有很多不确定性。林达和远远不能按计划回到西安，也给路遥留出足够的时间。现在房子装修基本要告一个段落了，路遥觉得自己像在战场上指挥千军万马的将军一样，对这些日子取得的战绩，非常满意。

柜子已经做好拉到了家里，摆放到他觉得比较合适的位置。他精心挑选的一块腈纶地毯，也买回来了，很快让工人铺在孩子的房间里，还有孩子比较喜欢的录像机，也摆放在孩子的房间里。家里用的抽油烟机和煤气灶以及脸盆、碗筷、暖水瓶……这些日常需要的零零碎碎的东西，该就位的都已经全部就位，看上去他的家一下就旧貌换新颜了。

看着已经装修得差不多的那个家，路遥显得格外高兴，他觉得这个家总算有了家的样子。可是他现在还不想一个人先搬进去，仍然住在隔壁的房子里。他要等女儿和爱人回来,再一块幸福地住进去。

那时,林达在北京和路遥之间的沟通,主要采取发电报的方式,如果写信,恐怕时间太长,也不方便。因为他家里不装电话,只能把电话打到作协办公室,让办公室的人再去找他,他有时候还不一定在家里,只有电报这种形式联系,简单、方便还有效。

晚上,路遥再一次漫不经心地走进我的房间。

我看见他脸上布满的笑容,就知道一定又有什么高兴的事了。果不其然,我还没来得及问他,他就说,你明早去火车站接一下林达,她和远远明天回来。

我说,她俩从北京回来,你怎么不亲自去接?

我不想去。路遥说,你去接一下她俩就行了。

我说,这恐怕不行,你就是不想去也得去,不然林达和孩子会有看法。而我去接像什么?路远是你的女儿,你是她的父亲,她从北京回来,你能不去接她吗?

要不,咱俩一块去。路遥用商量的口气跟我说。

我说,这样就没问题了,不然你不去我也不好去。

我知道路遥为什么不去火车站接他女儿的原因,主要是他仍然在跟林达生气。林达一会发一个电报说回来,一会又在电报上说钱丢了,还让他给寄钱。因此他就有些不高兴。然而,经我这么一要挟,他也不再说什么,在我房间里停了一会,就回家去了。

第二天上午九点,路遥就来到我房间,他说,我在单位要了车,咱坐张忠社的车去火车站接上远远。

我问路遥,现在就走?

路遥说,时间差不多了,去了你还要买站台票。

就这样,我和路遥坐着作协的车到了火车站,在售票窗口买了两张站台票,跟他一块进了火车站的站台,静静等候着从北京开往西安的火车。

火车晚点了,几十分钟后,火车在一声尖厉的汽笛声中,驶进了西安火车站。在站台上,路遥迈着他并不轻快的步子,随着人群在站台上拼命地奔跑。

　　毫无疑问,路远是路遥生命中的欢乐天使,他宁可受到更多更大的委屈,也不愿自己女儿有一点不高兴的情绪出现。分别将近一个月,父女就要重逢的那种喜悦心情是不难理解的。路遥跑了一阵,实在有些力不从心了,便站在人群中,仔细打量着火车的每一个窗口。

　　路遥在焦急地寻找着自己心爱的女儿。

　　爸爸。当我和路遥谁也没看见林达和路远时,路远便像一只展翅飞翔的小鸟一样,从车厢里跑下来,很快跑到路遥的身边,亲热地一把抱住她的爸爸,在站台上又跳又叫。

　　看到父女俩离别重逢后的那种欢天喜地场面,我的心潮一阵阵涌动,眼睛也有些湿润了……

十四

**　　路遥告诉我,你明天去火车站给我买一张去延安的火车卧铺票,我在延安休息十天就回来,如果有什么事,我会电话告诉你**

　　有好几天时间,路遥没到我的房间里来了。

　　路远从北京回来,准确地说,女儿回到了路遥的身边,使平时严肃冷峻的路遥,一下就变得温柔和蔼了。因此他在这时候哪里也不想去,也不参加任何形式的社会活动,一心一意陪着自己的女儿。

　　人们经常看到,路遥不顾自己身患疾病,领着他亲爱的女儿,欢天喜地地上街,兴高采烈地给女儿买各种各样的东西。

　　路远已经长成一位大姑娘,有了她自己的思维方式和兴趣爱好,但在路遥的眼里,她永远是没有长大的毛圪旦[①]。

[①] 陕北对小孩的昵称。

眼看十二岁的女儿就要成为一名初中生，他有一种说不出的快乐和兴奋。那么怎样才能在有限的生命里，使自己的女儿成长在一个温馨而幸福的环境？他在不断满足女儿的要求，为她买布娃娃，买各种各样的玩具和漂亮的衣服，甚至他顶着炎炎烈日，坐着公交车，一个人跑到西安电影制片厂，给她借喜欢的录像带。

带着病痛，满怀忧郁和重重疑虑的作家路遥，平时目光深邃，心情沉重，但只要和他女儿在一起，很快就会变得慈祥可爱了，仿佛女儿让他上天摘月亮，他也不会匆匆摘一颗星星回来。

路遥对女儿的这种宠爱，大家都看在眼里，觉得他不该如此过度溺爱自己的孩子。因此许多好友，特别是作协那些年纪大一点的人不断劝他，对孩子不可娇惯得太厉害，否则会害了孩子。然而朋友的好言相劝对于他来说，似乎是"多嘴多舌"。他常说，我从小受的苦太多了，绝不能让女儿吃一点苦，受一点罪，我要尽我最大的努力，满足女儿的一切，只有女儿生活得幸福，我才感到生活得有意义。

看着欢蹦乱跳的路远，路遥忧郁的心情豁然间就像雨后天晴的太阳一般，放射出灿烂的光芒。小狗、小熊、布娃娃、录像机、钢琴……这些物品给路远的生活增添了无比的欢乐，在一定程度上，也给路遥带来心理上的极大满足。

8月4日晚上，路遥再次漫不经心地走进我房间。

这次他从外面进来，我明显感觉到他有些心神不安，不仅一个劲儿抽烟，还在房间里不停地走来走去。看见他这样，我就不敢问他怎么了，只能静静地站在一边看他。他就这样在我的房间里走了一会儿，突然转身对我说，你明天一早到火车站给我买一张去延安的卧铺票，我去延安休息十天时间。

我说，女儿刚回来，你怎么要去延安？

路遥说，我休息几天，很快就回来。

那好。我问他，给你买哪天的票？

路遥说，六七号的都可以。唉，你还不知道，刚才我跟林达已经商量过了，她同意我在延安休息十天，然后等我回来，我俩就办离婚手续。

什么？你俩真的要离婚吗？我突然感到晴空霹雳一样，你俩怎么会走到了这样的地步，难道就没有一点挽回的余地吗？尽管他在我跟前轻描淡写地说过这个事，而我也听到一些这样的风言风语。可我觉得一个家庭有一点矛盾也很正常，哪个家庭没一点风吹草动，就看怎么去化解和处理，不管怎样，离婚总不是什么高兴的事。

此时，我不知道我该在他跟前说什么。

可我还能说什么呢？我这时候在他跟前所说的一切，都显得苍白无力。而更重要的是，我也没有这样的能力和水平挽救他们的婚姻，只能在一旁愁眉苦脸地唉声叹气。

过了一会儿，路遥慢腾腾地给我说，我和林达的意见比较一致，也没什么大的分歧，有关家里的那些财产都归孩子，林达什么也不要。

我看了路遥一眼，心情有些复杂，也不知道怎么去安慰他。事实上此时此刻，我什么话也说不出来。就这样沉默了一会儿，我看着仍然愁眉苦脸的路遥说，那你到延安好好休息几天，有时间去医院检查一下，我看你的身体一直不好，你可不敢大意。

路遥说，到延安再看情况，我明晚上去一趟陈泽顺家，看他有没有时间，我想让他跟我一块去，顺便把我文集上的事处理一下。

我说，昨天我去他家了，看见他忙得团团转，几乎什么也顾不上，关键是他哥从北京到西安来了，估计他要陪他哥在西安好好玩几天。

哎哟，是这样那就我一个人去，让他把家里的事忙完再来延安。路遥说。

8月5日上午9时，我仍然骑着我那辆破旧的自行车，去西安火车站给路遥买去延安的卧铺票。这是一条刚开通的铁路，乘火车的旅客特别多，因此票相当紧张，我费了很大周折，仍然没有能够买到。

我心里非常着急，答应他的事，就要想办法办到，如果我给他买不到火车票，那他就去不了延安。而更重要的是，他家里是这样的情况，让他到延安走一走，跟延安的朋友聚几天，是对他心情的一种释放和解脱。

可是去延安的火车票实在太难买了。

怎么办呢？正在我左思右想的时候，突然想到一个人，那就是刘谦，他曾经是我的同事。他在西北大学作家班上学期间，曾在作协干过一段编辑工作，现在在西安火车站宣传部上班。因此我就想，为什么不去火车站宣传部找一下刘谦，让他把路遥的事给领导说一下，说不定领导会帮我解决这个难题。这样一想，我很快去了西安火车站，在车站宣传部找到刘谦，我对他说，路遥明天想去延安，可我没给他买到火车票，你能不能想办法给他买一张到延安的卧铺票。

刘谦笑着说，这个事我给你想办法，路遥老师要去延安，哪能没有火车卧铺票的道理，你在我办公室等我一下，我去找部长，让他找领导批条子。

事实也像刘谦说的那样，只要是路遥去延安，这个忙领导不可能不帮，因为他刚获了茅盾文学奖，省政府还专门召开了一个庆功会，应该说在这段时间，他是人们热议的一个焦点。当然，他获得茅盾文学奖，不仅仅是个人荣誉，也是给陕西争了光。那么作为宣传部门的领导，他责无旁贷地应该帮助解决路遥的这个困难。

就这样，刘谦很快给他们宣传部部长说明了情况，宣传部部长也很愿意帮忙，只是他这个部长权力有限，还没批买卧铺票的权力，能批卧铺票条子的只有站长。因此宣传部部长找了站领导，才解决了这个问题。

我拿着刘谦让领导批来的条子，心情有些激动，给他说了声谢谢，就跑到火车站的售票窗口，买到一张去延安的火车卧铺票。

买到了火车票就像买到希望一样，我骑着自行车回到作协，想把火车票尽快送给路遥。可我突然有些不想到他家去，害怕见到林达。然而不去不行，也许他正在家里等我的消息。可我去了他家，看见家里只有林达一个人，路遥不知去哪里了。因此我问林达，路遥不在家里？

林达说，他不在家。

看样子，林达以为我不知道他们之间的事，显得风平浪静，像什么事也没有发生一样。我也装做什么也不知道，看见路遥不在家，就悄悄离开了。

一整天，我没有看见路遥，也不想再去他家了，不知道去了怎样面对林达，这事像一道阴影一样一直在我的脑海里萦绕。

天快黑的时候，我听见院子里有人走动的声响，开门一看，果然是路遥。他从门外进来，急不可待地问我，火车票买到了吗？

我说，买到了。说着，我把火车卧铺票递给他。

路遥把票拿在手里看了看，对我说，我去陈泽顺家，他像你说的一样，这几天确实很忙，去不了延安，那就我一个人去。

我说，要不，我陪你去延安？

路遥说，你现在还不能走，房子装修还有一点扫尾工程，你得看着给我收拾利索。

那就你一个人去延安？我问他。

路遥说，就我一个人。

也许是路遥从外边回来时在路上走累了，他在我椅子上坐了一会儿，便站起来，走到我床跟前，很自然地躺在床上，老半天一言不发，两只眼睛紧闭，一副似睡非睡的样子。我以为他疲倦地睡着了，正要拿一条毛巾被给他盖在身上时，他突然对我说，你别给我盖，让我就这样躺一会儿。

我说，房间里有些阴，害怕你感冒了。

没事。路遥说。他说了这句话，突然坐起来，把眼镜提在手里，自言自语地说，唉，一满不行了。他说这番话的时候，一副忧伤的样子。

我看见他忧郁和悲伤的心情，很想安慰他几句，但我又不知该说什么。看上去，他对自己家庭发生这样的事早有思想准备，表面上显得满不在乎，其实从他内心来说并不好受，毕竟俩人一块生活了十几年，就这样说散就散了，多少让人感到有些遗憾。然而，这样的事别人能有什么办法呢？

此时的路遥，把头深深埋在胸前，有些痛苦不堪地给我说，我现在对别的事一点不在乎，最大的问题就是痢疾，这病一满不得好，把我给害死了，他妈的，不知是怎回事，怎就一满过不去，把我快受死的了。

你还是到医院去看一看，不要忙着去延安，或者到了延安就去医院，再不敢这样拖下去。我说。

唉，去医院又能顶什么用，我把能治这个病的药都吃了，可他妈的不知怎么搞的，在我身上没一点作用。

那你这样下去怎行？我说，你还是尽快去医院。

没办法，我就是一个受罪的命。路遥说。

过了一会，路遥又说，我想好了，等远远长大，我就回延安找一个地方修几孔窑洞，院子要大一些，最好是在没人的山沟沟里，坡底下种上一亩地，当一个地地道道的农民。你觉得城市有什么好，乱哄哄的，把人烦躁得，在城市连个清静的地方也找不到。

我说，如果真的像你想的那样，突然从城市回到农村，那你恐怕又成一个新闻人物了。你也知道，现在农村里的年轻人都想方设法往城里跑，可你突然又要回到农村，恐怕一般人理解不了。

自己的事，不需要别人理解，我就是这么想的。如果真的有那么一天，我突然离开城市回到农村，就像你说的，恐怕我又安宁不了，说不定还是轰动全国的一大新闻。路遥说。

我说，到时候恐怕都在找你这样一个具有传奇色彩的人物，都想知道你的这个秘密，或者想知道你为什么要这样，甚至会有人专门为你写一本《从作家到农民》的报告文学畅销书，在你身上美美赚一把钱。

呵呵。路遥突然笑着说，不是没有这个可能，说不定你和远村就会抢着干这种事。

我说，就怕轮不上我俩，别人比我俩消息灵通。其实依我看，你何必要去陕北修两孔窑洞，陕北的条件那么艰苦，又那么落后，如果你有钱，可以在西安买一块地，然后盖一个四合院不是更好。

你知道西安一亩地多少钱？路遥听我这么一说，好像突然来了兴趣。

哎呀，这个我不清楚，估计得几十万。我说。

唉，那不行。路遥说，西安的地太贵，还是咱陕北好，空闲的地又那么多，关键是陕北空气新鲜，没有任何干扰。到时候我在那里一住，基本上什么人也找不到我了，我也不会有那么多的烦恼，是养老的好地方。

我说，你还是离不开咱那穷地方。

唉，不知是怎回事，我满脑子装的就是陕北，感觉到这个世界上再没比陕北更好的地方了，青山绿水，你随便走在一个山峁上，想喊就喊想唱就唱，可以把所有的烦恼忘得一干二净，心情会特别舒畅。因此要说我这一辈子最想去的地方，恐怕只有陕北，在那里才能激发我的创作灵感。路遥说，也许是故土难离吧。

我说，那你现在就瞅一个地方把窑洞修好，等你上了年岁，真的不想在西安住了，就回你想去的地方，白天往阳崖根一躺，晒一晒太阳，你看多好。

那当然，住在陕北绝对能长寿。路遥笑着说，然后我就在自己的坡底下栽上一些树，那树一棵连着一棵，都长得绿茂茂的，你看风景多好。

也许那就是你的一个世外桃源。我说。

路遥说，到时说不定我那地方就是全国的一个著名风景名胜区，你们跟上一伙人来看我，一个个会大吃一惊，甚至会赞不绝口地说，你看人家路遥现在过的是什么生活，简直能把人爱死的光景。

我说，那你过的就是活神仙一般的生活了。

路遥笑着说，各地的新闻记者就会跑来采访我，什么优秀个体户路遥苹果喜获大丰收的报道刊登在大小报纸的醒目位置，一下又轰动全国。

虽然我们是胡说八道，不可能有这样的事情，甚至说得有些天花乱坠，云里雾里一般。然而我万万没想到的是，曾经拥有的这种快乐，却只能给我留下更多的悲痛回忆。

这是1992年8月6日上午8时。

路遥背着一个黄绿色的背包，带了几件换洗衣服和洗漱用品，用忧郁的目光，最后环顾了一下他刚装修过的房间，然后深深地吸了一口气，依依惜别地离开了作协家属院一单元三楼东边的房间，心情无比沉重地走出作协后院，来到传达室，坐在门前那把椅子上，默默等小张送他去火车站。

也就是在昨天，他在院子里见到开车的小张，小张知道他要去延安，主动提出要开车送他。

当我走到作协传达室门口，他一看见我，就焦急地给我说，你快去看一下小张，让他送我去火车站。

我说，这里离火车站这么近，现在走太早了。

路遥说，可以在火车站广场转一会儿。

我不能再说什么了，转身朝作协后院走去，然而还没走多远，就听见作协办公室有张忠社说话的声音。

张忠社不像路遥，生活很有规律，在家里是一个好男人，从不睡懒觉，早上起来去市场买了菜，然后再到单位上班，什么事也不误。此时，小张把家里的事忙完，就从楼里下来，到办公室等路遥。

我急急忙忙走进作协办公室，对四平八稳坐在椅子上说闲话的张忠社说，张师傅，你不敢在这里说闲话了，路遥在传达室里等你，他让你现在送他走。

现在就走呀？这么早去火车站干什么？张忠社看了看手腕上戴的表，然后问我，路遥现在起床了？

我说，他起来好一会儿了，一直在传达室等你。我这样说着，就和张忠社一块走出作协办公室。刚走到办公室的院子里，坐在传达室椅子上的路遥就看见我俩，急忙提着他的黄挎包，一边从传达室往出走，一边微笑着对张忠社说，小张，咱现在就走。

现在太早了。张忠社笑着给路遥说。

不早。路遥说，你开上车在钟楼转一圈，估计时间就差不多了。他这样给张忠社建议，小张只能无条件服从。他急忙开了车库的门，把一辆银灰色小轿车从车库开出来，一溜烟驶向西安的东大街。

此时此刻的东大街，正是上班的高峰期，人流、自行车流，熙熙攘攘，蜂拥不止。

拥有十三个王朝建都的西安东大街，历史文化相当悠久，有太多精彩故事正等作家们去讲述。而生活在有众多精彩故事的城市里的作家路遥，还没有一部描绘这个城市时代变迁的文学作品，可以说是他的一个遗憾。他梦想有那么一天，他要投入满腔热情，去精心描绘这座城市波澜壮阔的历史画卷。然而，他还没来得及描绘这个古老城市神奇而壮美的情景，便向这座城市依依惜别了。

此时，一辆银灰色小轿车，载着作家路遥在东大街上穿过，绕过了西安的标志性建筑钟楼转盘，然后驶向宽展的北大街，朝火车站方向缓缓而去。

　　他在火车站广场下车，在广场旁边的一个小卖部买了两瓶矿泉水，便随着乘车的人流，步履沉重地走进火车站的候车大厅。这是路遥头一次坐火车回陕北，在他陈旧的黄挎包里，除了装着几件朴素的换洗衣服外，还有一个可以证明他身份的中国作家协会会员证，再就是刚才在火车站广场买的那两瓶矿泉水，其余一无所有。

　　路遥离开了喧闹而繁华的曾经有十三个王朝建都的古都西安，到他魂牵梦绕的革命圣地延安去了。

十五

　　路遥说，我一走进火车车厢，就觉得自己站不起来了，一直躺在火车的卧铺上。到了延安，我也无法从车厢走下去，是李志强把我从火车上扶了下来

　　此时此刻，路遥怀着一种复杂的心情，随着进站的滚滚人流，缓慢地走进他的卧铺车厢，也不看跟他同一个车厢坐的是什么人，他静静地躺在卧铺上，痛苦地蜷缩成一团。

　　这时，病魔无情地吞噬着他的意志，他感到浑身没有一点力气。然而他仍然装成入睡的样子，尽管肝区的剧烈疼痛使他浑身不停地颤抖，但他不愿发出一声痛苦的呻吟，害怕别人知道他是一个重病患者。

　　路遥时时刻刻维护着自己的尊严和形象。

　　长达九个多小时的长途旅行，他连火车卧铺也没有下来一下，他在火车站广场上买的那两瓶矿泉水也没喝一口，就这样躺了九个多小时。

　　他实在有些筋疲力尽了。

　　天快黑的时候，火车在人们的兴奋和欢呼声中，缓缓开进革命圣地延

安的火车站。而此时这位无比刚强的陕北汉子,再也无法从车厢里走下来了,接他的好友李志强,不知他是怎么回事,迅速从火车的车厢里上去,看到他萎靡不振的样子,只好搀扶着他,慢慢地走下火车。

也许路遥早就意识到自己的生命到了非常关键的时候,因此他就必须争分夺秒地去完成自己想要完成的事情。他要抓紧时间整理出版自己的文集,就像一些人议论他的那样,在他人生的四十二年,给自己画一个比较圆满的句号。同时他要带病紧锣密鼓地装修自己的房子,这绝对不是自己要贪图享受,一切为了他亲爱的女儿。他觉得,只有把这些事情顺利而圆满地完成了,那他的人生就会少一些遗憾。

他心里比任何人都清楚,自己一旦倒下,就有可能再也爬不起来。

他的创作随笔《早晨从中午开始》记录了他的心境,在那个时候他就预感到自己的生命已经走到"山穷水尽"的境地:

我完全倒下了,身体状况不是一般地失去弹性,而是弹簧整个地被扯断。

其实在最后阶段,我已经力不从心,抄改稿子时,像个垂危病人半躺在桌面上,斜着身子勉强用笔在写,几乎不是用体力工作,而是纯粹靠一种精神力量的苟延残喘。

稿子完成的当天,我感到身上再也没一点劲了,只有腿膝盖还稍微有点力量,于是,就跪在地板上把散乱的稿页和材料收拾起来。

终于完全倒下了。

身体软弱得像一团泥。最痛苦的是吸进一口气都特别艰难,要动员身体全部残存的力量。在任何地方,只要一坐下,就睡着了。有时去门房取报或在院子晒太阳就鼾声如雷地睡了过去。坐在沙发上一边喝水一边打盹,脸被水杯碰开一道道血口子。

我不知自己患了什么病。其实,后来我才知道,如果一个人三天不吃饭一直在火车站扛麻袋,谁都可能得这种病。这是无节制的拼命工作所导致的自然结果。

开始求医看病。中医认为是"虚",听起来很有道理。虚症要补。于是,人参、蛤蚧、黄芪等等名贵补药都用上了。

三伏天的西安,气温常常在35℃以上,天热得像火炉一样,但我还要在工作间插起电炉子熬中药,身上的汗水像流水一样。

工作间立刻变成了病房。几天前,这里还是一片紧张的工作气氛,现在,一个人汗流浃背默守在电炉旁为自己熬中药。病、热,时不时有失去知觉的症候。

几十服药吃下去,除了不顶事,结果喉咙还肿得连水也咽不下去,胸腔里憋了无数的痰却连一丝也吐不出来。一天24小时痛苦得无法入睡,既吸不进去气,又吐不出来痰,有时折磨得在地下滚来滚去而无一点办法。

内心产生了某种惊慌,根据过去的经验,我对极度的身体疲劳总是掉以轻心的。以前也有过类似的情况,每写完一个较长的作品,就像害了一场大病;不过,彻底休息一段时间也就恢复了。原想这次也一样,一两个月以后,我就可以投入第三部的工作。

现在看来,情况相当不妙。

把全部的希望都寄托在医生的身上。过去很少去医院看病,即使重感冒也不常吃药,主要靠自身的力量抵抗。现在不敢再耍二杆子,全神贯注地熬药、吃药,就像全神贯注地写作一样。

过去不重视医药,现在却对医药产生了一种迷信,不管顶事不顶事,喝下去一碗汤药,心理上就得到一种安慰;然后闭目想象吃进去的药在体内怎样开始和疾病搏斗。

但是,药越吃病越重。

一个更大的疑惑占据了心间:是否得了不治之症?

我第一次严肃地想到了死亡。我看见,死亡的阴影正从天边铺过来。我怀着无限的惊讶凝视着这一片阴影。我从未意识到生命在这种时候就可能结束。

……

死亡！当它真正莅临人头顶的时候，人才会非常逼近地思考这个问题。这时候，所有的人都可能变成哲学家和诗人——诗人在伤感地吟唱生命的恋歌，哲学家却理智地说，这是自然法则的胜利。

但是，我对命运的无情只有悲伤和感叹。是的，这是命运。

在那苟延残喘的日子里，我坐在门房老头的那把破椅子里，为吸进去每一口气而拼命挣扎，动不动就睡得不省人事，嘴角上像老年人一样吊着肮脏的涎水。有的熟人用好笑的目光打量着我，并且正确地指出，写作是决不能拼命的。而生人听说这就是路遥，不免为这副不雅相大感不解：作家就是这个样子？

作家往往就是这个样子。这是一种并不潇洒的职业。它熬费人的心血，使人累得东倒西歪，甚至像个白痴。

痛苦，不仅是肉体上的，主要是精神上的。

产生了一种宿命的感觉——我说过，我绝非圣人。

这种宿命的感觉也不是凭空而生——这是有一定"依据"的。

曾悲哀地想过，在中国，企图完成长卷作品的作家，往往都死不瞑目。伟大的曹雪芹不用说，我的前辈和导师柳青也是如此。记得临终之前，这位坚强的人曾央求医生延缓他的生命，让他完成《创业史》。

造成中国作家的这种不幸的命运，有属于自身的，更多的是由种种环境和社会的原因所致。试想，如果没有十年"文化革命"的耽搁，柳青肯定能完成《创业史》的全部创作。在一个没有成熟和稳定的社会环境中，无论是文学艺术家还是科学家，在最富创造力的黄金年华必须争分夺秒地完成自己一生中最重要的工作，因为随时都可能风云骤起，把你冲击得连自己也找不见自己。等这阵风云平息，你已丧失了人生良机，只能抱恨终生或饮恨九泉了。此话难道是危言耸听？我们的历史可以无数次做证。老实说，我之所以如此急切而紧迫地投身于这个工作，心里正是担心某种突如其来的变异，常常有一种不可预测的惊恐，生怕重蹈先辈们的覆辙。

因此，在奔向目标的途中不敢有任何怠懈，整个心态似乎是要赶在某种风暴到来之前将船驶向彼岸。

没有想到，因为身体的原因却不得不停止前进。本来，我对自己身体一直是很自信的，好像身体并不存在。现在，它却向大山一样压得我抬不起头来。

心越急，病越重。心想这的确是命运。人是强大的，也是脆弱的。说行，什么都行；说不行，立刻就不行了。人是无法抗拒命运裁决的——也可以解释为无法抗拒自然规律的制约。

但是，多么不甘心！我甚至已经望见了我要到达的那个目的地。

出于使命感，也出于本能，在内心升腾起一种与之抗争的渴望。一生中，我曾有过多少危机，从未想到要束手就擒，为什么现在坐在这把破椅子里毫无反抗就准备缴械投降？

不能迷信大城市的医院。据说故乡榆林地区的中医很有名，为什么不去那里？这里三伏天能把人热死。到陕北最起码要凉爽一些。到那里病治好了，万幸；治不好，也可就地埋在故乡的黄土高坡——这是最好的归宿。

……

路遥之所以如此忙着要装修自己的房子，还要急不可待地出版自己的文集，甚至从他的内心来讲，不愿和他生活了十多年的爱人林达离婚，他是不是已经预感到自己走到死亡的边缘呢？

他把这样的"预感"深深地埋在心里，甚至包裹得严严实实，不想让任何人知道，就连他的爱人林达，也不知道他是一个生命垂危的人。

我不明白路遥为什么要这样？应该直截了当地把他的病情完整地告诉他的爱人林达，然后俩人一起共同面对这个残酷的现实。可是他没有。就是俩人协商离婚那天晚上，他也没有向她坦白自己的病情，只在林达面前提出了自己的一个要求，去延安休息十天时间，回来就结束那段已经名存实亡的婚姻……

这一切，林达一直被蒙在鼓里，所以她根本就没有朝那方面去想，也就痛快地答应了路遥向她提出的这个看似有些可怜的要求。

8月14日下午4时，作协办公室主任王根成急匆匆走进我的房间，他告诉我，有个非常不好的消息，路遥一到延安就病倒了，已经住进地区人民医院的传染科。

什么？我听到这个消息，心头不禁一怔。

路遥已经在延安住院了，说明他病得非常严重。在西安装修房子时，他发烧那么严重，朋友们怎么劝他住院治疗他都不愿意，非要回到自己家不可。那么他一到了延安就住进医院，说明自己再也撑不下去了。

然而，我不明白，路遥为什么要住在传染科？应该说像他这样有突出贡献的作家，完全有资格住在医院的高干病房。我不知是什么人给他这样安排的？难道延安没人知道他是陕西作协的副主席，还是一位享受国务院特殊津贴的专家。

我总觉得，现在有的人，确实有些过分，基本上是看人下菜。估计是害怕路遥住院费用太高，就把他安排在传染科的普通病房。要不然，就是他的病有传染的可能，把他毫不客气地跟外界隔离了。那时候，我就是这么不冷静地胡思乱想。

作协办公室主任王根成并不知我的心里在想什么，他静静地看着我说，路遥刚从延安打来电话，他让我告诉你，让你去延安陪他几天。本来单位应该派一个人去陪护，可他的性格你也知道，一般人跟他搞不到一块，现在又是他指名道姓要你去，我知道你跟他的关系比较特殊，又是一个县里的人。

我问他，这是路遥的意见？

王根成说，路遥在电话里让你去延安。

我说，他在去延安时给我交代，让我把他的房子给他彻底整利索，那我走了，他的房子装修怎么办？

王根成说，你放心，这事我给他想办法。

我说，如果是这样，那我去没问题，更何况是路遥指名道姓要我去陪他，这也是他对我的一种信任。

　　王根成又说,有一点我还要给你说清楚,让你去延安陪路遥,那是他个人的意见,过几天单位想办法再派一位同志去陪护,你看这样行不行?

　　我说,不存在行不行的问题,只要他愿意让我去延安陪他,也合情合理。

　　于是,我按照王根成给我交代的事情,开始做去延安的准备工作。首先,我得去路遥家,拿他的一些换洗衣服。可我又想,林达也许还不知道路遥在延安住院的事情,我能不能把他这个情况告诉给她呢?

　　我觉得不管怎样,应该让林达知道,她现在还是路遥名正言顺的妻子,这样的事不该瞒她,她完全有知道路遥病情的权利。因此,我去了路遥家,见到路遥的爱人林达,我实事求是地对她说,告诉你一个非常不好的消息,路遥一到延安就病倒了,已经住进了延安地区医院,刚才他给办公室的根成打来电话,想让我去陪他几天。我决定明天就去,他让我去的时候给他带一些换洗的衣服,你给我在他房间里找一下。

　　林达被这突如其来的消息给彻底镇住了,一时间呆呆地站在房子的走道上,睁大了她的眼睛,十分焦急地看着我问,他怎么突然就病得住院了?走的时候什么事也没有,怎么一到延安就这样了?

　　我说,具体我不是很清楚,但他肯定病得不轻。

　　林达仍然呆呆地站着,好像我刚才给她说的事情,她根本没有听清楚一样,也不去给我找路遥的换洗衣服,但她的脸色非常难看。过了一会,她才断断续续地给我说,你去了延安告诉路遥,家里的事不要他操心,让他安心地治病,等病好了再回来。

　　我说,我一定会把你的意思转告给他。

　　这样说着,林达这才急匆匆走进路遥的书房,我也跟着她走进去,找他那些换洗衣服。可是书房很乱,而林达也好像不经常到这个房间里来,她几乎在房间里什么东西也找不上,胡乱找了好一阵,才找到几件路遥的衣服。然后她急急忙忙地出去,在她住的房间里找来了一个手提塑料袋,把路遥的衣服叠好,放在她拿的那个手提塑料袋里。

　　我提着手提塑料袋刚准备离开他家,林达却让我等一下,她用颤抖的声调叮嘱我说，你去了延安，看他到底病得严重不严重？如果延安不行，你让他赶紧回西安来治疗，他这个人就是这样，死要面子活受罪。

我看着林达，给她点了点头，就下楼去了。

我回到我的房间里，把装路遥衣服的手提袋放在床上，然后把中国文联出版公司出版的他的长篇小说《平凡的世界》精装本一捆一捆打开，一套一套地配齐，放在了我的床上。这些书都是路遥从出版社买回来的，准备送给他的一些朋友。据根成给我交代，路遥让我去延安的时候，想办法给他带十套《平凡的世界》，他要签名送给帮助他的那些延安的朋友和医护人员。

我害怕遗漏下路遥需要的任何一样东西，便在房子里把东西一一清点清楚，看还有什么东西没带。我这么一清点，行李还真不少，仅十套精装本长篇小说《平凡的世界》就是三十本。我得把这些东西全部归纳在一起，这样方便我上下火车。

8月15日早晨，我提着他的换洗衣服和十套《平凡的世界》精装本，在作协的大门口搭了一辆出租车，赶到西安火车站，乘火车去了延安。下午7时左右，我就到了延安火车站。

此时，天色慢慢黑了，在延安火车站不远处，具有标志性的宝塔山，处在隐隐约约的朦胧中，而延安火车站的广场上，却是灯火辉煌，一片通明。

我在火车站广场搭乘了一辆通往市里的小型面包车，直接赶往延安地区人民医院。延安火车站到地区人民医院不是很远，如果不是堵车，十几分钟就到了。在地区人民医院大门口下了车，我提着一个沉甸甸的纸箱朝传染科走去。然而到了传染科的门口，却怎么也进不去。一位姑娘紧紧把着传染科的门，把我毫不客气地挡在门外，我怎么给她解释都不行，而她却像审犯人一样，问我有没有进门证？

我说，我刚从西安坐火车来延安，哪有进门证？

没有呀？没有你就不能进去，这是医院的规定。那姑娘看了我一眼，也不管我汗水淋淋抱着一个纸箱站在传染科的门口，她却拿着一本书，专注地看起来。

我实在有些支撑不住了，把沉重的纸箱放在传染科的门口，伸展了一下我有些酸痛的腰，揩了一把汗，想给看门的姑娘说两句好话。可看门的姑娘铁面无私，非常严厉地质问我，谁让你把纸箱放在这里了，你不看一看这是不是你放纸箱的地方？她毫不客气地让我把纸箱马上拿走，并数落了我几句，别想从这里混进去，连门也没有，像你这样装可怜的人，我见多了。

哎呀，我没想到在延安遇到这么大的麻烦。可我进不去怎办呢？没想到一个地区的人民医院却管理得这么严格。这时，我看见进出传染科的人少了，便笑着对那姑娘说，你能不能让我进去？

绝对不能。那姑娘看也不看我一眼地说，如果你想进去也可以，得给我拿进门证。

我焦急地说，你让我去哪里拿这个进门证？

哪里拿那是你的事，跟我没一点关系。那姑娘这样对我说，我是按规定办事，见证放人。

好话我给姑娘说了一大堆，可她根本不听。因此我有些生气，便对那看门的姑娘说，我没进门证可以不进去，你能不能给我把一个人叫出来，让他来拿东西。

那姑娘看见我生气的样子，便问我，你这么大的口气，想让我进去给你叫谁？

我说，路遥，你知道吗？他是著名作家，你一个小姑娘，还日能的想上天呀。我之所以这样说，觉得自己到了延安，就等于回到了家一样，如果是在西安人家这样拦我不让进，我可能没什么好办法，可在延安还真有些不服气。

然而，那姑娘一听我说路遥，突然像触电了一般从凳子上站起来，甚至有些埋怨我说，你看你怎么是这样一个人，为什么不早说你是去看路遥。

我说，给你说看路遥你就让我进去？

那当然。看门的姑娘说，路遥那么有名，陕北谁不知道他是一个大作家，只要你去看他，我就让你进去。

看来，路遥的名字就是一个进门证。看门的姑娘知道我是看路遥的人，她的态度一下来了一百八十度的大转弯，不仅同意让我进去，而且还要亲自带着我见路遥。

我想,这姑娘绝对是路遥的一个崇拜者。

她笑容满面地把我从传染科楼巷里带过去,走到紧挨传染科医生和护士办公室旁的一间病房门跟前,扭头看了我一眼,一把推开了门,大声喊叫说,路老师,你看谁来了?

路遥听看门的姑娘这一声喊叫,把侧躺在病床上的身体转过来,看见是我,惊讶地说,哎呀,是你来了。

我微笑着给他点了点头,把纸箱子放在他病房脚地的椅子上,转身看着躺在病床上的路遥,见他的头发有些零乱,脸色也有些紫青,根本没有离开西安时那么精神,没想到仅仅几天,他就成了这样。

我站在一边看着他,心情很复杂,也不敢走过去跟他握一下手,甚至不知此时此刻该给他说什么。我明显感觉到他思想负担很重,有些萎靡不振,他问我话的时候声音也没有以前那么洪亮,语调中略带着哭腔,眼睛里也含满了泪花。

一个人,只有在医院里,才能感受到生命是多么可贵,健康有多么重要!与生命和健康相比,所有的一切都是云烟……

就这样,我在病房里站了一会,面对着一个人孤零零躺在病床上的路遥,真想去抱一抱他,但又害怕控制不住自己的情绪。因此我不敢走到他的跟前去,坐在他对面的椅子上,把他的病房仔细打量了一下,房间非常小,光线很暗,空气也不是很好,感觉到有一股怪怪的味道,让人感到有些恶心。

这就是路遥在延安地区医院的住院病房,编号是18床,医生和护士给他看病或者送药,从来不叫他名字,全部用"18床"代替了。他就躺在编号为18的病床上。

此时,路遥的脸上渐渐出现了笑影,他对我说,你来延安就好了,我心里一下就踏实了。

我说,这里条件太差,是不是回西安治疗?我来延安时,单位领导也有这方面的意思。

这里挺好。路遥说,我还以为你明天来延安,没想到昨天刚给办公室打了电话,你就来了。

我说,你走时就告诉过我,如果有什么事,你就会打电话给我,是不是你走的时候就感觉到不舒服,就想到可能要在延安住院?

路遥说,我走时确实不舒服,没想到一到延安连火车也下不了,幸亏李志强,是他把我从火车的车厢里扶下来的。

我说,你在西安就觉得不舒服,为什么还要走?你看延安是什么条件,跟西安差远了。

路遥说,延安和西安也差不多。

我说,肯定不一样,不然那么多的人为什么要跑到西安看病?还不是因为西安的医疗条件好,医生的医术高。现在先不说这些了,我不知你晚上吃饭了没有?

路遥说,我吃过了,医院里有专门的营养灶。

那你就在床上休息一会。我说,有件事我先给你汇报一下,昨天晚上我去你们家,给你拿换洗衣服时,见到了林达,我如实告诉了她,你已经在延安患病住院了。她一听非常着急,让我一定转告你,在延安一心一意看病,家里事不要你操心,一切有她。

林达真的是这样给你说的?路遥微笑着问我。

我说,什么时候了,我哄你有什么意思,你如果不相信回去问林达,看她是不是这样给我说的。而且她还让我告诉你,如果延安看不了你的病,自己就不要再逞能了,让你赶紧回西安治疗,西安的医疗条件毕竟比延安要好很多。我觉得你这次得病,林达对你还是非常关心,不然她也不会在我跟前说这样的话。

路遥看了看我,没再说什么。

过了一会,路遥又问,你见远远了没有?不知她现在怎样?她知不知道我病了?

我说,我去你们家没看见远远,她妈给我说她在房间里看录像,还是你给她借回来的那些录像带。

路遥听我这么一说,也就放心了。

我说，你输了一天液累了，好好休息一会。

唉。路遥长长唉叹了一声说，我在床上整整躺了一天，一直在休息。他问我，你晚上吃饭了没？来时也不给我发个电报，我好让人到车站去接你。

我说，根本没这个必要，火车站到医院很方便，我下了火车一看，广场上到处是公共汽车，人家直接把我送到医院的大门口，从火车站到医院才一块钱。

路遥说，那这样，你快去吃一点饭，再迟恐怕饭馆都关门了。

我说，不要紧，我现在不饿。

路遥说，要不你去老曹家，老曹一家人好，他就是现在没饭，也会给你想办法做点吃，这一点我清楚。吃了饭你就到宾馆登记一个房间，然后洗一个热水澡，好好睡上一觉。

我给他点了点头，心里觉得暖乎乎的。觉得他住进了医院，就不像以前了，人情味比以前浓，也知道心疼人，这在以前是从来没有过的事情。说句实在的，他以前只考虑自己，根本不管别人，不是我有这样的感受，对他有这样看法的朋友还是不少。甚至有一些人跟他交往，都小心翼翼，觉得他性格火暴，架子不小，一般人糅不进他的眼里。当然，对于路遥这个人，我不夸大也不去贬低，实事求是地说，别人对他有这样的看法并不是空穴来风，完全符合实际，我跟他交往这么长的时间，感受和体会更多一些。然而，我不知道他这种细微的变化，是不是与他的患病有关？那么，他的病到底是一种什么情况呢？

此时，我坐在他的病房里，非常仔细地观察着他的一举一动，感觉到他不仅变得有了一些人情味，而且还显得相当脆弱，眼睛里总是闪着泪花。就在我这样想的时候，路遥又在催我，让我赶紧去吃饭，再不去就真的没有地方吃饭了。事实上，我这样坐在他病房里也没什么意义，恐怕再不去吃饭他又要生气了。因此我就从他病房出去，在医院后边的街上吃了饭，又匆匆走进他的病房。

路遥仍然在病床上躺着，见我从门外进来，笑着问我，你吃饭了？

我说，在医院后边的街上吃了。

路遥和他延安的朋友（后排右一为李志强）

路遥说，我走时确实不舒服，没想到一到延安连火车也下不了，幸亏李志强，是他把我从火车的车厢里扶下来的。

路遥说，那你先在这里等一下李志强，他一会就过来，然后你跟他去宾馆，让他帮你登记一个房间。

我说，好的，我等他一会。

现在，路遥比我刚到他病房时好多了，脸上也有了一些笑容，还不停地问我房子装修的情况，远远是不是已经上学了，西安这几天又有什么大事发生。我向给领导汇报工作一样，把知道的事一一给他做了汇报。

十六

路遥说，省委宣传部王巨才部长派干部处处长杨学义和作协办公室主任王根成看我来了，你赶紧去找一下根成，把他招待一下

短短几天时间，路遥就被病折磨得不像样子了。

我看他现在的情况，心里有些着急，觉得在延安治疗了几天，怎么一点效果也没有，还是我来延安时的那个样子。

我明显感觉到他的病不是在一天天地减轻，而是在一天天地加重。他也不是原来的那个路遥了，说话有气无力，承担着很大的思想压力。尽管如此，他仍没有放弃过努力，心想自己治疗一段时间，绝对又是一条吃钢咬铁的汉子。

几天下来，他再不像刚住进医院时那么烦躁了，面对残酷的现实，他渐渐心平气和。是啊，遇上这样的事情还能怎样呢？因此在医院里，他还是非常认真的一个病人，住院也要住得一丝不苟，对任何一个细节毫不含糊，他用颤抖的手，把一天自己的出入量详细记录在护士交给我的一张纸上。

其实，这是护士交代给我的一个工作。因为我现在是他唯一的陪护人，那么我就要配合医生和护士做好这方面的工作。到底有什么用意，我不明白。在每天早上查房前，值班护士就会来到病房统计，天天如此，从没间断。而有时我不在他身边，忙别的事去了，就会忽略了这件事。可他没有，就像老师给布置的作业必须完成一样，他会把自己的出入量记得清清楚楚。看到他这样，我很受感动，并跟他开玩笑说，这是护士交我的工作，你怎抢着干了，这是越级，你不按套路出牌。当然，我之所以这样说，是想调剂一下他低落的情绪，不然他愁眉苦脸，一声不吭，我心里实在不好受。

然而，路遥也担心我这样一个活蹦乱跳的小伙子，一天到晚守在他的病房里，哪里也去不了，孤独无聊，没一点生活乐趣，几天可以，时间一长怕就没耐心了。因此他在病床上，还不时跟我幽默几句。他说我，你跟我争这些有什么意思，又不是给你立功。

原本我以为他仅仅是病了需要住院，住几天就可以出院，现在看来并不是这样，他什么时候能从医院的大门里走出去，还是一个未知数。

一天又一天就这样孤独而无聊地结束了。

下午，路遥输液结束，距离他晚上睡觉还有一段时间，我便陪他在医院后边的门球场散会儿步，突然看见延安上空出现一道非常亮丽的彩虹，把延安城映射的美轮美奂。我觉得有些奇怪，急忙给他说，你看，延安没有下一滴雨，怎么会出现这样美丽的彩虹呢？

路遥抬头看了看，并没有觉得惊讶，只淡淡地说了句，没什么奇怪的，这是自然现象。

我说，不管怎样，这个天象的意外出现，把延安装扮得绚丽多彩，让人感到延安是多么美好的城市，而且对你而言，也是一个好兆头。

路遥没说什么，一边漫不经心地在门球场散步，一边低着头抽烟，烟雾在他头顶不断盘旋萦绕。

太阳落山了，天色渐渐黑了起来，夜晚再一次降临到这个美丽的城市。然而每到这个时候，他就显得特别紧张，甚至有些急躁不安，这也是我最头痛的时刻。我不知道他晚上能不能安静地睡着，已经有好几个晚上，他因睡不着而叫苦连天。

我不忍目睹他痛苦不堪的样子。

看着路遥漫不经心地走进牢狱一般的病房，我拿着他用过的餐具，赶紧从病房的门里出去，到水房里去给他洗餐具，想借机让他一个人尽快平静下来。可是，我从水房里一回到他的病房，他就焦急地对我说，晚上一点儿也睡不着，心里特别难受。我不知该给他说什么，看着他，我呆呆地站在病房的脚地上，想不出一点解决的办法。

这时，值班护士从病房门外进来，手里拿着两片安定，是医生下班时专门给路遥准备的。医生和护士都知道他晚上睡不着觉，只有靠吃安眠药来维持。

我拿着护士送来的安眠药，走到他跟前说，你是不是把药吃了好睡觉？

路遥说，现在有点早，过一会再吃。

就这样，我和路遥在病房里又默默地坐了有两个多小时，而那两片安眠药，他也吃了好一会了，眼看都晚上11点多钟了，可他仍然没一点儿睡意。

我问路遥，你还是睡不着？

路遥说，实在睡不着，两片安眠药吃了一点儿也不顶事，你再到护士那里给我拿两片，吃了看怎样。

那时，我什么也不懂，觉得不就是多吃两片安眠药嘛，有什么关系，而且值班的女护士跟我也熟悉了，我去要两片安眠药应该没什么问题。因此我听他这么一说，便信心满满地走到护士办公室，理直气壮地向护士要两片安眠药。

护士问我，你要安眠药干什么？

我说，路遥说他吃两片不行，想再吃两片。

你开什么玩笑？护士看着我说，你以为安眠药想吃多少就吃多少？我怎么可能随便给你。

我说，你不要这么小气，又不是不给你钱。

有钱就什么事情都可以干？我告诉你，你就是再说什么，我也不可能给你药。那位年轻漂亮的女护士低着头给我这样说着，根本不把我的话当一回事。

我说，你就给我两片，不要这样一种态度。

你想也别想。那位年轻女护士毫不客气地说，我的态度怎么了？我的态度就是你想要什么药，我就给你什么吗？

我死皮赖脸地对护士说，你不要这样，还是痛痛快快地给我两片，如果你把药给了我，说明你是一位美丽漂亮的好姑娘，将来肯定能找一个英俊的小伙子，不然恐怕连对象都找不到。

找到找不到跟你有什么关系？那位女护士把我瞪了一眼，很不高兴地说，你狗吃星星，多管闲事，如果你再没什么事，就不要在这里干扰我工作，我没有闲工夫跟你费这些口舌。

呵呵，我就是随便跟你开个玩笑，看把你急得。你是一位好姑娘，路遥经常在我跟前夸你，说你是一个好护士，态度热情，说话客气，非常有礼貌，真是人见人爱，花见花开，将来找一个英俊的小伙子一点也没问题。你就给我解决一下困难，不然我就不好给路遥交差了。

此时此刻，我不断用花言巧语跟那位漂亮的女护士套近乎，目的很明确，就是想给路遥再要两片安眠药，不然他晚上睡不着，我也要遭殃。

可是，那位漂亮女护士根本不吃我这一套，原则性特别强，一点也不给我松口，还说我脑子里进水了，怎么就不想一下这个问题。

事实上，护士说得非常正确，我确实脑子进水了，路遥让我给他要安眠药，我就真的跑到护士办公室要去了，一点也不考虑后果的严重。我当时没有想别的，只想让他能够睡着。

就在我和那位漂亮的女护士一会认真一会玩笑地在护士办公室说这件事的时候，值班医生从门外走进来了。他对我说，你不要为难护士，医院里有规定，而且你要知道，再不能给路遥加大安眠药剂量，再加大怕就会非常危险。

有这么玄乎吗？我不明白。我说，那么不能加大药量他睡不着怎办？

睡不着也不行。值班医生的态度非常坚决。

看见护士和值班医生是一样的态度，这下我彻底没一点儿办法了。然而，护士看见我仍这样傻呆呆地站在护士办公室里，不由得偷偷笑了。

值班医生在护士办公室站了一会，然后对我说，你不要站着了，到我办公室来一下，我有话给你说。

我跟着值班医生，来到他的办公室。他让我坐在他旁边的一把椅子上，然后认真地对我说，路遥的吃饭和休息都是一个很大的问题，他休息不好，严重影响到对他的治疗。而且你也知道，他的病不仅一点也没减轻，还一直在加重，这些我们都看得很清楚。现在关键的一个问题，怎样才能让他平静地休息，再不能这样下去。

谁不想让他平静地休息呢？看来我是绝对拿不到安眠药了，也就等于没有满足路遥的要求。因此我怀着不快的心情，离开了值班医生办公室，回到路遥的病房。

路遥看见我垂头丧气的样子，知道我没给他要来安眠药。但他没有怪我，也没再提安眠药的事。

路遥越是这样，我心里越觉得有些过意不去。

此时，我忽然想起不知谁教我的一种催眠术，就是人在睡不着的时候，不停地数数，从 1 数到 100，再从 100 数到 1，反反复复，直至睡着为止。我急忙把这个办法告诉了路遥。然而他痛苦不堪地说，这办法我早用过了，根本不顶一点儿事。

很快到了晚上 12 点，传染科的楼道里一点声音也没有。路遥看见我一直坐在他病房的椅子上，便说，你快去睡觉，不要管我，明天还有好多事，你休息好，才能照顾我，千万不敢把你也累倒。

可是，这么晚了，我去哪里睡觉呢？好几天我都是在他病房的椅子上过夜的。其实我有一个想法，想在他病房放一张折叠床。然而那么小的房间，哪有地方放折叠床呢？而且医院也不允许。

那时候，我把能够想的办法都想了，他仍然睡不着，心里感觉到特别烦躁。我也没办法，便给他倒了一杯水，放在他床头柜上，然后仰躺在椅子上睡觉了。

路遥夜里折腾得很厉害，根本睡不着。

天一亮，我就在病房里忙开了。先要给他在水房里打洗脸水，好让他起来洗脸刷牙，然后赶紧去营养灶上把早饭给他打回来，就这么一点时间，我几乎像打仗一样，十分忙碌。而这些工作必须在七点半之前完成，一会医生和护士就要来查房。

我把早饭打回来，悄悄走进他的病房，以为他睡着了，害怕弄出声响影响他休息。然而，我往小餐桌上放饭的时候，他扭头问我，你现在就把饭打回来了？

我说，打回来了，你晚上睡得怎样？

睡不着。路遥一脸悲哀地说，两片安眠药太少了。

我说，再不能多吃，医生不让，再吃会有危险。

不吃我睡不着。路遥愁眉苦脸地说。他一边这样说着，一边穿衣服。我看他把衣服穿好，就把洗脸水放在餐桌上，让他坐在床上洗脸。

路遥把脸一洗，我问他，现在吃不吃饭？

路遥说，让我先刮一下胡子，饭先放着。

路遥哆嗦着手，慢慢地刮他的胡子，我明显感觉到他刮胡子刮得非常吃力。因此便对他说，你要不隔两天刮一次胡子，不要天天去刮，我看你胳膊上一点劲也没有，还不如让我给你刮。

路遥说，那不行，一天不刮就难受得要命，而你根本刮不了我的胡子，我那胡子特别硬，刮起来费劲。

路遥就是这样，自己能干的事，绝不要别人帮忙，他已经养成了这样的习惯。因此我再没说什么，坐在一边看他认真刮胡子的样子。

路遥一边刮胡子，一边给我说，咱住院也要住得干干净净，还要像个住院的样子，不能让人家看见笑话咱不讲卫生。

我笑着说，你真是一个讲究人，在医院都是一些病人，谁还笑话谁，根本不存在这些事。

路遥说，人家笑话不笑话，咱得注意。

路遥在医院里也时时刻刻注意着自己的形象，洗脸刷牙刮胡子，然后坐在他专用的小桌前开始用餐。用餐一结束，他就要开始输液。

这是路遥每天在医院里单调而烦躁的生活。

我看着输着液体痛苦不堪地躺在病床上的路遥，回想着我初来时见到他的情形，深深感觉到他病得相当严重了，心里有些惴惴不安。

时间过得很快,我来到延安也一个星期了,感觉就是眨眼的工夫,而对路遥来说,时间却是那么漫长。

　　经过在延安人民医院一个星期的治疗,路遥的病仍然是原来的样子。而他也慢慢接受了这样的残酷现实,输液再不像以前那样半天就可以结束,现在基本得一天时间。我看着他把液输完,忙着给他从医院的食堂里把饭打回来,放在餐桌上,就自己吃饭去了。

　　当我从延安的小巷子吃饭回来,刚走进他的病房,还没等我坐在椅子上,他便激动地说,告诉你一个好消息,根成来延安了。

　　我说,是真的吗?

　　路遥说,我哄你干什么。

　　根成是陕西作协的办公室主任,姓王,人比较厚道,口碑也好,从不跟人大声说话,也不跟人争高论低,脸上常挂着微笑,单位里的人基本不称呼他的职务,见面都叫他根成。

　　王根成这次来延安,是受陕西省委宣传部和省作协领导委派,专门来延安看望路遥的。路遥是全国的著名作家,《平凡的世界》刚获茅盾文学奖,在文学创作上取得巨大成就,给陕西争得了荣誉,也是陕西的一张靓丽名片。那么,作为文化大省的陕西,也非常爱惜人才,像路遥、陈忠实、贾平凹,就是陕西文学界三棵顶天立地的大树,在新时期文学艺术创作上都有不凡表现,因此三个人年纪轻轻就当选为作协的副主席。据可靠消息,时任作协主席胡采,虽然德高望重,但年事已高,省委经过慎重考虑,也是从繁荣陕西文学事业的大局出发,初步确定路遥为下届主席人选。那么他在延安病了十来天,单位不去一个人看望,恐怕就有些说不过去了。

　　但根成来延安看望路遥,绝不是因为他将要成为陕西作协主席人选,这是他的一项分内工作。因为他是办公室主任,就是干这种上传下达的事,更何况俩人关系不错,路遥又是他非常尊重的一位作家,工作上配合得也比较融洽,所以他来延安看望路遥也是顺理成章的事情。

　　路遥看见根成来延安看他,不管是代表单位还是以个人名义,他都非常高兴。他心里明白,无论是组织还是一块共事的同事,在他身患疾病住进医院的时候，都没有抛弃他忘记他，对他像往常一样，关心爱护得无微不至，他从内心非常感激。

事实上，路遥绝对不是那种斤斤计较的人，他不在乎单位为什么不来一位领导，只来一位办公室主任。他没这个意思，根成可以代表单位。

我看见他高兴的样子，就问，根成去哪里了？

路遥说，可能去了老曹家，一同来的还有省委宣传部干部处处长杨学义，是王巨才部长派他俩来的。他给我说这话的时候，心情特别敞亮，甚至有一种眉飞色舞的神态。因此我对他说，那你就要一心一意好好接受医院治疗，不能三心二意，有这么多领导和朋友关心，你就要尽快站起来，用行动回馈他们。

路遥微微地朝我笑了笑。

我从他脸上布满的笑容中可以看出，他有一种从来没有过的满足感和自豪感，而这种满足感和自豪感不是与生俱来，是他患病时的真情流露。因此我问他，那他俩你都见了？

路遥说，只见到根成，杨处长明早来，他现在到地委宣传部去了。

我说，还是你有魅力，确实跟一般人不一样。

路遥说，你不要管我了，到文联去，找上根成，给他在宾馆登记一个房间，然后你看他想吃什么，坐了这么长时间的火车，他可能还没吃饭。到了延安，他就是咱的客人，你去招呼他一下。

我说，就按你的指示办。

就这样，我离开路遥的病房，风风火火地去了延安地区文联。可我到了老曹家，却没看见根成。

我问老曹，根成没到你家里来？

老曹说，他坐了一会儿就到宾馆去了。

我给老曹说，路遥晚上不要我陪，让我去陪根成，你说他晚上不会有什么事吧？

老曹说，他能有什么事？那么大一个人，一晚上能怎样。路遥让你去陪根成，说明他知道关心人了，你放心地去，医院里有我。

我离开老曹家，去了延安宾馆，一见到根成，他就给我说，我和杨处长来延安，是代表王部长来看望路遥，省委和省政府领导对他非常关心，多次做出重要批示，要不惜一切代价，把他的病治好。

我说，感谢领导关心。

在延安宾馆，我把路遥在延安住院的情况简单向他做了汇报，希望他能做通路遥的工作，尽快转院治疗。

王根成说，关键看路遥是什么态度，我是觉得这里条件太差，转院治疗当然好。

我说，不能看路遥的态度，他的态度是不转院，而且我一提让他转院的事，他就给我耍脾气，明确告诉我哪里也不去，就在延安治疗，他就是死也要死在延安。这次你和杨处长来，代表的是组织，说不定他会采纳你俩的意见，而我不能再说了，说了也没作用。他甚至觉得是我不想陪他了，非要把他转到西安，那就到三兆殡仪馆火化他更方便了。我就这样，在根成跟前毫不掩饰地诉了一阵苦。

王根成笑了笑说，他怎么会有这样的想法？

我说，搞不明白。

在王根成住的房间里，我和他谈论了好长时间有关路遥的一些事，商量怎样才能说服他尽快转院，不能在延安这样下去，否则会延误他的治疗。

然而，这只是我们的一厢情愿。

第二天一早，我离开延安宾馆，急匆匆地走进路遥病房。让我没有想到的是他今天不同往常，自己把脸洗得干干净净。

我问他，谁给你打的洗脸水？

路遥微笑着说，是我自己。

我说，根成到了延安，你的病突然就好了，根本看不出来你是一个病人，自己可以到水房打洗脸水了。说话间，医生和护士开始给他查房，问了一成不变的问题，无非就是感觉怎样？有没有什么地方不舒服？晚上睡得怎样？然后拿听诊器听一阵，在他的手腕上号一号脉，就到别的病房里去了。

紧接着，护士开始给他输液，因为要输好几瓶的药液，一天最难熬的日子开始了。

上午9时,省委宣传部干部处处长杨学义来到医院传染科的大门。他就没有根成那么幸运了,被看门的人毫不客气地挡在门外,不允许他进去,原因是不在探视时间。

杨学义在传染科的大门口不停地解释,护士长就是不放话,她不管是省委还是市委的,更不管是处长还是局长,护士长铁面无私,不吃这一套,理由是这里是医院,她执行医院的规定。

我觉得事情有些麻烦,急忙跑到护士长办公室,请求护士长网开一面,杨处长是省委宣传部部长派来看路遥的,你不让进来,他怎么去看望呢。

然而,护士长根本不把我说的话当一回事,她甚至理都不理我一下。

没有护士长的批准,别说我去找哪位护士给开门了,就是找主任也没有用,他们谁也不敢给我开这个"绿灯"。就在这时,我看见护士长到别的病房去了,而其他医护人员也不知正忙什么,我瞅住这个机会,偷偷把杨处长从传染科后门放了进来。

可是,杨处长还没走进路遥的病房,护士长就从楼道里走了过来。她看见我带着杨处长往路遥病房里走,大喊着让我们出去,谁这么大胆让进来的?

护士长非常凶,脸上看不到一点可爱的地方,我看见她走到我跟前,几乎要打我的架势。

这一下,我可把祸给闯大了,护士长不仅毫无情面地把我在楼道训斥了一顿,还让我和杨处长都从传染科滚出去。

杨学义不断给护士长解释,连连道歉。可护士长态度强硬,不依不饶,杨处长只好尴尬地从传染科的后门出去了。

我无可奈何地回到路遥病房,把刚才在传染科门口发生的事告诉了他。他唉叹了一声,什么话也没说。

现在,我不敢到楼道里去了,护士长看见我就像看见敌人一样,而且还让她的那些护士死死盯着我,仿佛我是传染科重点监控的一个破坏分子。

然而不管护士长怎么批评我,甚至给我难堪,我还是得想办法让杨处长进来。杨处长虽然受了不少委屈,可他不能不见路遥就离开,他是带着王巨才部长的指示专程从西安赶到延安来看望路遥的,他这样离开等于没完成任务。

于是，我又走出去，看见护士长站在楼道里，忙给她赔上一副笑脸，央求护士长说，我的好护士长，你就让那人进来，他是省委领导专门派来的，而且路遥也想见一下他，他有重要的事要跟路遥商量，你不让他进来恐怕不行。

护士长的态度稍微缓和了一些，再不像刚才那么凶了，她也知道我不是骗她，确实是省委宣传部领导要看望路遥，那她就得慎重考虑。况且护士长针对的是我，又不是杨处长。因此我抓住这个机会，急忙跑到传染科后门，把杨处长带进路遥的病房。

护士长虽然不像刚才那样恶狠狠地让我和杨处长滚出去，可怎可能就这样善罢甘休，她跟着我和杨处长，恼汹汹地走进路遥病房，一边往病房走，一边还说，你这鬼小子，我还不知道你耍什么花招，这个是省上领导派来的，那个又是作协的领导……你小子把医院当成什么了？

不管护士长怎么数落我，我反正一声不吭，只是一个劲儿地给护士长笑，而我的笑在一定程度上还是具有杀伤力的。

其实也不能怪护士长铁面无私，她这么严格也有她的道理，还不是为路遥病情尽快好转才这样要求的。事实上路遥病得确实很严重，不仅要安静休养，还要积极配合治疗，就怕他的病情反反复复，否则前一段的治疗就前功尽弃了。

这个道理所有人都懂，但执行起来就有些难度。

护士长就是这么一位负责任的人，她站在路遥病房的脚地上喋喋不休地把我数落了一阵还不行，非要让我给她写保证不可。

哎呀，我的那个神呀。我说，以后绝对一个人也不往进放，我向你保证，一切听你的，你让我干什么我就干什么。至于那个保证，就不要让我写了，写了你也没时间看。

护士长不依不饶，看见我死皮赖脸地不给她写，便狠狠地把我看了几眼，这才漫不经心地从路遥的病房离开。

事实上，护士长也是刀子嘴豆腐心。

护士长一走，杨处长急忙坐在路遥病床跟前，紧紧地拉着他的手，面对在中国文坛不断创造辉煌成就的当代著名作家,作为主管部门的干部处处长,诚恳地向他道歉,说自己对作家关心得不够,了解得不多,没有尽到一个干部处处长的责任。杨处长在路遥面前,认真地做了一番检讨。

杨处长的话情真意切,很让人感动。其实,作为宣传部干部处处长的杨学义,看见重病在床的路遥,心情很复杂,说的那些话也是肺腑之言,绝对不是在他跟前虚情假意,逢场作戏。过了一会儿,杨处长问了路遥的病情和在延安治疗的情况,然后向他提出建议,希望他能转院治疗。

路遥给杨处长说,非常感谢你们对我的关心,如果我就是肝硬化这种病,那我哪里都不去了,就在延安治疗挺好,这里的医生和护士对我也是尽心尽力。我这种病的治疗方法,全国都一样,大同小异,就是到了联合国也是这种治疗办法。

其实,路遥说的不是没有道理。

杨处长说,王部长希望你转到最好的医院去治疗。

路遥说,你回去代我向王部长问好,也非常感谢他对我的关心……

很快过去了半个小时,因为医院有明确规定,现在又不是探视时间,害怕时间一长,护士长又会生气,因此杨处长在病房里就不能久留了。他临走时还一再让路遥安心治疗,尽快恢复健康,并从衣服口袋急忙掏出一封信递给路遥说,这是王部长给你的亲笔信。

路遥一只手接住王部长的信,把信轻轻放在他的病床上,握着杨处长的手说,谢谢你来延安看我。

杨学义一走,路遥就有些急不可待了,想赶紧看王部长在信里给他写了什么。由于他一条胳膊上输着液不能乱动,只能用另一只手拿着王部长的信,一连看了几遍。可是由于他黄疸指数居高不下,看东西有些模模糊糊,有的字看得不是很清楚。所以他把王部长的信交给我,让我给他保存起来,然后他躺在病床上好长时间不说一句话。

我不知道他看了王部长的信在想什么。

过了一会儿,他对我说,你再把王部长给我的信拿出来,原原本本地念给我听一听。

我说，你不是刚看过了？

路遥说，刚才没看清楚，还是你给我念。

我笑着说，现在我就是你正儿八经的一个秘书了，我感到无上光荣，幸亏你是陕北人，能听懂我浓重的陕北口音，要是别人，我怎敢这样在人家面前卖乖。说着，我就从抽屉里把王部长给他的信拿出来，坐在房间里唯一的一把椅子上，用地地道道的陕北方言，一字一句地给他念开了：

路遥同志：

　　我今天去兰州开会。听说你因病住院治疗，特请我部干部处处长杨学义和作协王根成前来看望，你有什么困难尽可告知他们解决。我知道你是太累了。在延安抑或西安治疗休养更好，还望与他们商量决定。

　　祝早日康复！

　　　　　　　　　　　　　　　　　　　　　　　　王巨才
　　　　　　　　　　　　　　　　　　　　　　　　8月16日

说句心里话，我之所以用这样一种地地道道的陕北腔调给他念王巨才部长的信，是想逗他在病房里笑一笑，缓和一下病房里的沉闷气氛。可是，我想得太幼稚太简单了，在如此的氛围和心境中，我的这个小聪明根本达不到我想要的效果，他不仅没发出一点笑声，还眯缝着眼睛静静地躺在病床上，什么表示也没有。

我感到有些紧张，急忙走到他跟前，悄悄问他，实在对不起，是不是我没给你把王部长的信念好，你听着听着就睡着了？

我就没睡，你怎说我睡着了？路遥睁开眼睛给我说这句话的时候，我看见他的眼角里滚出两颗泪珠。

我不知道他听我念王部长的信，怎么突然一下就哭了。他曾经是多么刚强的一位陕北汉子，可是躺在病床上突然变得这么脆弱。

此时的路遥无限伤感。在医院住了这么长时间，除了他在延安的妹妹来医院看过他几次，再没有一个亲人来他的病床跟前看过他一眼。

他是一位争强好胜的人，从来不会把自己脆弱的一面展现在别人面前，就是他躺在病床上，还要把自己伪装成一个无比刚强的人，尽管他在我面前流下了眼泪，可自己还不承认。

我们每一个人都有自己的尊严，路遥也不例外，他的人格尊严不允许任何人去侵犯。因此在他的面前，我就不再问那么多的问题了，只是我感觉到事情有些不妙。在我的印象中，他并不是如此脆弱的一个人，时时处处都体现着他的强悍，给人一种硬汉的形象，而这一次却非同往常了。

从患病住院开始，路遥几乎变成另外一个人，不仅没有过去那些兴趣爱好，而且变得多愁善感。因此看到他这样，我想他一定是心里有好多说不出的痛苦和一些不为人知的隐情。

于是，我急忙拿了一张餐巾纸，慢慢给他擦去脸上的泪水，然后对他说，从现在开始，你把过去那些不高兴的事统统忘掉，什么也不要想，一心一意治病。只要坚强地站起来，就像老曹在你跟前说的那样，你仍然是一条汉子。

我一定会站起来。路遥咬着牙说。

看见路遥的情绪慢慢稳定下来，我非常高兴。说实在的，他情绪不好的时候，我紧张得不知该怎么办。过了一会儿，路遥突然问我，根成昨天晚上在哪里吃的饭？

我说，他昨晚上没吃饭，只在房间里吃了他在火车上带的一点花生米，再什么也没吃。

路遥听我这么一说，便埋怨我，唉，你看你这人，怎么搞的，我不是给你安顿过了，让你去找他就是让你招待他一下，我的话你怎一句也听不进去。你不知道根成是专门来延安看我，他在火车上坐了那么长时间，怎能让人家晚饭也不吃？你实在有些不像话……

当然，他这么咬牙切齿地埋怨我，是把我当自己的兄弟，如果是其他人，他绝对不会这样，还会非常客气。因此我忙给他承认错误，是我错了，你批评得完全正确，都是我的问题。

其实，路遥根本不知道，就在昨天晚上，我邀请根成到延安街上去吃饭，延安的夜市还是相当不错，感觉像过年一样，非常热闹。可他说什么也不去，他说他什么也不想吃,就这样在宾馆里住下了。

这事也怪我多嘴多舌,那时就不应该告诉他,告诉他有什么意义呢。如果我不告诉他,他又怎能知道,也就不存在他埋怨我了。这是我自作自受。

路遥是典型的那种陕北人性格,就像人们形容陕北人是直肠子一样,一点弯也不拐,从来就是直来直去,心里什么事也藏不住,甚至也不会给人留面子。而我也知道他就是这样的人,埋怨完就完了,绝对不会把这事放在心上。

就这样,路遥心情沉重地躺在病床上输液,我在病房的椅子上默默地坐着,而输液的过程又相当漫长,时间一长,他就耐不住性子了,有些烦躁,总要有事没事给我找一些事情。因此他刚消停了一会儿,突然又对我说,你快到宾馆去找一下根成,中午请他吃顿饭,根成到了延安就是咱的客人。

我说,中午一定把根成招待好,我再不能犯第二次错误了,只是现在还早,过一会儿我再去。

不要过一会儿,你现在就去,这个道理你都不明白,不然就显得你对他不热情了,干什么事情要利利索索。路遥像家长一样地教导我说,我不就是输液,没必要一直坐在我跟前,像看一个犯人一样。

哈哈,你看你说到哪里了,我怎成看犯人的了,多么难听。因此我知道再不能不去,如果我再不去他又要在我跟前发一阵脾气。

就这样我离开他的病房,急急忙忙地走到延安宾馆根成住的那个房间,没把路遥埋怨我的话告诉他,只对他说,路遥非让我请你吃一顿饭不可,如果我再不请你,就无法向他交代了。

王根成笑了笑说,他现在病成这样,还跟我这么客气。咱不说这些,中午我请你,这几天辛苦你了。

我说,谈不上辛苦,路遥是我朋友也是老乡,能帮他渡过难关,我有这个责任。再说,你到了延安,就像路遥说的那样,那就是我们的客人,我没有道理让你请我吃饭,必须我请你,这是陕北的一个规矩。

从内心来讲,我确实也想在他面前表现一番,因为他是办公室主任,路遥住院期间的一些事,我首先得找他解决,他有一定的实权,在某种程度上,我有巴结他的意思。

也许，王根成意识到这一点，但他有他的原则，尽管他没有拒绝我，也没有同意，而用一种婉转的口气对我说，咱不说这些，关键想知道路遥的病到底是什么情况，我看跟他从西安走的时候差远了。

我说，你说得一点没错，我就不隐瞒了，实话告诉你，路遥何止是不如走的时候，就是我刚来延安看见他也比现在强很多。

王根成饱含深情地说，路遥这次病在延安，我突然觉得人非常脆弱，短短十来天时间，就成这样，这是我没有想到的。在西安的时候，我看见他那么精神，有说有笑的，我真不敢去想这些。不过，我总觉得在延安治疗不是办法，效果也不明显，想办法让他转院。

我说，他能转院当然好，就怕他不愿意。

王根成说，他不愿意不行，这样拖下去会出问题。再说，西安怎么也比延安医疗条件好，还有那么多领导关心，王部长多次做出重要批示，要不惜一切代价把他的病治好。

我说，这些我都知道，延安好几个朋友也建议他转院治疗，特别是他多年的好朋友曹谷溪，去一次医院给他做一次工作，让他转到大医院治疗，说不定几天就好了。可他就是不听，非常固执。

王根成说，你在他跟前，看见他心情好的时候，多给他做这方面工作。

我说，你和杨处长到延安来了，我觉得你们给他做这个工作比较好，也许他会听你们的。我给他的工作实在做不通，你知道他在我跟前说什么了？我看见他病成这样，一点好的迹象也没有，着急得没办法，就让他转到西安治疗。可他生气地说我，不知在他跟前胡说八道些什么，不想陪他就走人，怎么一点也不理解他，就知道让他转院，往哪里转？不就是西安，转到西安就是让他死得快一些，然后把他一火化，就不会麻烦任何人了……我哭笑不得地说，你说我还敢给他做工作吗？

王根成听我这么一说，笑了笑说，路遥怎么会有这样的想法，真觉得有些奇怪。

我说，我也搞不明白，他在我跟前就是这样说的，我现在基本在他跟前再不敢提让他转院治疗的事了。

王根成说，如果是你说的这样，那我恐怕也不能在他跟前提这样的建议。

我说，你去跟他说转院治疗，我估计他不会说这样的话，大不了他不同意，还能有什么。

王根成说，我得慎重考虑。

我说，你是单位领导，代表一级组织，医院曾经有人悄悄告诉过我，北京有一家医院，治疗路遥这种病的效果非常明显，治好了不少这样的病人，我不知道有没有这个可能？如果有可能的话，以陕西作协的名义，联系一下北京这家医院，把路遥转到北京治疗，估计效果会更好一些。

王根成说，这应该不是问题，路遥这样一位著名作家，安排他到北京治疗也不违反原则。不过，我得向单位领导请示一下，现在就打电话。

我说，你先不着急，先征求一下路遥的意见，看他同意不同意。

王根成说，路遥同意不同意没关系，我把他在这里的情况给领导汇报一下，如果他同意转院治疗，我再联系北京的医院。

我说，北京又没熟人，恐怕有一定困难。

王根成说，这个可以让中国作协帮忙。

我说，只要中国作协出面那就太好了，一切问题都不是问题了。就这样，在延安宾馆的房间里，王根成给作协领导打了一个电话，接电话的是作协秘书长晓雷。根成把路遥在延安治疗的情况给他汇报后，他的态度非常坚决，有再大困难，单位都会全力以赴。

王根成打完电话，差不多就到吃中午饭时间了。我对他说，延安这地方我比你熟悉，而且小吃也多，你想吃什么，我带你去。他笑着说，你就跟我在宾馆吃，宾馆里的饭非常有特色。

我说，我不请你吃一顿饭，心里过意不去。

王根成笑着说，都是自己人。

其实，我心里明白，根成是不想让我花钱，他知道我挣的钱不多，在延安花费也比较大，因此他就把我领到宾馆一楼餐厅，一块吃了中午饭。饭后，我俩刚回到他住的房间，就得到一个消息，单位领导在第一时间跟北京进行了沟通，路遥去北京治疗没一点问题，关键是看他什么时候去。

王根成说，咱去医院把这个消息告诉路遥，看他是什么意见。

我有些犹豫，想了一想，也顾不得那么多了。因此我看着根成说，这个事可以告诉他，但别让他知道是我出的主意，否则他会骂我一顿。

王根成笑着说，我不告诉他。

我和根成离开延安宾馆，很快来到医院传染科，走进路遥病房，根成就把建议他去北京治疗的事给他说了说。然而事情果然不出我所料，他哪里也不去。

王根成看见路遥这样，实在是无可奈何。因此他在路遥病房里坐了一会儿，便离开医院回宾馆去了。

王根成一走，路遥不问青红皂白就把我美美训了一顿。他说，我不知你在想些什么，就知道转院，你给我说北京和西安有什么好？唯一好的就是我死了火化方便，还能有什么……我再告诉你一遍，哪里也不去，就在延安治疗。

路遥表明了自己的强硬态度，绝对不同意去北京治疗，也不愿回西安，只有延安才是他最理想最神圣的一个地方，他视延安为他的风水宝地。那么，路遥真的要在这里为他的辉煌人生画上一个悲壮的句号吗？

我不得而知。

两天时间就这样一晃过去了。

省委宣传部的杨学义处长和作协办公室主任王根成不可能一直停留在延安，而且他俩已经完成了自己的使命，在医院看望了路遥，尽到了他们应该尽的责任，就要离开延安回西安了。

王根成在离开延安的那天夜里，一再对我说，我很为路遥担忧，这样下去怕不是办法。他一再叮咛我，多给路遥做工作，让他尽可能转到医疗条件比较好的医院去治疗，如果他同意，你马上告诉我。

我说，路遥的性格就这么古怪，他连老曹的意见也不采纳，我能有什么办法？如果他突然想通了，并且同意转院，我及时向你汇报。

王根成说，明天我和杨处长就要回西安了，你在延安还有什么需要我办的事，尽管向我提出，我能解决的想办法解决，解决不了的给领导汇报。

我说，延安也算是我的家乡，关键是这里有老曹，他是一位热心肠的人，看见路遥比看见他亲兄弟还亲，我有事就去找他。

王根成问我，你在延安吃住的开销也大，带的钱还有没有了？

我说，现在有钱，没钱我给你打电话。

王根成说，路遥的性格就是太倔强，我不知道他怎么就喜欢延安这地方，说什么也不愿意离开。

路遥就是这样一个人，他认定的事情，几乎就是死牛顶墙，谁也拧不过他，一定要按自己的想法那样走下去，哪怕把自己碰得头破血流。

是呀，陕北人这种不撞南墙不回头的执拗性格，在他身上体现得淋漓尽致。在某种程度上，这种倔强的性格成全了他的辉煌事业，也给他短暂的生命埋下一个危险的伏笔。然而，这位倔强的陕北汉子，还有一个让人非常敬畏的特点，那就是知难而上，自强不息，粗中有细，无私奉献。这次他住进医院，经过病床上的深思熟虑以后，对人生有了不一样的理解。

路遥仍在病床上输着液，长时间的输液折磨得他疲惫不堪。现在，他输液还没结束，突然像记起了什么地问我，根成什么时候回西安？

我说，他和杨处长今晚上的火车。

路遥说，那你赶快给他准备一些火车上吃的，再把政协的车要来，晚上你把他送到火车站。

我说，你就不要操心这事了，一会儿我给李志强打电话，让他下午把车开到宾馆，我只能让他帮忙。

路遥说，你给李志强打电话就对了，我也是这个意思，他是一个好小伙，在延安帮了我很大的忙。

我说，李志强很实在，对你忠心耿耿，对其他朋友也是说一不二，我在延安这些日子，也许是你在这里的情意，对我帮助也很大。本来我不想告诉你，我在延安陪你，吃饭问题基本上是老曹和李志强给解决，我实在有些不好意思。

路遥说，他俩都是咱的恩人，要知恩图报，只要我有一天站起来，一定要报答他们。

我说，人家都说你重情重义，朋友们看重的是你的人品，愿意为你排忧解难，是朋友就应该这样。

然而，过了一会儿，他又问，你招待根成了没有？

对于他突然提出的这个问题，我有些措手不及。他就是这样一位非常讲求诚信的人，他对朋友从来都是真心实意，非常反感那种逢场作戏的人。所以他这样问我，我一时不知给他说不说。此时此刻，我看着他的眼神，觉得还是瞒哄一下，不然他又不高兴了。因此我说，招待根成了，有老曹作陪，他很高兴，吃饭的时候还说，希望你转到西安去治疗。

路遥说，你再别在我跟前婆婆妈妈，这话你说过无数次了，我一满听烦了，就不能说点别的，我的病我清楚，去哪里都一样。

我说，还不是为你考虑。

路遥看了我一眼，没有再说什么。

他这一眼把我看得心里慌慌地直跳，甚至我感觉到他知道我没有招待根成，或者老曹不小心告诉了他。然而不管怎样，我心里很恐慌。

路遥是聪明人，这一点毫无疑问。他不仅把某些事情分析得非常透彻，还能估计到事情发展的最终结果。正因如此，我想他已经知道我没按他的意图办事，那就是我的错误。然而，事情也怪不得别人，只能怪自己。我为什么要在他面前提老曹呢？就是老曹没给他说这个事，他迟早会知道事情的真相，这不是搬起石头砸自己的脚吗？

唉，我怎么这么笨，连哄人都不会哄。

很快，夜幕已经把天空遮得严严实实，整个延安城处在一种朦胧之中，只有大街上的路灯渐渐亮起来了，就像天空中一颗颗闪亮的星星一样。

路遥已经把他一天的药量全部输完了，他在病床上躺了有八九个小时，身体僵硬得像根木头一样，一点也不听使唤。因此他慢慢从床上坐起来，一五一十地给我安排必须完成的几件事情。

首先，让我尽快给根成准备在火车上吃的东西，他晚上的饭，不要我管了，自己会想办法。然后，把送根成去火车站的车落实好，亲自把他送到火车站，看着他上了车再回来。

静静地听他给我安排的这些事，我跟他开玩笑说，你仍然不忘自己是一位领导，把这么细小的事都安排得如此有条不紊。

　　路遥笑了笑说，当领导就要有大局观念，这些事虽小，但你要按大事一样去办，关键是细节问题，不能马虎，要像写小说一样，细节非常重要。

　　呵呵，作家跟一般人就有这些区别，把生活中的那些事都能与小说联系在一起。当然玩笑是玩笑，我按他的指示，很快去了食品店，买了一些东西，兴高采烈地回到病房，自以为万事大吉，可他看了一眼，生气地说，就买这么一点东西，一满不像陕北人，是不是没钱了？没钱我这里有，出去再买一些。

　　我说，其实也不少了，就根成一个人。

　　路遥说，火车上还有杨处长，难道你让根成吃，杨处长在一边看吗？

　　我听他这么一说，不去恐怕真的不行了，又急忙跑到食品店，买了一些苹果之类的东西回到他病房，问他看这些行不行？

　　路遥笑着说，这些就差不多了，你也不要对我有意见，做事要厚道一些，别让人家觉得我们小气。

　　我说，知道了，以后我注意。

　　路遥说，你现在把这些东西拿到宾馆，晚上别来了，让根成走时不要给宾馆交钥匙，你送他回来就在他住的房间里，好好睡一觉。

　　那你的安眠药怎办？我不放心地问路遥。

　　路遥说，啰里啰唆，到时候护士会给我送来，你不要操心这些。

　　就这样，我离开了路遥的病房。

十七

　　路遥明确警告我，再不要给我说转院的事了，西安有什么好，无非就是离三兆近，如果我就是这个病，到联合国也是这种治疗方法

　　路遥，一条刚强的陕北汉子，突然就这样病倒在延安了。那么壮实的

一个人，谁都想不到他会在延安病倒再也站不起来。他到底患了什么病，使他就这样轻而易举地倒下了呢？

这是所有关心路遥的人共同关注的一个话题。为此，我到延安的第三天，就去了医生办公室，找了他的主治大夫马安柱。

我给马安柱自我介绍说，马大夫，我是路遥的一个朋友，也是他的清涧老乡，想了解一下他的病情。

马安柱看着我，觉得小伙子口气不小，嘴巴上没一个把门的，开口就向他提这样的要求，路遥的病情不是谁想了解就能了解，你算老几，有没有一点规矩？

我看见马大夫没有理我的意思，估计他就是这么想的。要不然，他怎么可能对我提出的要求，用一种沉默代替了回答呢？

看见马大夫这样的态度，我站在医生办公室感到有些尴尬，而且有几位年轻漂亮的女护士就在旁边站着，脸上似乎有一种嘲笑我的意思，甚至用不怀好意的眼神看了我几眼。

主治医生对我的冷落，简直让我无地自容。

然而，这些女护士不用这样的目光看我还好，这样一看，我就觉得自己太没面子了，还算什么作家？狗屁都不是，一个地区医院的医生都不把你放在眼里，你还日能的想怎样？

人都是爱面子的，也有自己的尊严，我觉得我不能就这样从医生办公室离开，这样一走，就真的无法面对这些女护士了。因此我苦苦思索了一阵，想怎么才能让路遥的主治大夫回答我的问题。

怎么办呢？只能套近乎。我尽量露出一脸好看的微笑，仍然给他说，马大夫，我觉得这个要求并不过分，既然路遥能让我来延安陪他，说明我俩关系非同一般，那么作为一个陪护人，我有这个知情权。

马安柱仍然没有抬一下头，漫不经心地给我说，这些我知道，路作家已经告诉过我。

我说，那你能否告诉我，路遥的病严重吗？

马大夫还是在一边沉默，这是他应对我的唯一办法。可是我最讨厌别人这样敷衍了事，憋了老半天放不出一个响屁，还把自己憋得满脸通红。不管怎样，你得给一个痛快话。我越这样着急，他却越是摇三慢二，一满把村长不当干部。过了一会儿才抬起头，认真地看了我一眼说，你先出去，过一会儿我找你。

我说，可以，我就在路遥病房里等你。

有了马安柱这句话，就等于是他给了我一个台阶下，过一会儿叫不叫我，关系都不是很大，起码我可以理直气壮地走出医生办公室，化解我刚才的尴尬和难堪。因此，我就这样大摇大摆地出去了。

我走进路遥的病房，坐在病房的椅子上，心里仍然不是滋味，觉得不就是一个医生吗？我好歹也是一个作家，尽管我不像路遥那么有名，但我可以理直气壮地从省委的大门走进去，省委书记的秘书胡悦还开车把我送到省作协，你一个医生就这么高傲？我那时心里确实有些不高兴，甚至偷偷骂过他。

我在想，看他刚才的态度，他能主动找我吗？恐怕门儿也没有。然而，我就这样在椅子上坐了一会儿，马安柱还算比较守信用，到路遥病房来了，问了他的一些情况，然后把我叫到他办公室，第一句话就是，路作家的病非常严重，恐怕一时半会好不了。

我问，他到底得的是什么病？

马安柱把他的眼镜在鼻梁上扶了扶，然后看了我一眼说，这个恐怕我不能随便告诉你。

我说，怎么是随便？你觉得我有什么问题吗？

马安柱说，你不要这么激动，我没说你有问题，医院有医院的规定，需要你理解和配合。路遥不是普通人，他是著名的作家，这个你比我清楚。

我说，著名作家也有知道自己病情的权利，你不让他知道，他怎么配合你。而且他这个人你不了解，非常敏感，你越不告诉他真实病情，他越胡乱猜测。现在不说这些，他到底是怎么回事？你这样轻描淡写地给我说他严重，那么他严重到什么程度了？你明确告诉我。

马安柱说，小伙子不要为难我。

我说，不是我为难你，我实话告诉你，我来延安陪他，不是组织安排，是他提出的要求，也是他对我的信任。因此我要搞清楚他到底得的是什么病，能不能继续在延安治疗？我要对他负责，如果你不告诉我，延误了他的治疗，你要承担责任。

马安柱说，你不要拿这种口气吓唬我，我只能告诉你他很严重，其他的我真的不能告诉。

我说，那你说谁能告诉我？

马安柱看见我这个愣头小子跟他较真，他也是一个犟板筋，不吃我这一套。因此他对我说，该告诉你的都告诉了，别的无可奉告。

我说，你不告诉我，我就在你这里不走。

嘿嘿。马安柱说，没想到我遇上你这样一个不讲理的人。你不走是不是？你不走我走。说着他就要从医生办公室门里往出走。

我一看这阵势不对，有些着急，一把拉住他。我说马大夫，你不能这样说走就走，不像一个陕北汉，如果你看我不顺眼，可以骂我一顿，陕北人没一个像你这样。我知道你坚持原则，知道你铁面无私，但我的要求过分吗？不就是想知道一下他的病情，也没向你提额外的要求，难道他得的是癌症？

马安柱突然站住，看着我说，你可不能乱讲。

我说，那你为什么不将真实情况告诉我？

马安柱一定没想到会遇上我这样一个人，不仅固执，还有些蛮不讲理。也许他后悔让我到他办公室来，看来不给我说路遥的真实病情，我是不会轻易从这里离开。因此他想了一阵，然后对我说，你先看一下路遥作家的诊断病历，但有一点，你得保密。

我说，我当然会为他保密的。

就这样，马安柱很不情愿地把路遥 8 月 8 日的门诊病历交给了我。我拿着他在医院检查的病历，看到病历上写着这样一段文字：

路遥，1992 年 8 月 8 日检查，怀疑患了肝炎。

12日，由原延安地区人民医院副院长陈宏如同志给路遥做了B超检查，证实路遥为肝硬化腹水，收到医院传染科住院治疗。

同时，我还看到他的病历上写着：

路遥诉说他乏力两年余，加重伴腹胀一月。

医院查体，一般情况尚可，神清巩膜黄染，腹膨隆，肝肋下未及，脾肋下3.0CM后中偏硬，纯镏，纯光滑，腹水征阳性。肝功异常，入院诊断，肝先后硬化。最后诊断：

乙型肝炎后肝硬化活动型伴腹水形成。

肝右叶点状钙化灶。

腹腔占位性病变未确定。

面对这样一个病历，我简直像看一部天书一样，病历上记录的这些文字，我一点也看不懂，甚至觉得这里的医生一点文化也没有，连语句也搞不通顺，看得人相当吃力，而且也连贯不到一起。

路遥病历上的专业术语太强，我就是再怎么看也是白看，搞不清楚上面写的是什么。因此我觉得这是马安柱对我的不信任，他知道我看不懂这些，可他就是不给我往清楚说，他是在故意耍我。

我有些不高兴，觉得是马安柱把我愚弄了，他敢这样敷衍我，绝对没那么容易。

马安柱没想到我是这么难缠的一个人。尽管如此，马安柱仍守口如瓶，但我从他的表情上可以看出，路遥病得确实很严重，只是他没有明确告诉我。

此时，马安柱也不在乎我走不走，他从医生的办公室里出去了。而我拿着路遥的病历，呆呆地站在医生办公室，不知他的病究竟到了怎样一种程度，会不会有生命危险？实事求是地讲，我确实对医疗方面的事一窍不通，可是我曾听人说过，肝硬化腹水病人后果的可怕。曾有人在我面前直言不讳地说，某某人像路遥一样，也是患有肝硬化腹水，时间不长，便离开了

路遥在延安住院时的病历

马安柱很不情愿地把路遥8月8日的门诊病历交给了我。我拿着他在医院检查的病历，看到病历上写着这样一段文字："路遥，1992年8月8日检查，怀疑患了肝炎。"

人世，那么路遥……

这时，马安柱从别的病房查房回来，看见我仍然在他办公室里站着，好像对我这样执着有些感动，再不像刚才那样严肃，还朝我笑了笑。

我急忙走到他跟前问，路遥究竟能不能好？

这个我无法给你准确回答。马安柱说，类似这种病的人也有治好的，不过……尽管他没有把话说完，但我知道这个"不过"背后隐藏的可怕含义。但是我仍然不清楚路遥的病是不是到了无医可治的地步。然而，我从他的一些言语中，还是可以判断出路遥随时会有生命危险。同时他还意味深长地对我说，路遥同志是全国非常有影响的一位作家，也是我们陕北的光荣和骄傲，他的小说《人生》《平凡的世界》，在全国产生了很大的反响，特别是以他小说改编的电影《人生》，曾经影响了一大批人。能够给他这样一位伟大的作家看病，是我一生的荣幸，但是我也有很大的压力，他不是一个普通人，我只是觉得他治得有些晚了……

有些晚了是什么意思？就是没治了吗？我不敢想会不会是这样一种结果，起码我不愿意有这样的事情在他的身上发生。

人在一定时候还是糊涂一点好，这样心里就不会有那么多沉重的负担了。因此我曾无数次埋怨过自己，为什么要向主治大夫了解路遥的情况呢？从此，我心里突然有了一道难以拂去的影子，而这个影子几乎折磨得我魂不守舍。

现在，我不知道能不能把主治大夫说的这些，如实告诉给路遥的弟弟王天乐。我想让他知道，你哥现在病得非常严重。如果我告诉了他，他又会是一种什么态度呢？会不会说我多嘴多舌。那时候，我的思想斗争十分激烈。应该说，天乐是路遥所有亲人中最看重的一个，对天乐信任和依赖的程度，远远超过了他相濡以沫的爱人林达。那么路遥病情严重，恐怕只有他有权利做出决定，是让路遥留在延安还是转到别的医院治疗。可是，不知什么原因，天乐直至现在都没有出现，尽管路遥托人无数次打电话告诉他弟弟王天乐，他患病住在了医院，希望天乐尽快来延安，但他一直没有看到他弟弟的身影。

路遥已经在延安住院十多天了,《延河》杂志的诗歌编辑远村,专程从西安来到延安看望路遥。

那时,他并不知道路遥住在医院的哪个病房,又害怕门卫不让他进,就去了延安文联的老曹家,想让老曹领他去医院看路遥,而我正好在老曹家碰见了他。我问远村,你怎么突然来延安了?

远村说,路遥在延安住院,我能不来看他?一会儿你带我去,这样就不需要麻烦老曹了。

我笑着说,那我带你去。

老曹不仅是一位著名诗人,他在延安还一个人编一本大型文艺刊物《延安文学》,好多全国著名的作家和诗人,纷纷在他的刊物上登台亮相。他对陕北的贡献并不仅是创作了大量优秀的诗歌,更重要的是培养和扶持了一大批陕北和曾在这块土地上生活过的文学青年,并豪迈地走向全国,成为全国独特的文化现象,路遥就是其中杰出的一位。在他的人生履历表上,完全可以浓墨重彩一笔,他堪称陕北文学爱好者走上文学之路的一位文学教父。

我和远村都是陕北人,都得到了他的熏陶,自然而然就是他的文学弟子。在陕北如此热闹非凡的文学氛围中,我俩不甘示弱地在文学艺术这个舞台上逐渐开始舞文弄墨。如果说陕北在文学艺术创作方面能够让全国文学界刮目相看,那老曹绝对是功不可没。

看到老曹忙得不亦乐乎的身影,我俩帮不了忙也不能添乱,所以就一块从老曹家离开了。

在去医院看望路遥的路上,远村小心翼翼地问我,路遥的病是不是很严重?不知他想吃什么?我在小卖部给他买一些补品。

我说,感觉他病得不轻,关键是他有一些思想压力,精神有一些负担,什么事也放心不下,什么事都想去操心。他的情绪时好时坏,相当不稳定,好几个晚上他都睡不着觉,基本上什么都不想吃。

远村说,没想到那么扛硬的一个人,突然得了这么严重的一个病,他怎可能没有思想负担。但是,不管他想吃不想吃,我专程跑延安来看望他,总不能空着手去，那就太不近人情了。

我说，那你自己考虑买什么，但我觉得补品就没必要买了，那并不是什么好东西，关键是他从不吃这些玩意，你还不如给他买一点水果。

远村说，那也行。说着，他就走进医院大门旁边的一个食品店，买了一些新鲜的葡萄、香蕉、苹果等水果，两只手提了满满的两塑料袋，和我一块走进了传染科路遥的病房。

路遥突然看见从病房门走进来的远村，手里提着沉甸甸的东西，他既高兴又埋怨，一个劲儿地说，你来就来了，我非常高兴，可你还花钱买那么多的东西，我又不是外人。

远村微笑着坐在病房的一把椅子上，询问了一些他在医院的治疗情况，然后给他说，你在医院就要安心治病，所有朋友都在期盼着你早一天站起来，你家里的那些事就不要操心了，一切有我。

是啊，路遥虽然住在医院里，可他放心不下的就是家里的那些事情，特别是他女儿，那是他的心肝宝贝。只要有人从西安来看他，他问的第一个问题就是女儿现在怎样？她的个子是不是又高了？你在作协的院子里是不是见到我的女儿了？这一大堆非常具体的问题是他最关心的。他多么希望有人能经常在他跟前传递女儿的一些信息。如果他听到自己女儿像往常一样，快乐地在院子里活蹦乱跳，他就会无比地开心快乐，脸上荡漾着幸福的微笑，甚至在这时候，他会忘记自己是躺在病床上的病人，激动地美美抽一阵烟。

如果是这样，那我就放心了。路遥在病床上有些得意地说。

通常来医院看望他的人，都知道他最想让人们告诉他有关女儿的事情，因此不管见没见到他的女儿，总要在他面前夸赞一番他的女儿多么聪明、多么懂事，其目的非常简单，就是想让他能够安心治病。

看来，远村来得正是时候。因为在作协，远村是跟他走得最近的人之一，而且了解和掌握他家里的情况比任何人更真实更全面更具体，因此远村给他说的家里那些情况，更具有可靠性，绝对不是胡言乱语。但他仍然有些不放心地对远村说，你看我现在这个样子，也不知什么时候才能出院，家

青年时期的路遥和曹谷溪摄于黄河畔

曹谷溪对陕北的贡献并不仅是创作了大量优秀的诗歌，更重要的是培养和扶持了一大批陕北和曾在这块土地上生活过的文学青年，并豪迈地走向全国，成为全国独特的文化现象，路遥就是其中杰出的一位。

里的那些乱七八糟的事，就拜托给你了，你辛苦一下。

远村说，家里的事你尽管放心，一切有我。

有了远村这句话，他像吃了一颗定心丸。

在路遥的病房里，远村陪他坐了半天时间，也打消了不少他的思想顾虑。在太阳快要落山的时候，他告别了路遥，离开了传染科。

我送他到医院大门口，他十分焦虑地说，路遥这次病得真的有些严重，不知道他什么时候能出院？会不会有生命危险？

我说，应该不会，他这人福气大。

远村再没说什么，眼眶里含满了泪水。

我回到路遥病房，看他仍在静静地输液，就想躺在椅子上迷糊一会儿。然而，我刚坐在椅子上，从门外突然进来了陕西省委常委、组织部部长支益民和他的秘书吴翰飞以及延安地区几位领导。

路遥的病房里一下子拥进来五六个人，把小小的房间挤得水泄不通，几乎转一个身都有些困难。而我，在这时候被挤在病房的一个角落里。

支部长不是第一次见路遥，也不是知道路遥住院才来看他，他俩早就是朋友。尽管支部长现在是呼风唤雨的省委领导，可朋友仍然是朋友。

今天，支部长是来延安参加一个会议，知道路遥患病住在延安地区医院，不顾旅途的劳累，在地委书记谵靠山的陪同下，匆忙到医院看他来了。

支部长紧紧握着路遥的手说，你能够创作一部百万字的长篇小说《平凡的世界》，我相信你一定能够战胜疾病，坚强地站起来，创作出更多无愧于这个时代的优秀文学作品。

路遥微笑着说，谢谢支部长对我的关心，感谢您在百忙之中来看我，我一定不辜负您的期望，早日站起来。

支部长说，我相信你有这样的勇气，如果在医院有什么困难，随时向地区领导提出，让他们帮助解决。

路遥在病床上不断点着头说，谢谢！谢谢！

支部长跟路遥说了这些温暖而贴心的话，转身对一同陪他看望路遥的地区领导和医护人员说，路遥是一位非常了不起的作家，创作出不朽的文学作品，他是陕西人民的光荣和骄傲，你们要多关心他的生活，帮助他解决困难，尽快让他恢复健康。

站在一旁的延安地委书记遆靠山转身对我说，如果在医院里有什么困难和要求，你随时到地委来找我。

我急忙给他说，谢谢领导。

半个小时就这样一晃过去了，陪同支部长看望路遥的地区领导和医护人员，在支部长离开病房时，也纷纷从这里悄然离开了，拥挤而热闹的病房里，突然安静了下来。

送走了看望路遥的支部长，我回到他的病房，看着躺在病床上一言不发的路遥，突然感觉到一种从未有过的孤独和难受。

是啊，一切都是匆匆过客。

此时的路遥显得十分安静，躺在病床上，呆呆地望着病房的房顶。看到他忧郁的神情，我心里很不是滋味，不知他在想什么。于是，我便无话找话地对他说，支部长对你非常关心，一到延安就看你来了。

路遥说，我认识支部长比较早，那时他是铜川地委的一把手，我在铜川矿务局党委宣传部，职位是挂职副部长，完全是一个虚名，没实质意义，主要在煤矿体验生活，可以说也是他的一个兵。在那时候他就对我照顾得无微不至，不存在什么上下级关系，就是普普通通的朋友，不管我在铜川有什么困难和要求，只要我提出来，他是一路绿灯。

我说，你交往的都是一些大领导。

路遥笑着对我说，领导也有他的难言之苦，我不知你观察到这个情况了没有，今天跟支部长来看我的这些领导，在延安都算是可以呼风唤雨的人物，可在支部长跟前，就什么话也不敢说了，站在跟前一个劲儿地点头。

我说，你躺在病床上还观察得这么仔细，是不是又为你创作小说积累到一个好的素材。

路遥说，不是没有这个可能。

我说，你跟支部长是朋友，可能感受不到，其实我跟地区那些领导一样，见了大领导就特别紧张，不知道什么话能说，什么话说不得，特别害怕自己说错话，干脆就什么话也不说了，省事。

路遥说，你说得也是。

就在我和路遥在病房里这样随意闲聊的时候，不知是怎么回事，又一位重量级的人物出现了，他是省委常委、宣传部部长王巨才。

王巨才部长在延安地区文联高建群的陪同下，悄然从他病房的门外走进来。路遥看见了他，急忙就要从床上往起坐，王部长赶紧走到他跟前，握着他的手说，快不要起来，躺着，现在感觉怎样？

路遥笑着给王部长说，还可以。

王部长说，你一定要放松，不要有思想顾虑，安心接受治疗，早日恢复健康。你看延安就是这样的医疗条件，我还是希望你转到条件更好的医院去治疗。

路遥说，这里挺好，我还没考虑转院。

王部长说，延安是你熟悉的地方，可能在治疗水平方面是不如一些大医院，可是饮食方面不存在问题，你一定非常可口，不知你现在吃饭怎样？

路遥说，唉，自己得了这个病，现在看见什么都不喜欢了，根本不像过去，什么都想吃。

王部长说，那可不行，虽然你身体底子不错，可这样下去也不是办法。我听人说你思想负担很重，还是调整好自己心态，人活在世界上，什么事都可能经历。你是一个作家，把一些事看淡一点，到什么山唱什么歌，这样有利于对你的治疗。

唉！路遥唉叹了一声说，也不知是怎么搞得，我一得了这个病毛病就多，感觉到不像是自己了。不过，我也正朝你说的那个方向努力。

王部长说，希望能够尽早得到你的好消息。

路遥不断地给王部长点头。

站在一旁的高建群，跟路遥都是一个行当的人，交往比较多，认识的时间也长。可我那时对他不怎么熟悉，不知道他是作家还是诗人。后来我才被告知，他是部队转业后来文联工作的一位作家，创作了一部不同凡响的长篇小说《最后一个匈奴》。

看着王部长和路遥拉着家常，高建群拍着我的肩膀笑着说，你看路遥在医院里想吃什么，就到我家来，我老婆做得一手好茶饭。

我笑着对高建群说，你老婆真有本事，陕北媳妇都这么心灵手巧，你可算享清福了。

就这样，王巨才和高建群看望路遥后离开了医院，天就彻底黑了，传染科外的院子里很静，没有一点吵叫的声音。此时，我正在为不知晚上给他吃什么而着急时，他延安大学的同学高其国从门外进来了。

路遥一看见他，就生气地问，其国，我让你给天乐打的电话，你到底给他打了没有？

高其国说，已经打过了，天乐说他走到来延安的路上，因正修高速公路，路上堵得过不来又返回铜川了。

路遥生气地说，再别用这样的话哄三岁小孩了，以为我现在就是一个憨憨，什么也不清楚了。人家支益民和王巨才，哪一个没他官大，人家能来延安，他就堵得不得来了？给我找这样的借口。

我看见路遥生气的样子，急忙对他说，你别那样大动肝火，也许他确实堵得来不了，人家支益民和王巨才都是省委常委，说不定还有警车开道，天乐怎能跟他俩比，你说他哄你有这个必要吗？

他现在觉得我没用了，是一个累赘，这些我比你清楚。路遥几乎在病房里大喊大叫，根本不听我和高其国给他解释。

高其国看见路遥生气，知道自己没把事办好，便像做错事的小孩一样，站在他病房的脚地上，几乎看也不敢看路遥一眼了。

我看到路遥这样，感觉到高其国有些尴尬，甚至还有些难堪，几乎让老同学批评得下不了台。因此我就打圆场，急忙给高其国说，你回去再给天乐打一个电话。

然而，就在路遥的火气没有散去的时候，榆林地委宣传部的康学斌部长和作家黄河浪从病房进来了。他俩来得恰到好处，病房里由于他俩的到来，路遥的"火药味"才慢慢消散了。

康部长拉着他的手说，你怎么一下就病成这样？实在太大意了，不过得病也没什么，只要你积极配合治疗，时间不长就能出院。等你出院了，就上榆林来，在榆林好好调养一段。

站在门前的黄河浪，看着病床上的路遥，一句话也没有说。他是一位心地善良的人，看见路遥病歪歪地躺在床上，所有的问候在此时此刻都显得苍白无力。因此他看到路遥这样，内心十分痛苦，甚至想多看一眼路遥的勇气也没有，眼泪早就在他的眼眶里打转。

康学斌和黄河浪在路遥病房里坐了一会儿，也不能坐得时间太长，这样会影响到他休息，而且在那样的环境和气氛中，他俩也实在没有太多的话，只能来看一看，再安慰他一下。

告别了路遥，康学斌和黄河浪就离开了。

我送他俩从病房门里走出去，在传染科的楼道里，黄河浪给我说，老兄怎成了这样？他说着，眼泪再一次流了下来。

一天就这样过去了，有欢乐也有忧愁。

大家知道路遥患肝硬化腹水，但绝对没有多少人知道他是一个肝硬化晚期的患者。用医生的话说，路遥的病绝对不可轻视，随时会有生命危险。而事实上，路遥对自己病情的严重程度，也有一种不祥的预感。那么，他到底能不能尽快好起来，心里一点儿数也没有。

路遥一个人静静地躺在病床上，心想着，自己是从延安这块土地上走出去，经历了苦难，经历了风雨，今天却以这样一种方式回到了延安母亲的怀抱，难道生命就要定格在这个地方吗？

路遥曾不止一次想过这个问题。

突然有一天，在病床上输着液的路遥，扭头看着坐在他病床前的一把椅子上的我，直言不讳地问道，你说我的病严重不？

他这一问，一下把我问得哑口无言，我不知道他问这个问题是什么意思。因此我冷静一想，便装作满不在乎地说，我看根本不严重，人吃五谷杂粮，哪能保证自己不得病。依我看，人得病是一件非常正常的事，你不要想那么多，再用不了几天，你就可以出院了。

路遥说，你别哄我，我的病我清楚，说不行就不行了，只要吐上两口黑血，腿那么一蹬，就在马克思那里报到了。

哎呀，你怎说这样的话？我说，你再别瞎想这样的事情，怎么可能呢？你好好一个人，绝对不会是这样，再不要一个人躺在病床上胡思乱想，应该想怎么配合医院治疗。当然，我之所以这样说，确实是他刚才的话把我给吓着了。因为在这个病房里，只有他和我，白天一个又一个的人走出走进，还不感到有什么害怕，可是一到了晚上，楼里静得只能听到自己的心跳，再什么声音也没有，如果真的出现路遥说的那样的事情，说不害怕纯粹是骗人。

然而，路遥却对我说，你不需要安慰我，我也不是在你跟前瞎想，事情就是这么一回事。

我说，你能不能再别说这些了？这样一说，我害怕得腿软得连路都走不动，浑身上下凉飕飕的。

路遥看了看我，然后对我说，哎呀，我不知道你这么胆小，实在不好意思。

我说，这不是胆大胆小的事，我觉得你不应该有这样的想法，而且我还想给你提一个要求，能不能以后不再说这样不吉利的话了，说这样的话没一点意思，只能自己吓唬自己。

路遥说，看你胆小成什么了，我就是在你跟前这么随便说一说。其实，你要知道，一个人有生必定就有死的那一天，只不过是迟和早的问题，这是自然规律，谁也逃不过。不过，我答应你以后再不说这样的话，而且你也不要害怕，死一个人也不是那么容易，有时候有的人想死得不行，可又怎么也死不了，就这么奇怪。

我说，咱一言为定，不管什么时候，你都不能在我跟前再这样说，不然我在你病房里也不敢待了，老感觉到身边有什么事一样，后脑瓜子紧绷绷的，让人感到毛骨悚然。

路遥是一位非常讲诚信的人，就是在病床上也是如此。自从他这次给我说了这样的话以后，真的再没在我面前说过，直至他生命的最后一刻。

十八

　　路遥说，我想吃玉米棒，你能不能给我找两个，而且街道上卖的那些太老，一点也不好吃，你想办法给我搞两个嫩玉米

　　路遥在延安住院那段孤独难熬的日子里，生活节奏被彻底打乱了。他失去了爱好和乐趣，基本上没有了人身自由，整天像囚犯一样，关押在那个小小的病房里，不是输液就是吃药打针，然后进行一系列名目繁多的各式各样检查，确实是无聊透顶。

　　这种单调而无聊的苦闷生活，对任何一个人来说，都是一种精神和心理上的残酷而无情的折磨。路遥更是如此。但是作为患者，他必须严格按照医院里的规定动作，愿不愿意都得听从医生和护士的安排，该打针时打针，该吃药时吃药，不能讲条件，也不能太任性。

　　漫长的病痛煎熬，孤独无聊的痛苦生活，使这位著名的作家实在有些力不从心了。然而，经过十多天的时间磨炼，他的情绪渐渐稳定了，慢慢能够接受眼前这样残酷的现实，而且逐渐可以忍受病痛的折磨和那种无聊的生活，也能积极配合医院对他进行那些常规的检查和治疗。可是时间一长，他就又厌烦起来，而最烦的就是没完没了的输液。几乎从吃完早饭开始，整整一天时间，他都在重复着这一件讨厌的工作，没有了往日的自由自在，胳膊上吊着一根输液管，像拴着缰绳的一只动物一样。

　　一个活生生的人，从来都是随心所欲，突然把他禁锢在这样一个不到十平方米的房间里，他是难以忍受的。而就是这样的房子，也是医院对他的照顾，一般病人可没他这样的待遇，好几个人挤在一个病房，不分昼夜地号哇哭叫，真是把人折磨得生不如死。可空间狭小并不是路遥病房的主要问题，主要问题是他的房间没有卫生间，对于病人来说，非常不方便，上一次厕所，还得跑到楼道的公共卫生间。

　　现实对任何人都是这样，路遥也毫不例外，在医院里就不分作家不作家，

著名不著名了。因此他和其他住院的病人一样，穿着医院的病号服，一副邋里邋遢的样子，此时此刻没人看出他是获得茅盾文学奖的著名作家，他就是医院的一个病人。

此时，路遥突然想上厕所，而我就是他非常得力的一个助手，几乎是两手并用，一只手扶着他的胳膊，害怕他摔倒，另一只手高高地举着他的输液瓶，一摇一晃地走向公共卫生间，拉开卫生间的门，将他输液的吊瓶挂在门上的挂钩上，然后再让他进去，我把卫生间的门给他关住，像哨兵一样站在卫生间的门口。

路遥有非常严重的洁癖，他要方便，就是同性人也不能在他跟前，否则他无法进行这项工作。他曾告诉我，年轻的时候，如果坐长途汽车，半路上要解决问题，司机会把车停在路边，一群人从车里下来，很快就把问题解决了。可他不行，在这样的环境里，他想尿又尿不出来，而不尿又想尿，急得他满头冒汗，甚至能号哭起来的光景。

他这样的洁癖，直到现在有增无减。

在延安地区人民医院传染科，不仅没有带卫生间的病房，而且也没有放东西的地方。仅有的一个床头柜，派上了大用场，上边放碗筷，下边放他的换洗衣服，一个抽屉里专门放他一天吃的药。唯一的一把椅子，那是我的专利，就是在这把椅子上，我度过无数个难熬的昼夜。

事实上，我在医院里的事不是很多，而输液的时间又相当漫长，路遥可能是害怕我孤独，就在他输液时还给我讲一些他母亲的故事。

其实，人在患病的时候，想到的人就是自己的亲人。

路遥说，他的母亲和天底下所有的母亲一样，是一位非常了不起的女人。在极度贫困的年月里，母亲含辛茹苦地拉扯大他们兄妹几个，那是相当不容易，母亲所付出的心血和代价，那是用语言无法表达的。

路遥说，母亲之所以晚年多病，完全与她年轻时过度劳累有关。他说这番话的时候，声音很弱，眼眶里不断有泪花闪烁。

我觉得，路遥病倒在病床上，身边没有一个亲人能够陪伴，甚至亲人的一句问候也听不到，他的内心就会有一种孤独和凄凉。何况他是一位思维敏捷的人，而对自己的病又没有一个正确的判断，以为患上不治之症，再不可能从医院这个大门里昂首挺胸地走出去，因此他就会不由自主地想到自己的母亲。

我看到他这样念叨他母亲，便征求他的意见，如果你想你母亲了，那我就把你母亲从清涧老家接到延安照顾你几天。

路遥说，那绝对不行，我妈从家里一走，父亲在家怕连饭也吃不上一口。

路遥不同意把他母亲从老家接来，我也就打消了这样的想法。可是，他虽然不同意我提出的这个建议，但他仍念念不忘他母亲做的拿手好饭，什么洋芋擦擦、小米稀饭、荞面饸饹、羊肉圪坨、杂面抿夹，他说得一套又一套，说着说着，自己不由得笑起来，甚至嘴馋得要流口水了。

他说，他的母亲心灵手巧，做的这些饭菜有一种特别的香味，一下就能勾起他的食欲。而陕北人又特别讲究，各种各样的调料又相当多，什么芝麻、腌葱、腌韭菜、绿格铮铮的，把这些调料放在白面里，他一顿可以吃两大碗。路遥这样说着，突然不敢再说了，再说就想吃得有些把握不住了。

我问他，你是不是想吃白面揪片了？如果你想吃这个东西，我让老曹给你做一碗，这个简单。虽然老曹做的白面揪片没你母亲做的那么可口，甚至也没有腌葱腌韭菜，可我觉得他做得也相当不错。

唉！路遥唉叹了一声说，你又不是不知道，我现在不像原来，人家医院有规定，不让我随便吃，我只能这样说一说，过一过嘴瘾。

我说，医院的规定是人制定的，你如果有这样的需求，我给你想办法，绝对不让护士长知道。

路遥看了我一眼，没有说什么。

我笑了笑说，我知道你怕护士长，其实你根本没必要怕她，一个护士长有什么日能的，能有我聪明？

路遥说，你可不敢瞎说，让她知道就麻烦了，她跟主治医生不一样，简直就像一个女寨王，训起人训得像龟孙子一样。

我笑着说，感觉你还是怕护士长。

路遥说，护士长看见我现在是一个病人，根本不在乎我还是不是一个作家，不给我留一点情面。看见我在病房里抽烟，她站在门口把我训得，我的那个妈呀，我那时候简直就是无地自容。

嘿嘿。我笑着说，你在病房里抽烟，她当然训你。

路遥说，我输一天液那么辛苦，连烟也不让抽，直挺挺躺在病床上，那不是活活要我的命。

我说，你想抽烟的时候告诉我一声，我在门口给你放哨，别让她发现不是就训不上你了。

路遥说，那不行，护士长的鼻子特别尖，比狗的鼻子还灵，我把烟一点，她就能闻见，知道是我在病房里抽的烟，直端端从门外进来，面无表情地审问我，你又在病房里偷着抽烟了？这个毛病改不了，还是什么西安人？你看看这个护士长，她说的这是什么话，抽烟跟西安人有什么关系？

我说，护士长的意思你不明白，就是西安人比较讲文明，在病房里不能抽烟。如果是这样，那你以后就别抽了，免得让护士长这样说你，等输液结束到院子里想怎么抽就怎么抽，这样她就管不着了。

路遥躺在病床上偷偷地笑了，觉得护士长不讲情面地那样当面训他，可护士长从门里往出一走，他就在病房里也把她偷偷地挖苦了一阵……

在这些日子里，由于他的活动量非常少，胃口就有些不好，一直感觉到口苦，吃什么都觉得没味儿，而医院又不允许他乱吃外边的东西，每天都有营养师亲自到病房里征求他的意见，然后按他的要求配备饭菜。

尽管如此，医院里的那些饭菜，都不是他喜欢吃的东西，而他又是非常爱面子的一个人，不想搞这样的特殊，害怕别人说他长短。

这天，路遥口苦得实在不行了，让我给他买些糖或别的甜食。我没敢请示护士长，就悄悄跑到街上，给他买了一些甜食回来，可他没吃几口就说吃不成，一吃甜的东西就恶心，而且还想吐。看见他这样，我心里非常着急，他什么东西也不能吃，病怎能好起来。不能再让他这样下去，因此我就去找了他的主治大夫马安柱，把路遥的这些情况告诉了他，看他有什么解决的办法。

马安柱听我这么一说，便走到路遥的病房，给他仔细检查了一番，说他的舌苔很厚，肯定没有味觉。

那怎么办呢？吃饭已经成为路遥亟须解决的一个大问题，同时也实实在在难住了我。在这种情况下，他就有些烦躁，情绪变得越来越坏，整天愁眉苦脸，甚至赌气地说他不想再看了，这样痛苦地活着，还不如死了痛快一些。

我说，你怎能对自己这么不负责？

路遥说，那你说怎办？我什么也不能吃，饿也快把我饿死了。

然而，我能有什么好办法呢？如果我有一点儿办法，还能眼睁睁地看着他在我面前这样悲观失望吗？现在，他除了接受医院的正常治疗，再就是对饮食上的特殊需求。然而医院并不是一个家庭，虽然有营养灶，也最大限度地满足他的要求，但灶上的饭菜仍然很难合他的口味。每当我从医院营养灶上给他打来饭，他开始还勉强吃几口，渐渐就皱起了眉头。我知道他不想吃，想吃一些洋芋擦擦和小米稀饭。可他见我给他打来饭，或多或少还要挣扎吃一点。我看到他吃得那么艰难，就对他说，你不想吃就算了，勉强吃进去也是不好受。

路遥听我这么一说，很快放下了碗筷，而且还笑着说，只要你同意那我就不吃了。同时他还十分客气地告诉我，看见你这么辛苦给我打来饭，我再不吃几口，就有些对不起你了。

我说，你现在是病人，别说那些对起对不起的。

有那么一回，路遥躺在病床上输液，突然想起吃玉米棒，因此他就对我提出这样的要求，让我能不能出去想办法给他买两个玉米棒回来，他现在心心念念就想吃这个，甚至有些急不可待。

别的要求我可能办不到，而在陕北想吃玉米棒那简直太容易了，现在就是这个季节，延安的大街上卖玉米棒的到处都是。所以我笑着说，这个比较简单，你等一下，我出去五分钟就给你买回来。

我这样说着，就急忙从他的病房走出去，刚走到医院后门的二道街上，便看见有一位老大娘提着一筐刚煮好的玉米棒，在不高不低地叫卖。我觉得我的运气真好，没费一点儿工夫，就买了两个，高兴地回到病房，兴奋地给他说，你真是一个有福气的人，我一出去就买到了你想吃的玉米棒。

我在他跟前喋喋不休地说了这一阵，他不管我兴奋不兴奋，得意不得意，急忙把一个玉米棒子拿在自己手里，看了老半天，他却不吃一口。

怎么？你又不想吃了。我呆呆地看着路遥。

路遥说，你给我买这么老的玉米，我咬也咬不动，你让我怎吃？

我说，现在这个季节，哪有不老的玉米棒。

这么老的玉米棒，我确实没办法吃，你给我想办法弄两个嫩玉米棒。路遥有些固执，不高兴地把我给他买的玉米棒放在一边。

哎呀，我的那个天神呀，这时候我上哪里给你弄嫩玉米，你这不是故意为难我吗？我尽管让他这样折腾来折腾去，心里感到有些不舒服，可我还得给他想办法。因为他曾不止一次给我说，他现在是病人，那我就要尽量满足一个病人的要求。

看来我在延安非当一回"小偷"不可。

面对躺在病床上的路遥，我几乎是无可奈何。因此我站在他跟前，认真地对他说，那你一个人在病房里不敢睡着，看好自己的药液，小心漏针，我出去在延安的郊区给你偷嫩玉米棒。

路遥看着我，突然笑了笑说，你就放心地去，我绝对不会睡着，一定能把药液给你看得牢牢的，一点也不会有问题。

我说，可能出去时间要长一点，你自己操心。而我还不知道在延安哪里有玉米地，只要我找到，我就把嫩玉米棒给你掰回来。说着，我就从病房里出去，走到医院大门口，心里却乱作一团，确实不知道去哪里，尽管延安是我比较熟悉的地方，可我又没在这里种过地，不知哪里有没收割的玉米。

突然，我脑子里一闪，自己每次从老家去西安的时候，都要经过延安的姚店，看见姚店的川道里有一大片绿油油的玉米。可我不知道那是谁家的，人家让我这样随便掰玉米棒吗？即使我神不知鬼不觉钻到人家玉米地偷掰几穗玉米棒子，让人家发现，不把我当场打死，也让我活脱一张皮，觉得我看上去人模人样，怎么偷偷摸摸干这样的事。然而我确实没有一点儿退路了，也不想让病中的路遥提出的这个小小要求都满足不了而失望。所以我什么也不想，硬着头皮去了延安地区文联，给老曹打了一声招呼，骑了他的一辆破旧自行车，一溜烟驶向姚店。

在姚店的川道里，那一大片绿油油的玉米仍然在那里迎风招展着，玉米地里比较安静，微微的风吹得玉米叶子在轻轻地摇摆。我仔细观察了一番，玉米林旁没有人，急忙把自行车推进玉米林里，偷偷地就从玉米地里钻进去了。

此时此刻，尽管没有人发现我在姚店川道的玉米地里偷玉米棒子，但心仍在惴惴不安地跳，老感觉到玉米林的路畔上站着几个后生，正准备捉拿我这个"小偷"。

我惊慌地看了看附近，一点儿异常情况也没有。其实我这种担心是多余的，玉米长得比人都高，从玉米林里钻进去一个人，根本什么也看不见，完全是自己在那里吓唬自己。

事实上，我也管不了那么多了，知道自己跑这里干什么来了，既然已经走到这一步，我说什么也得下手，哪怕我让人家现场抓住，我想我给他们说出实情，也许他们会原谅我的。

非常庆幸的是，我这个"小偷"做得非常高明，没有一个人发现。我把偷来的玉米棒悄悄装入怀里，在玉米地里把老曹的自行车推到公路上，骑上自行车，飞一样地进了延安城。

然而，当我把偷来的玉米棒拿到老曹家，让老曹的爱人辛辛苦苦把玉米棒煮好，我高高兴兴拿到路遥跟前时，他却吃了两口，就痴呆地拿在手里，静静地看着我，不吃也不往床头柜上放。

看到路遥这样，我问他，你是不是又不想吃了？

路遥说，你搞的玉米棒，只有一点嫩颗颗，一点儿营养也没有，我……

我知道他说他想吃只是想吃而已，其实他什么也不感兴趣。

就在这时，他的同学高其国再一次来到病房看他来了。高其国是一个好人，尽管路遥之前不分场合地批评他，他也不计较，该来看他还来看，基本上一天报到一次。他了解路遥，也知道路遥正需要人帮助，就义无反顾地站在路遥面前，只要能让路遥心情舒畅，怎么批评他都没关系。因此他一从门外进来，就问路遥，还有没有需要我办的事。

路遥说，你回去再给天乐打一个电话，看他到底来不来，给我一句痛快话。

高其国说，你放心，我回去就打。

路遥问高其国，你是不是一直没给他打，怎么这么长时间还不见他人影，难道他这辈子就不见我了。

高其国说，我回去再催一下，让他尽快来延安。

路遥这位大学同学就是这样寡言少语，在他的病房里从来不多说一句话，几乎你问他一句他回答一句，不像别的同学来看他，总是侃侃而谈。

高其国知道，路遥曾是一个活蹦乱跳的人，突然病得住在医院，就不像以前那么热闹，孤独无聊，需要人陪在他身边。而在延安有两个人最能理解他的心情，一个是老曹，再一个就是高其国，可以设身处地为他着想，也许路遥不愿离开延安，也与他俩有关。

这天，路遥突然又意外地给我提出一个比较苛刻的要求，他想喝莲子汤，要我给他想办法。他提的这个要求，确实把我给难住了。什么是莲子汤？在我心里还没这个概念。那是什么东西？是怎么一种样子？这些我一点都不知道，我从来没喝过这种汤，也没听人在我面前说过，我怎么给他搞呢？正在我愁眉苦脸的时候，西安电影制片厂的张子良和张弢风尘仆仆地从西安赶到延安来看路遥。听说路遥想喝莲子汤，站在一旁的张弢用无限夸张的语气说，哎哟，这算个什么事嘛，不就是一个莲子汤，有什么难的，这事就交给我办。

张子良坐在路遥的病床边，微笑着说，你看把这小子日能的，一到延安就张狂成这个厌样子，这么一把岁数的人了，一点也不稳重。

路遥躺在病床上，笑得眼泪都快流出来了。

然而，张弢也不管张子良在路遥跟前怎么调侃他，他仍然大言不惭地说，大事你就交给大名鼎鼎的张子良去办，小事包在我身上，这是延安城，又不是北京。

他俩是路遥的铁杆朋友，又都是陕北人，有事没事，经常会坐一起谈天说地。这次路遥回延安，正好他俩也在，住的是一个宾馆，甚至是一个房间，天南海北地聊，几乎一夜不睡。那时，他俩知道路遥病了，可没想到病得这么严重，所以他俩回到西安还不放心，又结伴再次来到延安看望路遥。

路遥和张子良属于榆林地区的人，而张弢曾经工作和生活在延安的甘泉，他俩都是西安电影制片厂的得力干将，也是厂长的左膀右臂，曾分别担任过西安电影制片厂的副厂长。在这之前，张弢曾是甘泉县文化馆的馆长，也许是这个缘故，路遥的那部非常重要的小说《人生》，就是在这个县招待所创作完成的。而事实上，也不是张弢在路遥和张子良面前吹牛，在延安，都知道他确实是这样的一个人，可以说没他办不了的事情。

然而，事情非常不巧，张弢就这样急急忙忙地从医院出去，在延安城里四处打问，可所有延安的餐馆里都没有路遥想喝的这种汤。与此同时，寻找莲子汤已经成为在延安的路遥那些朋友的一项重要工作，而大部分人不知道莲子汤是什么玩意。

张子良看见出去老半天却两手空空回来的张弢，知道他把延安的牛给吹死了，便是一脸的怪笑。

可是，张弢仍然风趣地说，延安怎就不是中国的首都呢，如果是中国的首都那就好了，绝对不会有什么解决不了的问题。

正当我们感到绝望的时候，忽然得知在延安科技馆工作的路遥一位同学家里，正好有这种莲子，可路遥的同学没把莲子汤搞明白，不知道怎么做。就在这时，路遥非常内行地说出莲子汤的做法。同时他还说，如果再有百合，那就是一道美味佳肴了。

在路遥这个沉闷的病房里，由于张子良和张弢的突然到来，欢声笑语一浪高过一浪。此时，文联的曹谷溪也来了，他听说路遥想喝莲子汤，现在费尽马趴地找到了莲子，却没办法找到百合，大家觉得这又是无法解决的一个难题。可老曹有办法，他说你们不知道在这里瞎说什么，这有什么难的，我家院子里不就种有一棵百合，只要路遥喜欢吃，我回去就把百合刨出来给他炖汤，你们都不要瞎操这份心了。

老曹是可以为路遥奉献一切的人。他这样说着，就拿着路遥同学家的莲子，风风火火地回家去了，把这些莲子同他家的百合放在一起，按路遥教的做法，让他老伴熬了满满一碗莲子百合汤。

看着老伴把莲子百合汤熬好，老曹一路小跑来到路遥病房，把热腾腾的莲子百合汤放在他病房床头柜上，让他赶紧趁热快喝。此时的路遥艰难地从病床上爬起来，看着床头柜上还冒着热气的莲子百合汤，眼睛里不由自主地流出了感激的泪水。

看着路遥颤巍巍地端起碗，喝着那一碗热气腾腾的莲子百合汤，大家都为他高兴。而此时的老曹，又急忙从衣服口袋里掏出几颗煮好的红枣，让他喝完那碗莲子百合汤，再把这几颗红枣一吃，把该补的都补上了。

路遥吃得非常高兴，不停给老曹点头。

这是路遥在延安地区人民医院住院以来心情最好的一天，不仅有这么多的朋友帮他完成了自己的心愿，还有很重要的一个原因，就是他又见到从西安赶到延安来看望他的朋友，只有这些人站在他面前，他的那些病也就不是什么病了。

在路遥的病房里，他的朋友已经待了好长时间，护士长催了好几次，一次比一次态度强硬，而且她也不管这些人是什么来头，毫不客气地让这些人尽快离开，包括我也一样滚蛋。

当然，也不能怪护士长态度不好，探望时间长了对病人有影响。因此看望路遥的这些朋友很能理解护士长的用心良苦，一个个看着路遥，缓缓地从他病房的门里出去了，并一再让他正确对待自己的病情，鼓起创作长篇小说那样的勇气，积极配合治疗，病好了再跟他一起畅谈国家大事。

路遥笑着说，你俩快去休息。

我把看望路遥的这俩人送到传染科门口，回到了他的病房，病房里只有老曹一个人了。很显然,路遥再不像前几天那样愁眉苦脸,又像以前那样,跟老曹在病房里开怀地说笑着。他高兴地给老曹说,今儿是我过得最愉快的一天,延安有你们,我就什么也不怕了。

老曹说,只要你高兴,我心里就踏实,你再不能这样躺着了,能起来就赶紧起来,不然快把人愁死了。

这是老曹心疼他,才在他跟前说这样的话。然而不管老曹说什么,他只是笑,从不计较。事实上,他在医院里最害怕的就是孤独,而这种孤独在某种程度上比他的病还可怕,只要有他喜欢的朋友到医院里看他,他就突然感觉到自己的病一下就好了不少。

可我担心他因过度兴奋而晚上睡不着觉,这样就非常麻烦了。因此我让老曹去忙他的事,一个人编一本《延安文学》很不容易,他回去了,让路遥舒服睡一会儿。

路遥说,现在不能睡,不然晚上睡不着怎办。

我说,也是,你现在还不能睡觉。

就在这个时候,延安地区群众艺术馆的王克文风风火火地跑到医院来给路遥送饭,他不知道路遥的两个朋友刚刚离开,更不知道老曹熬了莲子百合汤,所以他像往常一样,把小米稀饭和洋芋擦擦在家里做好,急急忙忙送到路遥的病房。他知道路遥就爱吃陕北饭,因此隔三岔五给他送一回。

其实,这些日子路遥什么也不想吃了,尽管延安的一些朋友不断变着花样给他送饭,可他什么东西也吃不进去。他辜负了朋友们的好意,已经不是过去的他了,什么也勾不起他的食欲,他只能十分感激地对王克文说,实在是谢谢你了。

王克文说,你谢我就是跟我客气,如果你现在不想吃没关系,等你想吃了,我再给你送。

王克文是一位非常有才华的文艺工作者。1969年他从北京来到延安插队,这一来就再没有离开。本来他完全有机会回到北京,可他放弃了这样的机会,关键是他对延安有了非常深厚的感情,在某种意义上,他已经成为延安人了。

因为共同的兴趣爱好,他俩很快成为无话不说的朋友,不管在什么时候,只要路遥需要,王克文会全力以赴去帮他,王克文是那种靠得住的朋友。

就在老曹和王克文不断劝他再吃一点东西时,他延安的妹妹也来到医院,拿来她哥平时爱吃的杂面。可路遥此时看也不想看一眼了,一个劲儿地摇头叹息。

老曹说,你就喝一碗莲子百合汤,什么事也不顶,再吃一点王克文和你妹妹拿的洋芋擦擦和杂面,多吃一点,你的病就会好得快一些。

路遥摇着头,再也不想动一下,而且让他妹妹赶快把杂面拿回去,以后再不要给他送饭。他妹妹看着重病缠身的大哥,心里非常难过,在病房门口站了一会儿,心情无比沉重地提着饭,走出了他的病房,流下了痛苦的泪水。

那天,路遥仅仅喝了老曹送来的一碗莲子百合汤,吃了两颗红枣,除此再也没吃一口东西。

短短十几天时间,路遥的体重一直在下降,而我不忍心把他消瘦的身体情况告诉他,但他明显感觉到自己很瘦了,完全没有精神,就是输液结束到院子里散步,也是一副东倒西歪的样子。

那时候,无论是医生护士,还是亲朋好友,看到他这样,都在替他担心。可他仍信心满满地说,别看我现在这样,如果让我回到老家,我妈用不了一个月时间,就能把我身体吃起来。

十九

路遥说,你去给护士长说一声,我几天了在病房里睡不着,心里感觉到非常难受,让我到宾馆住一晚,看情况怎样

那时候,路遥一直不认为自己是一个病情非常严重的人。在人们的印

象中,他是名副其实的一个刚强汉子,一般病是打不倒他的。然而,这次非同往常,刚强汉子的神话被彻底击破。他在病中所表现出的脆弱、烦躁甚至不合情理的反常现象,向人们释放出一种不祥的预感,他的生命极有可能非常短暂了。

延安的父老乡亲,通过不同渠道知道了他病重住在医院,纷纷来探望他,他们只有一个心愿,希望他能尽快站起来。

是啊,他什么时候能站起来,这是一个未知数。他开始住院那几天,自己还可以到医院后院散一会儿步,散步的时候,他仍然烟不离手,仿佛只有这样,才能减轻他的一些思想负担。

医生和护士看见他如此没有节制地吸烟,曾不止一次地劝他,为了能尽快恢复健康,最好不要吸烟。而他却说,烟是我最大的精神支柱,没有烟,我几乎一天也活不下去。他说是这样说,可精神状况一天不如一天,走路也没以前那么利索了。

长达七天七夜的失眠,他已经筋疲力尽了,甚至有不想活的想法,只有死,才能解脱他的精神痛苦。然而真正面对死亡,他又有些胆怯了。

天渐渐黑了,他再次显得紧张忐忑起来,焦急不安地对我说,你说我晚上睡不着怎办?

我说,你最好什么事也不要想。

哎呀,那怎可能呢,我是一个活生生的人。路遥痛苦地说,一晚上睡不着,心明如镜,快把人难受死,我真不想活了。

我说,你说这话没一点儿意思。

路遥皱着眉头一声又一声地在病房里呻吟。过了一会儿,他又对我说,你说我换个地方能不能睡着?不然我难受得要命,实在没法活了。

我说,要不我给医生说一声,在宾馆给你登记一个房间,看换个地方怎样?

这当然好,你快去登记一个房间。路遥说。

我说,你不要着急,我现在去找医生,你离开病房我要让他们同意,不然我不打招呼把你带出去,医院不见你人,问题恐怕就严重了。

路遥说，那你快去告诉他们。

我看见他有些急不可待，就从病房里出去，走进医生的办公室，把路遥七天七夜失眠的情况告诉了值班医生屈大夫，看他是什么意见。

其实，路遥的这些情况，传染科的医生和护士都非常清楚。因此，值班医生屈大夫听我这么一说，非常认真地把我看了一眼，然后对我说，对于路遥目前的这种情况，我们不仅同情，而且也很着急，但确实没有一点儿办法。我们知道他晚上睡不着觉，给他的身体带来非常大的伤害，也给治疗带来一定的困难。一般这样的问题，可以用安眠药来解决，可安眠药对他已经不起作用，再这样下去问题会很严重。

谁都能听明白，医生说的"很严重"包含的是什么意思。毫无疑问，就路遥目前这样的心情，说不定会有生命危险。为此，我用商量的口气对值班医生说，能不能让我陪他到宾馆睡一晚，看是不是能好一些？

值班医生屈大夫看着我说，这样的事，你最好同护士长和科主任商量，我不敢给你做主。

我知道，值班的屈大夫已经把决定权推给护士长和科主任了，他不愿承担这个责任。因此我跑到护士长家，说明原因，护士长的答复是让我去找科主任，看主任是什么态度，她没意见。而且她说她这个护士长，只负责医院病房里的病人，出了医院就不是她的事了。看来事情并不是我想的那么简单，本以为给值班医生说一声就行了，根本不是这回事。

护士长给我说得冠冕堂皇，一点儿毛病也没有。很清楚，路遥突然要离开医院的事她不管，而现在是下班时间，也不是她的职权范围，那我只能找主任。

我看见护士长如此的态度，也没什么办法，找主任就找主任，我又不是不敢找。好在主任家就在医院里，我敲门进去，主任正在看电视，问我什么事？

我说，路遥一直睡不着，精神几乎崩溃了，能不能让他到宾馆睡一晚？

主任说，你去找护士长商量，病人她负责。

我说，我找她了，她不表态，让我找你。

主任不再说什么，给护士长打了电话，让护士长到传染科去。就这样，我和传染科主任到了传染科，护士长和科主任坐在一起，分析了路遥的病情，也感到他的问题非常严重。然而，让他离开医院去宾馆，他们谁也不敢说行还是不行，毕竟他不是一个普通人，责任非常重大。经过慎重考虑，初步拿出一个解决方案，决定请示医院领导，尽管啰唆一些，但符合程序。

就这样，我们几个人一块离开传染科，来到了医院总值班室，经过不断沟通协商，向医院领导请示汇报，一而再再而三地权衡，前后折腾了两个小时，总算有了一个结果，勉强同意路遥离开医院一晚。

当然，同意是同意，但医院明确给我提出一个要命般的条件，出了事由我负责。这不是给我出难题嘛，我怎能负得起这个责任？要知道路遥身后有多少人在默默地关注着他，而又有多少双眼睛在默默地注视着他，我有什么资本能承担这样的责任……

我不敢答应医院提出的这个条件，而且一再告诫自己，在重要问题上，绝不能感情用事。我跟路遥仅仅是朋友，没有一点儿血缘关系，之所以在医院陪他，是因为看见他一个人孤苦伶仃地在医院，一个人的一生不可能尽善尽美，总是会有这样那样的事情，那么如果我有良知，就不应该在那里袖手旁观，否则还算什么朋友？然而，他一旦发生了什么意外，如果家属追究起责任，我就得全部承担，照单全收。我一再这样时时刻刻地警告着自己。因此，我无法给医院做出承诺，只能放弃。

就这样，我一筹莫展地回到路遥的病房。然而，就在我放弃让他去宾馆的时候，我看见他正眼巴巴地看着我从他的病房外进来，急切地盼望着我能给他带来一个意想不到的好消息，这样就能够让他痛快地在宾馆睡一个好觉。

是啊，我亲眼目睹路遥失眠带来的痛苦，他多么希望我能为他减轻一点思想负担。可是，我此时此刻让他彻底失望了。然而，面对病床上痛苦不堪的路遥，我又不想让他把希望变为失望。为此，我什么话也没给他说，转身就从病房里走出去，走进传染科的值班室，对科主任和护士长说，如果你们同意路遥出去，发生任何事情，都与你们无关。

屈大夫和科主任以及护士长看着我，谁也没说一句话，觉得我这个人太血气方刚了，路遥是谁？难道你心里不明白，你一个毛头小子能负起这个责任吗？

我知道我这样做，要承担很大的风险，可我不这样就对不起路遥，因此我只能铤而走险，硬着头皮去干这样一件蠢事。

就在我要离开医院值班室的时候，医生和护士仍然不放心地对我说，既然你已经做出这样的决定，我们也无可厚非，不过你要千万小心，万一，我们说的是万一路遥在宾馆出了什么状况，立即给值班室打电话。

我说，谢谢你们提醒，但我求你们一件事，能不能把急救的东西给我准备一点，让我带到宾馆去，以防有个万一……

护士长说，这个没问题，我还没看出你小子还挺男人的，敢作敢为，确实是陕北汉子，我马上给你准备。

医院同意路遥去宾馆住一晚，给我带来的精神压力是可想而知的。我还没和路遥离开医院，心里就紧张起来，不知他晚上会是一种什么情况，我害怕那个万一……然而，为了能让路遥减轻一点痛苦，我就得冒这个风险。为此，我在病房里先忙着给他准备了一些换洗衣服，还有他晚上吃的药，再去延安宾馆，以我的名义登记了一个套间。

天色已晚，延安大街两侧的路灯非常明亮，街道上的车辆和人流前呼后拥，到处是欢天喜地的景象。

我在延安宾馆办好入住手续后回到路遥病房，准备好了这一切，就扶着他从医院后面的街道过去，害怕路上碰见他熟悉的人，尽量选择人少的小巷走，免得有人问时我没法回答。

我扶着路遥来到延安宾馆，神不知鬼不觉地走进我登记好的那个房间，他显得非常高兴，发自内心地把我夸了一阵，略显得意地说，我难受成这样，知道你不可能不给我想办法。你看这地方多好，亮堂堂的，还这么宽敞，哪像病房，把人压抑成什么了，到这样的地方起码就有人的活路了。

路遥并不知道，为让他到宾馆住一晚，我要承担多大的风险。因此，我给他说，你好不容易到了宾馆，再不敢折腾了，先去洗个澡，怕身上早脏得不行了。

路遥说，我早想洗热水澡，你就不给我想办法，看把我身上痒得，抓也抓不下，哪像是一个作家。

我说，你不敢激动了，出来一次太艰难。

路遥说，我知道，你是一个好人。

不管我是不是好人，给他想办法解决一些问题，我是心甘情愿的。而现在洗澡对他来说，简直就是他人生一种奢侈的享受。那时我还想，他如果洗完澡，再舒舒服服睡一觉，说不定就把他几天失眠的问题解决了。

看着他脱了衣服走进卫生间，我仍然有些担心，赶紧检查房间里的电话是否畅通，然后再看宾馆哪个房间住着我认识的人。说实在的，我心里确实有些害怕，万一真的出个什么事，又是深更半夜，在宾馆里连个能帮忙的人也抓不住，那我就没法交代了。

我很快把这一切工作做完，就从客厅走进套间，可我没看见路遥出现在我的视线内，感到事情有些不妙，他从卫生间进去到现在，时间也不短了，怎么他洗澡会洗这么长时间？我害怕地站在卫生间门前仔细一听，什么声音也没有。

我几乎给吓死的光景，是不是他出了什么问题？我突然浑身一颤，冷汗直冒，头发不由得竖了起来，心怦怦的直跳。我想，一定是出事了，觉得自己闯下天大的乱子。因此我不顾一切地一把拉开卫生间的门，看见他平展展地躺在澡盆里，一动也不动。

啊——你——我大声尖叫了一声。

此时，路遥也让我的这一声尖叫给吓着了，突然在澡盆里翻了个身，溅起了澡盆里的不少水花，他睁大眼睛看着我问，你是怎么了？

哎呀，你啊，我的天神，你洗澡就洗澡，怎就躺在澡盆里动也不动，而且也没一点儿声音，我还以为……你已经把我的心脏吓得都不会跳了。

你以为我不活着了？路遥笑了笑说，你看我这不是好好的，你别害怕，我不会死得那么简单。

哎呀，你也真是。我说，洗澡怎这么长时间，你不敢在这里面再这么折腾了……

路遥笑着问我，你是不是真的以为我不活着了？

我说，你把我吓成这样，还问我这个问题。

嘿嘿。路遥笑了一声说，我生命顽强着哩，不可能随随便便地死去，那样太没意思了，要死，我也要死得惊天动地，甚至轰轰烈烈。

哎呀，我不跟你开玩笑，不知你想过没有，如果你在宾馆真的出个什么意外，我怎给你家里人交代，你想过这个问题没有？你知道我让你到宾馆住一晚，冒了多大的风险，承担多大的责任？我看你不要再泡澡了，折腾得时间太长又睡不着。

你别怕，我一点儿事也没有，就是有事，也没你的一点儿责任。路遥说，我现在基本没人管，只能依靠你这个朋友，谁也没资格找你的麻烦。

我说，你说得倒轻巧，如果你真的在宾馆出了什么事，肯定会有人找我的麻烦。不过，咱现在不说这些了，你赶快洗澡，洗完也别穿衣服，到床上睡觉。

路遥说，现在睡觉有点早，我还想看一会儿电视，你也知道，我好长时间没看电视了。

我用商量的口气对他说，你能不能不看电视，我怕你一看电视又兴奋得睡不着，那我们担惊受怕，不是白到宾馆来了一趟。

路遥不满地看了我一眼说，你说我们怕过谁？什么担惊受怕，有我在，你什么也不要怕，我还不信谁敢把你动一下。

我还是求他说，我看你还是别看电视了，又没什么好节目，你几天都没睡觉，现在正是你睡觉的好时机。你要知道医院再不会让你出来，这是给我开的唯一的一次绿灯。我这样说着，就把被子从柜子里拿出来，放到席梦思床上，让他休息，顺手我就关了房间的灯。

路遥看我态度坚决，也不再坚持着要看电视，勉强上了床，静静地躺在席梦思床上。

现在，我不敢打搅他，想让他安安静静地睡。因此他在席梦思床上一躺，我脸也不敢去洗，悄悄拉了宾馆的一块单子，在套间门口躺下。房间里突然安静得有些害怕，可是刚静了一会儿，路遥就从床上坐起来，对躺在门口的我说，你睡了没？我实在睡不着，心里难受。

我从套间门口坐起来说，如果你觉得难受，那咱就回医院，你在这里出一点儿问题，我的责任就大了。

路遥生气了，几乎是动声二气地对我说，我已经给你说过无数次了，不需要我再重复，即使我有一天出了任何问题，跟你一点儿关系也没有，你不要担心这些。

我说，那你既不睡觉，也不回医院，怎办？

路遥说，就是回到医院也解决不了我的问题。

我说，解决了解决不了那是医院的事，医生一定会想办法给解决，可你在宾馆里就不一样了，出了问题那就是我的责任。你以为你说不要我承担就不承担了，恐怕事情不是那么简单。

路遥说，我跟你说不清这个问题，你根本不理解我的意思，我说我是睡不着难受，而不是病得不行。

我说，那还不是一回事。

事实上，那时我也睡不着，才晚上10点，我没这么早睡的习惯，他就更不要说了，已经养成了早晨从中午开始，这个地球人都知道。

当然，也不需要我给他讲那么多的道理，他心里也非常明白，好不容易从医院出来，没有好好享受，就这样让他回到牢狱一般的病房，他绝对不会同意。他非常讨厌医院那种环境，现在一听我说回医院，他也不再跟我争论什么了，再一次躺在席梦思床上。可是，过了大约半小时，我听见他在床上翻来覆去的声响，借着窗外朦胧的月光，我看见他不仅没睡，却又在席梦思床上坐起来了。

我也急忙坐起来，问他，你真的不想睡？

路遥说，不是我不想睡，实在是睡不着，心里明格朗朗的，一点睡意也没有。唉，这怎么办呀，我看你还是让我抽一支烟，然后再去睡觉。

我说，你睡不着还敢抽烟，抽了烟怕更兴奋。

哎呀，你怎么突然学得跟护士长一样，我现在几乎做什么都不行了，把我管得那么严，那我活着还有什么意思。路遥痛苦不堪地这样说。

我知道他睡不着心里难受，也确实没有能够解决的好办法。因此我就从门口站起来，拉亮房间的灯，拿了支烟递给他，然后说，你抽完这支烟就赶紧睡觉。

路遥赌气地说，抽完再说其他的事，现在想不了那么多。然而，他就这样把那一支烟抽完，我刚准备让他睡觉的时候，他突然又给我提出一个要求，说他现在饿得不行了，不吃东西实在睡不着。

我真是有些哭笑不得，他简直就是无理取闹，刚才是睡不着难受，现在突然又饿了，这么晚让我到哪里给他找吃的东西，他这不是给我出难题吗？但我又一想，他既然已经饿了，还得给他想办法。因此我问他，你现在想吃什么？

路遥说，如果有一碗洋芋擦擦最好。

哎呀，我的老天，你现在让我上哪里给你搞这样的洋芋擦擦，我急得几乎要哭了，觉得他一点儿也不理解我的难处，他不是给我提要求，而是要我的命。然而不管怎样，我只能让老曹给帮忙，所以就把电话给老曹家里打过去。可是电话没人接，不知是什么原因。因此我对坐在床上的路遥说，老曹家没人接电话，不知是怎么回事，现在别的人我不敢打搅，我去文联看一下，争取让老曹给你蒸一碗洋芋擦擦。

路遥说，这事也只能找老曹了，别的人靠不住。

我说，不是别的人靠不住，关键是太晚。那我就去文联找老曹，你一个人在房间里没事吧？

路遥冷笑了一声说，你以为我是小孩，一满就觉得我连自己也管不了了。

我说，你能管自己就好，不说这些了，我出去一会儿就回来。

就这样，我很快离开宾馆，急急忙忙赶到延安地区文联，在老曹家的门上连敲带喊了老半天，可老曹家里一点声音也没有，估计他们一家都不在，只好回宾馆。然而在回去的路上我还想，是不是去群众艺术馆找一下王克文，他给路遥蒸一碗洋芋擦擦也没问题，可我不知道他家住在哪里，我总不能站在艺术馆楼道里大呼小叫地喊人。

此时的延安街道上冷冷清清,看不见一个人,只有发白的路灯照在冷清的街道上,偶尔会有一条狗从小巷里蹿出来,扭头看我一眼,便跑得无踪无影。

我因没有给路遥搞到洋芋擦擦感到有些失落,可当我无精打采地从宾馆的大门往进走的时候,突然想到一个人,他是延安报社的一位同志。我在宾馆登记房间时,偶然在宾馆的服务台前碰见了他,他给我说他在宾馆开会,晚上就住在宾馆,而且还告诉了我他在宾馆的房间号,要我不忙时到他房间聊天。那么,现在有这样的事,我是不是让他回去给路遥蒸一碗洋芋擦擦?

可是,有一个问题,我跟他不是很熟,谁知道人家方便不方便。但我顾不了那么多,只想着给路遥搞一碗洋芋擦擦,就去宾馆敲他的门。

然而,让我没想到的是,他爱人也在宾馆。因为那时洗澡都不是很方便,他爱人在宾馆洗澡后没回去。我有些尴尬地说,实在不好意思,这么晚把你叫起来,有件事想麻烦你,路遥突然想吃洋芋擦擦,我去文联找了老曹,可他不在家,只好求你帮忙。

报社这位朋友说,这没一点关系,路遥想吃洋芋擦擦,我跟媳妇马上回去给他蒸一碗。

路遥要求的这个事总算有了着落,我有气无力地回到宾馆的房间,看见他微笑着躺在床上看着电视。我想这下怕更麻烦了,看他兴奋的样子,今晚能不能睡着恐怕是未知数了。

凌晨时分,延安报社的那位朋友和他的媳妇黑天半夜骑一辆自行车,往返在延安清冷的街道上,夫妻俩用最快速度蒸好洋芋擦擦,气喘吁吁地送到路遥住的房间里。我看到夫妻俩提着洋芋擦擦出现在路遥住的房间门口,有些过意不去,不知在他俩跟前说什么好,两只眼睛含满感激的泪水。如果不是路遥,如果他不是一个病人,我怎能黑天半夜向这位朋友开口呢?然而非常抱歉的是,我现在怎么也记不起他的名字,只知道他那时在延安报社工作,后来又听说去了地委宣传部。

我拿着一大碗热气腾腾的洋芋擦擦,对坐在席梦思床上看电视的路遥说,洋芋擦擦好了,你赶紧去吃。

他微笑着从床上下来，坐在房间的一个沙发上，仅仅吃了两口，就再不想吃了。我看着他说，你不想吃就抓紧时间睡觉，现在都快半夜了。可他上了床仍然睡不着，又一次爬起来了，怀里抱着被子，不声不响地从床上溜到了地上，慢慢把被子在房间的地毯上铺开，然后轻轻地躺在上面。然而，他刚在地毯上躺了一会儿，又一次把被子抱到了席梦思床上，这样反反复复地折腾了好长时间，仍然没有一点睡意。

路遥睡不着，心情特别烦躁，他也知道这样折腾来折腾去，我不可能一个人在房间门口安然地睡觉，便不紧不慢地走到我跟前，看了我一眼说，你也没睡着？

我看着站在跟前的路遥说，你没有睡，我怎可能睡着呢。

路遥说，哎呀，一满睡不着，心里明朗朗的。

我听他这么一说就知道麻烦了，他在病房里睡不着觉，在宾馆里还是这样。因此我就从宾馆房间的套间门口站起来，拉亮了房间的灯。

此时此刻，路遥烦躁不安地在房间里走来走去。他走了一会儿，突然对我说，我难受成这样，活着还有什么意思，真想从楼里跳下去。说着，他就拉开房间通向阳台的门，走向了阳台。

我心里咯噔了一下，急忙跑到阳台，站在他的跟前，害怕他一时想不开真的从阳台上跳下去，那不是把天大的乱子给闯下了。因此我吓唬他说，如果你一定要跳楼，那只能咱俩一块跳，不然我就是这个世界上的一个罪人，没办法给任何人交代，你自己考虑好，是不是咱俩一块往下跳？也许你觉得无所谓，甚至自己心甘情愿，可我觉得我还年轻，没活几天，如果你忍心咱就往下跳……

路遥听我给他这么一说，也不再说跳楼的事了。而事实上他也不可能去跳楼，只是感觉到烦躁才在我跟前这么说一说。因此他无限忧愁地在阳台上站了一会儿，转身又回到了房间，不停地呻吟着，一直在喊难受。

那天夜里，在宾馆也没有解决他失眠的问题，整整一个晚上，他就是这样痛苦不堪地度过的。在天空刚刚放亮时，我俩便在街道上一声声悠长的卖豆腐声中，悄然回到了他的病房……

二十

王天乐终于从西安来到了延安看望路遥，他对我说，这些日子辛苦你了，我在病房里陪一会儿我哥，你出去转一会儿再回来

一天就这样匆匆忙忙地开始又结束。

日子啊，怎么突然过得如此漫长而无聊呢？几乎一点生机也没有，过去那些美好的往事都不知不觉跑得无影无踪了。

此时此刻，火红的太阳一如既往地从宝塔山上缓慢地落下，渐渐把黑夜留给了这座美丽而多情的城市。应该说，延安的夜景还是相当不错的，那些下班的人流就像滚滚流淌的洪水一般，正朝着不同方向汹涌而去，而街道两边的那些叫卖声，也在这时候一声连一声地响成一片，给这个城市增添了不一样的热闹气氛。

然而，路遥再也不能身临其境了，也不可能像往常一样走上延安的街头欣赏风景，甚至到医院的院子里走一会儿，也不是一件容易的事情。他的活动范围越来越小，不像刚住进医院，输液结束还可以到后院转一会儿，抽几支烟，现在只能在病房里走一走。

此时，他穿着病号服，呆呆地坐在病床上，看着病房的玻璃窗户，让我把窗户全部给他打开，房子里的空气太闷了，几乎闷得他喘不过气来。

我说，窗户打开害怕风把你吹感冒了。

路遥说，不要紧，我没你想象的那么娇气。

我不好再说什么了，只好把窗户给他打开。

他一个人呆呆地坐在病房的床上，看看窗外。可是病房的窗外有什么可看的风景呢？有的是一个个萎靡不振的病人，还有跟在病人身后愁眉不展的家属，再什么景色也没有。然而，没有风景也是风景，总比整天看房顶要好一些。因此他看着玻璃窗外，深深地吸着气，突然给我说，他想回

一趟清涧老家。

我问他，你回清涧老家干什么？

他说，我想我的母亲了。

我说，你现在正在住院治疗，恐怕医院不允许，等你再好上一段时间，我让李志强开车把你送回去，你想住多长时间就住多长时间。

路遥有些不满地看了我一眼说，按你这种说法，医院把我绑架在这里了，我就哪里也不能去？

我笑了笑说，也不是医院把你"绑架"在这里，我的意思是你还在治疗，医院要为你的健康负责，等你的病彻底好了，再回清涧没一点问题。

路遥说，谁知道我的病什么时候才能好。

我说，你不要着急，我看你一满就快好了。

路遥说，你说得倒轻松，快了，快了到底是什么时候？我住了这么长时间，感觉一点儿也没有好，你说我能不着急吗？

是啊，不仅他有些着急，我也着急得不行。要知道谁愿意在这个地方待这么长时间，实在是没办法了才这样，你以为我愿意这样吗？说句实在话，我一天也不想在医院里待，这又不是什么好地方。不仅如此，我还有些担惊受怕，不知道什么时候从这里走出去。

就在我这样胡思乱想的时候，刚才还晴朗的天，突然阴沉下来，不一会儿便下起了雨。雨并不是很大，但可以听到雨水敲打地面的声响。路遥比较喜欢下雨下雪的天气，只要是下雨或下雪天，他就会激动得像孩子一样，甚至可以激动地大喊大叫。

我看见仍然愁眉苦脸地坐在病床上的路遥，不知他在想什么，见他这样就想转移他的注意力，急忙对他说，你听，外面好像是下雨了。

路遥漫不经心地抬起头，问我，真的下雨了？

我说，不信你自己听一听。

路遥说，那你把窗户再开大一点，让我听一听下雨的声音。你不知道，下雨和下雪的天气是我心情最好的时候。在这样的天气里，我听着窗外淅淅沥沥的雨声或是看着纷纷扬扬飘落的雪花，一个人静静地站在窗前，抽着烟，沏杯热腾腾的咖啡，那是我最惬意的时刻。

我说，窗户开大不行，你这样听一听就可以了。

路遥说，哎呀，我叫你开大就给我开大，怎么这么多的事，一满就把我当一个病人，什么也不能，什么也不敢，你看你烦不烦？我不知你是我的领导，还是我是你的领导？你一定要把这个关系搞清楚。

我笑着说，在单位你是领导，可是在病房里我就是你的领导了。我现在告诉你，为什么要这样说呢？因为护士长已经把我叫到她办公室，明确让我把你管住，不能由着你的性子，想怎样就怎样，想干什么就干什么，这里是医院，又不是在作协。

路遥说，护士长说的话你就记得那么清楚，她到底给了你多少好处？你再不要拿护士长吓唬我，你怕护士长，我才不怕。他一边认真一边玩笑地说着，有一种强词夺理，可我再不给他把窗户开大，他要去开了。因此我只好走到他床跟前，探着身子把窗户开大，让滴滴答答的雨水声传进病房里。此时，他微微闭着眼睛，静静地听着窗外的雨水声，陶醉在雨水滴答的旋律中。真是好呀，实在是太好了。他自言自语地说。

然而不一会儿，雨水中夹杂着冰雹，猛烈地向大地倾泻着，并发出一阵阵沉闷的声响。路遥听见这响声，感到有些不对，急忙问我，怎么突然下这么大的雨？

我慌忙从椅子边站起来，爬到窗口一看，这哪里是雨，而是冰雹。因此我扭头对他说，现在下的不是雨是冰雹。

哎呀，大不大？路遥焦急地问我。

我说，还不小呢。

他妈的，这下又弄瞎了。路遥有些伤感地说，农民就指望山里那一点庄稼，让冰雹这么一打，就不可能有好收成了，而要遭年馑了。

就在我和路遥在病房里说话的时候，传染科看门的姑娘风风火火从门外跑进来，手里还拿着几粒比较大的冰雹让路遥看。路遥伸出一只手，把一粒比较大的冰雹拿到手里，有些诧异地说，有这么大的冰雹？

还有比这更大的哩。看门的姑娘兴奋地说。

好的一点是，冰雹下的时间不长，一会儿就停了。而此时看门的姑娘把冰雹也给路遥看了，可她仍然站在病房不走，不知她还有什么事。我不想让她一直这样站在病房里，想让她赶紧离开，路遥整天躺在病床上输液，已经十分劳累了。因此我就对她说，你赶紧去看你的大门，别让那些人随便进来，否则你就失职了，护士长绝对要处理你。

看门的姑娘不高兴地离开了。她一走，路遥就让我快去吃饭。

我说，还没到开饭时间，等你吃了再去。

路遥说，不要等我，宾馆是有时间的，不可能专门等你一个人，去迟了就吃不上饭了。其实他说得一点没错，我去晚了宾馆的餐厅就会关门。那时我在延安确实没一个固定的吃饭地方，而医院又不允许陪的人在食堂吃饭，只能在街上买饭吃，但时间一长，就会有问题，街道上的那些饭菜很不卫生，吃的时间长了容易生病。好的一点是有老曹，他经常改善我的生活，只要他有时间，就会跑到医院给路遥送饭，走时还把我叫到他家里。老曹明确告诉我，你是自己人，不要挑肥拣瘦，在我家里碰上什么吃什么，不要客气，客气就是生分。然而，时间一长，我就不好意思了，老曹家人多，多一个人就多一张嘴，我不能只考虑自己，不考虑别人的实际。因此我给老曹撒谎说，在宾馆里吃饭方便，总不能天天跑你家吃饭，那得给你增加多少负担。

老曹说，你能在宾馆吃你就去，宾馆里的饭比我家的扛硬，如果宾馆吃不上，就到我家来，你现在跟路遥一样，也是一个宝蛋蛋，不能倒下。

当然，无论是路遥，还是老曹，都不可能知道我是不是真的在宾馆吃饭，其实根本不是这回事，我只是在他俩跟前找一个借口。你想一想，我是什么人，怎么可能天天在宾馆吃饭，纯粹是吹牛。现在差不多又到吃晚饭的时间，路遥再一次对我说，你快到宾馆吃饭去，吃了再给我准备，我现在还没考虑好吃什么。

我说，已经在医院订好了，我马上给你打回来。

你不要着急，我这里误不了。路遥说。

我说，已经到开饭时间了。说着，我就去了医院营养灶，给他打来了饭菜，我才去吃饭。

这几天，我确实是在延安宾馆吃饭。李志强不知从哪里搞来几张餐券，而那些餐券有一定时间限制，过期就作废了。然而，往往就是这样，我是要饭也赶不上一碗热饭，常常急匆匆去了餐厅，可餐厅没一个吃饭的人了，只有几个服务员在收拾餐具。

我走出宾馆大门，灰溜溜地回到路遥的病房。

路遥已经在他的病床上躺下了，我不知他把饭吃了没有，便走过去，看见床头柜上放着的饭碗里还有不少的饭菜，估计他吃了还不到二两。他就吃这么一点，怎能有一个健康的身体呢？现在有两大难题摆在我面前，一个是他的睡觉问题，再一个就是吃饭问题。他现在对所有吃的东西不感兴趣，觉得一吃进去，就特别难受，办法想了一个又一个，就是没用。

我想，关键的问题还是睡眠，如果能把这个问题解决好，吃饭也就不是什么问题了。

唉，两个问题怎么就一个也解决不了。

8月23日，路遥的弟弟王天乐从西安来到延安，我如释重负一般。

他是路遥的亲人，对路遥的一切，他有发言权和决策权。那么面对躺在病床上的路遥，他会采取什么样的措施呢？是让他继续留在延安治疗，还是转到别的医院去？

我看见天乐来到路遥病房，虽然心里高兴，但不免有些担心，害怕路遥当着众人的面，大动肝火地骂他弟弟一顿，如果他耍脾气跟他弟在病房吵起来怎么办？他争强好胜，发起脾气不给人留一点儿面子，而且语言相当刻薄犀利，一般人承受不了。

其实，我的这些担心是多余的。

王天乐从路遥病房门外走进来时，跟他一块来的还有陕西人民出版社的陈泽顺，他是路遥的朋友，正给他编辑出版文集，由于订数问题，现在还出版不了。

路遥看见他俩，表现出了他的大度和宽容，脸上露出了浅浅的微笑。

陈泽顺急忙走到路遥跟前，抓住他的手，满含悲伤地说，你怎病成这样？

路遥说，我也不知道，一到延安就病了。

此时，王天乐把挎包放在椅子上，也急忙走到他哥跟前，关心地问，你现在觉得怎样？

路遥没有回答他，也没给他发脾气，却表现出一种冷漠的态度，就像没看见他一样。

我知道他是故意给他弟难堪，不就是嫌他没早点来延安看他，所以他就有一些看法，也不管天乐站在他跟前说什么，他只问陈泽顺住下没有。

陈泽顺说，已经住下了。唉，你走时还什么事也没有，怎一到延安就病倒了？

路遥长叹一声说，唉，我到了延安几乎连火车也下不了。

陈泽顺说，我在西安就听说你病了，本想早一点来看你，可我哥在西安还没走，实在走不开。

路遥和陈泽顺这样说着，基本没我和天乐的事。当然，路遥是他亲哥，给他耍一下脾气也没关系。因此他也不在乎他哥怎么对他，他转身对我说，这几天实在辛苦你了，这里有我和陈泽顺，你出去转一会儿再回来。

我便给他点了点头，然后给陈泽顺打了招呼，就从路遥病房里出去，走到延安文联的老曹家。

老曹看见我突然在这时候到他家来了，谁在医院陪路遥呢？看见老曹疑惑的目光，我给他说，天乐和泽顺来延安了，正在路遥的病房里，天乐给我放了一会儿假，我就到你这里来了。

老曹问我，路遥没对天乐说什么？

我说，他什么也没说，就是态度有些冷淡，还是天乐聪明，不想让我看这个场面，让我出来了。

老曹说，你别去医院了，让天乐陪他哥几天。

我说，恐怕不行，天乐让我一会儿回去。

老曹说，没什么不行的，他不陪他哥谁陪？什么儿货，自己的亲哥哥也不要了，太不像话。

我说，那我听你的，不去医院了。其实，我口头上这样说，却并没有这样行动，因为在我离开时，我看见路遥对天乐有些不满，万一陈泽顺一走，兄弟俩在病房里吵起来怎么办？我不想让这样的事情发生。可是，亲兄弟毕竟是亲兄弟，两个人不可能这么不理智，耍一耍态度就可以了，不能当真。因此我觉得我现在也不能回病房，给兄弟俩留出更多的沟通空间，消除误会。我心里这样想，看见老曹又那么忙，就在他家待了一会儿，然后走到延安宾馆大厅。这里比较热闹，男男女女，进进出出，说说笑笑，不像病房死气沉沉，而且大厅里还有沙发可坐，心情忽然敞亮很多。

然而，这里并不是我的久留之地，我还得回到我的岗位上去。因此我在宾馆大厅转了一会儿，就回到了路遥的病房。

此时，病房里只有天乐和路遥，陈泽顺已经离开了。我看见天乐坐在我一直坐的那把椅子上，路遥却背对着天乐，兄弟俩谁也不理谁，我感到气氛有些紧张。

天乐看见我从病房门外进来，便从椅子边站起来，看了看我，然后对路遥说，哥，我去找一下我的几个朋友，想办法给航宇搞一些宾馆的餐票，他在医院没一个吃饭的地方不行，我晚上再来陪你。

路遥没有回答他，仍然默默侧躺在床上。

我急忙给天乐说，你别为我去求你朋友，我吃饭没问题，在延安老曹一个人把什么问题都解决了。

天乐说，你照顾我哥一定要吃好，我让朋友明天把宾馆的餐券给你送来，这样你吃饭就方便了。

我说，你别麻烦他们，我哪里吃都无所谓，从医院大门里出去，卖什么的都有，非常方便。

天乐说，我要把这些事安排好，然后再把朋友的电话给你，有什么事你直接打电话找他们。这样说着，他挎上挎包，急匆匆从门里出去了。

显然，他不准备在延安待多长时间，而我希望他能在医院陪他哥，看来也不可能，要不然他怎么会有这样的安排呢。

我以为天乐来延安，我就从医院解放出来，看来并不是这么一回事，他还是走了。过了一会儿,路遥把身子侧向我,看了我一眼问,泽顺哪去了?

我说,不知道,我回来没看见他,是不是去延安大学了。

路遥唉声叹气地说,你看天乐,一满就不是以前的天乐了,翅膀硬了,一满不管我的死活,能躲就躲,能跑就跑,他一看见你回来,就跑得不见踪影。你把我的话记住,他说晚上陪我,他的影子你也别想见到,我还不了解他。

我说,你不能这样看问题,他怎也是你亲弟弟,不可能不管你,我看见他对你非常关心。再说,他在延安报社工作了几年,也有一些朋友,他有他的事业,不可能一直守在你身边。也许他找他的朋友,就是他不在延安的时候,想让他的朋友照顾你,跟他照顾你还不是一回事。你没必要那么想,他晚上一定会陪你。

路遥干笑了一声说,他陪我?你等着看。如果他陪我,不会找那么多理由不来延安,实在太让我寒心了……

我说,事情不是你想的那样,他一直操心你。

路遥说,他操心我什么了?如果像你说的这样,我离开他一天也活不成了。

我看见他情绪突然有些激动,就不想跟他再说这些事情了。然而我现在也有些糊涂,兄弟俩以前那么亲密,突然出现这样的情况,确实不应该。

但我总觉得兄弟俩有误会,缺乏沟通。关键一个问题是俩人都争强好胜,谁也不愿给谁低头。因此我劝路遥,你是大哥,要多理解天乐,不能因一点小事就闹矛盾,这样会影响到兄弟俩的感情,他不可能像你想的那样,说不管就不管你了。

路遥一听就生气了,毫不客气地批评我,你不要在我跟前为他辩护,你了解他还是我了解他,我比你清楚一百倍,别以为我病得躺在床上就糊涂得什么也不知道了,我心里什么都明白。

是啊,我怎能比他更了解他弟弟呢?那么你为什么要在《早晨从中午开始》的创作随笔中,郑重其事地向读者描述兄弟之间那种亲密无间的情谊?难道你写的那些不是事实吗?

实事求是地讲,天乐也是太大意,你哥已经对你有了看法,你就要注意一些，不要让他抓住把柄，尽快消除误会。可是天乐就是不注意，果然像路遥预料的那样，没有兑现自己的承诺，晚上不仅没到医院来陪他，而且招呼也没打一声。

第二天，路遥的情绪变得非常糟糕，不仅不跟任何人说一句话，我给他打好了洗脸水，他也不去洗脸，也不怕护士长批评，赌气地在病房里一个劲儿抽烟。

我有些着急，也不敢在他跟前说什么，拿着他的餐具准备给他打早餐。因为早餐一吃，医生和护士就要开始查房，时间非常紧张。然而，就在我拿餐具要从门里往出走时，天乐急急忙忙从病房门外进来了。

天乐也不在乎他哥对他什么态度，把椅子拉到他哥跟前，像汇报工作一样，给他哥说，航宇不是外人，我把西安那边的事给你说一下。昨晚我没来医院陪你，是跟我几个朋友在商量你的那些事，这样我回西安就好处理一些了。可是，不管天乐说什么，路遥始终不吭声，病房里的气氛实在不怎么协调。而我看见天乐有什么重要的事要给他哥汇报，就给他俩说，我去食堂打饭。

路遥却生气地说，你不要打，我不吃。

我说，医生和护士马上来查房，你还要输液，现在不吃又没时间吃饭了。

路遥说，让你别去就别去，这么多废话。

其实，我在此时特想离开病房，害怕他不冷静地给他弟发脾气，我站在跟前就难堪了。可是他不放话，我不敢离开，离开了害怕他对我不满。而天乐是聪明人，他看见他哥这样，就对我说，你是自己人，知道也没关系。然后他仍然在给路遥说，昨晚我找了我的朋友，把航宇吃饭的问题安排好了，一会儿我把朋友电话给他，让他直接跟我朋友联系。今天我和泽顺回西安，那边的情况比较复杂，听说有人在省委活动得非常厉害，他们不同意你当作协主席，这事只能由我出面解决。

路遥轻描淡写地说，这个主席让我当就当，不让当拉倒，有什么意义，我的事不要你管。

王天乐也不再说什么，挎上他的挎包离开了。

他这么一走，路遥便闹开了情绪，我给他从营养灶上打来的饭也不吃，甚至也不跟我说话，直挺挺地躺在病床上，眼睛死死盯着天花板。

二十一

  路遥说，你给护士长说一声，我想带李国平几个人去枣园和杨家岭看一看，那里是党中央、毛主席生活和战斗过的地方，不远处就是我的母校

  路遥视延安为他的一个风水宝地。

  我看见路遥不断加重的病情，实在有些着急，一再建议他转到西安治疗，西安的医疗条件和医生的技术水平，那是有目共睹的。要不然怎么会有那么多的病人，哪怕倾家荡产，也要千里迢迢地跑到西安来治疗，不就是把全部希望寄托在这里高超的医术上。

  当然，路遥不同于这些普通病人，他在西安有着得天独厚的优势，不害怕住不了院，也不害怕治病没有医疗费。他是全国著名作家，有省上领导和朋友们的关心帮助，占足了天时地利人和。

  然而，他就是不愿意回西安治疗，一听我给他提出转院治疗的建议，他就会生气地给我说，我就是死，也要死在延安。

  路遥就是这样固执，固执得让人无法理解。

  这天夜里，路遥的常规治疗结束了，再没有别的事可干，一个人又在那里胡思乱想。他很悲观地对我说，看我现在这个样子，有可能不得好了。

  我说，你怎能这样想呢，像你这样有成就的作家，绝对不会有问题，你要把你这次患病，看作是人生路上的一次灾难，只要灾难过去了，就像老曹说的，你仍然是一条汉子。

  呵呵。路遥笑了一声说，老曹对我亲着哩，他当然希望我尽快好起来，可是这么长时间了，我怎么没一点好起来的迹象呢？

我说，你不要着急，坦然面对，耐着性子。再说，哪一个人得病，也不可能刚治就好，什么事情都有一个过程，不可能说风就是雨。

就在我和路遥在病房里说这些无聊话题时，护士敲门说有我的电话，让我到护士办公室去接。我不知道是谁打来的电话，但我觉得此人一定非等闲之辈。因为护士办公室那个电话，一般不允许我们这些人用，好像我们都带有一种传染的病菌，随时会传染给别人，即便有人把电话打到传染科，他们也会把电话挂断。难道今天的太阳真的从西边升起来了？这样想着，我就跟着护士走到护士办公室，抓起电话一听，原来是作协办公室的李秀娥。

李秀娥是陕西绥德人，长得高大而漂亮，也比较时髦，曾在延安和陕西歌舞团工作，后来调到陕西作协。她在延安有好多熟人和朋友，别人在延安办不了的事，她基本上可以搞定，说不定医院哪位领导就是她非常要好的朋友。因此她能把电话打到传染科，也就不足为奇了。

在电话里，李秀娥焦急地问我，老兄的病现在怎样了？什么时候可以出院？

我说，实在给你说不清楚。

唉，他怎把自己搞成这个样子？李秀娥说。

我说，我也不知他是怎么搞的。

李秀娥说，别的事我在电话里就不说了，你告诉路遥，他的好朋友王观胜、李国平还有徐志昕要来延安看他，你让他好好看病，回来我请他吃陕北饭。

我说，好的，我马上告诉他。

接完李秀娥的电话，我回到路遥的病房，把李秀娥对他的问候以及李国平、王观胜和徐志昕要来延安看他的消息如实告诉了他。

路遥有些激动地说，他们真的要来延安看我？

我说，李秀娥电话里这样告诉我的，她还说你回去她请你吃陕北饭，到时候你把我带上。我笑着给路遥这样说。

路遥说，这么远的路，看我又能有什么用。

我说，有用没用，那是朋友们的一片心意。

路遥没再说什么，一个人沉默着。

事实上，路遥虽然口头上这样说，可他还是希望有人能够经常到医院里来看他。他害怕孤独，在延安这些日子里，能够经常见到的就是那么几个熟面孔，时间一长，也没什么新鲜感了。那么李国平、王观胜和徐志昕可以说是他的铁杆朋友，有事没事经常聚在一起，谈笑风生，谈天说地。可是他一去延安就病倒了，再也没有见面的机会，有时他还有些怀念当初那些时光。虽然李国平的年龄跟我差不多，可他是《小说评论》杂志的副主编，在全国评论界小有名气，路遥对他非常赏识。最关键的是他跟路遥一样，还是一个实打实的球迷，只要有足球赛，他们聚在一起，可以一晚上不睡觉地看比赛，因此俩人走得非常近。而王观胜现在是《延河》杂志的小说组组长，他的中篇小说《放马天山》一经发表，便在全国引起强烈反响，用路遥的话说，这个人不得了。至于徐志昕，他不仅是《延河》杂志办公室主任，小说写得也相当不错，他有一部长篇小说《黄色》，在中国文联出版公司出版。在他小说作品研讨会上，路遥给予了很高评价。可以说这几个人跟他是一个战壕里的战友，他患病住院，作为朋友，没有不来看他的道理。虽然路遥刚才还说看他有什么用，可刚过了一会儿，他又不停地问我，你知道他们什么时候来？

我说，今天就来延安，恐怕要到晚上了。

路遥说，那你到火车站接他们一下。

我说，他们不是坐火车，是开车来的。

路遥说，那你一会儿到医院门口看一看，看他们来了没有，不然他们来了找不上我住的病房。

我说，这你就放心，在延安还能找不到你，一问路遥，延安的人都知道。

路遥说，那你想一下办法，别让看门的女娃娃把他们挡住不让进，你提前做一下这方面的工作。

我说，看门的女娃娃现在发展成自己人了，只要是来医院看你的人，她都放进来，一个也不挡。而且我看出她对你特别崇拜，像是一个文学女青年。

路遥问我，你怎看出她崇拜我？

我说，那女娃娃看门也不好好看，手里常拿一本你的《平凡的世界》，偷偷地在那里读，只要有人说是来看你，她就一路绿灯地放进来了。因此她还挨了护士长不少批评，说她再这样，就不让她看门了。

路遥说，你是不是害怕我寂寞，给我编的故事。

我说，我给你编故事干什么？你不信，可以去问一下那女娃娃。而且她一见我就问，是不是我跟你在一个单位？从她的眼神里，流露出一种羡慕我的样子，并让我给你说一声，她在书店买了一套《平凡的世界》，想让你给她签一个名。

路遥说，这是一个好娃娃，给了咱不少方便，你让她把书拿来，我给她签名。

我说，如果不是这女娃娃，那你这里就来不了几个人了。你看护士长，她能允许让人随便进来吗？绝对不可能。她一天把我盯得死死的，好像我就是传染科里隐藏的一个特务。

路遥听我这么一说，爽朗地笑起来，情绪也变得非常好，不像前几天那么愁眉苦脸。路遥现在情绪这么好，关键是知道几个好朋友要来看他，他就有一种说不出的满足感和自豪感。在某种意义上，他觉得自己的为人还算不错，得罪的人不是太多，一些好朋友一直惦记着他。因此好几次，他焦急地催我到医院大门口去看他的朋友来了没有。他就是这样一个心急的人，在病房里刚刚安静了一会儿，又不停地催我，让我再去大门口看一看，万一他们到了延安，找不上我的病房就麻烦了。

已经是晚上11点多了，传染科里住院的那些病人都已经进入沉沉的梦乡，楼道里死一般寂静，听不到一点声响，偶尔从某个病房传出几声呼噜，显得嘹亮而刺耳。然而，路遥不睡觉，一直在等他的朋友，他甚至着急地问我，会不会他们不来了。

我说，不会，西安到延安正修高速公路，说不定路上堵车了。我这样给他说，也觉得他们该到延安了，可是现在连人影也没有。

白描、李秀娥、路遥

李秀娥说，别的事我在电话里就不说了，你告诉路遥，他的好朋友王观胜、李国平还有徐志昕要来延安看他，你让他好好看病，回来我请他吃陕北饭。

8月25日，天刚刚放亮。

陕西作家协会的李国平、王观胜、徐志昕还有开车的张忠社，早早就来到路遥的病房。

路遥看见李国平、王观胜和徐志昕从病房门外进来，显得非常激动，眼里顿时泛出激动的泪花。是的，路遥好久没见这几个朋友了，突然见到感到非常亲切，一个又一个地握手，并关切地问他们，昨天怎么在路上走了那么长时间？

李国平说，唉，再不能提了，在黄陵山上有两辆拉煤车碰在一起，把公路堵得水泄不通，两边的车一个也走不了，把他们在路上堵了四五个小时，到延安是晚上12点多了。

路遥说，哎呀，这段路经常是这样，现在开始修高速公路，如果这条路修通，就不存在这样的问题。

李国平说，铁路有了，应该有条高速公路。

在一旁的王观胜和徐志昕就不像李国平，站在路遥病房里什么话也不说。他们看见那么刚强的一个人，突然病得躺在床上，心里有些难受，尽管路遥此时的情绪还算不错，可气氛一点也不轻松。

是的，在路遥病房如此的环境和心境中，他们不知道该在他跟前说什么，特别是他们非常熟悉、非常要好的朋友突然变成现在这样，心里难免有些伤感。

路遥看见他们站在病房，脸上一点笑影也没有，这不是几个人平时的风格。因此他装作若无其事地说，你们也别替我担心，医生给我说了，我这病根本不要紧，在这里治疗的效果也不错，病情再没有向不好的方向发展。现在关键有两个问题还没解决，一个是吃饭，再一个就是睡眠，只要把这两个问题一解决，我就基本上没什么事了，这一点儿病绝对把我打不垮。

徐志昕说，老兄站起来还是一条汉子。

路遥笑着说，你跟老曹是一样的观点，都是了不起的人，说的话都一模一样。

此时此刻，路遥给徐志昕说的这句话，一下子就把病房里的沉重气氛活跃起来。时间很快过去了半个多小时,我让他们先回宾馆,病房里待的时间不能太长,一会儿医生和护士来查房,让护士长看见,就下不了台了。

路遥也说,这个护士长特别厉害,训我和航宇就像训小孩一样,不给人留一点情面,她也不管我是一位作家,在她的眼里我什么也不是,就是一个病人,什么都要听她的。他还笑着说,航宇比我更厌,看见护士长像老鼠见了猫一样,尿得路都不会走了。

路遥在他朋友跟前还不失时机调侃我几句。我知道他是故意开我的玩笑,因此我也笑着说,你们别听他调侃我,我什么时候怕过护士长,你抽烟的时候怕护士长看见,经常让我在门口给你放哨,就怕护士长把你逮住。而那个护士长还经常调侃你,抽的烟不好是红塔山,媳妇不好是北京人,是不是这样?

哈哈,几句话逗乐了病房里的所有人,也化解了刚才那种沉重的气氛。而事实上,我们也不敢在病房里再这样放肆地胡说八道了,真的让护士长发现在病房里有这么多人,护士长绝对会耍她的威风。因此我给他们说,你们先回宾馆,等路遥输液结束,我就去叫你们,争取把他从医院里接出去,一块吃一顿饭。

李国平说,医院让不让他出去?

我说,这个我给想办法,一般不允许。

王观胜说,如果老兄能出去当然好,弟兄们在延安聚一次,也是一件有意义的事情。

徐志昕说,那咱先回宾馆,医院规定那么严格,咱不要给人家添麻烦。就这样,他那几个朋友匆匆忙忙地从病房里离开了。此时,护士很快来给路遥输液,从他住进医院那天开始,他就从来没像今天这样着急,把输液的开关开到了极限。

我看见那条细细的输液管像一条小溪一样,在他手背上的血管里唰唰地流淌着,我赶紧走到他跟前说,你放这么快,怕你人受得了?

路遥说,不要紧,一会儿输完你就跟护士长请假,争取让她放我出去,我一满在病房里住够了。

中午刚过，路遥就把一天的液输完，很快从床上坐起来，笑着对我说，你到宾馆找一下李国平，跟他们商量一下，我想带他们去枣园看一看，回来在宾馆一块吃一顿饭。

我说，你的身体怕不行，枣园就别去了，那地方就在延安大学跟前，你去过无数次，如果护士长允许，你跟他们一块吃一顿饭就行了。

路遥非常不满地说，我身体没一点儿问题，他们来延安一回不容易，我带他们体验和感受一下当年党中央和毛主席在怎样艰苦环境中闹革命的，更重要的是，我想让他们看一看我的母校——延安大学。

我说，我不知道护士长让不让你去？

路遥说，你不是能说会道，刚才还在李国平跟前吹牛吹得天花乱坠，在护士长跟前有多威风，现在就怂成这样了？你去给护士长说几句好话，护士长那人你又不是不了解，就爱让人给戴高帽子。

我说，护士长的厉害，你又不是没领教过，几句好话根本不管用，我怕我一说，她又站在楼道骂我。

骂你怎么了？你害怕什么，身上又没少二两肉？只要她答应，她想怎骂就怎骂。你别我一给你说个事，就给我找一大堆理由，我觉得护士长挺好，骂你是因为她喜欢你，别不识抬举。

我说，那我跟护士长商量一下，看她啥意见。

你抓紧时间，办事别婆婆妈妈的，一点也不像一个年轻人。路遥有些不耐烦了。

说实在的，我现在看见护士长确实有些胆怯，她根本不像护士那么温柔，不光训你，而且还骂，骂得特别难听，让那些漂亮护士光看我的笑话，我实在有些不好意思了，觉得自己一点脸面也没有。但是我已经没有退路，答应了路遥，就得去跟护士长商量，这里的病人想离开医院，只有护士长说了算。

我慢悠悠地走进护士长办公室，一进门心里就开始慌慌地跳个不停，还没来得及开口，腿就瑟瑟发抖。

护士长看见我进了她办公室，便问我，你鬼小子跑我这里又有什么事？

我急忙给护士长堆了好看的微笑，然后说，我怎么就成鬼小子了？

护士长说，我就说你小子是鬼小子，怎么不行？

我说，行，你叫我什么都行。我看见护士长不像以前那么凶，觉得现在正是给她提要求的时候。因此我嬉皮笑脸地把路遥想去枣园的事告诉了她。然而，让我想不到的是，护士长不仅没有训我，还勉强同意了，并一再让我小心，路遥出去绝对不能出问题。

我说，护士长太英明了，真是一个活菩萨。

护士长说，你这鬼小子油嘴滑舌的，再别给我戴高帽子了，我还不知道你是什么人。

在这时候，我就不能在护士长跟前多嘴多舌了，急忙从护士长办公室出来，走进路遥病房，给他说，护士长同意了，你在病房等着，我去宾馆让张忠社开车到医院后面的街道接你，你们一块去枣园。

你怎不去？路遥看着问我。

我说，你们现在四个人，我怕车里坐不下，所以我就不去了，而且枣园我也去过无数次。

路遥说，你又没什么事，咱一块去，路又不远。

我说，那也行，我去宾馆叫他们。

我很快来到延安宾馆，走进王观胜住的房间，把路遥想让他们一块去枣园的事告诉了他。然而，王观胜没有给我明确的态度，他不知路遥去了行不行，实在拿不定主意。因此他就把李国平和徐志昕叫到一块，商量敢不敢让路遥去枣园。

李国平说，老兄这次病得很严重，人瘦得不像样子了，敢不敢让他去，要看医生是什么意见。

徐志昕说，老兄去了害怕出问题……是啊，他们的担心不能说没有道理，如果出了问题，谁也承担不起。可是路遥已经提出这样的要求，而我也告诉了护士长，得到护士长的同意，再不去恐怕路遥就会有想法。因此我说，估计没什么问题。

李国平又问我，医院同意让他去吗？

我说，我请示过护士长，应该问题不大。

李国平说，只要护士长同意，说明问题不大，让他跟我们一块去枣园看看党中央和毛主席当年在枣园住的是什么地方，顺便看一下他当年上的是怎样一所大学。

王观胜问我，现在路遥在哪里？

我说，还在病房里，我让他在病房等着，咱一会儿到医院后边把他一接，就去枣园。

就这样，我们几个从宾馆楼里下去，到了宾馆的院子，坐上张忠社开的车，绕过地区人民医院大楼，在大楼后面的那条街道上，让司机把车靠在一边，我去病房找路遥。然而，当司机刚把车停稳，我走下车，正要从医院的后门进去，突然看见路遥像正常人一样，已经站在传染科后院的院子里了。

我问路遥，你怎一个人就到院子里了？

路遥说，这样可以节省一些时间。

我和路遥来到张忠社开的车跟前，让他坐在副驾驶的位置上。在去枣园的路上，路遥的兴致很高，像一位非常敬业的导游，滔滔不绝地给他朋友介绍着山沟两边比较有名的单位。

路遥是吃小米饭、喝延河水长大的一个人，他就是在这里接受高等教育而走向全国的一位著名作家。因此对于延安，他不仅是简简单单的熟悉，而且有着非常深厚的感情。

就这样风风火火到了枣园，路遥就力不从心了，他从车里慢悠悠下来，坐在纪念馆门前的一块石条上，让我不要管他，带着他的朋友参观毛泽东、周恩来、朱德和刘少奇等老一辈革命家在这里生活和战斗过的地方。

我没有去，路遥没人陪不行，害怕把他一个人丢在门口出问题，只好让他的朋友自己去参观。而现在参观的人又不是很多，枣园就那么大一点儿地方，他们都是大人，没必要让人陪。

其实，在枣园参观有一个讲解员讲解，才能了解当时的历史背景和鲜为人知的故事，不然只能看那些建在黄土山坡上的一孔孔破旧的土窑洞，土窑洞里陈列着当年中央领导同志使用过的一件件粗布衣,还有那一件件破烂不堪的办公桌、椅子、沙发、床和一些生活日用品,感受当年中央领导在那个时期的艰苦和苍凉情景,别的你什么也不知道。因此没有讲解员给讲解,基本上一会儿就参观结束了。

路遥的朋友不一会儿就把枣园那些地方看完了,如果要他们说感受,只能用一句话形容,那就是中国革命能够取得最后胜利,确实来之不易,中国人没有不去珍惜的道理。

匆匆忙忙参观了枣园,路遥顺路在车里给他的这几个朋友简明扼要地介绍了一下延安大学,显然别的地方就不能再去了,他的精神状况不是很好,必须尽快回到医院,恐怕中午一块吃顿饭,也不可能了。

在返回延安城的路上,我看见他再不像去时那么精神,躺在小车的副驾驶位置上,头不抬眼不睁,样子相当疲倦,甚至再没力气跟他的朋友说长道短了……

二十二

路遥突然说,我的肚子疼得厉害,实在支撑不住了。他甚至出现病危的情况,医院立即组织抢救。经历了一场惊心动魄的生死较量,路遥意识到生命给他敲响了警钟,他不得不答应转院

这是1992年8月20日。

中共陕西省委宣传部根据路遥病情的严重状况,很快印发了一份《关于路遥同志病情的通报》,迅速分送给省委、省人大、省政府、省政协等有关领导传阅。

就在省委宣传部的《关于路遥同志病情的通报》刚刚送到省上有关领导手里的时候,消息也很快传到了革命圣地延安。

延安的一些朋友得到这样的消息,觉得省上领导能够如此重视和关心

他的病情，却根本没有考虑过一个病人的感受，而把这当作是一种至高无上的荣耀，急急忙忙地来到路遥的病房，告诉了他这个消息，甚至在他跟前得意地说，你看看，多不简单的一个人呀，在陕西恐怕还没一个作家像你这样，得到领导如此的高度重视。

路遥听了朋友告诉他的这个消息，只是淡淡地笑了笑，便陷入一种难以言喻的悲痛沉思中。是啊，他的病已经到了如此严重的程度，就连省委宣传部都如此高调地通报给省上领导，那他站起来的希望是不是就非常渺茫了呢？甚至根本不可能再有站起来的可能。难道他就要这样离开这个世界吗？

那些日子，路遥知道了省委宣传部关于他病情的这个通报，虽然别人觉得是一种荣耀，但他却感到五雷轰顶一般，思绪像一匹奔驰的骏马，在广袤的草原上激烈地奔驰着。他就这样心事重重地躺在病床上，默默地想着这个问题，而这个问题已经把他折磨得疲惫不堪。

当然，路遥的病情严重是一个主要方面，而他精神的堤坝已经彻底垮塌了，想的所有事都跟死亡有关。而最让人揪心的、也是他最放心不下的就是他的宝贝女儿怎么办？如果疼爱她的父亲不在了，那她以后怎么去生活呢，将来能不能生活得快乐幸福？

很快到了8月28日下午3时，刚输完液的路遥突然有些惊慌地给我说，我肚子疼得特别厉害，实在有些支撑不住了。

看见他痛苦不堪的样子，我心里很紧张，他住院这么长时间，从来没出现这种情况，这还是第一次。因此我急忙走到他跟前，紧紧抓住他的手，对他说，你如果实在疼得不行，让我给你揉一揉。

此时的路遥已经是大汗淋漓，脸色有些发紫，嘴唇也有些发黑，浑身不停地颤抖，我抓着他的手明显感觉到他的手有些冰冷。而他的另一只手，使劲地抱着自己的肚子，痛苦地坐在病床上，不停地喊叫着，哎呀，难受死我了……哎哟……

我没好办法，赶紧脱下鞋，爬到他的病床上，跪在他跟前，一边给他揉肚子一边看他满脸是汗水，想拿一块毛巾给他擦一下脸的空也没有，急得我心也要从嗓子眼跳出来了。

就这样给他揉了一会儿，他说，稍微好一些了。

我说，哎呀，你把人吓死了，只要好一点就好。说着，我从床上下到脚地，拿了他的洗脸毛巾，给他擦干脸上的汗，然后我给他说，我估计你是气不顺，或者是什么东西没吃对，让我再给你揉一揉。然而，我刚要给他再揉一会儿肚子时，他好受一些的感觉突然没有了，声嘶力竭地对我说，突然比刚才疼得更厉害。

我觉得不可思议，肚子疼也不会疼成这样。因此我觉得我不能再给他揉肚子，急忙跑到护士办公室，给值班护士冯继红说，冯护士，你快去看一看路遥，他现在肚子疼得特别厉害。

冯继红给我递了一支体温计说，你先回去给他查一下体温，我去给你叫值班大夫。

我拿着体温计，急忙跑回路遥的病房，把体温计放在他胳肢窝里，还没过两分钟，我就心急地把体温计拿出来，一看，我的天神，他的体温接近四十度。

这是怎么搞的，他的体温怎么会这么高？我以为他说自己的肚子疼，可能是因为受了凉，或者是感冒了，就给他揉了一会儿。然而疼痛虽减轻了一些，但作用不大，我又给他灌了一个热水袋，让他抱在怀里，那么他的体温这么高会不会是热水袋的问题。

我拿着体温计问路遥，你是不是把体温计放到热水袋上了？

路遥不停叫喊着说，不知道。哎呀，难活死了。

你再测一下你的体温，看究竟怎样。说着把降下来的体温计又放到他胳肢窝，急忙跑出病房，焦急地对冯护士说，冯护士，路遥的体温已经到了四十度。

呵呵，你开什么玩笑？冯护士不屑一顾地说，你纯粹是在我跟前胡说八道，怎么可能。

你看你，把我急成这样，还说我胡说八道？我有这样的心情在你跟前胡说八道吗？真是的。然而她确实没把我的话当一回事，仍然在一边忙着，觉得人的体温如果升到四十度，那这个人恐怕就昏迷了。

我焦急地说，冯护士，我说的可是千真万确，一点儿也不跟你开玩笑。

冯继红看见我急成这样，也觉得我不像是跟她开玩笑，急忙地跟我走进路遥的病房，将体温计拿出来一看，她也惊讶地说，哎呀，真的体温很高。

我说，你快想一下办法。

冯继红感觉到问题的严重，再不敢敷衍我了，一转身从病房出去，把休息的值班医生屈大夫叫起来说，屈大夫，18床病得非常厉害，发烧得也很严重。

值班的屈大夫听到护士的报告，急忙穿上他的白大褂，急匆匆走进路遥的病房，看见曾经在中国文坛上呼风唤雨的著名作家，在床上简直翻江倒海一般，痛苦地大喊大叫，他不知如何是好，就问他哪里不舒服？

路遥有气无力地说，肚子疼，疼得非常厉害，我实在撑不住了。

面对突如其来的病情，值班大夫确实有些束手无策，他站在路遥病房的脚地上，眼巴巴地看着路遥在病床上打着滚，并有气无力地一声又一声喊叫着我的名字。

我再一次爬上他的病床，一把抱住他，就这样紧紧地抱着，眼泪不由自主地流了下来。可是，我这样抱着他能有什么作用呢？能减轻他的疼痛吗？然而我没有任何办法，只能这样紧紧地抱着他，听他那一声接一声惨烈的喊叫。

屈大夫站在路遥的病房里，默默地沉思着，也不知怎样才能解决眼前这个难题。而我抱着路遥，不断央求屈大夫说，屈大夫，你快给想一下办法，我求你了，他快要疼死了。

你不要着急，让我看他究竟是怎么了。现在还不能急着给他处理，如果我就这样随便给他处理一下，会掩盖他病情的真实情况。屈大夫给我这样解释。

我说，那也不能眼看着他疼得死去活来！

路遥现在疼得什么也顾不上了，那些尊严、脸面、羞耻……统统丢在了一边，只顾紧紧地抓着我的手，不顾一切地一会儿从他的病床上坐起来，一会又躺倒在病床上，这样痛苦不堪地折腾来折腾去，却丝毫减轻不了他的一点疼痛。

已经过去了很长时间，路遥的疼痛一点也没减。

这时，路遥一把松开我的手，让我赶快把他的衣服铺在脚地上，他要坐到脚地上去，看能不能减轻他的一点痛苦。可是这怎么行呢？我死死地抱着他，哀求他说，你不敢这样，脚地又不是医生，解决不了你的疼痛，你怎能到地上去坐呢？

可是，他已经疼痛得失去了理智，而且精神彻底崩溃了，不管我给他说什么，他非要往地下滚不可。

就在这时，延安报社总编李必达从路遥病房门外进来了，他并不知道路遥突然会病得这么严重，看到路遥如此悲痛欲绝的样子，他给我说，路遥那么难受，想要到脚地上去，你就让他去坐一会儿，看能不能减轻一点他的痛苦。

而此时的路遥什么也不顾，也不管他的病房里有什么人，不顾一切地叫喊着从床上滚到了脚地。然而，他在脚地上坐了还不到一分钟，还是疼得不行，喊叫着又让我再把他扶到了床上。

这样折腾来折腾去，路遥的病痛只能加重，而没有一点减缓的趋势。他那痛苦而绝望的叫喊声，凄惨地激荡在病房里，甚至响彻在整个传染科的楼道，那场面是多么的惨不忍睹。

我已经被折腾得大汗淋漓，衣服早已湿透，只有紧紧地抱着死去活来的路遥，没有一点解决的办法，脑子里空荡荡一片。

差不多是下午5点的时候，陕西作协办公室的李秀娥从西安打来电话，护士可能是对打电话的人熟悉了，或者是因为路遥的病情突然危重，跑到病房让我赶紧去接电话。

我并不知是李秀娥打来的电话，心想只要有人这时候找我，我就觉得他是一个救星。因此我强行拨开路遥死死抓着的我的手，跑到护士办公室，拿起电话，一听是李秀娥。我带着哭腔说，路遥现在病得非常严重，他跟前再没一个人，我得照顾他，你过一会儿再打过来。

我匆匆挂断电话，还没从护士办公室门里出来，路遥在病房里拼命的一声又一声喊我。

快救救我呀，你快救我……

一声声凄惨的喊叫，令人寸断肝肠。

我急忙跑进路遥的病房，紧紧抓着他的手，只能干着急，再没有一点办法。就这样折腾了快两个小时，医院仍然没有能够给他采取必要的急救措施，而我和路遥怀有同样的不满情绪，觉得这是一群废物，看到他现在生不如死，却无动于衷，因此对医生和护士的这种做法感到无比绝望。

事实上我是太着急了，才有这样不满的表现。

那时，我根本不知道，护士已经电话通知了医院总值班室，把路遥的突发病情及时向上级做了报告，医生和护士都在病房里焦急地等医院领导的决策，也就不能盲目地给他进行处理。

可是对于当事人来说，医院的这种处理方式，实在让人难以理解，甚至让人感到有些不近人情。

就在我焦急万分的时候，医院通知了刚回家的路遥的主治大夫马安柱。他几乎是一路小跑，急匆匆赶到传染科，连衣服也顾不上换，就跑进路遥的病房。

我看见马安柱大夫，就像看见救星一样，哭着对他说，马大夫，快看路遥怎么了，他疼得快不行了。

马大夫正给路遥检查是怎么回事的时候，延安地区人民医院医疗办的负责人，手术室的主刀，还有内科主治大夫……凡是可以想到路遥可能出现问题的各个科室的医生，在接到医疗办的紧急通知后，全部集结到了路遥的病房。

一切都是那么的紧张，又是那样的井然有序。

我看见集中在路遥病房里的这些医生护士，仿佛看见了菩萨下凡，突然觉得路遥绝对有救了，那么我也就放心了，再不像刚才那么紧张，也没有了埋怨。

现在,医院这些科室的精英们,紧急聚集在路遥的病房里,经手术室大夫仔细检查,排除了需要给他立即手术的可能。然而,内科主治医生也检查不出到底是什么问题。那么,问题究竟出在哪里呢?他不可能什么问题也没有就疼成这样。为此医疗办负责人又立即通知B超室,马上做好为路遥做B超检查的准备工作。

这时,高其国从路遥病房的门外进来了,他不知道路遥突然出现这样的情况,而他来得也正是时候,这里正需要人帮忙。因此他和延安报社的李必达就成了我最大的帮手。

看见病房里突然来了这么多人,我再不像刚才那么紧张和害怕,稍微可以松一口气了。是啊,我认为只有在关键时候能派上用场的人,才是可以永远珍惜的朋友。而李必达和高其国,像及时雨一样地来到路遥病房,可以说他俩来得恰逢其时。

马大夫也不顾自己是一位医生,一路小跑地去帮忙联系相关科室,让我把路遥抬到门诊楼的B超室做一个全面的检查。

我从传染科水房里取来担架,把路遥抱在担架上,高其国和李必达在前边一人抬一头,我一个人两只手抬着担架的后边,从传染科的楼道里抬着路遥,就往门诊大楼的B超室走。

医院的B超室设在门诊大楼的三楼,也许是我心情太紧张的缘故,抬着他刚刚上了门诊大楼的二层,我的腿就软得实在走不动了。因此我上气不接下气地说,赶紧把他放在楼道里歇一会儿,我腿软得不行了。

高其国看到他同学是这样的状况,也许是紧张的缘故,我看见他已经是满头大汗,把路遥放在二楼的楼道里直起腰,撩起衣服擦着自己脸上的汗水,还不忘安慰我,你别太着急,路遥绝对不会有什么事。

在楼道里稍微缓了一口气,抬着路遥费尽力气到了三楼B超室,把路遥在门口一放,我对高其国说,你赶紧回文联把老曹叫来,然后再叫上几个人,我实在抬不动路遥了。

高其国说,那你一个人在这里能行?

我说,能行,你赶紧去,这里还有李老师。

高其国急急忙忙地跑着下楼叫人去了，我扶着路遥走进 B 超室。然而，B 超检查的结果是，路遥除了腹内有一些积水外，再没有发现任何问题，只是肠子上有一块豌豆大的疤痕。为此，一位大夫问路遥，你以前是不是患过阑尾炎？

路遥说，没有。那么，不是阑尾炎又会是什么？我就不得而知了。医院给他做完 B 超，也没检查出什么问题，马大夫仍然不放心，决定再给他拍一个片子。

就在马大夫做出这样的决定，老曹和高其国还有文联的几位同志气喘吁吁地从门诊大楼跑上来了。我看见老曹，就像在一个荒原上看见了自己的亲人一样，感觉到一种从来没有的轻松和激动，甚至想抱住他，在他跟前大哭一场。

时间已经不早了，现在还没时间轻松，我稍微缓了一下，慢慢搀扶着路遥，把他再次放在担架上，抬着他往一楼的拍片室走。刚走下三楼，路遥突然给我说，我的一只凉鞋不见了。

我说，现在管不了你的凉鞋，找不上没关系，赶快去一楼拍片，拍完再给你去找。

路遥听我这么一说，也不再说什么了。

现在老曹带来了几个人，那么抬路遥的事就不需要我上手了，我跟在他们的身后，把路遥抬进一楼的拍片室，我在门口等着，文联的几位同志便跑到楼道里给他找凉鞋去了。

事情真的有些奇怪，路遥的一只凉鞋在担架上，可他的另一只凉鞋哪里都找不到，楼上楼下，几乎能找的地方都找了，就是没有。

鬼知道他的那一只凉鞋哪里去了。

拍片室的医生很快给路遥拍了片，我在扶他往担架上躺的时候，李必达发现担架的枕头底下有一只凉鞋，便对路遥说，你的凉鞋就在担架上。

我把路遥的凉鞋拿到手里，对他说，这不是你的凉鞋，还要去别的地方找。

你给我。路遥说，让我拿着。

我说，放在你身边就行了。说着，我把他的凉鞋放在他枕头底下，等把他抬进病房，已是晚上 9 点了。

路遥的病慢慢缓解了一些，疼痛也不像刚才那么厉害了，起码他可以忍受。然而回到病房不久，就又来了一个电话，仍然是在找我。

我以为是李秀娥，她知道路遥病情严重，一定是不放心，所以又打电话来问情况。因此我急忙跑过去，抓起电话一听，却不是李秀娥，而是路遥的弟弟王天乐。

王天乐在电话里焦急地问我，我哥现在怎样？

我说，比刚才稍微好了一些。

王天乐又问，医生没说他是什么问题？

我说，医院正在会诊，估计会诊结束后会把结果告诉我，等有了结果，我再告诉你。

王天乐说，过一会儿我再给你打电话。

晚上 10 点，医院对路遥的病情会诊一结束，值班护士让我去一下医疗办。我按照值班护士告诉我的房间走进去，看见房间里有不少人，其中有位戴眼镜的，像医院领导。他对我说，经初步诊断，路遥是腹水感染引起的肝区疼，再没发现什么大问题。根据目前路遥病情发展情况，我们建议他转院治疗。

我说，让路遥转院我没意见。但有一个问题，转院的事情能不能你们直接告诉他，这样可能会好一些，并且告诉他的时候，不要让他感觉到医院不治他了，而是这里医疗条件太差，希望他到比较好的大医院去治疗。

嗯嗯。我们当然不会说不治他了，这不是自己打自己的脸嘛，对任何一个病人，我们不会说这样的话，路遥就更不要说了，这个你放心。而且我也提醒你，再不要说我们医院条件太差。是的，我们医院条件是不好，但你也不要这样诋毁医院，别忘了，你也是陕北人。那个戴眼镜的领导看着我，不客气地把我批评了一顿。

我意识到自己说话没注意，事实上我也说过这样的话，在路遥跟前说得最多，意思是想让他转院，没有别的含义。可能是我说的话让护士或其他人听到了，就传到医院领导的耳朵里。因此医院领导就对我有这样的看法，今天正好是批评我的一个机会。

知道是自己的问题，我忙承认错误，对不起，是我没把话说清楚，路遥是聪明人，我怕他有想法。

但这个戴眼镜的领导，紧紧抓住我的话不放，有种针锋相对的阵势。可我不计较这一切，便说，你们就当我是疯子，心里一着急，就在这里胡言乱语了。

房间里那几个人看见我这样，都笑了。

我走出医疗办，回到路遥的病房，看到他再不像刚才那样疼痛难忍，但仍然能够看出他被病魔折磨得那个面目全非的样子。然而尽管是这样，他还关心地给我说，哎哟，我这次可把你害惨了。

我急忙说，你也不想这样，可是那个病不由你，我现在想跟你商量一件事，就是转院行不行？

路遥看了看我，没说什么。过了一会儿，他看了我一眼，然后对我说，你觉得转院好，还是……

我说，当然转院好，这里毕竟是地区医院，无法跟省城的大医院比，你可不敢在这里把自己耽误了。

你让我再考虑一下。路遥思想突然有了一个很大的转变。可是他的这个转变，也让我大吃一惊，不知道他的真实原因是什么。因为好几次，我一提让他转院，他就给我发脾气，而且在我跟前说一些非常难听的话，甚至说转院就是让他死，所以我从那时起，就再也不敢在他跟前提这个事了。

其实，对于路遥转院，那是所有朋友的一个共同愿望，都希望他能够尽快转到一个条件比较好的大医院去治疗，可他就是不愿意。也许是这次吃了苦头，他才能够正确面对转院的事了。

路遥经历了一场惊心动魄的生死较量，现在渐渐变得平静了，而他的心情也舒畅了一些。为此，我乘这个机会，赶紧给他说，还有个事没来得及告诉你，刚才天乐打来电话，问你的情况。

路遥说，他怎知道的？

我说，你疼得特别厉害的时候，李秀娥给我打了一个电话，我顺便告诉了你当时的情况，可能是她告诉了天乐。就在我正跟路遥说话的时候，值班护士在楼道里又喊我了，让我快去接电话。路遥问我，这么晚，谁还给你打电话？

我说，可能是天乐，他刚才问你到底怎么了，我说医院正在会诊。他让我会诊结果出来后告诉他。他可能担心你，所以又把电话打过来了。

路遥紧皱着眉头说，你不要理他，他现在知道着急了，让他着急着，好像我就是他的累赘。

我说，你体谅一下他，我觉得他对你挺好，不就是晚来延安几天，他又不是不管你。

路遥没再说什么，躺在病床上一副沉默的样子。

我看见路遥的态度不再那么强硬，也就默认我可以去接这个电话，而他实在顾不了那么多，已经累得躺下了。于是，我赶紧从门里跑出去，走进护士的值班室，简明扼要地把知道的情况告诉了王天乐。

王天乐知道路遥安然无恙，仅仅是一场虚惊，长出了一口气说，你告诉我哥，我在西安处理一些事，处理完就来延安。他一下就那么严重，把人能吓死。

我说，你现在可以放心了，医院没检查出什么大的问题，他只是有些肝腹水。

王天乐说，我知道不会有大问题。

我跟王天乐通完电话回到病房，路遥问我，医生给你说我是什么问题？

我说，没检查出什么问题，就是肝腹水了，不过不要紧，医生怀疑你疼成那样，有可能是腹水感染引起的肝区疼。

路遥说，狗日的，险些把人能疼死的光景。

我问路遥，你现在感觉怎样了？

路遥说，现在什么事也没有，他妈的就像一个毛鬼神一样，疼起来要人的命一般，那时我实在撑不住，觉得还不如死了就不会这样痛苦。

我说，那你赶紧睡觉，已经快半夜了，明天还有好多事，老曹说他明天陪你。

路遥说，那你怎睡？房间里连床也没有，你总不能天天在椅子上坐着睡觉，我看见你这样陪我，心里很过意不去。

我说，不说这些，农民的孩子，吃一点苦有什么关系，已经折腾了大半夜，你不能再这样折腾，赶紧睡觉。说着，我就拉灭了房间里的灯，一个人悄悄从病房的门里走出去。

我走到楼道口，看见值班护士的门仍然开着，从门里看进去，我看见值班护士照旧在那里辛勤地忙碌着，觉得当一个护士也是挺不容易，这么晚还不能睡觉，坚守在自己的工作岗位，真让人肃然起敬。

今天晚上的值班护士是张泉颖，据说是陕西卫校毕业的，人长得白白净净，说话细声细气，性格温柔。关键是她针扎得好，一针就能扎到位置，路遥经常在我跟前夸她，只要是张护士给他扎针，他一点也不害怕。

在医院里，一般不允许陪的人留宿，我总是偷偷摸摸在病房里陪路遥。而今晚情况特殊，医生和护士都不让我离开，害怕半夜三更再出什么情况，路遥又没家属陪在身边，只能抓住我不放，甚至把我当他的家属了。

已经这么晚，我看见楼道里再没人，就悄悄地在楼道口那个床上躺下，想抓紧时间睡一觉。我没有那么多的毛病，也根本不讲究，有一个能躺人的地方那就幸福得不得了了。当然，有一个床睡觉，总比坐在凳子上熬一晚上要舒服好多，关键在路遥的病房里，已经没办法睡人了，仅有的一把椅子，也让护士放了一个仪器。

楼道拐角处那个床正是我睡觉的好地方。我就这样刚刚躺在床上，小张就从护士办公室出来了，怀里抱一块漂亮的毛巾被，走到楼道里一眼就看见我躺在楼道拐角处那个床上，她便对我说，你怎睡在这里？那个床不能睡人。

我赶紧从床上爬起来，不好意思地给她说，我确实累得不行，你就让我睡一觉，反正放着也是放着。

小张说，不是不让你睡，那床刚从病房里抬出来，还没消毒，一点也不干净。

我说，那我回路遥的病房，在他床边躺一会儿。

小张把她怀里的毛巾被递给我说，这个是我的，你不要嫌弃，干净着哩。小张这个温暖的举动，激动得我差点流出眼泪。

9月1日，中共陕西省委书记张勃兴看了省委宣传部《关于路遥同志病情的通报》，立即在上面批示：

> 请卫生厅党组关心一下，是否派专家会诊，可同延安地区商量，如回西安，可安排在条件较好的大医院精心治疗护理，以便尽快恢复健康，并问候路遥同志。
>
> 　　　　　　　　　　　　　　　　　张勃兴
> 　　　　　　　　　　　　　　　　　9月1日

当然，工作繁忙的省委书记张勃兴，并不是在看到省委宣传部关于路遥病情的通报才做出这样的批示。在这之前，他得知路遥患病住在延安，就让他的秘书胡悦打电话给延安地委，让地委领导代他去医院看望路遥，并转告他对路遥同志的问候。

那时路遥并不知道，他患病住院已经惊动了陕西省的高层领导。9月2日，省委书记张勃兴的秘书胡悦，再次打电话给延安地委，告诉了省委书记的重要批示。延安地委副书记张志清和秘书长张连义，在接到胡悦的电话后，及时赶到医院，向患病住院的路遥转达了张勃兴书记的批示，并一再告诉他，如果有什么困难，尽管给我们提出，我们竭尽全力帮助解决。

路遥躺在病床上，只能向他们微笑着，并一个劲儿地表示感谢。

延安地区领导转达了省委书记的重要批示，便离开了医院。然而路遥显得非常平静。他说，省委领导这么关心我，可我的病实在是不争气呀。

我说，你对自己要有信心。

路遥说，有信心顶什么用，还不是好不起来，我看怕是没救了，一天起来是这样，两天起来还是这样，你说我能有什么办法。

我说，你没办法不等于医生没办法，事情绝不是你想象的那样，你要打起精神，说不定哪天突然好了。

路遥说，你别安慰我，我能感觉到是怎回事。

事实上，他住院治疗快一个月了，病情丝毫没有好转，而且一天比一天严重。看到他不断加重的病情，我非常着急，也有些害怕。因此我不断给他做工作，让他转到西安治疗，那里的医疗技术好，说不定用不了多长时间，他就可以出院回家了。

经历了几次危险的病情，路遥渐渐意识到自己病情的严重性，勉强同意转到西安接受治疗。

二十三

路遥说，你看咱要离开延安了，而我这次回到延安哪里也没去，不知道再有没有机会回来，我很想到宝塔山上看一看

路遥同意转到西安治疗，那就意味着他的心还没有绝望到不想治疗的程度，他也觉得自己的生命还十分顽强，远远没有到他生命该结束的时候，对此我感到非常高兴。

这是他患病住院以来的一个重大转折，也是他对自己病情的一个全新认识。他做出这样的一个决定，确实是人们一直期待的好消息，我把这个消息第一时间告诉了他的朋友曹谷溪。

老曹知道后，非常高兴，觉得路遥总算醒悟了，因此他一大早就跑到路遥病房，要给有些任性的路遥好好上一堂课。

实事求是地说，老曹对待路遥就像亲兄弟一般，几十年如一日，从没改变。因此他一走进病房，就对躺在病床上病情危重的路遥说，说你是条汉子什么时候都是条汉子，你看现在又人模人样，什么事也没有了，昨天晚上你就是想方设法往死里整人哩。如果你早一天做出这样的决定，说不定就不会发生昨天晚上的事情。

然而，老曹不管说什么，他只是一个劲儿地笑。

我对老曹说，如果你上午不忙，就在这里陪他，我到地委宣传部去一下，路遥同意转院，那就抓紧。我去跟白崇贵部长商量一些事，一会儿就回来。

老曹说，你去你的，我就是伺候人的命，能有什么办法，我不陪他谁陪，你看能有几个人顶上事。我早就说让他转院，可他就是一个犟板颈，以为我是害他，我的话他就一点儿听不进去，自己吃亏了才知道。人在什么时候也不能太任性，更不能耍那个二杆子。

老曹这样数落着路遥，那是发自内心对路遥无微不至的关心和爱护，否则他才懒得说这样的话。看到老曹和路遥在病房里有说有笑，我对老曹说，那我现在就去了，害怕晚了白部长开会一走，我就找不上人了，有你在这里，我最放心。

老曹说，放宽你的心，这里交给我。

路遥在延安患病住院的这些日子，我才知道什么是真诚相待，老曹不厌其烦地给路遥蒸洋芋擦擦，熬小米稀饭，想尽一切办法调剂他的生活。记得有回，老曹到街上出去办事，忽然看见有位老太婆卖黄煎①，他想到路遥在病床上什么东西也不想吃，觉得这个比较稀罕，说不定路遥会喜欢，他就买了两个拿回家，而且他还害怕凉了，就悄悄放在他家的高压锅里，准备办完事回来送到医院让路遥吃个新鲜。然而，老曹的老伴和他的女儿并不知道这回事，回到家把高压锅往开一打，发现了那两个黄煎，母女俩也没多想，就把黄煎吃了。老曹从外边办事回来，准备把高压锅里放的黄煎送到医院路遥的病房，可他打开高压锅一看，锅里哪还有什么黄煎。

老曹知道，家里再没其他人，就有老伴和女儿，肯定是她俩吃了。因此老曹非常生气，扔盆子掼碗，甚至大呼小叫地训斥老伴和女儿：你们怎这么嘴馋，知道那黄煎是给谁买的？什么时候学下这么多的毛病？

那天我刚好有事去了老曹家，这样难堪的场面让我给碰上了。我看见

---

① 一种陕北小吃。

老曹在他家房子里大发雷霆地训着他的老伴和女儿,气氛非常紧张,一下也把我给吓住了,不知是什么情况。而在我的印象中,老曹根本不是这样的一个人,人人都说他心胸开阔,非常大度,说话有分寸,可是现在我看见的老曹,显然跟这些词一点也不沾边,也动摇了他在我心目中的美好形象,他那暴跳如雷的样子,简直就是一头暴怒的雄狮。

面对此情此景,我感到尴尬甚至有些难堪,几乎是走不是,站不是,搞不清他家里到底发生了什么事情让他这样。而此时此刻老曹的老伴和女儿,像自己犯了什么不可饶恕的罪行一样,心里的紧张不言而喻,甚至不敢用正眼看老曹一眼,乖乖地在屋子里的脚地上呆站着。

老曹仍然得理不饶人,根本不听他老伴的解释,没完没了地不停数落着。老曹的老伴看见他这样,一个劲地给他赔不是,说自己确实不知道,是她错了。而他那女儿害怕得像一只受惊的小鸟,不停地闪动着她那一对好看的眼睛。

慢慢我才搞清楚事情的来龙去脉,老曹之所以这样给他的老伴和女儿发火,就是因为他给路遥买的那两个黄煎。唉,就为这一点小事,他何必要如此大动肝火,有这个必要吗?

可老曹不这样认为,他觉得这不是他简简单单给路遥买吃的那么一点东西,在某种程度上,那是他对路遥的爱。他的这份爱给谁的就是谁的,一点也不含糊,别人不能随便改变他的意愿,否则就是问题。

对于这件事,老曹的老伴也感到很委屈,觉得她跟他在一起生活了几十年,何止是两个黄煎,哪怕比黄煎更珍贵的东西,也不应该对她这样,她分明感觉到路遥在他心里的分量比她和女儿重要。但是从另一方面说,她也不计较,几十年他怎么对路遥,她心里非常清楚,更何况路遥重病在身。因此她内疚地说,我确实不知道你是给路遥买的,明天我出去给你买两个。

就为这么一点事情,我不赞成老曹这样,因此我对老曹说,这就是你的不对了,我还以为是什么事,为两个黄煎,你没必要这样大呼小叫,就不怕人笑话,都不知道路遥吃不吃。

可是,老曹的原则性很强,路遥想吃不想吃,那是路遥的事,但他给路遥买的，那是他的一片心意……

那么现在老曹在病房里陪路遥，我没有不放心的，就很快去了地委宣传部，找到白崇贵部长，把昨晚路遥病危的情况以及他同意转院的事，给他做了汇报。

白部长问我，那你需要我们做什么工作？

我说，想让你把路遥的这个情况，报告给省委宣传部或省作协，让他们抓紧时间在西安联系一家医院,只要把医院联系好,我就办他的出院手续。

白部长说，放心，我尽快向省委宣传部汇报。

我把这件事一落实，想顺便去一下政协见一见冯文德主席，可我又害怕影响他的工作，就从延安地委离开回到医院，走进传染科医生办公室，看见马安柱大夫正在做路遥的病情报告。

我笑着对他说，马大夫，告诉你一个好消息，路遥已经同意转院了。

马安柱说，这个事我已知道了，刚才我去了他的病房，他告诉了我。这样好，路遥作家的病很严重，不敢再拖延时间了。

我说，感谢你这段时间的精心治疗。

马大夫说，这是我的职责，没什么感谢的，关键是我的水平有限，没能把路遥作家的病给治好，我心里实在是有些愧疚。

我说，那不是你的问题，你已经尽力了。

既然马大夫知道了路遥转院的事，那我就没必要在他办公室里再待下去。因此我离开了医生办公室，走进路遥的病房，看见路遥和老曹谈得热火朝天，根本看不出他是一个病情危重的人。

老曹见我回来，便站起来对我说，你回来我就回去了，中午给你俩做一顿拿手好饭。

我笑着对老曹说，你真是一个好人，怪不得路遥不想离开延安，都是你给惯下的毛病，而我的毛病也让你给惯下了，真的有些舍不得离开。

老曹说，该留时留，该走时必须走。

我知道老曹说的是什么意思，便看着他从病房的门里出去，我问路遥，你俩在病房说什么了？我看见你俩那么高兴真不忍心破坏了你俩的情绪。

路遥微笑着说，就是想起我俩在延川时的那些事。他这样说着，仍然面带微笑看我。我看到他这样就能猜到他肯定是要给我提什么苛刻的要求，在住院这段时间，我慢慢对他有了更多的了解，他只要有什么特殊要求并且这些要求一般别人不可能答应时，他一般都不直接说出来，等着让你去问，然后他再提他的要求，这样很容易达到他的目的。

以前他总是发号施令，一点儿也不客气，现在他客气起来反倒让我受宠若惊。当然，他不说我也不直接去问。过了一会儿，他实在忍不住了，这才给我说，你看咱就要离开延安了，你能不能给护士长说一声，让我走前上一次宝塔山。

我惊讶地问他，你上宝塔山干什么？宝塔山你上过无数次了，这个绝对不行。

路遥一听我断然否定了他提出的要求，一下就生气了，便不留情面地指责我，你怎是这样一个人，我什么也不能干了，你以为我不行了，就可以这样虐待我？

我没想到他会说出这样的话，觉得很委屈，眼泪不由得流下来，扭头就从门里出去。

这是仅有的我给路遥当面耍的一次态度。

那时，我很想去一个没人的地方，痛痛快快地哭一鼻子，觉得他太不理解人了，我不让他上宝塔山并不是我有别的意思，主要为他的身体着想，可他怎么说是我虐待他呢？我不知他想过没有，这些日子我在延安是怎么熬过来的，几乎像一个乞丐，厚着脸皮在延安到处混吃混住，有时连一个吃住的地方也没有，我这样做为了什么？而我又能向谁说这些？可他却这样对我……

我怀着痛苦的心情，恍惚地走到楼道口，在楼道口没人的地方站了好长时间，也想了很多，觉得他说出我虐待他的话，简直太让我寒心了。然而我又一想，这绝不是他的本意，他都病成这样了，我还计较他什么呢。想到这里，我还是回到了他的病房。

路遥看见我从门外进来，一把拉住我，泪流满面地说，实在对不起，你这些日子也不害怕我这个病传染给你，不离不弃地照顾我，你是我的好兄弟，你一定要原谅我。

我抱着路遥安慰他说，你不要说这些，我知道你心里有委屈，也知道你对一些事不理解，一直憋在自己的心里，没一个发泄释放的地方，正好我在你的身边，你不给我发几句牢骚给谁发呢？再说，如果我对你斤斤计较，那我为什么还要一直陪你？怕早离开了。

路遥说，我知道你不计较我。

此刻，我慢慢松开抱着的路遥，拿脸盆在水房里打回一盆洗脸水，给他洗了脸上的泪水，然后对他说，其实不是我不让你上宝塔山，关键怕你的身体撑不住，医生一再给我交代，让你安心治疗。如果不是这样，你想上宝塔山，那算什么事情，简直太容易了。

路遥说，我知道你是为我好，害怕我出问题，只要你能原谅我，我心里就高兴。至于上宝塔山，你说不能上我就不上了。

我说，过会儿我问一下护士长，看她是什么意见。

路遥说，你别问了，我理解你的心情。

我说，我希望你健健康康地站起来，再别想那些没用的事情了，上宝塔山有的是机会，等你病好了，再回到延安，想什么时候上就什么时候上，而且想上几次上几次，绝对没一点问题。

客观地说，就路遥目前的身体状况，我那时做出不让他上宝塔山的决定是正确的。虽然做这样的决定我有些自私，甚至考虑自己的因素多一些，害怕他上去出什么意外，我承担不起责任。我现在回想起来，突然感到有一些后悔。后悔没能满足他的这个要求，如果我知道他离开延安后再也不可能踏上这块土地，那我说什么也要让他登上宝塔山，纵观延安城。可是，这个世界上绝对没有那么多的如果。

9月3日下午，省作协办公室主任王根成给我打来电话，说已经给路遥联系好了医院，问我什么时候从延安出发，如果时间能确定下来，尽快告诉他，他负责安排接站。

我说，现在还不能确定，只要医院联系好，我就去找延安地区领导，让他们帮我买回西安的火车票，只要火车票买好，时间确定了，我就告诉你。

你辛苦了，一定要注意身体，那我等你的消息。根成说，我们西安见。

听了根成的这些话，我觉得心里暖洋洋的。

想一想这些日子里，我整天待在医院的传染科，几乎与世隔绝，有好多人对传染科望而生畏，觉得那就是传染的地方，去那里的人说不定就会被传染。最为明显的是，医生和护士的办公室都不允许我们这样的陪护人员随便进，仿佛我们这些陪护人员身上都带着病菌，随时可能会传染给别人。那么，我一个二十来岁的小伙子，整天在这样的环境里，难道就不害怕传染吗？

我不求别人能给我什么，也没有奢求别人能够对我的行为表示赞美，我只希望有人能理解，能够听到一句让我心里感到温暖的话，我就知足了。

我在没得到单位给路遥在西安联系好医院的消息之前，是不敢让地区领导帮我买票的，而我也无法办理路遥的出院手续。他现在是一位危重病人，一旦转院就必须尽快住院治疗，时间就是生命，中间不能有一点偏差。因此当我得知单位已经在西安给他联系好医院，急忙去了行署办公室，找到副主任樊高林。

樊高林不仅是行署办的领导，也是路遥的朋友，我还听说，他也是路遥延安大学的同学。到底是不是，关系不是很大。然而有一点，不管我在什么时候找他，他无论工作多忙，都会想方设法挤出时间，帮助解决路遥的问题和困难，一点官腔也没有。所以我走进他的办公室对他说，樊主任，作协已经给路遥在西安联系好了医院，这样有利于他尽快恢复健康。在延安这些天，无论是路遥还是我，得到了你无微不至的关心和帮助，我代表路遥表示感谢。

樊主任看着我，微笑着说，你看你说的，都是自己人，跟我客气什么。帮助路遥解决困难，那是我义不容辞的责任，我们不说这些了。

我说，那我不耽误你时间，长话短说，今天找你是让你再帮忙买四张去西安的软卧火车票。

樊高林问我，你想要买什么时候的？

我说，你看5号怎样？

樊高林说，没问题，我马上安排人落实。

我对樊主任说，还想给你提一个要求，你安排人给我买票时，能不能买同一个软卧包厢的车票，这样就可以把护送路遥的医生和护士安排在一起，方便在火车上照顾路遥。

樊高林说，这个没问题，就按你说的办。

很快，火车票落实到位，是一个软卧包厢。此时，路遥转院的事已经办得差不多了，我去了地区文联老曹家，我对他说，老曹，路遥就要离开延安，你看要不要给路遥的那些朋友通知一声。

老曹说，延安就这么大一点地方，什么事能瞒得住人，怕还没通知就都知道了，你去忙你的事，这个你就不要操心了，我来安排。

我笑着说，有你这句话，我还操什么心。

路遥在延安住院的这些日子里，不光老曹一个人，还有冯文德、白崇贵、师银笙、高建群、王克文、李必达、李志强，以及那些我认识却叫不上名字的朋友，都给了他无微不至的关心和帮助。那么路遥马上要离开延安转到西安治疗，理所当然应该让他们知道。而更重要的一点，路遥什么时候能再回延安，还是一个未知数。因此，给延安朋友们打招呼的事交给了老曹，我集中精力办理路遥的转院手续。首先，我要结清路遥在医院里的所有费用，这个工作非常复杂，护士长和护士逐一核对账目，逐一汇总数字，工作做得相当仔细。

主治医生也是此时此刻最忙的一个人，他的敬业精神令人敬佩。这几天他几乎中午也不休息，全神贯注埋头在做路遥的病情报告，而且他忙里偷闲地准备着路遥在途中需要带的一些药。

下午4时，我差不多就办完了路遥在延安的出院手续，刚回到他住的病房，还没来得及给他汇报他出院的事，他最小的弟弟九娃从门外进来了，同他一块来的还有他延安的那个妹妹。

路遥看见他弟弟从他病房门外进来，显得从来没有过的高兴和激动，喊了一声九娃，顿时眼眶里就涌满了泪水。

他在延安住院这一段时间里，深刻感受到了人世间的温暖，同时他也为自己患了这么严重的病，却得不到家人的照顾而深感悲痛，只有他出嫁到延安的妹妹，一如既往地隔三岔五跑到医院来给他送饭。

现在，他的病情更加危重，省委宣传部还专门发了一个他病情的通报，把他的病情赤裸裸地公布于众。不是组织对他要这样小题大做，而是他真的已经到了山穷水尽的地步。

九娃看见躺在病床上病情危重的大哥，失去理智地紧走了两步，一把抱住他哥就号啕大哭起来。

事情来得太突然了，我一把将九娃从路遥的怀里拉起来，责备他说，你不敢这样，要控制你的情绪，你哥绝对不能受太多的刺激。

路遥在病床上大哭不止，根本没听清楚我说什么，一把又一把地揩着眼泪给我和他妹说，你俩出去一下，我有话要给九娃说。

我不知他要给他弟弟说什么，但我担心的是他控制不住自己的情绪，再受更大的刺激而加重病情，那就会影响到他的转院治疗。可是，路遥提出了这样的要求，尽管我有一些担心，但我还必须尊重他的意愿，跟他妹妹一块走出病房，在楼道里还没站稳脚跟，就听见兄弟俩在病房里哭成了一缝水。我一把拉开门，看见兄弟俩抱在一起，号哭得排山倒海一般。

我再次把九娃从路遥怀里拉起来说，你看你，我不是给你一再叮咛，你哥病成这样，不敢让他再受刺激了，可你……虽然我这样埋怨九娃，但路遥好像有一肚子的委屈，根本不把我说的话当一回事，兄弟俩仍然在病房里哭得死去活来的。

路遥一把又一把地揩着泪，不停地给九娃说，哥现在不行了，照顾不了你了……说这番话的时候，他又大声地在病房里号哭起来。

九娃泪流满面站在他哥跟前，紧紧抓着他的手，结结巴巴地说，哥，你不要说这些，你绝对会好起来。

九娃来到延安，那他就是路遥身边的一个亲人。因此我在想，九娃来

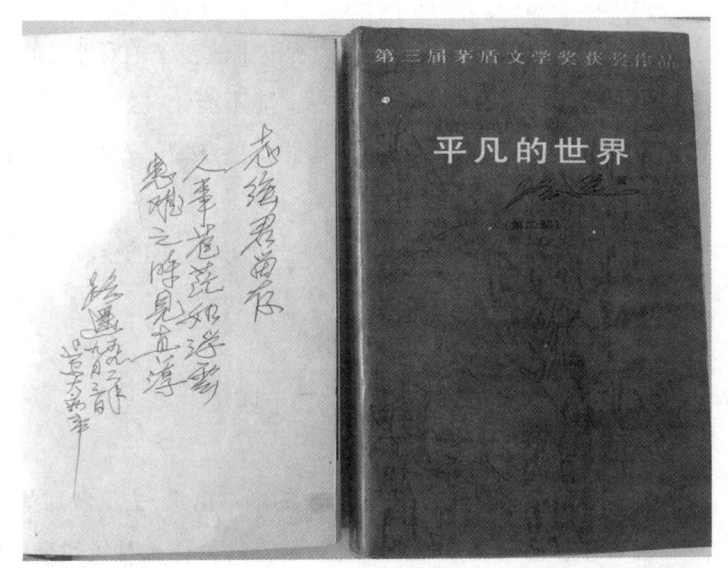

路遥给李志强的签名赠书

路遥在延安住院期间，得到好友李志强的帮助，在他就要离开延安时，在病床上给他签名赠书。

得太及时了，有他陪在路遥身边，我再不担心自己承担什么责任，在医院的一切，由他全权代表。而更重要的是，我再不需要出去一下，就害怕他一个人会不会有什么危险。现在好了，让他陪他哥，我抓紧处理其他事。

在医院里，路遥再也不像原来那样排斥他的这个弟弟了，他现在对他弟弟十分亲热，有说有笑，在很大程度上改变了他对他弟的看法。

到了晚上，我征求路遥的意见，能不能让九娃在病房里陪你一晚，这样兄弟俩还可以多说一会儿话，增强一些感情。令我没想到，路遥痛快地答应了我的建议。

那夜里，九娃陪着路遥度过了一个不同寻常的夜晚。

二十四

路遥说，你赶快把我挎包里的烟拿出来，去给我那些朋友们发一支。就这样，他离开了魂牵梦绕的延安，再什么时候回来，确实是一个未知数了

路遥已经意识到自己再不能一意孤行了。

离开延安，到一个比较好的医院去接受治疗，这是他的明智之举。

路遥对于未来充满着期望和信心。他想有一天，仍然会像过去一样，用高瞻远瞩和审时度势的犀利目光，投入自己的满腔热情，去描绘这个波澜壮阔的时代，创作出比《人生》和《平凡的世界》更为精彩的文学作品，来回馈生他养他的这片土地。这是他的一个宏伟的梦想。因此，他不愿意就这样轻而易举地离开这个世界，也不愿这样轻而易举地放弃自己的努力。他一定要站起来，这个世界对他来说，有太多的吸引力和诱惑力。

在延安地区医院短暂的两天时间里，路遥和九娃慢慢建立了一定的感情，相处得也非常融洽。在这之前，他曾告诉我，兄弟俩年龄相差那么大，而且又很少有见面的机会，关键一点，两个人成长在两个县的不同家庭，相对比较生疏一些。好在血脉相通，有着不一样的情感。因此在中午他弟弟到街上吃饭的时候，我建议他转院到西安治疗时，能不能让九娃一块去。我说，从我这两天的观察，我觉得九娃挺不错，对你尽心尽力，照顾得无微不至，如果让他去西安，医院里就多一个人手了。

路遥听我这么一说，马上全盘否定了。他摇着头说，这绝对不行，你别看他长得茂腾腾的，可他粗手粗脚，什么事也干不了，怕给我端碗水，一下就摔到地上了。我这个弟弟你不了解，现在看他不错，过两天他的本来面目就全暴露出来了。

我说，你怎能这样评价你弟弟，我觉得他根本不是你说的那样，他这两天不是给你打洗脸水，就是给你擦洗身体，比我伺候得强多了。

路遥说，谁家的人谁清楚，你别给我再提这些，到了西安又不是你一个人，还有远村，你怕什么，有你俩就行了，去那么多人又不是打架，关键是他顶不上一个人，光惹我生气。

我说，你不是一直牵挂你女儿吗？远村根本顾不上到医院照顾你，你家里还有一堆事，他哪里能抽出陪你的时间。

路遥说，你还是听我的，这事不要跟我争，我心里清楚，不行就是不行，不能勉强。

路遥不想让他弟弟去西安，我也不好再说什么了，别让他产生一些误会，以为我不愿意照顾他而找了这些理由，那就不好了。

9月5日上午，路遥要离开延安返回西安了。

我办完他的全部出院手续，急急忙忙地走进他的病房，看见病房里只有他一个人躺在病床上，脸和胡子已经收拾得干干净净，就像乡下人走亲戚一样，精心把自己打扮了一番，而且他的情绪也比较稳定。

然而，我好一阵不见他弟弟，不知他哪里去了。

我心想，他怎么是这么一个人，难道他真的就像他哥说的那样，一点儿也不靠谱？但不靠谱也没有他这么不靠谱的，他哥眼看就要离开延安，可他倒好，不在医院好好陪他哥，却不知跑哪里去了。因此我问路遥，这么一阵不见九娃，他哪里去了？

路遥看了我一眼，然后不紧不慢地说，我把他打发到我妹妹家去了，不想让他待在我跟前，我一看见他们在我身边，心里就难受。特别是我那妹妹，你也看到了，她就是那么善良，看见我病得住在医院，来一回医院她哭一回。因此在我走的时候，不想看见他俩，那样我会受不了。

原来九娃离开他的病房是这个原因。

我看了看他，便说，你看你就要离开延安了，不让你弟弟妹妹送你一下，他们心里也会像你一样不好受。

路遥长叹了一声说，你不明白，我这次离开延安跟往常不一样，往常是欢天喜地，而这次我病得路也不怎么会走了，谁看见心里都难过。因此，我不想让他们看到我这个样子。

是的，路遥这次离开延安，当然跟以往不一样，绝对是一个让人无比悲伤的场面，不仅他心里难受，就是他延安那些朋友，看到如此吃钢咬铁的一个人，突然成了现在这个样子，心里也怎能会好受。因此他毫不客气把他弟弟打发到他妹妹家，不许他弟弟和妹妹到医院和车站送他，这样他心里就会好受一些。

路遥是一个性情中人，他看见他弟弟和妹妹，就控制不住自己的情绪，在一起哭哭啼啼、生离死别一样，那样他的情绪就会一天都缓不过来。

我非常能够理解他这样一种心情。

眼看就要离开延安，我问他，早上想吃点什么？要不让我出去给你买一碗小米稀饭，到西安就吃不上延安这么香的小米稀饭了，一会儿咱就要坐车走，时间有些紧张。

路遥说，可以，我就吃小米稀饭。

我拿着他病房里的碗，急急忙忙地从医院的后门跑出去，在早市上给他买了一碗热气腾腾的小米稀饭，拿到他的病房，放在小桌子上，把桌子推到他床跟前，让他趁热赶快吃。

路遥没说什么，趴在我给他推到跟前的小桌上，挣扎着把那一碗小米稀饭吃完了。

我看着路遥，问他，你还想吃点什么？

路遥说，一碗小米稀饭可以了，别的不想吃。

我说，不想吃就不要勉强了。

路遥点了点头，呆呆地坐在病床上，一副愁眉苦脸的样子，我不知他心里在想什么。

时针已经指向1992年9月5日上午8时。

这是两天前，我同延安地区行署办公室副主任樊高林商量好从医院出发的一个时间。他代表延安地区行署来医院送路遥到火车站，并由他亲自制定了路遥的车队去火车站的行进路线。那就是上午8点从延安地区人民医院的后门大街上乘车出发，穿过延安的中心大街，然后到达火车站广场。

樊主任问我，你觉得这样安排怎样？

我说，你怎么安排都没问题。

就是在这天早晨，老曹早早来到了路遥的病房，他提前在病房里看了一下路遥没有什么问题就离开了。他在路遥离开延安之前，还有好多工作要做，特别是路遥在延安的那些朋友，他一个一个地打了电话，告诉了路遥就要离开延安的消息。他这样通知路遥延安的朋友，并不是让他们都到医院来送路遥，而是让路遥的这些朋友知道就行了，尽量不要到医院去，更不要去火车站。他知道路遥比较敏感，害怕去了那么多的人，反而会增加路遥的思想负担，甚至再加重他的病情。因此他觉得路遥情绪比较稳定，没什么问题，就又忙着安排路遥离开延安的一些事情去了。

虽然老曹和樊主任提前做了这方面的工作，尽量减少一些送行的人和车。然而，就在路遥准备离开时，延安地区人民医院的院子里，仍然还是聚集了很多为他送行的男男女女。

在如此庞大的送行队伍中，有一直关心支持他的延安地区政协主席冯文德，地委宣传部部长白崇贵，延安报社总编辑李必达、记者李志强，文联的杨明春、高其国，延安群众艺术馆的王克文以及我认识和不认识的上百名干部群众，一直默默地站在医院后边的街道两侧。

送行的这些人都是路遥的好朋友,他们知道他今天要离开延安,无论工作多么繁忙,也不管有什么重要的事,都早早来到地区人民医院,用无比期待的目光,等待着这位已经被病魔折磨得不成样子的作家。

他实在是太累了,为讴歌这块英雄的土地和人民,他没来得及好好休息一下,放松自己的心情,就病倒在他热爱的土地上了……延安的父老乡亲们深深地为他惋惜,也真诚地为他流下悲伤的泪水……

就在昨天晚上,老曹还一再给路遥的那些朋友们交代,能不到医院去送行的尽量不要去,他害怕场面过于悲壮而影响到路遥顺利抵达西安。然而,送他去延安火车站的车辆压缩了再压缩,人员减少了再减少,但怎能控制得住呢?

此时此刻,延安地区人民医院后边那个狭窄的街道两旁,已经排满了各种各样的车辆,黑压压的人群静静伫立在医院后门的街道两侧,没有一个人在这时候高声说话,仿佛空气中也弥漫着一种悲壮的气息。

一到8点,我和老曹按照约定的时间,搀扶着病重的路遥,从他住了近一个月的病房缓缓地走出来,一步一泪地走向停靠在医院后门口的那辆小轿车。

他的步子迈得无比沉重,眼睛里含满泪水。

此时,比较敏感的路遥感觉到街道两边站了许许多多送他的好朋友、好兄弟、好姐妹,慢慢抬起他那颗曾经异常兴奋的头,用自己已经有些模糊的眼睛,看着为他送行的父老乡亲,艰难地抬起手,向他们挥手致意。

这样的场面太悲壮了。

今天一大早,经常去路遥病房的冯文德、白崇贵还有樊高林,再不像往常那样,谁也没有去路遥的病房看他,害怕去了给他带来不稳定的情绪,只能静静地站在医院外的街道上,维持着秩序,不允许送行的任何人靠近路遥一步,也不允许太多的人到延安火车站去送行。

然而,尽管如此,仍然有十三辆送行的小轿车,五十多位送行的人去了延安火车站送路遥。

就这样,送行路遥的车队缓慢地穿过延安大街,徐徐驶进延安火车站广场。

路遥在延安火车站广场下车，由他的好朋友曹谷溪、冯文德、白崇贵和延安的其他几位朋友搀扶着，朝火车的站台上走去，而通往站台的道路两旁，站满了黑压压送行他的人群。几位执勤的铁路警察，飞快地跑向路口，为作家路遥打开了一条绿色通道。

路遥被扶上了开往西安的火车。

可是，他不愿意到火车的软卧车厢里去，而非要坐在紧挨车厢过道窗口的一个凳子上。尽管他已经筋疲力尽了，甚至肝区疼痛难忍，可他仍然支撑着，用低沉的声调对我说，你快把车窗给我开大一点。

透过了那层车窗的玻璃，路遥趴在车窗口，用已经模糊的双眼，看着为他送行的这些家乡父老，再也无法控制自己的情绪，泪水禁不住地滚滚流淌。

车窗外的站台上，已经站满了送行他的延安父老乡亲，听到他病重而低沉的声音，也像他一样，一个个泪流满面。

此时，他的弟弟和妹妹没有兑现自己的承诺，悄悄来到火车站，就站在这些送他的人群中，没敢跟他们亲爱的哥哥打一声招呼，默默地看着病情危重的大哥，早已哭成了泪人……

我站在路遥的跟前，搀扶着他的胳膊，突然看见人群中他的弟弟和妹妹，急忙给他说，你弟弟和妹妹也到火车站送你来了，你给他们打一声招呼。

路遥慢慢抬起头，一眼就看见站在站台上为他送行的人群中的弟弟和妹妹。也许他在心里想，你们怎么就这么不听话地来了，哥已经成了这个样子，再也照顾不了你们，将来你们的路就要靠自己走了。他就这样慢慢地抬起了手，给他的弟弟妹妹招了招，却什么话也没说出来，只有泪水在他略显苍老的脸上不停地往下流。

这时，路遥突然想起一件事情，含着悲痛的泪水对我说，你快把我的挎包拿过来，那里边有烟，你去给他们散一支。

我想，这是路遥用这种方式感谢送他的人。因此我急忙走进软卧车厢，从他黄色挎包里拿出两盒红塔山香烟，急急忙忙从车厢里走下去，正准备拆开烟盒时,老曹对我说,你把烟给我,我去给他的朋友们发烟。

我把烟交到老曹手里,请他代表路遥,表达一个陕北人民的优秀儿子的真诚谢意,然后便走上车厢。

列车在人们的悲切声中缓缓启动了。

路遥扶在车窗玻璃上,用模糊的泪眼,艰难地抬起手,向送行他的人频频挥手致意。

再见了,圣地延安!再见了,陕北的父老乡亲!

再见了,可亲可爱的陕北黄土地……

火车在一声尖厉的鸣叫声中,缓缓驶出延安宝塔山下不远处的火车站。列车带着路遥很快离开了延安,没有了往日的欢声笑语,也没有了曾经的慷慨激昂,延安那些熟悉的一道道山,一条条沟,让他流淌的泪水打湿了。

就这样,列车驶出了延安,穿过一个隧洞,列车长就来到他的软卧车厢,站在车厢的门口,庄严地给他敬了一个礼,用洪亮的声音说,我是本次列车的列车长,如有什么要求,可随时向我提出,我保证一路平安地把作家路遥护送到目的地。

列车长刚刚离开,列车员就来到路遥乘坐的软卧车厢,打来了热气腾腾的开水,精心整理了床铺,为路遥竭尽全力地提供最优质的服务。

就在这次列车上,那些互不相识的旅客,不知从什么渠道得知路遥也乘坐这趟列车,纷纷来到他的软卧车厢门口,没有大喊大叫,没有前呼后拥,默默地看上他一眼,便自觉地离开了……

此时,全程护送路遥到西安的延安地区人民医院大夫马安柱和护士高洁,还没等列车行驶到路遥视为自己创作的风水宝地甘泉,就在车厢里忙起来了。

高洁在路遥床铺的一边,正聚精会神地配着药物,她要在列车上为他输液,保证他在返回西安的途中,不出现任何问题,竭尽全力护送他平安到达西安。而延安火车站,还专门派了一位负责同志,一路护送。

二十五

  路遥回到古城西安,却没能回到他装修好的家,而是住进了西安第四军医大学西京医院传染科,医院很快给他下了病危通知……

  这是9月5日下午6时10分,西安火车站。
  路遥乘坐的延安到西安的列车就要进站了。
  在西安火车站的站台上,路遥的妻子林达,不停地朝列车驶来的方向张望。她不知道跟他一块生活了十几个年头的爱人究竟病成了什么样子?在这些日子里,她在不停地打探着有关她爱人的消息。有的人告诉她,路遥的病什么事也没有,很快就会好了,说不定再过几天就可以回到西安。她想,只要他能健康地回来,什么事情都不是问题,一切都可以坐下来慢慢商量。她觉得他是一个有担当有作为甚至是顶天立地的男人,绝对不可能这样逃避自己的责任,更不可能言而无信,他那种坚强意志哪里去了呢?怎么能就这样一病不起呢……然而,也有人曾这样告诉过她,路遥病得非常严重,随时都有生命危险,他能不能渡过这个难关,那就看他的造化了。她不相信,自己的男人自己清楚,他不可能就这样轻而易举地结束自己的生命,这些人纯粹胡说。她比任何一个人都了解他,他不可能轻易倒下,也不可能是一个说话不算数的人,怎么可能有生命危险……
  林达在站台上,急切地等待着路遥回来。
  此时,杨韦昕、晓雷、王根成、李秀娥、李国平、邢小利、远村……还有陕西省文化厅厅长霍绍亮、新华社陕西分社记者李勇,一个个静静地站在站台上,急切地等待着路遥乘坐的列车到来。
  路遥的弟弟王天乐,带着一辆三菱越野车,也从铜川赶到西安。此时此刻,他就站在来接路遥的这些人群中,沉默不语,一脸的焦虑。
  列车刚刚在站台上停稳,林达、晓雷、李秀娥还有王天乐就走上火车,来到路遥的软卧车厢，看见车厢里不停呻吟的那位曾经刚强的汉子，现在突然变得如此不堪一击，所有对他的那些问候在此时此刻都显得苍白无力，只好满怀忧患的心情默默地搀扶着他从车厢里缓慢走下来。

此时的李秀娥泪流满面，她紧紧地跟在被她称为小老弟的路遥身后，看着消瘦且不停呻吟的路遥，不断重复着一句话，他怎成了这个样子？

在疾病面前，任何人都不堪一击，路遥也是如此。那时他是多么刚强的一条汉子，可是现在突然变得弱不禁风，基本上连路也走不稳了，摇摇晃晃，一直由接他的晓雷和林达搀扶着。可以看出，他那两条腿宛如麻秆一般，几乎一阵风就能吹倒的光景。

尽管如此，他仍然刚强地抬起自己沉重的头，扫视了一眼接他的这些人，艰难地抬起手，不停地招手致谢。

路遥没能回到西安建国路的陕西作协，也没有走进倾注了他多少心血的新装修的那个家，由他的朋友和单位上同事，把他直接送到西京医院传染科。

那是一个阴冷而与外界几乎隔离了的地方，孤零零地坐落在西安长乐路第四军医大学西京医院门诊大楼旁边的一个小山坡上。四面有一人多高的铁栅栏把这个传染科围得严严实实。而传染科的大门管理得相当严格，没有陪人证，任何人无法随便进去。

这是他非常不想去的一个地方，可是他已经完全丧失了自己的主动权，没有任何选择，情愿不情愿都只能来到这里。

他从延安地区人民医院离开，再一次踏进西京医院传染科的大门。他刚刚进了病房，就有四五位医生和护士齐刷刷拥进来了，开始给他进行一系列紧张烦琐而复杂的检查工作。

抽血化验，评估病情，专家会诊，研究制定一套科学而合理的治疗方案。这里正在精心筹划着一场没有硝烟的战争。那些西北地区比较权威的肝病专家，非常有经验的主治医生和经过专业训练的护士，一个个像久经沙场的战斗英雄，急匆匆地往返在病房和楼道之间，映现出一个个紧张而忙碌的身影。

此时此刻，我确实有些疲惫不堪，就像一个没娘的孩子一样，眨动着惊慌的眼睛，看着那些穿着白大褂的医生和护士，呆呆地站在路遥病房的门跟前。

在这里，几乎没有人感觉到我的存在，也没有人知道我是干什么的。所有送路遥到医院的人，都一个个站在病房门外，神情有些凝重，谁也不说一句话，看着医生和护士给路遥忙着做各种各样的检查，匆匆离开了。

这场没有硝烟的战斗不声不响地进入尾声，医生和护士从病房里出去，走进了他们的办公室，路遥的爱人林达最后一个离开了病房。

病房里突然安静下来，没有了刚才那样的紧张和繁忙。看上去路遥比较平静，只感觉到他有些疲倦，却没有过多的语言，用他已经模糊的眼睛看了一眼我和他的弟弟王天乐，就悄悄闭上了他的眼睛。

王天乐眉头紧皱，在病房里不安地走来走去。这样走了一会儿，突然像想到什么似的走到我跟前说，今晚上我陪我哥，一会儿让车把你送到东大街陕西日报家属院，那里有我的一个宿舍，还可以洗澡，明天我让司机在东大街接你，你再来医院替我。

我说，要不我回建国路，听说延安地区人民医院送你哥的医生和护士住在作协招待所，他们在作协没什么熟人，如果你晚上陪你哥，那我去陪他俩。

王天乐说，这些事有作协安排，我们不管，你好好休息一晚，这些日子你辛苦了。

我说，那也行，你陪你哥，我就去睡觉了。

就这样，王天乐把他在东大街陕西日报社宿舍门的钥匙给我，把我送到传染科的大门口，叫了他带来的司机，让司机把我送到东大街。

我坐着三菱越野车到了东大街，司机把我在皇城宾馆门口一放，就开车去医院了，可我却怎么也找不到陕西日报的家属院，而他的那个宿舍，我就更不清楚在什么地方。我找了好几个来回，好不容易找到了，可走进一看，哪有洗澡的地方，连卫生间也没有，难道他让我在脸盆里洗澡？

时间不早了，我也不再想洗澡的事，就想睡觉。

就在我准备上床睡觉的时候，天乐突然从门外进来了。我惊讶地看着他问，你怎么过来了？医院里谁陪路遥？他一个人在医院能行吗？

王天乐说，医院里有护士，不让人陪。

我说，那你回来，就一张床，我回作协去。

王天乐说，你就住这里，不要去作协，旁边卫生间有淋浴可冲澡，一会儿我想别的办法。

我说，你没必要出去，我作协有房子。

王天乐说，你别管这些，我去找我的同事。他一边给我说，一边在宿舍里收拾他的东西，从门里往出走时还叮咛我，明天中午你到医院，不要去得太早，我先去医院陪我哥。

我说，好的，没问题。

那天，我在天乐的单身宿舍睡了一晚。

天刚放亮我就醒了，一看时间还不到7点，我觉得现在去医院确实有点早，怕医院大门也进不去。而更重要的是，昨晚王天乐给我吩咐，他先去陪他哥，既然天乐有这个意思，那就让兄弟俩和谐地在一起，也是治疗路遥疾病的一剂良药。要知道他在延安住院那些日子，天乐迟迟不去，让高其国给他打了一个又一个电话，可他好不容易去了，还不陪他哥几天。路遥觉得天乐对他不像原来，怨气越来越大，而他的这种怨气和不满，在西安火车站广场表现得尤为突出。就在路遥从火车站广场往停车场走时，他宁愿让林达去搀扶，也不让天乐靠近他身边，几次甩开天乐搀扶他的胳膊。我知道，这是路遥故意让天乐在众人面前难堪。那么，既然兄弟俩之间有了这样一些隔阂，而天乐又明确告诉我，他先去医院陪路遥，因此我就不能去得太早，希望他俩尽快化干戈为玉帛。

这样一想，我就从天乐的单身宿舍离开，步行去了建国路的陕西作协，把延安护送路遥到西安的马大夫和高护士看一下，也是出于对他俩的礼貌。

西安东大街离建国路很近，我走了十几分钟就到了，刚从作协大门进去，就看见马大夫和高护士在作家协会的院子里站着。

我走到他俩跟前，微笑着问，这么早就起来了？晚上休息得怎样？是

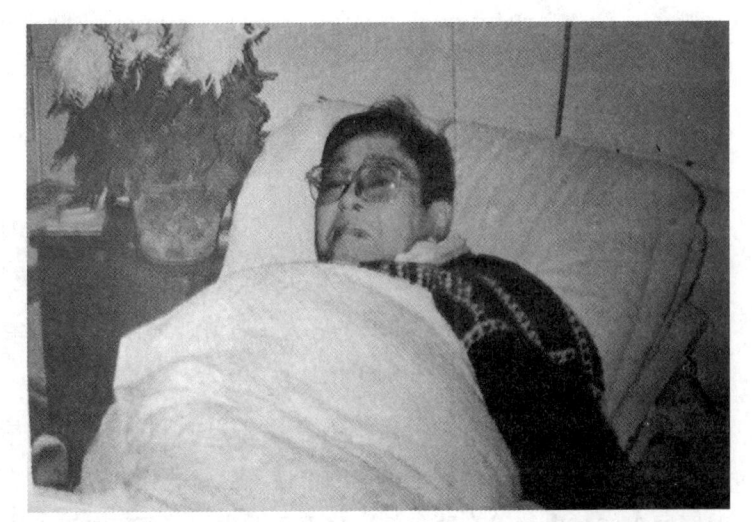

路遥在西京医院病房

路遥从延安地区人民医院离开,再一次踏进西京医院传染科的大门。那是一个阴冷而与外界几乎隔离了的地方,孤零零地坐落在西安长乐路第四军医大学西京医院门诊大楼旁边的一个小山坡上。四面有一人多高的铁栅栏把这个传染科围得严严实实。

不是要到哪里去?

马大夫笑着说,晚上休息得非常好,现在准备去临潼兵马俑,你们单位安排得非常周到。

我说,我不能陪你们了,一会儿还要去医院。

马大夫说,根本不需要,去医院陪路遥是大事,我没把路作家的病看好,心里实在有愧。

我说,对路遥的治疗,你已经尽力了,非常感激你这段时间所付出的劳动,路遥让我代他谢谢你。

就在我和马大夫、高护士在作家协会院子里这样说话的时候,单位开车的司机张忠社到了院子,他一脸微笑地问我,你怎没去医院陪路遥?

我说,一会儿就去,你把我的客人招呼好,他俩可是我和路遥的朋友。

张忠社笑着说,那有什么问题。

在作协院子里送走马大夫和高护士,我回到我住的那个房间。房间已经不像样子了,桌子上落了厚厚的一层灰尘,我实在不想去打扫,知道没时间回来住,也就没必要打扫,只用干毛巾把椅子上的灰尘拍了拍,静静地坐了一会儿,然后走出作协的大门,到东大街坐公交车去了西京医院传染科。

这是路遥住进西京医院传染科的第二天。

今天的公交车不是很顺利,我在东大街的大差市等了有半个小时,才等上一辆车,而且乘车的人很多,非常拥挤。到了西京医院差不多是上午十点钟了,我在医院门口买了一些水果,就去了传染科。

我从病房门外走进去,看见天乐正在床上给他哥的后背按摩,而且按摩得非常卖力,他的头上已经是汗水淋淋了。

路遥在病床上躺得时间太长,浑身没有一处舒服的地方,因此他输液结束,我们就在他后背上按摩一阵,这样能够促进他身体的血液循环。

我看见天乐这样的表现,觉得兄弟俩已经消除了以前的误会,没什么隔阂了。看来路遥还是通情达理,仅仅过去一个晚上,兄弟俩和好如初,确实值得人高兴。

这时，天乐见我从病房进来，很快停止了给他哥的按摩，把他哥扶着躺在病床上，去卫生间洗了手，然后从病房走到门跟前，给我招了招手。

我不知他是什么意思，但有一点很明显，那就是他有什么话要给我说。因此我赶紧从病房走出去，走到传染科的楼道，看他到底有什么事。

王天乐站在传染科的过道，紧皱着眉头，看见我走到他跟前，他摇了摇头给我说，告诉你一个很不好的消息，但你不要害怕，路遥的情况非常糟糕，医院刚才给他下了病危通知。

什么？我说，怎会突然给他下病危通知？

王天乐说，唉，我这个大哥就是这个命，一点也不听人的话，我对他一点办法也没有，刚才主管他的医生把我找到他的办公室，明确告诉我，路遥的病情相当严重，随时都有生命危险。

我突然听到王天乐告诉的这个情况，感到非常震惊，怎么路遥的病情严重到这样一种程度？我只是感觉到他病了，而且病得比较严重，怎么他刚刚从延安转到西安就是这样？

在西京医院传染科的过道里，天乐仍然是一副愁眉苦脸的样子，看来他也没想到路遥是这样的情况，就这样默默地站了一会儿，然后对我说，这样，你在医院里陪着我哥，我出去一下，有非常重要的事得去处理。

我说，你这样一走，路遥万一有什么事怎办？

王天乐说，你不要这么紧张，一定要冷静，他暂时不会有生命危险。

我说，你不是说他随时有生命危险吗？

王天乐说，医生一般都会把问题说得很严重。

尽管天乐这样说，我心里确实有些害怕，不知道医院给他下的病危通知意味着什么，是不是他真的不行了？因此我说什么也不想让天乐离开，甚至有些祈求地对他说，你能不能不要出去，跟我一块儿陪你哥，我一个人在病房里实在有些害怕。

王天乐说，你怕什么，没想到你这么胆小，我不是告诉你了，路遥现在不会有问题。

王天乐说的是真是假，我搞不清楚，但我心里就是不踏实，特别是他告诉我医院给路遥下了病危通知，我觉得问题相当严重。

其实，医院给路遥下了病危通知并不意味着他的生命到了最后，他仍然有活的希望，只是医院采取了这样一个必要措施。

医院一边给路遥下了病危通知，一边组织专家会诊，研究制定他的一套治疗方案，并且集中了传染科最权威最得力的医疗技术人员，全力以赴挽救他的生命。很快，路遥的治疗团队组建起来了，由已经退休的传染科原主任、西北地区最权威的著名传染疾病医学专家阎荣教授，作为路遥的上级医生；传染科一位姓段的教授，作为他的主治医生；正在第四军医大学读研究生的康文臻，是主管他的住院医生……还有传染科的护士长以及日常护理他的护士，都是传染科精心挑选出来的精兵强将。可想而知，西京医院对路遥的治疗工作是一种什么样的重视程度。

这种重视不仅体现在医院的各个环节，陕西省委省政府领导对路遥的治疗工作，也上升到一个新的高度。省委书记张勃兴多次做出重要批示，要求有关部门对路遥同志给予关心和照顾，希望他能够尽快站起来。

9月9日上午9时，陕西省政府省长白清才，在陕西历史博物馆参加了一个长安画坛中国画展开幕式后，便驱车来到西京医院传染科，看望路遥。

白省长缓步走进路遥的病房，面带着微笑，握着躺在病床上的路遥的手，字正腔圆地对他说，你要拿出写《平凡的世界》的勇气来，一定要把病治好。

面对来医院看望他的这位可亲可敬的白省长，路遥微笑着说，我一定努力，感谢白省长对我的关心，您这么忙还能够亲自来医院看望我，我非常感激。

这位平民省长仔细询问了路遥的病情，然后像拉家常一样地问他，你想吃什么？

路遥微笑着给白省长说，还是想吃陕北的小米稀饭。

此时，白清才省长和陪同省长看望路遥的那些在场的人都愉快地笑了。

看望了作家路遥，白省长走出路遥的病房，他对陪同他到这里的医护人员说，你们要想尽一切办法，千方百计把路遥同志的病治好，选一个省长容易，而作家是选不出来的。

陪同白清才省长看望路遥的医护人员说，请省长放心，我们一定会竭尽全力把路遥同志的病治好，让他早日恢复健康，创作出更多更好的文学作品。

是的，不仅仅白省长对路遥有这样的期望，人们也在翘首期盼他继《平凡的世界》以后，再能够有一部比《平凡的世界》更精彩的文学作品，尽早展现在广大读者面前。他已经有了这方面的成功经验，能够驾驭创作出更加优秀的长篇小说的能力。应该看到，他有这样的信心和勇气。而关键一点，他之所以在文学艺术的海洋里能够如鱼得水，与他长期以来在社会上广交各方面的朋友有着很大的关系，也从中积累了大量有价值的文学素材，为他今后能够创作出接地气有温度受欢迎的优秀文学作品，提供了很大的帮助。

一个人的精神力量对于治疗疾病非常重要，有了这样的精神动力，就没有走不过的坎。因此到了9月11日，路遥在西京医院的传染科治疗了一个星期，经过医生和护士的精心治疗和护理，他的病情有了非常明显的好转，不仅可以自己下地走路，面部也渐渐红润起来，情绪也比以前好了很多。

然而，事情往往就是这样，正当人们为他病情好转感到欢欣鼓舞时，一件意想不到的事悄然走来。中午12时05分，谁也搞不清是什么原因，病情有了明显好转的路遥，刚刚吃完中午饭不久，突然莫名其妙地严重了，渐渐神志不清，很快处于昏迷状态，医院立即组织抢救。

一时间，病房里就像打仗一样，乱成了一锅粥，穿着白大褂的医生护士，急匆匆地出出进进，一件件抢救的仪器搬进了他的病房，他的身上很快插上了各式各样的管子。而阎荣教授冲在前面，亲自担任着抢救路遥的总指挥，并及时调整抢救方案。

下午3时，路遥已经昏迷了三个小时，现在仍然处于昏迷状态。而省委组织部的冯副部长并不知道他的病情突然出现这样的情况，两天前他还听省委的一些同志讲，路遥在西京医院的治疗效果非常明显，病情正向好的方向发展。那么，既然是这样，他今天正好有时间，就去了医院看望他，然而刚走到路遥的病房门口,便看到医院正在组织抢救。

冯部长只好站在他病房的门口,透过玻璃窗户,静静地看了一眼昏迷中的路遥,便匆匆离开了。

4时50分,就在冯副部长离开医院不一会儿,省人大常委会副主任牟玲生也和他想得一样,知道路遥病情好转的消息,感到非常高兴,终于看到了希望,因此他和秘书山振兴一道,驱车赶到医院传染科看望路遥。

需要说明的是,在这之前,牟玲生是陕西省委的一位副书记,分管文化宣传方面的工作,路遥获得第三届茅盾文学奖,省委省政府专门为他举行了一个庆功会,牟书记代表省委省政府向他颁发了奖金和证书。他感到无比自豪的是,路遥是为陕西争得荣誉的优秀作家,在全国文学艺术界享有很高的地位,然而让他感到非常遗憾的是,路遥如此年纪轻轻就患上这么严重的疾病而住进了医院,不久刚从延安转到西安治疗。那么牟书记虽然已经离开省委副书记的领导岗位,现在是省人大常委会的一位副主任,不分管这方面的工作,但他跟陕西的作家艺术家建立了非常深厚的感情,因此他亲自去医院看望路遥也在情理之中。可是,非常不巧的是,他来得也真不是时候,路遥仍然没有从昏迷中苏醒过来,并不知道牟书记来医院看望他。就这样,牟书记怀着一种无比复杂的心情,只能和他的秘书山振兴站在路遥病房的门口,透过病房的窗户玻璃,看了一眼躺在病床上仍然昏迷不醒的作家路遥,非常难受地离开了。

一直到下午7时45分,已经昏迷了长达七个多小时的路遥,才慢慢苏醒过来。此时,他显得异常平静,根本没感觉到自己昏迷了七个多小时,而是觉得自己睡了一个好觉,有多少日子他都没这样睡过了,仿佛这一觉就把他在延安七天七夜的失眠全给弥补了回来。其实他根本不知道,这是疾病向他发出的一个危险信号,可他却浑然不知,仍然我行我素,甚至有一种得意忘形。

作家路遥的病情,牵动着陕西各界的领导和朋友的心,人们不约而同地来到医院看望他,给他战胜疾病的勇气和信心。这不,9月13日的上午9时,省人事厅副厅长郭开民,带着省人事厅专业技术人员管理处专家服务中心的同志,来到西京医院传染科。路遥是陕西有突出贡献的专家,而且享受国务院特殊津贴,从尊重陕西优秀人才的角度,专家服务中心理所当然要来医院看望和慰问。

时间很快到了9月17日,好久没有下雨的西安,今天意外地下了整整一天的瓢泼大雨。然而就是这样的天气,也没有能够阻挡人们看望路遥的脚步。

下午3时,大雨仍然下个不停,省政协副主席李森桂和他的秘书张魁,冒着瓢泼大雨来看望路遥。

李森桂是陕西子洲人,也是路遥的陕北老乡,曾长期在延安地区工作,担任过地委书记和延安大学的党委书记,他亲眼见证了路遥艰难成长的历程,也对他取得骄人的成绩感到由衷高兴。同是从陕北黄土地走出去的人,情感上难免会有一些共鸣。那么路遥病了,病得非常严重,作为家乡人,他想去医院看一看,对他也是一个精神上的鼓励,今天正好是一个机会。因此冒雨赶到医院,走进路遥病房。他对路遥说,你是陕北人民的骄傲和自豪,为我们争得了这么高的荣誉,希望你能够积极配合医院的治疗,早日恢复健康。

路遥微笑着对李主席说,非常感谢你在百忙之中到医院里来看我,我一定积极配合治疗,绝不辜负你对我的期望,尽早站起来。

9月20日上午10时,一直关心和关注着路遥病情的陕西省委宣传部部长王巨才,刚从日本访问回来,再次来到路遥病房,询问了他在这里的治疗情况,然后向他转达了省长白清才的重要批示:

> 路遥是陕西乃至全国难得的优秀人才,希望路遥同志能够安心接受治疗,等他出院以后,同贾平凹同志商量,可以结伴到中国最好的地方去疗养,也可以单独出去,省上再困难,也要拨出专款。

同时,白省长再次郑重其事地批示他曾经讲过的一句话,"一个省长好选,可作家是选不出来的"。白清才省长意味深长的批示,很快在陕西文学艺术界引起了强烈的反响，使每一位作家艺术家倍感鼓舞。那么有这么多领导和朋友的关心，他还能这样无动于衷地在病床上躺着吗？

路遥心里非常明白，自己唯一能够回报这些关心他的人的就是尽快站起来，拿起手中的笔，创作出无愧于这个时代的精品力作。他绝对不能就这样倒下，凭他创作《人生》和《平凡的世界》的勇气和毅力，自己一定会勇敢地站起来……

二十六

路遥说，你再去陕北一趟，我的文集还需要一些订数，陕北你人比较熟，想办法多征订一些，这样我的文集就可以开印了

短短数日，虽然路遥的病情经历了一波三折，然而经过医生的精心治疗，病情明显出现很大的转折，各项指数正逐步走向正常，病情也基本稳定。

此时病情稍微稳定的作家路遥，就会想一些作协工作的事情。谁都知道，省委已经做出了这样一个决定，由他接替著名评论家胡采同志担任下届的作协主席，这在陕西作协已经不是什么秘密了。因此他觉得这是组织对他的信任，那么他就要不辜负组织的期望，竭尽全力地把作协同仁们从困境中解脱出来。他有信心，也有这样的勇气，自己能够成为一位出色的作家，也要成为一位出色的政治家，一心一意把作协的事办好。

他在病床上说过这样的话，如果他真的当了陕西作家协会的主席，自己就一定要在其位谋其政，带领作协的人，干一番轰轰烈烈的事，绝对要把他这个主席当得像一个主席的样子。

从他的言语中可以看出，他不仅是当代一位成熟而有成就的优秀文学家，而且他也要把自己修炼成为一位敢作敢为、顶天立地的政治家。毫无疑问，在他的性格中，已经充分体现出了这样的担当和气魄。

路遥非常自信，想再创一个奇迹，在人们不知不觉中回到建国路的陕

西作协，要想办法改善一下陕西作家的生活和办公条件。可以说陕西作家们勤奋创作，都在不同领域取得了不菲的成绩，涌现出一批可圈可点的知名作家和评论家，在全国占有非常重要的位置。然而他们的生活却实在是太贫困了，家庭负担很重，一个人的工资需要养活一大家子人，甚至有的作家的孩子一个也就业不了，难免会产生一些家庭矛盾，这些非常现实的问题，他要想办法一一解决。

然而，他却过早地耗尽了自己的体力，倒下了。他哪一天能够实现这一美好愿望，就不得而知了。他现在的这个病，恐怕最要命的就是肝腹水了，这个问题非常麻烦，也严重影响到他病情的好转。可是应该高兴地看到，延安地区人民医院解决不了的这个棘手问题，经过西京医院传染科肝病专家的精心治疗，基本上得到解决，腹水渐渐消除得差不多了，他的食欲也比以前有了很大的改观，唯有黄疸指数仍居高不下。

任何事情都可能有它的两面性，由于他情绪的不断反复，导致他的病情也在不断地恶性循环，医生和护士看到这样，多次提醒他，为了早日恢复健康，就要排除一切干扰，积极配合治疗。同时医生还提醒他，在精神上不能受刺激，也不能太激动。可是，面对他的家庭和一些意想不到的事情，这些做起来就困难了。他是一个活生生的人，有自己的思维，要让他什么也不想地积极配合治疗，谈何容易。

谁都知道，他不是一个简简单单的普通人，也就不可能用普通人的思维方式考虑和看待一些问题，并且他是一个非常争强好胜的人，从来不认输，有时甚至表现得还很偏执，这些对于他的治疗都是一个问题。

有时候，不管他是有意还是无意，总是把自己的一些情绪自然不自然地强加给别人，突然会提出一些不合情理的要求。而事实上，有些事对他来说，几乎是易如反掌，根本算不了什么，因为他是著名作家，身上有着光鲜亮丽的光环，那些看起来根本不可能的事，在他这里就变为可能了。所以他就用自己的标准和尺码来要求别人，常常会搞得人哭笑不得。如果有一些事情能够按照他的意愿如愿以偿，他就会喜笑颜开，而一旦有些事跟他的想法背道而驰，他就会毫不客气闹一阵情绪。

他这种固执的性格成全了他辉煌的事业，也无形中给他短暂的人生埋下了祸根。

路遥大约从延安转到西安一个月的时候，他的亲生父母在他弟弟九娃的口中得知，能够给他们光宗耀祖的儿子患病的消息，急得心神不安，不明白儿子怎么会病得住院，去年在家里见他，他还是那样虎背熊腰，什么问题也没有，怎么突然就病得这么严重。他一定是病得不轻，在延安都已经治不了他的病了，转到了西安去治疗，也不知道他好了没有。

那几天，老两口整天以泪洗面，急得不知在家里哭了多少鼻子。因此老两口觉得在家里这样着急也不是办法，就让小儿子去西安一趟，看他大哥的病到底好了没有，是什么病把他害成这样。

九娃就这样从陕北清涧来到了西安。

九娃的到来使路遥十分开心，不像在延安时那么排斥他了。他也觉得在医院里光我一个人不行，医院管理得那么严格，根本不像在延安，一出去就进不来了，想进来还得翻传染科的铁栅栏围墙，非常不方便。而更重要的是，在西安又缺少老曹那样的帮手，我离开医院，病房里就他一个人。因此我给他把这些情况一分析，他也觉得把九娃留下照顾他有好处，还可以让我出去给他干别的一些事情。

就这样，九娃毫无悬念地在西安留下来了。

九娃来西安没半个月时间，路遥就交给我一个非常特殊的任务，去一趟陕北。前两天陕西人民出版社的陈泽顺到医院来看他，说他的文集已经全部就绪，就是差一些订数，出版社还不能开印。

路遥有些着急，他给我说，陕北是你人最熟的一个地方，有熟人好办事，让你去别的地方办这样的事，就是我给你出难题，所以只能让你去陕北办这件事了。而我也知道你是一个聪明人，看出你这个人有这方面特长，你就辛苦一下，去陕北想办法给我征订一些文集，这样我的文集就能顺利开印了。

我说，你说的这个事情，我觉得没一点问题，你在陕北的名气如雷贯耳，去征订你的一些文集，应该是手到擒来。而西安有九娃在你身边，我也放心。那我就给你跑一趟，找一找陕北的朋友。

路遥给我叮咛说，到了陕北，你一定要用智慧去办这件事情，要知道这件事对我来说非常重要，你尽量想办法多征订一些，当然是越多越好。

　　我说，我知道，如果是这样，那我明天就去。

　　路遥说，你自己在路上小心一点，到陕北征订我文集的时候，你可以大胆告诉他们，就说是我让你来陕北征订的，把我的旗号打上。

　　我说，没问题，你就在医院安心地治疗。

　　然而，我答应是答应了，究竟能征订多少文集，我心里一点儿数也没有。关键是怕没人订，尽管这是他的文集，可现在是人在情在人不在情也不在，去陕北征订文集的是我，而不是路遥，人家能给我这个脸面吗？但不管怎样，我已经答应他了，有一句话叫开弓没有回头箭，既然已经应承下来，就要不惜一切去办。因此我想我还是先回家乡清涧，我在榆林地区再没有比清涧更熟悉的地方了，而去清涧的保险系数也大一些。一来，路遥去年刚刚回了一次清涧，那是他的家乡，而且还在清涧大礼堂做了一场非常精彩的报告，应该说他的影响还在。还有一个非常重要的原因，我在清涧文化局工作了几年，无论是新华书店还是图书馆，都有一些关系，相对事情会好办一些。同时我跟县委书记尤北海和县长高治民是朋友关系，必要时我可以动用一下他们。

　　就这样，我信心满满地回到清涧，首先去了县图书馆，想让他们征订几套路遥的文集，觉得应该没什么问题。可我头一炮就没有打响，图书馆不买我的账，理由给我找了一大堆，那时候我才深刻认识到什么是人走茶凉，也许这就是。

　　图书馆不给我一点情面，甚至还冠冕堂皇地给我出主意，让我去找新华书店的经理，如果新华书店把路遥文集征订回来，图书馆可以去新华书店买一些。现在没办法订路遥的文集，不是不订，关键是图书馆暂时没这个经费。

　　我几乎是哑口无言，人家说的不是没道理。

　　那时，我是多么的信心百倍，甚至幻想我去了县图书馆征订路遥的文集，那绝对是得心应手的事情，而没想到我却碰了一鼻子灰。

有了这样的经验教训，我再不敢轻举妄动了，要改变一下自己的策略，就像路遥告诉我的那样，要用智慧去办这件事，看来他是有预见的。因此我绝对不能再直接去新华书店，害怕再出现图书馆那样的情况。

这时，我想到了年轻的县长高治民，让他给我写一个条子，估计就万无一失了。现在的社会就是这样，认人不认事，我心里非常明白。

这样一想，我很快去了县政府办公大楼，正好高县长在办公室，我把征订路遥文集的事一五一十地告诉了他，希望他出面帮助我。而他是非常爽快的一个人，说这个没什么问题，不就是订路遥文集，我现在就给你写一个条子，你拿上我的条子去找新华书店的经理，让他们订一百套。

我非常得意，拿着高县长的条子，就像拿到尚方宝剑一样，兴高采烈地离开高县长办公室，赶紧就往新华书店跑，觉得不把路遥的事完成，就不好给他交代了。

然而，我从县政府大门里出去，刚走到招待所的门口，就看见县新华书店经理在我的前边。因为是熟人，以前一块共事，因此我紧走几步，赶到新华书店经理面前，急忙把高县长的条子递给他说，路遥出版了他的一套文集，现在还差一点订数，我刚才找了高治民县长，他给你写的条子，让你帮忙订一百套路遥文集。

新华书店经理一边走一边看着县长条子，条子绝对没一点问题，就是县长的手迹。可他却对我说，这事实在不好办，县长给我批条子，可是他没给批钱，我拿什么订你这么多的书。

我问，那你究竟能订多少？

他说，我订两套，也算是给你面子了。

我说，好我的经理，你开的什么玩笑，这么大的一个新华书店，两套是不是太少了，你再订一些，路遥是著名作家，你又不是不知道，他现在出版文集遇到了一些困难，你帮一下他也是应该的，我求你还是考虑一下，帮忙解决一下这个问题。

他说，我给你解决这个困难，那我的困难谁来给我解决。你是文化局出去的人，书店的情况你又不是不知道，我们是自收自支单位，财政一分钱也不给，而且现在的书确实不好卖。

我说，路遥的书没问题，这点你放心，不会积压在你库房卖不出去，你就订一些。

我跟在这位经理身后，就差给他下跪磕头了。

然而，我的苦苦哀求在他跟前无济于事，人家不吃我这一套，答应订两套也是看在县长的面子上，否则两套都不可能订。因此我在想，我不能让高县长白写这个条子，两套就两套，我跟你去书店，你给我一个征订单，不要我走了你又不征订。

他说，我不会，肯定给你订两套。

我说，那我代表路遥谢谢你。

他没有说话，我也没拿到路遥文集的征订单。

我百思不得其解，没想到在清涧征订路遥文集会这么艰难。那时我是信心百倍，觉得清涧不仅是路遥的家乡，而且他刚获得茅盾文学奖，去年又回去一趟，在清涧征订几十套应该不存在问题，何况我还动用了县长，书店不看僧面也看佛面，看在县长写给他条子的分上，也会订的。然而县长的条子，有时候也不一定管用。

知道事情遇到了麻烦，我到别的地方去征订，问题可能会更大。那时，我心里确实有一些压力，不知该怎办。再去找高县长，让他亲自给经理打一个电话？觉得这样不合适，他们仍然不订，我照样没办法，甚至还落个两头不讨好。

清涧征订没什么希望了，我没有把这个情况告诉高县长，就去了绥德。找了我绥德县的几位文学朋友，让他们分头找一些自己的关系，想办法订路遥的一些文集。我再不敢轻举妄动了，知道绥德不像清涧，我没有在这里工作，领导一个也不认识，而关键害怕结果跟清涧一样就更麻烦了。

事实上，绥德这些文学朋友非常热心，主要是路遥一直是他们崇拜的偶像，一致在我跟前答应没问题，他们会想一切办法，动用所有的关系在绥德征订路遥的文集，尽快把订数告诉我。

就这样，我觉得我在绥德待下去也没什么意义，就离开了，直接去了榆林，住在榆林二道街的地区干部招待所。我把最后的所有希望，全寄托在这里。因此一到榆林，我没敢休息，害怕下班找不到人就白忙了，赶紧去了地区文化局，想找一下徐鹏翼局长，让他帮忙解决一下这个事情。

可是，我去得真不是时候，徐局长不在，他到西安开会去了，回榆林怕还得几天时间。我没见到徐局长，等于没人给地区新华书店的人说话，那么征订路遥文集的事，恐怕在这里又要泡汤了。

正在我灰心丧气不知如何是好的时候，文化局群文科的杨彦从院子里上来了。我跟他比较熟悉，在一个系统工作，关系相处得也不错。他看见我站在地区文化局的门口，便微笑着走到我跟前，握着我的手问我，知道你离开清涧县文化局了，调到地区文联，也没看见你来上班，你去哪里了？我说，我离开文化局，一直在省作家协会。

杨彦说，那你跟路遥在一块儿。啥时来的榆林？到文化局有什么事吗？

我说，你说的一点没错，我跟路遥在一块儿，这次来榆林，也是为他的事，就是征订他的文集。我来文化局是找徐局长，他跟路遥都是石嘴驿的人，想让他帮一下这个忙。

杨彦说，你不用等徐局长，谁知他啥时回来，你可以直接去书店找刘经理，他是一个好人，刚提拔到地区新华书店，而且这个人你又不是不熟悉。

我听杨彦这么一说，便喜出望外，觉得书店是条条管理，全地区十二个县的新华书店，只要他说一句话，每个县订五十套，十二个县就是六百套的订数，虽然这个数字不是很理想，但也相当不错。

然而，真是应了那句，想到天上掉到地下。

我怀着满腔的热情，去了地区新华书店，顺利找到刘经理，说明了我的来意。但他给我的答复让我大吃一惊。他说，你说的这个事，按理说我得帮忙，可我确实有困难，各县新华书店经营状况不佳，库存积压很大，而路遥的文集一套一百多块钱，这么贵的书，恐怕很难销出去。这样，你已经找到我了，我可以订几套看一看情况，多了确实有一些困难。

这下，我感觉到自己把自己彻底给玩死了，这个牛皮已经让我给完全吹破，自己不经意打了自己的脸，我回去怎么给路遥交代这个事呢？

然而不管我怎么想，事情就是这样，你不得不承认这样的现实，现实就是这样残酷无情。我干着急，却想不出一点办法，有一种想在榆林大街上痛哭的感觉。

那天晚上，我一个人怀着一种非常复杂的心情，漫无目的地行走在榆林的石板街道上，仰望着天上的繁星，我不知道自己要走到哪里去？

现在，我不断地这样胡思乱想，再去找一下榆林路遥的那些朋友，看他们是不是还有什么办法？但我突然又觉得再去找他的那些朋友，也未必能够解决了实质性的问题，自己已经把该找的都找遍了，而这些人手里都还有一定的实权。出现这样的情况，我再去找朋友帮忙，在某种程度上是为难他们。

当然，路遥在榆林要好的朋友不少，像胡广深、牧笛、朱合作、刘仲平……他们不仅是他的同行，跟路遥的关系也非同一般，但毕竟手里没有权，想要有一个理想的订数，恐怕也无能为力，这一点我能理解。那么，我在榆林继续停下去就没一点意义了，这一走就是好几天时间，自己知道自己的能力，我给路遥征订文集也只能这样了。

现在是晚上，我说什么也无法离开榆林，因为当天只能买到第二天的长途汽车票。而我这时候也不想吃饭，在地区干部招待所住了一晚，天不亮就爬起来，在小吃摊上吃了一碗羊杂碎，急忙去了东关汽车站。

榆林距西安很远，一般要走两天时间，而那时的班车比较少，票根本不好买，我之所以起这么早，就是害怕买不到去西安的车票。

我到了榆林汽车站的大门外，看见售票大厅里买票的人已经在售票窗口排起了很长的队伍。

那时，榆林的天气已经冷起来了，站在售票大厅外的广场上，西北风吹得人冷飕飕的。这么冷的天也没有人轻易离开，都在静静地排队等着买票。我排了有半小时的队，非常幸运地买到榆林到西安的长途卧铺票。于是，灰心丧气地回到地区干部招待所，哪里也不想去，就想在干部招待所美美睡一觉。

这次去榆林，几乎是一无所获，感到非常沮丧。

我躺在榆林地区干部招待所房间的床上，回想着在陕北为路遥征订文集那一幕幕情景，仿佛看到病床上路遥那双期待的目光，甚至耳边不断传来他在病床上给我说的那些话，如果能够在陕北征订到一定订数，我的文集就可以顺利开印了……

二十七

从陕北回到西安，我看见路遥期待的目光，不知道怎么给他说我给他征订文集的那些真实情况，心里很不是滋味

天刚麻麻亮，我就在榆林地区干部招待所起来，急急忙忙去了榆林汽车站。

榆林的早晨还是挺冷的，风有点硬。街道上也没有多少人，只有几个环卫工人在清冷的街道上，一丝不苟地清扫着，空气中弥漫着一股呛人的灰尘。

我很快到了榆林汽车站的候车大厅，大厅里已经聚集了不少旅客。有坐着的，也有站着的，有男有女，有老有小，有哭有笑，还有的旅客不小心，钱包突然让小偷给偷走，在乱哄哄的候车室里号哭得泪流满面，形形色色的场景就在这个大厅里上演着。

时间过去有半个小时，开始检票进站了。

我紧紧地抓着自己装钱的口袋，害怕小偷把我为数不多的几个钱偷走。随着潮水一般的人流，我进了车站的检票口，坐上开往西安的长途卧铺车。

离开榆林的心情十分复杂，望着窗外那一片片茫茫黄沙，听着一阵阵嘶鸣的风声，我躺在靠边的卧铺上，呆呆的，像无家可归的孩子一样。

卧铺车很慢，到了延安就已经是晚上了。我在车站的旅馆里，住了容纳六个人的一个通铺，等天麻麻亮的时候，又继续出发了。

卧铺车厢里的环境非常糟糕，整个车厢弥漫着各种味道，五味杂陈。

就这样，卧铺车艰难地到了榆林驻西安办事处的院子里，已经是万家灯火的又一个晚上，而街道上却是一片热闹的繁忙景象。

榆林驻西安办事处距西京医院传染科只隔一条街道，过了街道就是医院的大门。传染科就在医院大门东北方向的一个山坡上，我站在榆林办事处大门口，就可以看见"传染科"三个血红的大字。此时，我在想，我是去医院还是回作协。去医院只需几分钟时间，而回到建国路的省作协，恐怕得半个小时。我一时拿不定主意，在大门口犹豫了老半天。

我知道，路遥恐怕等我消息等得有些着急了，他把出版自己的文集看得非常重要，想能够早日见到散发着油墨香味的文集，才让我去的陕北。路遥把全部希望寄托在我这次陕北之行上，希望我能给他带来意想不到的惊喜。然而，期望越高，失望就会越大，我肯定让他失望了。

我就这样在榆林驻西安办事处的大门口默默地站了一会儿，还是觉得不能直接去医院。关键是医院传染科的大门不好进，而我又没有陪人证，更重要的是没有想好怎样向他报告在陕北征订他文集的情况，因此我就回到建国路的省作协。

路遥在我回陕北以后，又在西京医院传染科住了有十来天的时间，他现在的一切情况，我基本上一点也不知道。我想，会不会医院已经把他的病治好了，或者他已经回到了自己的家。他的房子装修得那么漂亮，在作协恐怕还找不到第二家。可他花费了那么多心血，自己还没来得及享受，就到延安病倒了。

他应该回去看一看新装修的房子，那里不仅有自己耗费的心血，而且也寄托了他太多的情和爱。那么他的房子最后到底变成了什么样？女儿是不是对装修的房子非常满意？

然而，我期盼出现的情况并没能出现。

我坐车回到西安建国路的陕西作协，走到我的房间跟前的时候，看见远村在他办公室门口站着，一副疲惫不堪的样子，我着急地问他，路遥现在……

远村清楚我想知道什么，因此他说，还是老样子。

我不需要远村再说什么,一切全明白了。路遥仍然住在医院里,可我离开西安的时候,他的病情有了一些好转,听他给我安排的那些事,就像一个正常人,可是又十几天过去了,他仍然在医院。

第二天一早,我匆匆忙忙去了西京医院传染科,看到路遥静静地躺在病床上,跟我走时没一点改变,甚至觉得比我走时还要严重一些。此时他眯缝着眼睛,显得有气无力,整个身体消瘦得只剩骨头架子了,两条腿细得像两根麻秆,只有他的脸盘仍那么大,头发稀疏而花白了很多,失去应有的光泽。

我慢慢走到他病床跟前,拉了拉他的手,悄悄对他说,路遥老师,你还好吗?我从陕北回来了。

路遥突然睁开了他眯缝的眼睛,看见我站在他的病床跟前,扭过来身体,一把抓住我的手,稍微露出一点微笑说,哎呀,你总算回来了,走了这么长时间,我以为你回去不来了,是不是我什么地方把你给得罪了。

我笑着说,你看你说到哪里了,怎么可能呢。

路遥说,没有就好,没有我心里就踏实了。

我对路遥说,你现在感觉怎样?我看你气色不错。

路遥唉叹了一声说,还是原来的老样子,好也好不到哪里,不过我听医生和护士说,病情基本上控制住了,没有再向不好的方面发展,这样我就有活下去的希望了。可就是不知道什么时候能站起来,把人一天难受得,好像医院就给我一个人买下了。

我说,你已经住了这么长时间的院,也别太在乎多住几天少住几天,根本没必要那么着急。这里的医疗条件这么好,医生的技术也非常高,而且还有那么多的人关心你、重视你的病情,你就在这里踏踏实实地把自己的病治得利利索索,到时候再足足劲劲给咱们写一部比《平凡的世界》还精彩的长篇小说,拿它狗日的一个诺贝尔文学奖,你看怎样?

路遥一下就来了兴趣,笑着给我说,呵呵,何止是一部,一部绝对交代不了,我已经构思好几部了,肯定要超过我的《平凡的世界》。

我说,你看看怎样,我就知道你是老鼠拉木锨,大头还在后头,你就是这样一个人，要么一声不响，要么一鸣惊人。到时你可又不得了了，恐怕我想再见你一回都非常困难，根本不像现在，还荣幸地能够陪着你。

在路遥的病房里，我和他这样东拉西扯地说着，心里却一直不安，害怕他问陕北征订他文集的情况，想回避这个事。然而，回避并不是一种办法，他心里非常明白我回陕北干什么去了。因此我在他跟前这样胡说八道了一会儿，想敷衍了事过去，现在刚见到他，不想用谎言破坏了这种美好的气氛。然而路遥有些急不可待，很快就把话题转到了我回陕北的正题上。他说，这次让你回陕北，你又辛苦了，情况怎样？

我心里一怔，赶紧给他撒谎说，总体上还不错。那我简单把去陕北的一些情况给你汇报下。这次我先去了清涧，那是我的大本营，因为我在那里工作了五年，然后去了两个地方，一个是绥德，再一个就是榆林，这些地方我都给你跑了。陕北的朋友一听说你要出文集，都赞不绝口，觉得你又完成了一项伟大的工程，具有划时代意义。特别是清涧县的高县长，他为我在清涧征订你的文集，还专门给我批了一个条子，让我直接去新华书店找经理，经理一看县长批的条子，就不敢不重视这个事情了。当然，人家不是怕我，关键是怕县长。因此清涧的征订就这样轻而易举地拿下来了。

清涧那个县长叫什么名字？路遥听我这么一说，很快把他的头往起抬了抬，高兴地问我，去年咱回清涧的时候，我不知见高县长了没有？怎么一点印象也没有。

我说，清涧这个县长我还要详细给你介绍一下，他叫高治民。我个人认为，他是一位非常有发展前景的年轻县长，办事扎实，作风正派，非常讲义气，干事从来是雷厉风行，而且他的头脑清晰，有一种超前意识，扎根基层，服务群众，很受群众欢迎。去年你和我一块回清涧，他正好不在，听说他到外地开会去了。我这次回清涧见到他，他还对你回清涧没能够见到，感到十分遗憾。

你知道他是哪里的人？路遥又问我。

我说，他好像是绥德人，但我说的不一定准确，具体他是哪个县，我不是很清楚。我只知道他没提拔到清涧之前，是绥德县委办公室的主任，然后提拔到清涧县委副书记的位置上，后来才是县长。非常能干，担任县长的时候，他才是三十多岁的小伙子。

路遥说，看来这个人确实有发展潜力，我们可以跟他长期交往下去，他有什么想法，我们也可以帮助他实现，比如长远一点的。这样，你可以告诉他，等我的病好了，我给榆林地委书记李凤扬推荐一下他，像他这样的人还可以升任到一个更重要的工作岗位。

我笑着给路遥说，哎呀，你怎么跟高县长走到一条道上了。我在清涧就听人说，高县长是李凤扬一手提拔起来的干部，他担任绥德县委办公室主任的时候，李凤扬是当时的县委书记。当然，我那时候是听清涧人这样议论的，不一定准确。

路遥说，不管准确不准确，有一点可以肯定，起码李凤扬了解高治民这个人。他这么讲义气，我们也是有良心的人，理所当然要想办法支持帮助他。

我看见他有这么好的情绪，在病床上如此高谈阔论这样的事，突然就什么话也不敢说了，不知道以下的话题还能不能继续下去，心里很矛盾。

但即使我面前是一个火坑，我也要硬着头皮往下跳了。因此我必须一半是事实、一半是谎言地在他面前继续演绎下去，对于他所期望的文集征订情况，我采取报喜不报忧的态度。为此我给他说，现在我再把榆林征订你文集的情况给你汇报一下。

路遥说，你先不要忙，去给我拿一个香蕉。

我问他，还是老办法，先在水杯里泡一泡？

路遥笑着说，你的业务仍是那么熟练，我以为你去陕北这么长时间，把这个给忘了。

我说，什么都可以忘，这个技能不能丢。

很快，我从路遥病房的洗手间里拿了一个香蕉，在温水里给他泡了一会儿，然后在头上剥开一点皮，便把香蕉递到他的手里。

路遥吃着香蕉，静静地看着我，我知道他在等我给他汇报榆林征订他文集的情况。因此我给他说，这次去陕北，就一满不像过去那样，把式扎得特别大，说明庙大了神神也大。我现在是省城去榆林地区的干部，不像在清涧县文化局，没人好好看我一眼，所以到了清涧县政府高县长办公室的门口，说进去就进去了，什么也不害怕，也不需要给办公室的人打招呼。而我走进了他的办公室，一点也不胆怯，想说什么就说什么，还敢指手画脚让他给我写条子。就是在榆林，我也理直气壮地去找了地区文化局的局长徐鹏翼。

路遥突然问我，你怎么认识徐鹏翼？

我说，当然认识，他是我的一位老熟人了，你忘记我曾是清涧文化局非常扛硬的一个干部，那时他是地区文化局的局长。可我那时不像现在，看见他心里就有些发慌，觉得他那么大一个领导，我在他面前完全是一副唯唯诺诺的样子，话也说得不汤清水利，腿也抖得厉害。现在我什么也不怕了，敢直接找他，让他帮我办事。你不知道，他是清涧石嘴驿人，具体哪个村，我不太清楚，反正跟你是一个乡。但非常不巧，他外出不在榆林。我继续给路遥说，尽管我没见到徐局长，可我见到地区文化局群文科的杨彦，他是我的一个朋友，见我在地区文化局找徐局长，问我找他有什么事？我说征订你的文集，出版社还差一些订数，文集没法开印，我想让徐局长给书店经理下个命令，这样我的问题就解决了。

杨彦说，如果就是为这事，你不一定非要找徐局长，直接去找书店经理不就行了，而书店经理你也熟悉。因此我高兴地离开地区文化局，从行署的坡里唱着榆林小曲下来，经过干部招待所那条小巷，直接去了地区新华书店，找到刘经理，说了我的来意。没想到他答应得非常痛快，还争取让各县新华书店都订一些。

路遥高兴地说，如果是这样，那我的文集就不会有什么问题了，可以马上开印。

我说，不过，我征订你文集的时候，新华书店提出一个问题，就是他们还没看到省新华书店的征订单，我不知道出版社把你文集征订单发下去了没有？新华书店征订图书一般要走这个渠道，咱们单独去征订，算不上是书店的任务。

路遥说，这不存在问题，陈泽顺再来医院，我问他一下，争取让出版社早点开印，再拖下去，人家笑话我什么事也弄不成。

我说，确实是这样，你的文集筹划时间也不短了，拖下去也不是一个办法。

路遥说，唉，这一年不知怎日弄的，一满不顺。

其实，我这样给路遥说，心里一直捏着一把汗，很怕在哪个环节穿了帮就不好玩了。要知道，我之所以在他跟前说这些，确实一半是真一半是假，根本没有想哄他的意思，关键医生曾一再告诉我，路遥这个病，在某种程度上跟他情绪有很大的关系。

是啊，何止是病人，就是正常人情绪不稳定，也会对身体造成很大伤害。那么面对他目前这种身体状况，我怎敢把陕北征订文集的实情告诉他呢？

这些日子，路遥在医院住的时间长了，基本上什么东西也不喜欢吃，就陕北的小米稀饭，他还可以勉强吃一些。而他弟从陕北老家带来的五谷杂粮，所剩无几了，他给我说，你从陕北回来了，不要再到哪里去，我想让九娃回老家一趟，再拿一些陕北的小米。

我说，如果仅仅为这么一点事，没必要回陕北，西安也可以买到小米。

路遥说，西安的小米没法吃，不像陕北小米，我感觉到有一种天然的香味。

我说，那你说了算，这里你是领导，我听你的。

九娃就这样回陕北老家去了，他一走，医院里就只有我和路遥。突然有一天，传染科院子里的一棵树上，两只喜鹊叫个不停，喳喳喳，喳喳喳，一声又一声，声声悦耳动听。我笑着说，今天又不知是什么好日子，喜鹊在树枝上叫个不停，是不是有贵人要来看你了。

路遥说，喜鹊又不是今天才这样叫，我每天早晨一起来，就能听见喜鹊给我报喜，可一点喜事也没有，你纯粹是在给我瞎说。

我说，真的不是瞎说，陕北确实有这样的说法，你不要不相信，不然为什么喜鹊还有一个名字叫报喜鸟。而这样的事，你也不要太着急，有喜事也要慢慢来，据我判断，好事一定离你不远了。

路遥说，唉，他妈的，我怎就一满等不上。

就在我和路遥在病房里这样胡言乱语的时候，他爱人林达突然从病房门外进来了。

林达这时候来看路遥，我感到非常惊喜。她是路遥的合法妻子，来医院看路遥天经地义。尽管他去延安时，曾告诉过我有关他们夫妻之间的感情问题，而这些问题错综复杂，藤藤蔓蔓，说不上谁对谁错。因此路遥重病住在医院，她能主动来看他，说明夫妻之间有一定感情，根本不是什么感情破裂，再无法生活下去。人一旦经历一次生死考验，以前那些所谓的问题也就不是什么问题了。一个家庭，不可能没一点矛盾，盆盆碗碗还有相磕碰的时候，不足为奇。

如果我没有说错的话，这是林达第二次来医院看望路遥。第一次是路遥从延安转到西安，当延安开往西安的火车刚在站台上停稳、我和路遥还在软卧的车厢里时，她就急不可待地走进火车的车厢里，看见那么刚强的一个人突然病成这样，心里非常难过。因此她带着忧伤的心情，紧紧抓着路遥的手，坐在他的身旁，一个劲地说，你怎搞成这样……

我觉得在这个世界上，此时此刻林达应该是最懂路遥的那个人。林达搀扶着路遥从火车的软卧车厢里摇摇晃晃走下来，穿过火车站的贵宾休息室，走向车站广场左边的停车场，坐上接他的车，一直陪着他到西京医院传染科，直到很晚才回去。

现在，我是第二次见林达来医院看望路遥，那么我就不能在病房里当"灯泡"了，得给他们夫妻留出一定空间。因此我从门里出去，到传染科后边的花园里悠闲地抽烟去了。刚抽完一支烟，准备再抽一支时，传染科实习的两个护士慌慌张张跑到我跟前，有些愤愤不平地告诉我，你还这么潇洒地在这里抽烟，不快去病房看一看，路遥的病房里突然来了一位文学女青年，而且还在病床上扶着让他给签名呢，你快让那人离开，实在太过分了。

实习护士气愤地说了一阵，还毫不客气地批评我没尽到一个陪护人的责任，甚至有些失职，怎么能让这样的人跑到路遥的病房。

此时，我感到莫名其妙，不知从什么地方冒出来的这个文学女青年。因此我笑了笑对她俩说，你们可能看错人了，哪来的文学青年，我刚从病房里出来，一个人也没有，只有他爱人，怎会跑来一个文学女青年呢？

两位实习护士说，你还不相信，刚才我们给路遥老师送药时亲眼看见的，怎可能看错。

我真有些不可思议，怎么可能呢？如果真的像两位护士说的那样，这人也太过分了，不看路遥现在是什么情况，跑到病房让他签名，简直是没一点人性。

我虽然这样想，还是对两位实习护士说的话产生怀疑，因此我在花园把烟一扔，就急忙回到路遥的病房，看见病房里只有他一个人，哪有什么文学女青年。

因此，我问躺在病床上的路遥，林达回去了？

路遥说，回去了，她过两天就要去北京。

我说，哎呀，林达怎么这样，她这时候去了北京恐怕就麻烦了，那远远怎办？她那么小的一个孩子，而且还要上学，家里没一个人照顾，恐怕不行。

路遥愁眉苦脸地说，唉，我也正在想这个问题，怎办呀？远远一个人在家里确实是个问题，只能让远村去文艺路的人才市场找一个保姆，只要能给孩子吃上饭就行了。

我问路遥，刚才病房里还来谁了？两位护士在花园里给我说，你病房里来了一个文学女青年，而且还扶着你让给她签名呢？是谁这么讨厌？

呵呵。路遥笑了笑说，什么文学女青年？那是林达让我在离婚协议书上签字，护士不知道情况，就以为是文学青年让我给签名。

哎呀，这个离婚协议你绝对不能签？你怎能签这个呢？我听路遥给我这么一解释，就有些不理智了，甚至大呼小叫地对他说，你现在病成这样，签离婚协议还有什么意义。

路遥却平静地告诉我，事情你又不是不知道，我去延安时就跟她商量好了，在延安休息十天回来就跟她办离婚手续。我已经从延安回来了，一个人在什么时候都要说到做到，不能不讲诚信。

我生气地说，已经是什么时候了，你在病床上还讲什么诚信？

唉，就是这么一回事。你还年轻，有些事情你根本不懂，这个事我想了好长时间，对于我和林达来说，其实也并不是什么坏事。既然我们已经生活不到一块儿了，那么何必还要这样勉勉强强地在一起生活，我觉得长痛还不如短痛。路遥仍然平静地说，这个事我也不是没有考虑过，林达跟我这些年也确实不容易，人家可是大城市里的人，跟我绝对不一样，经历的苦难比我经历的少，她有自己的人生追求和奋斗目标。年轻时在延川插队，也确实帮我解决了不少困难，那时候我是一个穷光蛋，要什么没什么，家里的光景过得一烂包，人家那时没有嫌弃我，还用她自己省吃俭用的钱供我上的延安大学，从这一点上，我还得感谢她为我做出的牺牲。现在的关键是她想回北京，跟她一块儿插队的北京知青，有好多人已经回去了，而且她也非常想回到自己父母的身边，如果是这样，那我就不能太自私，应该成全她。而更重要的是，你看我现在死不死活不活的样子，说不定哪天就见马克思了，某种程度上也是害了人家。再说，林达好不容易在北京联系了一个工作单位，我知道她的心已经不在西安了，那就高高兴兴地让她走。

路遥这一番推心置腹的话，感动我的同时，也让我始料未及。我以为他会在我面前大发雷霆地痛骂一阵林达，因为只有这样才符合有血性的路遥的性格。可他在此时此刻，彻底颠覆了我对他的认识，跟以前判若两人，简直就不是我所认识的路遥。

对于路遥在病床上的这种豁达，善解人意，是我绝对没有想到的，我也搞不明白内在的深层含义。既然路遥是这样的态度，作为一个旁观者，我对这样的事情还能说什么呢？只能沉默。

就在路遥和林达在病床上签订了离婚协议的9月22日，林达离开了她工作和生活了多年的西安，悄然去了北京。虽然路遥有这样的思想准备，也知道林达会很快离开西安，但他没想到她会走得这么突然，一时情感上很难接受，这无疑对他是一个沉重打击。

据说，林达在离开西安时，交给作协办公室主任王根成两封信，一封是写给患病住院的路遥，而另一封是写给路遥的弟弟王天乐。那么林达给路遥的信中具体写了什么，我就不得而知了。

此时，路遥在病床上显得急躁不安，他最放心不下的就是孩子，想的是孩子，惦记的也是孩子。那时远远才十三岁，还是一个未成年的娃娃，没有经历过一点儿风吹雨打，那么孩子的问题，就成了他在病床上唯一牵挂的一件大事。因此，路遥对自己的治疗也开始敷衍了事，甚至没有耐心，而且还专门让远村到医院去了一趟，把孩子托付给远村去照顾。

那时候，你根本感觉不到他是一位在病床上躺了好长时间的病人，简直就是一位尽职尽责的领导，把工作安排得事无巨细，一条一条的，井然有序。

现在，我突然明白，路遥在省委招待所整理他文集的时候，之所以让毕华勇在米脂想办法给他找一个保姆，其实在那时他就有了这样的考虑。

此时，我看着路遥，心里锥刺般难受。

路遥说，现在对我的治疗就没那么重要了，关键的问题是给孩子找一个保姆，这是目前最紧迫最需要解决的一个问题。这个问题不解决，我几乎在医院里一刻也待不下去。

我说，这确实是一个难题，现在能上哪里去给孩子找一个保姆呢？

路遥说，你晚上回去告诉远村，就说我让他到人才市场先找一个保姆，不然孩子饭也吃不上一口。

我说，你也不要这样着急，也不至于是这样。要不我晚上回去让远村到医院来一趟，你亲自给他交代这件事，我不好意思对他指手画脚。

正在我和路遥在病房里焦急地商量这个事情的时候，满头银发的《喜剧世界》杂志主编金铮，咳嗽着从传染科楼道里过来了。金铮从门外进来还没站稳，路遥就急忙从病床上坐起来，痛苦不堪地对他说，哎呀，你来得实在是太好了，我最当急的事看来只能交给你去帮忙办。

金铮站在路遥的床跟前，瞪大眼睛看着路遥说，你有什么事这么着急？

路遥急躁不安地说,你可不知道,林达已经去北京了,她把孩子一个人留在家里没人管,我正愁得头往开裂一样,实在想不出解决的办法。

金铮大大咧咧地说,就这么一点小事你愁什么,交给我办不就行了。

路遥一听,脸上顿时露出了笑影。他高兴地对金铮说,有你的这一句话,我心里的一块石头就落地了。

金铮对路遥说,你在医院的主要任务就是安心治病,孩子的事你不要管了,我把孩子的事给你安排得稳稳妥妥。我还以为什么事,就这个事你有什么担心的,不就是照顾一个孩子,太简单了,我最大的优点就是善于跟孩子打交道。

路遥听金铮这样给他表态,勉强地点头笑了笑。

金铮虽说这样在路遥的病床跟前拍胸膛做保证,事实上路遥也知道这是金铮在安慰他,他心里怎能踏实下来呢?他对女儿的重视程度,远远要超过重视自己的生命。那么,金铮一而再再而三地让他不再操心孩子的事,怎可能呢?因此在这些日子里,他的情绪起伏变化很大,有朋友到医院来看他,他什么也不讲,唯一讲的就是孩子怎么办,甚至任性地不愿意在医院住下去了,闹着要从医院回去照顾他的孩子。

朋友们看到路遥这样,都在想办法安慰他,有些事不要想得那么多,顺其自然,在医院里就要安心治疗,不想或少想别的事情。然而面对这些实际问题,他能安心吗?

其实,路遥的这些朋友们心里也明白,路遥处在这样一种错综复杂的环境中,这些劝说再有力,对他也是无济于事。

真是屋漏偏逢连夜雨,他的病情刚稳定了几天,突然又加重起来。他不想吃饭,连水也不喝,整天愁眉苦脸,精神基本上要崩溃了。可是,他病重了几天,又奇迹般地好起来,这究竟是什么情况?传染科的刘主任也大惑不解。她对路遥感到非常头疼,关键是他的情绪变化,严重影响到他的治疗,甚至导致他前一段的治疗也前功尽弃了。因此她走进路遥的病房,明确指出他现在的问题,让他认真对待,不能任性。并严肃地警告他,你可不能麻痹大意,要认识到自己病情的严重程度,你看你抽烟,手抖得连烟都拿不住，常常把烟掉在床铺上，你知道这是为什么？康医生不告诉你是因为她害怕你有思想负担，我现在把实话告诉你，你自己好好想一想，要正确对待自己的病情。我觉得你是一位了不起的作家，可以创造奇迹，你应该懂得这个道理。

路遥看着刘主任，一个劲儿地给她点头。

事实上，刘主任这番推心置腹的话根本没有达到她希望的目的和效果，反而使路遥更加悲观失望，他甚至在刘主任面前悲观地说，如果是这样一种情况，那我真的有些不想活了。

你看你是什么态度，还是什么著名作家，不应该有这样的想法。刘主任批评他说，我之所以告诉你病情，是让你正确对待，积极配合治疗，你说这样不负责任的话，那你创作的文学作品是怎样体现乐观思想的？

路遥看见刘主任生气了，不好意思地说，唉，我也就是在你跟前这样说一说。

这样说也不行。刘主任严肃地说，你要鼓起创作文学作品的勇气和信心，振作精神，克服一切困难，这样才是一个受人尊敬的好作家。

9月29日中午，路遥的午饭还比较丰盛，医院的营养灶给他送来一条小鱼，金铮的爱人一路风尘地从北关的家里给他送来了六块带鱼，一小块面饼，还有二两米饭。然而不知什么原因，午饭后两个多小时，他的肚子突然胀疼得很厉害。

路遥此时的症状，跟他在延安地区人民医院那次症状基本上相似，一开始说肚子疼，疼着疼着，他就支撑不住了，几乎要命一般。

传染科的医生和护士急忙赶到病房，看到他疼成这样，也搞不清是什么问题，只好给他进行B超检查，而检查的结果恰恰是中型腹水感染而引起的肝区疼。

凡是患有肝硬化的病人，最可怕的就是出现腹水，抑或腹而不退。路遥的病情就是这样，一会儿看上去像正常人，一会儿就生命垂危。

不间断地重复出现腹水，医生也没有更好的治疗办法，只能用药物给他进行治疗，如果腹水仍然消除不了，只能把腹水从体内抽出来，但这样

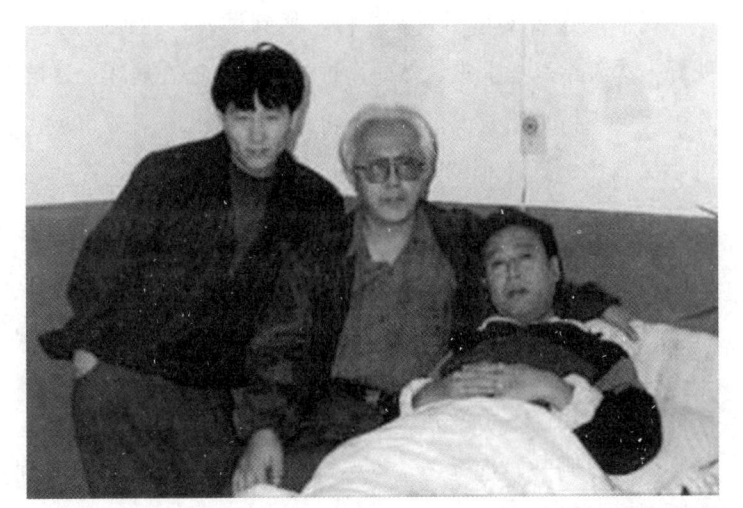

路遥与作家金铮和弟弟王天笑

金铮站在路遥的床跟前，瞪大眼睛看着路遥说，你有什么事这么着急？路遥急躁不安地说，你可不知道，林达已经去北京了，她把孩子一个人留在家里没人管，我正愁得头往开裂一样，实在想不出解决的办法。金铮大大咧咧地说，就这么一点小事你愁什么，交给我办不就行了。

容易引起感染。

已经是生命垂危的人，稍微好一点儿，他就牵挂上了自己的女儿。这不，他刚刚死里逃生，就让我回作协，问远村看他女儿现在是什么情况？是不是他已经给孩子找到保姆了，孩子和保姆能不能生活到一块儿？

我很快坐公交车回到省作协，找到远村，让他把远远的情况告诉我，我好去医院给路遥汇报。然而，远村一听路遥在病床上这样操心他的女儿，几乎哭笑不得地给我说，哎呀，再别提了，我在人才市场找了一个小保姆，可小保姆比远远还小，光知道玩，基本什么也做不了，早上起来别说让她给远远做饭，连自己的头都梳不了，还要远远帮着给她梳，远远都快成她的保姆了。哎呀，能把人急死。

我笑着说，那你怎找这么小的一个保姆，远远能愿意吗？她虽然是个孩子，可要求不低呀。

哎呀，我这不是没办法嘛，实在是太难找了，你知道我也不愿意找一个小保姆。刚开始远远还觉得稀奇，可过了两天，就弄不到一块了，因此我把小保姆打发走了。

我说，你说我去医院怎给路遥汇报？

远村笑着说，怎汇报那是你的事，我不管。

我说，你看你这个人，怎这么不负责任，我这是在跟你商量，路遥让你管孩子，你又不是不清楚，不然你去医院给他汇报。

远村说，我到医院也是这个情况，不过你不要给他说我没找到保姆，路遥的性格你也知道，好像这个世界上就他有一个女儿，亲得要他的命一样，如果让他知道找的保姆不行给打发走了，说不定他就从医院跑回来了。

我笑着给远村说，他能像你说的那样跑回来，就把什么问题都解决了，也不需要你这样愁眉苦脸，问题是他现在跑不回来。

远村说，那你告诉他家里一切好着哩，让他不要再操心孩子的事，我再去人才市场给找一个。

我笑着说，你再别这样敷衍了事，路遥这个人咱都比较了解，实在不好哄，你去人才市场找一个什么也干不了的小保姆，还去的是人才市场，我就不明白这样的女娃娃，也算是一个人才吗？

远村说，要不咱俩换一换，我去陪路遥，你去人才市场找保姆，你看怎样？

我说，不怎样，这个任务落实给你了，我不抢。

我在远村办公室跟他开了一阵玩笑，基本把情况了解清楚了，准备到我的小房间看一看，我已经好几天没进我屋子了，床上落了厚厚的一层灰，我简单地把床扫了扫，准备在床上睡一觉，然后再去医院。可是我刚刚躺在床上，就听见有人在门上急促地敲起来。

我不知谁在敲门，跟路遥以前敲门一模一样，感觉就像是路遥在敲。然而，怎么可能是他敲门呢，仿佛是我的一种幻觉，他病得躺在床上地也下不了，那么是谁在这样急促地敲门呢？因此我急忙溜下地，开门一看，是王天乐来了。

他站在门跟前，脸色铁青得难看，愁眉不展，像大病了一场，我看到他这样，不知发生了什么事。而他也没告诉我，进得门一声不吭地坐在椅子上。过了一会儿，他慢慢抬起头，看了我一眼，然后摇着头对我说，出了大事，你看远村在不在，我要告诉你俩一件事。

天乐说了这几句，眼睛红红的，想哭的样子。

我感觉到事情有些不妙，是路遥在医院怎么了？你看他急成这样，脸色那么难看，因此我也没说什么，就走到远村门跟前，敲门走进去，对远村说，天乐突然到我房间来了，说医院出了什么事，是不是路遥……我不敢说出后边的话，感觉到有些紧张。

远村一听，一下从床上爬起来，静静地看着我。

就这样，我和远村从我的房间走进去，天乐一下从椅子跟前站起来，头摇得像拨浪鼓一样地说，我那个哥哥绝对是活不长了。

我听到天乐说了这样一句没头没脑的话，着急地问他，到底是怎回事，我刚从医院回来，怎么突然……

天乐说，你不知道，路遥现在一满就不是一个正常人了，像个疯子，刚才我去医院，还没来得及跟他说一句话，他就狗血淋头地把我臭骂了一顿，把他写小说的那些精彩语句全部用来挖苦我,说我背叛了他,他没我这个弟弟,以后再不想看到我,而且跟我断绝了关系。

我看着天乐,有些惊慌,不知该说什么。好在路遥平安无事,只是兄弟俩闹了一点矛盾,说了一些不该说的话,那也就不是什么严重问题了。

王天乐仍然在说,本来我想给他解释,我之所以不能去医院陪他,是因为我给他处理一些事,自己还不清楚他在单位威信有多高?得罪了多少人?这样的问题谁给他解决,只能由我出面。可是哪有我解释的机会,他十分绝情,就这样把我从医院撵出来了。

我看见他说得很激动,眼睛里不断有泪花闪烁,觉得很委屈,怎么能这样对他,他为路遥牺牲了那么多,可路遥一点儿也不领情,不把他当一回事。

王天乐说,其实我心里清楚,他就是让我什么也不要干,二十四小时守在他身边,那我就是这个世界上最好的一个人。

此时此刻,我静静地看着天乐,然后对他说,你俩是亲兄弟,没必要为一点鸡毛蒜皮的事搞成这样,要相互理解,互相包容。

天乐愤愤不平地说,不是我不理解他,关键是他不理解我,我能有什么办法。现在路遥跟我断绝了关系,他是死是活,跟我没一点儿关系,我也不会再到医院让他这么讨厌,我要让他后悔一辈子。

我说,你说的这些都是赌气话,他毕竟是你的亲哥哥,而且我觉得兄弟之间没必要那么计较,可能他心里有什么想不开的事情,所以就在你跟前发了一阵脾气,应该不是他的本意。

我确实没想到兄弟俩把事情搞得这么复杂。但我觉得无论是路遥还是天乐,两人都不冷静,而且都是性格要强的人,一句话没有说对,一下就火冒三丈,这样受伤害的恐怕只有兄弟俩。

看来,王天乐在医院里确实受了一些委屈,一边咬牙切齿地陈述他和路遥发生的这一切,一边痛哭流涕。我看到这样,感到浑身凉飕飕的。

王天乐慢慢平静了一些,唉声叹气地说,我哥虽然把我从病房里撵出来了,可他心里一定不好受。我这个大哥我清楚,他只考虑自己的感受,根本不考虑别人,我几天没去医院,他就对我有这么深的仇恨。

我说，你理解一下他的心情，他是一个争强好胜的人，而且现在又病成这样，林达也离开了西安，他在病床上一直担心孩子，心里肯定憋屈，想发泄又没发泄的地方。你是他的亲人，在你身上发泄一下没什么了不起，更重要的是兄弟俩没有什么调和不了的矛盾。

王天乐不再说什么，沉默了一会儿，突然抬起头，惊慌地对我说，路遥现在一个人在病房里，他会不会出什么事，你赶紧去医院。

王天乐的担心不能说没有道理，接二连三的事如洪水一般向路遥凶猛地扑来，再坚强的人也有脆弱的时候，不怕一万就怕万一。因此我立即从房间里出来，在建国路挡了一辆出租车，赶往西京医院。

我气喘吁吁地跑进路遥病房，看见他用被子紧紧地蒙着头，也不知道是什么情况。我急忙拉开蒙在他头上的被子，看见他红肿着双眼，脸上留着没擦干的泪。

路遥看见我，双手使劲拍打着床板，大声号哭着对我说，你快把陈泽顺叫来，天乐要谋害我。

我说，你冷静一下，他怎可能会谋害你？

路遥号哇哭叫地说，他要害死我，你还给他帮腔。他哭得什么也不顾，也不害怕医生和护士看见笑话，委屈得就像一个孩子，不停地在床上翻腾，两只手自始至终没有停止使劲拍打，好几次几乎从床上滚下来。

我看见路遥这个阵势，恐怕再这样下去，真的要出大事，而我又无法控制这个局面，感到非常惊慌。

路遥完全失去了理智，人格尊严丧失殆尽，看来他已经做了最坏的打算。因此我赶紧从病房跑出去，对值班护士说，路遥一个人在病房里，情绪非常激动，他让我给他叫一个人，你留意一下，不要出什么问题。

值班护士抬头看了看我问，路遥老师怎么了？

我说，他现在特别烦躁。

值班护士说，住院病人没一个不烦躁的。

我从护士办公室离开，跑到医院的大门口，很快坐上开往西郊的公交车赶到潘家村的陕西人民出版社家属院，走上楼敲开陈泽顺家的门，焦急地给他说，陈老师，不好了，刚才天乐和路遥在病房里美美吵了一架，路遥在病房里号哭不停，而且口口声声说天乐要谋害他，让我叫你赶紧到医院去。

陈泽顺一下就从沙发边站起来，惊慌地问我，兄弟俩怎么会吵了一架呢？他俩为什么要吵？

我说，具体我不清楚，路遥只给我说是天乐要谋害他，是什么原因也不告诉我，我觉得他一时在气头上，就说了这些不负责任的话。你想，天乐是他的亲弟弟，也没有所说的那种杀父之仇，他凭什么要害他。两人吵了一架那是真的，因为天乐在作家协会给我和远村说，路遥把他美美挖苦了一顿，而且跟他断绝了关系。

陈泽顺笑了笑说，兄弟之间哪能断得了。

我说，陈老师，天乐也感到有些害怕了，怕他哥想不开在病房里出点什么事，让我赶快去医院。我估计路遥现在不要紧，他号哭着让我来叫你。

陈泽顺急忙穿上外衣，跟我一起下了家属楼，在潘家村坐上公交车，赶往西京医院传染科路遥的病房。此时的路遥仍然用被子紧紧蒙着头，我走到他跟前，轻轻把被子拉开对他说，我把陈泽顺给你叫来了。

路遥睁着哭红的眼睛，扭头看见陈泽顺，一把抓住他的手，再次在病房里放开声号哭起来。

看来陈泽顺也没经历过路遥这么悲伤的事，站在路遥跟前一声不吭，脸色很难看。那么现在有陈泽顺在他的病房里，我就不想在病房里待了，感到压抑，想到院子里透透气，正这样想的时候，路遥却对我说，你到外边去一下，我有话要给陈泽顺说。

就这样，我从路遥的病房里离开，到传染科的后花园里抽烟去了，至于他俩在病房里说什么，那就是他俩的事情了。

这里，我有必要交代这样一件事。社会上一直有这样一种传言，说路遥还没当上陕西省作协主席，就安排上单位的人事了。其中有一个人就是陈泽顺，路遥想把他从出版社调到作协担任《延河》杂志的主编。再一个是延安报社的李志强，想调他到作家协会负责后勤方面的工作。还有一个人，那就是我，他想让我担任办公室主任……说得有根有据。而唯有我一直不知道有这样的事，只听王天乐在延安地区医院曾轻描淡写地给路遥这样说过，要赶紧回西安，他听说有人跑到省委反映路遥的一些情况，其中重要的一条，就是说他还没当上作协主席就开始拉帮结派……如果真的是这样的情况，那就对路遥非常不利。

当然，这是一个比较敏感也比较严重的问题。

对于这个事，外面早议论成一缝水，可我还糊里糊涂。而我知道此事还是远村跟我开的一次玩笑。那是我从医院回到作协，跟远村一块儿从院子里往出走的时候，他开玩笑说，你以为你就是办公室主任了。

我简直是一头雾水，扭头看了他一眼，有些不解地问他，你说什么？从哪里听的这些胡言乱语？

远村说，你不知道？我以为你已经走马上任了。

呵呵。我总以为这是远村故意调侃我，可我觉得这样的话也不是空穴来风，是路遥无意间说了？还是别有用心的人故意制造事端？那时候路遥在死亡线上挣扎，家里的事情又乱麻一般，哪里还顾得了安排作协的人事，我觉得纯粹是一种谣传。

然而，有一天下午，延安报社的李志强来西京医院看路遥，晚上我跟他在医院旁边一块儿吃饭，他笑着说，现在到处说路遥要调我到作协，恐怕我以后不敢再到作协去了。

我说，真不知道是什么人唯恐天下不乱。

李志强微笑着说，不仅传说要调我，还说他准备让你当作家协会的办公室主任，这个最适合你。

我问李志强，真的有这样的谣传？

李志强笑着说，是不是真的，反正外面就是这样议论，而据说路遥让你当作家协会的办公室主任，还是他在王观胜跟前这样说的。

我说，路遥怎没在我跟前说过呢？他给王观胜说这些有什么意义？我真不明白，这样的事传出去，让人家怎看我，以为我陪他是别有用心。

李志强说，确实是这样，这事对我有一些影响，但影响不会太大，你就不一样了，恐怕你以后的日子怕不好过，让人家觉得我们是一伙人。

我长叹了一声说，别人说什么那是别人的事，我管不了那么多，而且我也觉得无所谓。

李志强听我这么一说，愉快地笑着。

那时，我虽然口头上这样说无所谓，甚至装得什么事也没有，其实我一直在想，看来并非远村调侃我，也许确有此事，就连延安报社的李志强都听到了，那恐怕知道的人就更多……

我就这样在传染科花园一边抽烟一边胡思乱想，时间过得真快，他俩在病房里差不多有一个小时了，我仍然没看见陈泽顺从病房出来，不知他俩有什么话要说这么长的时间，不就是兄弟俩吵了一架，也没必要针尖对麦芒，我真有些纳闷。然而就在我这样想的时候，陈泽顺从路遥的病房里出来了。

我看见他愁云满面，眼睛也有些红肿，好像在路遥病房里哭过一样。那么他俩在病房里到底说了什么，我不知道。可我看见他这样，心里觉得有些沉重。

这时候，陈泽顺要离开医院了，他到传染科的大门跟前，转身问我，你说路遥和天乐到底怎么了？

我说，这个我确实不知道。

陈泽顺一只手抓着传染科围墙的铁栏杆，眼睛里含着泪水说，刚才路遥给我安排他的后事……

什么？我几乎尖叫一声，心里感觉到凉飕飕的。他怎能这样想，自己如此不珍惜自己的生命，难道他让我去叫你到医院，就是这个目的，他不是放心不下自己的女儿吗？怎么想要走这一步路？

看着一脸忧伤的陈泽顺，我呆呆地站在他跟前，什么话也说不出来，觉得天真的要塌下来了。

在路遥有限的生命中，他最割舍不下的就是对女儿的那份情感。

10月10日早上，我正准备去医院，远村却突然告诉我，你去医院给路遥说一声，远远明天去看他，让他提前有个思想准备。

是啊，这样的事情必须提前告知他，别让远远来个"突然袭击"，恐怕就麻烦了。因此到了医院，我看见他情绪不错，便对躺在病床上的路遥说，我给你带来一个好消息，不知你想不想听？

路遥笑着说，你能给我带来什么好消息？

我说，你知不知道明天是星期天，想让你把这个星期天过得有意义一些，所以我就不瞒你了，远村明天带远远来看你，你不是一直想见孩子吗？你说这算不算是一个好消息？

路遥听我说远远要来医院，眼睛突然一亮，让我赶紧把床给他摇起来，挺了挺自己没有力气的腰板，仰靠在病床上，脸上顿时放射出一种久违了的奇异光芒，急切地问我，远远真的明天来看我？

我说，看你这么激动，我就不敢告诉你了。

路遥生气地说，看我病成这样，你还耍我。

我说，就是害怕你激动才提前告诉你，我耍你有这个必要吗？如果你像现在这么激动，真不知道敢不敢让孩子到医院里来。

路遥说，我不可能像你想的那样，以为我是一个孩子，控制不了自己的情绪，我就是想让你告诉我，远远真的明天来看我？

我说，远村是一个有心人，他也是害怕你一激动，加重了病情，所以他特意这样告诉我的，绝对不会有问题。再说，女儿来医院看自己的父亲，那是人之常情，到时你一定要控制好自己的情绪，绝对不能像现在这样激动。

路遥微笑着说，这个你放心，我这么大的一个人，不可能这么没出息。

路遥差不多有三个月没见自己的女儿了，他对女儿的那种爱，一般人体会不到。在这个世界上，女儿不仅是父亲的小棉袄，还是父亲的小情人。在医院这段时间里，路遥最想见的人就是他女儿。可他知道女儿刚上初中，不想让女儿看到他在病床上这么苍老消瘦的样子，怕影响到孩子的学习和心情。因此他把自己对女儿的思念，深深地埋藏在心里。现在，终于有机会可以见到自己的女儿了，他仿佛一下就变成一个十分健康的人，高兴得嘴都快抿不住了。

10月11日星期天，对于作家路遥来说，这是一个非常美好的日子，他早早从病床上爬起来，脸上洋溢着一种难以隐藏的幸福微笑。

真是人逢喜事精神爽，这话一点儿也不假。

路遥已经好长时间不能下地，一直躺在病床上，就是去一回洗手间，也要有人搀扶，基本上站也站不稳。可他今天心情十分敞亮，觉得他要见的人，比世界上任何一个人都重要。因此他要竭尽全力地把自己好好打扮一番，洗脸、刷牙、刮胡子，一样儿也不含糊。

上午10点，远村领着远远从西安建国路出发，如约来到长乐路的西京医院传染科。虽然路遥知道远远今天来医院看他，却并不知道女儿什么时候来。他一直跟来医院看望他的人说话聊天，但显然，他有些心不在焉。就在他跟朋友们在病房里你一言我一语地聊天的时候，他突然冒出一句，远远来了。

我相信亲人之间有心灵感应。因为是星期天，来医院看望路遥的人真不少，不管是官大官小，还是钱多的钱少的，都是路遥的朋友。平时上班忙，不能来医院，而星期天又是探视时间，想看他的人都选择这个时间。可是远村领着远远还没从病房门外进来，路遥就感觉到孩子走到传染科的楼道，真让人感到不可思议。

说话间，远远像一只小鸟，飞进路遥的病房。

路遥完全忘记自己是一个下不了床的病人，立即变得喜笑颜开，嘴里不停地喊着女儿毛圪蛋①，甚至激动得眼泪都要流出来了。

那时，远远还小，只有十三岁，根本意识不到自己的父亲已经是一个生命垂危的人，她高兴地爬在父亲的跟前，看着坐在病床上的父亲，喋喋不休地给她父亲讲一些学校及保姆的有趣事情。

不管远远在父亲跟前说什么，路遥总是静静地听，还不停地跟孩子互动，

---

① 陕北人对孩子的昵称。

根本看不出他是病人，只看到他满面的微笑，一脸的幸福。

是啊，在路遥眼里，远远永远是那么漂亮可爱，几个月时间，他感觉到孩子比他离开西安时又长高了不少，也成熟懂事了好多。因此他一边跟远远亲热地说话，一边亲昵地抚摸着女儿的小脑袋。

一个多小时很快就过去了，远远不能在医院里再待下去，眼看着自己亲爱的女儿就要离开医院，路遥确实有些不舍。但是，怎么可能让女儿一直停在他身边呢？他看着心爱的女儿就要从病房门里走出去了，这位无比刚强的陕北硬汉，再也无法控制自己的情绪，泪水顿时夺眶而出。

此时远远走到病房门口，突然扭过头，满脸微笑地招着她的小手，用银铃般的声音对她的父亲说，爸爸，再见。

女儿，再见。路遥看着亲爱的女儿，强忍着没让自己哭出声，艰难地抬起手，给他女儿招了招，勉强露出一点带着哭样的微笑。

这是路遥在生命的最后，唯一一次见到自己亲爱的女儿，从此再没有相见。但不管他能不能再见到自己的女儿，他一直把女儿的生日记得清清楚楚。他说女儿是11月9日来到这个世界，现在距孩子生日没有多少日子了，如果有这样的可能，他要跟孩子一起高高兴兴过一个生日，即便孩子生日那一天，他不能跟孩子在一起，他也会用不一样的纪念方式，祝贺自己的宝贝女儿十四岁生日快乐……

二十八

路遥说，你明天早点来医院，我想让九娃到铜川去一趟。路遥让九娃去铜川干什么？他没有告诉我，但我想他一定是想让天乐来医院……

十多天后的一个下午，九娃带着父母的重托，拿着路遥喜欢吃的陕北小米，再次一路风尘地从陕北来到了西安。路遥看见九娃来到医院，十分高兴，有说有笑，问长问短，再不像过去，一满就是亲兄弟。

也许，九娃还不知道，在他离开医院后，他的两个哥哥发生了非常不愉快的事，直至现在，他哥的病房里再没有出现过他四哥的身影。

路遥一直视天乐是他的精神支柱，然而这个精神支柱在那一刻被毫不留情地拦腰斩断了，这不能不说是他人生中的一大悲哀。

一位在文学事业上不断创造辉煌的人，刚刚步入四十二个人生岁月，正是事业处于鼎盛时期，却患上严重的疾病。然而，在他生命将要走到尽头的时候，他最想得到的人间挚爱，却毫无悬念地缺失了，难道人世间还有比这更残酷更悲壮的事情吗？

路遥是一位争强好胜的人，轻易不会向命运低头，但他就这样轻而易举地输给了自己，性格从此变得更加古怪，甚至以讨价还价的方式，同医院达成隔一天给他输一次液的协定。

路遥这是在跟自己的生命下赌注。

他这种变化无常的情绪，严重地影响到他病情的稳定和好转，也导致他走向生命的终点更近更快了一步。而他这种消极、悲观的精神状态，一直延续到11月14日达到了极限。

路遥觉得，只要医院不给他输液，他就会少一些烦躁和痛苦。就像一个关押在牢笼里的囚犯，忽然有一天被宣布无罪释放，显得格外激动和兴奋。而他一旦兴奋和激动起来，就控制不住自己，甚至还有些任性。

这天晚上，我正要从医院离开，路遥突然把我叫到他跟前，明确告诉我，你明天早点来医院，我让九娃去铜川办点事。

我说，没问题，明天一定早点来医院。

在路遥的治疗上，医院想尽了一切办法，不断调整治疗方案。在生活上，也是照顾得无微不至，能给破例的尽可能破例，能开绿灯的，尽量开一盏绿灯。

在医院传染科还没一个病人像他这样，可以在病房里使用非医院电器设备，不仅允许他在病房里用电炉子烧水，熬小米稀饭，而且一脸严肃的魏护士长还使用了一下她的特权，把他的单人病房调换到有两张床的病房，解决了他弟弟睡觉的问题。

第二天一早，我按照路遥的吩咐，早早走进他的病房，看见九娃已经给他熬好了小米稀饭，静静地放在他病床旁边的小桌上。

此时，路遥的情绪比较稳定，一个人躺在病床上看新闻，当我走到他跟前问他现在想不想吃小米稀饭？路遥这才扭头看见我，把近视眼镜摘下，微微笑着说，现在不想吃。

我说，现在不吃，过一会儿就凉了。

路遥说，凉了不要紧，病房里有电炉子，想吃时再去热一下，问题就解决了。你吃早饭了吗？

我说，还没有。我仍然改不了以前那种毛病，一般不爱吃早饭，感觉一爬起来就吃饭，没一点胃口。

路遥说，不吃早饭不好，过去我跟你一样。这样，我这里也没什么事，要不你到榆林办事处门口去吃羊肉面，我觉得羊肉面不错，非常地道。

我说，你说的那家羊肉面在西安数一数二，卖羊肉面的是陕北子长人，很会做生意。但现在是早上，我什么也不想吃。

路遥说，其实对咱来说，什么样的山珍海味都不如羊肉面，可能是从小养成了吃羊肉面的胃口，别的东西不适应。但有一点，别的地方跟陕北不能比，陕北人简直太聪明了，把羊肉面做得那么好吃，我不知他们在羊肉面里放了什么。

我笑着说，我感觉你好像想吃羊肉面了，如果你想吃，中午给你买一碗，别光吃小米稀饭，天天吃那东西，一点营养也没有。

路遥说，想吃是想吃，不过到了中午再看。

就在我和路遥在病房里说吃饭的事时，九娃从门外进来了，他听见我和路遥说吃羊肉面，笑着说，一满说得人想吃得撑不住了。他说了这一句，突然又给我说，我忘记告诉你了，我哥的中午饭在医院的营养灶已经订好了，医生和护士不让他在外边买着吃，害怕不干净。

我说，那还是听医生的，别再吃下什么问题。

路遥却对九娃说，医院里的饭我吃够了，你不管这些，这里有航宇，你赶紧去，去了早点回来。

九娃说，那想吃什么你俩定，我现在就去铜川，晚上就回来。

我说，你不要那么着急，能回来就回来，不得回来明天回来也不迟，医院里有我。

九娃一走，我对路遥说，你现在不能不输液，医生和护士都说不输液对你的身体有影响，而你营养又跟不上，怕你支撑不住。

路遥说，你别听医生和护士的话，那是吓唬人，我觉得不输液特别舒服，不然我实在撑不住了，打了几个月的针，手上到处是针眼，没一处好地方。我这样一个人，让我一天直挺挺躺在床上，别说是病人，就是好人在床上躺几天也受不了。

我说，得了病就要按医生说的办，才好得快。

其实现在这样最好。路遥说，起码我可以轻松地休息一天，我觉得医生这样安排比较人性化。

我说，你也不输液，也没什么事可干，那咱俩现在美美睡上一觉。

你想睡了？路遥侧转身问我。

我问他，你想睡不？如果你想睡咱睡一会儿。

路遥说，我不想睡，昨晚上睡得非常好，在延安住院解决不了的问题，这里解决了。看来西京医院的技术就是不一样，我现在一觉就能睡到自然醒，感觉特别舒服。

我说，你输液也不输，电视又没好节目，这一天在病房里做什么，总不能这样干坐着。

路遥说，咱俩可以说一会儿话。

我笑着说，咱几个月在一起，白天说了晚上说，把几年的话都说没了，现在你还想给我说什么？留着回到你家里再给我说。

路遥说，那几个月光忙着输液，狗日的把人给烦躁得，没一点心情，就想着哪天能离开医院。我现在已经习惯了，而且医生同意我隔一天输一次液，这样起码就有人的活法了。其实你不知道，我有好多故事，今天又不是探视时间，没人到医院里来打搅，我给你讲我的那些故事，非常精彩。

我笑了笑说，你还隐藏那么多精彩故事？

路遥反问我，难道你没故事？我不相信。其实只要是一个人，就一定有很多精彩故事，有的风花雪月，有的惊心动魄。如果我哪天再站起来，一定要把这些故事写成长篇小说，每一部都可以超过《平凡的世界》。

我激动地说，如果是这样，那你就更应积极配合医院的治疗，早一天从医院走出去，你就能早一天进入你下一部长篇小说创作。现在有多少读者正眼巴巴地等着看你的下一部长篇小说，是不是还是《平凡的世界》那样的风格？

路遥有些得意地说，那就让他们耐心等着，我才不着急呢，就要让我的那些读者对我不抱希望了，甚至以为我江郎才尽，再创作长篇小说的时候，我突然给他们一个惊喜。

我说，你这是吊热爱你的读者的胃口。

路遥说，有这个意思。

我看见他如此好的情绪，便说，那你想讲什么就讲什么，我洗耳恭听，事实上，我还没好好听过一次你的报告。

路遥说，这就是你的不对，我做的那些报告，绝对是场场爆满，报告厅里人山人海，就连楼道里都挤满了人，黑压压一片，场面非常壮观。可你居然还没听过一次我的报告，今天我给你做一个专场，也算是我对你的感谢。可我要声明一点，你还必须把我服务好。现在别这样一直站在病房，主动躺到九娃睡的床上，人家医院的床非常干净，被罩一天换一次，比你的床干净多了。我给你一个人做报告，时间可能长一些，不需要掌声，但我告诉你，那些故事非常震撼，从没给别人讲过，也算给你搞一次特殊。

我笑着给路遥说，看你现在这么幽默，好像咱不是在医院，而是在作协我那个小房子里，你躺在我的烂铺盖上，抽着别人送的红塔山烟，逮住什么说什么，说得云里雾里一般，常常说得人泪流满面。

路遥说，我现在对这里适应了，不像刚住进医院那会儿，愁得不知什么时候能出去，非常痛苦。现在已经习惯了，觉得就那么一回事，而且在医院里我还可以观察到不同人的内心世界,也有不少收获。

是啊,医院里也是人生的一个大舞台。

看到路遥这么高兴,他又这样调侃我,我就把鞋脱掉躺在九娃睡觉的那个床上,全神贯注地听他给我讲他的精彩故事。

路遥说,我给你讲的这个故事,可以创作一部好的长篇小说,这些故事不是我随便在这里给你捏造,而是实实在在发生在我身边,个个惊心动魄,只要我能够站起来,我会不惜一切代价,完整地表现出来,而且是系列性的,一部比一部精彩。

我说,你绝对能做到这一点,肯定会超过你的长篇小说《平凡的世界》。

路遥说,那当然,我不是在你跟前吹牛,再创作的长篇小说,绝对要超过《平凡的世界》。其实《平凡的世界》对我来说,根本算不了什么,我只是练了下手。可我听到人家在背后的一些议论,说我的《平凡的世界》是我再也不可逾越的一个高度。我就不信,那是人们根本不了解我。嘿嘿,以前不是也有人这样议论过我吗?说路遥再不可能创作出超过《人生》的小说。现在事情不是明摆着,我不是轻而易举地超过了,《平凡的世界》就是一个有力的证明。

我说,那你的下一个奋斗目标估计就是要站在世界文学的领奖台上,争取再创一个惊人的奇迹,成为中国获得诺贝尔文学奖第一人,你看怎样?

路遥笑着说,不是没有这种可能。不过我觉得诺贝尔文学奖算不了什么,但我要不断证明自己,路遥完全有能力战胜自己,还要超越自己,不能让人家说路遥只会写一部《平凡的世界》,再什么也写不出来,我绝对不能让别人用这样的眼光审视我。

我说,绝对没人这样审视你。其实也有好多人在背地里议论,说你正在蓄势待发,又不知在构思一部什么样的重要文学作品。也许你会又一次在人们的不知不觉中创作出一部轰动全国甚至全世界的文学力作。

路遥非常自信地说,有一句话是这样说的,苦难是一种财富。事实上这句话说的就是我,我绝对不把自己的苦难当作是一种苦难,经历了苦难的人,才能够知道幸福的来之不易,就要时时刻刻提醒自己,要幸福就必须踏踏实实地去奋斗，容不得半点虚情假意，真心实意把苦难当作是自己的一笔财富。因此，在某种情况下，你就要对自己狠一点，不要养尊处优，要忘记自己曾经取得的成绩，坚持不懈地拼命奋斗，要不然，你恐怕一点的奋斗动力和勇气也没有。我在创作《平凡的世界》的时候，为什么要选择铜川的陈家山煤矿？因为首先是创作的一种需要，那里远离城市，没有灯红酒绿，甚至你在那地方一个漂亮姑娘也见不到，见到的就是一个个炭毛子，黑得只有两只眼睛和一口牙齿，证明他是一个活物。在那里我孤独得一天能哭几鼻子，没有一个人陪伴我，只有一只老鼠像我一样，我只能跟老鼠成为相依为命的朋友，尽管它有时候会趾高气扬地给我捣乱，我都舍不得把它撵走。那时候我也在想，自己为什么要这样折磨自己呢？事实上只有这样，我才会如此拼命地去工作，想着怎样才能把自己制定的目标尽快完成，这样就可以从那个山沟沟里大摇大摆地走出去了。

我说，一般作家没你这样的毅力，根本吃不了你那样的苦，说不定几天下去，就把人弄疯了。

路遥说，一般疯不了，你看我就没疯，像你这样的人可能就疯了。也许，我这样跟我从小经历的那些苦难有一定的关系。你不知道，我从小可把罪受日塌了，在我八岁那年，家里实在是穷得不行，基本上吃了上顿没有下顿，而我父亲又是一个没本事的农民，实在养活不了我们兄妹几个，轻而易举地把我给了人。那时我父亲虽然没直接告诉我，只是说他领我走亲戚家。你想，我是什么人？从小我就比别的孩子聪明，他们能哄得了我吗？那时我就明白了一个道理，你无法改变别人，但一定要改变自己。

我问路遥，你那时那么小，就愿意去吗？为什么不给你的父母表明自己的观点和意愿？

路遥说，你不要给我打岔，听我给你慢慢讲，你这一打岔，我就不知道给你说到哪里了。

我说，对不起，我再不打岔了。

路遥说，你说像我这么聪明的一个人，这样的事还能不明白吗？其实我什么都清楚。

我说，就是嘛，你那么聪明当然清楚这些事情。

路遥不说话了，一直在看我，看得我有些发慌。因此我急忙问，又是我说错了？你说你那时聪明，我非常赞同你的观点，不然怎么能创作出获得茅盾文学奖的小说。然而我突然明白，在他给我讲他的这些故事时，我是绝对不能插话的。这是我犯的又一个原则性错误，我真可以在他跟前扇自己的嘴巴了。可路遥也是，讲故事就讲故事，为什么用这样的语气呢？唉，那时我确实听得有些入迷。

我在他跟前再不敢掉以轻心，尽量控制住自己的情绪，绝对不能随便插他的话，难道自己不插话会死吗？我再一次给路遥赔不是，承认自己错了。

路遥不理我。虽然他非常不满别人在他说话的时候打断他，但他仍然能够很快回到自己故事的情节中。他说，我记得非常清楚，天还不亮，路上一个人也没有，我和我的父亲就从石嘴驿公社王家堡村的家里动身，一直走呀走，不知走了多长时间，也不知道父亲到底带我去哪里，就这样走到清涧城跟前一个村子，具体村子名字我已经不记得，反正距县城不太远。在这个村子里，父亲打问看谁家可以让我们住一晚，像老光棍一类的人家。那时的人都比较善良，只要有住的地方，一般都让人住。因此我们就在这个村住了一晚，天不明父亲又把我叫起来继续赶路。父子俩在太阳露脸的时候，才走进清涧县城。

这是我第一次看到这么大一个城市，这里有我从来没有见到的风景，尽管街道上人不多，可见到的景致相当多。我看见有一个老汉在街上卖油茶，一声又一声地吆喝，父亲就用一毛钱给我买了一碗，我抓住碗头也没抬一下，几口就把油茶喝光了。然而当我抬起头再看父亲时，父亲可怜巴巴地站在我跟前。我觉得奇怪，父亲为什么不喝油茶？因此我就问，你怎不喝一碗油茶？

父亲说，我不想喝。

我后来才明白，并不是父亲不想喝，而是他口袋里再一分钱也掏不出来了。唉，你说那时我们家穷到什么程度了，只有一毛钱就敢上路。路遥说到这里，突然停下来，有些伤心地伸出手擦了一下他的眼泪。

我看到他说得有些伤心,急忙从床上爬起来,走到他吃饭的桌子跟前,拿了一张餐巾纸递给他说,咱别说这些不高兴的事了。

路遥说,也不是什么不高兴,要知道那时陕北都这么穷,谁家比谁家也强不了多少。

他接着说,我喝完那碗油茶,还不能在清涧县城多待一会儿,要继续赶路。你想一想,清涧王家堡到延川郭家沟有多远?而且一直是步行。就这样父子俩一声不吭地朝延川的方向走,走到不知一个什么村子,还没有走到要去的地方天就又黑了。我们不能再走了,再走父子俩就要在荒山野岭里过夜。而关键的一个问题,我的脚上打起不少的水疱,每走一步,都钻心地痛。父亲拉着我的手,在路边村子里不停打问,看谁家可以让我们父子俩住一晚,打问了好几家,终于有一家愿意让我们父子俩住,在那么困难的情况下,人家还给我们煮了一个老南瓜吃。

我们整整走了三天,在天又要黑的时候,才费劲马趴地走到郭家沟。在这个村子里,有我的一个伯父,早年从清涧逃荒来到这里安家落户,身边没有儿女,可光景仍然过得一烂包,然而比我家稍微强一些。

那时,我已经累得筋疲力尽,也不知晚上是怎么睡着的,当我睁开眼睛一看,太阳已经爬到院子里了。父亲这时要走,他哄我的水平实在不高明,让我在大伯家住几天,他出去办点事,过几天寻我。你别看我只有八岁,可我知道父亲不要我了,把我给了人。

我虽生活在延川,可心一直在清涧,时时刻刻想念我的家,想念母亲和弟弟妹妹,想着家里生活的点点滴滴,常常止不住地泪流满面。那时我只有一个愿望,想尽快见到我的亲人。特别是父亲离开那一刻,我看见父亲一个人从伯父家坡里走下去,连头也不敢扭过来看我一眼。我知道这是没本事的父亲唯一的选择。当时那个悲痛场面,用撕心裂肺来形容一点儿也不过分。

大约过了一年,我终于回了一趟清涧的老家。

当我坐着大卡车,翻过九里山,眼看就要回到王家堡了,面对着山山峁峁以及流淌的那一条小河,还有路边那一棵棵柳树、槐树、枣树、杏树、桃树……朝我扑面而来，我感觉到是那么亲切，那么刻骨铭心。

眼看就要见到自己日思夜想的母亲，我激动得坐在车上美美哭了一鼻子。回到母亲身边，感受到从来没有过的快乐和幸福，我觉得自己应该是属于这个家中的一员。

孩子都是母亲身上掉下的一块肉，哪一个孩子她都舍不得。母亲有一年多没见我，突然看见我出现在她面前，一把就把我搂在她怀里，激动得什么话也不会说，抚摸着我的头，就是一个劲儿地哭。

我想，那时母亲一定后悔把我给了人，因此在我回去那几天，母亲想办法给我做好吃的补偿我。就是从这次回去以后，我再很少回去，一直生活在延川县的郭家沟，慢慢也就习惯了。到了上学的年龄，我像所有孩子一样，可以在村子里上学，而我是村子里学习最好的一个。小学毕业后，我以优异的成绩考上延川中学，可伯父不想让我上了，想让我跟他一块劳动。你想想，我是一个有追求的人，不可能就这样在农村一辈子。因此我就跟伯父闹，赌气地什么营生也不做，非要上学不可。

其实，在那时候也不是伯父不让我上，关键是上不起。住校要从家里往学校拿粮，不然学校距郭家沟那么远，我又没办法回家吃饭，家里穷得实在拿不出一颗粮食，所以伯父才有不想让我上学的想法。因此伯父对我的怨气很大，觉得我不体谅他，气得好长时间不跟我说一句话。而事实上，我有自己的想法，总不能像他一样，天天顶着太阳出背着星星归，累死累活，一年到头还是吃不饱。因此我非常有主见，不管怎样也要上学，只有读书才是唯一的出路，才能摆脱贫穷。所以村里一些好心人不断劝伯父，伯父才勉强让我上了学。

事实上，我的伯父也是一个可怜人，在那个年代你也不能说我伯父有什么错，我也没资格说伯父有什么不对。也许他这样做，在某种程度上激发了我无穷无尽的信心和力量，自己必须要努力，否则就要回到农村跟伯父一样在山里劳动一辈子。

路遥意味深长地说，你不知道，我曾经是伴随着苦难成长起来的一个人。在延川中学上学的那些日子，我真正经历和体会到什么是苦难，《平凡的世界》小说里孙少平上学那些苦难根本算不了什么。我实事求是地给你讲，我所亲身经历过的那些饥饿和苦难，很大程度上在孙少平身上真切地体现出来了，他所经历的那些事就有我的一些影子。

我笑了笑问路遥，其实也没人在你跟前问你这个问题，而我特别好奇，你在《平凡的世界》里描写的孙少平，是不是就是你自己？

路遥说，你也不能这样认为，小说有小说的套路和技巧，跟现实有一定的差距。你比如说，我就没人家少平那么幸运，会有那么好的姑娘死心塌地爱我。

我开玩笑说，不管是孙少安还是孙少平，兄弟俩都是好后生，两人都有漂亮姑娘爱着。中央电视台曾拍摄播出过一个十四集的电视连续剧《平凡的世界》，导演是潘欣欣，电视剧里孙少平的同学郝红梅，人长得非常好看，俊格旦旦的，一定是你梦想中的理想伴侣。

呵呵。路遥笑了笑说，演员毕竟是演员，现实就是现实，漂亮的电影演员跟心地善良的农村姑娘不能相提并论。这个电视剧拍的跟我的想象有一定差距，但那是没办法的事，当时也只能这样。而我最喜欢的就是里面的主题歌《就恋这把黄土》，是山西一个叫张黎的词作家写的，那个主题歌我还会唱。

我说，那你给我唱两句？

路遥长叹了一声说，现在唱不了，没有力气。

我说，我也会唱两句，"就恋这一把把黄土，就恋这一道道梁……"

路遥睁大眼睛笑着说，哎，就是这个，你看歌词写得多好，一下子就把人拉到陕北黄土高原上了。

我说，你说得很正确，电视剧《平凡的世界》的主题歌非常有震撼力，可能你的感受会更深一些。

路遥说，你说得一点儿都没错。

我说，其实在陕北农村，像郝红梅这样美丽漂亮的姑娘有的是，你已经描写出来了，肯定碰到过不少这样的姑娘，像小说《人生》中的刘巧珍，她纯朴善良，如果爱上你就会爱得死去活来，敢给你在集市上卖白面馍馍，甚至还说出所有男人都不敢说的话,"我看见你比看见我大还亲"。老曹特别欣赏你小说中的这句话,他说只有路遥才能写出多少年轻人想说而不敢说的话。其实你描写的刘巧珍,简直就是中国所有年轻人心目中的女神,有好多年轻人找对象,就想找巧珍这样的姑娘。我现在想问你几个问题,像刘巧珍这样美丽善良的姑娘,究竟在现实中有没有?是你的一种美好向往,还是现实中本来就存在?你遇到过这样纯真而善良的姑娘吗?

哎呀,你怎像记者一样,给我提这么多的问题,麻烦不麻烦?我看你以后不要写小说了,干脆去当一个记者,你绝对可以吃这碗饭。

我说,没人让我当记者,其实我对记者这个职业非常崇拜。可是不管我将来干什么,我现在就想知道现实中有没有巧珍这样的姑娘?你要知道,不仅我一个人想知道这个答案,好多年轻人看了《人生》电影,就按这个标准去找对象,你看问题有多么严重。

路遥说,现实生活中肯定有,就看你有没有这样的缘分和命运,那是一个人的造化。

我说,那我就给人家说你说过,现实中确实有巧珍这样美丽善良的姑娘,让那些年轻小伙子就按这个标准去找自己的理想伴侣。

路遥说,你在外边不要胡说,那会耽误了人家一辈子的大事,我不就成一个罪人了。小说就是小说,不懂什么是艺术吗?艺术就是来源于生活高于生活,你不要把小说和现实拉扯到一块儿。

其实,我跟路遥说这些,完全是信口开河,甚至是逗他在病床上开心地笑一笑。而他却认真起来,给我阐述了好一阵儿他的观点,然后仍然要给我讲他的故事。因此我问他,你说了这么多,感觉到累不累?

路遥说,我不输液就不累,感觉非常轻松。

我说,现在看见你跟前一段有很大的不同,好像用不了多长时间就可以出院了,你的思维那么清晰,说话又那么幽默,不像是一个有病的人。

路遥突然说,我心里高兴,咱在病房里偷偷地一人抽一支烟,你敢不敢?

我说,不敢。我怕护士长看见,这里不像延安地区人民医院,完全是军事化管理,比延安管理得要严格多了。如果让医生和护士看见,就不是简单的罚款，而这个魏护士长，比延安那个护士长还厉害。

路遥说，没事，我今天不输液，医生和护士长一般不到我病房里来，而且你要知道，医生已经同意我每天可以抽两支烟。

我在想，路遥不管给我说什么，我也不能在病房里抽烟，医生允许他在病房抽烟那是照顾他的情绪，而我就不同了，医生绝对不允许我干这样的事。因此我没有答应跟他一块儿在病房里抽烟，去洗手间给他取来红塔山香烟，递给他一支，点着。我说，你一个人在病房里抽烟问题不大，医院给你开了绿灯，我到院子里去抽，不然让护士发现，说不定就把我赶出医院了。

路遥说，没事，护士来了就说是我一个人在病房里抽的烟，你没抽，责任我一个人承担。

我有些蠢蠢欲动，但我还是有些担心，在门口看了看有没有护士或护士长在传染科的楼道。而此时路遥躺在病床上，悠闲地抽着烟，感觉十分享受，可他拿烟的手不停地抖动，好几次手里的烟快要掉在被子上了。看见他这个样子，我心情突然沉重起来，觉得他尽管思维敏捷，有说有笑，其实病情一点儿也没减轻。

我是一个意志不坚定的人，经不住他的引诱和鼓动，就这样违反了一次医院规定，在他的病床跟前也点了一支烟，惊慌地几大口就抽完了，然后静静地站在一边准备接他的烟把子。

路遥抽完那支烟，非常惬意，看了看我，继续着他刚才没有完结的精彩故事。

路遥说，还有一件事一直在我的脑子里，直至现在仍然记得很清楚。那是一个周末，我走在放学回家的路上，实在熬得走不动了，忽然看见路畔下的园子里，不知谁家种的西红柿秧上结了一颗淡红红的西红柿。

呵呵，那狗日的西红柿，一直在诱惑我，看来我不下手是不行了。因此我静静地盯了一会儿，看看前后没人，就像老鹰逮小鸡一样地扑过去，一把揪住那颗西红柿就跑，跑到山背后的一个山水渠里，心仍在慌慌地跳，好像有人发现我偷了人家的西红柿，感觉人家已经追上我了，吓得我真不知怎么办。

其实，我这是在自己吓唬自己，哪里有人？

路遥说，当我确信没有一个人时，我钻进那个山水渠里，几大口就把那颗西红柿消灭了，心里的那种感觉就像陕北民歌里唱的那样，"甜格溜溜的酸，酸格溜溜的甜……"

你根本不知道我当时是一种什么样的感受，觉得西红柿怎么会是这么好吃的一种东西，在我的印象里，那是我吃到的世界上最好的水果，以后再也没有这样的感觉了。

路遥给我讲他小时候的故事，心情格外激动。起先他说得还有些伤感，当他把这一切给我讲完，自己开始笑了起来。真他娘的，那时真不知怎搞的，感觉什么都是好吃的东西，可家里穷得就是什么也没有，光景过得一烂包。

我突然觉得他讲过去的这些事非常有意思。而路遥仍然意味深长地给我说，后来我和同龄人一样卷进那场轰轰烈烈的文化大革命。我幼稚，血气方刚，简直没有不敢干的事情，觉得自己就像毛主席老人家说的，"世界是你们的，也是我们的，但归根结底是你们的，你们青年人，朝气蓬勃，正是希望的时候……"就这样我成为造反派的一个头子，在延川不可一世。然而这场现在看来有些滑稽的闹剧，在没有谁对谁错的结局中匆匆收场了，我堂而皇之地被推选为延川县革委会的副主任，相当于现在的副县长，那年我才十九岁，可以说是延川县的一个人物。

我毫不夸张地给你说，那时在延川县的同龄人中没一个人不羡慕我，而我那时候也非常得意。你想，我那么年轻，就比一般年轻人有本事，县里不管召开什么会议，我都可以坐在主席台上，要多威风就多威风。也就在那时，我认识了一位漂亮而又有才华的北京女知青，初恋就是从这时候开始的，非常有戏剧性。

路遥说到这里，突然停住，不说话了。

我又犯了什么让他非常反感的错误了吗？我这样想。可这次不一样，路遥朝我笑了笑说，航宇，你是不是感觉到我讲的这些故事很无聊？没什么意思？他这样问我，脸上还带着一种难以捉摸的微笑。

没有啊。我看见他这样，就有些紧张，急忙从床上溜下来，走到他跟前说，我一直在洗耳恭听。

路遥说，你觉得我讲的故事精彩不精彩？

我说，呵呵，你的这些故事当然精彩了。

路遥说，那你一点儿表示也没有，是不是应该给我削一颗梨？

哎呀。我说，这有什么问题，只要你一句话，一切照你说的办，你怎么突然跟我还客气。于是我赶紧走进洗手间，在纸箱里给他拿出一颗梨，削了皮递给他，又在他下巴底下垫了一张餐巾纸，害怕梨汁流在他脖子里。

看样子他真的想吃梨了，很快就把那颗梨吃完了。其实他仅吃了梨的一点汁，梨渣都吐在了垫在他下巴下的那一张餐巾纸上。

看着路遥吃完了梨，在给他收拾梨渣的时候，我又问他，你还想吃点什么，不要在我跟前客气，你一客气我就紧张，觉得没把你服务到位，对我有意见。

路遥说，你确实有些敏感，那再给我泡根香蕉。

我又用开水给他泡了一根香蕉，剥了香蕉皮，递到他手里。他哆嗦着手，把香蕉吃完，我很快给他擦了嘴，仍然站在他跟前，看他还需要什么。

路遥说，你可以安安稳稳躺在床上了，我继续给你讲刚才没有讲完的故事。

我问他，你已经讲了不少，难道不感觉到累？是不是今天就讲到这里，剩下的下次再讲，咱们两个还是休息一会儿。

路遥说，只要不输液，我就不觉得累。

我说，输液不输液，不能由你说了算，要看医生和护士怎么安排，在医院里你绝对不能任性。

路遥说，医生已经采纳了我的意见，绝对没一点问题，这个你就放心，我心里非常明白。

我说，你还是要积极配合医院的治疗，早点回到建国路，那里才是自己温暖的家。医院不是什么好地方，像一个招待所，不能住得时间太长，时间一长就把人折磨得实在没法活了。

路遥说，你以为我愿意，我早已经在这个地方住够了。唉，也是没办法才这样，不然我能在这里住这么长的时间？我不给你讲以前那些苦难的事了，讲年轻人爱听的那些风花雪月的故事。

我笑了笑说，是不是你要讲怎么恋爱？

路遥说，一看就是聪明人，我还没说，就知道了。

我说，风花雪月不就是跟谈情说爱有关吗？

路遥说，就是那么一回事。我估计你现在还没谈过恋爱，不过也说不好，现在年轻人可不像我们那时，胆子特别大，脸皮也厚，隐藏得比较深，一般人发现不了。我不知道你是不是这样，谈过几次恋爱？当然，你可以不告诉我。事实上，经历过恋爱的人，才能真正体会到恋爱有多美好。我可以这样告诉你，那是一个人一生中一段最为刻骨铭心的记忆，就是到死也忘不了。

我笑着说，你如果给我讲这个，就讲仔细一点，特别是那些细节，一点儿也不能省略。

路遥问我，你对这个感兴趣？

我说，这个我比较喜欢。

路遥说，其实人的一生，会经历好多事，而好多事也久久难以忘怀，最难忘的恐怕就是自己的初恋。那是一个人一生中非常重要的一段经历，人从这一段经历中绕过去，就不是一个十全十美的人了。在恋爱中，你会经历和感受到不同的人和事，这是非常生动而有意义的社会话题，有的惊心动魄，有的刻骨铭心，爱和恨在你恋爱的过程中不断轮番上演，不管是什么结局，都是值得回忆的一段往事。

我不停地给他点着头，表示赞同。

路遥激动地说，我的初恋在一个大雪纷飞的冬天，大地一片银装素裹，就像毛主席在清涧袁家沟写的《沁园春·雪》一样，"北国风光，千里冰封，万里雪飘……"给人一种气势磅礴的感觉，那样的意境让我的心情无比激动。在这样的天气里，我正参加一个会议，因为我是年轻的县革委会副主任，理所当然坐在主席台上，这时有人悄悄给我递来一个纸条。我把纸条展开一看，激动得就想立马从会场里跑出去。

你知道纸条上写的是什么？路遥静静地看着我。

我说，那我不知道。

路遥说，一位在延川插队的最漂亮的北京女知青要见我。你不知我那时是什么心情，整个人就像燃烧起来的一团火，我把会议是什么内容忘得一干二净，眼前光是那姑娘的身影。我是既激动又紧张，觉得那个会开得特别长，而讲话的人又没完没了，不知在说些什么。会议一散，我就跑到约好的地方。老远，我看见一位姑娘穿一件红衣服站在雪地里，仿佛冰天雪地里突然冒出一朵红艳艳的山丹丹花。那时，我激动得就像有只兔子要从喉咙里往出跑的光景，心在不停地扑通扑通乱跳，感觉到世界上所有的事情都是那么美好，一口气跑到那姑娘跟前，激动得却一句话也说不出来。

我开玩笑说，你不要那么紧张了，赶紧先把姑娘的手拉住，再盯住看姑娘的毛眼眼，那就是一块冰，一下就融化了，就像榆林地区民间艺术团王向荣唱的那样："拉了妹妹的绵手手，亲了妹妹的小口口……"

路遥让我这一句说得笑开了，他笑着说，一看你就是谈过恋爱的人，什么都知道。

我说，我是看你《人生》电影里高加林和刘巧珍谈恋爱时的一个镜头，知道有这样一个细节。

路遥说，那时我是头一次单独见一位如花似玉的姑娘，简直像做贼一样，差怕别人看见，怎敢去拉人家的手，如果你不相信，你可以去问老曹。

我问他，老曹知道你的这些事？

路遥说，我的什么事他不知道，我在人生的十字路口上徘徊的时候，感到自己前途一片迷茫，不知如何走下去，非常悲观失望，甚至死的念头都有，心里特别难受。因此我就去找老曹，把自己的痛苦倾诉给他，他是我比较信任的一个人。可是你看那个老曹，我痛苦成那样，他不仅不安慰我，给我出主意想办法，还美美把我教训了一顿。

我问路遥，他怎教训你了？我听说你受到了一些挫折，却又没有倾诉的地方，所以就找了老曹，委屈得在他跟前美美哭了一鼻子，到底是不是这样？

路遥说，基本上是这样的情况，我也不怕你笑话我，老曹看见我痛苦不堪，觉得我不像是一个顶天立地的男人，为一个女人哭哭啼啼，没一点出息。因此他就嘲笑我，你跟人家姑娘亲口了没有？

我就实事求是地给他说，没有。

老曹又问我，那你拉人家的手了没有？

我仍然是那句话，没有。

老曹狠狠地把我看了一眼说，你个瓷脑。

我说，你给我说的这些，我一点也不相信，好像是你给我编的故事。你那时是一位副主任，我就不相信你那么胆小，如果真的是这样，那我觉得老曹说得有道理。

路遥有些激动地给我说，他有什么道理？知道我那时候不得志，他就这样嘲笑我。而且那时就是这样，我是比较保守的一个人，老实本分，哪像你们现在这些年轻人。不过，我可以这样告诉你，这一个插曲是我热恋的姑娘提出跟我分手以后的事，过一会儿，我会一五一十地告诉你那个细节。事实上，在我初恋的那些日子，那种激动人心的场景用语言是无法形容的，只能用陕北民歌才能表达得淋漓尽致。可我那时一点儿也不会唱，后来我在榆林听人唱过这样的民歌，心想，这歌要是那时我唱给我喜欢的姑娘，结果恐怕就不一样了。

我问他，什么歌让你这么刻骨铭心？

路遥说，不知你听过没有？就是神木的一个放羊老汉，他唱的《一对对绵羊》。

我问他，那你会唱这个民歌不会？

路遥说，我只会唱两句，那些歌词我都记得，榆林地区群众艺术馆的朱合作，你别看他平时不言不语，可他会唱不少陕北民歌，绝对是陕北的一个怪才，有时候他在我跟前还卖弄两句。

我说，我也听过他唱陕北民歌，在清涧文化局的大门口，他仅仅唱了两句，但我从来没听他唱过什么《一对对绵羊》。

路遥问我，朱合作给你唱什么了？

我说，歌名不记得，也可能没歌名，就记得有两句把在场的一群人笑得眼泪都要流出来。我现在说给你，看你听过没有，"张家圪崂杀罢人，刀子红棱棱……"

路遥笑着问我，朱合作唱的这是什么歌？

我说，不知道。那时我正在县文化局工作，下班没什么事，就站在大门口说笑话。突然有一天，朱合作从榆林回清涧来了，他在县医院把他哥一看，就跑到县文化局门口凑热闹。此时正好是下午，人们刚吃完晚饭，不少文学青年知道朱合作回来，就像见一个大人物一样，一个个围在他跟前，对他崇拜得五体投地。当然我也是其中的一位，一直是他的追随者。他在文化局的大门口站着跟大家说笑了一阵，突然放开声唱了这两句，把在场的人一下就镇住了。其实要说唱陕北民歌，榆林民间艺术团的王向荣唱得那才地道，他的嗓音跟别人不一样，一招一式，一板一眼，听得人就想哭。

路遥说，朱合作唱的根本没《一对对绵羊》里的歌词优美，你别听他哄你，他根本唱不了陕北民歌，这个我比你清楚，他一满瞎唱哩。我现在有病，躺在床上唱不成，如果我没病，我可以给你唱几声，肯定比朱合作唱得好，那歌词是这样：

一对对绵羊并呀并排排地走，
哥哥额什么时候能拉着妹妹的手。

哥哥额有情，妹妹你有意，
哥有情来妹有意，咱两个不分离。

三月里桃花开，妹妹你走过来，
蓝袄袄红鞋鞋，站到哥哥面前来。

想你呀真想你，实实想死个你，

睡到半夜梦见你，梦见咱俩一搭里。

额要拉你的手，还要亲你的口，
拉手手亲口口，咱们到圪崂里走。

拉了妹妹绵手手，亲了妹妹小口口，
拉手手亲口口，咱们两个圪崂崂走。

哎呀，这歌也是太大胆了，一拉手就要亲口，还要往圪崂崂里走，太直接了，酸格溜溜的，甚至酸得人牙都疼。我觉得这个民歌，一般人不敢唱，如果谁敢把这歌唱给人家那个女娃娃，人家非骂你是流氓不可。不过我听王向荣唱过这样的民歌，他好像唱得不是《一对对绵羊》，而是《拉手手亲口口》，歌词也跟你说的不一样，不知是不是一回事？

路遥笑着说，一样不一样关系不大，反正是陕北民歌。而陕北民歌要陕北人唱才好听，用地地道道的陕北方言，比如说"我"，就不能用"我"了，必须用陕北话"额"，这样才有那么一种魂牵梦绕的味道。比如一个人站在黄土高坡上，望着一架连着一架的黄土山，蓝格盈盈的天上再飘着一疙瘩白云彩，山坡上再有一群吃草的羊，那个放羊老汉，头拢着白羊肚子手巾，身穿着翻羊皮袄，眯缝着眼睛，无忧无虑地放开嗓子把陕北民歌唱起来，你无法想象那场面是多么的震撼。但绝对不能用普通话，用普通话就把陕北民歌糟蹋日塌了。当然我这样说出来更没意思，没那种缠缠绵绵的感觉。

准确地说，陕北民歌也就是信天游，非常随意，一听就明白表达的是什么意思，直白而深刻。像"拉了你的绵手手，亲了你的小口口"，多么朴实自然，又那么直接，一下就扎进人的心窝窝，扎得非常到位，也许这就是我喜欢陕北最直接的原因。尽管陕北贫穷，但只有贫穷的地方才能产生震撼人心的民间艺术。优秀的民间艺术是老先人一辈一辈留传下来的，经过千锤百炼，每一首陕北民歌都非常经典，都流传百世。唉，现在好多年轻人都不知道陕北还有这么好的民间艺术，怕慢慢就要在这块土地上失传了。

我说，你说的这个陕北民歌，我就一点儿也不知道。神木文化馆的訾宏亮，他唱陕北民歌唱得足劲，常常能唱得昏天黑地，我不知你听过没有？他虽然个子不高，声音却粗放洪亮，像他名字一样，而且他还是一位诗人。只要榆林地区的文学爱好者聚在一起，他必定会唱两首陕北民歌，我觉得神木、府谷一带，简直就是民歌窝子。可我觉得他们唱的好像不是陕北民歌，像是内蒙古的二人台。我不知道陕北民歌和内蒙古的二人台有什么区别，你刚才给我说的那个《一对对绵羊》，是不是訾宏亮在榆林宾馆唱给你的？

路遥说，我已经忘记了，也有这种可能。不过，你想搞文学创作，就要什么都知道一些，平时多积累这方面的素材，创作的时候就会有灵感。

我笑着说，你给我传授了这么多有价值的东西，我的收获实在是太大了。咱先不说这些，不知道你中午是吃医院给你订的饭？还是让我出去给你买一碗羊肉面？

路遥问我，现在几点了？

我说，快十一点了。

现在吃饭还有点早，再等一会儿。路遥说，我给你把我的恋爱故事讲完再说吃饭的事情。说着，他又激动不已地给我讲他的恋爱故事。路遥说，我的初恋现在看来相当浪漫，而那时我一心一意就想找一位这样的北京知青，要知道北京知青有文化有气质而且有品位，是我非常向往追求的目标，因此我特别害怕失去这个姑娘。那时我可以为她奉献一切，并且毫不犹豫就把自己的招工指标让给了她，而我的目的非常明确，就是用这种办法讨好人家。可是你不知道，其实我犯了一个非常严重的原则性错误，自己迫切想要追求的东西，往往就是追求不到，我就是因为太爱这个姑娘了。可我知道自己家里的实际情况，没一处吸引人的地方，人家说不跟你好就不跟你好了，你一点儿办法也没有。因此我就想办法干一些能打动人家姑娘的事，不然人家大城市姑娘，凭什么跟你好？你要时时刻刻为她做出牺牲。

唉，那时我傻呀。路遥长长唉叹了一声说，我年轻不会分析问题，爱感情用事，别人说什么我那时候都听不进去。可我就没想，本来人家各方面条件就比我优越很多，这样一来，我们之间的差距拉得就更大了，人家能跟我一直好下去吗？可能恋爱着的人那时大脑都不怎么精明了，甚至糊涂到了极致。我不仅把招工指标让给她，在她走的时候，还把家里仅有的一些棉花偷偷拿走，想办法给她缝了一床大花被子。尽管如此，人家还是和我分手了。

我故意跟他开玩笑说，你那时是不是又看上别的姑娘了，就像高加林一样，不要人家了。

唉。路遥说，那时人家一直在走上坡路，而我走的是下坡路，看不上的不是我，我那时还没有看不上人家的资格。

我说，你不知听到没有，好多人都说你写的小说《人生》里主人公高加林，其实就是你自己。

呵呵，那都是瞎说。路遥说。

我问路遥，那你说高加林的原型是谁？

路遥说，就是高加林。

我想，路遥不想给我说高加林的原型是谁是因为他不想对号入座，事实上确实有这样的说法，《人生》中那个高加林有可能就是路遥。

路遥说，事实上，我也想当这样的高加林，从一个普通农民上升到县委宣传部的通讯干事。而我呢？在清理文化大革命"三种人"的时候，我的副主任被免了，一直恋爱的女知青也跟我断绝了关系，面对这样的痛苦和打击，我都不知道是怎活过来的。失恋的痛苦，前途一片茫然，我感觉到这个世界一片黑暗，做什么都觉得没一点意思，真的想去死。后来我又一想，我不能就这样轻而易举地去死，死了就什么也没有了，也太无能。因此我发誓要干一番轰轰烈烈的大事，用事实证明自己。我写的小说《黄叶在秋风中飘落》，就有她的影子。

路遥说，人这一辈子，找个好婆姨非常重要，甚至一个人事业上的成败，在某种程度上跟你的另一半会有非常直接的关系。

我给他点点头，然后对他说，我认为你总结得非常深刻也非常经典。

路遥说，你一句实话也没有，就会戴高帽子，我说的难道什么都对？不是这样。其实，我是一个实实在在的苦命人。

我说，我真的没给你戴高帽子，你总结得确实非常到位，有一定的哲理，对人生有一个全面而深刻的理解和诠释。不过，人在恋爱的时候，思考得不会有你这么深入，一般是糊里糊涂，光看到对方的优点，对方身上的毛病一点儿也发现不了，甚至把毛病也看成优点。我说，咱是不是不谈论这个话题了。然而，路遥不会听我的，继续给我说：你现在还年轻，看问题比较简单，在考虑个人问题上，不要急于求成，要把所有的事情考虑好，合适不合适，别人说了不算，只有自己知道。

我点着头，笑着看着他。

他说，在我的人生岁月里，遇到过许多真诚朋友，为我做了好多事，可我还没来得及报答，就不行了。

我说，既然是好朋友，就不会计较报答不报答，只要你病好了，一切都来得及。然而，我说什么他都听不进去，有些固执地不断给我讲他想要讲的事情。

他说，在我所有这些朋友中，老曹跟我交往的时间最长，也跟我关系最密切。那时我俩是敌对的两派，一个比一个厉害，在延川没人不知道。当我步入这个错综复杂的社会，老曹始终像兄长一样，放下过去恩恩怨怨，关心我帮助我，某种程度上，他也是我走上文学道路的一位启蒙老师。在文化大革命结束后，老曹就是延川县的一个能人，一步一步地走到县委政工组组长的位置，虽然现在看来那个官不是很大，但他是延川首屈一指的文人，比我威风多了，又会写诗还会照相，非常有号召力。在他跟前经常围着一群文学青年，都想跟他套近乎。那时，他和陶正、白军民和闻频创办的《山花》，吸引了延川一大批文学爱好者。就是这一张油印小报，延川走出多少作家，这些作家都在全国有头有脸。当然无论是这些文化人，还是那张油印小报，都对我产生了非常重要的影响。如果没有那样的文学氛围，或者说没有老曹的影响，我现在会干什么？我真的不知道。

事实上，我和老曹能成为好朋友，是文学把我们俩拉扯在一起的。老曹是个心胸开阔的人，不计较过去那些不愉快的事，觉得那时都是热血青年，分不清是非，过去就过去了。就像他说过的一句话，年轻人谁不犯错误。

尽管我一直没有回应他这句话，但我心里明白，核心问题是老曹心地善良，一般人没他这样的品德和胸怀。

其实，我不给你说这些，你心里也明白。我在延安住院，老曹待我就像亲兄弟一样。他那么忙，一边忙工作一边还要照顾我。平时我也没感觉到什么，可是一住进医院，感受就特别明显，只有他才能设身处地为我着想，我从内心感激他。事实上，我在延安这一段，你也沾光不少，我看见他家一吃好吃的，就把你叫走了。我那时多羡慕你，也想去他家吃一顿，可我没这福气了，只能看着你跟老曹离开病房，心里真不是滋味。

我说，你说得对，跟老曹交往的人，没有一个人不说他好，都说他是一个好人，不怕吃亏。

路遥说，吃亏是一种福，因此老曹就是一个有福气的人。我现在还要给你介绍一个人，他是延安报社的李志强，这是一个好后生，人相当稳当，也有本事，你现在跟他还不熟悉，我觉得以后可以跟他做朋友。你没来延安时，我一直由他照顾，如果作协能顺利换届，我想把他调到作协工作，让他搞后勤，他没一点私心，绝对可靠。

我说，这事还是等你当了作协主席再说，现在说这样的话别人会有看法，对你对他都会产生误会，甚至说你拉帮结派，这样恐怕就麻烦了。

路遥不满地看了我一眼说，我不怕你怕什么？

我说，那你想说什么就说什么。

路遥说，你不知道，其实我不仅在文学圈子里有这么多好朋友，在政界的一些朋友也对我非常好。比如老冯[①]，他在延安可是一个能够呼风唤雨的人物，我每次去延安都是他接待，不管我有什么困难，他都会第一时间站在我面前。

我说，老冯一看就是那种慈祥可爱的好老汉。

在西安住院这些日子，我又遇上了康医生[②]。对于我来说，她是我人

[①] 指延安地区政协主席冯文德。

[②] 指康文臻。

生中遇到的最好的一个姑娘,我住在传染科,她是我的主管医生,非常负责任。不仅想方设法要治好我的病,而且她每天晚上都给我病房里送面条,她人又那么年轻,我听说她才二十六岁,还是一个了不起的研究生,非常聪明能干,对我照顾得无微不至。我感觉她就像是我的一个亲妹妹一样,有时候甚至比我的亲妹妹都体贴。

我开玩笑说,康医生可能就是陕北信天游中唱的那种"白格生生脸脸太阳晒,巧格灵灵手手拔苦菜"。然而我的这个玩笑不仅没把他逗笑,他反而严肃地批评我说,人家康医生是有文化修养的一个人,让你这么一形容,一点美好感觉都找不到了,就像是一个农妇。

我说,对不起,我不是故意贬低康医生,来医院看你的人见了她,都说她像天仙女下凡,把所有人都吸引住了。你看人家康医生那气质,一满就是女军官风格,走路一阵风,站着一棵松。然而,我还是觉得她就是你小说《人生》中塑造的那个美丽善良的刘巧珍。

路遥狠狠地看了我一眼说,你一开始还评价得有那么一点意思,突然就一满瞎说开了,你是不是故意跟我唱对台戏,根本不懂我的意思。巧珍怎能跟康医生比,她有康医生这么有品位吗?

我笑着说,两个人从心灵上来说,基本上是一个类型,就像你《人生》电影主题歌里唱的那样"上河里的鸭子下河里的鹅,一对对毛眼眼照哥哥"。

这是路遥改编的《人生》电影主题歌中的两句歌词,是他自己作的词,著名歌唱家冯健雪演唱的,已经成为家喻户晓的经典陕北民歌。路遥在高兴的时候,还可以唱几声。我之所以说出这两句,完全是想在这样的环境和心境中逗他开心一点,没别的意思。

呵呵。路遥笑了笑,显得有气无力地说,我病成这样,你还调侃我。其实我说的一点儿不假,康医生不仅人长得漂亮,也非常优秀,你不得不承认这样的事实。巧珍怎能跟康医生相提并论,根本不是一个档次。康医生是什么人?她是高干家庭,而巧珍呢,她纯粹是农民。再说,康医生有内涵,说话轻声细语,谁像你这样大呼小叫,简直就是一个拦羊小子。

我说,不是简直,而是完全,我就是拦过羊,有着跟别人不一样的生活阅历，那可是我的一笔财富。不过，不是我跟你开玩笑，我真的觉得康医生就像是你《人生》小说里的黄亚萍。

路遥说，你不要给我往这些人的身上乱拉，黄亚萍是小市民，嫌贫爱富，意志不坚定，一不操心就跟上人家跑了，没人家康医生高尚。

我跟路遥开玩笑说，这些人一个也跟你的《人生》和《平凡的世界》里的人物对不上，那么现实生活中难道就没有这样美丽善良的姑娘了？这些是不是都是你理想中的一些人物？

路遥说，小说和现实本来就不是一回事，你就要这样给我东拉西扯。

我说，我以为你在医院里这一段，虽然经历了一些痛苦，但也在生活中看到了你塑造的那样美丽动人的姑娘，这也是你的一大收获。

路遥说，西京医院传染科和延安地区医院，确实有很大的差别。你看阎荣教授，这个人确实不得了，技术非常高，他在某种程度上可以纠正B超的误差，你见没见过这么厉害的人？一定没见过吧。他每次到我的病房来查房，用指甲盖比画一阵就把我的五脏六腑画在我的肚皮上了，这里的医生护士对他非常崇拜，他还带一大帮子研究生……因此医院把我交给他治疗，我非常踏实。你想，如果我的病连阎教授都治不好，那就是把我送到联合国也治不好。

我听路遥对这里的医生和护士有这么高的评价，非常高兴，说明他对这里的治疗相当满意，这样就有利于治疗他的病了。因此我对他说，你要鼓起勇气，也要有信心，相信这里医生的水平，积极配合治疗，我坚信阎教授一定能看好你的病。

路遥十分自豪地说，这一点我相信，阎教授绝对有治好我病的水平。正说话间，他突然一下转移了刚才的话题，看着我说，我现在有好多事记不起来了，突然想起一件事，你记得回去给王根成说一声，就说我感激他这段时间为我做的工作。我在延安住院，他还专门跑到延安去看我，为我操了不少心。你无论如何要把我的意思转达到，不要让人家觉到我这人一满没规矩，给我帮了那么多忙，一句感谢话也没有，那就不够意思了。

我不断给他点头，觉得他说这个有什么意思？但是也可以看出他思想有了很大的改变，不像以前，根本不会把这些事放在心上。

还有。路遥又看了我一眼说，你回去再给李秀娥说一声，就说是我说的，非常感谢她对我的关心，虽然我们都是陕北老乡，可她帮我做了好多事，这些我都在心里记着。同时你顺便再回去告诉李国平一声，他是我的好兄弟，是非常讲义气的一个人，让他给徐志昕和王观胜都说一声，就说我感谢他们。事实上，我这次得病，也非常感激你和远村，你俩为我跑前跑后，忙里忙外，不管我高兴还是烦躁，一直陪护在我身边，不离不弃，你俩做的这一切，别人都能看在眼里，我一辈子也忘不了，你俩是我的好兄弟。不过，咱亲着哩。

我说，你说的这些我回到作协，原原本本转告给他们。至于我和远村，你跟我俩还客气，都是自己人，你好好配合医院把病治好最关键，其他都是小事。

嗯，你说得也是，只有站起来才能实现这一切，才能感激人家，我这样一直躺在病床上，也就是人们所说的白日做梦。不过，我已经把我想说的话基本说得差不多了，突然觉得一身轻松。如果我不说出来，一直憋在心里，特别难受。你不知道，我早就想给人说这样的话了，就是没机会，也找不到合适的人，好不容易今天没事，只有你陪着，我不管你想听不想听，爱听不爱听，都说了。但有一点，我是真诚的。

我说，你难得有这样的好心情，也谢谢你对我的信任，给我说了这么多心里话，我感到很荣幸。其实这些日子我没把你侍候好，还让你生了不少气，比如你从延安走时想上宝塔山，可我胆小怕事没让你上，我现在有些后悔，觉得应该让你上一次就好了，不就是上一次宝塔山，也没什么大不了的。实在对不起，请你原谅。

路遥漫不经心地说，其实我当时确实有些不满，好像我真的不行了，这也不能那也不能，把我限制得像一个犯人一样。慢慢我把这一切都想明白了，你之所以这样做，一定有你的道理，而且也是为我好。我知道你的压力一定不小，怕我在医院出一点什么事。事实上我这次得病住院，已经把这一切看得清清楚楚，什么是朋友、亲戚？用你的时候，就是亲戚就是朋友。而当你在最困难最需要人帮助的时候，真正能替你分忧解愁不离不弃的能有几个？有的早跑得不见人影子了，能躲多远就躲多远，在这时候能毫不犹豫地站在你面前的人，值得你一辈子去珍惜。所以从这个意义上说，你不存在对不起我，而我应该好好感激你才对。

事实上，在我住院的这些日子里，大多数朋友都对我尽心尽力，不惜一切地关心我帮助我。像延鸿飞两口子，就像是我的亲人一样，设身处地为我着想，尽管他到医院看我不多说一句话，可他的心和我的心一直是相通的，他看见我病成这样，眼泪汪汪的，我能感受到亲人般的温暖。一个人的人品至关重要，不管这个人有多么高的学历，有多大的本事，如果这个人的人品有了问题，那也是一个废物。我让你给我说一句实话，你觉得他这个人到底怎样？

我说，你说的是延鸿飞吗？

路遥说，我绝对不是在你跟前夸他，你又不是文化厅厅长，提拔不了也重用不了他，我绝对是用公正的角度评价这个人。他不仅仅对我，对其他人都是这样，见了人总是笑嘻嘻的，我非常喜欢这个人。你也应该心里明白，咱俩去他家吃过多少杂面抿夹，只要我去，两口子什么也不干地招呼我，把老家捎来的杂面拿出来，自己都舍不得吃，全留给我吃了。

我笑了笑说，你是不是又想吃了？如果你想吃，我让鸿飞把他那一套家具拿到医院里，在医院里给你做着吃。

路遥说，鸿飞绝对能干出这样的事，只要我说一声，他可以放下手里的营生就跑到医院，你相信不相信？我亲弟弟也做不到这些。

我说，鸿飞人实在，等你想吃了我就告诉他。

还有一个人，我也非常感激，这个人就是咸阳的来辉武，我不知道你认识不认识他？路遥问我。

我说，曾见过他两次，但不是很熟悉。

路遥说，你不要小看这个人，我觉得他不简单，有一种超前意识，保健品厂办得那么红火，一般人没他这样的能耐。

我说，他确实是个人物。

当然，我不是说前几天来辉武让邢小利到医院给我送来一些钱，还要承担我的医疗费，我就赞美他，不是这样，也没那个必要。我的医疗费全部由政府负责，自己不花一分钱，而且用的都是好药。但是不管怎样，来辉武对我有这样的态度，我还是非常感谢。

我说，来辉武确实不简单，人们都佩服他。

路遥说，你见了代我问他一声好，就说我感谢他对我的关心。

我说，见到他一定代你向他问好。

过了一会儿，他突然抬起头问我，你知道邹志安的病现在怎样？他是不是一满好了？

我说，唉，我不瞒你，他的病不怎样，我听作协的人说他又住进了医院，能不能从医院出来，也是一个未知数。哎呀，我忘记告诉你，你从延安回来，我在作协门房还看见他，他还问我，你的病怎样。

路遥愁眉苦脸地说，唉，志安是个可怜人，家里负担那么重，不争气又得了这种病，家里还有上了年纪的老母亲，自己的儿女一个也没安排到合适的工作，你说作家当成什么了？看他穷的，经常抽三四毛一盒的劣质烟。要知道，他的病比我严重，听说得的是癌症，他妈的，这病一挨上就没办法了。

我说，志安得了这病，将来的日子怎过呀。家里老的老小的小，生活是很大的一个问题，作协要出面想办法解决这些困难。可有些人不了解，以为作家都有钱。

路遥说，那是别人的一种偏见。

我说，其实作家大部分是穷光蛋。

路遥停了一会儿又问我，听说王部长去日本了，不知他什么时候回来？

我说，这个我不知道，要不我问一下省委宣传部的徐来见，他知道王部长什么时候回来，如果你有什么事想见他，我让徐来见转告他。

路遥说，你别问人家了。我只是觉得很长时间没见他，他从日本回来，一定会来医院看我。

我说，那你好好养病，早点站起来，争取王部长来医院看你时，你就能在医院大门口迎接他了。

是啊，这应该是我迎接他最好的一种方式，就不知我到时是什么样子。路遥说，他一直对我很关心，他在延安当专员的时候，我和他是比较要好的朋友。关键他有艺术细胞，写得一手好文章，字也写得漂亮，还有一点，我俩有共同语言。现在他是宣传部部长，这对陕西文学事业发展有很大好处。

我说，陕西的宣传文化事业发展，有他这样一位懂得文学艺术的人当部长，那将迎来文学艺术的春天。

路遥说，你还不知道，我给你透露一个秘密，你不要告诉其他人。省委让我担任下届作协主席，还是他给我争取的。我听说有一些人不同意，甚至跑到省委不停地告我，害怕我当作协主席，知道我这人不好对付，非常厉害，而且有些霸道。呵呵，其实我怎能这样胡闹，现在又不是文化大革命，想整谁就去整谁，那我成什么人了。再说这些人根本没必要担心，我当了作协主席，肯定会一心一意把作协的事办好。现在有些人恐怕不同意也没办法了，省委已经做出决定。如果我当了作协主席，你当办公室主任，给我把办公室的事弄好，我觉得这个角色很适合你。

那我是不是就当大官了？我笑着给路遥说。非常感谢你给我安排这么高的职位，但这话在病房里说一说可以，绝不能让外人知道，不然我在作协就待不下去了，别人会误认为我在医院陪你是另有所图，这样就会让人看不起我。再说，人家根成办公室主任当得那么好，你总不能一上去就不让人家当了。

路遥说，根成我会另有重用，总不能让他当一辈子办公室主任。

呵呵。我看着躺在病床上的路遥，听他刚才说的这些，我不知道是喜还是忧？看来在外边传说他在病床上安排作协的人事，确有此事。

路遥差不多已经跟我说了一上午话，很快就到中午吃饭的时间了。我不管他说的是真是假，高兴的还是忧愁的，只要能让他情绪稳定，不出什么问题，他这么说一说也无所谓。因此我就对他说，今天医院里的饭就不吃了，我出去给你买一碗羊肉面，你看怎样？

路遥说，没问题，你去买一碗羊肉，然后把面拿到病房里来，你在房间里给我煮着吃。

我说，好的，这个比较简单。

就这样，我离开了病房，走出西京医院的大门，一个人还在想，路遥今天怎么了？为什么要给我说这么多的话？我觉得他有些奇怪，是不是他的病快好了？

但愿是这样。我这样想。

二十九

路遥焦急地说，九娃去铜川怎么还没回来，他说好晚上就回西安，你看天都黑成这样了，还不见他人，我不知他是怎么搞的

西安的这个冬天，一直无雪，有点清冷。

在西京医院的大门口，看病的人流往往像潮水一般在人们面前涌动。我每天看到这样的情景，心情就会十分沉重。

此时，我怀着一种无比复杂的心情，从西京医院的大门里走出来，再次不知不觉走到了延安驻西安办事处的大门口。

这是路遥住在西京医院传染科后，我在这里吃饭最多的一个地方。卖羊肉面的老头，已经是我的一个老熟人了，他一看见我来到他的小饭馆门跟前，就知道我又是来吃饭。因此他显得十分热情，还没等我说什么，就笑着问，你又来了，还是一碗羊肉面？

我说，今天你没说对，我要两碗。

卖羊肉面的老头开玩笑说，你要两碗我就给你做两碗，我一个卖饭的还怕你肚子大？

我说，不是跟你开玩笑，今天真的要两碗，你先给我来一碗羊肉面，另外一碗只要羊肉，然后在我走时你再给我一块面，不要太多，我带走。

卖羊肉面的老头动作相当麻利，几分钟的工夫就把一碗羊肉面做好了。

我坐在饭馆门口的凳子上,很快吃完,然后我一手提着一碗炖好的羊肉,另一只手里拿着一块生面,急急忙忙回到路遥病房,从洗手间里把电炉子拿出来,手忙脚乱地放在脚地上,给锅里接好水,准备烧水给他下面片。

路遥躺在床上,看着我说,我闻见羊肉的香味了。

我说,你是不是想吃了?如果你想吃,我现在先给你吃一块。然而,我说是这样给他说,还没工夫把羊肉端到他跟前,只顾插电烧水。可是他下不了床,我不给他把羊肉拿到他跟前,他就是想吃也吃不上。

这时,他就有些忍不住了,生气地给我说,你把羊肉放我跟前,别光说让我吃不行动。

我急忙说,哎哟,实在对不起,我光忙着给你烧水准备下面,把这事给忘了,你原谅我一下。我就这样说着,正准备给他拿羊肉,电炉子上的水烧开了,我赶紧揪面片,一边揪一边给他说,你再稍等一会儿,羊肉面马上就好了。

路遥说,你做这些营生,就是比九娃利索。

我说,你不敢夸我,其实我也非常一般。

一碗炖羊肉,一碗揪面片,他的病房一下子就不像是一个病房了,倒像是一个小饭馆。房间里热气腾腾的,弥漫着一股羊肉面的香味。我手忙脚乱地把病房里吃饭的桌子推到他跟前,把他从床上扶起来,我问他,你闻见羊肉面的味道怎样?

路遥微笑着说,我闻着特别香。

我说,那你要趁热吃,羊肉面凉了就不好吃了,我不知羊肉凉了没有,如果凉了,我再给你热一热。

路遥吃了一口说,哎呀,不行,羊肉凉了,感觉嘴唇上像抹了一层羊油。

我赶紧把刚才煮了面的面汤倒在洗手间的另一个碗里,然后急急忙忙把羊肉倒在一个小锅里,小心翼翼放在电炉子上,羊肉两分钟就热了。然而,他口上说是特别香,可我一点儿也看不出他吃着好吃。他吃得是那么艰难,手在不停地颤抖,几乎连一双筷子都拿不住了。可他就是这么一个要强的人,已经是这样了,仍然不让人给他帮忙,还要自己亲自动手。

我不知他怎么回事，只吃了一小点，就看见他呆呆地看着仍然热气腾腾的碗，也不说什么话，头低得不能再低了。我知道他这些日子里，长时间躺在病床上，基本上对什么也不感兴趣了，而他的吃饭又是非常头疼的一个问题，什么东西也不想吃也吃不进去。曾经那么壮实的一个人，现在身体虚弱得风都能刮倒，看到他一日不如一日，我心里很不好受。因此我站在他跟前问他，你是不是觉得不好吃？

路遥说，不是，就是一点也吃不下去。

我说，如果你觉得吃不下去，那你就不要吃了，不然勉强吃进去也不好受。

路遥慢慢抬起头，有些不好意思地说，我看见你辛辛苦苦忙了这一阵，可是自己不争气，一点也吃不进去，唉，我这个病，真是……

我说，你也不要难过，不想吃没一点关系，等你的病彻底治好了，就不存在这些问题，过一会儿你想吃什么东西了，我再给你。

路遥愁眉苦脸地斜躺在病床上说，九娃一会儿从铜川回来，你早点回去休息，整整一天在医院里，立立站站的相当累人。我还要给你安顿一件事，你明天来医院的时候，记得把我家里那件黄大衣拿来，那是陪伴我好多年的一件大衣，非常有纪念意义。

我说，把黄大衣拿来干什么？病房里放也没一个放的地方，洗手间里的东西堆得满满的，医生和护士又不让在外边放一件东西，拿来怎办？

你听我的，一点问题也没有，把黄大衣拿来可以盖在我的身上。路遥这样说。

我说，你现在盖一块被子还嫌沉，再盖上一件大衣不是更拉不动了。我觉得就在家里放着，别往医院里拿了，如果你觉得冷，我去找护士，再给你要一块被子。

我说没事就没事。路遥说，你还是给我拿来。

我不知道他为什么突然要他的黄大衣，其实病房里也不冷，他盖这么薄的一块被子，整天喊说太沉了，压得他气也喘不上来，再盖上一件黄大衣，不是更沉了。再说，他不盖也真没好放的地方，就这么大一个病房，朋友们给他送的苹果、香蕉、梨、罐头，还有他吃饭的碗筷以及换洗衣服，全放在那一个小小的洗手间里，那个洗手间几乎成了一个储藏室。因此我也不管他怎么给我吩咐，我口头上答应，但绝对不会往医院拿。就这样过了一会儿，他突然问我，你知道闻频在不在单位？

我说，昨天我还看见他了，他在院子里还把我挡住问了一阵你的情况，还说过几天他再来医院看你，你是不是找他有什么事？

也没什么事。路遥说，我在医院怎一直没看见他。

我说，那是你忘了，前几天他还来医院看你，作协不管是老的小的，没一个没来医院。当然，我说的是那些能够走动的，身体没一点毛病的，跟你关系密切的，能来的都来了，有时人多，你可能没注意。

路遥说，前几天医院来了那么多人，我真的不记得了，还以为他没来。其实闻频是我认识比较早的一个朋友，在延川县的黄河畔，我俩还照过一张相，这张照片我现在都保存在柜子里，你见了不一定能认出来。那时我们都年轻，风华正茂，就想出人头地。后来我上了延安大学，他也到了延安地区文工团，经常在一起，我俩还合作写了一个剧本搬上了舞台。再后来他调到咸阳工作，我也分配到西安，礼拜天我没别的地方去，就往咸阳跑，那些年的礼拜天，我几乎都在他家过的。唉，一晃十几年过去了，不老不行，闻频的女儿卉卉也长成大姑娘了。那时我见卉卉，才是三四岁的小女娃娃，经常冷得缩在她家门口，手里拿一根长棍，人家闻频常在我跟前夸她，这么小的孩子就能给他看门了……

我问路遥，你是不是想闻频了，我回去告诉他。

你不要给他说了。路遥有气无力地说，医院管得那么严，进也进不来，实在不方便。我就是突然脑子里像闪电一样，一下就出现了他的身影，不由得想起以前那些事，总觉得有什么想给他说……

那么，路遥到底想给闻频说什么？我不知道。

我一直感觉到路遥今天特别奇怪，为什么要在我跟前说这些？仅仅是因为不输液而无聊？听他说话的语调，再看他说话的表情，就不像是一个病人，跟一个正常人一模一样。然而我根本没有想到，他这种奇怪的病情好转，纯属是一种假象。

到了下午，天就要黑了，几乎说了一天话的路遥突然问我，你知道我还欠人家多少钱？有的我一满想不起来了。你看我这么长时间住在医院，也还不了。但还不了也不能忘，不要让人家觉得我病了，就没那么一回事了，而且连一句话也没有。等我出院后，第一任务就是还债。

我说，你装修房子时，听你给我说借了谁多少钱，等你稿费拿到手，谁的先还，然后再去还谁的，别的我就不知道了。

路遥又同我核对了一下他欠别人的债务。

到了下午6点，天就黑下来了，可九娃还没从铜川回来，我估计他今天回不来，铜川到西安要坐几小时的长途汽车。那么不管九娃能不能回来，得想办法让他吃饭。因此我问他，你晚上想吃什么？

路遥说，唉，也不知想吃什么，在延安办事处跟前有一家卖杂面抿夹的，觉得还不错，不知有没有了？如果饭馆还在，你让把抿夹抿在纸上，拿回来下着吃。

我笑着说，这不行，抿夹可不同面，把抿夹抿在纸上就成糊糊了，挖也挖不起来，怕再日能的人，也没这个本事。

唉，你这么一说，那真的不行。路遥说，那你看这样行不，把饸饹压在一张硬纸上，你拿回来下着吃，你看怎么样？

我说，那跟抿夹不是一个道理，也不行。

唉，让你办点事就这么难，这也不行那也不行，那你说吃什么？路遥不耐烦地责备了我一阵。

我知道他是病人，怎么责备都无所谓，因此我对他说，要不这样，我去买一个砂锅，给你换一换口味。

路遥说，我不想吃砂锅。要不咱再等一会儿，说不定康医生给我送面条。

我跟他开玩笑说，你就喜欢吃康医生送的面。

其实，我并不是要这样调侃他，也不是对康医生有什么不尊重，就是想让他开心一点。而事实上，他对康医生的信任和依赖，几乎到了走火入魔的程度。在病床上，他有时表现得就像是孩子，非常任性，任何人给他提出的建议，他基本上不理，可康医生就不一样了，只要康医生一说，立马就见效，而且他也能按康医生的要求去做，他视康医生是他心目中的女神。因此我就说，如果你真想吃面，这就不是问题，哪怕康医生不给你拿面条来，我照样可以让你吃上面条。

然而，面条和面条就有这样的区别，路遥吃的是一种心情。看来我对他了解得还不够，理解不了他的心情。所以他听我这么一说，就不高兴地让我把电视打开，他要看电视，吃晚饭的事，让我不要管，自己再想一想。

我说，现在新闻没开始，才6点多。

他说，新闻没开始我看别的节目。

听到他的回答，我突然感觉到他有一些不耐烦的情绪，那么我就在他跟前再不好说什么了。其实，我知道他的问题出在哪里，不就是我没按照他的意思去想问题吗？我怎能说康医生不一定给他拿面条？他比我了解康医生。当然事情怪我，还喋喋不休说个不停，太不解风情了。这样想着，天就彻底地黑了，我估计九娃可能回不来，那晚上只能我在医院陪他。可他根本没有吃晚饭的意思，而我又无法确定康医生能不能给他送面条。

路遥吃饭的问题是一个大问题。然而不管怎样，他已经向我提出要看电视的要求，我不得不把电视打开，让他看电视，我趁这个机会，赶紧出去吃饭了。

在西京医院门外的街道上，卖饭的一家挨一家，几乎什么吃的都可以买到。但我跟路遥有同样的毛病，好多饭菜不喜欢，就喜欢陕北的粗茶淡饭。因此我看了几家都不感兴趣，还是来到子长人开的小饭馆，照样要了一碗羊肉饸饹。

现在，路遥一个人在病房里，也没人陪，我不能在外边的时间太长，把羊肉饸饹一吃，就回到病房。

他看见我吃饭回来，问我，这么快就吃了？

我说，外边吃饭太方便了，去了就能吃。

路遥问我，你吃了什么？

我说，羊肉饸饹。

路遥微笑着问我，好吃不？

我说，当然好吃。正在我和他说吃饭的时候，康医生像仙女一般飘进病房，微笑着走到路遥跟前问他，你吃晚饭了吗？

路遥看见是康医生来了，笑了笑说，还没有。

那你晚上想吃什么？康医生关心地问路遥。

路遥说，现在还没想好，不知吃什么。

康医生说，今晚我值夜班，给你拿不来面条了，你只能自己想办法。

不用了。路遥客气地说，谢谢你。

这是一位热心而善解人意的医生，她站在路遥的病房里，始终面带着微笑，给人一种亲切的感觉。在某种意义上，我觉得她不像医生，更像是路遥的一个妹妹，言语中流露着抱歉的意思，觉得自己没尽到当妹妹的责任，让他在病床上失望了。其实，康医生也没必要这样，去值自己的夜班就是了，可她还是不放心地来到病房，给他打了这样的招呼。

应该说，康医生和路遥只是医生和病人的关系，能给他送面条，那是康医生的一份人情，送不来也非常正常，没必要在自己的病人跟前这么客气。可康医生没这么想，她觉得自己是医生，怎样能够为病人提供更优质的服务，是她义不容辞的一份责任。特别像路遥这样有成就的著名作家，也是她崇拜的偶像，因此她想尽可能地为他做一些力所能及的事情。而事实上，路遥也没有把康医生纯粹当作是自己的主管医生，而是把她当亲人一样看待，如果康医生一天不给他送面条，或者说一天不到他病房来，他就感到心里空荡荡的，甚至他还要查找原因，是不是在哪个地方没注意让康医生不高兴了。

毫无疑问，路遥在医院这样痛苦难熬的日子里，康医生尽到了一个主管医生应该尽的责任，同时她也像对待大哥哥一样对待了她的病人，给了他无微不至的体贴和关心。这种用三言两语无法说得清楚的情谊，在一定程度上，鼓舞了他战胜疾病的信心和勇气，也给他的治疗起到了推波助澜的作用。

此时，康医生的这个招呼就像一颗定心丸，让路遥死心塌地不再想给他送面条的事了。目送着值夜班的康医生从病房离开,路遥显得有些失落,长长唉叹了一声说,那我晚上吃什么?

我说,让我在延安办事处门口小饭馆给你要一块压好的面,拿回来做揪面片,你看怎样?

那只能这样了。路遥回答得无精打采。

看见他勉勉强强答应了,我立即从传染科出去,在延安办事处门口的小饭馆里给他买回来一块面,刚准备给他做饭,他突然问我,九娃怎还不回来?

我说,你怎突然又想起这事,他能回来就回来,回不来有我,以前九娃没来医院,还不是我一个人陪着你。我一会儿把揪片子面给你做好,你把面一吃,再把脸一洗,就去睡觉,明天又该给你输液了。

路遥说,九娃说好回来,不知怎回事。这样,你先别忙着做饭,我现在不想吃,过一会儿再做。

我说,那也行。这样说着,我就把拿回来的面块扣在一个碗里,刚把碗放在病房的窗台上,门里就前呼后拥地进来几位身着草绿色军装的女孩子。

这些女孩子一个个个头高挑,飒爽英姿,面带着好看的微笑,就像病房里突然出现的一道亮丽风景,给沉闷的病房带来意想不到的惊喜。

我一时愣在病房,搞不清是从什么地方冒出来这几个漂亮的女孩子,慢慢我才明白,这些身着草绿色军装的女孩子是北京总后医院在这里实习的优秀大学生。这些大学生充满着浪漫的激情和青春的活力,在西京医院的实习就要结束了,在她们离开之前,想再到病房里看一下她们崇拜的作家,关键是想跟路遥合影留念。

看到这样富有朝气的女孩子,任何一个年轻小伙子都会精神为之一振。

路遥老师,我们看您来了。几位姑娘也不管我是路遥的陪护人,根本不征求我的同意和允许,像一只只快乐的小鸟一样,纷纷围在了路遥病床边。

路遥老师,您要有信心,医院一定能治好你的病,你很快就会好起来。这些女大学生围在路遥身边,你一言我一语,银铃般的甜美笑声,在病房里尽情飘荡着。

路遥只是一个劲儿地笑不停地点头，感觉到有一股暖流在他焦虑、烦躁和痛苦的心里流动。我看着这些大学生跟他在病房里如此热闹地交谈，感到亲切而温暖。

路遥老师，可不可以跟您合个影？一位个子高挑的姑娘向路遥提出了这样一个要求。

好啊。我突然冒出这么一句，也不知道路遥同意不同意，就这样贸然答应了。我突然觉得自己是不是答应得太草率了，这样的事不能我说了算。因此我忙征求路遥意见，然而让我想不到的是，他也同意。

路遥的痛快答应，让这些美丽的大学生激动得几乎要在房子里蹦跳起来了。就在我准备拿这些大学生的傻瓜照相机给照相时，一位姑娘扭头问我，路遥是不是他的真名？

我说，你还是去问路遥。

她又问，作家是不是都有笔名？

我说，可不一定，像贾平凹和陈忠实，他俩就没有笔名。

那你有笔名吗？她看着问我。

我说，我不是作家，有什么笔名。

然而，我们之间的对话还是让路遥听见了，他躺在病床上笑着说，航宇就是他的笔名，他连地球也不航，还要航宇宙哩，他和我是一个县。他的话一下就把这些女孩子们给逗乐了。

这时，又走过来一位姑娘，看样子是文学女青年，她问我，我们怎称呼你呀？

我说，就叫我小航，小小的航行，你们不敢听路遥老师的话，他哄你们哩，我真的不是作家，是一个地地道道的流浪汉。

哈哈，作家是不是都挺好玩的？

看着这些大学生，我怕路遥过于兴奋晚上再睡不着就麻烦了。因此我说，你们赶紧跟路遥老师照相，只能照一张合影，时间也不能太长，要知道他现在还没吃饭。我的话音刚落，路遥却微笑着给这些女大学生说，让航宇给我们先照一张合影，再一人跟我照一张。

路遥一下就把我刚才说的话给否定了，同时也乐坏了这些大学生。他的决定就等于是给她们的奖赏，这些女大学生也忘记是在病房，在房间里又蹦又跳，激动地拍着手说，太好了!

路遥那忧郁的心情，一下让这些实习的女大学生渲染得烟消云散。可是病房里没有专业照相人员，我主动担当起了摄影师角色，为路遥和女大学生们一一照了相。就在我给这些漂亮的女大学生照相的时候，路遥挥着手喊我，让我到他跟前来。我不知他是什么意思，赶紧走到他跟前，他拉住我的手说，咱俩也照一张，患难相处。就这样，我俩拍下了这一珍贵合影。然而我万万没有想到，这张珍贵的合影竟是我们永别的留念。

北京总后医院实习的这些女大学生，怀着心满意足的心情要离开时，他的兴奋劲儿突然荡然无存，而且不断念叨，九娃怎还不回来。

人就是这么不可思议，就在路遥焦急地念叨着他弟弟的时候，九娃匆匆忙忙从病房门外进来了。

路遥看见了九娃，不知因为什么，眼睛突然湿润了，眉头也紧皱起来，病房里顿时阴云密布，一场狂风暴雨几乎就要席卷这个病房了。

我不知道路遥突然怎么了，刚才不是念叨他的弟弟还不回来，现在他弟弟到了他面前，他的情绪一下就发生了这么大的变化，好像六月的天一样，说变就变了，而且变得这样突然。

过了一会儿，路遥强挤出一点难以捉摸的浅笑，有些吃力地抬起手，让九娃到他的病床跟前，他像一个小孩一样，还要让九娃搂着他的脖子，让我给兄弟俩照了一张合影。

兄弟俩把相一照，那些小鸟一样美丽漂亮的女大学生实现了自己的愿望，心满意足地离开了。顿时，小小的病房里，一下笼罩了难以忍受的沉默。

这是多么奇怪的一个现象。

其实，刚才病房里有那几位花枝招展的女大学生，路遥尽量保持着绅士风度，在这些女孩子面前，坚强地控制着自己的情绪，尽管他心里很不高兴，可他在这些女大学生在的时候，丝毫没有流露出一点儿不高兴的样子。

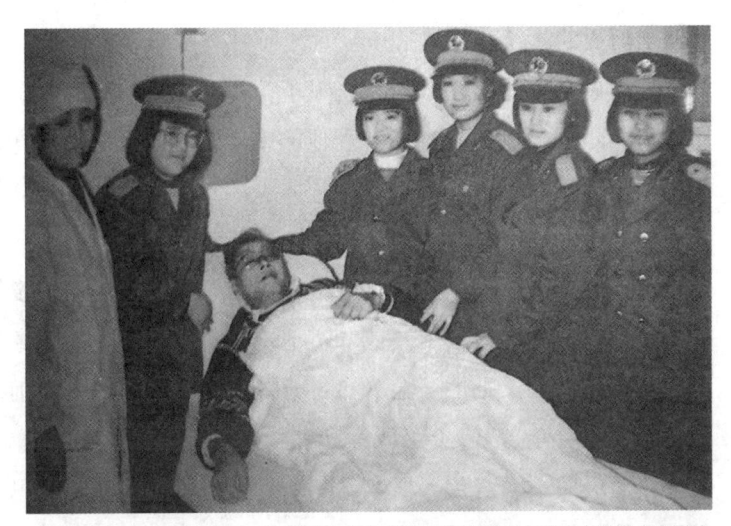

路遥和北京总后医院实习的大学生在病房合影留念

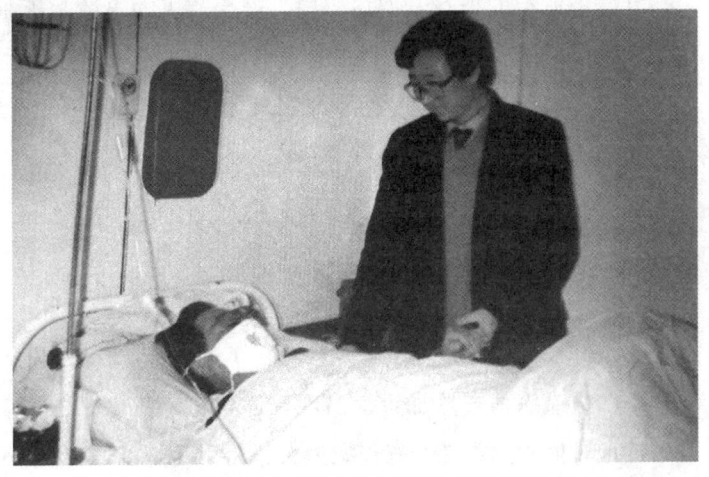

航宇与路遥在西京医院的合影（拍摄于1992年11月4日下午7时）

你们赶紧跟路遥老师照相，只能照一张合影，时间也不能太长，要知道他现在还没吃饭。我的话音刚落，路遥却微笑着给这些女大学生说，让航宇给我们先照一张合影，再一人跟我照一张。

病房里的气氛有些紧张和压抑。

九娃看到路遥这样，一下就慌了，爬在他哥的病床跟前，没话找话地跟他哥套近乎。可他根本不去理他的弟弟，就像没听见一样，甚至表现出不耐烦的神态。

然而，九娃仍然竭尽全力地在路遥面前表现着，使出自己的所有花招，急忙从衣服口袋里掏出几盒在街上刚买的不同牌子的烟，傻笑着一盒一盒摆放在他哥面前的被子上。他知道他哥的嗜好，看见烟就像看见自己的情人一样。因此他又把烟一盒一盒打开，一字儿排在他哥面前，而且笑着给他哥说，咱一样尝一支。

路遥仍然不动声色，根本没有一点跟他弟弟互动的意思，只是头不抬眼不睁地一个劲儿摇头，已经对他喜爱的香烟也不感一点兴趣了。

九娃把所有的把戏全耍尽，脸上露出难堪的表情，灰溜溜地从路遥床边站起来，看了我一眼，想哭的样子。

我搞不清路遥这是怎么了。那么，他能不能调整好自己的情绪，去迎接崭新的明天呢？

三十

路遥病情突然加重，出现昏迷状态，在弥留之际，他仍然断断续续地对他的弟弟说，爸爸妈妈舍不得，还是爸……妈……最亲……

已经是晚上10点多了，天阴沉沉的，看不见天空中的那弯明月，也没有星星，只有西北风在传染科的院子里呼呼地刮着。

此时此刻，路遥的病情有些严重，他的情绪低落到了极点，一整天什么话也不说，也不吃饭，一副似睡非睡的样子。

我不知道这时候能不能从医院离开，一直这样看着他心里非常难过，而事实上，我站在病房里一点意义也没有，自己又不是医生，解决不了他的问题。可是突然间，他微微睁了一下眼睛，看见我仍然在病房里站着，便有气无力地对我说，你快回去，再迟就又没公交车了。

路遥说得非常对，我站在他病房不仅没有什么作用，还会公交车也赶不上，总不能天天去坐出租车，我哪有钱耍这样的阔气。然而我就是不明白，他的情绪怎么突然变得这样糟糕，到底是因为什么？

九娃也在一旁说，那你回去，明天早点来医院。

我给九娃点了点头，就从门里往出走，九娃却让我等他一下，他把放在他哥床上的烟拿了一盒，然后对他哥说，我把航宇送到门口，他没陪人证出不去，不然又要翻那个铁栅栏围墙。

路遥给他点了点头，我俩就出去了。

九娃说得没错，往常朋友们来看路遥，根本从大门里进不去，都是偷偷摸摸翻那铁栅栏围墙。铁栅栏围墙有一人多高，要翻过去不是件容易事，一般人没这功夫。像陕西民间文艺家协会的叶锦玉，人又高又胖，爬上去老半天翻不过来，还要人去帮忙，根本不像年轻人那么腿脚麻利，说翻过去就翻过去了。因此他来医院一回，几乎要命一样，老半天吊在铁栅栏上翻不过来，经常让医生和护士发现训一顿，你看你这么大的人了，我们也不好批评你，可你看你干的是什么事？

叶锦玉总是一脸的憨笑，其实他很难堪。

当然，我就不像叶锦玉那样，翻那个铁栅栏围墙比他要麻利多了，关键是年轻，也习惯了，根本不需要别人帮忙。然而，九娃突然提出要送我，我觉得不可思议，以前我不是经常翻传染科的铁栅栏围墙，怎么今天晚上不让我翻了？其实我心里明白，他有事想告诉我，而这个事跟路遥的情绪有关。就这样，我和九娃一块儿从病房里走到传染科门口，他给我递了一支烟，然后说，你看我哥的情绪，一满就不正常了，谁知晚上会出什么状况，我有些害怕。

我说，你哥是怎了？你没从铜川回来时，他有说有笑，高高兴兴的，而且中午也不睡觉，非要讲他那些故事不可，刚才你也看到了，他高兴地跟那些实习女大学生照相，没感觉他有什么问题。可你一回来，他突然就变成另一个人了。

九娃问我，你不知道我去铜川干什么？

我说，我怎能知道？你又没告诉我。

九娃问，我哥没给你说我干什么去了？

我说，他光讲他的那些故事，再什么也没说，就说你去铜川办点事，具体办什么事也没告诉我。只是到了下午，他一个劲儿念叨你怎还不回来，我看见他有些心神不安，可能是心里放心不下你。

九娃冷笑了一声说，我算是把你看清楚了，你们这些文人都非常狡猾，一点儿实话也不说，我没法跟你们这些人打交道，都隐藏得比较深。其实你一定知道我到铜川干什么去了，敢说你不知道？可就是在我跟前装，你怎到了西安学下这些毛病？

我笑了笑说，看你把我说成什么人了，我又不是一个神仙，你不告诉我，我怎能知道。

九娃说，你还要装到什么时候。

确实，九娃说的没错，他去铜川，我多多少少能够猜到一点儿，但不能确定，而我也不想问这些，觉得没意义。别看路遥给人说九娃是四肢发达头脑简单的一个人，可根本不敢小看这小子，他一下就能看到事情的本质。然而，我也不怕他怎么调侃我，觉得自己还是糊涂一点儿比较好。

九娃笑着说，你不是什么也不知道吗？那我再耽误你一点时间，告诉你我干什么去了。

我说，你想告诉就告诉，不想告诉拉倒，再耽误我时间，我真的就坐不上公交车了。

九娃说，你不看一看时间，还是一个城里人呢，一点常识也没有，就是现在也没公交车了，要不你晚上别回去，就在我睡的床上凑合一晚。

看见九娃不想让我走，确实有什么事要告诉，那我还能说什么呢。事实上，我心里明白，他执意要送我到大门口，我绝对一时半会儿走不了，还不如我翻那个铁栅栏围墙，现在差不多就到建国路了。那么既然是这样，我就听他告诉我是什么事情。

此时的西京医院传染科很静，什么声音也没有。

我和九娃并排坐在传染科门前的一个台阶上，他给我递了一支烟说，我哥让我去铜川寻我四哥了。

我说，你哥有这样的态度，那是好事。

九娃说，我也觉得是好事，要不然我怎敢去。可那是我哥的一厢情愿，关键我四哥是一个犟板筋，他说什么也不来医院。

我说，唉，他也真的是够犟了，兄弟之间没必要这样，不就是骂了他几句，有什么了不起。

九娃唉叹了一声说，唉，关键我哥确实把我四哥骂结实了，骂他忘恩负义，骂他不是东西，骂他是过河拆桥的一个人，反正什么难听他骂什么。

我说，不管怎样兄弟俩也没深仇大恨。

九娃说，关键我哥说他这辈子不想再看到我四哥。其实我四哥做事也有些过分，他应该更了解我哥，可他就是不注意，一满不顾我哥的感受，一去医院就跑到洗手间洗手。你想我哥是那么敏感的一个人，看见这样心里就不舒服，好几次我哥就在我跟前说，你看你四哥一满变得不像是亲兄弟了，别的朋友来医院看他都不这样，就天乐一个人嫌他，好像他的病就传染给他了。

我说，天乐这样也没毛病，我刚去延安，你哥还让我打乙肝疫苗，他不是也害怕给我传染上。

九娃吸了一口烟说，不说这些了，我想问你件事，就是我哥去北京领茅盾文学奖，真的单位连路费也不给他报销？那他那个副主席也就当哭了。

我说，这个我不清楚，但我估计不是这样，他堂堂一位作协副主席，还是去领茅盾文学奖，不存在不给他报销路费的道理，而作协也不敢这样。

九娃说，那我哥告诉我，他听人说他去北京领茅盾文学奖，我四哥说他路费也没有，就到处伸手向人家要钱，他不知道他要的那些钱都哪里去了，反正他一分钱也没看到，觉得这是丢了他的脸面。

我看着九娃，无法给他做出明确解释，因为我就根本不知道有这样的事，而路遥也没有在我跟前提过，会不会是一些别有用心的人在挑拨是非胡说八道呢？

九娃说，就因这事，我哥非常不满，觉得是天乐坏了他的名声，他对我四哥产生很大看法，觉得自己还获什么茅盾文学奖，简直就是要饭的。再说，我哥也不是能够沉得住气的人，一听就火冒三丈，他还当着我的面骂过我四哥，再别打着他的旗号干这些不要脸的事。而我在铜川也问过我四哥，哥在北京领奖，你真的在别人跟前要过钱？可我四哥说他还不是为了我哥，你看他穷得精尻子撑狼一样，一分钱也没有，到北京不请朋友吃顿饭？同时他还告诉我，他把那些钱都送到火车站，一分不少地交到我哥手里了。可我哥说他不知道，在火车站哪里见他的面了，完全是胡说八道。我哥还说，你不相信问远村和航宇，是你俩把他送上的火车。我问你，究竟是不是这么一回事？

我看了看九娃，然后给他说，你哥去北京领茅盾文学奖，确实是我和远村把他送到火车站，他去的火车票也是我给他买的，其他事我一概不知道。

九娃说，你不说我也知道八九不离十。

我说九娃，你不要纠缠这些事。作为路遥的弟弟，更不能火上浇油，这样的事你去问你四哥，你觉得有这个必要吗？

九娃说，有必要。本来我也不想问，让我四哥去医院，可他一点也不给我面子，还在我跟前说什么，就是我哥死了他也不去看一眼。你听一听我生气不生气？因此我觉得他不去医院，就是害怕面对我大哥。

我说，你看你，好像你就是一个清官，你在他跟前把这个事也说出来了，那他还能跟你去医院吗？

九娃说，开始我又没准备这样，可他说我哥死在医院也不看一眼，一下就把我给惹恼了。

我说，他说的是赌气话，自己不动脑子想一想，你这是在解决问题吗？

九娃说，我管不了那么多，反正已经成这样了。

我说，你好好安慰一下你哥，让他一心一意把自己的病治好，这个比什么都重要。

九娃说，我回去我哥问我，我不知怎给他回答。

我说，你别说天乐不来医院，就说他有急事，等把事情处理完就来。我觉得能哄就哄，哄一天算一天。

九娃说，我大哥根本不好哄。

我说，你回去就让他睡觉，明早我过来。

就这样我回到建国路，脸也不想洗就睡了，在天蒙蒙亮的时候，我就去了西京医院传染科。然而，我仍然不能从传染科的大门进去，因为没有陪人证，还得翻那个铁栅栏围墙。其实，翻铁栅栏围墙对我来说，几乎是轻车熟路了，关键是大部分医生和护士还没有上班，相对来说翻铁栅栏围墙更从容一些，不需要那么紧张。

此时的路遥，已经坐在病床上洗脸了。我不知他晚上是没有睡觉，还是已经是一个正常人的生活作息了，看他现在的表情，起码没有我想象的那么糟糕。而九娃正在病房里忙着给他熬小米稀饭。

是啊，在医院最紧张的就是早上这一段时间，过一会儿医生和护士来病房里查房，就不能干这些事了，尽管护士长给他开了绿灯，也要适可而止。

西安好久没有下雪了，天气不是太冷，有些干燥。

路遥在医院住院的时间确实不短，可是效果一点儿也不明显，而且也无法下地，但他洗脸刷牙仍然不需要别人帮忙，天天用一种黄瓜洗面奶把自己的脸洗干净，再一心一意去刮胡子。胡子刚刮完，他突然抬起头看见我站在病房，便朝我笑了笑说，你这么早就来了。

我给路遥点了点头，然后问他，早饭你想吃什么？是不是让我给你出去买一点，整天喝小米稀饭，一点营养也没有。

路遥微笑着说，小米稀饭好，别的我不想吃。

看上去路遥的情绪还算稳定，没什么大起大落。其实这仅仅是一种表面现象，在他的内心里，谁也不知他在想什么，而他也不轻易告诉人，把痛苦和忧愁，深深地埋在自己心里，常常表现出一种可怕的沉默。

人们都知道，路遥是一位外强内弱的人，而他的这种性格成全了他宏伟的文学事业，也毁了他年轻的人生。面对所经历的一些困惑和挫折，他不能用委婉的方式释放自己内心的痛苦和彷徨，只能用嗜烟如命般的残酷手段，不断摧残着自己年轻而鲜活的生命。

医生和护士看到路遥如此自暴自弃的样子，深感忧虑和不安。在他们所治疗的这些病人中，还没有一个人像他这样，觉得他再这样下去，恐怕真的是无药可救了。那么，医生和护士们的天职就是救死扶伤，尽管路遥在某种程度上已经渐渐失去治疗他疾病的信心和勇气，可传染科的这些白衣天使从来没有放弃，竭尽全力地挽救着他的生命，一再警告他，抽烟绝不能这样没有节制，那样只能有害无益。

然而，路遥已经毫不在乎这些了，他把医生和护士对他的好心好意，全当清风过耳，仍然不停地用烟在麻痹着自己。看到这样，他的医生和主管护士不得不一次又一次向他提出警告，如果再这样一意孤行，那就要给他采取一些必要的强制措施了。

路遥看见医生和护士的态度这么严厉，有些不乐意地答应医生和护士，一天抽烟再不会超过五支。而事实上，他的这些承诺几乎是一句空话，也完全违背了他对医生和护士的承诺，抽烟到了一种疯狂的程度。

医生和护士对路遥实在是无计可施，觉得这样的病人简直没救了，世界上恐怕也是少有。为此，传染科主任不得不亲自出面，跟他进行了一次严肃而认真的谈话，要他端正态度，正确认识自己病情的严重性，如果仍然不听劝告，继续我行我素，那就办理转院手续。

这是西京医院传染科给路遥下的最后通牒。

然而，路遥控制不住自己，仿佛香烟对他有着一种无法抗拒的强大诱惑力，他把香烟视为自己最好的人生伴侣和最大的精神依托，如果没有烟，他几乎一天也活不下去。

医生和护士看见路遥不抽烟这么痛苦，在情感上也对他有些妥协，允许他一天抽烟最多不能超过十支，这是绝对不能逾越的红线。可他不在乎医生对他的这些要求和限制，仍然得寸进尺，甚至他在主管他的护士跟前谎称，医生允许他一天可以抽十五到十六支，实际上他抽烟已经一盒以上了。

没有烟，我确实是很痛苦。路遥十分悲哀地对劝他不要抽烟的人说。

病床上的路遥，为了达到自己多抽烟的目的，总会对陪他的人说出许许多多应该抽烟的理由。比如说他的女儿马上就要生日了，他要提前在病房里庆贺一下，庆贺自己的宝贝女儿马上就满十四岁了，让在他跟前的这些人跟他一块儿抽几支烟。

当然，路遥的这种无理取闹，在他跟前的那些人都不好去拒绝，也不想让一个生命垂危的人提出这样一个小小的要求都实现不了。因此陪他的这些人也没有原则了，甚至不怕挨医生和护士一顿严厉的批评和训斥，铤而走险地跟他一起在病房里腾云驾雾。

那时，路遥并不认为自己是一个生命垂危的人，总觉得自己只不过是病了一场，还有站起来的那一天，不可能就这样结束自己的生命。所以他就要不断地找各种各样的理由，以达到自己抽烟的目的。

眼看一天的输液就要结束，路遥也要庆贺一下，也算是对他度过这一天的一个奖赏，让在病房里陪他的人，把他的好烟拿出来，一人抽一支。

当然，路遥抽一支是不行的，解决不了问题，他要连续抽上两支……他就是这样，用香烟在消除自己的那些烦恼、痛苦和忧愁。

就在人们为路遥的健康担忧的时候，真是天有不测风云，被他看作是救命菩萨一样的阎荣教授，突然接到上级的一个通知，要去北京参加一个会议，马上就要离开西京医院传染科了。阎教授在临走之前，专门来到路遥的病房，最后给他做了一次全面检查。阎教授觉得他的病情恢复得并不理想，有一种严重发展的趋势。因此他一再叮嘱路遥，要对自己有信心，积极配合治疗，希望他能早日站起来，拿起自己手中的笔，创作出更多无愧于这个时代的优秀文学作品。

路遥听到阎教授对他的鼓励，虽然心里高兴，但是也感到十分遗憾和失望，不知来接替阎教授给他治病的是怎样一位医生，他能不能像阎教授一样医技高超、医德高尚呢？

事情往往就是这样，什么事都可能存在一种巧合。

就在阎教授离开西京医院传染科不久，路遥最大的精神依托康文臻医生，也因有别的课题研究，很快就要离开传染科了，并且与另一位医生办理了移交手续。

这事很快让路遥知道了，他突然觉得仿佛天要塌下来一样，整个心灵世界灰蒙蒙一片，他甚至感到一种从未有过的绝望，心情立即变得烦躁不安起来。

躺在病床上的路遥，一个人在默默地想，是不是医院不愿意治他的病了？或者说医院已经治不好他的病而想出这样一种逃避的办法，让他非常信任并寄予厚望的医生以这样的方式离开他，难道自己真的没有站起来的一点希望了？

路遥无限悲伤地这样猜测着，他甚至做出一个错误的判断，如果真的是这样，那我还在这里治什么呢？干脆让我死了算了。因此他在个人情感上无法接纳新来的医生，也不愿意跟这位新的主管医生配合，十分任性地拒绝给他再继续输液。

然而，路遥绝对没有意识到，他的这种任性已经把自己毫不客气地推到绝路上。也就是从那时起，他的病房里再也听不到欢声笑语了，仅有的一点希望曙光，也让重重阴霾给遮掩得无踪无影。

1992年11月15日早晨。

在西京医院传染科住院的路遥，再没有人能看到他生龙活虎的样子了，这位只有四十二岁的中年人，精神彻底垮塌下来，脸上渐渐没有一点血色和光泽，看上去有些发暗发紫，情绪也低落到一种可怕的程度，就像阴霾的天空一样，基本上无法看到一点光亮。

路遥整天就这样沉默不语，对任何事没一点兴趣，说话有气无力，把头深深地埋在胸前，紧紧地闭着双眼，苟延残喘地躺在病床上，从喉咙里不断发出一声又一声痛苦的呻吟。

路遥慢慢变得不愿意跟任何人交流了，无尽的痛苦像一个魔鬼一样缠绕着他，他怎么也摆脱不了。而且也拒绝吃任何东西，一个劲儿地要喝水，就连他那最大的爱好——抽烟，也跟他这个玩命的人分道扬镳了，他完全是一副垂头丧气的样子。

九娃仍像往常一样，急急忙忙给他端来洗脸水，他一贯对自己的形象看得非常重要，可现在也顾不上这些了，说什么也不去洗脸，连胡子也不刮，熬好的小米稀饭，他也不吃一口。

九娃满含焦急的泪水，一再哀求他，他才勉强地喝上两口，眼泪顿时奔涌而出。

1992年11月16日，路遥的病情已经处于非常严重的关键时刻，他大口大口地喘着粗气，接连不断地发出一声又一声痛苦的呻吟。而他原来那一双明亮的眼睛，已经模糊得分辨不出任何人，这位无比刚强的陕北汉子，对肆虐的病魔，已经失去招架的能力。然而尽管如此，他仍然不甘泯灭地与死神赤手空拳地顽强搏斗着，这是一场多么令人心碎的搏斗呀。

整整一天，路遥就是这样苟延残喘地维持着自己微弱的生命。可就是这样，仍然没一个人能够意识到，他的生命已经走到了尽头。

晚上10点，路遥的病情突然奇迹般地出现了一些缓解的趋势，再不像白天那样痛苦不堪。

夜里12点左右，路遥的病情再一次严重起来，看上去并没有生命危险的路遥，已经完全失去了一个作家的尊严和矜持，不停地在病床上大喊大叫。

没有经历过这种情况的九娃，看到路遥突然出现的这种症状，急忙从另一个床上溜下来，惊慌得连鞋也没顾上穿，赶紧走到他哥跟前，看见他哥在病床上那种疼痛不堪的样子，焦急地问他哥，哥，你是哪里不舒服？是肚子疼还是怎么了？

路遥已经连眼睛也没办法睁开看一下陪在他身边的弟弟，有气无力地说，不知道，就是心里特别难受。

九娃没有其他好的解决办法，只好从路遥的病床上爬上去，把他哥紧紧地抱在怀里，突然感觉到他哥的身体再不像原来那样，有些冰凉冰凉的，而更加奇怪的是，他的额头上不断沁出汗水珠子，整个身体也不停地颤抖，他一个二十来岁的小伙子，几乎抱也抱不住。

此时，路遥感觉到他弟弟这样紧紧抱着他，不仅没有减轻他的一点痛苦，反而更加难受得厉害。因此他有气无力地让他弟弟不要抱他了，赶紧把他松开，看这样能不能减轻一点儿痛苦。

九娃只好松开手，呆呆地站在路遥病床跟前，看见他哥已经忍受不了这样的痛苦，在病床上滚来滚去，完全失去了自控能力，仍旧不停地大声喊叫着。

一声又是一声，声声耳不忍闻。

九娃意识到问题非常严重，他不能就这样眼睁睁看着他哥痛苦地在床上打滚翻腾，急忙从病房跑出去，跑到护士值班室，把他哥的病情告诉了值班护士。

值班护士立即报告了值班医生，然后一起急匆匆地赶到路遥的病房，看见他在病床上这样痛苦地喊叫，急忙给他检查。然而奇怪的是又检查不出什么问题，那就只能简单地给他处理一下，等天亮了，再给他做进一步检查和会诊，看他到底是什么问题。但他实在坚持不下去了，一个劲儿在病房里大声叫喊着。

路遥眼前的这种状况，以前也曾发生过一次，那是在延安地区人民医院，当时医院也没能检查出什么问题，最后的结论是肝腹水引起的肝区疼，后来也就慢慢没事了。那么今晚上，他能不能像在延安那样，过一会儿就好了呢？

时间一分一秒地过去了，而路遥的病情并没有一点儿好转的迹象。他看到病房里离开的值班医生和护士，无比绝望地想抓住最后一丝生存的希望，要求他弟弟赶快给省委政法委书记霍世仁打电话，让他现在就到医院里来，尽快帮他转院。

路遥不愿意就这样匆匆结束自己的生命。

九娃按照路遥的吩咐，赶紧跑到护士值班室，给霍世仁家里拨通了电话，然而电话一直没有人接。那时路遥并不知道，霍书记出差不在家。

痛苦中的路遥，看到怅然归来的九娃，彻底地绝望了，再次像在延安地区人民医院病重时那样，不停地在床上滚来滚去，而且他口干舌燥，一杯又一杯地不停地喝水，再一次要九娃把他挪到病房的地板上，看这样能不能减轻他的一些痛苦。

然而，所有的一切都无济于事，路遥在病房里这样折腾来折腾去，可他的痛苦丝毫不能减轻。他实在是再无法坚持下去了，一声接着一声地喊

路遥、霍世仁和惠怀杰在一起

　　时间一分一秒地过去了，而他的病情并没有一点好转的迹象。他看到病房里离开的值班医生和护士，无比绝望地想抓住最后一丝生存的希望，要求他弟弟赶快给省委政法委书记霍世仁打电话，让他现在就到医院，尽快帮他转院。

叫着他弟弟，九娃，快救救我，快救救我呀……

无能为力的九娃，只能紧紧地抱着凄惨喊叫的他的大哥，泪流满面，却没有一点儿办法。

凌晨6时10分，冥冥之中的路遥，在经过最后一场生与死的激烈搏斗，已经没有足够的力气再继续一个人搏斗下去了，断断续续地呼喊着自己的亲人，不一会儿他就昏迷过去了……

西京医院得到路遥病危的情况报告，院领导高度重视，立即组织强有力的医护人员，迅速赶到路遥病房，展开了一场紧急抢救工作。

抢救工作整整持续了两个多小时，医院把该用的抢救设备和仪器，一件又一件地推出推进，把能够用上的仪器都用上了。路遥的身体上，几乎蛛网一般地插满了密密麻麻的管子，两个年轻有力的小伙子，把白大褂的袖子高高地挽起来，一左一右地站在他病床的两侧，用除颤器使劲地按在他的胸脯上，对他进行一次又一次心脏复苏。

此时，主管路遥的护士，采取最危险也是最有效的措施，高举着两个小碗一样的助吸器，在他干瘪的胸腔上猛地一吸一放，不断用这样的仪器和手段，竭尽全力地挽救着他的生命。然而，奇迹再没有在这个无比刚强的人身上出现，所有的努力都成了徒劳。

路遥的生命火花再不可能完美地在这块土地上耀眼地绽放了，他因消化道出血，意识渐渐消失，在通往另一个世界的路上，头也不回地大踏步走去……

就这样，中国文坛的一座巍峨的大山，轰然间倒塌了。中国文坛上一颗耀眼的明星，再也不可能放射出奇特的光芒，突然间就这样熄灭了。

路遥的生命被定格在1992年11月17日8时20分。

这位陕北黄土高原的优秀儿子，在与死神做最后搏斗的一刻里，再也无法坚持那场令人心碎的战斗，永远地离开了他的平凡的世界。

此刻，已经没有生命气息的作家路遥，一个人静静地躺在病床上，嘴角上似乎还挂着一丝生前那种令人不易捉摸和若隐若现的浅笑。

路遥已经在医院病床上躺了一百多天，不知道他还要在病床上这样赤身裸体地躺多长时间，而事先没有一个人考虑到他会有这一天，包括他的那些亲人。

陕西省作协秘书长晓雷，看到去世的路遥还没有穿的衣服，急忙从病房走出去，走进护士办公室，给作协办公室的李秀娥打了一个电话，让她尽快去就近的百货商店给路遥置办衣服，然后送到路遥病房。

李秀娥怀着悲痛的心情，在财务处借了钱，急急忙忙赶到百货商店，给路遥挑选了几套衣服。她给路遥买的衣服在当时是比较时髦的，就是他在生前，也从来没有过这么好的穿戴。

一顶黑色呢子礼帽，一件灰色长大衣，一件白色衬衣，一条藏蓝色西裤，一双亮铮铮的黑色皮鞋，不同颜色的衣服，整整给他买了三套。

路遥不知是否知道，这些衣服穿在他身上，会是怎样一种感受？是不是就像他出国时穿着西装打着领带一样，显得有些滑稽。但不管他是怎样一种感受，这就是他走时穿在自己身上的衣服，也是他生命的最后穿得最时尚最体面的一次。

这时，路遥去世的消息很快传到陕西省政府。

陕西省省长白清才对失去这样一位优秀的人民作家深感惋惜和悲痛，便委托他的秘书李宝荣，亲自前往医院为他送别。

李宝荣带着白省长的重托，同他的同学、著名诗人沈奇一道，赶到西京医院传染科路遥的病房，代表白省长对他的不幸去世表示沉痛的哀悼，对路遥的家属表示诚挚的慰问。

路遥的事业是辉煌的，而他的人生结局却如此悲惨，在他病重并离开这个世界时，只有他并不怎么喜欢的弟弟陪伴在身边，并为他送终。

此时此刻，悲痛欲绝的九娃，一直沉默地坐在路遥的身边，紧紧抓着他大哥的手，铁青着脸，头发凌乱得几乎像一株沙蓬，眼睛里早已流不出一滴眼泪。很长时间就这样呆呆地坐在他哥身边，什么话也不说一句。

是啊，这是多么悲惨的一个场面，也是九娃第一次亲眼见证了一个人从病危到死亡的全过程，而这个人还是他的亲人。这是怎样一个撕心裂肺的过程啊。

再不能这样拖延时间了，怎么还能让路遥如此赤裸裸地躺在他躺了一百多个日日夜夜的病床上呢？得赶紧给他穿上衣服，送他上路。

那么，谁给路遥穿这些衣服呢？

这是一个非常头疼的事情，我和九娃从未给一个没有了生命的人穿过衣服，甚至见也没有见过，如果让我俩给他穿，那实在是有些难为情。

看来只能我去干这个没有干过的事情了，而九娃一直沉浸在失去亲人的悲痛中，从路遥去世到现在，过去几个小时了，他一直抓着他哥的手不放。

我走到九娃跟前，满含着悲痛的泪水，把他扶在另一个床上，不管怎样都得想办法给路遥穿衣服。就在这时，站在一旁的李秀娥说，先不要忙着穿衣服，打一盆热水回来，给路遥擦洗一下身体，让他干干净净地上路。

九娃听李秀娥这么一说，急忙从病房里跑出去，不知在什么地方打来一盆热水，轻轻地放在路遥的病床跟前的脚地上，一边流眼泪，一边给他亲爱的大哥从头到脚擦洗了一遍身体。

九娃给他大哥擦洗完身体，就和我一起笨手笨脚地给路遥穿衣服，可他身上穿的裤衩和背心怎么也脱不下来。李秀娥看见我俩给路遥穿得那么吃力，她在一旁说，脱不下来就把他那些内衣剪开，然后再给他穿。然而到哪里去找剪刀呢？病房里只有一把削水果的刀子，再什么也没有，用手撕也撕不烂，费了很大劲才把他衣服脱下来，可往他身上穿衣服，困难就更大了。

我只好爬上病床，把已经有些僵硬的路遥抱起来，这样九娃给他穿衣服就方便一些。可当我从病床上抱起路遥时，我几乎感觉到我抱的不是一个人，而是一根掏空了的树干，轻飘飘的。而他的皮肤就像干裂的老树皮一样，粗糙而有些干硬，两条胳膊就像两根干树枝似的，硬得弯不过一点儿来，并在我的肩膀上随意地搭来搭去。他的嘴巴一直微微地张着，好像还有什么话想说一样，可他又什么也不说地沉默着。

那时，我并不感觉到害怕，已经忘记害怕我抱的是一个已经没有生命气息的人。李秀娥实在看不下去我俩笨手笨脚，便帮着九娃，艰难地往路遥身上穿衣服，穿了一件又一件，而件件都是那么艰难，几乎用了九牛二虎的力气，才慢慢给他穿好了所有衣服。

我如此近距离见证了一个死亡的人，看见路遥因长时间的不良饮食，使他的身体瘦得不成样子，而两条腿萎缩得就更加明显，就像两根麻秆。曾经如此壮实的一个汉子，现在体重还不到一百斤。我看着他摆脱病痛而安详的面容，再也控制不住自己的情感，眼泪像滚滚流淌的河水一样，无声无息地奔涌而下……

此时，路遥去世已经过去六个多小时。

11月17日下午两点多，看着给路遥穿戴整齐了，我把放在传染科楼道里的小平车缓缓推进病房，几个人轻轻把他抬放在手推小平车上。我推着小平车，九娃扶着小平车的车帮，怀着无比沉痛的心情，同作协的晓雷、李秀娥一道，走向西京医院太平间。

路遥就这样静静地躺在了西京医院冰冷的太平间里。

三十一

> 离开西京医院，我从陕西作协院子里走进去，突然看见路遥的弟弟王天乐，神情凝重地站在作家协会院子的水池旁，他一定是知道路遥去世了

一个人的一生，一晃就这样过去了。

怀着无比沉痛的心情，我和九娃从建国路的省作协大门走进去，突然看见院子里的水池边站着路遥的弟弟王天乐。看上去他的脸色相当难看，嘴巴上叼着一支烟，表情凝重而深沉。在他的旁边，静静地站着新华社陕西分社的记者李勇。

我想，王天乐一定知道他哥不在人世了，所以他就从铜川匆匆赶到西

安，处理他哥的后事。然而我不知是谁告诉他的这个消息，绝对不是九娃，他一直在医院陪着路遥，即便他想告诉，也没这样的机会。

路遥突然去世的消息像风一样传开了。作为陕西日报的一名记者，这么重大的一个新闻，王天乐不可能不知道，何况他是路遥的弟弟。

路遥从昏迷到抢救，再把他送到医院太平间，前前后后经历了七个多小时，王天乐怎么也应该去医院看他哥最后一眼。可是他没有。他是不是对路遥的突然去世产生怀疑？因为前几天，路遥让九娃去铜川叫他来医院，他没有来，是不是路遥别出心裁想出这样一个荒唐而不算高明的办法呢？

此时，站在水池旁的王天乐看见我和九娃走进来，一下子就呆住了，只抬头看了我俩一眼，就再也没把头抬起来，几乎要瘫软在水池边了。

九娃自始至终没有看他四哥一眼，不紧不慢地跟着我一块儿心情沉重地从作协院子里往进走，他的手里拿着路遥去延安时的那个黄挎包。

这是路遥留在身边的唯一一件遗物。

王天乐心里一定在埋怨路遥，怎么是这样一个不负责任的人，说走就走了。不是让九娃叫我到西安来吗？我已经来了，是不是又因为我没早一点来而让你生气了，甚至你又要大发雷霆骂我一阵？我已经做好了挨骂的准备，哪怕打他几下也可以，可总不能就这样不声不响地离去！

那时候，王天乐虽然在铜川，可他通过不同渠道打探路遥的消息。有说路遥经过西京医院专家的精心治疗，病情渐渐有些稳定，不断向好的方面发展，但仍需治疗一段时间。也有给他传递来不好的信息，说路遥的病情严重，反复无常，但不至于有生命危险，恐怕要打持久战。然而他突然接到电话说路遥不在了，这是他无法接受的一个悲痛事实。现在他非常后悔，如果他知道路遥这么快就走到生命的终点，那九娃到铜川找他去医院，他就是有天大的委屈，也不可能不去。可是这个世界哪里还有这样的后悔药呢？

此时，站在王天乐身旁的新华社陕西分社的记者李勇，看见我和九娃从作协院子里往进走，仍然持有一种怀疑的态度，他不相信路遥去世是真的，觉得简直就是开国际玩笑。前几天他刚去医院，回去还给他父亲李若冰和母亲贺抒玉说，路遥绝对是条汉子，仍然充满着青春的活力，那个病根本把他打不倒。怎么仅仅几天，路遥就去世了呢？

李勇就是这样半信半疑，突然跑到我跟前，一把拉住我的胳膊，仍然用怀疑的目光看着我问，路遥真的不在了？

我实事求是地告诉了他这个残酷的事实。

霎时，李勇满含着泪水，转身就从我和九娃身边消失得无踪无影。下午，我在院子里再次见到李勇。他告诉我，别人说路遥去世，我不相信，刚才我证实了路遥去世的噩耗，立即回到新华社陕西分社，以新华社通稿的形式，向全国发出一条震惊文学界的不幸消息：

> 当代著名作家、第三届茅盾文学奖获得者路遥同志，因病医治无效，于今晨 8 时 20 分在西安去世，享年四十二岁⋯⋯

新华社的这个消息是爆炸性的，在中国文学艺术界引起了巨大的震动。人们在震惊中感到无比惋惜，路遥还很年轻，只有四十二岁，正是一个人生命的旺盛期，怎么就这样撒手远去了呢？

由于路遥的突然去世，陕西作协的正常工作秩序一下被打乱了，党组紧急召开了一个扩大会议，迅速成立了路遥同志治丧委员会，并由各位副主席挂帅，分头开展工作，向省委宣传部请示的请示，处理路遥善后事宜的分头去处理，就连作协已经退休的老同志，也主动请缨，趴在路遥吊唁厅前的书案上，聚精会神地帮着书写挽联和挽幛。同时由办公室负责，很快通知在北京的路遥的妻子林达，让她尽快返回西安。并以陕西省作家协会的名义，用电报的形式，把路遥不幸去世的消息，分别电告全国兄弟省市的作家协会。

一时间，所有热爱路遥的读者，还有一直默默关注路遥的文学界朋友们，看到新华社的这个消息，都感到无比的震惊和不可思议。想不到能创作百万字长篇小说《平凡的世界》的路遥，却抵挡不了病魔的折磨，年纪轻轻就匆匆离开了。

然而，唯一不知道路遥去世的是他女儿路远。

路远仍像往常一样，高高兴兴地去上学，放学后再高高兴兴地回到自己的家。而与往常不同的是，作协专门安排了诗人远村负责在作协的大门口接送她，决不允许孩子从作协大门跨进半步。

这是路远从来没享受过的一种"特殊待遇"，而这样的"特殊待遇"是最近才有的。她心里一定感到奇怪和纳闷，这到底是怎么一回事。

那时，路遥的女儿还小，刚刚过完她十四岁生日。

可怜的孩子就这样一直被蒙在鼓里，没有一个人告诉她亲爱的父亲已经不在人世了，而事实上也没有一个人敢告诉。她那么小年纪，母亲又不在身边，她怎能经受得了如此沉痛的打击呢？

我不知道路远那时是不是这样想过，以前她上学和放学一直可以随随便便进出的作协院子，现在突然不让她走了，甚至在她跟前说了许多不让她走的荒唐理由，这究竟是为什么呢？

此时，肩上担子最重的恐怕就是远村了。

他要在孩子放学前一个小时，老老实实地站在作协的大门口，哪里都不敢去，几乎眼睛也不敢多眨一下，全神贯注地在这里等孩子。只要他看见孩子从学校那边的街道上过来，他会马上跑到孩子跟前，一直把孩子平平安安护送到家，中间是不能有一点的疏忽。

我不知他是如何骗取了孩子对他的信任，在孩子跟前他又用了怎样的花言巧语，让孩子听他这样的一个安排。那时孩子虽然有一些无可奈何，但她还不得不按别人的安排去做。可孩子心里不可能不想，以前不是一直和同学们走作协院子回家吗？为什么不让她走了，非要让她走从来不走的金家巷，甚至还要专门有人一直把她送回家。就是她上学，也要把她从家里接走，一直把她送到学校大门口，以前为什么不这样，偏偏现在要这样对她呢？路远非常讨厌别人对她的约束，甚至感到自己的自由也让别人剥夺了。

别说是孩子想不通，就是远在北京的林达接到作协办公室告知路遥去世的消息，也感到十分震惊和不可思议。这到底是怎搞的，是不是有人给路遥出了这么一个馊主意,或者是路遥故意找这么一个荒唐理由,让她回西安照看孩子。如果真是这样,怎么能拿这么大的事来要挟她呢?她离开西安能有多长时间,那时她看见路遥虽然病情严重,可思维敏捷,情绪稳定,怎会突然就去世了?想到这里,她一下糊涂得手忙脚乱,仿佛一块巨石从她的头顶压下来,压得她气都喘不上来了,也不知道干什么,在朋友的提醒下,她才买了去西安的飞机票。

现在,最让人担心的恐怕就是路遥的女儿。整个作协的前后院子里,摆满了一排又一排的花圈和挽幛,那些吊唁的人,一个接着一个,来来往往,一直不断。那么,这么大的动静,万一让孩子知道怎办?

可是,一直这样瞒着孩子也不是办法,这事迟早要让孩子知道,只不过是谁去告诉,在怎样一种场合?甚至会出现怎样的情况?作协领导不能不考虑这些问题。那么,唯一能达成共识的,就是等孩子母亲回来。

天渐渐黑了,潮水一般吊唁路遥的人渐渐散去,路遥的两个弟弟,由作协安排住进创作之家的三楼。

亲人离开人世,这对兄弟俩来说,简直就是天崩地裂般的灾难。因此兄弟俩坐在房间里,哪里也没有去,呆呆地望着天花板,想哭也没有眼泪,就这样一直坐到天黑。

在这个曾经热闹无比的古老院子里,刹那间,突然出现了一种跟过去完全不一样的宁静,而这种宁静给人带来一种无穷无尽的不安和恐慌。

这时,天乐从创作之家的房子里走出来,急急忙忙走下楼,径直走到后院我的房间,惊慌地对我说,你一会儿把远村叫到创作之家,晚上住一起,我一从房间里进去,就感到路遥在我眼前晃来晃去。

我说,你怎会有这样的幻觉,路遥是你的亲人,绝对什么事也没有,你没必要这么胆小。我在医院病房里抱着给他穿衣服,他的胳膊在我肩胛上搭来搭去,我都不害怕,而你害怕什么。

王天乐说,不知是怎么了,就是有些害怕。

我说,房子里不是还有九娃?我知道他的胆子比较大,他一个人在病房里经历了你哥去世的全过程,直至宣布你哥没有生命体征,他还紧紧地抓着你哥的手,呆呆地在你哥跟前坐了几个小时。我觉得有九娃你就根本不需要害怕了。

王天乐说,创作之家那房子黑乎乎的,我老是感觉到什么地方响个不停,让人听得毛骨悚然。现在作协派车去机场接我嫂子去了,她一回来,把孩子交给我嫂子,远村就没什么事了,咱一块儿到创作之家,怎样?

我说,没问题。

晚上 8 点左右,林达匆匆回到西安建国路的陕西作协。

这是她熟悉而又突然感到陌生的一个地方,也是令她伤心流泪的一个地方,更是她日复一日光顾了无数次的一个地方。我不知道她从作协院子往进走的时候,看见院子里摆满了一个个花圈和花篮,一幅幅挽幛,还有设在路遥曾经誊写《平凡的世界》稿子的办公室旁边的吊唁厅,会是什么样的心情?甚至她会不会不愿意从这里走进去,像她女儿一样,去走金家巷呢?

其实,我并不知道林达回到西安的具体时间。

王天乐从我房间里离开不到半小时,我突然看见远村步履沉重地从《延河》编辑部的门口过来,低着头走进了他的办公室。

我知道一定是林达回来了,可我不知道孩子是什么情况?

这一切太不正常了。我也不知道是谁把她父亲去世的消息告诉了她,是她母亲吗?当然,谁告诉她并不重要,重要的是孩子知道自己亲爱的父亲不在人世了,她要承受多大的痛苦,甚至不能接受这样的事实。

远村亲眼见证了路遥女儿得知父亲去世后的那种揪心裂肺的悲痛场面,感到心像让人一片一片地往下撕一样,甚至在不停地淌血……

我走进远村的办公室,不敢去问他是不是林达已经回来了,感觉到这个话题非常沉重。过了一会儿,我才压低嗓门对他说,天乐刚才找我了,他晚上不敢在创作之家睡,想让咱俩晚上去陪他。

远村说,他有什么害怕的?

我说,他不知听见房子里什么在响,甚至他一走进房子,就看见路遥在他面前晃来晃去,因此他心里感到非常害怕。

我正在远村办公室跟他说话的时候,看见王天乐低着头从作协院子里走进去。我知道,林达从北京回来,作为路遥的弟弟,他哥不在了,理所当然要见一下他嫂子。不管路遥和林达现在是什么关系,林达依然是路遥名正言顺的合法妻子,在处理路遥后事这个问题上,他理所当然得征求林达和孩子的意见。

王天乐去了路遥家不长时间,就从楼里下来,直接到远村的房间里来了。他没说他和林达见面的事,而是害怕我和远村晚上不去陪他,因此他非让我俩现在跟他去创作之家不可。

事实上,我不想去,不是因为别的,我只是觉得四个男人睡一个房间,十分别扭。而那创作之家不就是普普通通的招待所,条件也不怎样,设施又陈旧,跟我房间没什么区别。而更重要的一点,我已工作十多年了,习惯了一个人睡觉。

远村看出我的想法,便对我说,咱去陪一晚。

我觉得也是,人都有脸面,我再不去,天乐和九娃的脸面就没地方放了,而且有可能会伤了和气,因此我和远村就去了。

在创作之家的三楼靠边,有间比较大的房间,房间有四张席梦思床,属于创作之家的一个通铺。房间里除了有床,再什么也没有,也没有洗手间,刷牙洗脸要到公共卫生间去。而就这样的房间,也是经过作协领导批准,免费提供给路遥的家属住的。

我和远村住在创作之家不在免费的范围,是天乐邀请去的,跟作协没一点关系。可走进房间,天乐明确表示不在靠边的床上睡,非要睡在中间。我觉得他有些反常,跟以前判若两人。本来我一直不害怕,让他这样一折腾,心里突然也有些紧张,感觉到怪怪的,因此我站在房间里,不知自己睡哪个床。

远村的胆子比较大,也会控制局面。

王天乐也不管别人什么感受,毫不客气地选了中间的位置,安然地躺在床上了。

九娃从路遥去世到现在,一直一声不吭,把头深深地埋在胸前,铁青着一副脸，呆呆地坐在床沿上，我看到他这样，真有些心疼。

远村看见我站着不动，知道我心里想什么。因此他说，我睡门口的那张床，我不害怕。

我说，那我睡窗子跟前那张。

就这样，我和远村在房间里一边把守一个，中间的位置是天乐和九娃。然而，天乐睡在中间仍睡不着，一直要跟我和远村说话，然后就是一个劲儿抽烟，房子里已经烟雾腾腾。而事实上，他也没什么实质内容，更没有涉及路遥的一点长长短短，一个人在不停唠叨。

我实在有些累了，好些日子精神处于紧张状态，一直没好好休息，刚准备睡觉，便让天乐的一阵唠叨给吵醒了，我们就这样似睡非睡地熬到天亮。

此时的陕西作协，人来人往，熙熙攘攘，一个个忙前忙后。相对来说，我和远村突然清闲了，单位没安排给我俩具体工作，我感觉到从来没有过的孤独。

快到中午时，办公室主任王根成来到我房间，进门就给我说，一会儿林达和远远去医院太平间看路遥，你陪她俩去，单位已经把车准备好了。

我说，没问题。

王根成说，那你跟我先到办公室等一会儿，林达和孩子一下来，你就陪她们去。

我问王根成，天乐和九娃不去吗？

王根成不知为什么，没有回答我的问话。

就这样，我跟着王根成从后院走到作协的前院，在紧挨创作之家的大楼跟前，有一间比较大的平房，这就是作协的办公室。在后院的旧平房里，是《延河》和《小说评论》两个杂志社的编辑部，前院和后院相连，只能走人，车辆无法进去，坐车只能到前面的院子里。

我急匆匆地走到高桂滋公馆门口，看见《延河》杂志的美术编辑郑文华也在院子里。我估计他也要跟我们一块去医院，他不仅是路遥的同事，也是路遥的好朋友。他给路遥拍摄过很多珍贵的照片，路遥悼念厅里挂的那幅路遥遗像，就是从他拍摄的众多路遥照片中精选出的一张。

郑文华老远就给我打招呼，我俩相对无言，却眼含着热泪。就在这时，林达怀着悲痛和复杂的心情，从后院里走出来了。

林达由她西安的朋友搀扶着，旁边跟着她亲爱的女儿。远远早已经哭成了泪人，眼泪不停地在她圆圆的小脸上往下流，孩子甚至哭得连路也看不清，只能依靠两个同学在左右两边搀扶着。

一个男人就是一个家庭的一座山，而这座山突然间倒塌了，那她们以后的路还怎么往下走呢？

此时此刻，我连再看她娘儿俩的勇气也没有，害怕控制不住自己的情绪，也不敢跟林达打一声招呼，急忙转过身，偷偷地擦着自己的眼泪。

我在想，林达和远远绝对不会想到，她们最后见路遥不是在自己的家里，也不是在医院清冷的病房，而是令人肝肠寸断的太平间。

这恐怕是世界上最悲痛的一次见面了。

已经是冬天，街道两边金黄色的梧桐树叶早已经飘落得一干二净。而北方城市一进入冬季，几乎就没有一点生机盎然的绿色了，显得一片萧条。

在作协院子里上了一辆面包车，驱车驶入长乐路西京医院大门外的一个小院，我先从车里下来，看见作协的晓雷、王根成和李秀娥提前到了西京医院太平间的小院里，并办好了看望路遥的相关手续，正静静地等着路遥的爱人和女儿到来。

林达和远远被陪同的那几个人搀扶着，缓慢地从面包车里走下来，一步一行泪、东倒西歪地走进西京医院的那个狭小的太平间。

看护这个太平间的是一个清瘦的老头，他把存放路遥遗体的冰柜门打开，在众人齐心协力的帮助下，把路遥的遗体从那个冰柜里抬出来，慢慢放在类似于担架的一个小床上。

路遥在小床上静静地躺着，平静如水，他的身上盖着一块比较瘆人的白布，那个看护太平间的老头不紧不慢地把那块白布轻轻地揭开，我看见已经没有了生命气息的路遥，像往常睡着了一样，无论在场的人怎么哭喊，他仍然那样静静地睡着。

看见不言不语地出现在人们面前的路遥，林达泪流满面地长跪在他的遗体前，心如刀割，泣不成声。

远远早已经哭哑了嗓子，甚至想大声地哭喊几声的力气也没有了，只有她那圆圆的小脸蛋上，泪水像一条缓缓流淌的小河一样，无声无息地川流着。而她那两只明亮的大眼睛，现在红肿得就像两颗核桃，孩子从知道父亲去世到现在，一直没有停止地在哭。

爸爸，爸爸……孩子这样撕心裂肺哭喊着，她希望自己的喊叫声，能够唤醒沉睡的父亲。

仅仅过去一天，人们用不同方式悼念作家路遥的浪潮一浪高过一浪，而他的亲生父母和弟妹不知从哪个渠道知道了路遥去世的噩耗，也从陕北匆匆忙忙地赶到了西安。

王天乐事前并不知道这些，他突然在院子里看见他的父母和兄弟姐妹，感到大惑不解，眉头紧紧地皱了几皱，情绪有些失控地耍开了自己的脾气，大声喊叫着，你们怎来的西安？谁让你们来这里的？你们跑这里来凑什么热闹？

路遥的父母和兄弟姐妹来到西安看他最后一眼，那是天经地义顺理成章的事情，天乐没必要在院子里这样大呼小叫。应该说他们和他一样的心情，心里非常难过，想不到那么刚强的一个人，说没就没了。即便别人不告诉他的亲人，家里发生了这么大的事，他也应该告诉父母和兄妹一声。显然，他不知道这一切，所以不理智地训了他的亲人们一顿。可是路遥的一些朋友就有些看不下去了，不知他在院子里用这样的口气质问他的亲人是什么意思，感觉有些太过分，难道父母千里迢迢来西安送自己早逝的儿子最后一程，是"凑热闹"吗？

看着王天乐不高兴地把他父母带到了创作之家，站在作协院子里的路遥这些朋友，感到不可思议，甚至有些愤怒，觉得他怎是这样一个人？路遥去世了，那是所有路遥的朋友和亲人心中的一个痛，绝对不应该这样。

我并不知道作家协会的院子里曾发生了这么一件不愉快的事，还是《女

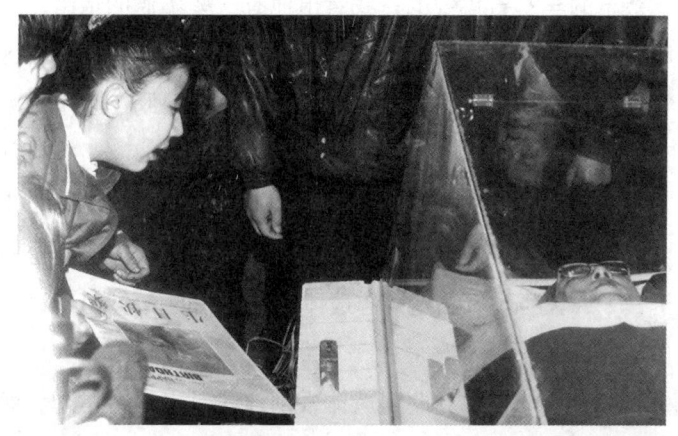

路遥女儿远远在路遥追悼会上

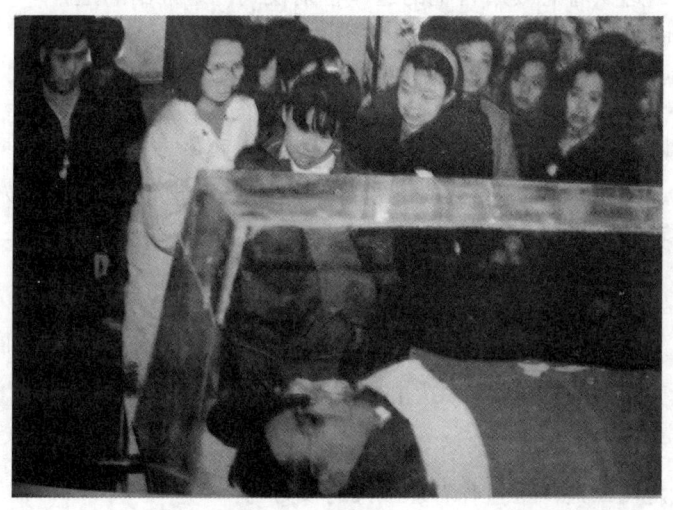

林达（右一）和远远在路遥追悼会上

远远早已经哭哑了嗓子，甚至想大声地哭喊几声的力气也没有了，只有她那圆圆的小脸蛋上，泪水像一条缓缓流淌的小河一样，无声无息地川流着。

友》杂志的李军告诉我的，我看出他有一些不满的情绪。因此我拍了拍他的肩膀说，朋友毕竟是朋友，那是他们的家事，你别计较这些。天乐现在内心非常悲痛，路遥就这样突然离开了人世，那是他们家最大的一个灾难，他有些不理智，甚至有一些过激的言辞和举动，也是情有可原。

就在这时，我突然得到消息，路遥的遗体告别仪式的时间定下来了，是11月21日上午在三兆殡仪馆举行。在这之前，省作协向省委宣传部呈报了一个《关于举行路遥同志遗体告别仪式的请示》。这个请示得到了省委宣传部的批准同意。

在11月21日举行路遥遗体告别仪式，也符合常理。然而路遥的一些好朋友对这样的决定就不能理解，甚至提出质疑，路遥刚刚去世了几天时间，怎么这么着急要举行他的遗体告别仪式，是谁出的这样一个不近人情的主意？

很快，我又得到消息，之所以要在11月21日举行路遥遗体告别仪式，是路遥家属提出的要求，让单位尽快结束这样一个没有实质意义的悼念活动。而他们这个大家庭，已经召开了会议，让他们远离这种被认为是"热闹"的场面，尽快回到陕北，用劳动的方式悼念路遥。

没一个人能够理解为什么要这样。因此有一个性格非常直爽的朋友，看见我在院子里，不问我是干什么的就把我挡住，瞪着眼睛质问我，为什么要这么匆忙地举行路遥的遗体告别仪式？

我说，你先不要这么激动，我非常感谢你对我的抬举，不知你想过没有，我是什么人，难道我有这么大的权力吗？

对不起，我不应该在你跟前说这样的话，也知道你没这个权力。他说，我们不得不承认，路遥是陕西文学界一杆鲜艳的旗帜，也是陕西作家群这片茂密的森林中蔚为壮观的一棵参天大树，热爱他的人用这样一种悼念的方式，传承他"像牛一样劳动，像土地一样奉献"的精神，让陕西文学这杆鲜艳的文学大旗高高地飘扬下去，难道不可以吗？有错吗？

事实上都没有错，就看你站在哪个角度看待这个事情，而我确实无言以对，只能用沉默来回答这一切。

路遥去世后，全国各地数以万计的唁电、花圈、挽联、挽幛从四面八方雪片般纷纷飞向西安建国路。不断从各地赶来的热心群众，怀着无比沉痛的心情，缓慢地走到吊唁厅前，手捧着一束束鲜花，泪流满面地瞻仰着路遥遗像。遗像上的路遥，两只眼睛仍然那么炯炯有神，胖乎乎的脸庞上挂着亲切的微笑。人们不约而同地伫立在遗像前，向在文学创作上取得丰硕成果的当代著名作家路遥三鞠躬。

此时此刻，路遥不知是否还能看到摆放在他面前那个精美的花篮，它是西安电影制片厂著名演员张晓敏和她的伙伴们，整整用了一天时间精心制作的，想不到她们用这样一种悲痛的方式送到了他的面前。

南京的著名作家周梅森，一定是你的一个好朋友，你听他在唁电里怎样给你说："人生苦短世界平凡文坛骁将今又去，相见恨晚辞别匆匆挚友音容梦中还。"

你应该记得，1992年9月11日，周梅森给你写了一封不算短的信，他高兴地告诉你，《中国作家名著大系》已经进入编发阶段，是上下两卷，总共六百万字，其中收录最长的是你获得茅盾文学奖的长篇小说《平凡的世界》和梁晓声的长篇小说《雪城》，两部作品均超过一百万字。

那时，周梅森还不知道你患病住院，要你尽快将长篇小说《平凡的世界》寄到友谊出版公司，并让你给"大系"的责任编辑肖嘉同志寄一套你的签名版《平凡的世界》。信中他还写道，"大系"需要在陕西做宣传的时候，你尽可能帮一下忙。同时，他告诉你，信中有他写给贾平凹的一封信，在这之前，他曾给贾平凹写过一封，可不知是贾平凹没有收到，还是别的什么原因，他一直没有得到贾平凹的回音。他希望你能够把信尽快转交给贾平凹……

那是9月15日晚上，我从医院回到作协，传达室的老解看见我，就把周梅森寄给你的信交给了我，让我交给病中的你。第二天，我把信拿到你的病房，亲自交给了你，你看了周梅森的信，半天不语。过了一会儿，你按照信中的内容给我交代：把贾平凹的信拿到作协办公室，请办公室转交给贾平凹,而给肖嘉一套你签名的《平凡的世界》,你已经在病床上签好,让我拿到大差市邮局,挂号寄出去。

这是路遥在病床上处理的最后一件事务。

你是一位办事认真的人,不可能言而无信。事实上,作协好多人都知道你曾答应过著名女作家王安忆一件事,可是这次你无法兑现自己的承诺了。听一听王安忆是怎么说:"路遥,你说带我走三边,这事情一年拖一年,总以为时间无限多,谁料想刹那间成了永诀!路遥安息!"

然而,路遥不知是否还记得,文学界那些德高望重的老前辈,寄予你多么大的厚望,希望你不断战胜困难,创作出更多更好无愧于这个时代的经典力作,但绝对接受不了白发人送黑发人。文学老前辈公刘得知你匆匆离去的消息,痛心疾首地为你哭诉:"不该走的人偏倒走了,痛哉!请收下后死者的追念,请相信永生者……"

还有秦兆阳老前辈,他是你文学创作道路上的伯乐。你一定无法忘记在1978年,你倾注了大量心血创作的中篇小说《惊心动魄的一幕》,游走了全国大小不少文学杂志,可没一家杂志愿意刊登你这部与时代潮流不合拍的作品,你心灰意冷,再次通过朋友,将小说转交给北京另外两家大型文学刊物,结果仍没被采用。

这一切,对你来说不能不说是一个沉重打击。

而当时的陕西文学界,到处是莺歌燕舞。陈忠实的《信任》,京夫的《手杖》,分别获得1979年和1980年全国优秀短篇小说奖。他们是你的同行,看见同行收获成果的喜悦,你是怎么想的?可你的小说别说获奖,就是发表也十分困难。为此,你朋友写信征求你意见,怎么办?你毫不犹豫写信告诉你的朋友,让他转给中国权威杂志《当代》。

那时候,你根本没有想到,中篇小说《惊心动魄的一幕》在游走了大半个中国以后,就这样传到了《当代》主编秦兆阳的手里。他看了你的这部小说,发现了《惊心动魄的一幕》的文学价值和社会价值,很快就安排在1980年《当代》杂志第三期上发表。如果秦兆阳或《当代》没有给你展示才华的舞台,那么你的文学路还能走多远?甚至会不会创作出《人生》

和获得茅盾文学奖的《平凡的世界》，那是值得怀疑的事情。

可以说，秦兆阳和《当代》文学杂志使你在文学艺术的海洋里如鱼得水。然而，让秦兆阳感到无限悲痛的是，你这样一位勤奋而有才华的优秀作家，正当文学创作的黄金时期，却突然过早地离开了人世。

不仅这些老前辈为路遥的去世感到十分惋惜，就是他多年的好朋友、宁夏回族自治区作协主席张贤亮，在得知路遥猝然去世的消息后，十分悲痛地给陕西作协发来唁电："文星陨落，痛失良友，贤弟先行，吾随后到"。唁文不长，仅仅十六个字，可字字痛断心肠，催人泪下。

11月21日上午的西安三兆殡仪馆，无论是认识和不认识的、熟悉和不熟悉的，年长的年幼的，都潮水般地涌向了这里。一时间，西安三兆殡仪馆人山人海，人们只有一个心愿，那就是送路遥最后一程。

低垂悲怆的哀乐，排山倒海的人群，接天连地的花圈，情真意切的挽联、挽幛……几乎把西安三兆殡仪馆围得水泄不通。

告别仪式在悲痛声中有条不紊地进行。

这时，一位小姑娘哭天喊地地走到路遥身边，她由好几个人搀扶着，当然还有她的母亲死死地守在她的身边。这小姑娘就是路遥的女儿路远。她手里拿着早就为她父亲制作好的一张生日卡片，准备在她父亲生日那天，拿到父亲的病床前，贺卡上写着：祝爸爸生日快乐！

爸爸，你不是好好的吗？你快起来呀，你再看一看我！

听一听，这是怎样撕心裂肺的呼喊。

不呀，你们不要拉他走，你们为什么不让我看我爸爸，他是我爸爸呀！你们要把他拉到哪里去，不！我不让他走，我要我的爸爸回家。我求求你们了，你们不要把他拉走……

路遥撒手远去了，他的早晨依然从中午开始，而生命的夜幕却在日上中天时降落。一个在中国文学事业上不断创造辉煌的人，在生命的最后，仍然没有放弃过努力。然而他终归耗尽了自己的精力，倒在他奋斗的土地上……

三十二

> 林达说，感谢你这段时间在医院精心照顾路遥，这两块布料送你，表达我的一点心意，你如果不要，那就是看不起我……

1992年11月21日下午。

路遥的一些亲人在遗体告别仪式结束后，就匆匆忙忙地离开了西安，唯有天乐和九娃仍住在省作协的创作之家。兄弟俩之所以没有离开，就是天乐在路遥去世以后，给他弟弟有一个承诺，解决他的工作问题。因此王天乐开诚布公地向作协提出一个要求，让单位出面给予帮忙解决，这也是路遥的一个遗愿。

对于王天乐提出的要求，作协党组高度重视，专门召开了一个会议，考虑到九娃是路遥弟弟，又一直陪在身边，经过认真研究，决定以省作家协会的名义，向省政府呈报了一个《关于恳请解决路遥胞弟王天笑工作问题的请示》。

省政府领导及时将请示批转给了延安。

是的，给九娃解决工作问题，确实是路遥的遗愿。路遥的遗体告别仪式也举行了，那么遗留问题能够解决的尽量给予妥善解决。因此天快黑的时候，我专门去了一次创作之家，找到天乐和九娃，告诉他俩，路遥已经去世，我房间里还放着他的一个柜子，我不知道这个柜子交给林达，还是怎么处理？你们商量一下，尽快给我答复。事实上，路遥在我房间里放的这个柜子，就是我不告诉天乐，他也知道，只是他不好意思在我跟前提这个事，害怕我说他争路遥的遗产。而对于我来说，这个事必须给他当面交代清楚，免得产生误会和麻烦。我也不能自作主张地交给谁，毕竟他俩是路遥的亲人，交给谁那是他俩的事，跟我就没一点关系了。

我为什么说天乐知道路遥放在我房间里的这个柜子，那是一年前的一个晚上，具体时间我已经记不起来了，而我记得比较清楚的是新闻联播一结束，路遥和天乐便漫不经心地走进了我的房间。

我的那个房间比较小，是一个大房子从中间隔开的两间，我住的是东边的一间。房间的门跟前靠窗的地方放一张办公桌，配有一把破旧的藤椅，紧挨着就是一个掉了漆皮的黑不溜秋的书架，然后一边是单人床，一边是柜子。这些都是路遥曾经用过的，他成为陕西作家协会的专业作家，并创作完成了他的长篇小说《平凡的世界》后，这些办公用品就搬到我房间，作为我办公用。在这个柜子上，放了一些没有打开外包装的《平凡的世界》第一版精装本。这样狭小的房间里，三个人基本就转不开身了，可想而知当时陕西作协的办公条件是多么的艰苦。就这样艰苦的办公条件，我在当时已经算是比较高的待遇，好多作家两个人挤一个办公室办公。如果一个人有一间办公室，那就非常优越了。

往常，只要路遥进了我房间，他就会毫不客气地躺在我的床上抽烟。这是他的一个习惯动作。这次天乐和路遥进来，路遥还像以前一样，躺在床上了，那么天乐只能坐藤椅，而我是房间的主人，没有坐的地方，只能在房间里站着。

躺在床上的路遥，把他抽了的烟随便扔在地上，突然像想起什么似的坐起来，看着他那柜子说，我这个柜子已经快成文物了。

我说，你这柜子是不是国民党将军高桂滋的？

路遥笑着说，有这个可能，作家协会办公的这个地方原来就是人家高桂滋的公馆，后来让政府占了。

王天乐听我和路遥说房间里的那个柜子，突然从门跟前的藤椅边走过来，在柜子上拍了拍，笑着说，如果是高桂滋将军用过的柜子，那一定值好多钱。

我开玩笑说，如果值钱，让我拉出去卖了。

路遥说，那你去卖，公安局正等你这个文物贩子，一抓一个现行。

这是路遥头一次提到他的柜子，而没有在我们面前提他柜子里有什么东西，因此天乐也不知道里面有什么，仿佛这是一个不被别人知道的秘密。

现在，王天乐看我给他提路遥的这个柜子，一开始他没说什么，低着头，好像在想什么事一样，过了一会儿，他问我，柜子还在你的房间里？

我说，还在。还有不少路遥的《平凡的世界》精装本，具体有多少，我不清楚。反正路遥住院期间，让我拿到延安十套，全送给延安的一些朋友了，再就是他转到西京医院传染科，他要送这里的医生和护士，又让我拿到医院里几套，剩下的全部在房间里放着。

路遥的这些书没关系，有多少算多少，如果你想要的话，可以给你留几套，反正都是送人，你拿几套也是应该的，陪了路遥这么长时间，留几套也是一个纪念。王天乐这样说。

我当时不知是怎么回答他的，也不知他说的是什么意思，我甚至有些听不明白。但我看见他说得真诚，不像是敷衍了事。尽管如此，我并没有给他说我要几套路遥的《平凡的世界》，心里有些矛盾。

过了一会儿，王天乐又问我，你知道路遥柜子里放的是什么东西吗？

我说，这个我不知道，柜子钥匙一直在路遥身上装着，我只知道他开过一次柜子，有满满一柜子东西，可能是他的一些手稿，还有一些照片和书信。我印象最深的是他给我看过一张文化大革命时在延川一个地方的一张照片。因为时间太长，照片有些泛黄，画面不是很清楚，我只看到一个人穿一件宽松的大衣，坐在一辆三轮摩托车上，他还问我认识不认识这个人？

我把照片拿在手里，看了半天，也没认出来。因此我摇着头给路遥说，我不认识。

路遥说，这个人你都不认识？你再仔细看看。

我虽然没认出照片上的人，但我感觉到路遥这样让我看那张照片，还给我说这样的话，那一定与他有关。因此我问他，坐在三轮摩托车上的人是不是你呀？

路遥没有回答我，躺在我床上，一只手拿着那张照片，另一只手提着他的眼镜，仔细地看着照片上的那个画面，露出他一脸的微笑。

事实上，我猜得一点没错，照片上的那个人就是路遥，看上去他那时相当威风。因此我给天乐说，他把柜子翻了翻，然后又把照片放回去，很快就把他的那个柜子给锁上了。

王天乐感兴趣的不是我给他说的这些，他感兴趣的是路遥柜子里的珍贵资料。因此他只淡淡地给我说了一句，路遥的这些东西，我全部让九娃拉走，他陪了路遥这么长时间，应该让他保管。

我说，你是不是跟林达商量一下？

我的这一句话，让天乐十分反感，他非常不满地对我说，我跟谁商量，还需要你这样给我安排？干好你自己应该干的事，这些跟你没一点关系。

我说，我只是提建议，没说跟我有关系。

当然，我能理解他的心情，他是路遥的弟弟，有自己的考虑和想法，路遥的东西怎么处理，我没必要在他跟前多嘴多舌，何必提这些建议呢？我这不是自讨没趣。然而，天乐把我批评了几句，仍然不依不饶，甚至带有警告地对我说，你不要咸吃萝卜淡操心，我们家的这些事，不需要别人管。

事实上并不是我要管他们家这些事，我只是觉得路遥留下的柜子，应该让路遥的爱人知道，她是路遥的合法妻子，从法律角度看，她是合情合理的第一继承人，这是天经地义的事。而更重要的是路遥的柜子在我的房间里，那他柜子里东西去了哪里，我应该心里有数。因此我看见他生气的样子，也有些不高兴地说，不就是一个柜子，你也没必要生这么大的气。

王天乐说，刚才我给你说得非常清楚，不需要我再重复，路遥的这些东西，我想办法搞一辆车，明天晚上就从这里拉走，我让九娃保管。

我说，没问题，明天晚上我等你。

就这样，我和天乐为这一件小事搞得很不愉快。事情也怪我，自己何必这样说呢？这样多嘴多舌对我有什么好处。路遥已经去世了，我提这建议干什么，他的东西谁拿走，跟我没半毛钱关系，为什么要这样得罪人呢？那时，我承认自己不够成熟，想得也简单，觉得路遥的东西应该由林达和远远保管，别人这样处理，是不是有些不妥，如果在这个事上再搞得风风雨雨，就实在不应该了。然而，我的好意，却引起天乐的强烈不满。

不过，对我不满也没什么，我觉得我把应该说的话说得非常清楚，你想怎么处理就怎处理。因此我便怀着不快的心情离开创作之家，回到我的房间，一个人坐在藤椅上，仍在想这个问题。就在我闷闷不乐地想这个问题的时候，忽然听见有人敲门。我以为是天乐，不知他又有什么事来找我，因此我拉开门，却看见是林达。

林达一脸忧伤地站在门跟前，慢慢走进我的房间，我还没来得及问她有什么事，她就把两块布料放在我办公桌上，满含泪水地对我说，感激你这段时间照顾路遥，这两块布料送给你，表达我的一点心意。

这是我听到路遥家人说的唯一一句感激我的话，虽然听到得有点晚，但我心满意足了，内心感到无比的温暖和激动。

实事求是地讲，我对林达是有一些看法的，特别是她去医院跟路遥在病床上签的离婚协议，我说什么也不能原谅，觉得她太无情无义了，夫妻这么多年，即便俩人没有感情，也不该去医院干这样的事，那是要遭到众人臭骂的。然而我又一想，就像老曹说的那样，年轻人谁不犯错误，也就释然了。

非常巧的是，林达从我房间刚走，天乐和九娃就来到我的房间，兄弟俩来干什么，我非常清楚。因此我就对他俩说，路遥的柜子原封不动地放在那里，东西你俩现在可以搬走。

王天乐看了看我，然后在房间里静静地站着，给我递了一支烟说，把路遥的书给你留几套。

我说，那就留我一套。

九娃不像天乐，他跟着天乐从房间门进来，一直低着头，我不知他是什么想法，而他也没什么态度，天乐让他干什么他就干什么。

当我帮着兄弟俩把路遥的《平凡的世界》精装本全部搬到前院的三菱越野车上，车里就再也装不下什么东西了，而柜子里的东西还没掏出来。那么想要把柜子里的东西全装在车上，可能有些困难。

那么，柜子里的东西怎么办呢？

现在，有一个比较麻烦的问题让天乐犯愁。不是柜子里的东西在车里装不下的问题，而是没有柜子门上的钥匙，柜子打不开，他总不能把柜子也拉走，那是作协的财产。王天乐就这样迟疑了一阵，转身问我，你这里有没有斧子？

我说，你要斧子干什么？要砸柜子吗？

王天乐说，不砸打不开，怎么拿东西？

我说，打不开也不能砸，你把它砸烂，我就给作协无法交代了，这又不是我的私人财产。

王天乐一听就不高兴了，用并不友好的目光看了我一眼，然后说，我不管它是单位的还是个人的，就是把它砸烂，谁也不能把我怎么样。你也不要害怕，作协是什么单位，你一定得搞清楚，给你撑腰壮胆的人已经不存在了，这里什么也不是。没有路遥，你以为你还能在这里混下去吗？

其实，不需要他这样警告我，我心里也明白，而且我也知道自己的结局，但天乐在我面前这样幸灾乐祸，我感到非常悲哀。

作为路遥信赖的弟弟，我觉得他不该节外生枝，这样不仅给我制造麻烦，也会让路遥的形象受到损害。而重要的是，我和远村在医院陪伴路遥照顾路遥，你可以不感激，也不至于落井下石。当然，你可以把柜子砸烂，作协也不会把你怎么样，你是路遥的弟弟，还是陕西日报的记者，一般人不敢得罪。可柜子放在我房间里，就这样说砸烂就砸烂，作协问我是怎回事，我怎么解释？

有句话叫人在干，天在看，什么事情也不要做得太过分，损害别人，在某种程度上，也是损害自己，不管是谁，一定要给自己积德。

现在，我已经是无能为力了，那就自己看着办吧！想砸就砸，我知道我阻挡不了你，但不给你当帮手。我心里这样想，也不说话，静静地站在一旁，看他有怎样的能耐。

也许，天乐觉得我这时候应该配合他，不能跟他唱反调，否则就是他的敌人。因此他也不管我想什么，在我房间里转了一会儿，便一屁股坐在我的床上，看着路遥的柜子，眉头皱了几皱，突然用两只脚蹬在路遥柜子的两扇门上，双手抓住柜子上的锁，猛一用力，柜子门和门关子就这样分道扬镳了。

我被眼前的情景吓得目瞪口呆。

此时，路遥柜子里的东西全部露出来了，主要是一些书稿、笔记本，还有一些重要的书信和他的一些珍贵照片之类的东西，具体还有什么，我就不得而知了，我也不感兴趣。

王天乐蹲在柜子跟前，一个人仔细翻着，还不停地自言自语说，路遥这些遗物一定要让九娃妥善保存好，等远远长大，再交给她去保管。如果把这些交给林达，她有可能就当废物扔掉了。

我和九娃默不作声，一直站在门跟前。

王天乐也不说路遥柜子里有什么东西，一个人在清点，而且清点得非常仔细。他把柜子里那些有价值的东西放在一边，把那些没用的扔在我的书架旁，清点了差不多半个小时，自己觉得有些累了，便从地上站起来，直了直腰，走到我跟前，向我要了一支烟，然后看着我问，你有没有大一点的单子？

我说，实在不好意思，我没有。

事实上不是我没有，而是我不想给他。因为林达刚才给我的两块布料，就在我办公桌上放着，我还没来得及收起来，兄弟俩就从门外进来了。如果林达再在我房间多待几分钟，可能就碰到一块儿了。

我还想，是不是把林达给我的那两块布料让天乐拿走，也算是我巴结他。但我觉得没这个必要，我不管他是否知道林达给了我两块布料，那是林达的心意，我怎能随便送人呢？如果我随便送了人，就是对林达的一种不尊重。

然而，我仿佛感觉到王天乐知道了，而且他不断用一种怪异的目光看我。

我不管他用什么眼光看我，他现在的行为，确实不怎么高尚。路遥这些遗物，理所当然应该由林达和远远处置，给谁不给谁，应该由她们母女决定，她俩才是路遥的合法继承人。

可是，王天乐就是这样，一意孤行，不听建议，那就自己想办法解决吧。但他绝对不会就此罢休，在我房间里转了一圈，把我看了看，然后说，看你床上的单子旧成什么了，我用它包了这些东西，明天给你再买一块新的床单。

我说，你看上就拿走，还说买什么新的，这样就有些见外了。

王天乐是聪明人，听得出我说话的语气，便犹豫了一会儿，突然从口袋里掏出几张钱，对我说，我给你几十块钱，你自己去买，我买的怕你不喜欢。

我笑了笑说，你这样就有些俗气了，把我当成了什么人，拿我的一块破床单，你还要给我钱。

王天乐不再说什么，把我床上的单子拉起来，铺在房间的地上，把路遥柜子里那些东西，全部放在我的床单里，仔细捆好，然后他让我和九娃把他捆好的东西抬到前院的三菱车上。好在作协前院后院相连，距离也比较近，三个人往返了几个来回，才把路遥柜子里的东西全部搬到他车上。

看见兄弟俩在车里一心一意地整理着路遥留下的那些遗产，我站在跟前也没有意义。因此我给他俩打了招呼，就回我的房间里去了。

三十三

> 支益民说，路遥是陕西的一位伟大作家，他"像牛一样的劳动，像土地一样奉献"的创作精神和态度，值得我们每一个人学习和传承

一切就这样结束了，包括一个人的生命。

虽然路遥已经离我们远去了，可热爱他的人们仍然用不同的方式，怀念他在文学创作上的伟大成就以及他对文学事业发展的突出贡献，不断追思他不平凡的人生。

陕西作协创联部，也在这时紧锣密鼓地着手编辑路遥纪念文集，并已经向路遥的一些亲朋好友和各地作协发出了征稿函，而唯独没有向我和远村征稿。

这样的结果，我是能够预料到的。

路遥作为陕西文学队伍中的一杆鲜艳的旗帜，在全国拥有一大批热心

读者，不同形式的追思纪念活动在各地铺天盖地地进行。可以说，当时确实出现了一种"路遥热"，全国各地一些重要报纸杂志，相继刊登了好多回忆路遥的文章，主要是对他英年早逝而扼腕叹息。那么，陕西作协再不搞纪念路遥文集的事，让别人去搞，恐怕就有些说不过去了。

但是，对于作协不向我和远村征稿，我是有很大看法的，甚至非常不满，觉得作协这种做法不合常理。而事实上，不仅我和远村没收到作协征集纪念路遥文集的征稿函，王天乐也没有收到。

我意料到自己没有好结果，但没想到来得这么快。

此时，陕西省妇联主办的《女友》杂志，决定在省妇联的会议室举行一个路遥的追思会，邀请我去参加。同时还邀请了不少陕西各界知名人士和路遥的亲朋好友，当然还邀请了一些政府官员。

我有些犹豫，对邀请我参加路遥追思会的《女友》杂志副主编李军说，我实在不想去，路遥刚去世，一提他名字，我就有种条件反射，心情非常沉重。

李军看着我说，你不能不去，王维军主编特别给我交代，让我必须请到你，你不去说不过去。

我说，你让我再考虑一下。

有什么考虑的？李军说，路遥是我们的朋友，在文学艺术创作上，他独树一帜，不断创造辉煌，有些人不愿意宣传路遥，想让他在读者中尽快消失。那么作为他的朋友，我们有宣传他为文学献身的责任和义务。

李军的一番话让我肃然起敬。

到了晚上，远村来到我房间，他问我，作协正编一本纪念路遥的文集，你知道不知道？

我说，我已经知道这个事了。

远村说，我没收到征稿函，你收到没有？

我说，难道我比你伟大吗？嘿嘿，无所谓，这样的结果是我预料到的，有什么关系呢？如果这些人能这样在乎路遥，那他最需要关心和帮助的时候，这些人去哪里了，谁给他病床上端过一杯水，倒过一次尿，陪他在医院度过一个夜晚？真是沽名钓誉，让人感到汗颜。再说，谁让咱跟他走得那么近呢？我觉得这才是开始，下一步就是怎样从这里滚出去。可能你还不知道，天乐在我跟前说过这样的话，我认为他说得非常正确。他给我说，路遥不在了，没有路遥，你还想怎样？你什么也不是。尽管他的话让我感到非常不顺耳，甚至觉得他有一种幸灾乐祸，但事实确实是这样。

远村听我这样说，便沉默不语，一脸的无奈。

我说，没什么大不了的，大路朝天，各走一边。你同样可以写你想写的怀念路遥的文章，中国这么大，哪里没你发表的地方。你是最有资格写出一个真情实感的路遥的人，别人搞的那些，我觉得都是扯淡。

远村笑了笑对我说，你倒说得轻松。

我笑着说，自我安慰嘛。接着我问远村，《女友》杂志要在省妇联举行一个路遥的追思会，李军邀请我去参加，我现在拿不定主意，不知去还是不去。

远村说，我就不参加了，你去不去，自己决定。

我能理解远村的心情，他是借调《延河》杂志的一位诗歌编辑，每天要跟这里的人打交道，该注意的还得注意，做人就是这么不容易。不像我，自从路遥在延安住进医院，他把我叫到延安，基本就没工作了，纯粹成了流浪汉，而他跟我不一样。

事实上，我也不想去参加这样的追思会，心情比较复杂。可李军那么热情地邀请，他又是路遥的一位真诚朋友，在《女友》杂志连载路遥的创作随笔《早晨从中午开始》，他是责任编辑，经常跑到路遥家里跟他交流沟通，一来二往，慢慢就建立了一定感情。也就像路遥所说的，《女友》杂志知道我没钱，因此给了我最高的稿酬。这对于他来说，是雪中送炭，而李军的一份功劳也在其中。想到这里，我也就糊里糊涂地参加了。

在这个追思会上，来了好多人，各行各业的都有，有省委省政府有关领导，也有大学教授，还有文学界的朋友以及新闻记者。把省妇联的会议室挤得满满的，他们高度评价路遥在文学艺术上的成就和贡献，没有一句客套，情真意切，全部是有感而发。

我去参加路遥的追思会，是不想说话的，就想听一听他们是如何公正评价路遥的文学成就。然而，李军非让我坐在台前说几句不可。看来我不说几句也不行，不说你来这里干什么来了？因此我就说，我不是一个评论家，对他的文学成就说不了大家那么深刻，我只想说一句话，就是路遥已经从我们身边离开了，他有一万个不舍，舍不得他从事的文学事业，舍不得关心和帮助他的朋友。那么在他离开人世以后，还有这么多的人在怀念他，给了他如此高的赞誉和评价，如果路遥在天有灵，他一定感到非常欣慰。在这里，我作为他的一个老乡和同事，请允许我代表他，对大家表示感谢。

事实上，我再多一个字也不想说了，可是我的话一结束，就有一些记者突然围着我，也不要我评价路遥的作品，追根问底地要我回答一些非常尖锐的问题，比如路遥和林达为什么要在病床上达成离婚协议？他们夫妻的关系到底怎样？路遥和天乐为什么在病床上断绝关系？……这些都是我不愿回答甚至是回答不了的问题。我怎么能知道这些呢？这些记者不是为难我吗。

我让那些记者毫不客气地在会场外给围起来，搞得我哭笑不得，不知道怎么办，急得满头大汗。

因为你一直在路遥身边，完全知道这些事情的来龙去脉，可你为什么不说？你有什么顾虑还是害怕什么？有几个不知是哪个报社的记者，就这样在楼道里追问我，而且还给我戴了一顶又一顶的高帽子，说路遥这些真实内幕，只有我有发言权。

嘿嘿，我说，你们说的没有一点根据，也没必要这样逼问我，如果想知道这些情况，那你们为什么不去问当事人呢，我无可奉告。

我就这样被记者们团团围在楼道里，已经很难脱得开身，几乎招架不住了。李军看见这个情况，就不能无动于衷，赶紧走到我身旁，对围着我的那些记者说，这里又不是新闻发布会，是路遥的追思会，你们不要这样为难航宇，他不可能告诉你们这些。想要知道事情真相，可以去问王天乐，他是你们同行，又是路遥弟弟，他知道的比谁都多。

我知道李军是在给我解围。

就这样，李军把那些记者挡在一边，让我去他的办公室，等会议一结束，他晚上请我吃饭。

我急忙从会议室走出去，没有去他的办公室，而是一个人跑到雁塔路，乘坐5路公交车，到了大差市，然后回到陕西作协。

我走进作协大门，突然觉得这里是那么陌生，好像以前从来没来过一样，心情特别沉重，也非常复杂，就这样回到房间躺在床上，哪里也不想去了。

那几天，不断有人找我，希望我能写一点有关路遥的怀念文章。我不带任何个人感情色彩地对他们说，你们可以去找远村，他正在写回忆路遥的文章，而且他是写文章的高手，他跟路遥时间长，两个人感情深厚。当然，不是我不给你们写，关键我没考虑好，也不知写什么，怎么写。等我把这些问题想好了，再给你们写怀念路遥的文章。

忽然有一天，满头银发的《喜剧世界》杂志的主编金铮突然给我打电话，让我马上去他办公室，他开门见山地对我说，杂志要出纪念路遥的一个专号，给你安排了一个任务，写一篇怀念路遥的文章，你就写路遥住院到去世这一段的经过。而且他还说，路遥只有在病床上，才没有掩饰地表现出了他真实的一面。那时他考虑和防备的就不是那么多了，甚至也没什么顾虑，把自己的喜怒哀乐表现得淋漓尽致，这才是一个有血有肉真实的路遥。在这期间，没有人更了解他，只有你在他的身边，掌握他大量第一手资料，你把他这些如实地写出来，也是对研究路遥的一大贡献。

我实在不好推辞，只好给他说，那我就给你写一篇《路遥在最后的日子》，你看怎样？

金铮一拍大腿，激动地说，这个太好了，我要的就是你这个东西，而且这是独家新闻。这样，你尽快把这个给我写出来，我在《喜剧世界》杂志给你连载，同时我给你最高的稿费。

我笑了笑说，好我的金老师，尽管我没钱，也很贫穷，可我写回忆路遥的文章并不是为了高稿费，我是想回忆他在最后的日子里，怎么尊重自己的生命，同疾病进行了怎样一场惊心动魄的顽强搏斗。可以说，路遥在任何时候，都是一位无比勇敢的勇士，我要表达的就是这个意思，其他对于我来说，都显得不重要了。

哈哈……金铮仰头大笑，然后认真地给我说，那是你这样想，但作家也是一个人嘛，难道作家就不生活了。

当然，有了这样的承诺，我就要付诸实施。那么去什么地方完成？作协肯定不行，我也不想在我房间里写回忆路遥的文章。因此我想了想，决定去咸阳，那里距西安近，也花不了几个交通费，所以就去了西郊，然后坐公交车去了咸阳，住在西北国棉一厂招待所，让服务员给我准备了四瓶开水，并明确告诉服务员，我不去找你，你不要敲我的门，我要在这里写文章。

服务员不解地问我，你房间卫生也不打扫？

我说，不打扫。

就在这个房间里，我把门一锁，开始了我的写作工作。饿了，泡一盒方便面；渴了，水瓶就在跟前。我用了一个星期，写了六万多字的纪实文章《路遥在最后的日子》。

回忆路遥在最后的日子的文章完成以后，我感觉整个人麻木了，眼冒金星，昏天黑地，一副东倒西歪的样子，几乎站也站不稳，便身不由己地一头栽倒在床上，也不知睡了多长时间，我感觉到我像路遥一样，已经不在这个人世了。

醒来的时候，我忘记我在什么地方，四周听不到一点响动，感觉到非常的寂静。我走出房间，来到西北国棉一厂的院子里，在院子里看不见一个人，而我也分不清是白天还是深夜。

不管怎样，我已经把真实的、没有修饰的、我想要记录的路遥的一些事，大致都写进了《路遥在最后的日子》这篇文章里，当我画上最后一个句号，突然感觉到一身轻松。同时，我也深刻体会到路遥创作百万字长篇小说《平凡的世界》时，不是轻松地在搞文学创作，而是用生命完成一项伟大的事业。就像当代著名作家陈忠实在路遥追悼会上讲的那样："路遥是无愧于他的整个人生的，无愧于哺育他的土地和人民的。以路遥的名义，陕西作协寄望于这个群体的每一个年轻或年长的弟兄，努力创造，为中国文学的全面繁荣而奋争。只是在奋争的同时，千万不可太马虎了自己，这肯定是路遥的遗训。"

是啊，任何时候怎能那么马虎自己呢？路遥的教训太深刻了。因此我

1992年陈忠实在路遥追悼会上致悼词

1992年路遥追悼会上

陈忠实在路遥追悼会上讲道:"路遥是无愧于他的整个人生的,无愧于哺育他的土地和人民的。以路遥的名义,陕西作协寄望于这个群体的每一个年轻或年长的弟兄,努力创造,为中国文学的全面繁荣而奋争。只是在奋争的同时,千万不可太马虎了自己,这肯定是路遥的遗训。"

在咸阳写完《路遥在最后的日子》，并没有急着返回西安，而是在咸阳找了税务所的两位朋友转悠了几天，想让自己心情放松一下。同时，也在不断思考自己何去何从的问题。

那时我自信地想，车到山前必有路，该是你的跑不掉，不是你的心急也没有用。所以我在咸阳这些日子，白天跟朋友游山玩水，晚上一丝不苟地工作，认真把自己的稿子修改了一遍，就告别了咸阳，乘坐市间公交车回到西安，走进自己不想走进的那个房间。

时间不长，路遥的创作随笔《早晨从中午开始》由西北大学出版社出版发行了。突然间，在西安的大街小巷的书摊上，到处摆放着路遥的创作随笔《早晨从中午开始》，而且非常畅销。

应该说，《早晨从中午开始》是路遥生命的最后绝唱。

《女友》杂志一位好心的朋友在路遥的创作随笔《早晨从中午开始》出版时间不长，就兴致勃勃地给我抱来一捆，足有十几本。我打开一看，觉得书出版得相当精美，也非常高端大气上档次。然而让我感到十分奇怪的是，书里怎没有了"献给我的弟弟王天乐"这句话。

我不得其解，那可是路遥创作随笔《早晨从中午开始》的完整作品，去掉这个副标题，也就不完整了。

其实，这并不是我应操心的事，而我也没必要在这里自作多情，但我必须知道为什么？是编辑的疏忽，还是印刷出了问题。因此我就急忙去了西安雁塔路，找到出版路遥创作随笔《早晨从中午开始》的一位负责人，提出了自己的质疑。我说是不是把这个事疏忽了，或者是印刷厂在排版时出了差错，怎么没有了"献给我的弟弟王天乐"那一句了呢？

然而，那位负责人对我的询问较为反感。而且用一种质问的口气问我，你觉得把这样一句话放在路遥的作品里合适吗？那样就是对路遥的不尊重，也不公平。原因不说你也清楚，如果路遥活着，他也会这样处理。我需要告诉你的是，这不是某一个人的意见，是经过慎重考虑，集体研究决定才去掉的。

我说，王天乐绝对有看法，甚至会找麻烦。

嘿嘿，我们也考虑到他会有意见，也想到他可能会采取一些措施，但我们不怕。我们已经做好了随时跟他对簿公堂的准备，就怕他不敢。

那时，我真的不知道事情到底会怎样，王天乐不可能看不到出版发行的路遥的创作随笔，而他也不会容忍这一切。显然，路遥和王天乐在病床上断绝关系的这个事，已经给他带来了本不应该有的后果。

我想，事情绝不可能就这样风平浪静，一定会出现十级风暴，就看是在什么时候。我觉得路遥这些朋友也是，何必要这样，路遥已经不在了，这样得罪一个人有什么意义。但是，我的这些担忧是多余的，事情并不像我想的那样，也没想到会风平浪静。

现在，我也不再想那些没用的事情了，承诺给金铮和鸿飞写几千字回忆路遥的文章，写着写着就把握不住，写了有六七万字。这么长一个东西，在报纸和杂志上发表都是问题，那需要占很大的版面，是不是再配上路遥一些照片，出一个单行本更好？

是啊，出一个图文并茂的单行本会更有意义，而且这样也比较完整一些。有了这样的想法，我就迫不及待地去了陕西师范大学出版社，找到出版社副主编张世忠，把《路遥在最后的日子》书稿拿给他，让他审读我的书稿，看能不能出版。

路遥不是一般人，是家喻户晓的著名作家，在全国享有盛誉，年纪轻轻就离开了人世，在全国文学界引起很大震动，而路遥热一直在全国各地发酵，不断掀起一股又一股怀念的热潮。因此张世忠把我的书稿拿在手里，粗略地翻了翻，觉得这是一本记录路遥在最后的日子里怎样跟病魔进行顽强搏斗的感人故事。题材新颖，视角独特，记录详细，可读性强，虽然只有六七万字，但它是研究路遥的第一手资料。作为出版人，他觉得无论从社会效益和经济效益，都是相当不错的作品，因此他决定出版这本书。

我说，感谢你同意出版，但我还有一个要求，就是我出版这本书，不是考虑要赚钱，我没有这样想，也不会这么做。唯一想的就是以这本书为契机，在路遥去世一百天，搞一个纪念活动，让更多的人认识路遥，了解路遥，学习路遥那种锲而不舍的奋斗精神。

张世忠看着我说，时间太紧，恐怕有困难。

我问他，还有什么能够解决的办法吗？

张世忠说，办法不是没有，如果走出版社的出版程序，两个月时间肯定有问题，你可以考虑自己发行，我们给你一个书号，你找一家印刷厂，抓紧一点，差不多能赶出来。而且像你这样的书，我觉得发行也不存在什么问题。

我说，那我采纳你的意见，出版社尽快给我搞一个书号，我马上去办这件事。

离开张世忠副主编的办公室，我很快回到建国路的陕西作协，找到路遥的朋友郑文华，请他为我的《路遥在最后的日子》设计一个封面。

郑文华说，只要是宣传路遥，我可以干这件事。路遥已经去世了，作为他的朋友，我们不宣传，让谁去宣传他呢。

我说，非常感谢你这样的奉献。

郑文华说，你这话说得有些见外，为宣传路遥，不说感谢。哪怕我今晚上不睡觉，也要把你这个书的封面设计出来，我这里还有他的一些珍贵照片，你在书里可以随便用。

我知道，这就是路遥的人格魅力。

《路遥在最后的日子》一书的封面问题就这样顺利解决了，郑文华会挑灯夜战地给我赶出来，这个不需要我担心。为此，我很快去了西一路，在省文化厅家属院找到文化艺术报延鸿飞，邀请他担任这本书的特邀文字编辑，关键要他给这篇回忆路遥的文章把关号脉。

延鸿飞觉得不应只有我一个人为宣传路遥而不停地奔波，作为路遥多年的好朋友，他也要承担一份责任。因此他痛快地答应了我的邀请，不分昼夜，逐字逐句审订文稿，核对事实，付出了辛勤的劳动。

陕西师范大学出版社副主编张世忠，我跟他素不相识，当他得知是为了缅怀当代著名作家路遥，便竭尽全力地为我的书号走程序，争取了时间，我深表感激。

一切都准备就绪，我通过朋友关系，在西郊找到一家印刷厂，厂长一开始怎么都不同意，并告诉我，在不到两个月时间排版印刷一本书，印刷厂从没这样干过。然而厂长经不住我耐心解释，这是宣传著名作家路遥，必须争取时间。他一听是为宣传那个以生命为代价、创作了轰动全国的《平凡的世界》的著名作家，就把自己那一套推翻了，不说赚钱不赚钱，组织印刷厂工人加班加点，抢时间争进度，赶在路遥去世三个月的1993年2月17日，按时印出了《路遥在最后的日子》。

面对印刷厂送来的《路遥在最后的日子》的十几本样书，看着封面上路遥的照片，我不知怎么泪流满面。

时间过得真快，转眼间路遥去世三个多月了。

我颤抖着双手，静静地看着《路遥在最后的日子》书里他那一张张熟悉的面孔，回想到在我这个破旧的房间里，这个人再也不可能出现在我面前时，我的心情是无比沉重的。

是啊，路遥离开这个世界快一百天了，按照陕北的风俗，一个人去世以后，在他百日，家里就要举办一个隆重的祭奠仪式，邀请亲戚和朋友来祭奠。应该说，这是一个非常重要的日子。那么路遥去世一百天，有没有人想着搞这样一个祭奠呢？

我不是路遥的家属，仅是他的一个陕北老乡，一块儿共事几年的朋友。那么，我能不能用这样的方式，追思著名作家路遥呢？虽然我有这样的想法，但一时又拿不定主意。我突然想到曹谷溪，他跟路遥朝夕相处几十年，熟悉路遥了解路遥，跟路遥有非常深厚的感情。因此我想请教他，让他给我拿主意。于是，我急忙跑到西安钟楼邮局，给延安地区文联的曹谷溪打了一个电话，谈了自己的想法，看他是什么意见。

老曹说，这样的纪念活动，由组织出面最好。

我说，如果组织不出面怎办？

老曹问我，你征求过作协意见没有？

我说，我征求过作协一位领导的意见，他明确答复单位不搞这样的纪念活动，你自己要搞是你自己的事，跟作家协会无关。

老曹迟疑了一会儿问我，那你准备怎办？

我说，我不管别人说什么，朋友了一场，在路遥去世一百天，我想把纪念路遥的活动搞下去，所需经费由我个人承担，作协不方便出面，我另找挂名单位。我已经找了《喜剧世界》杂志主编金铮，他表示同意。同时，我又去了西北大学，找到刘建军教授，他是陕西中国现代文学学会的会长，我跟他进行了沟通协商，他基本上愿意搞这事，却明确表示学会没有经费。

　　老曹焦急地问我，那你工作也没有，有这样的活动经费吗？

　　我说，有没有经费不是很重要，我可以想办法，这个应该不是什么大问题，也就是一万来块钱，这个也难不住我，问题是到底能不能搞？

　　老曹说，你能这样做，绝对够意思，我非常感动。到时我亲自来参加，也是对你的一个支持。同时，让印刷厂再多印一些你的书，我在延安给你卖一些。

　　我说，有你的强力支持，我就踏实了。不过，我怎能让你去卖书呢？我的主意已定，哪怕我穷得卖血，也要把这个活动搞下去，我要对得起去世的路遥，不能让他就这样轻易地在这个世界上消失。

　　1993年2月20日上午，西安秦大饭店。

　　在这个饭店的二楼多功能厅，一个由陕西中国现代文学学会和《喜剧世界》杂志共同主办的路遥逝世一百天纪念活动，就要在这里举行了。有关纪念活动的一系列准备工作，我在一周前就安排好了，给饭店也交了一定数额的押金。然而，就在这时，同意挂名的主办单位领导向我提出一个建议，为避免不必要的麻烦，横幅不要用"纪念路遥逝世一百天活动"，用《路遥在最后的日子》首发式暨新闻发布会，这样别人就不好说什么了。

　　我说，用什么名称没关系，只要可以举办纪念路遥逝世一百天的活动，叫什么都无所谓，我尊重你们的意见。明天就是路遥去世一百天，纪念活动的所有准备工作基本就绪，把该邀请的路遥朋友和有关方面领导，通过电话或亲自上门等方式，全部邀请到了。我之所以这么做，没有个人私心

航宇的作品《路遥在最后的日子》

面对印刷厂送来的《路遥在最后的日子》十几本样书，看着封面上路遥的照片，我不知怎么泪流满面。时间过得真快，转眼路遥去世就三个多月了。

杂念,就是想把路遥生前关心他的那些领导和朋友请到一起,怀念路遥,悼念路遥,学习路遥,了解路遥,让路遥"像牛一样劳动,像土地一样奉献"的精神,浓墨重彩地书写在中国当代文学史上。

而主办单位领导的顾虑,我也能理解,害怕惹麻烦。关键的问题是有人知道我曾征求过作协领导的意见,希望以省作协名义举办这个活动,所需活动经费,由我个人筹措。可这位领导不赞成单位出面,也并不反对我搞,理由他不给我讲,我多少知道一些。那时作协面临换届,正是关键时期,这样高调举办路遥去世一百天纪念活动,在某种意义上就是原则性问题。实事求是地讲,作协这样的单位,就是出作家的地方,而这些作家都是路遥的朋友,难道就没反对他的人吗?他建议我慎重考虑一下,何必惹麻烦。

我能够理解他,并不是他对路遥有意见而拒绝我的请求。我知道他跟路遥的关系非常好,无论对路遥的人品,还是对路遥取得的文学成就,他都给予很高的评价,不存在个人之间的恩恩怨怨。可以说,他是站在一个领导的角度,或者是为我着想,才这样语重心长地说,作协就是这样的单位,有同情你的人,但不可能有一个人站出来为你说话。我们都知道你跟路遥的关系比较特殊,路遥也是给你撑腰壮胆的人,你还年轻,要知道人走茶凉,你如此高调举办路遥的纪念活动,我不反对,但我倒觉得你不值得冒这么大的风险。一个人走了无法再回来,可你的路还很长,不要太感情用事,这是我个人的意见,听不听由你。

确实是这样,我那时简直就是异想天开,怎么能让作协举办这样的活动呢?自己为什么不能深思熟虑地去考虑这个问题,应该正确估量自己的处境,就像有人说的那样,这小子不知天高地厚,不看现在什么时候,想不想在作协混了。

其实,我能想到这些,压力不小,也顾虑重重。然而我确实不甘心,同时也要为主办单位考虑,不能感情用事,否则得不偿失。因此,我在想,怎样才能让主办单位领导没有后顾之忧,就要想办法请一位高层领导出席,这样所有的问题也就不是问题了。

这样一想，我觉得非常有这个必要。因此我就考虑请哪位领导，而哪位领导有出席这个活动的可能。我首先想到了支益民，他是省委副书记，过去在铜川地区担任地委书记，跟路遥非常熟悉，关系非同一般，路遥在延安住院，他还专门到医院看望。因此我满怀信心地去了省委办公厅，找到支益民副书记的秘书吴瀚飞，把我的想法告诉了他，想让他征求一下支书记的意见，希望支书记能出席路遥逝世一百天的纪念活动。

吴瀚飞让我在他的办公室等消息，他很快去了支益民副书记的办公室，把我的意思报告给支书记，我没想到支书记痛快地答应了。

支书记要出席路遥去世一百天的纪念活动，这对于我来说，就是拿到了尚方宝剑。但在支书记没来参加纪念活动之前，我不敢告诉任何一个人，害怕万一领导临时有什么重要会议或其他重要活动，到时来不了怎办？因此，那时并没有人知道省委副书记要出席这个纪念活动。

经历了一波三折，一个非官方组织的纪念路遥的活动就这样举行了。那天，参加路遥去世一百天纪念活动的人特别多，有省委省政府有关部门的领导，社会各界人士，把秦大饭店二楼多功能厅挤得水泄不通。

其实，省作协主办不主办路遥的纪念活动，已经不是很重要了，对于当时来说，作协这位领导的决定是非常正确的。因为著名作家在陕西不只路遥一个人，像老作家杜鹏程，他也去世不久，在全国文学界也有着非常重要的突出位置，而老杜去世后单位也没举办过这样的纪念活动，单位如果破例出面给路遥举办，恐怕就有些说不过去了，弄不好还要挨骂。而由我个人去举办，纯属个人行为，别人也说不出什么。

让我感到特别欣慰的是，在路遥逝世一百天的纪念活动中，陕西作协的陈忠实、赵熙、晓雷、李天芳、任士增、王愚、李星、徐志昕、李国平、邢小利、张艳茜、王观胜、郑文华、远村……能够来的，都已悉数到场了。为路遥英年早逝而惋惜，高度评价他在文学艺术上的突出贡献。

这里，特别值得一提的是，著名诗人曹谷溪和曾陪伴路遥身边的胞弟九娃，不远千里，也从陕北匆匆忙忙赶到西安，参加路遥逝世的纪念活动。而让所有参加活动的人大惑不解的是，省委副书记支益民，亲临活动现场，并详细讲述了他和路遥相识相知的全过程，把活动推向了一个高潮。

　　这时，也有人为我的这个行为感到担忧，觉得路遥的时代已不复存在，有的人想尽一切办法，把跟路遥之间的关系剥离得越干净越好，而我却鬼迷心窍，如此高调举办纪念他的活动，真是不到黄河心不死，不见棺材不掉泪，一点儿也不考虑自己的后路。

　　事实上，我已考虑到这些了，觉得哪里的黄土不埋人，哪里不是鸡叫狗咬，也不是我有什么能耐，是路遥的人格魅力。不然我一个流浪汉，怎可能把这么多的领导和朋友请来，恐怕省委领导更不可能出席。

　　纪念活动一结束，一些朋友十分同情我当时的处境，觉得我是值得交往的一个人。像《星期天》报主编白浪，他从秦大饭店楼梯里往下走的时候，拉着我的手说，你现在是孤家寡人，只要你愿意，随时可以到报社来上班，报社的大门随时都为你敞开着。而《喜剧世界》杂志主编金铮，也把我拉在一边，郑重其事地告诉我，明天你就到杂志社来上班。

　　对于朋友们的好意，我心怀感激。

　　一切就这样不知不觉过去了，很快。

　　一天下午，我正不知在东大街干什么，突然听见身后有人喊我。我扭头一看，是好久没见面的路遥弟弟王天乐。

　　王天乐走到我跟前，有些埋怨地对我说，你的《路遥在最后的日子》出版了，都不送我一本，你也太不够意思了，难道你不送我，我就看不到了？西安还有我好多朋友，作协的一举一动都在我的掌控范围。你写路遥的那本书，我朋友已经送了我几本，总的来说，还能说得过去。

　　我说，你不能说我不送你，关键是我不知你在什么地方，路遥去世以后，要见你一面非常困难。

　　王天乐说，作协这个单位，我再也不想看一眼。

　　我说，你不想看是你的事，可我不能像你那样，一时半会儿还离不开。

　　王天乐看了我一眼，摇了摇头，然后掏出一盒红塔山烟，给我递了一支。他把一支烟叼在嘴里，一边点火一边凶狠狠地说，你还能在那里混下去吗？

　　嘿嘿。我看着天乐笑了一声，怎么觉得这个话让他说出来，心里这么不舒服。因此我随口说，我知道我在这里混不下去。

王天乐说，你混不下去，为什么不离开？

我说，我能去哪里？再回那个榆林，即便我现在想回去，也没那么简单，你给我想一个办法。

王天乐说，那是你自己的事。你也清楚，路遥这样突然一死，我一下就成了众矢之的，简直就是这个世界上的一个罪人，好像我是罪魁祸首一样。你告诉我，什么人在我背后说我的长长短短，你根本不需要害怕，我绝对不会出卖你，这一点你尽管放心。现在，我什么事也不干，要把胡说八道我的那些人，一个个收拾掉，让那些人知道我的厉害，对待这样的人，你就不能心慈手软，要白刀子进红刀子出。他妈的，我还就不信，敢跟我作对，我让他们死得比谁都难看，简直是王八蛋。你别看这些人在路遥活着的时候，一个个装得像孙子一样，低头哈腰，毕恭毕敬。可路遥一死，这些人的丑恶嘴脸很快就暴露出来了。

我说，你不能这样想，没人在你背后说你的长长短短，真的。我不知你从什么地方听到这些，你如果不相信，可以去问远村。再说，即便有人议论你，也不可能在我跟前议论。

王天乐说，嘿嘿，你不要在我跟前装好人了，我知道你是什么用意，不就是想在作协混下去嘛。其实我真不想揭穿你，也能理解你的心情。但我实话告诉你，你不要头脑发热，也不要异想天开，作协是什么单位我比你清楚一百倍。路遥在作协有多少"敌人"你知道吗？他已经死了，作协也不是过去的作协，你就是跪在这些人面前磕一百个响头，该滚蛋还得滚蛋，你的下场我早就给你描绘好了。

我听到王天乐说的这些话，惊呆地看了他一眼。

其实他说的不是没有道理，我什么时候滚出作协？这样的结果我在路遥一去世时就想到了。不过，我觉得也不是什么大不了的事情，大路朝天，各走一边，滚蛋就滚蛋，作协是国家的作协，又不是我花钱买的。因此我对他说，其实我这样滚蛋，你觉得脸面光彩吗？不管我在作协待下去待不下去，总不能在你跟前胡说八道，事实上，我确实没听到有人议论你。

呵呵。王天乐冷笑了一声说，我感到你小子现在非常狡猾，一点儿也不可靠，在我跟前不说一句实话。

我说，你看你说的，我怎么狡猾了，确实是我没有听到，我总不能在你跟前胡编乱造。

王天乐说，你看看路遥交往的是些什么人，我可是看清楚了，简直就是一群狼，一个比一个阴险。

我说，路遥的这些朋友，我觉得都非常真诚，不像你想象的那样。

王天乐非常不满地说，简直是笑话，一个个还在我跟前说什么对路遥非常真诚。真诚到哪里了？到底你清楚还是我清楚？路遥一死，你看把他们激动得，一个个忙得焦头烂额，不是跑到我嫂子跟前弄版权，就是把路遥的情人搂在自己的怀里，你觉得这就是路遥的朋友？

我听到他说的这些话，心里为之一颤，便睁大了眼睛看着他，感觉到他有些陌生。我不知道他怎么会这样看待路遥的朋友，路遥在最困难最需要人帮助的时候，这些朋友毫不犹豫，尽心尽力，我是看在眼里，记在心上，他在我面前说的这些，也太绝情。

王天乐说，你不要假装沉默，以为我胡说，这都是明摆的事实，没一个是好东西。

我说，你说其他的无所谓，可有一点我不理解，你这样说出来会让人笑话，怎么路遥会有一个情人，是你给他找的吗？如果别人这样说出来，那是造谣，而你说出来就是事实，甚至我觉得是对路遥的不尊重。

王天乐凶狠狠地说，人都死了，尊重顶屁用。

此时此刻，我觉得在这里和他继续说下去，恐怕不会有什么好结果，而且觉得他一个记者，看待问题有些偏激，甚至带有一种仇恨的情绪。因此我就不想跟他说这些事了。而天乐发了一阵牢骚，也扬长而去了。

真让人不能理解，他不能很好地把控自己的情绪，也根本见不得别人对路遥好，并习惯用恶意揣测他人的动机。而且他把见不得别人对路遥的好，毫不掩饰地展示给了别人，这样会容易招来无妄之灾。

人世间真是无奇不有，简直是一个滑稽的戏场。

三十四

> 九娃说，我的工作问题有了麻烦，延安地区领导根本不给解决，说我不是在延安地区解决的范围，我求你给我想一下办法……

过去的一切终将成为过去。眨眼间，路遥离开这个世界快一年了，在春节临近的时候，曾陪伴他度过一个个不眠之夜的九娃，再次来到西安。

他来到西安就住在作协的创作之家。

那时候，我不知道他为什么要到省作协来，也不知道他有什么事，应该说这是他伤心流泪的地方，曾经是作协副主席的他大哥，撒手远去了，这里的一切已成过眼云烟。事实上，这里跟他没一点关系，除了跟我和远村有一些往来，好多人都不认识他是路遥弟弟。

从这一点上，他不像他的四哥王天乐。天乐从路遥追悼会结束离开，就再没有踏进作协的大门。那么九娃突然出现，我还是感到有些吃惊。

客观上讲，我跟他多多少少有一些感情，毕竟跟我在医院交往了那么一段时间。而更重要的，他是路遥的弟弟，从个人感情上，我觉得要亲近一些。

其实，我和九娃的交往，路遥起到非常关键的纽带和桥梁作用，如果不是路遥患病住院，我虽然见过他一两次，但没有深入交往过，也谈不上有什么了解。那么路遥这个纽带一断，联系不联系，往来不往来，就不是那么重要了。

此时，我看到九娃，就会想到路遥，甚至想到他在最后的日子里，没有亲人的陪伴时，一个人赤手空拳地进行了怎样一场惊心动魄的生死搏斗。而唯有九娃，不离不弃陪伴在他身边，度过无数个不眠之夜，并能够为他送终。仅从这一点，我对九娃怀有崇敬之情。因此他一到西安，就去了作协办公室。办公室主任王根成看在路遥的情面上，要了一下他的特权，无偿地给他安排了住的地方，不要他掏一分钱，但吃饭问题要自己解决。

九娃在创作之家往下一住，就跑到后院来找我，他愁眉不展地告诉我，我的工作遇到了麻烦，可能又不顶事了。

我问他，怎回事？不是你四哥已经给你办好了，怎么会有麻烦呢？

九娃说，省上领导确实把作协关于解决我工作问题的报告批给延安地区领导，可延安地委领导说，这不属于延安解决的范围，因为我的户口在清涧，要解决我的工作问题，必须找榆林地区领导。

我说，那你赶紧找一下你四哥，他神通广大，答应帮助解决你的工作问题，出现这样的情况，看他有什么解决的办法。

九娃说，我来西安时，就去铜川找了我四哥，他说他把该做的工作都做了，作协也按他的意图给省政府打了请求解决我工作问题的报告，出现这样的问题，他让我自己去想办法。

我问九娃，那你有什么办法？他不是给你有过这样的承诺，说是完成路遥的一个遗愿，这个事情他应该想办法给你落实到底。

九娃愁眉苦脸地说，那是以前，可他现在明确表示不管我的事情了。

我问，那你没去找作协的领导？

九娃说，我刚才找办公室王主任了，他跟我四哥说的基本一样，作协的意见就是我四哥的意见，是他要求让延安给解决我的工作。可是出现这样的情况，作协没有责任，也像你一样，让我去找我四哥给延安做这方面的工作。

我说，那你把王主任的意见告诉你四哥，看他是什么意见。我觉得这个事，还得依靠你四哥，既然他给作协提出让延安解决，一定有他的考虑，不然你的事真的就麻烦了。

九娃说，我四哥你又不是不了解，他是那样一个态度，我再去找还不是一样。

我说,这个事他不管谁管？那天晚上他当着我的面说过，路遥去世以后，他只办一件事，就是解决你的工作问题，也算是他给路遥的一个交代。

九娃说，我四哥的话你还敢相信？

我问他，你四哥的话你不相信，你相信谁的？

九娃说，那他在我哥跟前说要陪在我哥的身边，他陪过几天？如果他不是这样哄我哥，在医院里陪我哥一段，说不定他还能多活几年。

我说，这话你不敢瞎说，会让别人觉得你们怎是这么一家人，那谁还敢跟你们打交道。而我觉得你要把问题想清楚，你的工作问题，归根结底还得靠他解决，要是让他知道你对他有看法，那他真的就不管你了。你要知道，他现在心情也不好，好多朋友知道他跟你哥在病床上断绝了关系，他能承受了这么大的压力吗？

九娃说，事情怪他，我又说不坏。

我说，你还是冷静一点，不能他在你跟前说了一句不管你的话，你就这样说三道四你四哥，如果让他知道，那吃亏的是你自己。

九娃说，我现在对他不抱一点希望，也不会再去求他帮我办事，知道再去求他，结果是一样的，我四哥我最了解。

我说，我不想听你们弟兄之间这些事。

九娃说，我来找你，就是想让你帮一下忙。

我说，你看你，我能有什么办法，延安地区的领导我一个也不认识，人家知道我是干什么的。更何况我是山羊的尾巴，连自己的羞丑都顾不了，而你让我给你帮忙，你也是太抬举我了。

然而，我没想到我的一句轻描淡写的话，一下就把他说得从藤椅边站起来，情绪有些激动地说，你们怎都是这样一种人，亏得口口声声说是我哥的朋友，关键时候就不认人了。你不要给我说那么多，我也不想听你的解释，就问你一句，到底帮不帮我？

我看着九娃说，看你火气这么大，难道我欠你小子的一条命？再说也不是我不帮你，我又不是省长，能有什么办法？事实上我还不如你，说不定就滚回榆林了。当然，有人想看我这样的笑话，期盼我有这样的下场，其实没那么简单，我不可能在一棵树上吊死，也不可能走这步路。

九娃仍然生气地说，你不要在我跟前说这些没用的话，我就问你一句，你是不是我哥的朋友？

我说，我是不是你哥的朋友，那是我俩的事，跟你没关系，你也不要用这样的口气威胁我，我根本不吃你这一套。但我实话告诉你，你想让别人帮你，就要学会怎么去做人。你也看到了，为什么会有那么多人经常到医院里看你哥，不仅仅是因为他是了不起的作家，关键你哥的人品让人赏识，你能像他这样吗？我也不怕得罪你，做一个真诚的人很重要，不要过河拆桥，那样只能是一时痛快，时间一长，就没人愿意跟你打交道了。

九娃一听我的话锋有些不对，急忙装出一副微笑的样子说，啊呀呀，你看你这个人，我就跟你开这么一个玩笑，一下就把你给逗恼了。你说咱俩还要客气？我知道你受了些委屈，有人把对我哥的不满发泄在你身上。可我对你怎样？我一直把你当朋友，不然我也不会跑来找你。

我说，不说这些，到了吃饭时间了，跟我一块儿去建国路吃羊肉泡馍。

九娃说，你一个人去，我没兴趣。

我笑着说，嘿嘿，我的天神，你是要绝食？如果是这样，那我可承担不起这个责任。

九娃看我不明确回答他，他把我看了一眼，然后对我说，你给我一句痛快话，这个忙你帮还是不帮？如果你不愿意帮我，我也不怪你，马上就从你跟前消失，再也不会来找你。

我说，你说这话是什么意思？不要说风就是雨，即使我答应帮你，可到时候仍然解决不了，我这不是在哄你嘛。这样，你给我一点时间，让我想一想看在西安找谁，不能没目标地去找人。

九娃一听，突然就眉开眼笑了，而且笑着还说，我等的就是你这句话，你也别有负担，事情办成办不成，我都不怪你。那今儿我请你，提前感谢你一下。

我说，我没想让你感谢我，只要你不在我背后捅刀子，那就算是烧高香了。

九娃说，你看你，一满把我当成什么人了，真是。

事实上，我觉得九娃是可怜人，他一直不被路遥接纳和认可，好不容易兄弟俩慢慢建立了一些感情，如果路遥能站起来，说不定他人生篇章将重新改写，可人的一生就有这么多不确定因素。

现在，没必要再去想那些没用的事情，就这样我和他一块儿从作协大门里出去，走到建国路上，看到街道上的人还不少，饭馆生意也不错，但我俩不知吃什么。本想让远村一起出去吃饭，可他不知去哪里了，只能我俩在建国路找饭馆。

好几年，我和远村就在这条街上打"游击"，建国路这些饭馆，不知让我俩光顾了多少遍，好多饭馆的人都熟悉，甚至不拿钱都可以吃饭。

也许，就是这样一种不规律的生活，以及用餐环境的不卫生，使路遥及一些作家染上了肝炎。可是有什么办法呢？人们只看到陕西作家光鲜亮丽的一面，却不知道作家是在怎样一种恶劣的环境中生活的，这是多么悲惨的一件事。因此，那些家不在西安的单身汉，常常厚着脸皮，托熟人或朋友，在距作协较近的省政协或西安冶金学院，买一些单位和学生食堂的饭票，骑着一辆破烂不堪的自行车，车后座或手把上挂着响个不停的搪瓷碗，混在职工或学生中间排队去买饭。

这是作家和诗人不堪入目的一个生活场景。

当然，我不能带九娃去省政协机关，也不能领他到西安冶金学院的学生食堂，去这些地方得骑自行车，而我的自行车烂得一个人骑可以，两个人就有问题。因此我俩就去了作协旁边的老金家牛羊肉泡馍馆，价格不贵，一般人都能接受。

九娃还是一个农民，比较纯朴，不怎么讲究，只要有人请他吃饭，他就心满意足。就这样，我俩走到了老金家牛羊肉泡馍馆，一人要了三个馍。掰馍的时候，我告诉他，在这家饭馆里，我请过两位重量级的人物吃过饭，一位是著名作家陈忠实，还有一位就是你哥，他俩都不简单，在中国文学界产生重要的影响，也有很高的地位。再一个就是你，看来你也是一位重量级人物。

我的这个话一下把九娃的情绪调动起来了，他笑着对我说，你请吃饭的这些人中，我的饭量最重，本事却是最小。

我说，好事多磨。

九娃说，你现在这个腔调正好，别学城里人那种怪模怪样，听得人瞌睡得不行。

我给他说,你将来有了工作,自己一定要学一点本事,不能像现在这样吊儿郎当,要不然人家会看不起你的,甚至还会让人家笑话,路遥怎有这么一个弟弟,什么也不懂。

九娃说,我又不写小说,还怕什么。

我说,不是你怕不怕的问题,关键的问题是你不能给你哥丢脸。

其实,我不应该这样取笑九娃,我自己又是什么样的人呢?在城市里工作了这么多年,也不是照样改变不了农民的那种本色,连一句普通话也说不了,跟别人交流起来非常困难,都说我落后。然而,事实上我也想把自己包装成一个真正意义上的城里人,说一口流利的普通话。可是一回到陕北,我那些话就走形了,普通不普通,家乡话也不像家乡话,自己也不知道说的是哪个地方的语言,不仅说起来别扭,就是听起来也相当不入耳。因此,我就不学这玩意了,仍然说一口纯正的陕北话。

现在,我和九娃坐在老金家牛羊肉泡馍馆的一个角落里,集中精力地去掰馍。可我俩都是急性子,尽管我请著名作家陈忠实吃泡馍的时候,他还批评我掰馍的路数不对,把馍掰得有拳头那么大一块,实在不像吃羊肉泡馍,应该像他一样,把馍掰成一小块一小块的,这样容易入味。甚至他在羊肉泡馍馆手把手地教了我,可我嫌那样掰太慢,觉得太折磨人,因此就没有别的人掰得那么仔细。

而九娃更没耐心,干脆用人家绞好现成的,少了很多麻烦。可煮馍还有一个过程,在等待中,我无意间问他,你哥在那个柜子里到底有什么值钱的东西?

然而,九娃却漫不经心地说,我怎能知道。

我说,你怎不知道?你四哥不是让你去保管,等远远大了再交给她,你没看是什么东西?我告诉你,路遥那些东西,你小子绝对不敢随便乱扔,不然将来怎给你侄女交代。

嘿嘿。九娃干笑了一声说,你不想一想,我四哥怎能让我保管。一到铜川,他就拉走了,究竟是什么东西,我不是跟你一样,啥也不知道。

事实上，我想也会是这样一种情况，不然我提出的那个建议，他为什么要那么生气。应该说，路遥那些东西，让天乐去保管，可能更合适一些，他知道那些东西具有的价值。如果让九娃保管，说不定他就扔了，或者当废品一样卖掉，那就太可惜了。反正路遥那些东西也不是别人拿走，兄弟俩谁保管都一样。

九娃说，其实我哥那些东西，我也不感兴趣，乱七八糟的，有的照片连人也认不得，不知道是谁。而他写的那些小说，书也出版了，光光堂堂的，把那些手稿留下干什么，不如一把火烧了，留着还占地方，又卖不成两个钱。

我看了看九娃说，我说你是农民不是小看你，或者有贬低农民的意思，我绝对一点这样的意思也没有。那么我想问你，你光知道你哥有一万元存款就不得了？可他是作家，他最有价值的就是他一个字一个字写出来的文章，其他什么都不是。

九娃说，那些东西再有价值也不能当饭吃。

我说，是这样，你哥的那些东西对你来说没有一万元存款有实用价值。可我不怕你不高兴，也不怕得罪你，我只能说你是农民，家里出了这么著名的作家，可他弟弟不懂得文学价值。

九娃说，你别笑话我，我就是没文化。

我说，不跟你说这些，这事咱俩随便说一说，说完拉倒，不要在你四哥跟前提。再提，就不好了。

九娃说，我才不提，关键是我四哥突然不知为什么不管我的事了，我实在有些想不明白。

我说，你是不是跟他争吵过？

九娃说，我没跟他吵。

我说，这就奇怪了，什么事也没发生，他怎么会不管你了？我觉得事情并不是这么简单。

九娃说，我在铜川找他时，他就是这么说的。

此时此刻，我的脑海翻江倒海一般，觉得天乐如此反常让我不得其解。究竟是什么原因？我搞不清楚。应该说，九娃是你亲弟弟，在路遥痛苦的日子里，他承担了全部责任，甚至化解了兄弟之间的矛盾，你理应感激他，而他有了困难，不应该说出不管的话。可是天乐就这样轻而易举地给他弟说了。那么现在摆在我面前一个非常重大的选择，我到底能不能在西安帮忙给他找一下关系？这里面会不会有什么问题？天乐现在是这样的态度，我别帮不了忙，反倒给添乱。

那时候，我真的是顾虑重重。

吃完羊肉泡馍，在返回作协的路上，我给他说，你等也不是办法，谁知要等到什么时候，还是先回去，只要我能帮上忙，一定给想办法。

九娃说，我不回去，你别像我四哥一样，哄着让我回去就不管我的事了。

我笑着说，你现在等着也没意义，也不是一天两天能解决的事，况且你又没钱，在西安也没吃住的地方，这样等还不是没结果。

九娃说，我住的问题，王主任给解决了，明确给我说不要一分钱，全部免费。我看出他是一个好人，我哥不在了，他还能这样对我，非常够意思。

我说，那你在西安就不吃饭？

九娃说，你哪里吃我就跟你在哪里吃。

我说，我现在工资也没有，几乎是一个人在西安流浪，根本负担不起，如果再这样下去，咱俩就要在西安街上要饭吃了。

九娃笑着说，要饭怕什么，还有远村，又不是你一个人，你们两个一人管我一天。

我说，那你找远村，我可管不了你。

九娃说，远村是延川人，跟你不一样，咱俩都是清涧县的，比远村近一些，你不要我哥一去世，就不认我了。呵呵。九娃说着笑了起来。然而，他一笑，笑得我有些糊涂，不知道他笑什么。

九娃笑了一会儿对我说，你不要害怕，我跟你开的一个玩笑。不过，你一定要给我想办法，我待在西安也确实没意义，这两天就回去。

九娃就这样回了陕北，我到处打听，看问题究竟出在什么地方，真的因为他的户口不在延安，而延安无法解决，还是延安找了这样的借口。无意间，我在省政府得到一个消息，延安确实提出这样的问题，关键他的户口在榆林管辖的区域，从区域来看，也不属于延安解决的范围。同时，我还打听到是省政府常务副省长徐山林根据省作协呈报的请示批的。那么事情到底是不是这样？我无法确定，但至少我摸清了一些情况。

这个请示是存在一些问题，从根本上没有搞清路遥弟弟户口在哪里，因此就出现了这样的结果。

当然，我没资格和权利这样评头论足，对于九娃工作的问题，从个人情感上，还是想帮他的。因为这不仅是九娃的工作，关键是路遥一直牵挂的事。他担心这小子学坏，专门让我回了一次清涧，带着他的一封亲笔信，想让县体委主任王瑜明帮忙。我带着他的亲笔信去清涧找了王瑜明，然而不巧的是，王瑜明不知去了哪里，事情没有得到落实。我返回西安，把这个情况如实告诉了路遥。他说，过一段再看。可事情一错再错，我再没机会把信交给王瑜明，路遥就走了。

可以说，这是我的一个遗憾，一直想找机会弥补。

有天下午，我去了省委，想看望一下省委老书记白纪年。可是他不在家，正在丈八沟宾馆参加"两会"。白书记老伴见我找白书记，问我有什么事？

我说，事情有一点，但不是我的事情，是路遥弟弟的工作问题。我听说省作协给省政府打了一个报告，徐山林副省长把这个报告批给延安，可延安明确表示不好解决，原因是他弟弟的户口不在延安，因此我想让白书记方便的时候，给徐省长说句话，看徐省长能不能再把这个报告批给榆林，说不定路遥弟弟的问题就解决了。

你从哪里得到的消息？白书记老伴问我。

我说，路遥弟弟在延安了解到的情况。

白书记老伴听我这么一说，当着我的面，给白书记在丈八沟宾馆的房间里打了电话，把这个事告诉了白书记，让他找机会问一问徐山林。

其实，对于九娃工作的事，我并没抱太大希望，只是想给他争取一下。当然，我这样做，不是自己有多大能耐，也不是他对我有什么需要报答的恩情，而是路遥在世时，一直惦记着他弟弟的工作，他之所以要跟我编一本宣传陕北企业的报告文学，目的就是借机会把他弟弟安排进去，也算是给父母的一个交代。为此，我去了榆林地区石油公司，把他的想法告诉了李经理。李经理也答应帮助解决一个临时工作，为此他还专门去了地区石油公司一趟。然而，事情往往是这样，想不到在哪个环节出问题，因此他弟弟的工作问题，仍没有得到具体落实。

路遥已经离开了，他一定在离开时也会为没有解决九娃的工作而遗憾。作为路遥的朋友，我也许做不了什么，但只要我能帮的，就会竭尽全力。所以我就厚颜无耻地去找了白书记。

然而让我没有想到的是，时间不长，我就得到一个消息，省政府领导把作协关于恳请帮助解决路遥弟弟工作问题的报告，再次批转给榆林。地区领导尤为重视，很快把报告批转给地区人事部门，由他们具体去落实，并初步确定安排在榆林电厂。

应该说，这是一个比较完美的结果。

我不知道之所以有这样一个结果，是谁在起作用？是德高望重的省委老书记白纪年，还是素不相识的常务副省长徐山林？对于这些，白书记没告诉过我，而我不能去问。我想，不管是谁，我们都应该心怀感激，就是路遥在九泉之下，也该安息了。

时间不慌不忙过去了一年多。

我再没见到九娃，心想他去榆林电厂上班了，再不像原来那样自由自在，因此也渐渐把这事忘记了。然而，就在我同西安电影制片厂短片部联合筹拍一个《路遥》三集电视片接近尾声的时候，九娃再次来到西安。

九娃愁眉苦脸地给我说，啊呀，我的命是太苦了，好不容易地区劳人局把我安排在榆林电厂，可是没想到电厂是垂直管理单位，人事权不在榆林，在省农电局。那么我要到榆林电厂上班，没有省农电局领导同意，还是不行。

唉，怎么事情这么复杂？我听了感到头疼。

九娃灰心丧气地说，我就是吃狗屎的那个命。这些日子里我哪里也不敢去，一直在榆林等消息，因为自己没有经济来源，整天跑到朱合作和刘仲平家里混饭吃，一满没脸再从人家门口进去了，可是直到现在，仍然没有一点消息。

我说，你为什么不把这事给刘仲平讲一下，他是你哥的好朋友，看他有什么办法？我知道他曾经给地区行署一个领导当过秘书，认识的人多，应该说地区好多单位领导他都熟悉，你没让他给你找一下关系？

九娃说，怎能没有。朱合作和刘仲平两个人，我找了无数次，他俩没一点问题，也给我在榆林找了不少关系，之所以地区人事部门能把我安排到榆林电厂，还是刘仲平帮忙做的工作。他知道榆林电厂效益不错，而我这个人又坐不了办公室，觉得这个单位比较适合我。可是，我要把手续办进去，还是有困难。

那么现在怎办呢？还得再去找省上的人。

是啊，我知道无论是朱合作还是刘仲平，他俩对路遥弟弟的事，一定是全力以赴，看来问题不在榆林，是在省农电局。因此我在想，谁认识省农电局局长？而我也不知道省农电局局长是男是女，更不知他是哪里人？我去找谁呢？

我看着九娃说，那你说怎办？我在省农电局一个人也不认识，局长是哪里人也不清楚，怎去找人家。

九娃笑着说，局长是榆林人，我打问清楚了，他叫王文学。

我说，既然打问得这么清楚，那你是不是去找一下霍世仁书记，他是你哥的朋友，曾担任过榆林地委书记，说不定他跟王文学熟悉，你让他给局长打个电话，或者写一个条子，然后你去找，估计没什么问题。

九娃说，我不认识霍书记，怎敢去找他。

我说，你怎不认识，那晚上你哥生命垂危，不是让你给他家里打电话，让他到医院里来，帮助你哥转院，难道你忘了？再说，霍书记是平易近人的好领导，没一点架子，你就去找他。

九娃笑了笑说，我的情况你又不是不清楚，你让我背一麻袋土豆，没一点问题，让我干这些营生，实在干不了。我从生下来到现在，没见过这么大领导，我一看见领导站在跟前，腿就发抖。嘿嘿。九娃憨笑着说，你见过大世面，还是你找一下。

我说，你别给我戴高帽子，我不就是踩着你哥的肩膀往上爬嘛，你自己的事，自己想办法去解决，我不愿再落这样的名声。

九娃说，谁这样胡说八道？我怎一点也不知道。再说，你也不要把对别人的怨气往我身上撒，也不要听人瞎说，那都是没影子的事。我知道我四哥把好朋友快得罪完了。我本来想去找老曹，可我听人家说，我四哥写信把老曹美美骂了一顿，因此我连老曹面也不敢见了。但他是他我是我，你对我的好，我一辈子忘不了。

我说，老曹能把心掏出来给你哥吃了，你们不感激他拉倒，怎能给他写这样的信？

九娃一脸的无奈。

事实上，我不想再给他找什么关系，觉得好心没有好报，如果你什么忙也不帮，说不定还是好人，甚至可以成为朋友。而你帮的忙再多，他也不知道感激。当然帮忙毕竟是求人的事，我知道什么叫多一事不如少一事。我也知道有一些人，你帮忙给他办成九件，一件没办成，可能就把人得罪了，甚至像仇人一样，在你背后捅刀子，这样的例子不是没有。因此我不想求自己有功，但愿自己无罪。从内心讲，我再不愿操这闲心，现在有些人看见你还有利用价值，当你没用时，说不准就在你背后踹你一脚。

然而，九娃看见我有情绪，便在我跟前说了不少让我高兴的话，还把好朋友朱合作和刘仲平也搬出来，说他俩让我到西安谁也不要找就找你。说着，还从怀里掏出一条红山茶烟，说要感谢我。

我被他的这个举动给愣住了。他葫芦里到底卖的是什么药？现在知道要感谢我，在这之前为什么不感谢呢？哪怕在我面前说一句辛苦的话，我也满足了。可没有一个人这样。从这件事上，我觉得林达还是重情重义，她在路遥去世后的一些事情处理上，很让我感动。想到这里，我把九娃看了一眼，然后对他说，你的烟我不会要，我也给你找不到人，关键我跟霍书记不熟悉，也开不了这个口。

九娃笑着说，你再别哄我了，我又不是不清楚，人家都说你跟霍书记关系密切。

我说，我不是哄你，这事我真的帮不了。

九娃仍然在我跟前说，我跟你在医院那么长时间，你就一点同情心也没有？

九娃的一番话，说得我有些动摇。

其实，九娃这个事，根本没必要来找我，可以直接找霍书记，霍书记绝对会帮他的忙。因为霍书记跟路遥之间的感情，我是清楚的。就是在西安举行路遥追悼会的时候，霍书记因公出国，没能送路遥最后一程，觉得非常遗憾。所以他在快到清明的时候，特意把我叫到他家里，让我带他去西安三兆殡仪馆祭奠路遥。那时，我还给他说，让我带你去祭奠路遥没问题，关键是我没存放路遥骨灰的钥匙，不知钥匙在他哪个弟弟手里，去了也没办法。霍书记说，你想一下办法，明天就去，我已经给政法委的师登富打了电话，让他开车送我们。我看见他态度这么坚决，再不好说什么了，想着怎能把路遥骨灰盒拿出来，这样就可以祭奠了。那么，怎么去办这件事呢？我一直在想这个问题。

第二天一早，我急急忙忙去了雍村干休所，刚走进干休所院子，便看见省委政法委师登富开的车已经停在霍书记家的院子里。他看见我从大门里进来，一边擦车一边对我说，霍书记马上就下来，你在院子里等一会儿。

我笑着对他说，你把车擦这么干净干什么？又不是去省委开会，还那么讲究。

师登富说，你和霍书记去看路遥，当然要把车擦干净，让路遥看见高兴。

这时，霍书记从楼里下来了，我急忙拉开车门，让他坐在副驾驶位置，我坐在小车的后排，就从建国门出去，沿着雁塔路，朝南郊的三兆殡仪馆方向而去。

到了三兆殡仪馆，我对霍书记说，您在车里等我，我去跟管理员商量。我知道，管理人员有路遥骨灰箱门上的钥匙，让他开一下。然而，我刚要去交涉，霍书记从口袋掏出钱，让我给人家一点辛苦费。

其实，能用钱解决的问题，也就不是什么问题。事情办得还算顺利，在管理人员的帮助下，我把路遥的骨灰从编号为"1109"的骨灰箱取出来，抱到殡仪馆院子里指定的祭奠地方，摆好我在建国路买的两盒红塔山烟，撕开一盒，把二十支烟摆在供桌上，一一点着。当我准备撕另一盒烟时，站在一旁的师登富说，有点意思就行了，路遥知道你们看他来了，心里非常高兴。

我说，路遥就喜欢抽红塔山烟。

霍书记一声不吭，看着路遥骨灰盒上的照片，他陷入了沉思。因此我对着路遥的骨灰盒说，路遥，你如果在天有灵，一定能够看到，霍书记专门到这里看你来了，希望你在那边过得好……

从这件事上，我才感受到霍书记跟路遥的感情确实非同一般，所以我让九娃找霍书记，不是空穴来风，是有一定根据的。可我不知他是怎考虑的，死活不去找。

看见九娃畏畏缩缩，我就说，你不去我没办法，现在只能再请你吃一顿羊肉泡馍。然而，九娃着急了，生气地说，你以为我跑这么远，再没干的事了，只为让你请我吃一顿泡馍？如果你不愿意帮我，我回创作之家睡觉，你一个人去吃泡馍，我不想吃。

我知道他在我跟前闹情绪，他的目的很明确，就是让我帮他解决问题。其实我说是这样说，不可能不帮他，不就是去找霍书记。就这样我去了雍村干休所，见到霍书记，把九娃遇到的困难给他做了汇报，看他能不能给农电局王文学说句话。

霍书记没有犹豫，就在他家里拿了一张省委政法委的公用信笺，在客厅的餐桌上，工工整整地给省农电局王文学写了一个条子，让我直接去找。

我拿着霍书记写的条子回到创作之家，看见九娃四平八稳地躺在床上，就有些恼火，甚至想骂他几句。你是什么玩意，我给你去想办法，可你却清闲地睡觉。尽管我不高兴，还是把霍书记写的条子拿给他说，条子已经让霍书记写好了，剩下就是你自己的事，你下午上班就去找王局长。

九娃看见我不高兴了，急忙从床上爬起来，朝我笑了笑说，农电局在哪里？我怕找不上。

我说，你从建国门出去，沿环城路一直往西走，在拐弯的地方，看见一栋小楼，就是省农电局。

九娃说，哎呀，你确实是好人，朱合作常夸你，说你热心，心地善良，给我办了这么大的事，我这辈子都忘不了。

我说，你不要说那么多，一会儿去办你的正事。

九娃笑着说，我实在做不了这营生，还是咱俩一块去，我去怕不行。

我说，王局长是你顶头上司，你抓住这个机会，拿着霍书记条子，就是一把尚方宝剑。

九娃说，还是咱俩一块儿去，别让我再搞砸。无奈，我跟九娃一起，在下午2点到了环城路的省农电局办公楼门口。我在传达室打问到王局长下午没会，就让九娃拿着霍书记写的条子，赶紧上楼找王局长，你是路遥弟弟，王局长会热情接待。可我说什么都没用，九娃在我跟前找了各种理由，说他一听找领导就紧张，甚至紧张得连路也不会走了。

我不知他是真紧张还是假紧张，对他极为不满，觉得事情给你办到这一步，让你去给王局长送条子，你都拖拖拉拉，好像是给我办事。然而说什么呢，只能我上楼去找王局长了。

事实上，我从来没见过王文学，更谈不上认识，不知他是怎样一个人，而我也想不到他对这件事是什么态度，心里没数。这样想着，我就走到省农电局办公楼，看见挂着局长的门牌，轻轻敲了敲门，走进他的办公室，把霍书记的条子递给他，然后对他说，王局长，霍书记让来找你。

王文学看了看条子，问我，你是路遥弟弟？

我说，我不是，是路遥的朋友。

王文学说，这事我知道，你让路遥的弟弟在家里等消息，到时我让人通知他。

我知道，王文学绝对会认真处理这件事，因有省政府领导的批示，还有霍书记的条子，关键这是解决著名作家路遥弟弟的工作，无论从哪方面考虑，他没有不办的道理，所以我觉得不会有问题，因此我就不能在他办公室不走。离开王局长办公室，从楼里下去，还没走到九娃跟前，他就急不可待地问我，怎样？

我说，你可以放心回去，局长让你在家里等消息，到时他会让人通知你。

九娃一听，激动地在环城路上美美跳了几跳。

三十五

　　白清才省长意味深长地说，选一个省长容易，作家是选不出来的。因此他痛快地答应了题写《路遥》电视片名，要不断弘扬路遥"像牛一样劳动，像土地一样奉献"的精神

九娃心满意足地回陕北去了。

我差不多有半年时间再没见到他，估计他已经到榆林电厂上班了，应该说这是一个不错的单位，有多少人通过各种关系想进都进不去，他如愿以偿地进去了。然而唯有我，像省委宣传部部长王巨才在《路遥在最后的日子》序言中说的那样，"还是一个'临时工'式的干部"。其实，很多人知道，我这个"临时工"现在也不"临时"了，成了名副其实的流浪汉。

其实，我也感觉没什么，社会上的人际关系往往就是这样，人在情在，人不在情不在，我不在意别人用同情的目光看待我，人要活得有自己的尊严，不是活在别人的影子里。

事实上，漂泊在城市里的岂是我一个，我没感觉到自己有多么悲惨。而我也是一时心血来潮，突然想拍一个《路遥》电视片。可自己从没搞过这样的事，不知道有多复杂，就是想一心一意再宣传一下路遥，因此我多次找西安电影制片厂导演何志铭，向他讲了我的不成熟想法，想把《路遥在最后的日子》改编成电视片，争取在路遥去世一周年播出。

也许，这也是纪念作家路遥的一种方式。

何志铭非常赞成我的想法，也愿意担任电视片的导演，并提出建议，让我先搞一个本子，再邀请几位知名人士担任策划。而我的任务，不仅要承担《路遥》电视片的撰稿，还要筹措拍摄经费，如果经费落实不到位，一切都是纸上谈兵。

关于《路遥》电视片的解说词，我写了一稿又一稿，一稿又一稿地送

到何志铭家里，请他把关审定。他总是觉得《路遥》电视片解说词中缺少点什么，意思没有表达到位，必须再去修改。

何志铭是一个非常敬业的导演，我之所以跟他合作拍摄《路遥》电视片，是因为他是路遥赏识的一个人。不仅有思想、有内涵，而且能吃苦，从不计个人得失。更重要的是同是榆林人，能形成共识，相互理解。还有一个原因，路遥获得茅盾文学奖后，他和西安电视台的毛安秦拍了一个电视专题片《路遥——一个普通劳动者》，积累了丰富的经验，掌握着路遥的大量第一手资料，可以说拍摄《路遥》电视片，非他莫属。

顺便说一句，何志铭拍摄的《路遥——一个普通劳动者》电视片，是路遥非常满意的一个作品，体现了他的创造精神和优秀品德，拍得非常成功，得到了方方面面的一致好评。著名作家陈忠实看了他的专题片，也是赞不绝口，认为绝对是大手笔，拍出了路遥的魂。

我了解何志铭，要搞就要搞一个精品。

事实上，我是有热心，而没有耐心。

我已经记不清往何志铭家里跑了多少趟，也记不起在他家吃了多少饭，一遍不行再来一遍，我的那点热心在从建国路到西影厂这段路上，跑得快结成冰了，甚至有想放弃的念头。

一天又一天，我骑着我那辆破烂的自行车，顶着满天的星星，从西影厂往建国路走的路上还问自己，你为什么要这样？自己花这么大精力，为什么不去找一个接收单位，干这些图什么呢？

放弃吧！也许是自己一事无成。

然而，如果我就这样放弃，怎么去向何志铭交代这个事情，在某种意义上，也对不起路遥。那么你的那个宣传路遥文学精神的梦想呢？你不是想干一点有意义的事情吗？我在不断问自己。如果就这样放弃，简直是太无能了，那你在路遥去世一周年的那个设想，也就是一句空话。路上，我经历了一次又一次的思想斗争。

那时候，我还在想，任何一件事的成功和失败，关键因素往往不是别人，而是自己。因此我不能就这样半途而废，更不应该自己把自己打倒。

成功和失败就在一瞬间。

我不敢说我一定能在每件事上取得成功，起码我对自己应该有信心。因此我认真听取何志铭和路遥生前一些朋友的意见建议，聘请西安电影制片厂著名编剧张子良和著名作家陈忠实担任《路遥》三集电视片的艺术总监，数次把张子良请到何志铭家，让他对《路遥》电视片把关号脉。

经过无数次补充修改完善，《路遥》电视片前期工作就这样磕磕绊绊地告一个段落，而我也同西安电影制片厂短片部正式签订了拍摄合同。

当然，《路遥》电视片的解说词，我自己可以动手动脑，不需要花一分钱地一遍又一遍去修改，而最要命的是拍摄资金。要把《路遥》电视片在限定的时间内拍摄完成，问题的关键是拍摄资金的落实，可我上哪里去筹措这些经费呢？

《路遥》电视片是我心甘情愿倡议拍摄的，合同中写得清清楚楚明明白白，理所当然我得去想办法，我深感自己的压力很大。

现在，我已经没有一点退路，只能硬着头皮去陕北榆林拉赞助。因为那是我和路遥的家乡，我只能让家乡的领导和朋友帮忙。而西影厂短片部的领导态度非常明确，只要拍摄资金到位，随时可以开机。

要知道，拍摄不仅需要一定时间，而且还要进行后期制作，以及联系电视台播出，现在距路遥去世一周年没几个月时间了，时间相当紧张。此时，我已经是开弓没有回头箭，几乎骑虎难下了。没有办法就得拼命想办法，因此我很快去了榆林，找到地委宣传部常务副部长胡广深，我说明了情况，由他带着我，在榆林宾馆见到地委书记李凤扬，把拍摄三集电视片《路遥》的情况向他进行了汇报，建议榆林地委和行署作为联合拍摄单位，我希望能够得到他的支持和帮助。

李书记是陕北子洲人，路遥在榆林创作长篇小说《平凡的世界》第三部时，曾得到他的热情帮助，两人从那时起就建立了深厚的感情。所以他听我说是拍摄《路遥》电视片，让地委宣传部副部长胡广深帮我去落实。

热心的胡部长带着我，风尘仆仆地亲自去了榆林地区石油公司和烟厂去拉赞助。但拉赞助的事非常不顺利，虽然有书记的尚方宝剑，随同的还有堂堂正正的一位宣传部副部长，然而这些在当时那个年代都不是很管用，两个单位只勉勉强强同意赞助三千元，再多一分钱也不可能。那么想开机拍摄《路遥》电视片，还是相差甚远。

梦想很美好，现实很残酷。

我在陕北上蹿下跳地跑了这么一圈，才拉到不足一万元的拍摄经费，我感到办一件事是多么的艰难。那时我几乎是垂头丧气，感到没一点希望了，不知道还能不能实现自己的这个梦想。

此时，我把所有的希望寄托在延安大学，因为这个大学的校长申沛昌，是路遥上大学时的老师。关键他对路遥有着非常深厚的情感，在推荐路遥上大学时，他起了非常关键的作用。有好多大学毫不客气地把他拒之门外的同时，延安大学也是举棋不定，是他力排众议，克服了种种困难和阻力，才把他招到延安大学，成为一名工农兵大学生。那么，自己的学生经过不懈努力，顽强奋斗，取得了令人瞩目的辉煌成就，以生命为代价创作的长篇小说《平凡的世界》，终于斩获了第三届茅盾文学奖的桂冠，当之无愧是延安大学的光荣和自豪。然而让谁都想不到的是，如此优秀而有成就的著名作家，还没有完成自己未竟的事业，年纪轻轻就离别了人世，令多少人扼腕痛惜。因此他听我说为拍摄《路遥》电视片而需要他赞助一些拍摄经费，毫不犹豫答应资助我三万元。

可是，申校长答应是答应了，他还明确告诉我，这只是他个人意见，最后要在校长办公会上讨论，通过后才是最终结果。不过，申校长认真地说，这事不需要你操心，校长办公会上能不能顺利通过，那是我的工作，我有我的理由和道理。

其实，我知道申沛昌校长是说一不二的人，不管校长办公会是什么样的结果，他一定会争取。因为这是给从延安大学走出去的学生树碑立传，学校再大的困难，也会想办法解决一部分拍摄经费。所以，我认为申校长答应的事，绝对不会有问题，关键是要走程序。

当然，事情的结果不管怎样，我还是非常开心。三万元啊，对于一个四处流浪的我来说，确实是一笔数目不菲的赞助。

我就这样回到西安，把消息告诉了导演何志铭。

何志铭是实在人，从个人的感情上，宣传路遥也有他的一份责任。因此对拍摄《路遥》电视片，他不仅热心，也竭尽全力想办法帮助解决困难。可短片部毕竟不是他一个人，而他又不是主任，只是一位导演，资金不到位，他说了不算。

拍摄《路遥》电视片的事，仍不能提到议事日程上。

我确实有些着急，关键是我想在路遥去世一周年的时候，这个电视片能在电视台播出，时间非常紧迫。而赞助单位答应的赞助款，一分也没有到位，这怎么办呢？

有一天，我在张学良公馆门口的打印部，也就是路遥复印稿子的地方，碰到西安农行营业部一位副主任邱小迪，说起拍摄电视片遇到资金困难，他建议先贷款，然后赞助到账后，再去还贷。

我说，我不认识银行的人，谁给我贷款？

打印部的郭建华是一个非常热心的人，她站在打印部微笑着对我说，你就让小迪给你帮一下忙。

邱小迪跟郭建华比较熟悉，而我是第一次见他，他能把款贷给我吗？我不敢随随便便跟一个自己不熟悉的人开这个口，只是一个劲儿地笑。而我的笑，有时还具有一定的杀伤力。因此他看了我一眼，直截了当地问我，你这个人在一边笑什么？

我说，我笑你怎能轻而易举把款贷给我。

邱小迪说，你是小看我，觉得我没这本事？

我仍然一脸微笑地对他说，这是你自己这样认为自己，我可没有这个意思。而我觉得你绝对有这本事，怎么敢小看你，只是咱俩刚认识，你怎可能冒这样的风险给我贷款呢？万一我还不上怎办？

哈哈……邱小迪从打印部的椅子边站起来，看着我说，我今天就要在你跟前耍一回我的二杆子，把这个款贷给你，只要不超过五万元，我一个星期让你拿到钱。

真的假的？我激动地对邱小迪说，如果有你这样的态度，那我就只贷三万元的贷款,而且我向你保证,只贷一个月,绝对说话算数。我之所以这样有把握,是因为延安大学校长申沛昌答应过我。我觉得别的赞助单位那些承诺有问题,甚至算不上数,而申沛昌是路遥老师,他的话我没有怀疑的道理。

郭建华是一位善良而又热情的女人,她觉得我遇到了这样的困难,就想帮我一下。所以她不断给邱小迪煽火说,这人多么实在,不可能贷了你的几万块款,人就跑得不见影子了,这点绝对放心。

邱小迪不显山露水,让我尽快提供一些资料,其他事由他去办,不需要我操心。甚至他信誓旦旦地给我说,这是点什么事,不就是三万块贷款,还不上再说还不上的话。

人,就是这样,往往在没有希望的时候,希望就在眼前出现了。果然,信用社的三万元贷款在一个星期之内,如愿地到我的手里了。那么,拍摄《路遥》电视片也就不存在什么问题了。

我这里特别需要说明的是,延安大学的申沛昌校长,不知从哪个渠道知道我贷款拍摄《路遥》电视片,用特事特办的办法,让财务人员把三万元赞助款转到我账上,关键时候解决了我拍摄《路遥》电视片的燃眉之急,一下就把我的问题彻底解决了。

我从内心向他说一句感激的话,谢谢您,申校长!

那么,有了第一笔赞助款,我要做的第一件事,就是赶紧去归还银行的贷款。人一定要讲诚信,没有诚信的人,寸步难行。因此我把信用社的贷款一还,突然感觉到一身轻松。

在这里,我非常有必要提这样一个人和一件事。

这个人就是时任陕西省省长白清才。事情是这样的,那是1992年,路遥患病从延安转到西安治疗,住在西京医院传染科,应该说白省长跟路遥并不熟悉,但他一定知道陕西有这么一位著名作家。因此他亲自去医院看望,才第一次见到创作出轰动全国的优秀文学作品《人生》和《平凡的世界》的作家路遥。

就在拍摄《路遥》电视片过程中,我突然有一个想法,想请白省长给《路遥》电视片题写片名。

我把这个想法告诉了导演何志铭。

何志铭说，如果省长能给《路遥》电视片题写片名，那是求之不得的好事，问题是我们又跟白省长没一点关系，白省长会答应这件事吗？

我说，我认识白省长的秘书，让他帮忙去协调。

何志铭说，你有这层关系还等什么，赶紧去找省长的秘书，看白省长有没有题写这个片名的可能。

何志铭这么一鼓动，我就热血沸腾了。觉得让白清才省长题写《路遥》电视片的片名，不仅能提升电视片的知名度，对宣传路遥将会产生重要影响。因此我很快找到白省长的秘书李宝荣，对他说，我和西安电影制片厂正在筹拍一个三集电视片《路遥》，想请白省长给电视片题写片名，你看这事有没有可能？

李宝荣说，这事我得请示省长。

我说，没问题，你去请示省长，同意不同意都没关系，只是你要尽快告诉我一下结果。

其实，这样的事我心里明白，只要秘书不反对，问题就不是很大，而且他会争取我提出的这个要求。果不其然，几天后的一个下午，我突然接到李宝荣给我发来的信息，让我到省政府办公厅去一趟，白省长已经把《路遥》电视片的片名写好了，要我去取。

我急忙骑着自行车去了省政府办公厅，见到白省长的秘书李宝荣，心想，白省长题写的片名一定在秘书那里。可是，他把我直接领进了白省长办公室。然而，我不知为什么，从白省长办公室一进去，心就扑通扑通地跳起来，紧张得走两步也有些困难。

是啊，去省长的办公室，对我来说，那是多么大的一件事，所以我心里不紧张是不可能的。就这样，我很不自然地跟着李宝荣走进了白省长的办公室，站在办公室的沙发跟前，一句话也不敢说。而白省长看见我和他的秘书进来了，就从办公桌旁绕过来，走到我跟前，李宝荣给白省长介绍说，他就是航宇。

看来在我没见到白省长之前，李宝荣已经把我的情况介绍给这位尊敬的省长了。因此我急忙向白省长问候了一句，省长，您好！

白省长跟我握手的时候，李宝荣把省长办公桌上写好的几幅"路遥——平凡的世界""路遥——黄土地的儿子"题字，一一摆放在省长办公室的沙发上，让我去挑选。

白省长也在认真地看他写的字，他看着还对我说，我的毛笔字写得不好，不知《路遥》电视片里能不能用？

我看着白省长给《路遥》电视片题写的片名，每一幅字上，都工工正正地盖着他红红的印章，这让我非常感动。作为一省之长，他的工作千头万绪，还能如此认真地对待这样一件小事，让我感动得眼泪都要流出来了。因此我傻乎乎地站在省长办公室，嘴里几乎再连"谢谢"两个字都说不出来，结结巴巴只说了一句，都好。

白省长笑着说，你觉得都好，那就都拿走，哪一个能用，你就用哪一个，可不要勉强。

我知道，如果不是给《路遥》电视片题写片名，白省长能不能题写片名，恐怕是另外一回事了。

事情过去整整二十六个年头了，现在回想起当年这个情景，仍然让我激动不已……

就这样，我拿着白省长的墨宝，兴高采烈地离开了省长办公室。然而在我从省政府办公厅的二楼楼道里往出走的时候，白省长秘书李宝荣十分关心地问我，你还有什么困难需要我帮忙解决，尽管提出，省长对宣传路遥很重视，不知你拍摄电视片经费落实得怎样？

我如实告诉了他，经费已经落实得差不多了，延安大学的校长申沛昌，非常支持我拍摄《路遥》电视片，他资助了我三万元，我把之前在银行贷款全部还清，现在没什么困难，非常感谢你和白省长。

李宝荣说，你是一个重情重义的人，路遥已经去世了，你还这样默默地宣传路遥，这需要有多大的勇气和毅力，这种精神难能可贵。而你现在的情况，我们都知道。这样，你回去写一个报告，让省长给你批一点拍摄《路遥》电视片的经费。同时他还关心地问我，你现在的工作解决的怎样？

如果需要，我给陈忠实打一个电话。

我非常感激地对李宝荣说，感谢你和白省长对我的关心，作协我不想去了，那是一个令我伤心落泪的地方……

然而，就在我在北京亚运村修订这部书稿时，突然得到一个不幸的消息，曾担任陕西省省长的白清才，因病医治无效，永远地离开了人世。

听到这一噩耗，我不由得潸然泪下。

白省长，感激您在二十六年前为《路遥》电视片题写的片名。二十六年真快呀，我没有机会在您面前说一声谢谢，也没有能够在您病重期间去看望您，这对我来说，不能不说是人生的一大遗憾。

安息吧！我尊敬的白清才省长。

有了白清才省长为《路遥》电视片题写的片名，摄制组经过两个多月在延安、榆林等地的紧张拍摄，《路遥》电视片外景拍摄工作已告为一个段落。可是后期制作又相当麻烦，剪辑、配音、租用场地和录音棚，这些费用又是一个十分尖锐的问题。

我几乎叫苦连天，觉得没钱真是寸步难行。

那么，想让三集电视片《路遥》如期在路遥去世一周年播出，必须提前制作完成。不管是在中央电视台播出，还是在地方台播《路遥》电视片，跟电视台的沟通联系都要提前进行，这可怎么办呢。

我只能向朋友再借《路遥》电视片制作费了。

经历了无数次的艰难困苦，我的三集《路遥》电视片，终于在路遥去世一周年前制作完成了。

当天下午，我乘火车赶往北京，找到路遥长篇小说《平凡的世界》的责任编辑李金玉，经过她多方沟通协调，联系到中央电视台短片部，使我及时把《路遥》电视片送到中央电视台。

这是我第二次去北京。第一次是找第三届茅盾文学奖的颁奖实况录像资料。这是路遥生前参加的一个非常重要而具有纪念意义的会议，他不仅获得第三届茅盾文学奖，而且在颁奖仪式上，他作为获奖作者代表，做了题为《生活的大树万古长青》的获奖感言。那么,《路遥》电视片中第三届茅盾文学奖的颁奖现场,一定要在《路遥》电视片中有所体现。我想,在中央电视台没有我认识的人,不可能找到颁奖现场的录像。那么,怎么才能搞到我要的这个资料呢?办法只有一个,还是恳请中国作家协会帮忙。于是,我急忙赶到北京沙滩北街2号的中国作协,说明了自己的来意,工作人员非常热情,可作协确实没有我需要的资料,而中国现代文学馆有颁奖仪式的全程录像。为此,中国作协创联部的工作人员亲自把电话打给馆长舒乙,请他帮助解决。

离开北京沙滩北街2号的中国作协,我又马不停蹄地赶往中国现代文学馆,找到馆长舒乙,在他的热情帮助下,我顺利拿到第三届茅盾文学奖颁奖实况录像。接着,我又去了中央人民广播电台,找到《平凡的世界》小说连播的责任编辑叶咏梅,请她翻录著名演播家李野墨播出的《平凡的世界》的精彩片段。

当然,能促使我顺利把《路遥》电视片拍下去,不仅有这些人的热情帮助,还有延安地区文联曹谷溪和汉中地区文联主席王蓬的鼎力相助,如果没有他们的帮助和支持,我是无法完成《路遥》电视片拍摄的。老曹知道我为拍摄《路遥》电视片遇到那么多困难,真诚地告诉我,虽然我拿不出资金帮助你,但《路遥》电视片录像带盒子的封面,由我负责设计印刷,我只能用这种方式帮你了。

是啊,老曹何止帮忙设计和印刷《路遥》电视片录像带盒子的封面,他对我的支持和帮助实在太多,使我终生难忘。

还有汉中地区文联主席王蓬,他是路遥好朋友,因为这一层关系,我和他建立了友谊。有一天,他从汉中来到西安,住在创作之家,我去看他时,他得知我拍摄《路遥》电视片,既感动又同情。为此,他饱含深情地对我说,你给我复制五十盘《路遥》电视片录像带,让我拿到汉中给你卖,虽然解决不了你多少困难,但可以减轻你的一点负担。

我怎么好意思让他去做这样的事呢?可王蓬看见我在犹豫,知道我心里想什么。因此他给我说,没关系,我在汉中有不少朋友,他们都非常崇拜路遥，你的一盘录像带，我给你卖五十块钱，我先给你一千块，其余的下次我来西安再给你。

王蓬的真诚，让我感动得差点流出眼泪。

我怎么把自己搞成这个样子？而我曾不止一次警告自己，再不要干这些没名堂的事，自己能干什么就干什么，能干多大就干多大，为什么要这样难为自己的朋友呢？因此我对他说，王老师，感谢你的关心和帮助，但我不能这样。

王蓬说，路遥也是我朋友，宣传路遥我有责任。就这样，王蓬把我复制好的五十盘《路遥》电视专题片录像带带回了汉中……

1993年11月17日的西安秦大饭店，一个纪念作家路遥同志逝世一周年活动在这里隆重举行，陕西文学艺术界的朋友、有关部门的领导、高校部分师生以及路遥生前好友等上百人参加。时任省委常委、宣传部部长王巨才不能亲临活动现场，专门打电话对参加纪念活动的同志表示真挚的问候，也对路遥同志"像牛一样劳动，像土地一样奉献"的创作精神和创作态度，给予高度评价。省委常委、省纪委书记李焕政同志，在百忙之中出席了路遥逝世一周年纪念会，并在会上讲了话。事实上，李焕政也是路遥的一位朋友，他在担任榆林地区行署专员时，路遥在榆林宾馆创作《平凡的世界》第三部，他给提供了不少方便。那么，路遥如此年轻离开了人世，作为生前好友，参加这样的纪念活动，也是他对朋友的最好怀念。

时间很快过去了一年，对于路遥，我尽到了自己的一份责任，无怨无悔。这时，我突然想起路遥说过的一段话："人之所以痛苦，在于追求错误的东西。如果不给自己烦恼，别人也永远不可能给你烦恼。因为你自己的内心，你放不下。好好地管教你自己，不要管别人。你痛苦，就说明你对生活还抱有希望！"

此刻，我耳边突然响起了贺国丰创作演唱的《谈不成恋爱交朋友》的陕北民歌，它是那么委婉，那么意味深长……

你给谁纳的一双牛鼻鼻鞋，
你的那个心事我猜不出来，

麻柴棍棍顶门风刮开，
你有那个心事把鞋拿来。

一座座山来一道道沟，
照不见妹妹我不想走，

远远地看见你不敢吼，
我扬了一把黄土让风刮走。

山挡不住云彩树挡不住风，
连神仙也挡不住人爱人，

长不过个五月短不过冬，
难活不过人想人。

你在那个山来我在那个沟，
咱拉不上话儿招一招手，

捞不成那个捞饭咱焖成粥，
谈不成恋爱交朋友。

  是的，路遥一定没有听过如此激荡的陕北民歌，这民歌是那样的情真意切，勾人心魄，荡气回肠……
  对于陕北民歌，他情有独钟，在他特别高兴的时候，他会豪情满怀地唱上几句，他的声调就是天籁。然而，没有人再能够听到他那富有磁性的声调了。

这年,他才四十二岁,可他仍然有一种"会当凌绝顶,一览众山小"的宏伟梦想和激情。是的,还有多少热爱他的读者,正翘首期盼他能够创作出更加引人深思催人奋进的优秀文学作品。他一定会不负众望,准备再次回到他的工作岗位,潜心创作他那一系列震撼人心的长篇小说。他坚信,自己有这样的能力和勇气,能够创作出无悔于这个时代的经典力作,完全能超过获得茅盾文学奖的《平凡的世界》。

再过不了一个月,他就要跨入人生第四十三个美好岁月,那是他如日中天般生命的延伸。然而他再没有足够的精力停下来欣赏人生路上的迷人风景,也无法挽留他匆忙行走的脚步,他就这样走向没有悲伤和痛苦的另一个世界。然而,在他生命的最后,他仍然没有放弃过努力……

尾　声

这是一个无比寒冷而漫长的冬日。

没有纷纷扬扬的满天雪花,也没有遮天盖地的足劲狂风,似乎这样的天气跟往常并没有两样。然而,这个冬日还是让人感到不寒而栗。作家路遥没能够给他的亲人留下一言一语和像模像样的物质财富,过早地离开了这个世界,匆匆地告别了这块土地和人民。他希望有那么一天,早晨仍然从中午开始,他可以平心静气地再次投入到庄严的劳动。

路遥走了,而他的早晨仍然从中午开始……

1992年初冬写于陕西咸阳
2007年秋修订于西安新城
2018年夏秋再修订于北京亚运村